ŒUVRES

DE

CHATEAUBRIAND

Atala. — René. — Le dernier Abencerage. — Voyages en Italie à Clermont
au Mont-Blanc et en Amérique

TOME PREMIER

PARIS

DUFOUR, MULAT ET BOULANGER, LIBRAIRES-ÉDITEURS

QUAI MALAQUAIS, 21

M DCCC LVII

ŒUVRES

DE

CHATEAUBRIAND

TOME I

ŒUVRES

DE

CHATEAUBRIAND

Atala. René. — Le dernier Abencerage. — Voyages en Italie, à Clermont, au Mont-Blanc et en Amérique

TOME PREMIER

PARIS

DUFOUR, MULAT ET BOULANGER, ÉDITEURS

21, QUAI MALAQUAIS

M DCCC LVII

AU LECTEUR

François-René-Auguste DE CHATEAUBRIAND, dernier né d'une antique famille de Bretagne, devança, de peu de mois, dans la vie, le berceau de Napoléon.

Ces deux génies, prédestinés à des gloires différentes, eurent une même enfance, solitaire et rêveuse. Leur premier spectacle fut cet infini des mers qui reflète l'infini des cieux : ils y cherchaient leur étoile.

Conduits par des études semblables à l'entrée de la même carrière, tous deux y trouvèrent une épée : Napoléon dans l'artillerie, Chateaubriand dans le régiment de Navarre.

Qu'est-ce que deux sous-lieutenants, à la veille d'une catastrophe ?

En 1789, la Révolution se leva : Napoléon la suivit sur les champs de bataille. Elle s'arrêta au seuil du dix-neuvième siècle, les mains pleines de lauriers, pour couronner l'aigle de l'Avenir.

Chateaubriand, par traditions de race, appartenait au Passé. Il ignorait encore, quand tout croulait autour de lui, que les pouvoirs s'usent en vieillissant, et que les idées seules sont immortelles.

Après la prise de la Bastille, l'armée royale n'était plus qu'un mot : la plupart des officiers nobles quittaient le service. Chateaubriand partit pour l'Amérique, à la recherche d'un passage aux Indes par le pôle Nord.

L'étrangeté de la vie sauvage, autour des grands lacs, le long de fleuves inconnus et sous les dômes des forêts vierges, éveilla dans son cœur les harmonies sans nombre d'une poésie sans modèle. Oubliant aussitôt le but de son voyage, il se mit à peupler cette splendide nature de créations idéales, merveilleuses comme elle, et qui s'appelèrent *Atala, René, les Natchez*.

Au milieu de ces doux rêves tonna l'écho de 92. La France était en feu, la noblesse proscrite, le roi menacé. Chateaubriand hâta son retour. On lui dit que l'honneur campait sous les drapeaux de l'émigration : cette erreur lui coûta cher. Blessé au siége de Thionville et sauvé par miracle, mais rejeté, mourant, sur la terre étrangère, il apprit, à l'école d'une longue infortune, que la noblesse n'exempte pas des devoirs du citoyen.

En 1800, l'amnistie consulaire lui rendit la patrie; mais le foyer paternel ne lui gardait que des tombes.

Cette leçon de la Mort, stérile pour les esprits vulgaires, féconda son isolement. C'est alors qu'élevé tout à coup, du néant de ce monde au sommet de la Foi, il publia le *Génie du Christianisme*, œuvre écrite sur la cendre de sa mère, aux clartés d'une divine espérance.

Radieux panorama des régions sacrées où les vertus sont anges, où les joies s'éternisent comme des fleurs écloses d'un sourire de Dieu, le *Génie du Christianisme* fit, à son tour, une révolution.

Napoléon courbait l'Europe sous le poids de ses trophées. Chateaubriand dressa la Croix sur les héros de tous les siècles, et leur gloire se voila devant l'apothéose de l'Homme-Dieu.

C'est que l'Homme-Dieu, frère de toutes les souffrances, consolateur de tous les regrets, porte en son calice toutes les larmes du Monde. Chateaubriand fut, sans le savoir, l'apôtre de son siècle : ce qui nous reste de Foi, ce qui nous a sauvés de nos derniers périls, nous le devons peut-être au *Génie du Christianisme*.

Napoléon s'appuya sur lui. « Chateaubriand, » disait-il, « a reçu le feu sacré : son œuvre l'atteste. Tout ce qu'il y a de grand et de national convient à son génie. »

Il fallait Rome, pour cadre, à cette immense renommée conquise en un jour. Chateaubriand y fut envoyé, avec le titre de premier secrétaire d'ambassade.

Rome lui apparut comme un double fantôme, penché sur le gouffre des âges. Si Rome moderne étale avec orgueil les chefs-d'œuvre de Léon X, Rome ancienne lui oppose les débris de son Panthéon. Si l'une fait descendre du Capitole l'ombre de ses Consuls et de ses Empereurs, l'autre appelle du Vatican la procession de ses Papes. Mais, assises dans la même poussière, Rome païenne s'enfonce de plus en plus dans ses tombeaux, et Rome chrétienne redescend peu à peu dans les Catacombes d'où elle est sortie. Le laboureur du patrimoine de saint Pierre fait aujourd'hui sécher sa moisson dans la caserne d'une légion césarienne : quand les maîtres de la ville augustale sculptaient leurs fastueux monuments, ils ne se doutaient guère qu'ils bâtissaient l'étable d'un chévrier de la Sabine ou les greniers d'un fermier d'Albano.

Chateaubriand exhuma, des ruines du Colysée, le plan du poëme des *Martyrs*. Puis il alla s'asseoir dans le cratère du Vésuve, au milieu des fumées de l'abîme, pour dominer l'écho de cet autre abîme qui se nomme la Vie, où les choses, comme dit saint Augustin, sont pleines de misère, l'espérance vide de bonheur.

Appelé, peu de temps après, aux fonctions de ministre plénipotentiaire dans le Valais, il déclina, le même jour, son mandat, sur la fosse du dernier des Condé. Le Premier-Consul respecta ce courage, quand tout le monde tremblait. Chateaubriand comprit toutefois qu'il était temps de s'effacer. Il fit retraite avec grandeur, en s'acheminant vers la Terre-Sainte comme un pèlerin des Croisades.

Sparte, Athènes, Constantinople lui racontent leurs souvenirs. En Grèce il ressuscite Homère, en Judée, Jérémie. Jérusalem voit couler ses larmes dans le lit du Jourdain; puis, c'est la terre des Pharaons qui projette sur ses pas l'ombre de ses Pyramides; c'est Carthage qui lui montre le tombeau de saint Louis, près de la pierre où s'assit Marius; c'est enfin Grenade la Mauresque, qui chante à son oreille les chastes amours du *Dernier Abencerage*.

Au retour de ce grand *Itinéraire,* l'Empereur a oublié l'injure faite au Premier-Consul; membre de l'Institut, il donne à Chateaubriand le fauteuil de Joseph Chénier. Mais le fier Breton, dans un discours acerbe, que l'Europe recueille, blâme les principes nouveaux et les événements accomplis. Sa disgrâce est irréparable; mais on peut croire qu'il a prophétisé, car tout à coup l'Empire disparaît et le Passé remonte de ses ruines.

Devenu pair de France, ministre, ambassadeur, Chateaubriand porte tour à tour à Berlin, à Londres, au congrès de Vérone, l'éclat de sa renommée. Partout populaire, il rêve l'accord de l'antique monarchie avec les libertés nationales. C'est l'écueil de sa faveur politique; sa fortune fait naufrage, mais son génie lui reste.

Grandi par sa chute, il plane sur l'Avenir des hauteurs de la pensée, et prédit encore les orages. La foudre éclate en 1830, tous les fronts se courbent : Chateaubriand seul demeure héroïquement fidèle aux derniers exilés de la race de saint Louis.

Courtisan du malheur, il défendit leur mémoire. Puis, solitaire incorruptible, enveloppe de sa vieille foi bretonne et de sa généreuse pauvreté, il put dire en creusant sa tombe : « On me rendra cette justice de reconnaître qu'un « amour sincère de la vraie liberté respire dans tous mes ouvrages, et que « j'ai été passionné pour le bien de ma patrie. J'achève ma carrière en écrivant « les archives du Passé au milieu des ruines du Présent, prenant pour table la « pierre tombée à mes pieds, en attendant celle qui doit écraser ma tête. Les « grandes lignes de mon existence n'ont point fléchi ; si, comme tous les « hommes, je n'ai pas été semblable à moi-même dans les détails, qu'on le « pardonne à la fragilité humaine. Désormais hors du monde, retiré à mon « foyer entre les deux pénates de la France, l'Honneur et la Liberté, je les « prie d'épargner toujours à notre pays la honte, même avec le repos, le « despotisme, même avec la gloire. »

Tel fut, dans sa majesté solitaire, le dernier vœu du patriarche de notre littérature.

Depuis quelques années, la Mort a saisi sa proie. Mais s'il existe, au delà de ce monde, un céleste asile où les âmes illustres se retrouvent et s'accueillent, sans distinction d'époque et de patrie, on peut dire de Chateaubriand ce que Tacite écrivait d'Agricola : « Le rayon divin qui l'animait lui a survécu. »

Il a pris possession du sépulcre préparé par ses mains sur un îlot désert, au bord des mêmes flots qui berçaient son enfance.

La croix de pierre qui protège ses restes signale aux lointains navires le dernier sommeil d'un chrétien.

Le monument qu'érige cette Édition contient les plus rares trésors qu'un grand homme peut léguer aux générations d'un grand siècle.

ATALA

PRÉFACES

PRÉFACE DE LA PREMIÈRE ÉDITION D'ATALA.

On voit par la lettre précédente [1] ce qui a donné lieu à la publication d'*Atala* avant mon ouvrage sur le *Génie du Christianisme*, dont elle fait partie. Il ne me reste plus qu'à rendre compte de la manière dont cette histoire a été composée.

J'étais encore très-jeune lorsque je conçus l'idée de faire *l'épopée de l'homme de la nature*, ou de peindre les mœurs des Sauvages, en les liant à quelque événement connu. Après la découverte de l'Amérique, je ne vis pas de sujet plus intéressant, surtout pour les Français, que le massacre de la colonie des Natchez à la Louisiane en 1727. Toutes les tribus indiennes conspirant, après deux siècles d'oppression, pour rendre la liberté au Nouveau Monde, me parurent offrir un sujet presque aussi heureux que la conquête du Mexique. Je jetai quelques fragments de cet ouvrage sur le papier; mais je m'aperçus bientôt que je manquais des vraies couleurs, et que, si je voulais faire une image semblable, il fallait, à l'exemple d'Homère, visiter les peuples que je voulais peindre.

[1] La lettre dont il s'agit ici avait été publiée dans le *Journal des Débats* et dans *le Publiciste* (1800); la voici :

« CITOYEN,

« Dans mon ouvrage sur le *Génie du Christianisme*, ou *les Beautés de la religion chrétienne*, il se trouve une partie entière consacrée à la *poétique du christianisme*. Cette partie se divise en quatre livres : poésie, beaux-arts, littérature, harmonies de la religion avec les scènes de la nature et les passions du cœur humain. Dans ce livre, j'examine plusieurs sujets qui n'ont pu entrer dans les précédents, tels que les effets des ruines gothiques comparées aux autres sortes de ruines, les sites des monastères dans la solitude, etc. Ce livre est terminé par une anecdote extraite de mes *Voyages en Amérique*, et écrite sous les huttes mêmes des Sauvages; elle est intitulée *Atala*, *etc*. Quelques épreuves de cette petite histoire s'étant trouvées égarées, pour prévenir un accident qui me causerait un tort infini, je me vois obligé de l'imprimer à part, avant mon grand ouvrage.

« Si vous voulicz, citoyen, me faire le plaisir de publier ma lettre, vous me rendriez un important service.

« J'ai l'honneur d'être, etc. »

En 1789, je fis part à M. de Malesherbes du dessein que j'avais de passer en Amérique. Mais désirant en même temps donner un but utile à mon voyage, je formai le dessein de découvrir par terre le *passage* tant recherché, et sur lequel Cook même avait laissé des doutes. Je partis, je vis les solitudes américaines, et je revins avec des plans pour un second voyage, qui devait durer neuf ans. Je me proposais de traverser tout le continent de l'Amérique septentrionale, de remonter ensuite le long des côtes, au nord de la Californie, et de revenir par la baie d'Hudson, en tournant sur le pôle[1]. M. de Malesherbes se chargea de présenter mes plans au gouvernement, et ce fut alors qu'il entendit les premiers fragments du petit ouvrage que je donne aujourd'hui au public. La révolution mit fin à tous mes projets. Couvert du sang de mon frère unique, de ma belle-sœur, de celui de l'illustre vieillard leur père; ayant vu ma mère et une autre sœur pleine de talents mourir des suites du traitement qu'elles avaient éprouvé dans les cachots, j'ai erré sur les terres étrangères, où le seul ami que j'eusse conservé s'est poignardé dans mes bras[2].

De tous mes manuscrits sur l'Amérique, je n'ai sauvé que quelques fragments, en particulier *Atala*, qui n'était elle-même qu'un épisode des *Natchez*[3]. *Atala* a été écrite dans le désert et sous les huttes des Sauvages. Je ne sais si le public goûtera cette histoire qui sort de toutes les routes connues, et qui présente une nature et des mœurs tout à fait étrangères à l'Europe. Il n'y a point d'aventures dans *Atala*. C'est une sorte de poëme[4], moitié descriptif, moitié dramatique : tout consiste dans la peinture de deux amants qui marchent et causent dans la solitude, et dans le tableau des troubles de l'amour, au milieu du calme des déserts. J'ai essayé de donner à cet ouvrage les formes les plus antiques; il est divisé en *prologue*, *récit* et *épilogue*. Les principales parties du récit prennent une dénomination comme *les chasseurs*, *les laboureurs*, etc.; et c'était ainsi que dans les premiers siècles de la Grèce les Rapsodes chantaient sous divers titres les fragments de l'*Iliade* et de l'*Odyssée*.

Je dirai aussi que mon but n'a pas été d'arracher beaucoup de larmes : il me semble que c'est une dangereuse erreur avancée, comme tant d'autres, par Voltaire, que *les bons ouvrages sont ceux qui font le plus pleurer*. Il y a tel drame dont personne ne voudrait être l'auteur, et qui déchire le cœur bien autrement que l'*Énéide*. On n'est point un grand écrivain parce qu'on met l'âme à la torture. Les vraies larmes sont celles que fait couler une belle poésie; il faut qu'il s'y mêle autant d'admiration que de douleur.

C'est Priam disant à Achille :

Ἀνδρὸς παιδοφόνοιο ποτὶ στόμα χεῖρ' ὀρέγεσθαι.

Juge de l'excès de mon malheur, puisque je baise la main qui a tué mon fils.

---

[1] M. Mackensie a depuis exécuté une partie de ce plan.

[2] Nous avions été tous deux cinq jours sans nourriture.

Tandis que ma famille était ainsi massacrée, emprisonnée et bannie, une de mes sœurs, qui devait sa liberté à la mort de son mari, se trouvait à Fougères, petite ville de Bretagne. L'armée royaliste arrive; huit cents hommes de l'armée républicaine sont pris et condamnés à être fusillés. Ma sœur se jette aux pieds de M. de La Rochejaquelein, et obtient la grâce des prisonniers. Aussitôt elle vole à Rennes, se présente au tribunal révolutionnaire avec les certificats qui prouvent qu'elle a sauvé la vie à huit cents hommes, et demande pour seule récompense qu'on mette ses sœurs en liberté. Le président du tribunal lui répond : *Il faut que tu sois une coquine de royaliste que je ferai guillotiner, puisque les brigands ont tant de déférence pour toi. D'ailleurs, la république ne te sait aucun gré de ce que tu as fait : elle n'a que trop de défenseurs, et elle manque de pain.* Voilà les hommes dont Buonaparte a délivré la France!

[3] Voyez la préface des *Natchez*.

[4] Je suis obligé d'avertir que si je me sers ici du mot de *poëme*, c'est faute de savoir comment me faire entendre autrement. Je ne suis point de ceux qui confondent la prose et les vers. Le poète, quoi qu'on en dise, est toujours l'homme par excellence, et des volumes entiers de prose descriptive ne valent pas cinquante beaux vers d'Homère, de Virgile ou de Racine.

C'est Joseph s'écriant :

Ego sum Joseph, frater vester, quem vendidistis in Egyptum.

Je suis Joseph, votre frère, que vous avez vendu pour l'Egypte.

Voilà les seules larmes qui doivent mouiller les cordes de la lyre. Les Muses sont des femmes célestes qui ne défigurent point leurs traits par des grimaces: quand elles pleurent, c'est avec un secret dessein de s'embellir.

Au reste, je ne suis point, comme Rousseau, un enthousiaste des Sauvages: et, quoique j'aie peut-être autant à me plaindre de la société que ce philosophe avait à s'en louer, je ne crois point que la *pure nature* soit la plus belle chose du monde. Je l'ai toujours trouvée fort laide, partout où j'ai eu occasion de la voir. Bien loin d'être d'opinion que l'homme qui pense soit un *animal dépravé*, je crois que c'est la pensée qui fait l'homme. Avec ce mot de *nature*, on a tout perdu. Peignons la nature, mais la belle nature : l'art ne doit pas s'occuper de l'imitation des monstres.

Les moralités que j'ai voulu faire dans *Atala* sont faciles à découvrir; et comme elles sont résumées dans l'épilogue, je n'en parlerai point ici: je dirai seulement un mot de Chactas, l'amant d'Atala.

C'est un Sauvage qui est plus qu'à demi civilisé, puisque non-seulement il sait les langues vivantes, mais encore les langues mortes de l'Europe. Il doit donc s'exprimer dans un style mêlé, convenable à la ligne sur laquelle il marche, entre la société et la nature. Cela m'a donné quelques avantages, en le faisant parler en Sauvage dans la peinture des mœurs, et en Européen dans le drame de la narration. Sans cela il eût fallu renoncer à l'ouvrage : si je m'étais toujours servi du style indien, *Atala* eût été de l'hébreu pour le lecteur.

Quant au missionnaire, c'est un simple prêtre qui parle sans rougir *de la croix, du sang de son divin Maître, de la chair corrompue, etc.*; en un mot, c'est le prêtre tel qu'il est. Je sais qu'il est difficile de peindre un pareil caractère sans réveiller dans l'esprit de certains lecteurs des idées de ridicule. Si je n'attendris pas, je ferai rire : on en jugera.

Il me reste une chose à dire : je ne sais par quel hasard une lettre que j'avais adressée à M. de Fontanes a excité l'attention du public beaucoup plus que je ne m'y attendais. Je croyais que quelques lignes d'un auteur inconnu passeraient sans être aperçues; cependant les papiers publics ont bien voulu parler de cette lettre [1]. En réfléchissant sur ce caprice du public, qui a fait attention à une chose de si peu de valeur, j'ai pensé que cela pouvait venir du titre de mon grand ouvrage : *Génie du Christianisme, etc.* On s'est peut-être figuré qu'il s'agissait d'une affaire de parti, et que je dirais dans ce livre beaucoup de mal de la révolution et des philosophes.

Il est sans doute permis à présent, sous un gouvernement qui ne proscrit aucune opinion paisible, de prendre la défense du christianisme. Il a été un temps où les adversaires de cette religion avaient seuls le droit de parler. Maintenant la lice est ouverte, et ceux qui pensent que le christianisme est poétique et moral peuvent le dire tout haut, comme les philosophes peuvent soutenir le contraire. J'ose croire que si le grand ouvrage que j'ai entrepris, et qui ne tardera pas à paraître, était traité par une main plus habile que la mienne, la question serait décidée.

Quoi qu'il en soit, je suis obligé de déclarer qu'il n'est pas question de la révolution dans le *Génie du Christianisme* : en général, j'y ai gardé une mesure que, selon toutes les apparences, on ne gardera pas envers moi.

On m'a dit que la femme célèbre [2] dont l'ouvrage formait le sujet de ma lettre, s'est plainte d'un passage de cette lettre. Je prendrai la liberté de faire observer que ce n'est pas moi qui ai employé le premier l'arme que l'on me reproche, et qui m'est odieuse; je n'ai fait que repousser le coup qu'on portait à un homme dont je fais profession d'ad-

---

[1] Voyez cette lettre à la fin du *Génie du Christianisme.* — [2] Madame de Staël

mirer les talents, et d'aimer tendrement la personne. Mais dès lors que j'ai offensé, j'ai été trop loin : qu'il soit donc tenu pour effacé, ce passage. Au reste, quand on a l'existence brillante et les talents de madame de Staël, on doit oublier facilement les petites blessures que nous peut faire un solitaire, et un homme aussi ignoré que je le suis.

Je dirai un dernier mot sur *Atala* : le sujet n'est pas entièrement de mon invention ; il est certain qu'il y a eu un Sauvage aux galères et à la cour de Louis XIV ; il est certain qu'un missionnaire français a fait les choses que j'ai rapportées ; il est certain que j'ai trouvé dans les forêts de l'Amérique des Sauvages emportant les os de leurs aïeux, et une jeune mère exposant le corps de son enfant sur les branches d'un arbre. Quelques autres circonstances aussi sont véritables ; mais comme elles ne sont pas d'un intérêt général, je me suis dispensé d'en parler.

AVIS

SUR LA TROISIÈME ÉDITION D'ATALA.

J'ai profité de toutes les critiques pour rendre ce petit ouvrage plus digne des succès qu'il a obtenus. J'ai eu le bonheur de voir que la vraie philosophie et la vraie religion sont une même chose ; car des personnes fort distinguées, qui ne pensent pas comme moi sur le christianisme, ont été les premières à faire la fortune d'*Atala*. Ce seul fait répond à ceux qui voudraient faire croire que la *vogue* de cette anecdote indienne est une affaire de parti. Cependant j'ai été amèrement, pour ne pas dire grossièrement censuré ; on a été jusqu'à tourner en ridicule cette apostrophe aux Indiens [1] :

« Indiens infortunés, que j'ai vus errer dans les déserts du Nouveau Monde avec les cendres de vos aïeux ; vous qui m'aviez donné l'hospitalité, malgré votre misère ! je ne pourrais vous l'offrir aujourd'hui, car j'erre ainsi que vous à la merci des hommes ; et, moins heureux dans mon exil, je n'ai point emporté les os de mes pères. »

Les cendres de ma famille confondues avec celles de M. de Malesherbes, six ans d'exil et d'infortunes, n'ont donc paru qu'un sujet de plaisanterie ! Puisse le critique n'avoir jamais à regretter les tombeaux de ses pères.

Au reste, il est facile de concilier les divers jugements qu'on a portés d'*Atala* : ceux qui m'ont blâmé n'ont songé qu'à mes talents ; ceux qui m'ont loué n'ont pensé qu'à mes malheurs.

AVIS

SUR LA CINQUIÈME ÉDITION D'ATALA.

Depuis quelque temps il a paru de nouvelles critiques d'*Atala*. Je n'ai pu en profiter dans cette cinquième édition. Les conseils qu'on m'a fait l'honneur de m'adresser auraient

---

[1] *Décade philosophique*, n° 22, dans une note.

exigé trop de changements, et le public semble maintenant accoutumé à ce petit ouvrage avec tous ses défauts. Cette nouvelle édition est donc parfaitement semblable à la quatrième ; j'ai seulement rétabli dans quelques endroits le texte des trois premières.

—————

PRÉFACE D'ATALA ET DE RENÉ.

(ÉDITION in-12 de 1805.)

L'indulgence avec laquelle on a bien voulu accueillir mes ouvrages m'a imposé la loi d'obéir au goût du public, et de céder aux conseils de la critique.

Quant au premier, j'ai mis tous mes soins à le satisfaire. Des personnes chargées de l'instruction de la jeunesse ont désiré avoir une édition du *Génie du Christianisme* qui fût dépouillée de cette partie de l'Apologie, uniquement destinée aux gens du monde : malgré la répugnance naturelle que j'avais à mutiler mon ouvrage, et ne considérant que l'utilité publique, j'ai publié l'abrégé que l'on attendait de moi.

Une autre classe de lecteurs demandait une édition séparée des deux épisodes de l'ouvrage : je donne aujourd'hui cette édition.

Je dirai maintenant ce que j'ai fait relativement à la critique.

Je me suis arrêté, pour le *Génie du Christianisme*, à des idées différentes de celles que j'ai adoptées pour ses épisodes.

Il m'a semblé d'abord que, par égard pour les personnes qui ont acheté les premières éditions, je ne devais faire, du moins à présent, aucun changement notable à un livre qui se vend aussi cher que le *Génie du Christianisme*. L'amour-propre et l'intérêt ne m'ont pas paru des raisons assez bonnes, même dans ce siècle, pour manquer à la délicatesse.

En second lieu, il ne s'est pas écoulé assez de temps depuis la publication du *Génie du Christianisme*, pour que je sois parfaitement éclairé sur les défauts d'un ouvrage de cette étendue. Où trouverais-je la vérité parmi une foule d'opinions contradictoires? L'un vante mon sujet aux dépens de mon style ; l'autre approuve mon style et désapprouve mon sujet. Si l'on m'assure, d'une part, que le *Génie du Christianisme* est un monument à jamais mémorable pour la main qui l'éleva, et pour le commencement du dix-neuvième siècle [1] ; de l'autre, on a pris soin de m'avertir, un mois ou deux après la publication de l'ouvrage, que les critiques venaient trop tard, puisque cet ouvrage était déjà oublié [2].

Je sais qu'un amour-propre plus affermi que le mien trouverait peut-être quelque motif d'espérance pour se rassurer contre cette dernière assertion. Les éditions du *Génie du Christianisme* se multiplient, malgré les circonstances qui ont ôté à la cause que j'ai défendue le puissant intérêt du malheur. L'ouvrage, si je ne m'abuse, paraît même augmenter d'estime dans l'opinion publique à mesure qu'il vieillit, et il semble que l'on commence à y voir autre chose qu'un ouvrage de *pure imagination*. Mais à Dieu ne plaise que je prétende persuader de mon faible mérite ceux qui ont sans doute de bonnes raisons pour ne pas y croire! Hors la religion et l'honneur, j'estime trop peu de choses dans le monde pour ne pas souscrire aux arrêts de la critique la plus rigoureuse. Je suis si peu aveuglé par quelques succès, et si loin de regarder quelques éloges comme un jugement définitif en ma faveur, que je n'ai pas cru devoir mettre la dernière main à mon ouvrage.

[1] M. de Fontanes.
[2] M. Ginguené. (*Décade philosoph.*)

J'attendrai encore, afin de laisser le temps aux préjugés de se calmer, à l'esprit de parti de s'éteindre ; alors l'opinion qui se sera formée sur mon livre sera sans doute la véritable opinion : je saurai ce qu'il faudra changer au *Génie du Christianisme*, pour le rendre tel que je désire le laisser après moi, s'il me survit [1].

Mais si j'ai résisté à la censure dirigée contre l'ouvrage entier par les raisons que je viens de déduire, j'ai suivi pour *Atala*, prise séparément, un système absolument opposé. Je n'ai pu être arrêté dans les corrections ni par la considération du prix du livre, ni par celle de la longueur de l'ouvrage ; quelques années ont été plus que suffisantes pour me faire connaître les endroits faibles ou vicieux de cet épisode. Docile sur ce point à la critique, jusqu'à me faire reprocher mon trop de facilité, j'ai prouvé à ceux qui m'attaquaient que je ne suis jamais volontairement dans l'erreur, et que, dans tous les temps et sur tous les sujets, je suis prêt à céder à des lumières supérieures aux miennes. *Atala* a été réimprimée onze fois ; cinq fois séparément, et six fois dans le *Génie du Christianisme* ; si l'on confrontait ces onze éditions, à peine en trouverait-on deux tout à fait semblables.

La douzième, que je publie aujourd'hui, a été revue avec le plus grand soin. J'ai consulté des *amis prompts à me censurer* : j'ai pesé chaque phrase, examiné chaque mot. Le style, dégagé des épithètes qui l'embarrassaient, marche peut-être avec plus de naturel et de simplicité. J'ai mis plus d'ordre et de suite dans quelques idées ; j'ai fait disparaître jusqu'aux moindres incorrections de langage. M. de La Harpe me disait au sujet d'*Atala* : « Si vous voulez vous renfermer avec moi seulement quelques heures, ce temps nous suffira pour effacer les taches qui font crier si haut vos censeurs. » J'ai passé quatre ans à revoir cet épisode, mais aussi il est tel qu'il doit rester. C'est la seule *Atala* que je reconnaîtrai à l'avenir.

Cependant il y a des points sur lesquels je n'ai pas cédé entièrement à la critique. On a prétendu que quelques sentiments exprimés par le père Aubry renfermaient une doctrine désolante. On a, par exemple, été révolté de ce passage : nous avons aujourd'hui tant de sensibilité !

« Que dis-je ! ô vanité des vanités ! Que parlé-je de la puissance des amitiés de la terre ! « Voulez-vous, ma chère fille, en connaître l'étendue ? Si un homme revenait à la lu- « mière quelques années après sa mort, je doute qu'il fût revu avec joie par ceux-là « mêmes qui ont donné le plus de larmes à sa mémoire, tant on forme vite d'autres liai- « sons, tant on prend facilement d'autres habitudes, tant l'inconstance est naturelle à « l'homme, tant notre vie est peu de chose, même dans le cœur de nos amis ! »

Il ne s'agit pas de savoir si ce sentiment est pénible à avouer, mais s'il est vrai et fondé sur la commune expérience. Il serait difficile de ne pas en convenir. Ce n'est pas surtout chez les Français que l'on peut avoir la prétention de ne rien oublier. Sans parler des morts dont on ne se souvient guère, que de vivants sont revenus dans leurs familles et n'y ont trouvé que l'oubli, l'humeur et le dégoût ! D'ailleurs quel est ici le but du père Aubry ? N'est-ce pas d'ôter à Atala tout regret d'une existence qu'elle vient de s'arracher volontairement, et à laquelle elle voudrait en vain revenir ? Dans cette intention, le missionnaire, en exagérant même à cette infortunée les maux de la vie, ne ferait encore qu'un acte d'humanité. Mais il n'est pas nécessaire de recourir à cette explication. Le père Aubry exprime une chose malheureusement trop vraie. S'il ne faut pas calomnier la nature humaine, il est aussi très-inutile de la voir meilleure qu'elle ne l'est en effet.

Le même critique, M. l'abbé Morellet, s'est encore élevé contre cette autre pensée, comme fausse et paradoxale :

« Croyez-moi, mon fils, les douleurs ne sont point éternelles ; il faut tôt ou tard « qu'elles finissent, parce que le cœur de l'homme est fini. C'est une de nos grandes mi- « sères : nous ne sommes pas même capables d'être longtemps malheureux. »

Le critique prétend que cette sorte d'incapacité de l'homme pour la douleur est au con-

---

[1] C'est ce qui a été fait dans l'édition des Œuvres complètes de l'auteur ; Paris, 1828.

traire un des grands biens de la vie. Je ne lui répondrai pas que, si cette réflexion est vraie, elle détruit l'observation qu'il a faite sur le premier passage du discours du père Aubry. En effet, ce serait soutenir, d'un côté, que l'on n'oublie jamais ses amis; et de l'autre, qu'on est très-heureux de n'y plus penser. Je remarquerai seulement que l'habile grammairien me semble ici confondre les mots. Je n'ai pas dit : « C'est une de nos grandes *infortunes,* » ce qui serait faux, sans doute; mais : « C'est une de nos grandes *misères,* » ce qui est très-vrai. Eh! qui ne sent que cette impuissance où est le cœur de l'homme de nourrir longtemps un sentiment, même celui de la douleur, est la preuve la plus complète de sa stérilité, de son indigence, de sa *misère?* M. l'abbé Morellet paraît faire, avec beaucoup de raison, un cas infini du bon sens, du jugement, du naturel; mais suit-il toujours dans la pratique la théorie qu'il professe? Il serait assez singulier que ses idées riantes sur l'homme et sur la vie me donnassent le droit de le soupçonner à mon tour de porter dans ces sentiments l'exaltation et les illusions de la jeunesse.

La nouvelle nature et les mœurs nouvelles que j'ai peintes m'ont attiré encore un autre reproche peu réfléchi. On m'a cru l'inventeur de quelques détails extraordinaires, lorsque je rappelais seulement des choses connues de tous les voyageurs. Des notes ajoutées à cette édition d'*Atala* m'auraient aisément justifié; mais s'il en avait fallu mettre dans tous les endroits où chaque lecteur pouvait en avoir besoin, elles auraient bientôt surpassé la longueur de l'ouvrage. J'ai donc renoncé à faire des notes. Je me contenterai de transcrire ici un passage de la *Défense du Génie du Christianisme.* Il s'agit des ours enivrés de raisins, que les doctes censeurs avaient pris pour une gaieté de mon imagination. Après avoir cité des autorités respectables et le témoignage de Carver, Bertram, Imley, Charlevoix, j'ajoute : « Quand on trouve dans un auteur une circonstance qui ne fait pas beauté « en elle-même, et qui ne sert qu'à donner de la ressemblance au tableau, si cet auteur « a d'ailleurs montré quelque sens commun, il serait assez naturel de supposer qu'il n'a « pas inventé cette circonstance, et qu'il n'a fait que rapporter une chose réelle, bien « qu'elle ne soit pas très-connue. Rien n'empêche qu'on ne trouve *Atala* une méchante « production, mais j'ose dire que la nature américaine y est peinte avec la plus scrupu- « leuse exactitude. C'est une justice que lui rendent tous les voyageurs qui ont visité la « Louisiane et les Florides. Les deux traductions anglaises d'*Atala* sont parvenues en « Amérique; les papiers publics ont annoncé, en outre, une troisième traduction publiée « à Philadelphie avec succès. Si les tableaux de cette histoire eussent manqué de vérité, « auraient-ils réussi chez un peuple qui pouvait dire à chaque pas : Ce ne sont pas là nos « fleuves, nos montagnes, nos forêts? Atala est retournée au désert, et il semble que sa « patrie l'ait reconnue pour véritable enfant de la solitude [1]. »

René, qui accompagne *Atala* dans la présente édition, n'avait point encore été imprimé à part. Je ne sais s'il continuera d'obtenir la préférence que plusieurs personnes lui donnent sur *Atala.* Il fait suite naturelle à cet épisode, dont il diffère néanmoins par le style et par le ton; ce sont à la vérité les mêmes lieux et les mêmes personnages; mais ce sont d'autres mœurs et un autre ordre de sentiments et d'idées. Pour toute préface, je citerai encore les passages du *Génie du Christianisme* et de la *Défense* qui se rapportent à *René.*

[1] *Défense du Génie du Christianisme.*

EXTRAIT DU GÉNIE DU CHRISTIANISME.

IIe PARTIE, LIV. III, CHAP. IX.

INTITULÉ : *DU VAGUE DES PASSIONS*.

« Il reste à parler d'un état de l'âme qui, ce nous semble, n'a pas encore été bien ob-
« servé : c'est celui qui précède le développement des grandes passions, lorsque toutes les
« facultés, jeunes, actives, entières, mais renfermées, ne se sont exercées que sur elles-
« mêmes, sans but et sans objet. Plus les peuples avancent en civilisation, plus cet état
« du vague des passions augmente; car il arrive alors une chose fort triste : le grand
« nombre d'exemples qu'on a sous les yeux, la multitude de livres qui traitent de
« l'homme et de ses sentiments, rendent habile sans expérience. On est détrompé sans
« avoir joui; il reste encore des désirs, et l'on n'a plus d'illusions. L'imagination est
« riche, abondante et merveilleuse; l'existence, pauvre, sèche et désenchantée. On ha-
« bite, avec un cœur plein, un monde vide, et, sans avoir usé de rien, on est désabusé
« de tout.

« L'amertume que cet état de l'âme répand sur la vie est incroyable; le cœur se retourne
« et se replie en cent manières, pour employer les forces qu'il sent lui être inutiles. Les
« anciens ont peu connu cette inquiétude secrète, cette aigreur des passions étouffées
« qui fermentent toutes ensemble : une grande existence politique, les jeux du gym-
« nase et du champ de Mars, les affaires du forum et de la place publique, remplis-
« saient tous leurs moments, et ne laissaient aucune place aux ennuis du cœur.

« D'une autre part, ils n'étaient pas enclins aux exagérations, aux espérances, aux
« craintes sans objet, à la mobilité des idées et des sentiments, à la perpétuelle inconstance,
« qui n'est qu'un dégoût constant, dispositions que nous acquérons dans la société in-
« time des femmes. Les femmes, chez les peuples modernes, indépendamment de la pas-
« sion qu'elles inspirent, influent encore sur tous les autres sentiments. Elles ont dans
« leur existence un certain abandon qu'elles font passer dans la nôtre; elles rendent notre
« caractère d'homme moins décidé; et nos passions, amollies par le mélange des leurs,
« prennent à la fois quelque chose d'incertain et de tendre....

« Il suffirait de joindre quelques infortunes à cet état indéterminé des passions, pour
« qu'il pût servir de fond à un drame admirable. Il est étonnant que les écrivains mo-
« dernes n'aient pas encore songé à peindre cette singulière position de l'âme. Puisque
« nous manquons d'exemples, nous serait-il permis de donner aux lecteurs un épisode
« extrait, comme Atala, de nos anciens Natchez? C'est la vie de ce jeune René, à qui
« Chactas a raconté son histoire, etc., etc. »

EXTRAIT

DE LA

DÉFENSE DU GÉNIE DU CHRISTIANISME.

« On a déjà fait remarquer la tendre sollicitude des critiques [1] pour la pureté de la
« religion; on devait donc s'attendre qu'ils se formaliseraient des deux épisodes que l'au-
« teur a introduits dans son livre. Cette objection particulière rentre dans la grande objec-

[1] Il s'agit ici des Philosophes uniquement.

« tion qu'ils ont opposée à tout l'ouvrage, et elle se détruit par la réponse générale qu'on
« y a faite plus haut. Encore une fois, l'auteur a dû combattre des poëmes et des ro-
« mans impies avec des poëmes et des romans pieux ; il s'est couvert des mêmes armes
« dont il voyait l'ennemi revêtu : c'était une conséquence naturelle et nécessaire du
« genre d'apologie qu'il avait choisi. Il a cherché à donner l'exemple avec le précepte.
« dans la partie théorique de son ouvrage, il avait dit que la religion embellit notre exis-
« tence, corrige les passions sans les éteindre, jette un intérêt singulier sur tous les sujets
« où elle est employée ; il avait dit que sa doctrine et son culte se mêlent merveilleusement
« aux émotions du cœur et aux scènes de la nature ; qu'elle est enfin la seule ressource
« dans les grands malheurs de la vie : il ne suffisait pas d'avancer tout cela, il fallait
« encore le prouver. C'est ce que l'auteur a essayé de faire dans les deux épisodes de
« son livre. Ces épisodes étaient en outre une amorce préparée à l'espèce de lecteurs pour
« qui l'ouvrage est spécialement écrit. L'auteur avait-il donc si mal connu le cœur hu-
« main, lorsqu'il a tendu ce piége innocent aux incrédules? Et n'est-il pas probable que
« tel lecteur n'eût jamais ouvert le *Génie du Christianisme*, s'il n'y avait cherché René et
« Atala ?

> Sai che la corre il mondo dove più versi
> Delle sue dolcezze il lusinger parnasso,
> E che 'l vero, condito in molli versi,
> I più schivi allettando, ha persuaso.

« Tout ce qu'un critique impartial qui veut entrer dans l'esprit de l'ouvrage était en
« droit d'exiger de l'auteur, c'est que les épisodes de cet ouvrage eussent une tendance
« visible à faire aimer la religion et à en démontrer l'utilité. Or, la nécessité des cloîtres
« pour certains malheurs de la vie, et pour ceux-là même qui sont les plus grands, la
« puissance d'une religion qui peut seule fermer des plaies que tous les baumes de la
« terre ne sauraient guérir, ne sont-elles pas invinciblement prouvées dans l'histoire de
« René? L'auteur y combat en outre le travers particulier des jeunes gens du siècle, le
« travers qui mène directement au suicide. C'est J.-J. Rousseau qui introduisit le premier
« parmi nous ces rêveries si désastreuses et si coupables. En s'isolant des hommes, en s'a-
« bandonnant à ses songes, il a fait croire à une foule de jeunes gens qu'il est beau de se
« jeter ainsi dans le vague de la vie. Le roman de Werther a développé depuis ce germe de
« poison. L'auteur du *Génie du Christianisme*, obligé de faire entrer dans le cadre de son
« Apologie quelques tableaux pour l'imagination, a voulu dénoncer cette espèce de vice
« nouveau, et peindre les funestes conséquences de l'amour outré de la solitude. Les cou-
« vents offraient autrefois des retraites à ces âmes contemplatives que la nature appelle
« impérieusement aux méditations. Elles y trouvaient auprès de Dieu de quoi remplir le
« vide qu'elles sentent en elles-mêmes, et souvent l'occasion d'exercer de rares et subli-
« mes vertus. Mais, depuis la destruction des monastères et les progrès de l'incrédulité, on
« doit s'attendre à voir se multiplier au milieu de la société (comme il est arrivé en An-
« gleterre), des espèces de solitaires tout à la fois passionnés et philosophes, qui, ne pou-
« vant ni renoncer aux vices du siècle, ni aimer ce siècle, prendront la haine des hommes
« pour l'élévation du génie, renonceront à tout devoir divin et humain, se nourriront à
« l'écart des plus vaines chimères, et se plongeront de plus en plus dans une misanthro-
« pie orgueilleuse, qui les conduira à la folie ou à la mort.

« Afin d'inspirer plus d'éloignement pour ces rêveries criminelles, l'auteur a pensé
« qu'il devait prendre la punition de René dans le cercle de ces malheurs épouvantables
« qui appartiennent moins à l'individu qu'à la famille de l'homme, et que les anciens
« attribuaient à la fatalité. L'auteur eût choisi le sujet de Phèdre s'il n'eût été traité par
« Racine. Il ne restait que celui d'Érope et de Thyeste [1] chez les Grecs, ou d'Amnon et de

---

[1] *Sen. in Atr. et Th.* Voyez aussi *Canace et Macareus*, et *Caune et Byblis* dans les *Métamorphoses* et dans les *Héroïdes* d'Ovide. J'ai rejeté comme trop abominable le sujet de Myrrha, qu'on
retrouve encore dans celui de Loth et de ses filles.

« Thamar chez les Hébreux [1]; et, bien qu'il ait été aussi transporté sur notre scène [2], il
« est toutefois moins connu que celui de Phèdre. Peut-être aussi s'applique-t-il mieux aux
« caractères que l'auteur a voulu peindre. En effet, les folles rêveries de René commen-
« cent le mal, et ses extravagances l'achèvent : par les premières il égare l'imagination
« d'une faible femme ; par les dernières, en voulant attenter à ses jours, il oblige cette in-
« fortunée à se réunir à lui : ainsi le malheur naît du sujet, et la punition sort de la faute.
    « Il ne restait qu'à sanctifier, par le christianisme, cette catastrophe empruntée à la
« fois de l'antiquité païenne et de l'antiquité sacrée. L'auteur, même alors, n'eut pas tout
« à faire ; car il trouva cette histoire presque naturalisée chrétienne dans une vieille bal-
« lade de pèlerin, que les paysans chantent encore dans plusieurs provinces [3]. Ce n'est pas
« par les maximes répandues dans un ouvrage, mais par l'impression que cet ouvrage
« laisse au fond de l'âme, que l'on doit juger de sa moralité. Or, la sorte d'épouvante et de
« mystère qui règne dans l'épisode de René serre et contriste le cœur sans y exciter d'é-
« motion criminelle. Il ne faut pas perdre de vue qu'Amélie meurt heureuse et guérie, et
« que René finit misérablement. Ainsi le vrai coupable est puni, tandis que sa trop faible
« victime, remettant son âme blessée entre les mains de *celui qui retourne le malade sur*
« *sa couche*, sent renaître une joie ineffable du fond même des tristesses de son cœur. Au
« reste, le discours du père Souël ne laisse aucun doute sur le but et les moralités reli-
« gieuses de l'histoire de René. »
    On voit, par le chapitre cité du *Génie du Christianisme*, quelle espèce de passion nou-
velle j'ai essayé de peindre ; et par l'extrait de la *Défense*, quel vice non encore attaqué
j'ai voulu combattre. J'ajouterai que, quant au style, *René* a été revu avec autant de soin
qu'*Atala*, et qu'il a reçu le degré de perfection que je suis capable de lui donner.

[1] *Reg.*, 13, 14.
[2] Dans l'*Abufar* de M. Ducis.
[3] C'est le Chevalier des Landes :

                        Malheureux Chevalier, etc.

ATALA

PROLOGUE

La France possédait autrefois dans l'Amérique septentrionale un
vaste empire qui s'étendait depuis le Labrador jusqu'aux Florides, et
depuis les rivages de l'Atlantique jusqu'aux lacs les plus reculés du
haut Canada.

Quatre grands fleuves, ayant leurs sources dans les mêmes montagnes, divisaient ces régions immenses : le fleuve Saint-Laurent, qui
se perd à l'est dans le golfe de son nom; la rivière de l'Ouest, qui
porte ses eaux à des mers inconnues; le fleuve Bourbon, qui se précipite du midi au nord dans la baie d'Hudson ; et le Meschacebé [1], qui
tombe du nord au midi dans le golfe du Mexique.

Ce dernier fleuve, dans un cours de plus de mille lieues, arrose une
délicieuse contrée que les habitants des États-Unis appellent le *nouvel
Éden*, et à laquelle les Français ont laissé le doux nom de *Louisiane*.
Mille autres fleuves, tributaires du Meschacebé, le Missouri, l'Illinois,
l'Akanza, l'Ohio, le Wabache, le Tenase, l'engraissent de leur limon
et la fertilisent de leurs eaux. Quand tous ces fleuves se sont gonflés
des déluges de l'hiver, quand les tempêtes ont abattu des pans entiers
de forêts, les arbres déracinés s'assemblent sur les sources. Bientôt la
vase les cimente, les lianes les enchaînent, et des plantes, y prenant
racine de toutes parts, achèvent de consolider ces débris. Charriés
par les vagues écumantes, ils descendent au Meschacebé : le fleuve
s'en empare, les pousse au golfe Mexicain, les échoue sur des bancs
de sable, et accroît ainsi le nombre de ses embouchures. Par intervalles, il élève sa voix en passant sur les monts, et répand ses eaux débordées autour des colonnades des forêts et des pyramides des tombeaux indiens ; c'est le Nil des déserts. Mais la grâce est toujours unie

---

[1] Vrai nom du Mississipi ou Meschassipi.

à la magnificence dans les scènes de la nature : tandis que le courant du milieu entraîne vers la mer les cadavres des pins et des chênes, on voit sur les deux courants latéraux remonter, le long des rivages, des îles flottantes de pistia et de nénuphar, dont les roses jaunes s'élèvent comme de petits pavillons. Des serpents verts, des hérons bleus, des flammants roses, de jeunes crocodiles, s'embarquent passagers sur ces vaisseaux de fleurs, et la colonie, déployant au vent ses voiles d'or, va aborder endormie dans quelque anse retirée du fleuve.

Les deux rives du Meschacebé présentent le tableau le plus extraordinaire. Sur le bord occidental, des savanes se déroulent à perte de vue; leurs flots de verdure, en s'éloignant, semblent monter dans l'azur du ciel où ils s'évanouissent. On voit dans ces prairies sans bornes errer à l'aventure des troupeaux de trois ou quatre mille buffles sauvages. Quelquefois un bison chargé d'années, fendant les flots à la nage, se vient coucher, parmi de hautes herbes, dans une île du Meschacebé. A son front orné de deux croissants, à sa barbe antique et limoneuse, vous le prendriez pour le dieu du fleuve, qui jette un œil satisfait sur la grandeur de ses ondes et la sauvage abondance de ses rives.

Telle est la scène sur le bord occidental; mais elle change sur le bord opposé, et forme avec la première un admirable contraste. Suspendus sur le cours des eaux, groupés sur les rochers et sur les montagnes, dispersés dans les vallées, des arbres de toutes les formes, de toutes les couleurs, de tous les parfums, se mêlent, croissent ensemble, montent dans les airs à des hauteurs qui fatiguent les regards. Les vignes sauvages, les bignonias, les coloquintes, s'entrelacent au pied de ces arbres, escaladent leurs rameaux, grimpent à l'extrémité des branches, s'élancent de l'érable au tulipier, du tulipier à l'alcée, en formant mille grottes, mille voûtes, mille portiques. Souvent, égarées d'arbre en arbre, ces lianes traversent des bras de rivière, sur lesquels elles jettent des ponts de fleurs. Du sein de ces massifs, le magnolia élève son cône immobile; surmonté de ses larges roses blanches, il domine toute la forêt, et n'a d'autre rival que le palmier, qui balance légèrement auprès de lui ses éventails de verdure.

Une multitude d'animaux placés dans ces retraites par la main du Créateur y répandent l'enchantement et la vie. De l'extrémité des avenues on aperçoit des ours, enivrés de raisins, qui chancellent sur les branches des ormeaux; des caribous se baignent dans un lac; des écureuils noirs se jouent dans l'épaisseur des feuillages; des oiseaux moqueurs, des colombes de Virginie, de la grosseur d'un passereau, descendent sur les gazons rougis par les fraises; des perroquets verts à tête jaune, des piverts empourprés, des cardinaux de feu, grimpent en circulant au haut des cyprès; des colibris étincellent sur le jasmin des Florides, et des serpents oiseleurs sifflent suspendus aux dômes des bois, en s'y balançant comme des lianes.

Si tout est silence et repos dans les savanes de l'autre côté du fleuve, tout ici, au contraire, est mouvement et murmure : des coups de bec contre le tronc des chênes, des froissements d'animaux qui marchent, broutent ou broient entre leurs dents les noyaux des fruits; des bruissements d'ondes, de faibles gémissements, de sourds meuglements, de doux roucoulements, remplissent ces déserts d'une tendre et sauvage harmonie. Mais quand une brise vient à animer ces solitudes, à balancer ces corps flottants, à confondre ces masses de blanc, d'azur, de vert, de rose; à mêler toutes les couleurs, à réunir tous les murmures : alors il sort de tels bruits du fond des forêts, il se passe de telles choses aux yeux, que j'essayerais en vain de les décrire à ceux qui n'ont point parcouru ces champs primitifs de la nature.

Après la découverte du Meschacebé par le père Marquette et l'infortuné La Salle, les premiers Français qui s'établirent au Biloxi et à la Nouvelle-Orléans firent alliance avec les Natchez, nation indienne dont la puissance était redoutable dans ces contrées. Des querelles et des jalousies ensanglantèrent dans la suite la terre de l'hospitalité. Il y avait parmi ces Sauvages un vieillard nommé *Chactas* [1], qui, par son âge, sa sagesse, et sa science dans les choses de la vie, était le patriarche et l'amour des déserts. Comme tous les hommes, il avait acheté la vertu par l'infortune. Non-seulement les forêts du Nouveau Monde furent remplies de ses malheurs, mais il les porta jusque sur les rivages de la France. Retenu aux galères à Marseille par une cruelle injustice, rendu à la liberté, présenté à Louis XIV, il avait conversé avec les grands hommes de ce siècle et assisté aux fêtes de Versailles, aux tragédies de Racine, aux oraisons funèbres de Bossuet; en un mot, le Sauvage avait contemplé la société à son plus haut point de splendeur.

Depuis plusieurs années, rentré dans le sein de sa patrie, Chactas jouissait du repos. Toutefois le ciel lui vendait encore cher cette faveur; le vieillard était devenu aveugle. Une jeune fille l'accompagnait sur les coteaux du Meschacebé, comme Antigone guidait les pas d'OEdipe sur le Cythéron, ou comme Malvina conduisait Ossian sur les rochers de Morven.

Malgré les nombreuses injustices que Chactas avait éprouvées de la

[1] La voix harmonieuse.

part des Français, il les aimait. Il se souvenait toujours de Fenelon, dont il avait été l'hôte, et désirait pouvoir rendre quelque service aux compatriotes de cet homme vertueux. Il s'en présenta une occasion favorable. En 1725, un Français nommé *René*, poussé par des passions et des malheurs, arriva à la Louisiane. Il remonta le Meschacebé jusqu'aux Natchez, et demanda à être reçu guerrier de cette nation. Chactas l'ayant interrogé, et le trouvant inébranlable dans sa résolution, l'adopta pour fils, et lui donna pour épouse une Indienne appelée *Céluta*. Peu de temps après ce mariage, les Sauvages se préparèrent à la chasse du castor.

Chactas, quoique aveugle, est désigné par le conseil des sachems [1] pour commander l'expédition, à cause du respect que les tribus indiennes lui portaient. Les prières et les jeûnes commencent; les jongleurs interprètent les songes; on consulte les manitous; on fait des sacrifices de petun; on brûle des filets de langue d'orignal; on examine s'ils pétillent dans la flamme, afin de découvrir la volonté des génies; on part enfin, après avoir mangé le chien sacré. René est de la troupe. A l'aide des contre-courants, les pirogues remontent le Meschacebé, et entrent dans le lit de l'Ohio. C'est en automne. Les magnifiques déserts du Kentucky se déploient aux yeux étonnés du jeune Français. Une nuit, à la clarté de la lune, tandis que tous les Natchez dorment au fond de leurs pirogues, et que la flotte indienne, élevant ses voiles de peaux de bêtes, fuit devant une légère brise, René, demeuré seul avec Chactas, lui demande le récit de ses aventures. Le vieillard consent à le satisfaire, et assis avec lui sur la poupe de la pirogue, il commence en ces mots :

LE RÉCIT.

LES CHASSEURS.

« C'est une singulière destinée, mon cher fils, que celle qui nous réunit. Je vois en toi l'homme civilisé qui s'est fait sauvage; tu vois en moi l'homme sauvage que le Grand-Esprit, j'ignore pour quel dessein, a voulu civiliser. Entrés l'un et l'autre dans la carrière de la vie par les deux bouts opposés, tu es venu te reposer à ma place, et j'ai été m'asseoir à la tienne : ainsi nous avons dû avoir des objets une vue totalement différente. Qui, de toi ou de moi, a le plus gagné ou le plus

---

[1] Vieillards ou conseillers.

perdu à ce changement de position? C'est ce que savent les génies, dont le moins savant a plus de sagesse que tous les hommes ensemble.

« A la prochaine lune des fleurs [1], il y aura sept fois dix neiges, et trois neiges de plus [2], que ma mère me mit au monde sur le bord du Meschacebé. Les Espagnols s'étaient depuis peu établis dans la baie de Pensacola; mais aucun blanc n'habitait encore la Louisiane. Je comptais à peine dix-sept chutes de feuilles lorsque je marchai avec mon père, le guerrier Outalissi, contre les Muscogulges, nation puissante des Florides. Nous nous joignîmes aux Espagnols, nos alliés, et le combat se donna sur une des branches de la Maubile. Areskouia [3] et les manitous ne nous furent pas favorables. Les ennemis triomphèrent; mon père perdit la vie; je fus blessé deux fois en le défendant. Oh! que ne descendis-je alors dans le pays des âmes [4]! j'aurais évité les malheurs qui m'attendaient sur la terre. Les esprits en ordonnèrent autrement : je fus entraîné par les fuyards à Saint-Augustin.

« Dans cette ville, nouvellement bâtie par les Espagnols, je courais le risque d'être enlevé pour les mines de Mexico, lorsqu'un vieux Castillan nommé *Lopez*, touché de ma jeunesse et de ma simplicité, m'offrit un asile et me présenta à une sœur avec laquelle il vivait sans épouse.

« Tous les deux prirent pour moi les sentiments les plus tendres. On m'éleva avec beaucoup de soin; on me donna toutes sortes de maîtres. Mais après avoir passé trente lunes à Saint-Augustin, je fus saisi du dégoût de la vie des cités. Je dépérissais à vue d'œil : tantôt je demeurais immobile pendant des heures à contempler la cime des lointaines forêts; tantôt on me trouvait assis au bord d'un fleuve, que je regardais tristement couler. Je me peignais les bois à travers lesquels cette onde avait passé, et mon âme était tout entière à la solitude.

« Ne pouvant plus résister à l'envie de retourner au désert, un matin je me présentai à Lopez, vêtu de mes habits de Sauvage, tenant d'une main mon arc et mes flèches, et de l'autre mes vêtements européens. Je les remis à mon généreux protecteur, aux pieds duquel je tombai en versant des torrents de larmes. Je me donnai des noms odieux; je m'accusai d'ingratitude : « Mais enfin, lui dis-je, ô mon père! tu le « vois toi-même : je meurs si je ne reprends la vie de l'Indien. »

« Lopez, frappé d'étonnement, voulut me détourner de mon dessein. Il me représenta les dangers que j'allais courir, en m'exposant à tomber de nouveau entre les mains des Muscogulges. Mais voyant que j'étais résolu à tout entreprendre, fondant en pleurs, et me serrant dans ses

---

[1] Mois de mai. — [2] Neige pour année; 73 ans. — [3] Dieu de la guerre. — [4] Les enfers.

bras : « Va, s'écria-t-il, enfant de la nature! reprends cette indépen-
« dance de l'homme que Lopez ne te veut point ravir. Si j'étais plus
« jeune moi-même, je t'accompagnerais au désert, où j'ai aussi de
« doux souvenirs! et je te remettrais dans les bras de ta mère. Quand
« tu seras dans tes forêts, songe quelquefois à ce vieil Espagnol qui te
« donna l'hospitalité, et rappelle-toi, pour te porter à l'amour de tes
« semblables, que la première expérience que tu as faite du cœur hu-
« main a été toute en sa faveur. » Lopez finit par une prière au Dieu
des chrétiens, dont j'avais refusé d'embrasser le culte, et nous nous
quittâmes avec des sanglots.

« Je ne tardai pas à être puni de mon ingratitude. Mon inexpérience
m'égara dans les bois, et je fus pris par un parti de Muscogulges et de
Siminoles, comme Lopez me l'avait prédit. Je fus reconnu pour Natchez
à mon vêtement et aux plumes qui ornaient ma tête. On m'enchaîna,
mais légèrement, à cause de ma jeunesse. Simaghan, le chef de la troupe,
voulut savoir mon nom ; je répondis : « Je m'appelle *Chactas*, fils d'Ou-
« talissi, fils de Miscou, qui ont enlevé plus de cent chevelures aux héros
« muscogulges. » Simaghan me dit : « Chactas, fils d'Outalissi, fils de
« Miscou, réjouis-toi ; tu seras brûlé au grand village. » Je repartis :
« Voilà qui va bien ; » et j'entonnai ma chanson de mort.

« Tout prisonnier que j'étais, je ne pouvais, durant les premiers
jours, m'empêcher d'admirer mes ennemis. Le Muscogulge, et surtout
son allié, le Siminole, respire la gaieté, l'amour, le contentement. Sa
démarche est légère, son abord ouvert et serein. Il parle beaucoup et
avec volubilité ; son langage est harmonieux et facile. L'âge même ne
peut ravir aux sachems cette simplicité joyeuse : comme les vieux oiseaux de nos bois, ils mêlent encore leurs vieilles chansons aux airs
nouveaux de leur jeune postérité.

« Les femmes qui accompagnaient la troupe témoignaient pour ma
jeunesse une pitié tendre et une curiosité aimable. Elles me question-
naient sur ma mère, sur les premiers jours de ma vie ; elles voulaient
savoir si l'on suspendait mon berceau de mousse aux branches fleuries
des érables, si les brises m'y balançaient auprès du nid des petits oiseaux. C'était ensuite mille autres questions sur l'état de mon cœur :
elles me demandaient si j'avais vu une biche blanche dans mes songes,
et si les arbres de la vallée secrète m'avaient conseillé d'aimer. Je ré-
pondais avec naïveté aux mères, aux filles et aux épouses des hommes.
Je leur disais : « Vous êtes les grâces du jour, et la nuit vous aime
« comme la rosée. L'homme sort de votre sein pour se suspendre à votre
« mamelle et à votre bouche ; vous savez des paroles magiques qui en-
« dorment toutes les douleurs. Voilà ce que m'a dit celle qui m'a mis

« au monde, et qui ne me reverra plus! Elle m'a dit encore que les
« vierges étaient des fleurs mystérieuses, qu'on trouve dans les lieux
« solitaires. »

« Ces louanges faisaient beaucoup de plaisir aux femmes; elles me
comblaient de toute sorte de dons; elles m'apportaient de la crème de
noix, du sucre d'érable, de la sagamité[1], des jambons d'ours, des peaux
de castor, des coquillages pour me parer, et des mousses pour ma
couche. Elles chantaient, elles riaient avec moi, et puis elles se prenaient à verser des larmes en songeant que je serais brûlé.

« Une nuit que les Muscogulges avaient placé leur camp sur le bord
d'une forêt, j'étais assis auprès du *feu de la guerre*, avec le chasseur
commis à ma garde. Tout à coup j'entendis le murmure d'un vêtement
sur l'herbe, et une femme à demi voilée vint s'asseoir à mes côtés. Des
pleurs roulaient sous sa paupière; à la lueur du feu, un petit crucifix
d'or brillait sur son sein. Elle était régulièrement belle; l'on remarquait
sur son visage je ne sais quoi de vertueux et de passionné, dont l'attrait était irrésistible. Elle joignait à cela des grâces plus tendres; une
extrême sensibilité, unie à une mélancolie profonde, respirait dans ses
regards; son sourire était céleste.

« Je crus que c'était la *Vierge des dernières amours*, cette vierge
qu'on envoie au prisonnier de guerre pour enchanter sa tombe. Dans
cette persuasion, je lui dis en balbutiant, et avec un trouble qui pourtant ne venait pas de la crainte du bûcher : « Vierge, vous êtes digne
« des premières amours, et vous n'êtes pas faite pour les dernières.
« Les mouvements d'un cœur qui va bientôt cesser de battre répon-
« draient mal aux mouvements du vôtre. Comment mêler la mort et la
« vie? Vous me feriez trop regretter le jour. Qu'un autre soit plus heu-
« reux que moi, et que de longs embrassements unissent la liane et
« le chêne! »

« La jeune fille me dit alors : « Je ne suis point la *Vierge des dernières*
« *amours*. Es-tu chrétien? » Je répondis que je n'avais point trahi
les génies de ma cabane. A ces mots, l'Indienne fit un mouvement involontaire. Elle me dit : « Je te plains de n'être qu'un méchant idolâtre.
« Ma mère m'a faite chrétienne; je me nomme Atala, fille de Simaghan
« aux bracelets d'or, et chef des guerriers de cette troupe. Nous nous
« rendons à Apalachucla où tu seras brûlé. » En prononçant ces mots,
Atala se lève et s'éloigne. »

Ici Chactas fut contraint d'interrompre son récit. Les souvenirs se
pressèrent en foule dans son âme; ses yeux éteints inondèrent de larmes

[1] Sorte de pâte de maïs.

ses joues flétries : telles deux sources cachées dans la profonde nuit de
la terre se décèlent par les eaux qu'elles laissent filtrer entre les rochers.

« O mon fils, reprit-il enfin, tu vois que Chactas est bien peu sage,
malgré sa renommée de sagesse ! Hélas ! mon cher enfant, les hommes
ne peuvent déjà plus voir, qu'ils peuvent encore pleurer ! Plusieurs jours
s'écoulèrent, la fille du sachem revenait chaque soir me parler. Le sommeil avait fui de mes yeux, et Atala était dans mon cœur comme le
souvenir de la couche de mes pères.

« Le dix-septième jour de marche, vers le temps où l'éphémère sort
des eaux, nous entrâmes sur la grande savane Alachua. Elle est environnée de coteaux qui, fuyant les uns derrière les autres, portent, en
s'élevant jusqu'aux nues, des forêts étagées de copalmes, de citronniers,
de magnolias et de chênes-verts. Le chef poussa le cri d'arrivée, et la
troupe campa au pied des collines. On me relégua à quelque distance,
au bord d'un de ces *puits naturels*, si fameux dans les Florides. J'étais
attaché au pied d'un arbre ; un guerrier veillait impatiemment autour
de moi. J'avais à peine passé quelques instants dans ce lieu, qu'Atala
parut sous les liquidambars de la fontaine. « Chasseur, dit-elle au héros
« muscogulge, si tu veux poursuivre le chevreuil, je garderai le prison-
« nier. » Le guerrier bondit de joie à cette parole de la fille du chef ; il
s'élance du sommet de la colline et allonge ses pas dans la plaine.

« Étrange contradiction du cœur de l'homme ! Moi qui avais tant désiré de dire les choses du mystère à celle que j'aimais déjà comme le soleil, maintenant interdit et confus, je crois que j'eusse préféré d'être
jeté aux crocodiles de la fontaine, à me trouver seul ainsi avec Atala.
La fille du désert était aussi troublée que son prisonnier ; nous gardions
un profond silence ; les génies de l'amour avaient dérobé nos paroles.
Enfin Atala, faisant un effort, dit ceci : « Guerrier, vous êtes retenu fai-
« blement ; vous pouvez aisément vous échapper. » A ces mots, la
hardiesse revint sur ma langue ; je répondis : « Faiblement retenu, ô
« femme !... » Je ne sus comment achever. Atala hésita quelques moments ; puis elle dit : « Sauvez-vous. » Et elle me détacha du tronc de
l'arbre. Je saisis la corde ; je la remis dans la main de la fille étrangère,
en forçant ses beaux doigts à se fermer sur ma chaîne : « Reprenez-la !
« reprenez-la ! » m'écriai-je. — « Vous êtes un insensé, » dit Atala
d'une voix émue. « Malheureux ! ne sais-tu pas que tu seras brûlé ? Que
« prétends-tu ? Songes-tu bien que je suis la fille d'un redoutable sa-
« chem ? — « Il fut un temps, répliquai-je avec des larmes, que j'étais
« aussi porté dans une peau de castor aux épaules d'une mère. Mon
« père avait aussi une belle hutte, et ses chevreuils buvaient les eaux

« de mille torrents ; mais j'erre maintenant sans patrie. Quand je ne
« serai plus, aucun ami ne mettra un peu d'herbe sur mon corps pour
« le garantir des mouches. Le corps d'un étranger malheureux n'inté-
« resse personne. »

« Ces mots attendrirent Atala. Ses larmes tombèrent dans la fontaine. « Ah ! repris-je avec vivacité, si votre cœur parlait comme le
« mien ! Le désert n'est-il pas libre ? Les forêts n'ont-elles point de re-
« plis où nous cacher ? Faut-il donc, pour être heureux, tant de choses
« aux enfants des cabanes ? O fille plus belle que le premier songe de
« l'époux ! ô ma bien-aimée ! ose suivre mes pas. » Telles furent mes
paroles. Atala me répondit d'une voix tendre : « Mon jeune ami, vous
« avez appris le langage des blancs ; il est aisé de tromper une Indienne.
« — Quoi ! m'écriai-je, vous m'appelez votre jeune ami ! Ah ! si un
« pauvre esclave... — Eh bien ! » dit-elle en se penchant sur moi, « un
« pauvre esclave... » Je repris avec ardeur : « Qu'un baiser l'assure de
« ta foi ! » Atala écouta ma prière. Comme un faon semble pendre aux
fleurs de lianes roses, qu'il saisit de sa langue délicate dans l'escarpement de la montagne, ainsi je restai suspendu aux lèvres de ma bien-
aimée.

« Hélas ! mon cher fils, la douleur touche de près au plaisir ! Qui eût
pu croire que le moment où Atala me donnait le premier gage de son
amour serait celui-là même où elle détruirait mes espérances ? Cheveux
blanchis du vieux Chactas, quel fut votre étonnement lorsque la fille du
sachem prononça ces paroles ! « Beau prisonnier, j'ai follement cédé à
« ton désir ; mais où nous conduira cette passion ? Ma religion me sépare
« de toi pour toujours.... O ma mère ! qu'as-tu fait ?... » Atala se tut
tout à coup, et retint je ne sus quel fatal secret près d'échapper à ses
lèvres. Ses paroles me plongèrent dans le désespoir. « Hé bien ! m'é-
« criai-je, je serai aussi cruel que vous ; je ne fuirai point. Vous me
« verrez dans le cadre de feu ; vous entendrez les gémissements de ma
« chair, et vous serez pleine de joie. » Atala saisit mes mains entre les
deux siennes, « Pauvre jeune idolâtre, s'écria-t-elle, tu me fais réelle-
« ment pitié ! Tu veux donc que je pleure tout mon cœur ? Quel dom-
« mage que je ne puisse fuir avec toi ! Malheureux a été le ventre de ta
« mère, ô Atala ! Que ne te jettes-tu aux crocodiles de la fontaine ! »

« Dans ce moment même, les crocodiles, aux approches du coucher
du soleil, commençaient à faire entendre leurs rugissements. Atala me
dit : « Quittons ces lieux. » J'entraînai la fille de Simaghan au pied des
coteaux qui formaient des golfes de verdure, en avançant leurs promontoires dans la savane. Tout était calme et superbe au désert. La
cigogne criait sur son nid ; les bois retentissaient du chant monotone

des cailles, du sifflement des perruches, du mugissement des bisons et
du hennissement des cavales siminoles.

« Notre promenade fut presque muette. Je marchais à côté d'Atala;
elle tenait le bout de la corde, que je l'avais forcée de reprendre.
Quelquefois nous versions des pleurs, quelquefois nous essayions de
sourire. Un regard, tantôt levé vers le ciel, tantôt attaché à la terre,
une oreille attentive au chant de l'oiseau, un geste vers le soleil couchant, une main tendrement serrée, un sein tour à tour palpitant,
tour à tour tranquille, les noms de Chactas et d'Atala doucement répétés par intervalles... O première promenade de l'amour, il faut que
votre souvenir soit bien puissant, puisqu'après tant d'années d'infortune vous remuez encore le cœur du vieux Chactas!

« Qu'ils sont incompréhensibles les mortels agités par des passions!
Je venais d'abandonner le généreux Lopez, je venais de m'exposer à
tous les dangers pour être libre; dans un instant le regard d'une femme
avait changé mes goûts, mes résolutions, mes pensées! Oubliant mon
pays, ma mère, ma cabane, et la mort affreuse qui m'attendait, j'étais
devenu indifférent à tout ce qui n'était pas Atala. Sans force pour m'é-
lever à la raison de l'homme, j'étais retombé tout à coup dans une espèce d'enfance; et, loin de pouvoir rien faire pour me soustraire aux
maux qui m'attendaient, j'aurais eu presque besoin qu'on s'occupât de
mon sommeil et de ma nourriture.

« Ce fut donc vainement qu'après nos courses dans la savane Atala,
se jetant à mes genoux, m'invita de nouveau à la quitter. Je lui pro-
testai que je retournerais seul au camp, si elle refusait de me rattacher
au pied de mon arbre. Elle fut obligée de me satisfaire, espérant me
convaincre une autre fois.

« Le lendemain de cette journée, qui décida du destin de ma vie, on
s'arrêta dans une vallée, non loin de Cuscowilla, capitale des Siminoles.
Ces Indiens, unis aux Muscogulges, forment avec eux la confédération
des Creeks. La fille du pays des palmiers vint me trouver au milieu de
la nuit. Elle me conduisit dans une grande forêt de pins, et renouvela
ses prières pour m'engager à la fuite. Sans lui répondre, je pris sa main
dans ma main, et je forçai cette biche altérée d'errer avec moi dans
la forêt. La nuit était délicieuse. Le génie des airs secouait sa chevelure
bleue, embaumée de la senteur des pins, et l'on respirait la faible
odeur d'ambre qu'exhalaient les crocodiles couchés sous les tamarins
des fleuves. La lune brillait au milieu d'un azur sans tache, et sa lumière gris de perle descendait sur la cime indéterminée des forêts.
Aucun bruit ne se faisait entendre, hors je ne sais quelle harmonie

lointaine qui régnait dans la profondeur des bois : on eût dit que l'âme
de la solitude soupirait dans toute l'étendue du désert.

« Nous aperçûmes à travers les arbres un jeune homme, qui, tenant
à la main un flambeau, ressemblait au génie du printemps parcourant
les forêts pour ranimer la nature. C'était un amant qui allait s'instruire
de son sort à la cabane de sa maîtresse.

« Si la vierge éteint le flambeau, elle accepte les vœux offerts; si
elle se voile sans l'éteindre, elle rejette un époux.

« Le guerrier, en se glissant dans les ombres, chantait à demi voix
ces paroles :

« Je devancerai les pas du jour sur le sommet des montagnes pour
« chercher ma colombe solitaire parmi les chênes de la forêt.

« J'ai attaché à son cou un collier de porcelaine [1]; on y voit trois
« grains rouges pour mon amour, trois violets pour mes craintes, trois
« bleus pour mes espérances.

« Mila a les yeux d'une hermine et la chevelure légère d'un champ
« de riz; sa bouche est un coquillage rose garni de perles; ses deux
« seins sont comme deux petits chevreaux sans tache, nés au même
« jour, d'une seule mère.

« Puisse Mila éteindre ce flambeau! Puisse sa bouche verser sur lui
« une ombre voluptueuse! Je fertiliserai son sein. L'espoir de la patrie
« pendra à sa mamelle féconde, et je fumerai mon calumet de paix
« sur le berceau de mon fils.

« Ah! laissez-moi devancer les pas du jour sur le sommet des mon-
« tagnes pour chercher ma colombe solitaire parmi les chênes de la
« forêt! »

« Ainsi chantait ce jeune homme, dont les accents portèrent le
trouble jusqu'au fond de mon âme, et firent changer de visage à Atala.
Nos mains unies frémirent l'une dans l'autre. Mais nous fûmes distraits
de cette scène par une scène non moins dangereuse pour nous.

« Nous passâmes auprès du tombeau d'un enfant, qui servait de limites à deux nations. On l'avait placé au bord du chemin, selon l'usage,
afin que les jeunes femmes, en allant à la fontaine, pussent attirer dans
leur sein l'âme de l'innocente créature, et la rendre à la patrie. On
y voyait dans ce moment des épouses nouvelles qui, désirant les douceurs de la maternité, cherchaient, en entr'ouvrant leurs lèvres, à recueillir l'âme du petit enfant, qu'elles croyaient voir errer sur les fleurs.
La véritable mère vint ensuite déposer une gerbe de maïs et des fleurs
de lis blanc sur le tombeau. Elle arrosa la terre de son lait, s'as-

[1] Sorte de coquillage.

sit sur le gazon humide, et parla à son enfant d'une voix attendrie :

« Pourquoi te pleuré-je dans ton berceau de terre, ô mon nouveau-
« né! Quand le petit oiseau devient grand, il faut qu'il cherche sa nour-
« riture, et il trouve dans le désert bien des graines amères. Du moins
« tu as ignoré les pleurs; du moins ton cœur n'a point été exposé au
« souffle dévorant des hommes. Le bouton qui sèche dans son enve-
« loppe passe avec tous ses parfums, comme toi, ô mon fils! avec
« toute ton innocence. Heureux ceux qui meurent au berceau; ils n'ont
« connu que les baisers et les souris d'une mère! »

« Déjà subjugués par notre propre cœur, nous fûmes accablés par
ces images d'amour et de maternité qui semblaient nous poursuivre
dans ces solitudes enchantées. J'emportai Atala dans mes bras au fond
de la forêt, et je lui dis des choses qu'aujourd'hui je chercherais en vain
sur mes lèvres. Le vent du midi, mon cher fils, perd sa chaleur en passant sur des montagnes de glace. Les souvenirs de l'amour dans le
cœur d'un vieillard sont comme les feux du jour réfléchis par l'orbe
paisible de la lune, lorsque le soleil est couché et que le silence plane
sur la hutte des Sauvages.

« Qui pouvait sauver Atala? qui pouvait l'empêcher de succomber à
la nature? Rien qu'un miracle, sans doute; et ce miracle fut fait! La
fille de Simaghan eut recours au Dieu des chrétiens; elle se précipita
sur la terre, et prononça une fervente oraison, adressée à sa mère et
à la Reine des vierges. C'est de ce moment, ô René, que j'ai conçu
une merveilleuse idée de cette religion qui, dans les forêts, au milieu
de toutes les privations de la vie, peut remplir de mille dons les infortunés; de cette religion qui, opposant sa puissance au torrent des
passions, suffit seule pour les vaincre, lorsque tout les favorise, et le
secret des bois, et l'absence des hommes, et la fidélité des ombres.
Ah! qu'elle me parut divine la simple Sauvage, l'ignorante Atala, qui,
à genoux devant un vieux pin tombé, comme au pied d'un autel, offrait à son Dieu des vœux pour un amant idolâtre! Ses yeux levés vers
l'astre de la nuit, ses joues brillantes des pleurs de la religion et de
l'amour, étaient d'une beauté immortelle. Plusieurs fois il me sembla
qu'elle allait prendre son vol vers les cieux; plusieurs fois je crus voir
descendre sur les rayons de la lune et entendre dans les branches des
arbres ces génies que le Dieu des chrétiens envoie aux ermites des rochers, lorsqu'il se dispose à les rappeler à lui. J'en fus affligé, car je
craignis qu'Atala n'eût que peu de temps à passer sur la terre.

« Cependant elle versa tant de larmes, elle se montra si malheureuse, que j'allais peut-être consentir à m'éloigner, lorsque le cri de
mort retentit dans la forêt. Quatre hommes armés se précipitent sur

moi : nous avions été découverts; le chef de guerre avait donné l'ordre
de nous poursuivre.

« Atala, qui ressemblait à une reine pour l'orgueil de la démarche,
dédaigna de parler à ces guerriers. Elle leur lança un regard superbe,
et se rendit auprès de Simaghan.

« Elle ne put rien obtenir. On redoubla mes gardes, on multiplia mes
chaînes, on écarta mon amante. Cinq nuits s'écoulent, et nous aperce-
vons Apalachucla, situé au bord de la rivière Chata-Uche. Aussitôt on
me couronne de fleurs; on me peint le visage d'azur et de vermillon,
on m'attache des perles au nez et aux oreilles, et l'on me met à la main
un chichikoué [1].

« Ainsi paré pour le sacrifice, j'entre dans Apalachucla, aux cris répétés de la foule. C'en était fait de ma vie, quand tout à coup le bruit
d'une conque se fait entendre, et le Mico, ou chef de la nation, ordonne
de s'assembler.

« Tu connais, mon fils, les tourments que les Sauvages font subir
aux prisonniers de guerre. Les missionnaires chrétiens, au péril de
leurs jours, et avec une charité infatigable, étaient parvenus chez plusieurs nations à faire substituer un esclavage assez doux aux horreurs
du bûcher. Les Muscogulges n'avaient point encore adopté cette coutume; mais un parti nombreux s'était déclaré en sa faveur. C'était pour
prononcer sur cette importante affaire que le Mico convoquait les sachems. On me conduit au lieu des délibérations.

« Non loin d'Apalachucla s'élevait, sur un tertre isolé, le pavillon
du conseil. Trois cercles de colonnes formaient l'élégante architecture
de cette rotonde. Les colonnes étaient de cyprès poli et sculpté; elles
augmentaient en hauteur et en épaisseur, et diminuaient en nombre,
à mesure qu'elles se rapprochaient du centre, marqué par un pilier
unique. Du sommet de ce pilier partaient des bandes d'écorce, qui, passant sur le sommet des autres colonnes, couvraient le pavillon en forme
d'éventail à jour.

« Le conseil s'assemble. Cinquante vieillards, en manteau de castor,
se rangent sur des espèces de gradins faisant face à la porte du pavillon.
Le grand chef est assis au milieu d'eux, tenant à la main le calumet de
paix à demi coloré pour la guerre. A la droite des vieillards se placent
cinquante femmes couvertes d'une robe de plumes de cygne. Les chefs
de guerre, le tomahawk [2] à la main, le pennage en tête, les bras et la
poitrine teints de sang, prennent la gauche.

« Au pied de la colonne centrale brûle le feu du conseil. Le premier

[1] Instrument de musique des Sauvages. — [2] La hache.

jongleur, environné des huit gardiens du temple, vêtu de longs habits, et portant un hibou empaillé sur la tête, verse du baume de copalme sur la flamme et offre un sacrifice au soleil. Ce triple rang de vieillards, de matrones, de guerriers; ces prêtres, ces nuages d'encens, ce sacrifice, tout sert à donner à ce conseil un appareil imposant.

« J'étais debout enchaîné au milieu de l'assemblée. Le sacrifice achevé, le Mico prend la parole, et expose avec simplicité l'affaire qui rassemble le conseil. Il jette un collier bleu dans la salle, en témoignage de ce qu'il vient de dire.

« Alors un sachem de la tribu de l'Aigle se lève, et parle ainsi :

« Mon père le Mico, sachems, matrones, guerriers des quatre tri-
« bus de l'Aigle, du Castor, du Serpent et de la Tortue, ne changeons
« rien aux mœurs de nos aïeux; brûlons le prisonnier, et n'amollissons
« point nos courages. C'est une coutume des blancs qu'on vous pro-
« pose; elle ne peut être que pernicieuse. Donnez un collier rouge qui
« contienne mes paroles. J'ai dit. »

« Et il jette un collier rouge dans l'assemblée.

« Une matrone se lève, et dit :

« Mon père l'Aigle, vous avez l'esprit d'un renard, et la prudente
« lenteur d'une tortue. Je veux polir avec vous la chaîne d'amitié, et
« nous planterons ensemble l'arbre de paix. Mais changeons les cou-
« tumes de nos aïeux en ce qu'elles ont de funeste. Ayons des esclaves
« qui cultivent nos champs, et n'entendons plus les cris des prisonniers,
« qui troublent le sein des mères. J'ai dit. »

« Comme on voit les flots de la mer se briser pendant un orage, comme en automne des feuilles séchées sont enlevées par un tourbillon, comme les roseaux du Meschacebé plient et se relèvent dans une inondation subite, comme un grand troupeau de cerfs brame au fond d'une forêt, ainsi s'agitait et murmurait le conseil. Des sachems, des guerriers, des matrones, parlent tour à tour ou tous ensemble. Les intérêts se choquent, les opinions se divisent, le conseil va se dissoudre; mais enfin l'usage antique l'emporte, et je suis condamné au bûcher.

« Une circonstance vint retarder mon supplice; la *Fête des morts* ou le *Festin des âmes* approchait. Il est d'usage de ne faire mourir aucun captif pendant les jours consacrés à cette cérémonie. On me confia à une garde sévère; et sans doute les sachems éloignèrent la fille de Simaghan, car je ne la revis plus.

« Cependant les nations de plus de trois cents lieues à la ronde arrivaient en foule pour célébrer le *Festin des âmes*. On avait bâti une longue hutte sur un site écarté. Au jour marqué, chaque cabane exhuma les restes de ses pères de leurs tombeaux particuliers, et l'on suspendit les squelettes, par ordre et par famille, aux murs de la *Salle commune des aïeux*. Les vents (une tempête s'était élevée), les forêts, les cataractes mugissaient au dehors, tandis que les vieillards des diverses nations concluaient entre eux des traités de paix et d'alliance sur les os de leurs pères.

« On célèbre les jeux funèbres, la course, la balle, les osselets. Deux vierges cherchent à s'arracher une baguette de saule. Les boutons de leurs seins viennent se toucher; leurs mains voltigent sur la baguette, qu'elles élèvent au-dessus de leurs têtes. Leurs beaux pieds nus s'entrelacent, leurs bouches se rencontrent, leurs douces haleines se confondent; elles se penchent et mêlent leurs chevelures; elles regardent leurs mères, rougissent : on applaudit [1]. Le jongleur invoque Michabou, génie des eaux. Il raconte les guerres du grand Lièvre contre Machimanitou, dieu du mal. Il dit le premier homme et Athaënsic la première femme précipités du ciel pour avoir perdu l'innocence, la terre rougie du sang fraternel, Jouskeka l'impie immolant le juste Tahouistsaron, le déluge descendant à la voix du Grand-Esprit, Massou sauvé seul dans son canot d'écorce, et le corbeau envoyé à la découverte de la terre : il dit encore la belle Endaé, retirée de la contrée des âmes par les douces chansons de son époux.

« Après ces jeux et ces cantiques, on se prépare à donner aux aïeux une éternelle sépulture.

« Sur les bords de la rivière Chata-Uche se voyait un figuier sauvage, que le culte des peuples avait consacré. Les vierges avaient accoutumé de laver leurs robes d'écorce dans ce lieu, et de les exposer au souffle du désert, sur les rameaux de l'arbre antique. C'était là qu'on avait creusé un immense tombeau. On part de la salle funèbre en chantant l'hymne à la mort; chaque famille porte quelques débris sacrés. On arrive à la tombe; on y descend les reliques; on les y étend par couches; on les sépare avec des peaux d'ours et de castor; le mont du tombeau s'élève, et l'on y plante l'*Arbre des pleurs et du sommeil*.

« Plaignons les hommes, mon cher fils! Ces mêmes Indiens dont les coutumes sont si touchantes, ces mêmes femmes qui m'avaient témoigné un intérêt si tendre, demandaient maintenant mon supplice à grands cris, et des nations entières retardaient leur départ, pour avoir le plaisir de voir un jeune homme souffrir des tourments épouvantables.

« Dans une vallée au nord, à quelque distance du grand village,

---

[1] La rougeur est sensible chez les jeunes Sauvages.

s'élevait un bois de cyprès et de sapins, appelé le *Bois du sang*. On y arrivait par les ruines d'un de ces monuments dont on ignore l'origine, et qui sont l'ouvrage d'un peuple maintenant inconnu. Au centre de ce bois s'étendait une arène où l'on sacrifiait les prisonniers de guerre. On m'y conduit en triomphe. Tout se prépare pour ma mort : on plante le poteau d'Areskoui ; les pins, les ormes, les cyprès, tombent sous la cognée ; le bûcher s'élève ; les spectateurs bâtissent des amphithéâtres avec des branches et des troncs d'arbres. Chacun invente un supplice : l'un se propose de m'arracher la peau du crâne, l'autre de me brûler les yeux avec des haches ardentes. Je commence ma chanson de mort :

« Je ne crains point les tourments : je suis brave, ô Muscogulges ! « je vous défie ; je vous méprise plus que des femmes. Mon père Ou- « talissi, fils de Miscou, a bu dans le crâne de vos plus fameux guer- « riers ; vous n'arracherez pas un soupir de mon cœur. »

« Provoqué par ma chanson, un guerrier me perça le bras d'une flèche ; je dis : « Frère, je te remercie. »

« Malgré l'activité des bourreaux, les préparatifs du supplice ne purent être achevés avant le coucher du soleil. On consulta le jongleur, qui défendit de troubler les génies des ombres, et ma mort fut encore suspendue jusqu'au lendemain. Mais, dans l'impatience de jouir du spectacle, et pour être plus tôt prêts au lever de l'aurore, les Indiens ne quittèrent point le *Bois du sang;* ils allumèrent de grands feux, et commencèrent des festins et des danses.

« Cependant on m'avait étendu sur le dos. Des cordes partant de mon cou, de mes pieds, de mes bras, allaient s'attacher à des piquets enfoncés en terre. Des guerriers étaient couchés sur ces cordes, et je ne pouvais faire un mouvement sans qu'ils n'en fussent avertis. La nuit s'avance : les chants et les danses cessent par degré ; les feux ne jettent plus que des lueurs rougeâtres, devant lesquelles on voit encore passer les ombres de quelques Sauvages ; tout s'endort : à mesure que le bruit des hommes s'affaiblit, celui du désert augmente, et au tumulte des voix succèdent les plaintes du vent dans la forêt.

« C'était l'heure où une jeune Indienne qui vient d'être mère se réveille en sursaut au milieu de la nuit, car elle a cru entendre les cris de son premier-né, qui lui demande la douce nourriture. Les yeux attachés au ciel, où le croissant de la lune errait dans les nuages, je réfléchissais sur ma destinée. Atala me semblait un monstre d'ingratitude. M'abandonner au moment du supplice, moi qui m'étais dévoué aux flammes plutôt que de la quitter ! et pourtant je sentais que je l'aimais toujours, et que je mourrais avec joie pour elle.

« Il est dans les extrêmes plaisirs un aiguillon qui nous éveille, comme pour nous avertir de profiter de ce moment rapide; dans les grandes douleurs, au contraire, je ne sais quoi de pesant nous endort : des yeux fatigués par les larmes cherchent naturellement à se fermer, et la bonté de la Providence se fait ainsi remarquer jusque dans nos infortunes. Je cédai malgré moi à ce lourd sommeil que goûtent quelquefois les misérables. Je rêvais qu'on m'ôtait mes chaînes; je croyais sentir ce soulagement qu'on éprouve lorsque, après avoir été fortement pressé, une main secourable relâche nos fers.

« Cette sensation devint si vive qu'elle me fit soulever les paupières. A la clarté de la lune, dont un rayon s'échappait entre deux nuages, j'entrevois une grande figure blanche penchée sur moi, et occupée à dénouer silencieusement mes liens. J'allais pousser un cri, lorsqu'une main, que je reconnus à l'instant, me ferma la bouche. Une seule corde restait; mais il paraissait impossible de la couper sans toucher un guerrier qui la couvrait tout entière de son corps. Atala y porte la main, le guerrier s'éveille à demi, et se dresse sur son séant. Atala reste immobile, et le regarde. L'Indien croit voir l'esprit des ruines; il se recouche en fermant les yeux et en invoquant son manitou. Le lien est brisé. Je me lève; je suis ma libératrice, qui me tend le bout d'un arc dont elle tient l'autre extrémité. Mais que de dangers nous environnent! Tantôt nous sommes près de heurter des Sauvages endormis; tantôt une garde nous interroge, et Atala répond en changeant sa voix. Des enfants poussent des cris, des dogues aboient. A peine sommes-nous sortis de l'enceinte funeste, que des hurlements ébranlent la forêt. Le camp se réveille, mille feux s'allument, on voit courir de tous côtés des Sauvages avec des flambeaux : nous précipitons notre course.

« Quand l'aurore se leva sur les Apalaches, nous étions déjà loin. Quelle fut ma félicité lorsque je me trouvai encore une fois dans la solitude avec Atala, avec Atala ma libératrice, avec Atala qui se donnait à moi pour toujours! Les paroles manquèrent à ma langue; je tombai à genoux, et je dis à la fille de Simaghan : « Les hommes sont bien peu « de chose; mais quand les génies les visitent, alors ils ne sont rien « du tout. Vous êtes un génie, vous m'avez visité, et je ne puis parler « devant vous. » Atala me tendit la main avec un sourire : « Il faut « bien, dit-elle, que je vous suive, puisque vous ne voulez pas fuir « sans moi. Cette nuit, j'ai séduit le jongleur par des présents, j'ai « enivré vos bourreaux avec de l'essence de feu [1], et j'ai dû hasarder

---

[1] De l'eau-de-vie.

« ma vie pour vous, puisque vous aviez donné la vôtre pour moi. Oui,
« jeune idolâtre, ajouta-t-elle avec un accent qui m'effraya, le sacri-
« fice sera réciproque. »

« Atala me remit les armes qu'elle avait eu soin d'apporter; ensuite elle pansa ma blessure. En l'essuyant avec une feuille de papaya,
elle la mouillait de ses larmes. « C'est un baume, lui dis-je, que tu ré-
« pands sur ma plaie. — Je crains plutôt que ce ne soit un poison, »
répondit-elle. Elle déchira un des voiles de son sein, dont elle fit une
première compresse, qu'elle attacha avec une boucle de ses cheveux.

« L'ivresse, qui dure longtemps chez les Sauvages, et qui est pour
eux une espèce de maladie, les empêcha sans doute de nous poursuivre
durant les premières journées. S'ils nous cherchèrent ensuite, il est probable que ce fut du côté du couchant, persuadés que nous aurions
essayé de nous rendre au Meschacebé; mais nous avions pris notre
route vers l'étoile immobile [1], en nous dirigeant sur la mousse du tronc
des arbres.

« Nous ne tardâmes pas à nous apercevoir que nous avions peu gagné
à ma délivrance. Le désert déroulait maintenant devant nous ses solitudes démesurées. Sans expérience de la vie des forêts, détournés de
notre vrai chemin, et marchant à l'aventure, qu'allions-nous devenir?
Souvent en regardant Atala, je me rappelais cette antique histoire
d'Agar, que Lopez m'avait fait lire, et qui est arrivée dans le désert de
Bersabée, il y a bien longtemps, alors que les hommes vivaient trois
âges de chêne.

« Atala me fit un manteau avec la seconde écorce du frêne, car j'é-
tais presque nu. Elle me broda des mocassines [2] de peau de rat musqué,
avec du poil de porc-épic. Je prenais soin à mon tour de sa parure.
Tantôt je lui mettais sur la tête une couronne de ces mauves bleues,
que nous trouvions sur notre route, dans des cimetières indiens abandonnés; tantôt je lui faisais des colliers avec des graines rouges d'azaléa;
et puis je me prenais à sourire en contemplant sa merveilleuse beauté.

« Quand nous rencontrions un fleuve, nous le passions sur un radeau
ou à la nage. Atala appuyait une de ses mains sur mon épaule; et,
comme deux cygnes voyageurs, nous traversions ces ondes solitaires.

« Souvent, dans les grandes chaleurs du jour, nous cherchions un
abri sous les mousses des cèdres. Presque tous les arbres de la Floride,
en particulier le cèdre et le chêne-vert, sont couverts d'une mousse
blanche qui descend de leurs rameaux jusqu'à terre. Quand, la nuit, au
clair de la lune, vous apercevez sur la nudité d'une savane une yeuse

---

[1] Le nord. — [2] Chaussure indienne.

isolée revêtue de cette draperie, vous croiriez voir un fantôme traînant après lui ses longs voiles. La scène n'est pas moins pittoresque
au grand jour; car une foule de papillons, de mouches brillantes, de
colibris, de perruches vertes, de geais d'azur, vient s'accrocher à ces
mousses, qui produisent alors l'effet d'une tapisserie en laine blanche,
où l'ouvrier européen aurait brodé des insectes et des oiseaux écla-
tants.

« C'était dans ces riantes hôtelleries, préparées par le Grand-Esprit,
que nous nous reposions à l'ombre. Lorsque les vents descendaient du
ciel pour balancer ce grand cèdre, que le château aérien bâti sur ses
branches allait flottant avec les oiseaux et les voyageurs endormis sous
ses abris, que mille soupirs sortaient des corridors et des voûtes du
mobile édifice, jamais les merveilles de l'ancien monde n'ont appro-
ché de ce monument du désert.

« Chaque soir nous allumions un grand feu, et nous bâtissions la
hutte du voyage, avec une écorce élevée sur quatre piquets. Si j'avais
tué une dinde sauvage, un ramier, un faisan des bois, nous le suspen-
dions, devant le chêne embrasé, au bout d'une gaule plantée en terre,
et nous abandonnions au vent le soin de tourner la proie du chasseur.
Nous mangions des mousses appelées *tripes de roches*, des écorces su-
crées de bouleau, et des pommes de mai, qui ont le goût de la pêche
et de la framboise. Le noyer noir, l'érable, le sumac, fournissaient le
vin à notre table. Quelquefois j'allais chercher parmi les roseaux une
plante, dont la fleur allongée en cornet contenait un verre de la plus
pure rosée. Nous bénissions la Providence qui, sur la faible tige d'une
fleur, avait placé cette source limpide au milieu des marais corrompus,
comme elle a mis l'espérance au fond des cœurs ulcérés par le chagrin,
comme elle a fait jaillir la vertu du sein des misères de la vie!

« Hélas! je découvris bientôt que je m'étais trompé sur le calme apparent d'Atala. A mesure que nous avancions, elle devenait triste.
Souvent elle tressaillait sans cause, et tournait précipitamment la tête.
Je la surprenais attachant sur moi un regard passionné, qu'elle repor-
tait vers le ciel avec une profonde mélancolie. Ce qui m'effrayait surtout, était un secret, une pensée cachée au fond de son âme, que j'entrevoyais dans ses yeux. Toujours m'attirant et me repoussant, rani-
mant et détruisant mes espérances : quand je croyais avoir fait un peu
de chemin dans son cœur, je me retrouvais au même point. Que de fois
elle m'a dit : « O mon jeune amant! je t'aime comme l'ombre des bois
« au milieu du jour! Tu es beau comme le désert avec toutes ses fleurs
« et toutes ses brises. Si je me penche sur toi, je frémis; si ma main
« tombe sur la tienne, il me semble que je vais mourir. L'autre jour le

« vent jeta tes cheveux sur mon visage, tandis que tu te délassais sur
« mon sein; je crus sentir le léger toucher des esprits invisibles. Oui,
« j'ai vu les chevrettes de la montagne d'Occone; j'ai entendu les pro-
« pos des hommes rassasiés de jours : mais la douceur des chevreaux
« et la sagesse des vieillards sont moins plaisantes et moins fortes
« que tes paroles. Hé bien! pauvre Chactas, je ne serai jamais ton
« épouse! »

« Les perpétuelles contradictions de l'amour et de la religion d'A-
tala, l'abandon de sa tendresse et la chasteté de ses mœurs, la fierté
de son caractère et sa profonde sensibilité, l'élévation de son âme dans
les grandes choses, sa susceptibilité dans les petites, toute en faisait
pour moi un être incompréhensible. Atala ne pouvait pas prendre sur
un homme un faible empire : pleine de passions, elle était pleine de
puissance; il fallait ou l'adorer ou la haïr.

« Après quinze nuits d'une marche précipitée, nous entrâmes dans la
chaîne des monts Alléghanys, et nous atteignîmes une des branches
du Tenase, fleuve qui se jette dans l'Ohio. Aidé des conseils d'Atala,
je bâtis un canot, que j'enduisis de gomme de prunier, après en avoir
recousu les écorces avec des racines de sapin. Ensuite je m'embarquai
avec Atala, et nous nous abandonnâmes au cours du fleuve.

« Le village indien de Sticoë, avec ses tombes pyramidales et ses
huttes en ruines, se montrait à notre gauche, au détour d'un promontoire; nous laissions à droite la vallée de Keow, terminée par la perspective des cabanes de Jore, suspendues au front de la montagne du
même nom. Le fleuve, qui nous entraînait, coulait entre de hautes
falaises, au bout desquelles on apercevait le soleil couchant. Ces profondes solitudes n'étaient point troublées par la présence de l'homme.
Nous ne vîmes qu'un chasseur indien qui, appuyé sur son arc et immobile sur la pointe d'un rocher, ressemblait à une statue élevée dans la
montagne au génie de ces déserts.

« Atala et moi nous joignions notre silence au silence de cette scène.
Tout à coup la fille de l'exil fit éclater dans les airs une voix pleine
d'émotion et de mélancolie; elle chantait la patrie absente :

« Heureux ceux qui n'ont point vu la fumée des fêtes de l'étranger,
« et qui ne se sont assis qu'aux festins de leurs pères !

« Si le geai bleu du Meschacebé disait à la nonpareille des Florides :
« Pourquoi vous plaignez-vous si tristement? n'avez-vous pas ici de
« belles eaux et de beaux ombrages, et toutes sortes de pâtures comme
« dans vos forêts? — Oui, répondrait la nonpareille fugitive; mais mon
« nid est dans le jasmin, qui me l'apportera? Et le soleil de ma savane,
« l'avez-vous?

« Heureux ceux qui n'ont point vu la fumée des fêtes de l'étranger,
« et qui ne se sont assis qu'aux festins de leurs pères !

« Après les heures d'une marche pénible, le voyageur s'assied tran-
« quillement. Il contemple autour de lui les toits des hommes ; le voya-
« geur n'a pas un lieu où reposer sa tête. Le voyageur frappe à la ca-
« bane, il met son arc derrière la porte, il demande l'hospitalité ; le
« maître fait un geste de la main : le voyageur reprend son arc et re-
« tourne au désert !

« Heureux ceux qui n'ont point vu la fumée des fêtes de l'étranger,
« et qui ne se sont assis qu'aux festins de leurs pères !

« Merveilleuses histoires racontées autour du foyer, tendres épan-
« chements du cœur, longues habitudes d'aimer si nécessaires à la
« vie, vous avez rempli les journées de ceux qui n'ont point quitté
« leur pays natal ! Leurs tombeaux sont dans leur patrie, avec le so-
« leil couchant, les pleurs de leurs amis et les charmes de la religion.

« Heureux ceux qui n'ont point vu la fumée des fêtes de l'étranger,
« et qui ne se sont assis qu'aux festins de leurs pères ! »

« Ainsi chantait Atala. Rien n'interrompait ses plaintes, hors le bruit
insensible de notre canot sur les ondes. En deux ou trois endroits seulement elles furent recueillies par un faible écho, qui les redit à un second plus faible, et celui-ci à un troisième plus faible encore : on eût
cru que les âmes de deux amants, jadis infortunés comme nous, attirés
par cette mélodie touchante, se plaisaient à en soupirer les derniers
sons dans la montagne.

« Cependant la solitude, la présence continuelle de l'objet aimé, nos
malheurs même, redoublaient à chaque instant notre amour. Les forces d'Atala commençaient à l'abandonner, et les passions, en abattant
son corps, allaient triompher de sa vertu. Elle priait continuellement
sa mère, dont elle avait l'air de vouloir apaiser l'ombre irritée. Quelquefois elle me demandait si je n'entendais pas une voix plaintive, si
je ne voyais pas des flammes sortir de la terre. Pour moi, épuisé de
fatigue, mais toujours brûlant de désir, songeant que j'étais peut-être
perdu sans retour au milieu de ces forêts, cent fois je fus prêt à saisir
mon épouse dans mes bras, cent fois je lui proposai de bâtir une hutte
sur ces rivages, et de nous y ensevelir ensemble. Mais elle me résista
toujours : « Songez, me disait-elle, mon jeune ami, qu'un guerrier se
« doit à sa patrie. Qu'est-ce qu'une femme auprès des devoirs que tu
« as à remplir ? Prends courage, fils d'Outalissi ; ne murmure point
« contre ta destinée. Le cœur de l'homme est comme l'éponge du
« fleuve, qui tantôt boit une onde pure dans les temps de sérénité,
« tantôt s'enfle d'une eau bourbeuse quand le ciel a troublé les eaux.

« L'éponge a-t-elle le droit de dire : Je croyais qu'il n'y aurait ja-
« mais d'orages, que le soleil ne serait jamais brûlant? »

« O René, si tu crains les troubles du cœur, défie-toi de la solitude :
les grandes passions sont solitaires, et les transporter au désert, c'est
les rendre à leur empire. Accablés de soucis et de craintes, exposés à
tomber entre les mains des Indiens ennemis, à être engloutis dans les
eaux, piqués des serpents, dévorés des bêtes, trouvant difficilement
une chétive nourriture, et ne sachant plus de quel côté tourner nos pas,
nos maux semblaient ne pouvoir plus s'accroître, lorsqu'un accident y
vint mettre le comble.

« C'était le vingt-septième soleil depuis notre départ des cabanes : la
lune de feu [1] avait commencé son cours, et tout annonçait un orage.
Vers l'heure où les matrones indiennes suspendent la crosse du labour
aux branches du savinier, et où les perruches se retirent dans le creux
des cyprès, le ciel commença à se couvrir. Les voix de la solitude s'é-
teignirent, le désert fit silence, et les forêts demeurèrent dans un calme
universel. Bientôt les roulements d'un tonnerre lointain, se prolongeant
dans ces bois aussi vieux que le monde, en firent sortir des bruits sublimes. Craignant d'être submergés, nous nous hâtâmes de gagner le
bord du fleuve, et de nous retirer dans une forêt.

« Ce lieu était un terrain marécageux. Nous avancions avec peine
sous une voûte de smilax, parmi des ceps de vigne, des indigos, des
fascoles, des lianes rampantes, qui entravaient nos pieds comme des
filets. Le sol spongieux tremblait autour de nous, et à chaque instant
nous étions près d'être engloutis dans des fondrières. Des insectes sans
nombre, d'énormes chauves-souris, nous aveuglaient; les serpents à
sonnettes bruissaient de toutes parts; et les loups, les ours, les carcajous, les petits tigres, qui venaient se cacher dans ces retraites, les
remplissaient de leurs rugissements.

« Cependant l'obscurité redouble : les nuages abaissés entrent sous
l'ombrage des bois. La nue se déchire, et l'éclair trace un rapide losange
de feu. Un vent impétueux, sorti du couchant, roule les nuages sur les
nuages; les forêts plient, le ciel s'ouvre coup sur coup, et, à travers
ses crevasses, on aperçoit de nouveaux cieux et des campagnes ardentes. Quel affreux, quel magnifique spectacle! La foudre met le feu
dans les bois; l'incendie s'étend comme une chevelure de flammes; des
colonnes d'étincelles et de fumée assiègent les nues, qui vomissent
leurs foudres dans le vaste embrasement. Alors le Grand-Esprit couvre
les montagnes d'épaisses ténèbres; du milieu de ce vaste chaos s'élève

[1] Mois de juillet.

un mugissement confus formé par le fracas des vents, le gémissement des arbres, le hurlement des bêtes féroces, le bourdonnement de l'incendie, et la chute répétée du tonnerre qui siffle en s'éteignant dans les eaux.

« Le Grand-Esprit le sait! Dans ce moment, je ne vis qu'Atala, je ne pensai qu'à elle. Sous le tronc penché d'un bouleau, je parvins à la garantir des torrents de la pluie. Assis moi-même sous l'arbre, tenant ma bien-aimée sur mes genoux, et réchauffant ses pieds nus entre mes mains, j'étais plus heureux que la nouvelle épouse qui sent pour la première fois son fruit tressaillir dans son sein.

« Nous prêtions l'oreille au bruit de la tempête; tout à coup, je sentis une larme d'Atala tomber sur mon sein : « Orage du cœur, m'é-« criai-je, est-ce une goutte de votre pluie? » Puis embrassant étroitement celle que j'aimais : « Atala, lui dis-je, vous me cachez quelque « chose. Ouvre-moi ton cœur, ô ma beauté! cela fait tant de bien quand « un ami regarde dans notre âme! Raconte-moi cet autre secret « de la douleur, que tu t'obstines à taire. Ah! je le vois, tu pleures ta « patrie. » Elle repartit aussitôt : « Enfant des hommes, comment pleu-« rerais-je ma patrie, puisque mon père n'était pas du pays des pal-« miers? — Quoi! répliquai-je avec un profond étonnement, votre père « n'était point du pays des palmiers! Quel est donc celui qui vous a « mise sur cette terre? Répondez. » Atala dit ces paroles :

« Avant que ma mère eût apporté en mariage au guerrier Simaghan « trente cavales, vingt buffles, cent mesures d'huile de glands, cin-« quante peaux de castor et beaucoup d'autres richesses, elle avait « connu un homme de la chair blanche. Or, la mère de ma mère lui jeta « de l'eau au visage, et la contraignit d'épouser le magnanime Sima-« ghan, tout semblable à un roi, et honoré des peuples comme un « génie. Mais ma mère dit à son nouvel époux : Mon ventre a conçu, « tuez-moi. Simaghan lui répondit : Le Grand-Esprit me garde d'une « si mauvaise action. Je ne vous mutilerai point, je ne vous couperai « point le nez ni les oreilles, parce que vous avez été sincère, et que « vous n'avez point trompé ma couche. Le fruit de vos entrailles sera « mon fruit, et je ne vous visiterai qu'après le départ de l'oiseau de « rizière, lorsque la treizième lune aura brillé. En ce temps-là, je brisai « le sein de ma mère, et je commençai à croître, fière comme une Espa-« gnole et comme une Sauvage. Ma mère me fit chrétienne, afin que « son Dieu et le Dieu de mon père fût aussi mon Dieu. Ensuite le cha-« grin d'amour vint la chercher, et elle descendit dans la petite cave « garnie de peaux, d'où l'on ne sort jamais. »

« Telle fut l'histoire d'Atala. « Et quel était donc ton père, pauvre

« orpheline ? lui dis-je ; comment les hommes l'appelaient-ils sur la
« terre, et quel nom portait-il parmi les génies ? — Je n'ai jamais lavé
« les pieds de mon père, dit Atala ; je sais seulement qu'il vivait avec
« sa sœur à Saint-Augustin, et qu'il a toujours été fidèle à ma mère :
« *Philippe* était son nom parmi les anges, et les hommes le nommaient
« *Lopez*. »

« A ces mots je poussai un cri qui retentit dans toute la solitude ; le
bruit de mes transports se mêla au bruit de l'orage. Serrant Atala sur
mon cœur, je m'écriai avec des sanglots : « O ma sœur ! ô fille de Lo-
« pez ! fille de mon bienfaiteur ! » Atala, effrayée, me demanda d'où
venait mon trouble ; mais quand elle sut que Lopez était cet hôte généreux qui m'avait adopté à Saint-Augustin, et que j'avais quitté pour
être libre, elle fut saisie elle-même de confusion et de joie.

« C'en était trop pour nos cœurs que cette amitié fraternelle qui
venait nous visiter, et joindre son amour à notre amour. Désormais les
combats d'Atala allaient devenir inutiles : en vain je la sentis porter
une main à son sein, et faire un mouvement extraordinaire ; déjà je
l'avais saisie, déjà je m'étais enivré de son souffle ; déjà j'avais bu toute
la magie de l'amour sur ses lèvres. Les yeux levés vers le ciel, à la
lueur des éclairs, je tenais mon épouse dans mes bras, en présence de
l'Éternel. Pompe nuptiale, digne de nos malheurs et de la grandeur de
nos amours ; superbes forêts qui agitiez vos lianes et vos dômes comme
les rideaux et le ciel de notre couche, pins embrasés qui formiez les
flambeaux de notre hymen, fleuve débordé, montagnes mugissantes,
affreuse et sublime nature, n'étiez-vous donc qu'un appareil préparé
pour nous tromper, et ne pûtes-vous cacher un moment dans vos mystérieuses horreurs la félicité d'un homme ?

« Atala n'offrait plus qu'une faible résistance, je touchais au moment
du bonheur, quand tout à coup un impétueux éclair, suivi d'un éclat
de la foudre, sillonne l'épaisseur des ombres, remplit la forêt de soufre
et de lumière, et brise un arbre à nos pieds. Nous fuyons. O surprise !...
dans le silence qui succède, nous entendons le son d'une cloche ! Tous
deux interdits, nous prêtons l'oreille à ce bruit, si étrange dans un
désert. A l'instant un chien aboie dans le lointain ; il approche, il redouble ses cris, il arrive, il hurle de joie à nos pieds ; un vieux solitaire portant une petite lanterne le suit à travers les ténèbres de la
forêt. « La Providence soit bénie ! » s'écria-t-il aussitôt qu'il nous
aperçut. « Il y a bien longtemps que je vous cherche ! Notre chien vous
« a sentis dès le commencement de l'orage, et il m'a conduit ici. Bon
« Dieu ! comme ils sont jeunes ! Pauvres enfants ! comme ils ont dû
« souffrir ! Allons : j'ai apporté une peau d'ours, ce sera pour cette

« jeune femme ; voici un peu de vin dans notre calebasse. Que Dieu soit
« loué dans toutes ses œuvres ! sa miséricorde est bien grande, et sa
« bonté est infinie ! »

« Atala était aux pieds du religieux : « Chef de la prière, lui disait-
« elle, je suis chrétienne, c'est le ciel qui t'envoie pour me sauver. —
« Ma fille, dit l'ermite en la relevant, nous sommes ordinairement la
« cloche de la mission pendant la nuit et pendant les tempêtes pour
« appeler les étrangers ; et, à l'exemple de nos frères des Alpes et du
« Liban, nous avons appris à notre chien à découvrir les voyageurs
« égarés. » Pour moi, je comprenais à peine l'ermite ; cette charité me
semblait si fort au-dessus de l'homme, que je croyais faire un songe.
A la lueur de la petite lanterne que tenait le religieux, j'entrevoyais sa
barbe et ses cheveux tout trempés d'eau ; ses pieds, ses mains et son
visage étaient ensanglantés par les ronces : « Vieillard, » m'écriai-je
enfin, « quel cœur as-tu donc, toi qui n'as pas craint d'être frappé par
« la foudre ? — Craindre ! repartit le père avec une sorte de chaleur ;
« craindre lorsqu'il y a des hommes en péril, et que je leur puis être
« utile ! je serais donc un bien indigne serviteur de Jésus-Christ ! —
« Mais sais-tu, lui dis-je, que je ne suis pas chrétien ? — Jeune homme,
« répondit l'ermite, vous ai-je demandé votre religion ? Jésus-Christ
« n'a pas dit : Mon sang lavera celui-ci, et non celui-là. Il est mort
« pour le Juif et le Gentil, et il n'a vu dans tous les hommes que des
« frères et des infortunés. Ce que je fais ici pour vous est fort peu de
« chose, et vous trouveriez ailleurs bien d'autres secours ; mais la
« gloire n'en doit point retomber sur les prêtres. Que sommes-nous,
« faibles solitaires, sinon de grossiers instruments d'une œuvre céleste ;
« Eh ! quel serait le soldat assez lâche pour reculer lorsque son chef,
« la croix à la main, et le front couronné d'épines, marche devant lui
« au secours des hommes ? »

« Ces paroles saisirent mon cœur ; des larmes d'admiration et de tendresse tombèrent de mes yeux. « Mes chers enfants, dit le mission-
« naire, je gouverne dans ces forêts un petit troupeau de vos frères
« sauvages. Ma grotte est assez près d'ici dans la montagne ; venez
« vous réchauffer chez moi ; vous n'y trouverez pas les commodités de
« la vie, mais vous y aurez un abri ; et il faut encore en remercier la
« bonté divine, car il y a bien des hommes qui en manquent. »

LES LABOUREURS.

« Il y a des justes dont la conscience est si tranquille, qu'on ne peut
approcher d'eux sans participer à la paix qui s'exhale, pour ainsi dire,

de leur cœur et de leurs discours. A mesure que le solitaire parlait, je sentais les passions s'apaiser dans mon sein, et l'orage même du ciel semblait s'éloigner à sa voix. Les nuages furent bientôt assez dispersés pour nous permettre de quitter notre retraite. Nous sortîmes de la forêt, et nous commençâmes à gravir le revers d'une haute montagne. Le chien marchait devant nous en portant au bout d'un bâton la lanterne éteinte. Je tenais la main d'Atala, et nous suivions le missionnaire. Il se détournait souvent pour nous regarder, contemplant avec pitié nos malheurs et notre jeunesse. Un livre était suspendu à son cou; il s'appuyait sur un bâton blanc. Sa taille était élevée; sa figure, pâle et maigre; sa physionomie, simple et sincère. Il n'avait pas les traits morts et effacés de l'homme né sans passions; on voyait que ses jours avaient été mauvais, et les rides de son front montraient les belles cicatrices des passions guéries par la vertu et par l'amour de Dieu et des hommes. Quand il nous parlait debout et immobile, sa longue barbe, ses yeux modestement baissés, le son affectueux de sa voix, tout en lui avait quelque chose de calme et de sublime. Quiconque a vu, comme moi, le père Aubry cheminant seul avec un bâton et son bréviaire dans le désert, a une véritable idée du voyageur chrétien sur la terre.

« Après une demi-heure d'une marche dangereuse par les sentiers de la montagne, nous arrivâmes à la grotte du missionnaire. Nous y entrâmes à travers les lierres et les giraumonts humides, que la pluie avait abattus des rochers. Il n'y avait dans ce lieu qu'une natte de feuilles de papaya, une calebasse pour puiser de l'eau, quelques vases de bois, une bêche, un serpent familier, et, sur une pierre qui servait de table, un crucifix et le livre des chrétiens.

« L'homme des anciens jours se hâta d'allumer du feu avec des lianes sèches; il brisa du maïs entre deux pierres, et en ayant fait un gâteau, il le mit cuire sous la cendre. Quand ce gâteau eut pris au feu une belle couleur dorée, il nous le servit tout brûlant, avec de la crème de noix dans un vase d'érable. Le soir ayant ramené la sérénité, le serviteur du Grand-Esprit nous proposa d'aller nous asseoir à l'entrée de la grotte. Nous le suivîmes dans ce lieu, qui commandait une vue immense.

« Les restes de l'orage étaient jetés en désordre vers l'orient : les feux de l'incendie allumé dans les forêts par la foudre brillaient encore dans le lointain; au pied de la montagne, un bois de pins tout entier était renversé dans la vase, et le fleuve roulait pêle-mêle les argiles détrempées, les troncs des arbres, les corps des animaux et les poissons morts, dont on voyait le ventre argenté flotter à la surface des eaux.

« Ce fut au milieu de cette scène qu'Atala raconta notre histoire au vieux génie de la montagne. Son cœur parut touché, et des larmes tombèrent sur sa barbe : « Mon enfant, » dit-il à Atala, « il faut offrir « vos souffrances à Dieu, pour la gloire de qui vous avez déjà fait tant « de choses ; il vous rendra le repos. Voyez fumer ces forêts, sécher « ces torrents, se dissiper ces nuages ; croyez-vous que celui qui peut « calmer une pareille tempête ne pourra pas apaiser les troubles du « cœur de l'homme ? Si vous n'avez pas de meilleure retraite, ma chère « fille, je vous offre une place au milieu du troupeau que j'ai eu le « bonheur d'appeler à Jésus-Christ. J'instruirai Chactas, et je vous le « donnerai pour époux quand il sera digne de l'être. »

« A ces mots, je tombai aux genoux du solitaire, en versant des pleurs de joie ; mais Atala devint pâle comme la mort. Le vieillard me releva avec bénignité, et je m'aperçus alors qu'il avait les deux mains mutilées. Atala comprit sur-le-champ ses malheurs. « Les barbares ! » s'écria-t-elle.

« Ma fille, reprit le père avec un doux sourire, qu'est-ce que cela « auprès de ce qu'a enduré mon divin Maître ? Si les Indiens idolâtres « m'ont affligé, ce sont de pauvres aveugles que Dieu éclairera un jour. « Je les chéris même davantage, en proportion des maux qu'ils m'ont « faits. Je n'ai pu rester dans ma patrie, où j'étais retourné, et où une « illustre reine m'a fait l'honneur de vouloir contempler ces faibles « marques de mon apostolat. Et quelle récompense plus glorieuse pou- « vais-je recevoir de mes travaux, que d'avoir obtenu du chef de « notre religion la permission de célébrer le divin sacrifice avec ces « mains mutilées ? Il ne me restait plus, après un tel honneur, qu'à « tâcher de m'en rendre digne : je suis revenu au Nouveau Monde, « consumer le reste de ma vie au service de mon Dieu. Il y a bientôt « trente ans que j'habite cette solitude, et il y en aura demain vingt- « deux que j'ai pris possession de ce rocher. Quand j'arrivai dans ces « lieux, je n'y trouvai que des familles vagabondes, dont les mœurs « étaient féroces et la vie fort misérable. Je leur ai fait entendre la « parole de paix, et leurs mœurs se sont graduellement adoucies. Ils « vivent maintenant rassemblés au bas de cette montagne. J'ai tâché, « en leur enseignant les voies du salut, de leur apprendre les premiers « arts de la vie, mais sans les porter trop loin, et en retenant ces hon- « nêtes gens dans cette simplicité qui fait le bonheur. Pour moi, crai- « gnant de les gêner par ma présence, je me suis retiré sous cette « grotte, où ils viennent me consulter. C'est ici que, loin des hommes, « j'admire Dieu dans la grandeur de ces solitudes, et que je me prépare « à la mort, que m'annoncent mes vieux jours. »

« En achevant ces mots, le solitaire se mit à genoux, et nous imitâmes son exemple. Il commença à haute voix une prière, à laquelle Atala répondait. De muets éclairs ouvraient encore les cieux dans l'orient, et sur les nuages du couchant trois soleils brillaient ensemble. Quelques renards dispersés par l'orage allongaient leurs museaux noirs au bord des précipices, et l'on entendait le frémissement des plantes qui, séchant à la brise du soir, relevaient de toutes parts leurs tiges abattues.

« Nous rentrâmes dans la grotte, où l'ermite étendit un lit de mousse de cyprès pour Atala. Une profonde langueur se peignait dans les yeux et dans les mouvements de cette vierge ; elle regardait le père Aubry, comme si elle eût voulu lui communiquer un secret ; mais quelque chose semblait la retenir, soit ma présence, soit une certaine honte, soit l'inutilité de l'aveu. Je l'entendis se lever au milieu de la nuit ; elle cherchait le solitaire : mais, comme il lui avait donné sa couche, il était allé contempler la beauté du ciel, et prier Dieu sur le sommet de la montagne. Il me dit le lendemain que c'était assez sa coutume, même pendant l'hiver, aimant à voir les forêts balancer leurs cimes dépouillées, les nuages voler dans les cieux, et à entendre les vents et les torrents gronder dans la solitude. Ma sœur fut donc obligée de retourner à sa couche, où elle s'assoupit. Hélas ! comblé d'espérance, je ne vis dans la faiblesse d'Atala que des marques passagères de lassitude !

« Le lendemain, je m'éveillai aux chants des cardinaux et des oiseaux moqueurs, nichés dans les acacias et les lauriers qui environnaient la grotte. J'allai cueillir une rose de magnolia, et je la déposai, humectée des larmes du matin, sur la tête d'Atala endormie. J'espérais, selon la religion de mon pays, que l'âme de quelque enfant mort à la mamelle serait descendue sur cette fleur dans une goutte de rosée, et qu'un heureux songe la porterait au sein de ma future épouse. Je cherchai ensuite mon hôte ; je le trouvai la robe relevée dans ses deux poches, un chapelet à la main, et m'attendant assis sur le tronc d'un pin tombé de vieillesse. Il me proposa d'aller avec lui à la Mission, tandis qu'Atala reposait encore ; j'acceptai son offre, et nous nous mîmes en route à l'instant.

« En descendant la montagne, j'aperçus des chênes où les génies semblaient avoir dessiné des caractères étrangers. L'ermite me dit qu'il les avait tracés lui-même, que c'était des vers d'un ancien poëte appelé *Homère*, et quelques sentences d'un autre poëte plus ancien encore, nommé *Salomon*. Il y avait je ne sais quelle mystérieuse harmonie entre cette sagesse des temps, ces vers rongés de mousse, ce vieux solitaire qui les avait gravés, et ces vieux chênes qui lui servaient de livres.

« Son nom, son âge, la date de sa mission, étaient aussi marqués sur un roseau de savane, au pied de ces arbres. Je m'étonnai de la fragilité du dernier monument : « Il durera encore plus que moi, me ré- « pondit le père, et aura toujours plus de valeur que le peu de bien que « j'ai fait. »

« De là, nous arrivâmes à l'entrée d'une vallée, où je vis un ouvrage merveilleux : c'était un pont naturel, semblable à celui de la Virginie, dont tu as peut-être entendu parler. Les hommes, mon fils, surtout ceux de ton pays, imitent souvent la nature, et leurs copies sont toujours petites ; il n'en est pas ainsi de la nature quand elle a l'air d'imiter les travaux des hommes, en leur offrant en effet des modèles. C'est alors qu'elle jette des ponts du sommet d'une montagne au sommet d'une autre montagne, suspend des chemins dans les nues, répand des fleuves pour canaux, sculpte des monts pour colonnes, et pour bassins creuse des mers.

« Nous passâmes sous l'arche unique de ce pont, et nous nous trouvâmes devant une autre merveille : c'était le cimetière des Indiens de la Mission, ou les *Bocages de la mort*. Le père Aubry avait permis à ses néophytes d'ensevelir leurs morts à leur manière, et de conserver au lieu de leurs sépultures son nom sauvage ; il avait seulement sanctifié ce lieu par une croix [1]. Le sol en était divisé, comme le champ commun des moissons, en autant de lots qu'il y avait de familles. Chaque lot faisait à lui seul un bois qui variait selon le goût de ceux qui l'avaient planté. Un ruisseau serpentait sans bruit au milieu de ces bocages ; on l'appelait le *Ruisseau de la paix*. Ce riant asile des âmes était fermé à l'orient par le pont sous lequel nous avions passé ; deux collines le bornaient au septentrion et au midi ; il ne s'ouvrait qu'à l'occident, où s'élevait un grand bois de sapins. Les troncs de ces arbres, rouges marbrés de vert, montant sans branches jusqu'à leurs cimes, ressemblaient à de hautes colonnes, et formaient le péristyle de ce temple de la mort ; il y régnait un bruit religieux, semblable au sourd mugissement de l'orgue sous les voûtes d'une église ; mais lorsqu'on pénétrait au fond du sanctuaire, on n'entendait plus que les hymnes des oiseaux qui célébraient à la mémoire des morts une fête éternelle.

« En sortant de ce bois, nous découvrîmes le village de la Mission, situé au bord d'un lac, au milieu d'une savane semée de fleurs. On y

[1] Le père Aubry avait fait comme les jésuites à la Chine, qui permettaient aux Chinois d'enterrer leurs parents dans leurs jardins, selon leur ancienne coutume.

arrivait par une avenue de magnolias et de chênes-verts, qui bordaient une de ces anciennes routes que l'on trouve vers les montagnes qui divisent le Kentucky des Florides. Aussitôt que les Indiens aperçurent leur pasteur dans la plaine, ils abandonnèrent leurs travaux, et accoururent au-devant de lui. Les uns baisaient sa robe, les autres aidaient ses pas; les mères élevaient dans leurs bras leurs petits enfants pour leur faire voir l'homme de Jésus-Christ qui répandait des larmes. Il s'informait en marchant de ce qui se passait au village; il donnait un conseil à celui-ci, réprimandait doucement celui-là; il parlait des moissons à recueillir, des enfants à instruire, des peines à consoler, et il mêlait Dieu à tous ses discours.

« Ainsi escortés, nous arrivâmes au pied d'une grande croix qui se trouvait sur le chemin. C'était là que le serviteur de Dieu avait accoutumé de célébrer les mystères de sa religion : « Mes chers néophytes, « dit-il en se tournant vers la foule, il vous est arrivé un frère et une « sœur; et pour surcroît de bonheur, je vois que la divine Providence « a épargné hier vos moissons : voilà deux grandes raisons de la re- « mercier. Offrons donc le saint sacrifice, et que chacun y apporte un « recueillement profond, une foi vive, une reconnaissance infinie et un « cœur humilié. »

« Aussitôt le prêtre divin revêt une tunique blanche d'écorce de mûrier, les vases sacrés sont tirés d'un tabernacle au pied de la croix, l'autel se prépare sur un quartier de roche, l'eau se puise dans le torrent voisin, et une grappe de raisin sauvage fournit le vin du sacrifice. Nous nous mettons tous à genoux dans les hautes herbes; le mystère commence.

« L'aurore, paraissant derrière les montagnes, enflammait l'orient. Tout était d'or ou de rose dans la solitude. L'astre annoncé par tant de splendeur sortit enfin d'un abîme de lumière, et son premier rayon rencontra l'hostie consacrée, que le prêtre en ce moment même élevait dans les airs. O charme de la religion! O magnificence du culte chrétien! Pour sacrificateur un vieil ermite, pour autel un rocher, pour église le désert, pour assistance d'innocents Sauvages! Non, je ne doute point qu'au moment où nous nous prosternâmes, le grand mystère ne s'accomplît, et que Dieu ne descendît sur la terre, car je le sentis descendre dans mon cœur.

« Après le sacrifice, où il ne manqua pour moi que la fille de Lopez, nous nous rendîmes au village. Là régnait le mélange le plus touchant de la vie sociale et de la vie de la nature : au coin d'une cyprière de l'antique désert on découvrait une culture naissante; les épis roulaient à flots d'or sur le tronc du chêne abattu, et la gerbe d'un été remplaçait l'arbre de trois siècles. Partout on voyait les forêts livrées aux flammes pousser de grosses fumées dans les airs, et la charrue se promener lentement entre les débris de leurs racines. Des arpenteurs avec de longues chaînes allaient mesurant le terrain; des arbitres établissaient les premières propriétés; l'oiseau cédait son nid; le repaire de la bête féroce se changeait en une cabane; on entendait gronder des forges, et les coups de la cognée faisaient pour la dernière fois mugir des échos, expirant eux-mêmes avec les arbres qui leur servaient d'asile.

« J'errais avec ravissement au milieu de ces tableaux, rendus plus doux par l'image d'Atala et par les rêves de félicité dont je berçais mon cœur. J'admirais le triomphe du christianisme sur la vie sauvage; je voyais l'Indien se civilisant à la voix de la religion; j'assistais aux noces primitives de l'homme et de la terre : l'homme, par ce grand contrat, abandonnant à la terre l'héritage de ses sueurs; et la terre s'engageant en retour à porter fidèlement les moissons, les fils et les cendres de l'homme.

« Cependant on présenta un enfant au missionnaire, qui le baptisa parmi des jasmins en fleurs, au bord d'une source, tandis qu'un cercueil, au milieu des jeux et des travaux, se rendait aux bocages de la mort. Deux époux reçurent la bénédiction nuptiale sous un chêne, et nous allâmes ensuite les établir dans un coin du désert. Le pasteur marchait devant nous, en bénissant çà et là, et le rocher, et l'arbre, et la fontaine, comme autrefois, selon le livre des chrétiens, Dieu bénit la terre inculte, en la donnant en héritage à Adam. Cette procession, qui, pêle-mêle avec ses troupeaux, suivait de rocher en rocher son chef vénérable, représentait à mon cœur attendri ces migrations des premières familles, alors que Sem, avec ses enfants, s'avançait à travers le monde inconnu, en suivant le soleil qui marchait devant lui.

« Je voulus savoir du saint ermite comment il gouvernait ses enfants; il me répondit avec une grande complaisance : « Je ne leur ai donné « aucune loi; je leur ai seulement enseigné à s'aimer, à prier Dieu, et « à espérer une meilleure vie : toutes les lois du monde sont là-dedans. « Vous voyez au milieu du village une cabane plus grande que les au- « tres : elle sert de chapelle dans la saison des pluies. On s'y assemble « soir et matin pour louer le Seigneur, et quand je suis absent, c'est « un vieillard qui fait la prière; car la vieillesse est, comme la mater- « nité, une espèce de sacerdoce. Ensuite on va travailler dans les « champs; et si les propriétés sont divisées, afin que chacun puisse ap- « prendre l'économie sociale, les moissons sont déposées dans des gre-

« niers communs, pour maintenir la charité fraternelle. Quatre vieil-
« lards distribuent avec égalité le produit du labeur. Ajoutez à cela
« des cérémonies religieuses, beaucoup de cantiques; la croix où j'ai
« célébré les mystères, l'ormeau sous lequel je prêche dans les bons
« jours, nos tombeaux tout près de nos champs de blé, nos fleuves
« où je plonge les petits enfants et les saints Jeans de cette nouvelle
« Béthanie, vous aurez une idée complète de ce royaume de Jésus-
« Christ. »

« Les paroles du solitaire me ravirent, et je sentis la supériorité de
cette vie stable et occupée, sur la vie errante et oisive du Sauvage.

« Ah! René, je ne murmure point contre la Providence, mais j'avoue
que je ne me rappelle jamais cette société évangélique sans éprouver
l'amertume des regrets. Qu'une hutte, avec Atala, sur ces bords, eût
rendu ma vie heureuse! Là finissaient toutes mes courses; là, avec une
épouse, inconnu des hommes, cachant mon bonheur au fond des forêts,
j'aurais passé comme ces fleuves, qui n'ont pas même un nom dans
le désert. Au lieu de cette paix que j'osais alors me promettre, dans
quel trouble n'ai-je point coulé mes jours! Jouet continuel de la fortune, brisé sur tous les rivages, longtemps exilé de mon pays, et n'y
trouvant, à mon retour, qu'une cabane en ruine et des amis dans la
tombe : telle devait être la destinée de Chactas. »

LE DRAME.

« Si mon songe de bonheur fut vif, il fut aussi d'une courte durée,
et le réveil m'attendait à la grotte du solitaire. Je fus surpris, en y
arrivant au milieu du jour, de ne pas voir Atala accourir au-devant de
nos pas. Je ne sais quelle soudaine horreur me saisit. En approchant de
la grotte, je n'osais appeler la fille de Lopez : mon imagination était
également épouvantée, ou du bruit, ou du silence qui succéderait à
mes cris. Encore plus effrayé de la nuit qui régnait à l'entrée du rocher, je dis au missionnaire : « O vous que le ciel accompagne et for-
« tifie, pénétrez dans ces ombres. »

« Qu'il est faible celui que les passions dominent! Qu'il est fort
celui qui se repose en Dieu! Il y avait plus de courage dans ce cœur
religieux, flétri par soixante-seize années, que dans toute l'ardeur de
ma jeunesse. L'homme de paix entra dans la grotte, et je restai au
dehors plein de terreur. Bientôt un faible murmure semblable à des
plaintes sortit du fond du rocher, et vint frapper mon oreille. Poussant un cri, et retrouvant mes forces, je m'élançai dans la nuit de la

caverne.... Esprit de mes pères, vous savez seuls le spectacle qui frappa mes yeux !

« Le solitaire avait allumé un flambeau de pin; il le tenait d'une main tremblante au-dessus de la couche d'Atala. Cette belle et jeune femme, à moitié soulevée sur le coude, se montrait pâle et échevelée. Les gouttes d'une sueur pénible brillaient sur son front; ses regards à demi éteints cherchaient encore à m'exprimer son amour, et sa bouche essayait de sourire. Frappé comme d'un coup de foudre, les yeux fixés, les bras étendus, les lèvres entr'ouvertes, je demeurai immobile. Un profond silence règne un moment parmi les trois personnages de cette scène de douleur. Le solitaire le rompt le premier :
« Ceci, dit-il, ne sera qu'une fièvre occasionnée par la fatigue, et, si
« nous nous résignons à la volonté de Dieu, il aura pitié de nous. »

« A ces paroles, le sang suspendu reprit son cours dans mon cœur, et, avec la mobilité du Sauvage, je passai subitement de l'excès de la crainte à l'excès de la confiance. Mais Atala ne m'y laissa pas long-temps. Balançant tristement la tête, elle nous fit signe de nous approcher de sa couche.

« Mon père, » dit-elle d'une voix affaiblie en s'adressant au religieux, « je touche au moment de la mort. O Chactas! écoute sans dé-
« sespoir le funeste secret que je t'ai caché, pour ne pas te rendre trop
« misérable, et pour obéir à ma mère. Tâche de ne pas m'interrompre
« par des marques d'une douleur qui précipiterait le peu d'instants que
« j'ai à vivre. J'ai beaucoup de choses à raconter, et, aux battements
« de ce cœur, qui se ralentissent... à je ne sais quel fardeau glacé que
« mon sein soulève à peine... je sens que je ne me saurais trop hâter. »

« Après quelques moments de silence, Atala poursuivit ainsi :

« Ma triste destinée a commencé presque avant que j'eusse vu la
« lumière. Ma mère m'avait conçue dans le malheur; je fatiguais son
« sein, et elle me mit au monde avec de grands déchirements d'en-
« trailles : on désespéra de ma vie. Pour sauver mes jours, ma mère
« fit un vœu : elle promit à la Reine des anges que je lui consacrerais
« ma virginité si j'échappais à la mort... Vœu fatal qui me précipite au
« tombeau !

« J'entrais dans ma seizième année lorsque je perdis ma mère. Quel-
« ques heures avant de mourir, elle m'appela au bord de sa couche.
« Ma fille, me dit-elle en présence d'un missionnaire qui consolait ses
« derniers instants; ma fille, tu sais le vœu que j'ai fait pour toi. Vou-
« drais-tu démentir ta mère? O mon Atala ! je te laisse dans un monde
« qui n'est pas digne de posséder une chrétienne, au milieu d'idolâtres
« qui persécutent le Dieu de ton père et le mien, le Dieu qui, après t'a-

« voir donné le jour, te l'a conservé par un miracle. Eh! ma chère en-
« fant, en acceptant le voile des vierges, tu ne fais que renoncer aux
« soucis de la cabane et aux funestes passions qui ont troublé le sein
« de ta mère! Viens donc, ma bien-aimée, viens, jure sur cette image
« de la mère du Sauveur, entre les mains de ce saint prêtre et de ta
« mère expirante, que tu ne me trahiras point à la face du ciel. Songe
« que je me suis engagée pour toi, afin de te sauver la vie, et que, si
« tu ne tiens ma promesse, tu plongeras l'âme de ta mère dans des
« tourments éternels. »

« O ma mère! pourquoi parlâtes-vous ainsi! O religion qui fais à la
« fois mes maux et ma félicité, qui me perds et qui me consoles! Et
« toi, cher et triste objet d'une passion qui me consume jusque dans
« les bras de la mort, tu vois maintenant, ô Chactas, ce qui a fait la ri-
« gueur de notre destinée!... Fondant en pleurs et me précipitant dans
« le sein maternel, je promis tout ce qu'on voulut me faire promettre.
« Le missionnaire prononça sur moi les paroles redoutables, et me
« donna le scapulaire qui me lie pour jamais. Ma mère me menaça de
« sa malédiction, si jamais je rompais mes vœux, et après m'avoir
« recommandé un secret inviolable envers les païens, persécuteurs de
« ma religion, elle expira en me tenant embrassée.

« Je ne connus pas d'abord le danger de mes serments. Pleine d'ar-
« deur, et chrétienne véritable, fière du sang espagnol qui coule dans
« mes veines, je n'aperçus autour de moi que des hommes indignes
« de recevoir ma main; je m'applaudis de n'avoir d'autre époux que le
« Dieu de ma mère. Je te vis, jeune et beau prisonnier, je m'attendris
« sur ton sort, je t'osai parler au bûcher de la forêt; alors je sentis tout
« le poids de mes vœux. »

« Comme Atala achevait de prononcer ces paroles, serrant les poings,
et regardant le missionnaire d'un air menaçant, je m'écriai: « La voilà
« donc cette religion que vous m'avez tant vantée! Périsse le serment
« qui m'enlève Atala! Périsse le Dieu qui contrarie la nature! Homme-
« prêtre, qu'es-tu venu faire dans ces forêts?

— « Te sauver, dit le vieillard d'une voix terrible, dompter tes pas-
« sions, et t'empêcher, blasphémateur, d'attirer sur toi la colère cé-
« leste. Il te sied bien, jeune homme, à peine entré dans la vie, de te
« plaindre de tes douleurs! Où sont les marques de tes souffrances?
« Où sont les injustices que tu as supportées? Où sont tes vertus, qui
« seules pourraient te donner quelques droits à la plainte? Quel service
« as-tu rendu? Quel bien as-tu fait! Eh! malheureux, tu ne m'offres
« que des passions, et tu oses accuser le ciel! Quand tu auras, comme
« le père Aubry, passé trente années exilé sur les montagnes, tu

« seras moins prompt à juger des desseins de la Providence ; tu com-
« prendras alors que tu ne sais rien, que tu n'es rien, et qu'il n'y a
« point de châtiments si rigoureux, point de maux si terribles, que la
« chair corrompue ne mérite de souffrir. »

« Les éclairs qui sortaient des yeux du vieillard, sa barbe qui frappait sa poitrine, ses paroles foudroyantes, le rendaient semblable à un
dieu. Accablé de sa majesté, je tombai à ses genoux, et lui demandai
pardon de mes emportements. « Mon fils, » me répondit-il avec un accent
si doux, que le remords entra dans mon âme ; « mon fils, ce n'est pas
« pour moi-même que je vous ai réprimandé. Hélas! vous avez raison,
« mon cher enfant : je suis venu faire bien peu de chose dans ces forêts,
« et Dieu n'a pas de serviteur plus indigne que moi. Mais, mon fils,
« le ciel, le ciel, voilà ce qu'il ne faut jamais accuser! Pardonnez-moi
« si je vous ai offensé; mais écoutons votre sœur. Il y a peut-être du
« remède ; ne nous lassons point d'espérer. Chactas, c'est une religion
« bien divine que celle-là qui a fait une vertu de l'espérance! »

— « Mon jeune ami, reprit Atala, tu as été témoin de mes combats,
« et cependant tu n'en as vu que la moindre partie ; je te cachais le
« reste. Non, l'esclave noir qui arrose de ses sueurs les sables ardents
« de la Floride est moins misérable que n'a été Atala. Te sollicitant à
« la fuite, et pourtant certaine de mourir si tu t'éloignais de moi ; crai-
« gnant de fuir avec toi dans les déserts, et cependant haletant après
« l'ombrage des bois.... Ah! s'il n'avait fallu que quitter parents, amis,
« patrie ; si même (chose affreuse!) il n'y eût eu que la perte de mon
« âme! Mais ton ombre, ô ma mère, ton ombre était toujours là, me
« reprochant ses tourments! J'entendais tes plaintes, je voyais les
« flammes de l'enfer te consumer. Mes nuits étaient arides et pleines
« de fantômes, mes jours étaient désolés ; la rosée du soir séchait en
« tombant sur ma peau brûlante; j'entr'ouvrais mes lèvres aux brises,
« et les brises, loin de m'apporter la fraîcheur, s'embrasaient du feu
« de mon souffle. Quel tourment de te voir sans cesse auprès de moi,
« loin de tous les hommes, dans de profondes solitudes, et de sentir
« entre toi et moi une barrière invincible! Passer ma vie à tes pieds,
« te servir comme ton esclave, apprêter ton repas et ta couche dans
« quelque coin ignoré de l'univers, eût été pour moi le bonheur su-
« prême ; ce bonheur, j'y touchais, et je ne pouvais en jouir. Quel des-
« sein n'ai-je point rêvé! Quel songe n'est point sorti de ce cœur si
« triste! Quelquefois, en attachant mes yeux sur toi, j'allais jusqu'à
« former des désirs aussi insensés que coupables : tantôt j'aurais voulu
« être avec toi la seule créature vivante sur la terre, tantôt sentant une
« divinité qui m'arrêtait dans mes horribles transports, j'aurais désiré

« que cette divinité se fût anéantie, pourvu que, serrée dans tes bras,
« j'eusse roulé d'abîme en abîme avec les débris de Dieu et du monde !
« A présent même.... le dirai-je ! à présent que l'éternité va m'en-
« gloutir, que je vais paraître devant le Juge inexorable ; au moment
« où, pour obéir à ma mère, je vois avec joie ma virginité dévorer ma
« vie ; eh bien ! par une affreuse contradiction, j'emporte le regret de
« n'avoir pas été à toi !...

— « Ma fille, interrompit le missionnaire, votre douleur vous égare.
« Cet excès de passion auquel vous vous livrez est rarement juste, il
« n'est pas même dans la nature ; et en cela il est moins coupable
« aux yeux de Dieu, parce que c'est plutôt quelque chose de faux dans
« l'esprit que de vicieux dans le cœur. Il faut donc éloigner de vous
« ces emportements, qui ne sont pas dignes de votre innocence. Mais
« aussi, ma chère enfant, votre imagination impétueuse vous a trop
« alarmée sur vos vœux. La religion n'exige point de sacrifice plus
« qu'humain. Ses sentiments vrais, ses vertus tempérées, sont bien au-
« dessus des sentiments exaltés et des vertus forcées d'un prétendu
« héroïsme. Si vous aviez succombé, eh bien ! pauvre brebis égarée,
« le bon Pasteur vous aurait cherchée pour vous ramener au troupeau.
« Les trésors du repentir vous étaient ouverts : il faut des torrents de
« sang pour effacer nos fautes aux yeux des hommes, une seule larme
« suffit à Dieu. Rassurez-vous donc, ma chère fille, votre situation
« exige du calme ; adressons-nous à Dieu, qui guérit toutes les plaies
« de ses serviteurs. Si c'est sa volonté, comme je l'espère, que vous
« échappiez à cette maladie, j'écrirai à l'évêque de Québec ; il a les
« pouvoirs nécessaires pour vous relever de vos vœux, qui ne sont que
« des vœux simples, et vous achèverez vos jours près de moi avec
« Chactas votre époux. »

« A ces paroles du vieillard, Atala fut saisie d'une longue convulsion, dont elle ne sortit que pour donner des marques d'une douleur
effrayante. « Quoi ! dit-elle en joignant les deux mains avec passion,
« il y avait du remède ! Je pouvais être relevée de mes vœux ! — Oui,
« ma fille, répondit le père ; et vous le pouvez encore. — Il est trop
« tard, il est trop tard ! s'écria-t-elle. Faut-il mourir, au moment où
« j'apprends que j'aurais pu être heureuse ! Que n'ai-je connu plus tôt
« ce saint vieillard ! Aujourd'hui, de quel bonheur je jouirais, avec toi,
« avec Chactas chrétien... consolée, rassurée par ce prêtre auguste...
« dans ce désert... pour toujours... oh ! c'eût été trop de félicité ! —
« Calme-toi, lui dis-je en saisissant une des mains de l'infortunée ;
« calme-toi, ce bonheur nous allons le goûter. — Jamais ! jamais ! dit
« Atala. — Comment ! repartis-je. — Tu ne sais pas tout, s'écria la

« vierge : c'est hier.... pendant l'orage.... J'allais violer mes vœux : j'al-
« lais plonger ma mère dans les flammes de l'abîme ; déjà sa malédic-
« tion était sur moi : déjà je mentais au Dieu qui m'a sauvé la vie....
« Quand tu baisais mes lèvres tremblantes, tu ne savais pas que tu
« n'embrassais que la mort ! — O ciel ! s'écria le missionnaire, chère
« enfant, qu'avez-vous fait ? — Un crime, mon père, dit Atala les
« yeux égarés : mais je ne perdais que moi, et je sauvais ma mère. —
« Achève donc, » m'écriai-je plein d'épouvante. — « Hé bien, dit-elle,
« j'avais prévu ma faiblesse : en quittant les cabanes, j'ai emporté avec
« moi... — Quoi? » repris-je avec horreur. — « Un poison! » dit le père.
« — Il est dans mon sein, » s'écria Atala.

« Le flambeau échappe de la main du solitaire, je tombe mourant
près de la fille de Lopez ; le vieillard nous saisit l'un et l'autre dans ses
bras, et tous trois, dans l'ombre, nous mêlons un moment nos sanglots
sur cette couche funèbre.

« Réveillons-nous, réveillons-nous! » dit bientôt le courageux ermite en allumant une lampe. « Nous perdons des moments précieux :
« intrépides chrétiens, bravons les assauts de l'adversité : la corde au
« cou, la cendre sur la tête, jetons-nous aux pieds du Très-Haut, pour
« implorer sa clémence, pour nous soumettre à ses décrets. Peut-être
« est-il temps encore. Ma fille, vous eussiez dû m'avertir hier au soir.

— « Hélas! mon père, dit Atala, je vous ai cherché la nuit der-
« nière ; mais le ciel, en punition de mes fautes, vous a éloigné de
« moi. Tout secours eût d'ailleurs été inutile ; car les Indiens même,
« si habiles dans ce qui regarde les poisons, ne connaissent point de
« remède à celui que j'ai pris. O Chactas! juge de mon étonnement
« quand j'ai vu que le coup n'était pas aussi subit que je m'y atten-
« dais! Mon amour a redoublé mes forces, mon âme n'a pu si vite se
« séparer de toi. »

« Ce ne fut plus ici par des sanglots que je troublai le récit d'Atala,
ce fut par ces emportements qui ne sont connus que des Sauvages. Je
me roulai furieux sur la terre en me tordant les bras, et en me dévorant les mains. Le vieux prêtre, avec une tendresse merveilleuse, courait du frère à la sœur, et nous prodiguait mille secours. Dans le calme
de son cœur et sous le fardeau des ans, il savait se faire entendre à
notre jeunesse, et sa religion lui fournissait des accents plus tendres
et plus brûlants que nos passions mêmes. Ce prêtre, qui depuis quarante années s'immolait chaque jour au service de Dieu et des hommes
dans ces montagnes, ne te rappelle-t-il pas ces holocaustes d'Israël,
fumant perpétuellement sur les hauts lieux, devant le Seigneur?

« Hélas! ce fut en vain qu'il essaya d'apporter quelque remède aux maux d'Atala. La fatigue, le chagrin, le poison, et une passion plus mortelle que tous les poisons ensemble, se réunissaient pour ravir cette fleur à la solitude. Vers le soir, des symptômes effrayants se manifestèrent; un engourdissement général saisit les membres d'Atala, et les extrémités de son corps commencèrent à refroidir : « Touche « mes doigts, me disait-elle; ne les trouves-tu pas bien glacés? » Je ne savais que répondre, et mes cheveux se hérissaient d'horreur; ensuite elle ajoutait : « Hier encore, mon bien-aimé, ton seul toucher me fai- « sait tressaillir, et voilà que je ne sens plus ta main, je n'entends « presque plus ta voix; les objets de la grotte disparaissent tour à « tour. Ne sont-ce pas les oiseaux qui chantent? Le soleil doit être « près de se coucher maintenant; Chactas, ses rayons seront bien « beaux au désert, sur ma tombe! »

« Atala, s'apercevant que ces paroles nous faisaient fondre en pleurs, nous dit : « Pardonnez-moi, mes bons amis; je suis bien faible, mais « peut-être que je vais devenir plus forte. Cependant mourir si jeune, « tout à la fois, quand mon cœur était si plein de vie! Chef de la « prière, aie pitié de moi; soutiens-moi. Crois-tu que ma mère soit « contente, et que Dieu me pardonne ce que j'ai fait?

— « Ma fille, » répondit le bon religieux en versant des larmes, et les essuyant avec ses doigts tremblants et mutilés; « ma fille, tous vos « malheurs viennent de votre ignorance; c'est votre éducation sau- « vage et le manque d'instruction nécessaire qui vous ont perdue; « vous ne saviez pas qu'une chrétienne ne peut disposer de sa vie. « Consolez-vous donc, ma chère brebis; Dieu vous pardonnera à cause « de la simplicité de votre cœur. Votre mère et l'imprudent mission- « naire qui la dirigeait ont été plus coupables que vous; ils ont passé « leurs pouvoirs en vous arrachant un vœu indiscret; mais que la paix « du Seigneur soit avec eux! Vous offrez tous trois un terrible exemple « des dangers de l'enthousiasme et du défaut de lumières en matière « de religion. Rassurez-vous, mon enfant; celui qui sonde les reins et « les cœurs vous jugera sur vos intentions, qui étaient pures, et non « sur votre action, qui est condamnable.

« Quant à la vie, si le moment est arrivé de vous endormir dans le « Seigneur, ah! ma chère enfant, que vous perdez peu de chose en « perdant ce monde! Malgré la solitude où vous avez vécu, vous avez « connu les chagrins : que penseriez-vous donc si vous eussiez été té- « moin des maux de la société? si, en abordant sur les rivages de « l'Europe, votre oreille eût été frappée de ce long cri de douleur qui « s'élève de cette vieille terre? L'habitant de la cabane, et celui des « palais, tout souffre, tout gémit ici-bas; les reines ont été vues pleu-

« rant comme de simples femmes, et l'on s'est étonné de la quantité
« de larmes que contiennent les yeux des rois !

« Est-ce votre amour que vous regrettez? Ma fille, il faudrait au-
« tant pleurer un songe. Connaissez-vous le cœur de l'homme, et pour-
« riez-vous compter les inconstances de son désir? Vous calculeriez
« plutôt le nombre de vagues que la mer roule dans une tempête!
« Atala, les sacrifices, les bienfaits, ne sont pas des liens éternels : un
« jour peut-être le dégoût fût venu avec la satiété, le passé eût été
« compté pour rien, et l'on n'eût plus aperçu que les inconvénients
« d'une union pauvre et méprisée. Sans doute, ma fille, les plus belles
« amours furent celles de cet homme et de cette femme sortis de la
« main du Créateur. Un paradis avait été formé pour eux, ils étaient
« innocents et immortels. Parfaits de l'âme et du corps, ils se conve-
« naient en tout : Ève avait été créée pour Adam, et Adam pour Ève.
« S'ils n'ont pu toutefois se maintenir dans cet état de bonheur, quels
« couples le pourront après eux? Je ne vous parlerai point des ma-
« riages des premiers nés des hommes, de ces unions ineffables, alors
« que la sœur était l'épouse du frère, que l'amour et l'amitié frater-
« nelle se confondaient dans le même cœur, et que la pureté de l'une
« augmentait les délices de l'autre. Toutes ces unions ont été trou-
« blées; la jalousie s'est glissée à l'autel de gazon où l'on immolait le
« chevreau, elle a régné sous la tente d'Abraham, et dans ces couches
« mêmes où les patriarches goûtaient tant de joie qu'ils oubliaient la
« mort de leurs mères.

« Vous seriez-vous donc flattée, mon enfant, d'être plus innocente
« et plus heureuse dans vos liens que ces saintes familles dont Jésus-
« Christ a voulu descendre? Je vous épargne les détails des soucis du
« ménage, les disputes, les reproches mutuels, les inquiétudes, et
« toutes ces peines secrètes qui veillent sur l'oreiller du lit conjugal. La
« femme renouvelle ses douleurs chaque fois qu'elle est mère, et elle
« se marie en pleurant. Que de maux dans la seule perte d'un nouveau
« né à qui l'on donnait le lait, et qui meurt sur votre sein! La mon-
« tagne a été pleine de gémissements; rien ne pouvait consoler Rachel,
« parce que ses fils n'étaient plus. Ces amertumes attachées aux ten-
« dresses humaines sont si fortes, que j'ai vu dans ma patrie de grandes
« dames, aimées par des rois, quitter la cour pour s'ensevelir dans des
« cloîtres, et mutiler cette chair révoltée, dont les plaisirs ne sont que
« des douleurs.

« Mais peut-être direz-vous que ces derniers exemples ne vous re-
« gardent pas; que toute votre ambition se réduisait à vivre dans une
« obscure cabane, avec l'homme de votre choix; que vous cherchiez

« moins les douceurs du mariage que les charmes de cette folie que la
« jeunesse appel'e *amour*? Illusion, chimère, vanité, rêve d'une ima-
« gination blessée! Et moi aussi, ma fille, j'ai connu les troubles du
« cœur; cette tête n'a pas toujours été chauve, ni ce sein aussi tran-
« quille qu'il vous le paraît aujourd'hui. Croyez-en mon expérience : si
« l'homme, constant dans ses affections, pouvait sans cesse fournir à
« un sentiment renouvelé sans cesse, sans doute la solitude et l'amour
« l'égaleraient à Dieu même ; car ce sont là les deux éternels plaisirs
« du grand Être. Mais l'âme de l'homme se fatigue, et jamais elle n'aime
« longtemps le même objet avec plénitude. Il y a toujours quelques
« points par où deux cœurs ne se touchent pas, et ces points suffisent
« à la longue pour rendre la vie insupportable.

« Enfin, ma chère fille, le grand tort des hommes, dans leur songe
« de bonheur, est d'oublier cette infirmité de la mort attachée à leur
« nature : il faut finir. Tôt ou tard, quelle qu'eût été votre félicité,
« ce beau visage se fût changé en cette figure uniforme que le sé-
« pulcre donne à la famille d'Adam; l'œil même de Chactas n'aurait pu
« vous reconnaître entre vos sœurs de la tombe. L'amour n'étend point
« son empire sur les vers du cercueil. Que dis-je! (ô vanité des va-
« nités!) que parlé-je de la puissance des amitiés de la terre! Voulez-
« vous, ma chère fille, en connaître l'étendue? Si un homme revenait
« à la lumière quelques années après sa mort, je doute qu'il fût revu
« avec joie par ceux-là mêmes qui ont donné le plus de larmes à sa mé-
« moire : tant on forme vite d'autres liaisons, tant on prend facilement
« d'autres habitudes, tant l'inconstance est naturelle à l'homme, tant
« notre vie est peu de chose, même dans le cœur de nos amis!

« Remerciez donc la bonté divine, ma chère fille, qui vous retire si
« vite de cette vallée de misère. Déjà le vêtement blanc et la couronne
« éclatante des vierges se préparent pour vous sur les nuées; déjà
« j'entends la Reine des anges qui vous crie : Venez, ma digne ser-
« vante; venez, ma colombe; venez vous asseoir sur un trône de
« candeur, parmi toutes ces filles qui ont sacrifié leur beauté et leur
« jeunesse au service de l'humanité, à l'éducation des enfants et aux
« chefs-d'œuvre de la pénitence. Venez, rose mystique, vous reposer
« sur le sein de Jésus-Christ. Ce cercueil, lit nuptial que vous vous êtes
« choisi, ne sera point trompé; et les embrassements de votre céleste
« époux ne finiront jamais ! »

Comme le dernier rayon du jour abat les vents et répand le calme
dans le ciel, ainsi la parole tranquille du vieillard apaisa les passions
dans le sein de mon amante. Elle ne parut plus occupée que de ma douleur et des moyens de me faire supporter sa perte. Tantôt elle me di-

sait qu'elle mourrait heureuse si je lui promettais de sécher mes pleurs ;
tantôt elle me parlait de ma mère, de ma patrie ; elle cherchait à me
distraire de la douleur présente, en réveillant en moi une douleur passée. Elle m'exhortait à la patience, à la vertu. « Tu ne seras pas tou-
« jours malheureux, disait-elle : si le ciel t'éprouve aujourd'hui, c'est
« seulement pour te rendre plus compatissant aux maux des autres. Le
« cœur, ô Chactas! est comme ces sortes d'arbres qui ne donnent leur
« baume pour les blessures des hommes que lorsque le fer les a blessés
« eux-mêmes. »

« Quand elle avait ainsi parlé, elle se tournait vers le missionnaire,
cherchait auprès de lui le soulagement qu'elle m'avait fait éprouver ; et,
tour à tour consolante et consolée, elle donnait et recevait la parole de
vie sur la couche de la mort.

Cependant l'ermite redoublait de zèle. Ses vieux os s'étaient ranimés
par l'ardeur de la charité, et toujours préparant des remèdes, rallumant
le feu, rafraîchissant la couche, il faisait d'admirables discours sur Dieu
et sur le bonheur des justes. Le flambeau de la religion à la main, il
semblait précéder Atala dans la tombe, pour lui en montrer les secrètes
merveilles. L'humble grotte était remplie de la grandeur de ce trépas
chrétien, et les esprits célestes étaient sans doute attentifs à cette scène
où la religion luttait seule contre l'amour, la jeunesse et la mort.

« Elle triomphait, cette religion divine, et l'on s'apercevait de sa
victoire à une sainte tristesse qui succédait dans nos cœurs aux premiers transports des passions. Vers le milieu de la nuit, Atala sembla se
ranimer pour répéter des prières que le religieux prononçait au bord de
sa couche. Peu de temps après, elle me tendit la main, et avec une voix
qu'on entendait à peine, elle me dit : « Fils d'Outalissi, te rappelles-tu
« cette première nuit où tu me pris pour la Vierge des dernières amours?
« Singulier présage de notre destinée! » Elle s'arrêta ; puis elle reprit :
« Quand je songe que je te quitte pour toujours, mon cœur fait un tel
« effort pour revivre, que je me sens presque le pouvoir de me rendre
« immortelle à force d'aimer. Mais, ô mon Dieu, que votre volonté soit
« faite! » Atala se tut pendant quelques instants ; elle ajouta : « Il ne
« me reste plus qu'à vous demander pardon des maux que je vous ai
« causés. Je vous ai beaucoup tourmenté par mon orgueil et mes ca-
« prices. Chactas, un peu de terre jeté sur mon corps va mettre tout un
« monde entre vous et moi, et vous délivrer pour toujours du poids
« de mes infortunes.

— « Vous pardonner! » répondis-je noyé de larmes : « n'est-ce pas
« moi qui ai causé tous vos malheurs? — Mon ami, » dit-elle en m'interrompant, « vous m'avez rendue très-heureuse, et si j'étais à recom-

« mencer la vie, je préférerais encore le bonheur de vous avoir aimé
« quelques instants dans un exil infortuné, à toute une vie de repos
« dans ma patrie. »

Ici, la voix d'Atala s'éteignit; les ombres de la mort se répandirent
autour de ses yeux et de sa bouche; ses doigts errants cherchaient à
toucher quelque chose; elle conversait tout bas avec des esprits invisibles. Bientôt, faisant un effort, elle essaya, mais en vain, de détacher
de son cou le petit crucifix; elle me pria de le dénouer moi-même, et
elle me dit :

« Quand je te parlai pour la première fois, tu vis cette croix briller à
« la lueur du feu sur mon sein; c'est le seul bien que possède Atala. Lo-
« pez, ton père et le mien, l'envoya à ma mère peu de jours après ma
« naissance. Reçois donc de moi cet héritage, ô mon frère! conserve-le
« en mémoire de mes malheurs. Tu auras recours à ce Dieu des infor-
« tunés dans les chagrins de ta vie. Chactas, j'ai une dernière prière à
« te faire. Ami, notre union aurait été courte sur la terre, mais il est
« après cette vie une plus longue vie. Qu'il serait affreux d'être séparée
« de toi pour jamais! Je ne fais que te devancer aujourd'hui, et je te
« vais attendre dans l'empire céleste. Si tu m'as aimée, fais-toi ins-
« truire dans la religion chrétienne, qui préparera notre réunion. Elle
« fait sous tes yeux un grand miracle, cette religion, puisqu'elle me
« rend capable de te quitter sans mourir dans les angoisses du déses-
« poir. Cependant, Chactas, je ne veux de toi qu'une simple promesse,
« je sais trop ce qu'il en coûte pour te demander un serment. Peut-être
« ce vœu te séparerait-il de quelque femme plus heureuse que moi... O
« ma mère, pardonne à ta fille! O Vierge, retenez votre courroux! Je
« retombe dans mes faiblesses, et je te dérobe, ô mon Dieu! des pen-
« sées qui ne devraient être que pour toi. »

« Navré de douleur, je promis à Atala d'embrasser un jour la religion chrétienne. A ce spectacle, le solitaire se levant d'un air inspiré, et
étendant les bras vers la voûte de la grotte : « Il est temps, s'écria-t-il,
« il est temps d'appeler Dieu ici! »

« A peine a-t-il prononcé ces mots qu'une force surnaturelle me contraint de tomber à genoux, et m'incline la tête au pied du lit d'Atala.
Le prêtre ouvre un lieu secret où était renfermée une urne d'or, couverte d'un voile de soie; il se prosterne, et adore profondément. La
grotte parut soudain illuminée; on entendit dans les airs les paroles des
anges et les frémissements des harpes célestes; et, lorsque le solitaire
tira le vase sacré de son tabernacle, je crus voir Dieu lui-même sortir
du flanc de la montagne.

« Le prêtre ouvrit le calice; il prit entre ses deux doigts une hostie blanche comme la neige, et s'approcha d'Atala en prononçant des mots mystérieux. Cette sainte avait les yeux levés au ciel, en extase. Toutes ses douleurs parurent suspendues, toute sa vie se rassembla sur sa bouche; ses lèvres s'entr'ouvrirent, et vinrent avec respect chercher le Dieu caché sous le pain mystique. Ensuite le divin vieillard trempe un peu de coton dans une huile consacrée; il en frotte les tempes d'Atala, il regarde un moment la fille mourante, et tout à coup ces fortes paroles lui échappent : « Partez, âme chrétienne, allez rejoindre votre Créa- « teur! » Relevant alors ma tête abattue, je m'écriai en regardant le vase où était l'huile sainte : « Mon père, ce remède rendra-t-il la vie à « Atala? — Oui, mon fils, » dit le vieillard en tombant dans mes bras, « la vie éternelle! » Atala venait d'expirer. »

Dans cet endroit, pour la seconde fois depuis le commencement de son récit, Chactas fut obligé de s'interrompre. Ses pleurs l'inondaient, et sa voix ne laissait échapper que des mots entrecoupés. Le sachem aveugle ouvrit son sein; il en tira le crucifix d'Atala. « Le voilà, s'écria- « t-il, ce gage de l'adversité! O René, ô mon fils! tu le vois; et moi, je « ne le vois plus! Dis-moi, après tant d'années, l'or n'en est-il point « altéré? n'y vois-tu point la trace de mes larmes? Pourrais-tu recon- « naître l'endroit qu'une sainte a touché de ses lèvres? Comment Chac- « tas n'est-il point encore chrétien? Quelles frivoles raisons de politique « et de patrie l'ont jusqu'à présent retenu dans les erreurs de ses pères? « Non, je ne veux pas tarder plus longtemps. La terre me crie : Quand « donc descendras-tu dans la tombe, et qu'attends-tu pour embrasser « une religion divine?... O terre! vous ne m'attendrez pas longtemps : « aussitôt qu'un prêtre aura rajeuni dans l'onde cette tête blanchie par « les chagrins, j'espère me réunir à Atala... Mais achevons ce qui me « reste à conter de mon histoire.

LES FUNÉRAILLES.

« Je n'entreprendrai point, ô René! de te peindre aujourd'hui le dé- sespoir qui saisit mon âme lorsque Atala eut rendu le dernier soupir. Il faudrait avoir plus de chaleur qu'il ne m'en reste; il faudrait que mes yeux fermés se pussent rouvrir au soleil pour lui demander compte des pleurs qu'ils versèrent à sa lumière. Oui, cette lune qui brille à présent sur nos têtes se lassera d'éclairer les solitudes du Kentucky; oui, le fleuve qui porte maintenant nos pirogues suspendra le cours de ses eaux avant que mes larmes cessent de couler pour Atala! Pendant deux jours entiers, je fus insensible aux discours de l'ermite. En essayant de cal- mer mes peines, cet excellent homme ne se servait point des vaines

raisons de la terre : il se contentait de me dire : « Mon fils, c'est la vo-
« lonté de Dieu ; » et il me pressait dans ses bras. Je n'aurais jamais cru
qu'il y eût tant de consolations dans ce peu de mots du chrétien rési-
gné, si je ne l'avais éprouvé moi-même.

« La tendresse, l'onction, l'inaltérable patience du vieux serviteur de
Dieu, vainquirent enfin l'obstination de ma douleur. J'eus honte des
larmes que je lui faisais répandre. « Mon père, lui dis-je, c'en est trop :
« que les passions d'un jeune homme ne troublent plus la paix de tes
« jours. Laisse-moi emporter les restes de mon épouse ; je les enseveli-
« rai dans quelque coin du désert, et si je suis encore condamné à la
« vie, je tâcherai de me rendre digne de ces noces éternelles qui m'ont
« été promises par Atala. »

« A ce retour inespéré de courage, le bon père tressaillit de joie ; il
s'écria : « O sang de Jésus-Christ, sang de mon divin Maître, je recon-
« nais là tes mérites ! Tu sauveras sans doute ce jeune homme. Mon
« Dieu, achève ton ouvrage ; rends la paix à cette âme troublée, et ne
« lui laisse de ses malheurs que d'humbles et utiles souvenirs ! »

« Le juste refusa de m'abandonner le corps de la fille de Lopez, mais
il me proposa de faire venir ses néophytes, et de l'enterrer avec toute
la pompe chrétienne ; je m'y refusai à mon tour. « Les malheurs et les
« vertus d'Atala, lui dis-je, ont été inconnus des hommes ; que sa tombe,
« creusée furtivement par nos mains, partage cette obscurité. » Nous
convînmes que nous partirions le lendemain, au lever du soleil, pour enterrer Atala sous l'arche du pont naturel, à l'entrée des bocages de la
mort. Il fut aussi résolu que nous passerions la nuit en prière auprès du
corps de cette sainte.

« Vers le soir, nous transportâmes ses précieux restes à une ouverture de la grotte qui donnait vers le nord. L'ermite les avait roulés dans
une pièce de lin d'Europe, filé par sa mère : c'était le seul bien qui lui
restât de sa patrie, et depuis longtemps il le destinait à son propre tombeau. Atala était couchée sur un gazon de sensitives des montagnes ; ses
pieds, sa tête, ses épaules et une partie de son sein étaient découverts.
On voyait dans ses cheveux une fleur de magnolia fanée... celle-là même
que j'avais déposée sur le lit de la vierge, pour la rendre féconde. Ses
lèvres, comme un bouton de rose cueilli depuis deux matins, semblaient languir et sourire. Dans ses joues d'une blancheur éclatante, on
distinguait quelques veines bleues. Ses beaux yeux étaient fermés,
ses pieds modestes étaient joints, et ses mains d'albâtre pressaient
sur son cœur un crucifix d'ébène ; le scapulaire de ses vœux était passé
à son cou. Elle paraissait enchantée par l'ange de la mélancolie, et par
le double sommeil de l'innocence et de la tombe : je n'ai rien vu de

plus céleste. Quiconque eût ignoré que cette jeune fille avait joui de la lumière, aurait pu la prendre pour la statue de la Virginité endormie.

« Le religieux ne cessa de prier toute la nuit. J'étais assis en silence au chevet du lit funèbre de mon Atala. Que de fois, durant son sommeil, j'avais supporté sur mes genoux cette tête charmante ! Que de fois je m'étais penché sur elle pour entendre et pour respirer son souffle ! Mais à présent aucun bruit ne sortait de ce sein immobile, et c'était en vain que j'attendais le réveil de la beauté !

« La lune prêta son pâle flambeau à cette veillée funèbre. Elle se leva au milieu de la nuit, comme une blanche vestale qui vient pleurer sur le cercueil d'une compagne. Bientôt elle répandit dans les bois ce grand secret de mélancolie, qu'elle aime à raconter aux vieux chênes et aux rivages antiques des mers. De temps en temps, le religieux plongeait un rameau fleuri dans une eau consacrée ; puis, secouant la branche humide, il parfumait la nuit des baumes du ciel. Parfois il répétait sur un air antique quelques vers d'un vieux poète nommé *Job* ; il disait :

« J'ai passé comme une fleur ; j'ai séché comme l'herbe des champs.

« Pourquoi la lumière a-t-elle été donnée à un misérable, et la vie à « ceux qui sont dans l'amertume du cœur ? »

« Ainsi chantait l'ancien des hommes. Sa voix grave et un peu cadencée allait roulant dans le silence des déserts. Le nom de Dieu et du tombeau sortait de tous les échos, de tous les torrents, de toutes les forêts. Les roucoulements de la colombe de Virginie, la chute d'un torrent dans la montagne, les tintements de la cloche qui appelait les voyageurs, se mêlaient à ces chants funèbres, et l'on croyait entendre dans les bocages de la mort le chœur lointain des décédés, qui répondait à la voix du solitaire.

« Cependant une barre d'or se forma dans l'orient. Les éperviers criaient sur les rochers, et les martres rentraient dans le creux des ormes : c'était le signal du convoi d'Atala. Je chargeai le corps sur mes épaules ; l'ermite marchait devant moi, une bêche à la main. Nous commençâmes à descendre de rochers en rochers : la vieillesse et la mort ralentissaient également nos pas. A la vue du chien qui nous avait trouvés dans la forêt, et qui maintenant, bondissant de joie, nous traçait une autre route, je me mis à fondre en larmes. Souvent, la longue chevelure d'Atala, jouet des brises matinales, étendait son voile d'or sur mes yeux ; souvent, pliant sous le fardeau, j'étais obligé de le déposer sur la mousse, et de m'asseoir auprès, pour reprendre des forces. Enfin, nous arrivâmes au lieu marqué par ma douleur ; nous descendîmes sous l'arche du pont. O mon fils ! il eût fallu voir un jeune Sauvage et un vieil ermite à genoux l'un vis-à-vis de l'autre dans un désert, creusant avec leurs mains un tombeau pour une pauvre fille dont le corps était étendu près de là, dans la ravine desséchée d'un torrent.

« Quand notre ouvrage fut achevé, nous transportâmes la beauté dans son lit d'argile. Hélas! j'avais espéré de préparer une autre couche pour elle! Prenant alors un peu de poussière dans ma main, et gardant un silence effroyable, j'attachai pour la dernière fois mes yeux sur le visage d'Atala. Ensuite je répandis la terre du sommeil sur un front de dix-huit printemps; je vis graduellement disparaître les traits de ma sœur, et ses grâces se cacher sous le rideau de l'éternité; son sein surmonta quelque temps le sol noirci, comme un lis blanc s'élève du milieu d'une sombre argile : « Lopez, m'écriai-je alors, vois ton fils « inhumer ta fille! » et j'achevai de couvrir Atala de la terre du sommeil.

« Nous retournâmes à la grotte, et je fis part au missionnaire du projet que j'avais formé de me fixer près de lui. Le saint, qui connaissait merveilleusement le cœur de l'homme, découvrit ma pensée et la ruse de ma douleur. Il me dit : « Chactas, fils d'Outalissi, tandis « qu'Atala a vécu, je vous ai sollicité moi-même de demeurer auprès « de moi; mais à présent votre sort est changé, vous vous devez à votre « patrie. Croyez-moi, mon fils, les douleurs ne sont point éternelles; « il faut tôt ou tard qu'elles finissent, parce que le cœur de l'homme « est fini; c'est une de nos grandes misères : nous ne sommes pas « même capables d'être longtemps malheureux. Retournez au Mes- « chacebé : allez consoler votre mère, qui vous pleure tous les jours, « et qui a besoin de votre appui. Faites-vous instruire dans la reli- « gion de votre Atala, lorsque vous en trouverez l'occasion, et sou- « venez-vous que vous lui avez promis d'être vertueux et chrétien. « Moi, je veillerai ici sur son tombeau. Partez, mon fils. Dieu, l'âme « de votre sœur et le cœur de votre vieil ami vous suivront. »

« Telles furent les paroles de l'homme du rocher; son autorité était trop grande, sa sagesse, trop profonde, pour ne lui obéir pas. Dès le lendemain, je quittai mon vénérable hôte, qui, me pressant sur son cœur, me donna ses derniers conseils, sa dernière bénédiction et ses dernières larmes. Je passai au tombeau; je fus surpris d'y trouver une petite croix qui se montrait au-dessus de la mort, comme on aperçoit encore le mât d'un vaisseau qui a fait naufrage. Je jugeai que le solitaire était venu prier au tombeau pendant la nuit; cette marque d'amitié et de religion fit couler mes pleurs en abondance. Je fus tenté de rouvrir la fosse, et de voir encore une fois ma bien-aimée; une crainte religieuse me retint. Je m'assis sur la terre fraîchement re- muée. Un coude appuyé sur mes genoux, et la tête soutenue dans ma

main, je demeurai enseveli dans la plus amère rêverie. O René! c'est
là que je fis pour la première fois des réflexions sérieuses sur la vanité
de nos jours, et la plus grande vanité de nos projets! Eh! mon enfant,
qui ne les a point faites, ces réflexions? Je ne suis plus qu'un vieux
cerf blanchi par les hivers; mes ans le disputent à ceux de la cor-
neille : hé bien! malgré tant de jours accumulés sur ma tête, malgré
une si longue expérience de la vie, je n'ai point encore rencontré
d'homme qui n'eût été trompé dans ses rêves de félicité, point de cœur
qui n'entretînt une plaie cachée. Le cœur le plus serein en apparence
ressemble au puits naturel de la savane Alachua : la surface en paraît
calme et pure; mais, quand vous regardez au fond du bassin, vous
apercevez un large crocodile, que le puits nourrit dans ses eaux.

« Ayant ainsi vu le soleil se lever et se coucher sur ce lieu de douleur, le lendemain, au premier cri de la cigogne, je me préparai à
quitter la sépulture sacrée. J'en partis comme de la borne d'où je voulais m'élancer dans la carrière de la vertu. Trois fois j'évoquai l'âme
d'Atala; trois fois le génie du désert répondit à mes cris sous l'arche
funèbre. Je saluai ensuite l'orient, et je découvris au loin, dans les
sentiers de la montagne, l'ermite qui se rendait à la cabane de quelque
infortuné. Tombant à genoux, et embrassant étroitement la fosse, je
m'écriai : « Dors en paix dans cette terre étrangère, fille trop malheu-
« reuse! Pour prix de ton amour, de ton exil et de ta mort, tu vas
« être abandonnée, même de Chactas! » Alors, versant des flots de
larmes, je me séparai de la fille de Lopez; alors je m'arrachai de ces
lieux, laissant au pied du monument de la nature un monument plus
auguste : l'humble tombeau de la vertu. »

ÉPILOGUE.

Chactas, fils d'Outalissi le Natchez, a fait cette histoire à René l'Européen. Les pères l'ont redite aux enfants, et moi, voyageur aux terres
lointaines, j'ai fidèlement rapporté ce que des Indiens m'ont appris.
Je vis dans ce récit le tableau du peuple chasseur et du peuple laboureur; la religion, première législatrice des hommes; les dangers de
l'ignorance et de l'enthousiasme religieux, opposés aux lumières, à la
charité et au véritable esprit de l'Évangile; les combats des passions et
des vertus dans un cœur simple, enfin le triomphe du chistianisme sur
le sentiment le plus fougueux et la crainte la plus terrible : l'amour et
la mort.

Quand un Siminole me raconta cette histoire, je la trouvai fort instructive et parfaitement belle, parce qu'il y mit la fleur du désert, la grâce de la cabane, et une simplicité à conter la douleur, que je ne me flatte pas d'avoir conservées. Mais une chose me restait à savoir. Je demandais ce qu'était devenu le père Aubry, et personne ne me le pouvait dire. Je l'aurais toujours ignoré, si la Providence, qui conduit tout, ne m'avait découvert ce que je cherchais. Voici comme la chose se passa :

J'avais parcouru les rivages du Meschacebé, qui formaient autrefois la barrière méridionale de la Nouvelle-France, et j'étais curieux de voir, au nord, l'autre merveille de cet empire, la cataracte de Niagara. J'étais arrivé tout près de cette chute, dans l'ancien pays des Agannonsioni[1], lorsqu'un matin, en traversant une plaine, j'aperçus une femme assise sous un arbre, et tenant un enfant mort sur ses genoux. Je m'approchai doucement de la jeune mère, et je l'entendis qui disait :

« Si tu étais resté parmi nous, cher enfant, comme ta main eût bandé « l'arc avec grâce! Ton bras eût dompté l'ours en fureur, et, sur le som- « met de la montagne, tes pas auraient défié le chevreuil à la course. « Blanche hermine du rocher, si jeune être allé dans le pays des âmes! « Comment feras-tu pour y vivre? Ton père n'y est point pour t'y nour- « rir de sa chasse. Tu auras froid, et aucun Esprit ne te donnera des « peaux pour te couvrir. Oh! il faut que je me hâte de t'aller rejoindre, « pour te chanter des chansons et te présenter mon sein. »

Et la jeune mère chantait d'une voix tremblante, balançait l'enfant sur ses genoux, humectait ses lèvres du lait maternel, et prodiguait à la mort tous les soins qu'on donne à la vie.

Cette femme voulait faire sécher le corps de son fils sur les branches d'un arbre, selon la coutume indienne, afin de l'emporter ensuite aux tombeaux de ses pères. Elle dépouilla donc le nouveau-né, et, respirant quelques instants sur sa bouche, elle dit : « Ame de mon fils, âme « charmante, ton père t'a créée jadis sur mes lèvres par un baiser; « hélas! les miens n'ont pas le pouvoir de te donner une seconde nais- « sance. » Ensuite elle découvrit son sein, et embrassa ces restes gla- cés, qui se fussent ranimés au feu du cœur maternel, si Dieu ne s'était réservé le souffle qui donne la vie.

Elle se leva, et chercha des yeux un arbre sur les branches duquel elle pût exposer son enfant. Elle choisit un érable à fleurs rouges, fes- tonné de guirlandes d'apios, et qui exhalait les parfums les plus suaves. D'une main elle en abaissa les rameaux inférieurs, de l'autre elle y plaça

---

[1] Les Iroquois.

le corps; laissant alors échapper la branche, la branche retourna à sa position naturelle, emportant la dépouille de l'innocence, cachée dans un feuillage odorant. Oh que cette coutume indienne est touchante! Je vous ai vus dans vos campagnes désolées, pompeux monuments des Crassus et des Césars, et je vous préfère encore ces tombeaux aériens du Sauvage, ces mausolées de fleurs et de verdure que parfume l'abeille, que balance le zéphyr, et où le rossignol bâtit son nid et fait entendre sa plaintive mélodie. Si c'est la dépouille d'une jeune fille que la main d'un amant a suspendue à l'arbre de la mort; si ce sont les restes d'un enfant chéri qu'une mère a placés dans la demeure des petits oiseaux, le charme redouble encore. Je m'approchai de celle qui gémissait au pied de l'érable; je lui imposai les mains sur la tête, en poussant les trois cris de douleur. Ensuite, sans lui parler, prenant comme elle un rameau, j'écartai les insectes qui bourdonnaient autour du corps de l'enfant. Mais je me donnai de garde d'effrayer une colombe voisine. L'Indienne lui disait : « Colombe, si tu n'es pas l'âme de mon fils qui « s'est envolée, tu es sans doute une mère qui cherche quelque chose « pour faire un nid. Prends de ces cheveux, que je ne laverai plus dans « l'eau d'esquine; prends-en pour coucher tes petits : puisse le Grand- « Esprit te les conserver! »

Cependant la mère pleurait de joie en voyant la politesse de l'étranger. Comme nous faisions ceci, un jeune homme approcha : « Fille de « Céluta, retire notre enfant; nous ne séjournerons pas plus longtemps « ici, et nous partirons au premier soleil. » Je dis alors : « Frère, je te « souhaite un ciel bleu, beaucoup de chevreuils, un manteau de castor, « et l'espérance. Tu n'es donc pas de ce désert? — Non, » répondit le jeune homme, « nous sommes des exilés, et nous allons chercher une « patrie. » En disant cela, le guerrier baissa la tête dans son sein, et avec le bout de son arc il abattait la tête des fleurs. Je vis qu'il y avait des larmes au fond de cette histoire, et je me tus. La femme retira son fils des branches de l'arbre, et elle le donna à porter à son époux. Alors je dis : « Voulez-vous me permettre d'allumer votre feu cette nuit? — « Nous n'avons point de cabane, reprit le guerrier; si vous voulez nous « suivre, nous campons au bord de la chute. — Je le veux bien, » répondis-je, et nous partîmes ensemble.

Nous arrivâmes bientôt au bord de la cataracte qui s'annonçait par d'affreux mugissements. Elle est formée par la rivière Niagara, qui sort du lac Érié, et se jette dans le lac Ontario; sa hauteur perpendiculaire est de cent quarante-quatre pieds. Depuis le lac Érié jusqu'au saut, le fleuve accourt par une pente rapide, et au moment de la chute, c'est moins un fleuve qu'une mer, dont les torrents se pressent à la bouche béante d'un gouffre. La cataracte se divise en deux branches, et se courbe en fer à cheval. Entre les deux chutes s'avance une île creusée en dessous, qui pend avec tous ses arbres sur le chaos des ondes. La masse du fleuve qui se précipite au midi, s'arrondit en un vaste cylindre, puis se déroule en nappe de neige, et brille au soleil de toutes les couleurs; celle qui tombe au levant descend dans une ombre effrayante; on dirait une colonne d'eau du déluge. Mille arcs-en-ciel se courbent et se croisent sur l'abîme. Frappant le roc ébranlé, l'eau rejaillit en tourbillons d'écume, qui s'élèvent au-dessus des forêts, comme les fumées d'un vaste embrasement. Des pins, des noyers sauvages, des rochers taillés en forme de fantômes, décorent la scène. Des aigles entraînés par le courant d'air descendent en tournoyant au fond du gouffre, et des carcajous se suspendent par leurs queues flexibles au bout d'une branche abaissée, pour saisir dans l'abîme les cadavres brisés des élans et des ours.

Tandis qu'avec un plaisir mêlé de terreur je contemplais ce spectacle, l'Indienne et son époux me quittèrent. Je les cherchai en remontant le fleuve au-dessus de la chute, et bientôt je les trouvai dans un endroit convenable à leur deuil. Ils étaient couchés sur l'herbe, avec des vieillards, auprès de quelques ossements humains enveloppés dans des peaux de bêtes. Étonné de tout ce que je voyais depuis quelques heures, je m'assis auprès de la jeune mère, et lui dis : « Qu'est-ce que tout ceci, « ma sœur? » Elle me répondit : « Mon frère, c'est la terre de la patrie, « ce sont les cendres de nos aïeux, qui nous suivent dans notre exil. « —Et comment, m'écriai-je, avez-vous été réduits à un tel malheur?» La fille de Céluta repartit : « Nous sommes les restes des Natchez. « Après le massacre que les Français firent de notre nation pour venger « leurs frères, ceux de nos frères qui échappèrent aux vainqueurs trou- « vèrent un asile chez les Chikassas nos voisins. Nous y sommes de- « meurés assez longtemps tranquilles; mais il y a sept lunes que les « blancs de la Virginie se sont emparés de nos terres, en disant qu'elles « leur ont été données par un roi d'Europe. Nous avons levé les yeux « au ciel, et, chargés des restes de nos aïeux, nous avons pris notre « route à travers le désert. Je suis accouchée pendant la marche; et « comme mon lait était mauvais, à cause de la douleur, il a fait mou- « rir mon enfant. » En disant cela, la jeune mère essuya ses yeux avec sa chevelure; je pleurais aussi.

Or, je dis bientôt : « Ma sœur, adorons le Grand-Esprit, tout arrive « par son ordre. Nous sommes tous voyageurs; nos pères l'ont été « comme nous; mais il y a un lieu où nous nous reposerons. Si je ne « craignais d'avoir la langue aussi légère que celle d'un blanc, je vous

« demanderais si vous avez entendu parler de Chactas le Natchez? »
A ces mots, l'Indienne me regarda, et me dit : « Qui est-ce qui vous a
« parlé de Chactas le Natchez? Je répondis : « C'est la Sagesse. »
L'Indienne reprit : « Je vous dirai ce que je sais, parce que vous avez
« éloigné les mouches du corps de mon fils, et que vous venez de dire
« de belles paroles sur le Grand-Esprit. Je suis la fille de la fille de René
« l'Européen, que Chactas avait adopté. Chactas, qui avait reçu le bap-
« tème, et René mon aïeul si malheureux, ont péri dans le massacre.
« — L'homme va toujours de douleur en douleur, répondis-je en m'in-
« clinant. Vous pourriez donc aussi m'apprendre des nouvelles du père
« Aubry? — Il n'a pas été plus heureux que Chactas, dit l'Indienne.
« Les Chéroquois, ennemis des Français, pénétrèrent à sa Mission; ils
« y furent conduits par le son de la cloche qu'on sonnait pour secourir
« les voyageurs. Le père Aubry se pouvait sauver; mais il ne voulut
« pas abandonner ses enfants, et il demeura pour les encourager à mou-
« rir par son exemple. Il fut brûlé avec de grandes tortures; jamais on
« ne put tirer de lui un cri qui tournât à la honte de son Dieu, ou au
« déshonneur de sa patrie. Il ne cessa, durant le supplice, de prier pour
« ses bourreaux, et de compatir au sort des victimes. Pour lui arracher
« une marque de faiblesse, les Chéroquois amenèrent à ses pieds un
« Sauvage chrétien, qu'ils avaient horriblement mutilé. Mais ils furent
« bien surpris quand ils virent le jeune homme se jeter à genoux, et
« baiser les plaies du vieil ermite, qui lui criait : Mon enfant, nous avons
« été mis en spectacle aux anges et aux hommes. Les Indiens, furieux,
« lui plongèrent un fer rouge dans la gorge pour l'empêcher de parler.
« Alors, ne pouvant plus consoler les hommes, il expira.

« On dit que les Chéroquois, tout accoutumés qu'ils étaient à voir
« des Sauvages souffrir avec constance, ne purent s'empêcher d'avouer
« qu'il y avait dans l'humble courage du père Aubry quelque chose qui
« leur était inconnu, et qui surpassait tous les courages de la terre.
« Plusieurs d'entre eux, frappés de cette mort, se sont faits chrétiens.

« Quelques années après, Chactas, à son retour de la terre des
« blancs, ayant appris les malheurs du chef de la prière, partit pour
« aller recueillir ses cendres et celles d'Atala. Il arriva à l'endroit où
« était située la Mission, mais il put à peine le reconnaître. Le lac s'é-
« tait débordé, et la savane était changée en un marais; le pont natu-
« rel, en s'écroulant, avait enseveli sous ses débris le tombeau d'Atala
« et les bocages de la mort. Chactas erra longtemps dans ce lieu; il
« visita la grotte du solitaire, qu'il trouva remplie de ronces et de fram-
« boisiers, et dans laquelle une biche allaitait son faon. Il s'assit sur
« le rocher de la Veillée de la mort, où il ne vit que quelques plumes

« tombées de l'aile de l'oiseau de passage. Tandis qu'il y pleurait, le
« serpent familier du missionnaire sortit des broussailles voisines, et
« vint s'entortiller à ses pieds. Chactas réchauffa dans son sein ce fidèle
« ami, resté seul au milieu de ces ruines. Le fils d'Outalissi a raconté
« que plusieurs fois, aux approches de la nuit, il avait cru voir les
« ombres d'Atala et du père Aubry s'élever dans la vapeur du crépus-
« cule. Ces visions le remplirent d'une religieuse frayeur et d'une joie
« triste.

« Après avoir cherché vainement le tombeau de sa sœur et celui de
« l'ermite, il était près d'abandonner ces lieux, lorsque la biche de la
« grotte se mit à bondir devant lui. Elle s'arrêta au pied de la croix de
« la Mission. Cette croix était alors à moitié entourée d'eau; son bois
« était rongé de mousse, et le pélican du désert aimait à se percher sur
« ses bras vermoulus. Chactas jugea que la biche reconnaissante l'avait
« conduit au tombeau de son hôte. Il creusa sous la roche qui jadis ser-
« vait d'autel, et il y trouva les restes d'un homme et d'une femme.
« Il ne douta point que ce ne fussent ceux du prêtre et de la vierge,
« que les anges avaient peut-être ensevelis dans ce lieu; il les enve-
« loppa dans des peaux d'ours, et reprit le chemin de son pays, em-
« portant ces précieux restes, qui résonnaient sur ses épaules comme
« le carquois de la mort. La nuit, il les mettait sous sa tête, et il
« avait des songes d'amour et de vertu. O étranger! tu peux contem-
« pler ici cette poussière avec celle de Chactas lui-même. »

« Comme l'Indienne achevait de prononcer ces mots, je me levai; je
m'approchai des cendres sacrées, et me prosternai devant elles en silence. Puis m'éloignant à grands pas, je m'écriai : « Ainsi passe sur la
« terre tout ce qui fut bon, vertueux, sensible! Homme, tu n'es qu'un
« songe rapide, un rêve douloureux; tu n'existes que par le malheur;
« tu n'es quelque chose que par la tristesse de ton âme et l'éternelle
« mélancolie de ta pensée! »

Ces réflexions m'occupèrent toute la nuit. Le lendemain, au point
du jour, mes hôtes me quittèrent. Les jeunes guerriers ouvraient la
marche, et les épouses la fermaient; les premiers étaient chargés des
saintes reliques; les seconds portaient leurs nouveau-nés : les vieillards cheminaient lentement au milieu, placés entre leurs aïeux et leur
postérité, entre les souvenirs et l'espérance, entre la patrie perdue et
la patrie à venir. Oh! que de larmes sont répandues lorsqu'on abandonne ainsi la terre natale, lorsque du haut de la colline de l'exil on
découvre pour la dernière fois le toit où l'on fut nourri, et le fleuve
de la cabane qui continue de couler tristement à travers les champs
solitaires de la patrie!

Indiens infortunés que j'ai vus errer dans les déserts du Nouveau
Monde avec les cendres de vos aïeux ; vous qui m'aviez donné l'hospitalité malgré votre misère ! je ne pourrais vous la rendre aujourd'hui,
car j'erre ainsi que vous à la merci des hommes ; et, moins heureux
dans mon exil, je n'ai point emporté les os de mes pères.

FIN D'ATALA.

RENÉ

En arrivant chez les Natchez, René avait été obligé de prendre une épouse, pour se conformer aux mœurs des Indiens; mais il ne vivait point avec elle. Un penchant mélancolique l'entraînait au fond des bois; il y passait seul des journées entières, et semblait sauvage parmi les Sauvages. Hors Chactas, son père adoptif, et le père Souël, missionnaire au fort Rosalie [1], il avait renoncé au commerce des hommes. Ces deux vieillards avaient pris beaucoup d'empire sur son cœur : le premier, par une indulgence aimable; l'autre, au contraire, par une extrême sévérité. Depuis la chasse du castor, où le sachem aveugle raconta ses aventures à René, celui-ci n'avait jamais voulu parler des siennes. Cependant Chactas et le missionnaire désiraient vivement connaître par quel malheur un Européen bien né avait été conduit à l'étrange résolution de s'ensevelir dans les déserts de la Louisiane. René avait toujours donné pour motif de ses refus le peu d'intérêt de son histoire, qui se bornait, disait-il, à celle de ses pensées et de ses sentiments. « Quant à l'événement qui m'a déterminé à passer en Amé-
« rique, ajoutait-il, je le dois ensevelir dans un éternel oubli. »

Quelques années s'écoulèrent de la sorte, sans que les deux vieillards lui pussent arracher son secret. Une lettre qu'il reçut d'Europe, par le bureau des Missions étrangères, redoubla tellement sa tristesse, qu'il fuyait jusqu'à ses vieux amis. Ils n'en furent que plus ardents à le presser de leur ouvrir son cœur; ils y mirent tant de discrétion, de douceur et d'autorité, qu'il fut enfin obligé de les satisfaire. Il prit donc jour avec eux pour leur raconter, non les aventures de sa vie, puisqu'il n'en avait point éprouvé, mais les sentiments secrets de son âme.

Le 21 de ce mois que les Sauvages appellent *la lune des fleurs*, René se rendit à la cabane de Chactas. Il donna le bras au sachem, et le con-

---

[1] Colonie française aux Natchez.

duisit sous un sassafras, au bord du Meschacebé. Le père Souël ne tarda pas à arriver au rendez-vous. L'aurore se levait : à quelque distance dans la plaine, on apercevait le village des Natchez, avec son bocage de mûriers, et ses cabanes qui ressemblent à des ruches d'abeilles. La colonie française et le fort Rosalie se montraient sur la droite, au bord du fleuve. Des tentes, des maisons à moitié bâties, des forteresses commencées, des défrichements couverts de nègres, des groupes de blancs et d'Indiens présentaient, dans ce petit espace, le contraste des mœurs sociales et des mœurs sauvages. Vers l'orient, au fond de la perspective, le soleil commençait à paraître entre les sommets brisés des Apalaches, qui se dessinaient comme des caractères d'azur dans les hauteurs dorées du ciel ; à l'occident, le Meschacebé roulait ses ondes dans un silence magnifique, et formait la bordure du tableau avec une inconcevable grandeur.

Le jeune homme et le missionnaire admirèrent quelque temps cette belle scène, en plaignant le sachem qui ne pouvait plus en jouir ; ensuite le père Souël et Chactas s'assirent sur le gazon, au pied de l'arbre ; René prit sa place au milieu d'eux, et, après un moment de silence, il parla de la sorte à ses vieux amis :

« Je ne puis, en commençant mon récit, me défendre d'un mouvement de honte. La paix de vos cœurs, respectables vieillards, et le calme de la nature autour de moi, me font rougir du trouble et de l'agitation de mon âme.

« Combien vous aurez pitié de moi ! Que mes éternelles inquiétudes vous paraîtront misérables ! Vous qui avez épuisé tous les chagrins de la vie, que penserez-vous d'un jeune homme sans force et sans vertu, qui trouve en lui-même son tourment, et ne peut guère se plaindre que des maux qu'il se fait à lui-même ? Hélas ! ne le condamnez pas ; il a été trop puni !

« J'ai coûté la vie à ma mère en venant au monde ; j'ai été tiré de son sein avec le fer. J'avais un frère, que mon père bénit, parce qu'il voyait en lui son fils aîné. Pour moi, livré de bonne heure à des mains étrangères, je fus élevé loin du toit paternel.

« Mon humeur était impétueuse, mon caractère inégal. Tour à tour bruyant et joyeux, silencieux et triste, je rassemblais autour de moi mes jeunes compagnons ; puis, les abandonnant tout à coup, j'allais m'asseoir à l'écart pour contempler la nue fugitive ou entendre la pluie tomber sur le feuillage.

« Chaque automne, je revenais au château paternel, situé au milieu des forêts, près d'un lac, dans une province reculée.

« Timide et contraint devant mon père, je ne trouvais l'aise et le contentement qu'auprès de ma sœur Amélie. Une douce conformité d'humeur et de goûts m'unissait étroitement à cette sœur; elle était un peu plus âgée que moi. Nous aimions à gravir les coteaux ensemble, à voguer sur le lac, à parcourir les bois à la chute des feuilles : promenades dont le souvenir remplit encore mon âme de délices. O illusions de l'enfance et de la patrie, ne perdez-vous jamais vos douceurs!

« Tantôt nous marchions en silence, prêtant l'oreille au sourd mugissement de l'automne, ou au bruit des feuilles séchées que nous traînions tristement dans nos pas; tantôt, dans nos jeux innocents, nous poursuivions l'hirondelle dans la prairie, l'arc-en-ciel sur les collines pluvieuses; quelquefois aussi nous murmurions des vers que nous inspirait le spectacle de la nature. Jeune, je cultivais les muses; il n'y a rien de plus poétique, dans la fraîcheur de ses passions, qu'un cœur de seize années. Le matin de la vie est comme le matin du jour, plein de pureté, d'images et d'harmonies.

« Les dimanches et les jours de fête, j'ai souvent entendu dans le grand bois, à travers les arbres, les sons de la cloche lointaine qui appelait au temple l'homme des champs. Appuyé contre le tronc d'un ormeau, j'écoutais en silence le pieux murmure. Chaque frémissement de l'airain portait à mon âme naïve l'innocence des mœurs champêtres, le calme de la solitude, le charme de la religion, et la délectable mélancolie des souvenirs de ma première enfance! Oh! quel cœur si mal fait n'a tressailli au bruit des cloches de son lieu natal, de ces cloches qui frémirent de joie sur son berceau, qui annoncèrent son événement à la vie, qui marquèrent le premier battement de son cœur, qui publièrent dans tous les lieux d'alentour la sainte allégresse de son père, les douleurs et les joies encore plus ineffables de sa mère! Tout se trouve dans les rêveries enchantées où nous plonge le bruit de la cloche natale : religion, famille, patrie, et le berceau et la tombe, et le passé et l'avenir.

« Il est vrai qu'Amélie et moi nous jouissions plus que personne de ces idées graves et tendres, car nous avions tous les deux un peu de tristesse au fond du cœur : nous tenions cela de Dieu ou de notre mère.

« Cependant mon père fut atteint d'une maladie qui le conduisit en peu de jours au tombeau. Il expira dans mes bras. J'appris à connaître la mort sur les lèvres de celui qui m'avait donné la vie. Cette impression fut grande; elle dure encore. C'est la première fois que l'immortalité de l'âme s'est présentée clairement à mes yeux. Je ne pus croire que ce corps inanimé était en moi l'auteur de la pensée : je sentis qu'elle me devait venir d'une autre source; et, dans une sainte douleur qui approchait de la joie, j'espérai me rejoindre un jour à l'esprit de mon père.

« Un autre phénomène me confirma dans cette haute idée. Les traits paternels avaient pris au cercueil quelque chose de sublime. Pourquoi cet étonnant mystère ne serait-il pas l'indice de notre immortalité? Pourquoi la mort, qui sait tout, n'aurait-elle pas gravé sur le front de sa victime les secrets d'un autre univers? Pourquoi n'y aurait-il pas dans la tombe quelque grande vision de l'éternité?

« Amélie, accablée de douleur, était retirée au fond d'une tour, d'où elle entendit retentir, sous les voûtes du château gothique, le chant des prêtres du convoi, et les sons de la cloche funèbre.

« J'accompagnai mon père à son dernier asile; la terre se referma sur sa dépouille; l'éternité et l'oubli le pressèrent de tout leur poids: le soir même l'indifférent passait sur sa tombe; hors pour sa fille et pour son fils, c'était déjà comme s'il n'avait jamais été.

« Il fallut quitter le toit paternel, devenu l'héritage de mon frère: je me retirai avec Amélie chez de vieux parents.

« Arrêté à l'entrée des voies trompeuses de la vie, je les considérais l'une après l'autre sans m'y oser engager. Amélie m'entretenait souvent du bonheur de la vie religieuse; elle me disait que j'étais le seul lien qui la retînt dans le monde, et ses yeux s'attachaient sur moi avec tristesse.

« Le cœur ému par ces conversations pieuses, je portais souvent mes pas vers un monastère voisin de mon nouveau séjour; un moment même j'eus la tentation d'y cacher ma vie. Heureux ceux qui ont fini leur voyage sans avoir quitté le port, et qui n'ont point, comme moi, traîné d'inutiles jours sur la terre!

« Les Européens, incessamment agités, sont obligés de se bâtir des solitudes. Plus notre cœur est tumultueux et bruyant, plus le calme et le silence nous attirent. Ces hospices de mon pays, ouverts aux malheureux et aux faibles, sont souvent cachés dans les vallons qui portent au cœur le vague sentiment de l'infortune et l'espérance d'un abri; quelquefois aussi on les découvre sur de hauts sites où l'âme religieuse, comme une plante des montagnes, semble s'élever vers le ciel pour lui offrir ses parfums.

« Je vois encore le mélange majestueux des eaux et des bois de cette antique abbaye où je pensai dérober ma vie aux caprices du sort; j'erre encore au déclin du jour dans ces cloîtres retentissants et solitaires. Lorsque la lune éclairait à demi les piliers des arcades, et dessinait leur ombre sur le mur opposé, je m'arrêtais à contempler la croix qui marquait le champ de la mort, et les longues herbes qui croissaient entre les pierres des tombes. Ô hommes qui, ayant vécu loin du monde,

avez passé du silence de la vie au silence de la mort, de quel dégoût
de la terre vos tombeaux ne remplissaient-ils point mon cœur ?

« Soit inconstance naturelle, soit préjugé contre la vie monastique,
je changeai mes desseins, je me résolus à voyager. Je dis adieu à ma
sœur ; elle me serra dans ses bras avec un mouvement qui ressemblait
à de la joie, comme si elle eût été heureuse de me quitter ; je ne pus
me défendre d'une réflexion amère sur l'inconséquence des amitiés
humaines.

« Cependant, plein d'ardeur, je m'élançai seul sur cet orageux océan
du monde, dont je ne connaissais ni les ports, ni les écueils. Je visitai
d'abord les peuples qui ne sont plus : je m'en allai, m'asseyant sur les
débris de Rome et de la Grèce, pays de forte et d'ingénieuse mémoire,
où les palais sont ensevelis dans la poudre et les mausolées des rois
cachés sous les ronces. Force de la nature, et faiblesse de l'homme !
un brin d'herbe perce souvent le marbre le plus dur de ces tombeaux,
que tous ces morts, si puissants, ne soulèveront jamais !

« Quelquefois une haute colonne se montrait seule debout dans un
désert, comme une grande pensée s'élève, par intervalles, dans une
âme que le temps et le malheur ont dévastée.

« Je méditai sur ces monuments dans tous les accidents et à toutes
les heures de la journée. Tantôt ce même soleil qui avait vu jeter les
fondements de ces cités se couchait majestueusement, à mes yeux,
sur leurs ruines ; tantôt la lune se levant dans un ciel pur, entre deux
urnes cinéraires à moitié brisées, me montrait les pâles tombeaux.
Souvent, aux rayons de cet astre qui alimente les rêveries, j'ai cru voir
le génie des souvenirs assis tout pensif à mes côtés.

« Mais je me lassai de fouiller dans des cercueils, où je ne remuais
trop souvent qu'une poussière criminelle.

« Je voulus voir si les races vivantes m'offriraient plus de vertus,
ou moins de malheurs que les races évanouies. Comme je me promenais
un jour dans une grande cité, en passant derrière un palais, dans une
cour retirée et déserte, j'aperçus une statue qui indiquait du doigt un
lieu fameux par un sacrilége [1]. Je fus frappé du silence de ces lieux ; le
vent seul gémissait autour du marbre tragique. Des manœuvres étaient
couchés avec indifférence au pied de la statue, ou taillaient des pierres
en sifflant. Je leur demandai ce que signifiait ce monument : les uns purent à peine me le dire, les autres ignoraient la catastrophe qu'il retraçait. Rien ne m'a plus donné la juste mesure des événements de la vie
et du peu que nous sommes. Que sont devenus ces personnages qui

---

[1] A Londres, derrière White-Hall, la statue de Charles II.

ont fait tant de bruit ? Le temps a fait un pas, et la face de la terre a
été renouvelée.

« Je recherchai surtout dans mes voyages les artistes et ces hommes
divins qui chantent les dieux sur la lyre, et la félicité des peuples qui
honorent les lois, la religion et les tombeaux.

« Ces chantres sont de race divine, ils possèdent le seul talent in-
contestable dont le ciel ait fait présent à la terre. Leur vie est à la fois
naïve et sublime ; ils célèbrent les dieux avec une bouche d'or et sont
les plus simples des hommes ; ils causent comme des immortels ou
comme de petits enfants ; ils expliquent les lois de l'univers, et ne peuvent comprendre les affaires les plus innocentes de la vie ; ils ont des
idées merveilleuses de la mort, et meurent sans s'en apercevoir,
comme des nouveau-nés.

« Sur les monts de la Calédonie, le dernier barde qu'on ait ouï dans
ces déserts me chanta les poèmes dont un héros consolait jadis sa vieillesse. Nous étions assis sur quatre pierres rongées de mousse ; un
torrent coulait à nos pieds ; le chevreuil passait à quelque distance
parmi les débris d'une tour, et le vent des mers sifflait sur la bruyère
de Cona. Maintenant la religion chrétienne, fille aussi des hautes montagnes, a placé des croix sur les monuments des héros de Morven, et
touché la harpe de David au bord du même torrent où Ossian fit gémir
la sienne. Aussi pacifique que les divinités de Selma étaient guerrières,
elle garde des troupeaux où Fingal livrait des combats, et elle a répandu des anges de paix dans les nuages qu'habitaient des fantômes
homicides.

« L'ancienne et riante Italie m'offrit la foule de ses chefs-d'œuvre.
Avec quelle sainte et poétique horreur j'errais dans ces vastes édifices
consacrés par les arts à la religion ! Quel labyrinthe de colonnes ! Quelle
succession d'arches et de voûtes ! Qu'ils sont beaux ces bruits qu'on
entend autour des dômes, semblables aux rumeurs des flots dans l'O-
céan, aux murmures des vents dans les forêts, ou à la voix de Dieu
dans son temple ! L'architecte bâtit, pour ainsi dire, les idées du poète,
et les fait toucher aux sens.

« Cependant qu'avais-je appris jusqu'alors avec tant de fatigue ? Rien
de certain parmi les anciens, rien de beau parmi les modernes. Le
passé et le présent sont deux statues incomplètes : l'une a été retirée
toute mutilée du débris des âges ; l'autre n'a pas encore reçu sa perfection de l'avenir.

Mais peut-être, mes vieux amis, vous surtout, habitants du désert,
êtes-vous étonnés que, dans ce récit de mes voyages, je ne vous aie
pas une seule fois entretenus des monuments de la nature ?

« Un jour j'étais monté au sommet de l'Etna, volcan qui brûle au
milieu d'une île. Je vis le soleil se lever dans l'immensité de l'horizon ;
au-dessous de moi, la Sicile resserrée comme un point à mes pieds,
et la mer déroulée au loin dans les espaces. Dans cette vue perpendiculaire du tableau, les fleuves ne me semblaient plus que des lignes
géographiques tracées sur une carte ; mais, tandis que d'un côté mon
œil apercevait ces objets, de l'autre il plongeait dans le cratère de
l'Etna, dont je découvrais les entrailles brûlantes, entre les bouffées
d'une noire vapeur.

« Un jeune homme plein de passions, assis sur la bouche d'un volcan, et pleurant sur les mortels dont à peine il voyait à ses pieds les
demeures, n'est sans doute, ô vieillards ! qu'un objet digne de votre
pitié ; mais quoi que vous puissiez penser de René, ce tableau vous offre
l'image de son caractère et de son existence : c'est ainsi que toute ma
vie j'ai eu devant les yeux une création à la fois immense et impercep-
tible, et un abîme ouvert à mes côtés. »

En prononçant ces derniers mots, René se tut et tomba subitement
dans la rêverie. Le père Souël le regardait avec étonnement, et le vieux
sachem aveugle, qui n'entendait plus parler le jeune homme, ne savait
que penser de ce silence.

René avait les yeux attachés sur un groupe d'Indiens qui passait
gaiement dans la plaine. Tout à coup sa physionomie s'attendrit, des
larmes coulent de ses yeux ; il s'écrie :

« Heureux Sauvages ! oh ! que ne puis-je jouir de la paix qui vous
accompagne toujours ! Tandis qu'avec si peu de fruit je parcourais tant
de contrées, vous, assis tranquillement sous vos chênes, vous laissiez
couler les jours sans les compter. Votre raison n'était que vos besoins,
et vous arriviez, mieux que moi, au résultat de la sagesse, comme
l'enfant, entre les jeux et le sommeil. Si cette mélancolie qui s'engendre
de l'excès du bonheur atteignait quelquefois votre âme, bientôt vous
sortiez de cette tristesse passagère, et votre regard levé vers le ciel
cherchait avec attendrissement ce je ne sais quoi inconnu qui prend
pitié du pauvre Sauvage. »

Ici la voix de René expira de nouveau, et le jeune homme pencha
la tête sur sa poitrine. Chactas, étendant le bras dans l'ombre, et prenant le bras de son fils, lui cria d'un ton ému : « Mon fils ! mon cher
« fils ! » A ces accents, le frère d'Amélie revenant à lui, et rougissant
de son trouble, pria son père de lui pardonner.

Alors le vieux Sauvage : « Mon jeune ami, les mouvements d'un cœur
« comme le tien ne sauraient être égaux ; modère seulement ce carac-
« tère qui t'a déjà fait tant de mal. Si tu souffres plus qu'un autre des

« choses de la vie, il ne faut pas t'en étonner ; une grande âme doit
« contenir plus de douleurs qu'une petite. Continue ton récit. Tu nous
« as fait parcourir une partie de l'Europe, fais-nous connaître ta patrie.
« Tu sais que j'ai vu la France, et quels liens m'y ont attaché ; j'aime-
« rai à entendre parler de ce grand chef [1], qui n'est plus, et dont j'ai
« visité la superbe cabane. Mon enfant, je ne vis plus que par la mé-
« moire. Un vieillard avec ses souvenirs ressemble au chêne décrépit
« de nos bois : ce chêne ne se décore plus de son propre feuillage, mais
« il couvre quelquefois sa nudité des plantes étrangères qui ont végété
« sur ses antiques rameaux. »

Le frère d'Amélie, calmé par ces paroles, reprit ainsi l'histoire de
son cœur :

« Hélas ! mon père, je ne pourrai t'entretenir de ce grand siècle dont
je n'ai vu que la fin dans mon enfance, et qui n'était plus lorsque je
rentrai dans ma patrie. Jamais un changement plus étonnant et plus
soudain ne s'est opéré chez un peuple. De la hauteur du génie, du respect pour la religion, de la gravité des mœurs, tout était subitement
descendu à la souplesse de l'esprit, à l'impiété, à la corruption.

« C'était donc bien vainement que j'avais espéré retrouver dans mon
pays de quoi calmer cette inquiétude, cette ardeur de désir qui me suit
partout. L'étude du monde ne m'avait rien appris, et pourtant je n'a-
vais plus la douceur de l'ignorance.

« Ma sœur, par une conduite inexplicable, semblait se plaire à augmenter mon ennui ; elle avait quitté Paris quelques jours avant mon
arrivée. Je lui écrivis que je comptais l'aller rejoindre ; elle se hâta de
me répondre pour me détourner de ce projet, sous prétexte qu'elle
était incertaine du lieu où l'appelleraient ses affaires. Quelles tristes
réflexions ne fis-je point alors sur l'amitié, que la présence attiédit, que
l'absence efface, qui ne résiste point au malheur, et encore moins à la
prospérité !

« Je me trouvai bientôt plus isolé dans ma patrie que je ne l'avais
été sur une terre étrangère. Je voulus me jeter pendant quelque temps
dans un monde qui ne me disait rien et qui ne m'entendait pas. Mon
âme, qu'aucune passion n'avait encore usée, cherchait un objet qui pût
l'attacher ; mais je m'aperçus que je donnais plus que je ne recevais. Ce
n'était ni un langage élevé, ni un sentiment profond qu'on demandait
de moi. Je n'étais occupé qu'à rapetisser ma vie, pour la mettre au
niveau de la société. Traité partout d'esprit romanesque, honteux du
rôle que je jouais, dégoûté de plus en plus des choses et des hommes,

[1] Louis XIV.

je pris le parti de me retirer dans un faubourg pour y vivre totalement
ignoré.

« Je trouvai d'abord assez de plaisir dans cette vie obscure et indépendante. Inconnu, je me mêlais à la foule : vaste désert d'hommes !

« Souvent assis dans une église peu fréquentée, je passais des heures
entières en méditation. Je voyais de pauvres femmes venir se prosterner
devant le Très-Haut, ou des pécheurs s'agenouiller au tribunal de la
pénitence. Nul ne sortait de ces lieux sans un visage plus serein, et les
sourdes clameurs qu'on entendait au dehors semblaient être les flots
des passions et des orages du monde, qui venaient expirer au pied du
temple du Seigneur. Grand Dieu, qui vis en secret couler mes larmes
dans ces retraites sacrées, tu sais combien de fois je me jetai à tes
pieds pour te supplier de me décharger du poids de l'existence, ou de
changer en moi le vieil homme ! Ah ! qui n'a senti quelquefois le besoin
de se régénérer, de se rajeunir aux eaux du torrent, de retremper son
âme à la fontaine de vie ? Qui ne se trouve quelquefois accablé du fardeau de sa propre corruption, et incapable de rien faire de grand, de
noble, de juste ?

« Quand le soir était venu, reprenant le chemin de ma retraite, je
m'arrêtais sur les ponts pour voir se coucher le soleil. L'astre, enflam-
mant les vapeurs de la cité, semblait osciller lentement dans un fluide
d'or, comme le pendule de l'horloge des siècles. Je me retirais ensuite
avec la nuit, à travers un labyrinthe de rues solitaires. En regardant
les lumières qui brillaient dans la demeure des hommes, je me trans-
portais par la pensée au milieu des scènes de douleur et de joie qu'elles
éclairaient, et je songeais que sous tant de toits habités je n'avais pas
un ami. Au milieu de mes réflexions, l'heure venait frapper à coups mesurés dans la tour de la cathédrale gothique; elle allait se répétant sur
tous les tons, et à toutes les distances, d'église en église. Hélas ! chaque
heure dans la société ouvre un tombeau, et fait couler des larmes.

« Cette vie, qui m'avait d'abord enchanté, ne tarda pas à me devenir insupportable. Je me fatiguai de la répétition des mêmes scènes et
des mêmes idées. Je me mis à sonder mon cœur, à me demander ce que
je désirais. Je ne le savais pas; mais je crus tout à coup que les bois me
seraient délicieux. Me voilà soudain résolu d'achever dans un exil
champêtre une carrière à peine commencée, et dans laquelle j'avais
déjà dévoré des siècles.

« J'embrassai ce projet avec l'ardeur que je mets à tous mes desseins; je partis précipitamment pour m'ensevelir dans une chaumière,
comme j'étais parti autrefois pour faire le tour du monde.

« On m'accuse d'avoir des goûts inconstants, de ne pouvoir jouir

longtemps de la même chimère, d'être la proie d'une imagination qui se
hâte d'arriver au fond de mes plaisirs, comme si elle était accablée de
leur durée ; on m'accuse de passer toujours le but que je puis atteindre :
hélas ! je cherche seulement un bien inconnu dont l'instinct me pour-
suit. Est-ce ma faute si je trouve partout des bornes, si ce qui est fini
n'a pour moi aucune valeur ? Cependant je sens que j'aime la monotonie
des sentiments de la vie ; et si j'avais encore la folie de croire au bonheur, je le chercherais dans l'habitude.

« La solitude absolue, le spectacle de la nature, me plongèrent bientôt dans un état presque impossible à décrire. Sans parents, sans amis
pour ainsi dire sur la terre, n'ayant point encore aimé, j'étais accablé
d'une surabondance de vie. Quelquefois je rougissais subitement, et je
sentais couler dans mon cœur comme des ruisseaux d'une lave ardente ;
quelquefois je poussais des cris involontaires, et la nuit était également
troublée de mes songes et de mes veilles. Il me manquait quelque chose
pour remplir l'abîme de mon existence : je descendais dans la vallée, je
m'élevais sur la montagne, appelant de toute la force de mes désirs
l'idéal objet d'une flamme future ; je l'embrassais dans les vents ; je
croyais l'entendre dans les gémissements du fleuve ; tout était ce fantôme imaginaire, et les astres dans les cieux, et le principe même de
vie dans l'univers.

« Toutefois cet état de calme et de trouble, d'indigence et de richesse, n'était pas sans quelques charmes : un jour je m'étais amusé à
effeuiller une branche de saule sur un ruisseau, et à attacher une idée
à chaque feuille que le courant entraînait. Un roi qui craint de perdre
sa couronne par une révolution subite, ne ressent pas des angoisses
plus vives que les miennes à chaque accident qui menaçait les débris
de mon rameau. O faiblesse des mortels ! O enfance du cœur humain
qui ne vieillit jamais ! Voilà donc à quel degré de puérilité notre superbe
raison peut descendre ! Et encore est-il vrai que bien des hommes attachent leur destinée à des choses d'aussi peu de valeur que mes feuilles
de saule.

« Mais comment exprimer cette foule de sensations fugitives que j'é-
prouvais dans mes promenades ? Les sons que rendent les passions dans
le vide d'un cœur solitaire ressemblent au murmure que les vents et
les eaux font entendre dans le silence d'un désert : on en jouit, mais on
ne peut les peindre.

« L'automne me surprit au milieu de ces incertitudes : j'entrai avec
ravissement dans les mois des tempêtes. Tantôt j'aurais voulu être un
de ces guerriers errant au milieu des vents, des nuages et des fantômes ;
tantôt j'enviais jusqu'au sort du pâtre que je voyais réchauffer ses

mains à l'humble feu de broussailles qu'il avait allumé au coin d'un bois. J'écoutais ses chants mélancoliques, qui me rappelaient que dans tout pays le chant naturel de l'homme est triste, lors même qu'il exprime le bonheur. Notre cœur est un instrument incomplet, une lyre où il manque des cordes, et où nous sommes forcés de rendre les accents de la joie sur le ton consacré aux soupirs.

« Le jour, je m'égarais sur de grandes bruyères terminées par des forêts. Qu'il fallait peu de chose à ma rêverie! une feuille séchée que le vent chassait devant moi, une cabane dont la fumée s'élevait dans la cime dépouillée des arbres, la mousse qui tremblait au souffle du nord, sur le tronc d'un chêne, une roche écartée, un étang désert où le jonc flétri murmurait! Le clocher solitaire s'élevant au loin dans la vallée a souvent attiré mes regards; souvent j'ai suivi des yeux les oiseaux de passage qui volaient au-dessus de ma tête. Je me figurais les bords ignorés, les climats lointains où ils se rendent; j'aurais voulu être sur leurs ailes. Un secret instinct me tourmentait, je sentais que je n'étais moi-même qu'un voyageur; mais une voix du ciel semblait me dire : « Homme, la saison de ta migration n'est pas encore venue; attends « que le vent de la mort se lève, alors tu déploieras ton vol vers ces « régions inconnues que ton cœur demande. »

« Levez-vous vite, orages désirés, qui devez emporter René dans « les espaces d'une autre vie! » Ainsi disant, je marchais à grands pas, le visage enflammé, le vent sifflant dans ma chevelure, ne sentant ni pluie, ni frimas, enchanté, tourmenté, et comme possédé par le démon de mon cœur.

« La nuit, lorsque l'aquilon ébranlait ma chaumière, que les pluies tombaient en torrent sur mon toit; qu'à travers ma fenêtre je voyais la lune sillonner les nuages amoncelés, comme un pâle vaisseau qui laboure les vagues, il me semblait que la vie redoublait au fond de mon cœur, que j'aurais la puissance de créer des mondes. Ah! si j'avais pu faire partager à un autre les transports que j'éprouvais! O Dieu! si tu m'avais donné une femme selon mes désirs; si, comme à notre premier père, tu m'eusses amené par la main une Ève tirée de moi-même... Beauté céleste! je me serais prosterné devant toi; puis, te prenant dans mes bras, j'aurais prié l'Éternel de te donner le reste de ma vie!

« Hélas! j'étais seul, seul sur la terre! Une langueur secrète s'emparait de mon corps. Ce dégoût de la vie que j'avais ressenti dès mon enfance revenait avec une force nouvelle. Bientôt mon cœur ne fournit plus d'aliments à ma pensée, et je ne m'apercevais de mon existence que par un profond sentiment d'ennui.

« Je luttai quelque temps contre mon mal, mais avec indifférence et sans avoir la ferme résolution de le vaincre. Enfin, ne pouvant trouver de remède à cette étrange blessure de mon cœur, qui n'était nulle part et qui était partout, je résolus de quitter la vie.

« Prêtre du Très-Haut qui m'entendez, pardonnez à un malheureux que le ciel avait presque privé de la raison. J'étais plein de religion, et je raisonnais en impie; mon cœur aimait Dieu, et mon esprit le méconnaissait; ma conduite, mes discours, mes sentiments, mes pensées, n'étaient que contradiction, ténèbres, mensonges. Mais l'homme sait-il bien toujours ce qu'il veut, est-il toujours sûr de ce qu'il pense?

« Tout m'échappait à la fois, l'amitié, le monde, la retraite. J'avais essayé de tout, et tout m'avait été fatal. Repoussé par la société, abandonné d'Amélie, quand la solitude vint à me manquer, que me restait-il? C'était la dernière planche sur laquelle j'avais espéré me sauver, et je la sentais encore s'enfoncer dans l'abîme!

« Décidé que j'étais à me débarrasser du poids de la vie, je résolus de mettre toute ma raison dans cet acte insensé. Rien ne me pressait, je ne fixai point le moment du départ, afin de savourer à longs traits les derniers moments de l'existence, et de recueillir toutes mes forces, à l'exemple d'un ancien, pour sentir mon âme s'échapper.

« Cependant je crus nécessaire de prendre des arrangements concernant ma fortune, et je fus obligé d'écrire à Amélie. Il m'échappa quelques plaintes sur son oubli, et je laissai sans doute percer l'attendrissement qui surmontait peu à peu mon cœur. Je m'imaginais pourtant avoir bien dissimulé mon secret; mais ma sœur, accoutumée à lire dans les replis de mon âme, le devina sans peine. Elle fut alarmée du ton de contrainte qui régnait dans ma lettre, et de mes questions sur des affaires dont je ne m'étais jamais occupé. Au lieu de me répondre, elle me vint tout à coup surprendre.

« Pour bien sentir quelle dut être dans la suite l'amertume de ma douleur, et quels furent mes premiers transports en revoyant Amélie, il faut vous figurer que c'était la seule personne au monde que j'eusse aimée, que tous mes sentiments se venaient confondre en elle, avec la douceur des souvenirs de mon enfance. Je reçus donc Amélie dans une sorte d'extase de cœur. Il y avait si longtemps que je n'avais trouvé quelqu'un qui m'entendit, et devant qui je pusse ouvrir mon âme!

« Amélie se jetant dans mes bras, me dit : «Ingrat, tu veux mourir, « et ta sœur existe! Tu soupçonnes son cœur! Ne t'explique point, ne « t'excuse point, je sais tout; j'ai tout compris, comme si j'avais été « avec toi. Est-ce moi que l'on trompe, moi, qui ai vu naître tes pre-« miers sentiments? Voilà ton malheureux caractère, tes dégoûts, tes « injustices. Jure, tandis que je te presse sur mon cœur, jure que c'est

« la dernière fois que tu te livreras à tes folies; fais le serment de ne
« jamais attenter à tes jours. »

« En prononçant ces mots, Amélie me regardait avec compassion et
tendresse, et couvrait mon front de ses baisers; c'était presque une
mère, c'était quelque chose de plus tendre. Hélas ! mon cœur se rouvrit
à toutes les joies; comme un enfant, je ne demandais qu'à être consolé; je cédai à l'empire d'Amélie; elle exigea un serment solennel; je
le fis sans hésiter, ne soupçonnant même pas que désormais je pusse
être malheureux.

« Nous fûmes plus d'un mois à nous accoutumer à l'enchantement
d'être ensemble. Quand, le matin, au lieu de me trouver seul, j'entendais la voix de ma sœur, j'éprouvais un tressaillement de joie et de
bonheur. Amélie avait reçu de la nature quelque chose de divin; son
âme avait les mêmes grâces innocentes que son corps; la douceur de
ses sentiments était infinie; il n'y avait rien que de suave et d'un peu
rêveur dans son esprit; on eût dit que son cœur, sa pensée et sa voix
soupiraient comme de concert; elle tenait de la femme la timidité et
l'amour, et de l'ange, la pureté et la mélodie.

« Le moment était venu où j'allais expier toutes mes inconséquences.
Dans mon délire, j'avais été jusqu'à désirer d'éprouver un malheur,
pour avoir du moins un objet réel de souffrance : épouvantable souhait
que Dieu, dans sa colère, a trop exaucé !

« Que vais-je vous révéler, ô mes amis! voyez les pleurs qui coulent
de mes yeux. Puis-je même... Il y a quelques jours, rien n'aurait pu
m'arracher ce secret... A présent, tout est fini !

« Toutefois, ô vieillards! que cette histoire soit à jamais ensevelie
dans le silence : souvenez-vous qu'elle n'a été racontée que sous l'arbre
du désert.

« L'hiver finissait lorsque je m'aperçus qu'Amélie perdait le repos et
la santé, qu'elle commençait à me rendre. Elle maigrissait, ses yeux
se creusaient, sa démarche était languissante, et sa voix, troublée. Un
jour, je la surpris tout en larmes au pied d'un crucifix. Le monde, la
solitude, mon absence, ma présence, la nuit, le jour, tout l'alarmait.
D'involontaires soupirs venaient expirer sur ses lèvres; tantôt elle soutenait, sans se fatiguer, une longue course; tantôt elle se traînait à
peine; elle prenait et laissait son ouvrage, ouvrait un livre sans pouvoir lire, commençait une phrase qu'elle n'achevait pas, fondait tout
à coup en pleurs, et se retirait pour prier.

« En vain je cherchais à découvrir son secret. Quand je l'interro-
geais en la pressant dans mes bras, elle me répondait, avec un sourire,
qu'elle était comme moi, qu'elle ne savait pas ce qu'elle avait.

« Trois mois se passèrent de la sorte, et son état devenait pire
chaque jour. Une correspondance mystérieuse me semblait être la cause
de ses larmes ; car elle paraissait, ou plus tranquille, ou plus émue,
selon les lettres qu'elle recevait. Enfin, un matin, l'heure à laquelle
nous déjeunions ensemble étant passée, je monte à son appartement ;
je frappe : on ne me répond point ; j'entr'ouvre la porte : il n'y avait
personne dans la chambre. J'aperçois sur la cheminée un paquet à mon
adresse. Je le saisis en tremblant, je l'ouvre, et je lis cette lettre, que
je conserve pour m'ôter à l'avenir tout mouvement de joie.

A RENÉ.

« Le ciel m'est témoin, mon frère, que je donnerais mille fois ma
« vie pour vous épargner un moment de peine ; mais, infortunée que
« je suis, je ne puis rien pour votre bonheur. Vous me pardonnerez
« donc de m'être dérobée de chez vous comme une coupable ; je n'au-
« rais jamais pu résister à vos prières, et cependant il fallait partir...
« Mon Dieu, ayez pitié de moi !

« Vous savez, René, que j'ai toujours eu du penchant pour la vie re-
« ligieuse ; il est temps que je mette à profit les avertissements du ciel.
« Pourquoi ai-je attendu si tard ! Dieu m'en punit. J'étais restée pour
« vous dans le monde... Pardonnez, je suis toute troublée par le cha-
« grin que j'ai de vous quitter.

« C'est à présent, mon cher frère, que je sens bien la nécessité de
« ces asiles, contre lesquels je vous ai vu souvent vous élever. Il est
« des malheurs qui nous séparent pour toujours des hommes ; que de-
« viendraient alors de pauvres infortunées !... Je suis persuadée que
« vous-même, mon frère, vous trouveriez le repos dans ces retraites
« de la religion : la terre n'offre rien qui soit digne de vous.

« Je ne vous rappellerai point votre serment : je connais la fidélité
« de votre parole. Vous l'avez juré, vous vivrez pour moi. Y a-t-il
« rien de plus misérable que de songer sans cesse à quitter la vie ?
« Pour un homme de votre caractère, il est si aisé de mourir ! Croyez-
« en votre sœur, il est plus difficile de vivre.

« Mais, mon frère, sortez au plus vite de la solitude, qui ne vous
« est pas bonne ; cherchez quelque occupation. Je sais que vous riez
« amèrement de cette nécessité où l'on est en France de *prendre un*
« *état*. Ne méprisez pas tant l'expérience et la sagesse de nos pères. Il
« vaut mieux, mon cher René, ressembler un peu plus au commun des
« hommes, et avoir un peu moins de malheur.

« Peut-être trouveriez-vous dans le mariage un soulagement à vos
« ennuis. Une femme, des enfants, occuperaient vos jours. Et quelle
« est la femme qui ne chercherait pas à vous rendre heureux ! L'ardeur
« de votre âme, la beauté de votre génie, votre air noble et passionné,
« ce regard fier et tendre, tout vous assurerait de son amour et de sa
« fidélité. Ah ! avec quelles délices ne te presserait-elle pas dans ses
« bras et sur son cœur ! Comme tous ses regards, toutes ses pensées
« seraient attachés sur toi pour prévenir tes moindres peines ! Elle se-
« rait tout amour, tout innocence devant toi ; tu croirais retrouver une
« sœur.

« Je pars pour le couvent de... Ce monastère, bâti au bord de la
« mer, convient à la situation de mon âme. La nuit, du fond de ma
« cellule, j'entendrai le murmure des flots qui baignent les murs du
« couvent ; je songerai à ces promenades que je faisais avec vous au
« milieu des bois, alors que nous croyions retrouver le bruit des mers
« dans la cime agitée des pins. Aimable compagnon de mon enfance,
« est-ce que je ne vous verrai plus ? A peine plus âgée que vous, je vous
« balançais dans votre berceau ; souvent nous avons dormi ensemble.
« Ah ! si un même tombeau nous réunissait un jour ! Mais non : je dois
« dormir seule sous les marbres glacés de ce sanctuaire, où reposent
« pour jamais ces filles qui n'ont point aimé.

« Je ne sais si vous pourrez lire ces lignes à demi effacées par mes
« larmes. Après tout, mon ami, un peu plus tôt, un peu plus tard,
« n'aurait-il pas fallu nous quitter ? Qu'ai-je besoin de vous entretenir
« de l'incertitude et du peu de valeur de la vie ? Vous vous rappelez
« le jeune M... qui fit naufrage à l'Ile de France. Quand vous reçûtes
« sa dernière lettre, quelques mois après sa mort, sa dépouille ter-
« restre n'existait même plus, et l'instant où vous commenciez son
« deuil en Europe était celui où on le finissait aux Indes. Qu'est-ce
« donc que l'homme, dont la mémoire périt si vite ? Une partie de ses
« amis ne peut apprendre sa mort, que l'autre n'en soit déjà consolée !
« Quoi, cher et trop cher René, mon souvenir s'effacera-t-il si promp-
« tement de ton cœur ? O mon frère ! si je m'arrache à vous dans le
« temps, c'est pour n'être pas séparée de vous dans l'éternité.

« AMÉLIE. »

« P. S. Je joins ici l'acte de la donation de mes biens ; j'espère que
« vous ne refuserez pas cette marque de mon amitié. »

La foudre qui fût tombée à mes pieds ne m'eût pas causé plus d'effroi
que cette lettre. Quel secret Amélie me cachait-elle ? Qui la forçait si
subitement à embrasser la vie religieuse ? Ne m'avait-elle rattaché à

l'existence par le charme de l'amitié, que pour me délaisser tout à
coup? Oh! pourquoi était-elle venue me détourner de mon dessein!
Un mouvement de pitié l'avait rappelée auprès de moi; mais bientôt,
fatiguée d'un pénible devoir, elle se hâte de quitter un malheureux qui
n'avait qu'elle sur la terre. On croit avoir tout fait quand on a empêché
un homme de mourir! Telles étaient mes plaintes. Puis, faisant un
retour sur moi-même : Ingrate Amélie, disais-je, si tu avais été à ma
place; si, comme moi, tu avais été perdue dans le vide de tes jours,
ah! tu n'aurais pas été abandonnée de ton frère!

« Cependant, quand je relisais la lettre, j'y trouvais je ne sais quoi de
si triste et de si tendre, que tout mon cœur se fondait. Tout à coup
il me vint une idée qui me donna quelque espérance : je m'imaginai
qu'Amélie avait peut-être conçu une passion pour un homme qu'elle
n'osait avouer. Ce soupçon sembla m'expliquer sa mélancolie, sa correspondance mystérieuse, et le ton passionné qui respirait dans sa
lettre. Je lui écrivis aussitôt pour la supplier de m'ouvrir son cœur.

« Elle ne tarda pas à me répondre, mais sans me découvrir son
secret : elle me mandait seulement qu'elle avait obtenu les dispenses
du noviciat, et qu'elle allait prononcer ses vœux.

« Je fus révolté de l'obstination d'Amélie, du mystère de ses paroles,
et de son peu de confiance en mon amitié.

« Après avoir hésité un moment sur le parti que j'avais à prendre,
je résolus d'aller à B... pour faire un dernier effort auprès de ma
sœur. La terre où j'avais été élevé se trouvait sur la route. Quand
j'aperçus les bois où j'avais passé les seuls moments heureux de ma
vie, je ne pus retenir mes larmes, et il me fut impossible de résister
à la tentation de leur dire un dernier adieu.

« Mon frère aîné avait vendu l'héritage paternel, et le nouveau propriétaire ne l'habitait pas. J'arrivai au château par la longue avenue
de sapins; je traversai à pied les cours désertes; je m'arrêtai à regarder les fenêtres fermées ou demi-brisées, le chardon qui croissait au
pied des murs, les feuilles qui jonchaient le seuil des portes, et ce
perron solitaire où j'avais vu si souvent mon père et ses fidèles serviteurs. Les marches étaient déjà couvertes de mousse; le violier jaune
croissait entre leurs pierres déjointes et tremblantes. Un gardien inconnu m'ouvrit brusquement les portes. J'hésitais à franchir le seuil;
cet homme s'écria : « Hé bien! allez-vous faire comme cette étrangère
« qui vint ici il y a quelques jours? Quand ce fut pour entrer, elle
« s'évanouit, et je fus obligé de la reporter à sa voiture. » Il me fut
aisé de reconnaître l'*étrangère* qui, comme moi, était venue chercher dans ces lieux des pleurs et des souvenirs!

« Couvrant un moment mes yeux de mon mouchoir, j'entrai sous le toit de mes ancêtres. Je parcourus les appartements sonores où l'on n'entendait que le bruit de mes pas. Les chambres étaient à peine éclairées par la faible lumière qui pénétrait entre les volets fermés : je visitai celle où ma mère avait perdu la vie en me mettant au monde, celle où se retirait mon père, celle où j'avais dormi dans mon berceau, celle enfin où l'amitié avait reçu mes premiers vœux dans le sein d'une sœur. Partout les salles étaient détendues, et l'araignée filait sa toile dans les couches abandonnées. Je sortis précipitamment de ces lieux, je m'en éloignai à grands pas, sans oser tourner la tête. Qu'ils sont doux, mais qu'ils sont rapides, les moments que les frères et les sœurs passent dans leurs jeunes années, réunis sous l'aile de leurs vieux parents! La famille de l'homme n'est que d'un jour; le souffle de Dieu la disperse comme une fumée. A peine le fils connaît-il le père, le père le fils, le frère la sœur, la sœur le frère! Le chêne voit germer ses glands autour de lui; il n'en est pas ainsi des enfants des hommes !

« En arrivant à B...., je me fis conduire au couvent; je demandai à parler à ma sœur. On me dit qu'elle ne recevait personne. Je lui écrivis : elle me répondit que, sur le point de se consacrer à Dieu, il ne lui était pas permis de donner une pensée au monde; que, si je l'aimais, j'éviterais de l'accabler de ma douleur. Elle ajoutait : « Cependant si « votre projet est de paraître à l'autel le jour de ma profession, dai- « gnez m'y servir de père; ce rôle est le seul digne de votre courage, « le seul qui convienne à notre amitié et à mon repos. »

« Cette froide fermeté qu'on opposait à l'ardeur de mon amitié me jeta dans de violents transports. Tantôt j'étais près de retourner sur mes pas; tantôt je voulais rester, uniquement pour troubler le sacrifice. L'enfer me suscitait jusqu'à la pensée de me poignarder dans l'église, et de mêler mes derniers soupirs aux vœux qui m'arrachaient ma sœur. La supérieure du couvent me fit prévenir qu'on avait préparé un banc dans le sanctuaire, et elle m'invitait à me rendre à la cérémonie, qui devait avoir lieu dès le lendemain.

« Au lever de l'aube, j'entendis le premier son des cloches.... Vers dix heures, dans une sorte d'agonie, je me traînai au monastère. Rien ne peut plus être tragique quand on a assisté à un pareil spectacle; rien ne peut plus être douloureux quand on y a survécu.

« Un peuple immense remplissait l'église. On me conduit au banc du sanctuaire; je me précipite à genoux sans presque savoir où j'étais, ni à quoi j'étais résolu. Déjà le prêtre attendait à l'autel; tout à coup la grille mystérieuse s'ouvre, et Amélie s'avance, parée de toutes les pompes du monde. Elle était si belle, il y avait sur son visage quelque

chose de si divin, qu'elle excita un mouvement de surprise et d'admiration. Vaincu par la glorieuse douleur de la sainte, abattu par les grandeurs de la religion, tous mes projets de violence s'évanouirent ; ma
force m'abandonna ; je me sentis lié par une main toute-puissante, et,
au lieu de blasphèmes et de menaces, je ne trouvai dans mon cœur
que de profondes adorations et les gémissements de l'humilité.

« Amélie se place sous un dais. Le sacrifice commence à la lueur
des flambeaux, au milieu des fleurs et des parfums, qui devaient rendre
l'holocauste agréable. A l'offertoire, le prêtre se dépouilla de ses ornements, ne conserva qu'une tunique de lin, monta en chaire, et, dans
un discours simple et pathétique, peignit le bonheur de la vierge qui
se consacre au Seigneur. Quand il prononça ces mots : « Elle a paru
« comme l'encens qui se consume dans le feu, » un grand calme et des
odeurs célestes semblèrent se répandre dans l'auditoire ; on se sentit
comme à l'abri sous les ailes de la colombe mystique, et l'on eût cru
voir les anges descendre sur l'autel et remonter vers les cieux avec
des parfums et des couronnes.

« Le prêtre achève son discours, reprend ses vêtements, continue
le sacrifice. Amélie, soutenue de deux jeunes religieuses, se met à
genoux sur la dernière marche de l'autel. On vient alors me chercher
pour remplir les fonctions paternelles. Au bruit de mes pas chancelants
dans le sanctuaire, Amélie est prête à défaillir. On me place à côté du
prêtre, pour lui présenter les ciseaux. En ce moment, je sens renaître
mes transports ; ma fureur va éclater, quand Amélie, rappelant son
courage, me lance un regard où il y a tant de reproches et de douleur,
que j'en suis atterré. La religion triomphe. Ma sœur profite de mon
trouble, elle avance hardiment la tête. Sa superbe chevelure tombe de
toutes parts sous le fer sacré ; une longue robe d'étamine remplace
pour elle les ornements du siècle, sans la rendre moins touchante ; les
ennuis de son front se cachent sous un bandeau de lin ; et le voile
mystérieux, double symbole de la virginité et de la religion, accompagne sa tête dépouillée. Jamais elle n'avait paru si belle. L'œil de la
pénitente était attaché sur la poussière du monde, et son âme était
dans le ciel.

« Cependant Amélie n'avait point encore prononcé ses vœux ; et
pour mourir au monde il fallait qu'elle passât à travers le tombeau.
Ma sœur se couche sur le marbre ; on étend sur elle un drap mortuaire : quatre flambeaux en marquent les quatre coins. Le prêtre,
l'étole au cou, le livre à la main, commence l'Office des morts ; de
jeunes vierges le continuent. O joies de la religion, que vous êtes
grandes, mais que vous êtes terribles ! On m'avait contraint de me

placer à genoux près de ce lugubre appareil. Tout à coup un murmure
confus sort de dessous le voile sépulcral ; je m'incline, et ces paroles
épouvantables (que je fus seul à entendre) viennent frapper mon oreille :
« Dieu de miséricorde, fais que je ne me relève jamais de cette couche
« funèbre, et comble de tes biens un frère qui n'a point partagé ma
« criminelle passion ! »

« A ces mots échappés du cercueil, l'affreuse vérité m'éclaire ; ma
raison s'égare ; je me laisse tomber sur le linceul de la mort, je presse
ma sœur dans mes bras ; je m'écrie : « Chaste épouse de Jésus-Christ,
« reçois mes derniers embrassements à travers les glaces du trépas
« et les profondeurs de l'éternité, qui te séparent déjà de ton
« frère ! »

« Ce mouvement, ce cri, ces larmes, troublent la cérémonie : le
prêtre s'interrompt, les religieuses ferment la grille, la foule s'agite et
se presse vers l'autel ; on m'emporte sans connaissance. Que je sus peu
de gré à ceux qui me rappelèrent au jour ! J'appris, en rouvrant les
yeux, que le sacrifice était consommé, et que ma sœur avait été saisie
d'une fièvre ardente. Elle me faisait prier de ne plus chercher à la
voir. O misère de ma vie ! une sœur craindre de parler à un frère, et
un frère craindre de faire entendre sa voix à une sœur ! Je sortis du
monastère comme de ce lieu d'expiation où des flammes nous préparent
pour la vie céleste, où l'on a tout perdu comme aux enfers, hors l'espérance.

« On peut trouver des forces dans son âme contre un malheur per-
sonnel ; mais devenir la cause involontaire du malheur d'un autre,
cela est tout à fait insupportable. Éclairé sur les maux de ma sœur, je
me figurais ce qu'elle avait dû souffrir. Alors s'expliquèrent pour moi
plusieurs choses que je n'avais pu comprendre ; ce mélange de joie et
de tristesse qu'Amélie avait fait paraître au moment de mon départ
pour mes voyages, le soin qu'elle prit de m'éviter à mon retour, et
cependant cette faiblesse qui l'empêcha si longtemps d'entrer dans un
monastère : sans doute la fille malheureuse s'était flattée de guérir !
Ses projets de retraite, la dispense du noviciat, la disposition de ses
biens en ma faveur, avaient apparemment produit cette correspondance
secrète qui servit à me tromper.

« O mes amis ! je sus donc ce que c'était que de verser des larmes
pour un mal qui n'était point imaginaire ! Mes passions, si longtemps
indéterminées, se précipitèrent sur cette première proie avec fureur.
Je trouvai même une sorte de satisfaction inattendue dans la plénitude
de mon chagrin, et je m'aperçus, avec un secret mouvement de joie,
que la douleur n'est pas une affection qu'on épuise comme le plaisir.

J'avais voulu quitter la terre avant l'ordre du Tout-Puissant; c'était un grand crime : Dieu m'avait envoyé Amélie à la fois pour me sauver et pour me punir. Ainsi, toute pensée coupable, toute action criminelle entraîne après elle des désordres et des malheurs. Amélie me priait de vivre, et je lui devais bien de ne pas aggraver ses maux. D'ailleurs, chose étrange! je n'avais plus envie de mourir depuis que j'étais réellement malheureux, mon chagrin était devenu une occupation qui remplissait tous mes moments : tant mon cœur est naturellement pétri d'ennui et de misère!

« Je pris donc subitement une autre résolution; je me déterminai à quitter l'Europe, et à passer en Amérique.

« On équipait, dans ce moment même, au port de B..., une flotte pour la Louisiane; je m'arrangeai avec un des capitaines de vaisseau; je fis savoir mon projet à Amélie, et je m'occupai de mon départ.

« Ma sœur avait touché aux portes de la mort; mais Dieu, qui lui destinait la première palme des vierges ne voulut pas la rappeler si vite à lui; son épreuve ici-bas fut prolongée. Descendue une seconde fois dans la pénible carrière de la vie, l'héroïne, courbée sous la croix, s'avança courageusement à l'encontre des douleurs, ne voyant plus que le triomphe dans le combat, et dans l'excès des souffrances, l'excès de la gloire.

« La vente du peu de bien qui me restait, et que je cédai à mon frère, les longs préparatifs d'un convoi, les vents contraires, me retinrent longtemps dans le port. J'allais chaque matin m'informer des nouvelles d'Amélie, et je revenais toujours avec de nouveaux motifs d'admiration et de larmes.

« J'errais sans cesse autour du monastère, bâti au bord de la mer. J'apercevais souvent à une petite fenêtre grillée, qui donnait sur une plage déserte, une religieuse assise dans une attitude pensive; elle rêvait à l'aspect de l'Océan où apparaissait quelque vaisseau, cinglant aux extrémités de la terre. Plusieurs fois, à la clarté de la lune, j'ai revu la même religieuse aux barreaux de la même fenêtre : elle contemplait la mer, éclairée par l'astre de la nuit, et semblait prêter l'oreille au bruit des vagues qui se brisaient tristement sur des grèves solitaires.

« Je crois encore entendre la cloche qui, pendant la nuit, appelait les religieuses aux veilles et aux prières. Tandis qu'elle tintait avec lenteur et que les vierges s'avançaient en silence à l'autel du Tout-Puissant, je courais au monastère : là, seul au pied des murs, j'écoutais dans une sainte extase les derniers sons des cantiques, qui se mêlaient sous les voûtes du temple au faible bruissement des flots

» Je ne sais comment toutes ces choses, qui auraient dû nourrir mes peines, en émoussaient au contraire l'aiguillon. Mes larmes avaient moins d'amertume, lorsque je les répandais sur les rochers et parmi les vents. Mon chagrin même, par sa nature extraordinaire, portait avec lui quelque remède : on jouit de ce qui n'est pas commun, même quand cette chose est un malheur. J'en conçus presque l'espérance que ma sœur deviendrait à son tour moins misérable.

« Une lettre que je reçus d'elle avant mon départ sembla me confirmer dans ces idées. Amélie se plaignait tendrement de ma douleur, et m'assurait que le temps diminuait la sienne. « Je ne désespère pas de « mon bonheur, me disait-elle. L'excès même du sacrifice, à présent « que le sacrifice est consommé, sert à me rendre quelque paix. La « simplicité de mes compagnes, la pureté de leurs vœux, la régularité « de leur vie, tout répand du baume sur mes jours. Quand j'entends « gronder les orages, et que l'oiseau de mer vient battre des ailes à ma « fenêtre, moi, pauvre colombe du ciel, je songe au bonheur que j'ai eu « de trouver un abri contre la tempête. C'est ici la sainte montagne ; le « sommet élevé d'où l'on entend les derniers bruits de la terre et les « premiers concerts du ciel ; c'est ici que la religion trompe doucement « une âme sensible : aux plus violentes amours elle substitue une sorte « de chasteté brûlante où l'amante et la vierge sont unies ; elle épure les « soupirs ; elle change en une flamme incorruptible une flamme péris- « sable ; elle mêle divinement son calme et son innocence à ce reste « de trouble et de volupté d'un cœur qui cherche à se reposer, et d'une « vie qui se retire. »

« Je ne sais ce que le ciel me réserve, et s'il a voulu m'avertir que les orages accompagneraient partout mes pas. L'ordre était donné pour le départ de la flotte ; déjà plusieurs vaisseaux avaient appareillé au baisser du soleil ; je m'étais arrangé pour passer la dernière nuit à terre, afin d'écrire ma lettre d'adieux à Amélie. Vers minuit, tandis que je m'occupe de ce soin, et que je mouille mon papier de mes larmes, le bruit des vents vient frapper mon oreille. J'écoute ; et au milieu de la tempête, je distingue les coups de canon d'alarme, mêlés au glas de la cloche monastique. Je vole sur le rivage où tout était désert, et où l'on n'entendait que le rugissement des flots. Je m'assieds sur un rocher. D'un côté s'étendent les vagues étincelantes, de l'autre les murs som- bres du monastère se perdent confusément dans les cieux. Une petite lumière paraissait à la fenêtre grillée. Était-ce toi, ô mon Amélie, qui, prosternée au pied du crucifix, priais le Dieu des orages d'épargner ton malheureux frère ? La tempête sur les flots, le calme dans ta retraite ; des hommes brisés sur des écueils, au pied de l'asile que rien ne peut troubler, l'infini de l'autre côté du mur d'une cellule; les fanaux agités des vaisseaux, le phare immobile du couvent; l'incertitude des destinées du navigateur, la vestale connaissant dans un seul jour tous les jours futurs de sa vie; d'une autre part, une âme telle que la tienne, ô Amélie, orageuse comme l'océan; un naufrage plus affreux que celui du marinier: tout ce tableau est encore profondément gravé dans ma mémoire. Soleil de ce ciel nouveau, maintenant témoin de mes larmes, échos du rivage américain qui répétez les accents de René, ce fut le lendemain de cette nuit terrible qu'appuyé sur le gaillard de mon vaisseau, je vis s'éloigner pour jamais ma terre natale! Je contemplai longtemps sur la côte les derniers balancements des arbres de la patrie, et les faîtes du monastère qui s'abaissaient à l'horizon. »

Comme René achevait de raconter son histoire, il tira un papier de son sein, et le donna au père Souël; puis, se jetant dans les bras de Chactas, et étouffant ses sanglots, il laissa le temps au missionnaire de parcourir la lettre qu'il venait de lui remettre.

Elle était de la supérieure de... Elle contenait le récit des derniers moments de la sœur Amélie de la Miséricorde, morte victime de son zèle et de sa charité en soignant ses compagnes attaquées d'une maladie contagieuse. Toute la communauté était inconsolable, et l'on y regardait Amélie comme une sainte. La supérieure ajoutait que depuis trente ans qu'elle était à la tête de la maison, elle n'avait jamais vu de religieuse d'une humeur aussi douce et aussi égale, ni qui fût plus contente d'avoir quitté les tribulations du monde.

Chactas pressait René dans ses bras, le vieillard pleurait. « Mon enfant, dit-il à son fils, je voudrais que le père Aubry fût ici; il tirait du fond de son cœur je ne sais quelle paix qui, en les calmant, ne semblait cependant point étrangère aux tempêtes; c'était la lune dans une nuit orageuse: les nuages errants ne peuvent l'emporter dans leur course; pure et inaltérable, elle s'avance tranquille au-dessus d'eux. Hélas! pour moi, tout me trouble et m'entraîne! »

Jusqu'alors le père Souël, sans proférer une parole, avait écouté d'un air austère l'histoire de René. Il portait en secret un cœur compatissant, mais il montrait au dehors un caractère inflexible; la sensibilité du sachem le fit sortir du silence.

« Rien, dit-il au frère d'Amélie, rien ne mérite, dans cette histoire, la pitié qu'on vous montre ici. Je vois un jeune homme entêté de chimères, à qui tout déplaît, et qui s'est soustrait aux charges de la société pour se livrer à d'inutiles rêveries. On n'est point, monsieur, un homme supérieur parce qu'on aperçoit le monde sous un jour odieux. On ne hait les hommes et la vie que faute de voir assez loin.

« Étendez un peu plus votre regard, et vous serez bientôt convaincu
« que tous ces maux dont vous vous plaignez sont de purs néants. Mais
« quelle honte de ne pouvoir songer au seul malheur réel de votre vie,
« sans être forcé de rougir ! Toute la pureté, toute la vertu, toute la
« religion, toutes les couronnes d'une sainte rendent à peine tolérable
« la seule idée de vos chagrins. Votre sœur a expié sa faute ; mais,
« s'il faut dire ici ma pensée, je crains que, par une épouvantable jus-
« tice, un aveu sorti du sein de la tombe n'ait troublé votre âme à son
« tour. Que faites-vous seul au fond des forêts où vous consumez vos
« jours, négligeant tous vos devoirs? Des saints, me direz-vous, se
« sont ensevelis dans les déserts? Ils y étaient avec leurs larmes, et
« employaient à éteindre leurs passions le temps que vous perdez peut-
« être à allumer les vôtres. Jeune présomptueux qui avez cru que
« l'homme se peut suffire à lui-même! La solitude est mauvaise à celui
« qui n'y vit pas avec Dieu ; elle redouble les puissances de l'âme, en
« même temps qu'elle leur ôte tout sujet pour s'exercer. Quiconque a
« reçu des forces doit les consacrer au service de ses semblables ; s'il
« les laisse inutiles, il en est d'abord puni par une secrète misère, et tôt
« ou tard le ciel lui envoie un châtiment effroyable. »

Troublé par ces paroles, René releva du sein de Chactas sa tête hu-
miliée. Le sachem aveugle se prit à sourire ; et ce sourire de la bouche,
qui ne se mariait plus à celui des yeux, avait quelque chose de mystérieux et de céleste. « Mon fils, dit le vieil amant d'Atala, il nous parle
« sévèrement ; il corrige et le vieillard et le jeune homme, et il a rai-
« son. Oui, il faut que tu renonces à cette vie extraordinaire qui n'est
« pleine que de soucis ; il n'y a de bonheur que dans les voies com-
« munes.

« Un jour le Meschacebé, encore assez près de sa source, se lassa de
« n'être qu'un limpide ruisseau. Il demanda des neiges aux montagnes,
« des eaux aux torrents, des pluies aux tempêtes ; il franchit ses rives,
« et désole ses bords charmants. L'orgueilleux ruisseau s'applaudit
« d'abord de sa puissance ; mais voyant que tout devenait désert sur
« son passage ; qu'il coulait abandonné dans la solitude ; que ses eaux
« étaient toujours troublées, il regretta l'humble lit que lui avait creusé
« la nature, les oiseaux, les fleurs, les arbres et les ruisseaux, jadis
« modestes compagnons de son paisible cours. »

Chactas cessa de parler, et l'on entendit la voix du *flammant* qui,
retiré dans les roseaux du Meschacebé, annonçait un orage pour le milieu du jour. Les trois amis reprirent la route de leur cabane : René
marchait en silence entre le missionnaire qui priait Dieu, et le sachem
aveugle qui cherchait sa route. On dit que, pressé par les deux vieil-

lards, il retourna chez son épouse, mais sans y trouver le bonheur. Il périt peu de temps après avec Chactas et le père Souël, dans le massacre des Français et des Natchez à la Louisiane. On montre encore un rocher où il allait s'asseoir au soleil couchant.

FIN DE RENÉ.

LES AVENTURES

DU

DERNIER ABENCERAGE

AVERTISSEMENT.

Les Aventures du dernier Abencerage sont écrites depuis à peu près une vingtaine d'années : le portrait que j'ai tracé des Espagnols explique assez pourquoi cette Nouvelle n'a pu être imprimée sous le gouvernement impérial. La résistance des Espagnols à Buonaparte, d'un peuple désarmé à ce conquérant qui avait vaincu les meilleurs soldats de l'Europe, excitait alors l'enthousiasme de tous les cœurs susceptibles d'être touchés par les grands dévouements et les nobles sacrifices. Les ruines de Saragosse fumaient encore, et la censure n'aurait pas permis des éloges où elle eût découvert, avec raison, un intérêt caché pour les victimes. La peinture des vieilles mœurs de l'Europe, les souvenirs de la gloire d'un autre temps, et ceux de la cour d'un de nos plus brillants monarques, n'auraient pas été plus agréables à la censure, qui d'ailleurs commençait à se repentir de m'avoir tant de fois laissé parler de l'ancienne monarchie et de la religion de nos pères : ces morts que j'évoquais sans cesse faisaient trop penser aux vivants.

On place souvent dans les tableaux quelque personnage difforme pour faire ressortir la beauté des autres : dans cette Nouvelle, j'ai voulu peindre trois hommes d'un caractère également élevé, mais ne sortant point de la nature, et conservant, avec des passions, les mœurs et les préjugés même de leurs pays. Le caractère de la femme est aussi dessiné dans les mêmes proportions. Il faut au moins que le monde chimérique, quand on s'y transporte, nous dédommage du monde réel.

On s'apercevra facilement que cette Nouvelle est l'ouvrage d'un homme qui a senti les chagrins de l'exil, et dont le cœur est tout à sa patrie.

C'est sur les lieux mêmes que j'ai pris, pour ainsi dire, les vues de Grenade, de l'Alhambra, et de cette mosquée transformée en église, qui n'est autre chose que la cathédrale de Cordoue. Ces descriptions sont donc une espèce d'addition à ce passage de l'*Itinéraire* :

« De Cadix, je me rendis à Cordoue : j'admirai la mosquée qui fait aujourd'hui la ca« thédrale de cette ville. Je parcourus l'ancienne Bétique, où les poëtes avaient placé le « bonheur. Je remontai jusqu'à Andujar, et je revins sur mes pas pour voir Grenade. L'Al« hambra me parut digne d'être regardé, même après les temples de la Grèce. La vallée « de Grenade est délicieuse, et ressemble beaucoup à celle de Sparte : on conçoit que les « Maures regrettent un pareil pays. » (*Itinéraire*, VII° et dernière partie.)

Il est souvent fait allusion dans cette Nouvelle à l'histoire des Zégris et des Abencerages ; cette histoire est si connue qu'il m'a semblé superflu d'en donner un précis dans cet Avertissement. La Nouvelle d'ailleurs contient les détails suffisants pour l'intelligence du texte.

Lorsque Boabdil, dernier roi de Grenade, fut obligé d'abandonner le royaume de ses pères, il s'arrêta au sommet du mont Padul. De ce lieu élevé on découvrait la mer où l'infortuné monarque allait s'embarquer pour l'Afrique ; on apercevait aussi Grenade, la Véga et le Xénil, au bord duquel s'élevaient les tentes de Ferdinand et d'Isabelle. A la vue de ce beau pays et des cyprès qui marquaient encore çà et là les tombeaux des musulmans, Boabdil se prit à verser des larmes. La sultane Aïxa, sa mère, qui l'accompagnait dans son exil avec les grands qui composaient jadis sa cour, lui dit : « Pleure maintenant comme une « femme un royaume que tu n'as pas su défendre comme un homme. » Ils descendirent de la montagne, et Grenade disparut à leurs yeux pour toujours.

Les Maures d'Espagne, qui partagèrent le sort de leur roi, se dispersèrent en Afrique. Les tribus des Zégris et des Gomèles s'établirent dans le royaume de Fez, dont elles tiraient leur origine. Les Vanégas et les Alabès s'arrêtèrent sur la côte, depuis Oran jusqu'à Alger ; enfin les Abencerages se fixèrent dans les environs de Tunis. Ils formèrent, à la vue des ruines de Carthage, une colonie que l'on distingue encore aujourd'hui des Maures d'Afrique par l'élégance de ses mœurs et la douceur de ses lois.

Ces familles portèrent dans leur patrie nouvelle le souvenir de leur ancienne patrie. Le *Paradis de Grenade* vivait toujours dans leur mémoire ; les mères en redisaient le nom aux enfants qui suçaient encore la mamelle. Elles les berçaient avec les romances des Zégris et des Abencerages. Tous les cinq jours on priait dans la mosquée, en se tournant vers Grenade. On invoquait Allah, afin qu'il rendît à ses élus cette terre de délices. En vain le pays des Lotophages offrait aux exilés ses fruits, ses eaux, sa verdure, son brillant soleil ; loin des *Tours vermeilles* [1], il n'y avait ni fruits agréables, ni fontaines limpides, ni fraîche verdure, ni soleil digne d'être regardé. Si l'on montrait à quelque banni les plaines de la Bagrada, il secouait la tête, et s'écriait en soupirant : « Grenade ! »

---

[1] Tours du palais de Grenade.

Les Abencerages surtout conservaient le plus tendre et le plus fidèle souvenir de la patrie. Ils avaient quitté avec un mortel regret le théâtre de leur gloire, et les bords qu'ils firent si souvent retentir de ce cri d'armes : « Honneur et Amour. » Ne pouvant plus lever la lance dans les déserts, ni se couvrir du casque dans une colonie de laboureurs, ils s'étaient consacrés à l'étude des simples, profession estimée, chez les Arabes, à l'égal du métier des armes. Ainsi cette race de guerriers, qui jadis faisait des blessures, s'occupait maintenant de l'art de les guérir. En cela, elle avait retenu quelque chose de son premier génie, car les chevaliers pansaient souvent eux-mêmes les plaies de l'ennemi qu'ils avaient abattu.

La cabane de cette famille, qui jadis eut des palais, n'était point placée dans le hameau des autres exilés, au pied de la montagne du Mamelife; elle était bâtie parmi les débris mêmes de Carthage, au bord de la mer, dans l'endroit où saint Louis mourut sur la cendre, et où l'on voit aujourd'hui un ermitage mahométan. Aux murailles de la cabane étaient attachés des boucliers de peau de lion, qui portaient empreintes sur un champ d'azur deux figures de Sauvages brisant une ville avec une massue. Autour de cette devise on lisait ces mots : « C'est peu de chose! » armes et devise des Abencerages. Des lances ornées de pennons blancs et bleus, des alburnos, des casaques de satin taillladé, étaient rangés auprès des boucliers, et brillaient au milieu des cimeterres et des poignards. On voyait encore suspendus çà et là des gantelets, des mors enrichis de pierreries, de larges étriers d'argent, de longues épées dont le fourreau avait été brodé par les mains des princesses, et des éperons d'or que les Yseult, les Genièvre, les Oriane, chaussèrent jadis à de vaillants chevaliers.

Sur des tables, au pied de ces trophées de la gloire, étaient posés des trophées d'une vie pacifique : c'étaient des plantes cueillies sur les sommets de l'Atlas et dans le désert de Zaara; plusieurs même avaient été apportées de la plaine de Grenade. Les unes étaient propres à soulager les maux du corps; les autres devaient étendre leur pouvoir jusque sur les chagrins de l'âme. Les Abencerages estimaient surtout celles qui servaient à calmer les vains regrets, à dissiper les folles illusions, et ces espérances de bonheur toujours naissantes, toujours déçues. Malheureusement ces simples avaient des vertus opposées, et souvent le parfum d'une fleur de la patrie était comme une espèce de poison pour les illustres bannis.

Vingt-quatre ans s'étaient écoulés depuis la prise de Grenade. Dans ce court espace de temps, quatorze Abencerages avaient péri par l'influence d'un nouveau climat, par les accidents d'une vie errante, et

surtout par le chagrin, qui mine sourdement les forces de l'homme. Un
seul rejeton était tout l'espoir de cette maison fameuse. Aben-Hamet
portait le nom de cet Abencerage qui fut accusé par les Zégris d'avoir
séduit la sultane Alfaïma. Il réunissait en lui la beauté, la valeur, la
courtoisie, la générosité de ses ancêtres, avec ce doux éclat et cette
légère expression de tristesse que donne le malheur noblement supporté. Il n'avait que vingt-deux ans lorsqu'il perdit son père; il résolut
alors de faire un pèlerinage au pays de ses aïeux, afin de satisfaire au
besoin de son cœur, et d'accomplir un dessein qu'il cacha soigneusement à sa mère.

Il s'embarque à l'échelle de Tunis; un vent favorable le conduit à
Carthagène; il descend du navire, et prend aussitôt la route de Grenade : il s'annonçait comme un médecin arabe qui venait herboriser
parmi les rochers de la Sierra-Nevada. Une mule paisible le portait
lentement dans le pays où les Abencerages volaient jadis sur de belli-
queux coursiers : un guide marchait en avant, conduisant deux autres
mules ornées de sonnettes et de touffes de laine de diverses couleurs.
Aben-Hamet traversa les grandes bruyères et les bois de palmiers du
royaume de Murcie : à la vieillesse de ces palmiers, il jugea qu'ils
devaient avoir été plantés par ses pères, et son cœur fut pénétré de
regrets. Là s'élevait une tour où veillait la sentinelle au temps de la
guerre des Maures et des chrétiens; ici se montrait une ruine dont
l'architecture annonçait une origine mauresque; autre sujet de douleur
pour l'Abencerage! Il descendait de sa mule, et, sous prétexte de
chercher des plantes, il se cachait un moment dans ces débris pour
donner un libre cours à ses larmes. Il reprenait ensuite sa route, en
rêvant au bruit des sonnettes de la caravane et au chant monotone de
son guide. Celui-ci n'interrompait sa longue romance que pour encourager ses mules, en leur donnant le nom de *belles* et de *valeureuses*,
ou pour les gourmander, en les appelant *paresseuses* et *obstinées*.

Des troupeaux de moutons qu'un berger conduisait comme une
armée dans des plaines jaunes et incultes, quelques voyageurs solitaires, loin de répandre la vie sur le chemin, ne servaient qu'à le faire
paraître plus triste et plus désert. Ces voyageurs portaient tous une
épée à la ceinture : ils étaient enveloppés dans un manteau, et un large
chapeau rabattu leur couvrait à demi le visage. Ils saluaient en passant
Aben-Hamet, qui ne distinguait dans ce noble salut que le nom de
Dieu, de *Seigneur* et de *Chevalier*. Le soir, à la *venta*, l'Abencerage
prenait sa place au milieu des étrangers, sans être importuné de leur
curiosité indiscrète. On ne lui parlait point, on ne le questionnait
point; son turban, sa robe, ses armes, n'excitaient aucun mouve-

ment. Puisque Allah avait voulu que les Maures d'Espagne perdissent leur belle patrie, Aben-Hamet ne pouvait s'empêcher d'en estimer les graves conquérants.

Des émotions encore plus vives attendaient l'Abencerage au terme de sa course. Grenade est bâtie au pied de la Sierra-Nevada, sur deux hautes collines que sépare une profonde vallée. Les maisons placées sur la pente des coteaux, dans l'enfoncement de la vallée, donnent à la ville l'air et la forme d'une grenade entr'ouverte, d'où lui est venu son nom. Deux rivières, le Xénil et le Douro, dont l'une roule des paillettes d'or, et l'autre, des sables d'argent, lavent le pied des collines, se réunissent et serpentent ensuite au milieu d'une plaine charmante, appelée la Véga. Cette plaine, que domine Grenade, est couverte de vignes, de grenadiers, de figuiers, de mûriers, d'orangers; elle est entourée par des montagnes d'une forme et d'une couleur admirables. Un ciel enchanté, un air pur et délicieux, portent dans l'âme une langueur secrète dont le voyageur qui ne fait que passer a même de la peine à se défendre. On sent que, dans ce pays, les tendres passions auraient promptement étouffé les passions héroïques, si l'amour, pour être véritable, n'avait pas toujours besoin d'être accompagné de la gloire.

Lorsque Aben-Hamet découvrit le faîte des premiers édifices de Grenade, le cœur lui battit avec tant de violence qu'il fut obligé d'arrêter sa mule. Il croisa les bras sur sa poitrine, et, les yeux attachés sur la ville sacrée, il resta muet et immobile. Le guide s'arrêta à son tour, et comme tous les sentiments élevés sont aisément compris d'un Espagnol, il parut touché et devina que le Maure revoyait son ancienne patrie. L'Abencerage rompit enfin le silence.

« Guide, s'écria-t-il, sois heureux! ne me cache point la vérité,
« car le calme régnait dans les flots le jour de ta naissance, et la lune
« entrait dans son croissant. Quelles sont ces tours qui brillent comme
« des étoiles au-dessus d'une verte forêt? »

— « C'est l'Alhambra, » répondit le guide.

« Et cet autre château, sur cette autre colline? » dit Aben-Hamet.

« C'est le Généralife, répliqua l'Espagnol. Il y a dans ce château un
« jardin planté de myrtes où l'on prétend qu'Abencerage fut surpris
« avec la sultane Alfaïma. Plus loin vous voyez l'Albaïzyn, et plus
« près de nous, les Tours vermeilles. »

Chaque mot du guide perçait le cœur d'Aben-Hamet. Qu'il est cruel d'avoir recours à des étrangers pour apprendre à connaître les monuments de ses pères, et de se faire raconter par des indifférents l'histoire de sa famille et de ses amis! Le guide, mettant fin aux réflexions

d'Aben-Hamet, s'écria : « Marchons, seigneur Maure ; marchons, Dieu
« l'a voulu ! Prenez courage. François Ier n'est-il pas aujourd'hui même
« prisonnier dans notre Madrid? Dieu l'a voulu. » Il ôta son chapeau,
fit un grand signe de croix, et frappa ses mules. L'Abencerage, pressant
la sienne à son tour, s'écria : « C'était écrit[1] ; » et ils descendirent vers
Grenade.

Ils passèrent près du gros frêne célèbre par le combat de Muça et
du grand maître de Calatrava, sous le dernier roi de Grenade. Ils firent
le tour de le promenade Alameida, et pénétrèrent dans la cité par la
porte d'Elvire. Ils remontèrent le Rambla, et arrivèrent bientôt sur une
place qu'environnaient de toutes parts des maisons d'architecture mo-
resque. Un kan était ouvert sur cette place pour les Maures d'Afrique,
que le commerce de soies de la Véga attirait en foule à Grenade. Ce fut
là que le guide conduisit Aben-Hamet.

L'Abencerage était trop agité pour goûter un peu de repos dans sa
nouvelle demeure ; la patrie le tourmentait. Ne pouvant résister aux
sentiments qui troublaient son cœur, il sortit au milieu de la nuit pour
errer dans les rues de Grenade. Il essayait de reconnaître avec ses yeux
ou ses mains quelques-uns des monuments que les vieillards lui avaient
si souvent décrits. Peut-être que ce haut édifice dont il entrevoyait les
murs à travers les ténèbres était autrefois la demeure des Abencerages ;
peut-être était-ce sur cette place solitaire que se donnaient ces fêtes
qui portèrent la gloire de Grenade jusqu'aux nues. Là passaient les
quadrilles superbement vêtus de brocards ; là s'avançaient les galères
chargées d'armes et de fleurs, les dragons qui lançaient des feux et qui
recélaient dans leurs flancs d'illustres guerriers ; ingénieuses inventions
du plaisir et de la galanterie.

Mais, hélas ! au lieu du son des anafins, du bruit des trompettes et
des chants d'amour, un silence profond régnait autour d'Aben-Hamet.
Cette ville muette avait changé d'habitants, et les vainqueurs reposaient
sur la couche des vaincus. « Ils dorment donc, ces fiers Espagnols, »
s'écriait le jeune Maure indigné, « sous ces toits dont ils ont exilé mes
« aïeux ! Et moi, Abencerage, je veille inconnu, solitaire, délaissé, à
« la porte du palais de mes pères ! »

Aben-Hamet réfléchissait alors sur les destinées humaines, sur les
vicissitudes de la fortune, sur la chute des empires, sur cette Grenade
enfin, surprise par ses ennemis au milieu des plaisirs, et changeant tout
à coup ses guirlandes de fleurs contre des chaînes ; il lui semblait voir

---

[1] Expression que les Musulmans ont sans cesse à la bouche, et qu'ils appliquent à la plupart des
événements de la vie.

ses citoyens abandonnant leurs foyers en habits de fête, comme des convives qui, dans le désordre de leur parure, sont tout à coup chassés de la salle du festin par un incendie.

Toutes ces images, toutes ces pensées, se pressaient dans l'âme d'Aben-Hamet; plein de douleur et de regret, il songeait surtout à exécuter le projet qui l'avait amené à Grenade : le jour le surprit. L'Abencerage s'était égaré : il se trouvait loin du kan, dans un faubourg écarté de la ville. Tout dormait; aucun bruit ne troublait le silence des rues; les portes et les fenêtres des maisons étaient fermées : seulement la voix du coq proclamait dans l'habitation du pauvre le retour des peines et des travaux.

Après avoir erré longtemps sans pouvoir retrouver sa route, Aben-Hamet entendit une porte s'ouvrir. Il vit sortir une jeune femme, vêtue à peu près comme ces reines gothiques sculptées sur les monuments de nos anciennes abbayes. Son corset noir, garni de jais, serrait sa taille élégante; son jupon court, étroit et sans plis, découvrait une jambe fine et un pied charmant; une mantille également noire était jetée sur sa tête : elle tenait avec sa main gauche cette mantille croisée et fermée comme une guimpe au-dessous de son menton, de sorte que l'on n'apercevait de tout son visage que ses grands yeux et sa bouche de rose. Une duègne accompagnait ses pas; un page portait devant elle un livre d'église; deux varlets, parés de ses couleurs, suivaient à quelque distance la belle inconnue : elle se rendait à la prière matinale, que les tintements d'une cloche annonçaient dans un monastère voisin.

Aben-Hamet crut voir l'ange Israfil ou la plus jeune des houris. L'Espagnole, non moins surprise, regardait l'Abencerage, dont le turban, la robe et les armes, embellissaient encore la noble figure. Revenue de son premier étonnement, elle fit signe à l'étranger de s'approcher avec une grâce et une liberté particulières aux femmes de ce pays. « Seigneur Maure, lui dit-elle, vous paraissez nouvellement « arrivé à Grenade : vous seriez-vous égaré? »

« Sultane des fleurs, répondit Aben-Hamet, délices des yeux des « hommes, ô esclave chrétienne, plus belle que les vierges de la « Géorgie, tu l'as deviné! je suis étranger dans cette ville : perdu au « milieu de ces palais, je n'ai pu retrouver le kan des Maures. Que « Mahomet touche ton cœur et récompense ton hospitalité! »

« Les Maures sont renommés pour leur galanterie, » reprit l'Espagnole avec le plus doux sourire; « mais je ne suis ni sultane des fleurs, « ni esclave, ni contente d'être recommandée à Mahomet. Suivez-moi « seigneur chevalier; je vais vous reconduire au kan des Maures. »

Elle marcha légèrement devant l'Abencerage, le mena jusqu'à la porte du kan, le lui montra de la main, passa derrière un palais, et disparut.

À quoi tient donc le repos de la vie! La patrie n'occupe plus seule et tout entière l'âme d'Aben-Hamet : Grenade a cessé d'être pour lui déserte, abandonnée, veuve, solitaire; elle est plus chère que jamais à son cœur; mais c'est un prestige nouveau qui embellit ses ruines : au souvenir des aïeux se mêle à présent un autre charme. Aben-Hamet a découvert le cimetière où reposent les cendres des Abencerages; mais en priant, mais en se prosternant, mais en versant des larmes filiales, il songe que la jeune Espagnole a passé quelquefois sur ces tombeaux, et il ne trouve plus ses ancêtres si malheureux.

C'est en vain qu'il ne veut s'occuper que de son pèlerinage au pays de ses pères; c'est en vain qu'il parcourt les coteaux du Douro et du Xénil, pour y recueillir des plantes au lever de l'aurore : la fleur qu'il cherche maintenant, c'est la belle chrétienne. Que d'inutiles efforts il a déjà tentés pour retrouver le palais de son enchanteresse! Que de fois il a essayé de repasser par les chemins que lui fit parcourir son divin guide! Que de fois il a cru reconnaître le son de cette cloche, le chant de ce coq qu'il entendit près de la demeure de l'Espagnole! Trompé par des bruits pareils, il court aussitôt de ce côté, et le palais magique ne s'offre point à ses regards! Souvent encore le vêtement uniforme des femmes de Grenade lui donnait un moment d'espoir : de loin toutes les chrétiennes ressemblaient à la maîtresse de son cœur; de près, pas une n'avait sa beauté ou sa grâce. Aben-Hamet avait enfin parcouru les églises pour découvrir l'étrangère; il avait même pénétré jusqu'à la tombe de Ferdinand et d'Isabelle; mais c'était aussi le plus grand sacrifice qu'il eût jusqu'alors fait à l'amour.

Un jour il herborisait dans la vallée du Douro. Le coteau du midi soutenait sur sa pente fleurie les murailles de l'Alhambra et les jardins du Généralife; la colline du nord était décorée par l'Albaïzyn, par de riants vergers, et par des grottes qu'habitait un peuple nombreux. À l'extrémité occidentale de la vallée on découvrait les clochers de Grenade qui s'élevaient en groupe du milieu des chênes-verts et des cyprès. À l'autre extrémité, vers l'orient, l'œil rencontrait sur des pointes de rochers, des couvents, des ermitages, quelques ruines de l'ancienne Illibérie, et dans le lointain les sommets de la Sierra-Nevada. Le Douro roulait au milieu du vallon, et présentait le long de son cours de frais moulins, de bruyantes cascades, les arches brisées d'un aqueduc romain, et les restes d'un pont du temps des Maures.

Aben-Hamet n'était plus ni assez infortuné, ni assez heureux, pour bien goûter le charme de la solitude : il parcourait avec distraction et indifférence ces bords enchantés. En marchant à l'aventure, il suivit

une allée d'arbres qui circulait sur la pente du coteau de l'Albaizyn.
Une maison de campagne, environnée d'un bocage d'orangers, s'offrit
bientôt à ses yeux : en approchant du bocage, il entendit les sons d'une
voix et d'une guitare. Entre la voix, les traits et les regards d'une
femme, il y a des rapports qui ne trompent jamais un homme que l'a-
mour possède. « C'est ma houri ! » dit Aben-Hamet ; et il écoute, le
cœur palpitant : au nom des Abencerages plusieurs fois répété, son
cœur bat encore plus vite. L'inconnue chantait une romance castillane
qui retraçait l'histoire des Abencerages et des Zégris. Aben-Hamet ne
peut plus résister à son émotion ; il s'élance à travers une haie de
myrtes, et tombe au milieu d'une troupe de jeunes femmes effrayées
qui fuient en poussant des cris. L'Espagnole, qui venait de chanter et
qui tenait encore la guitare, s'écrie : « C'est le seigneur Maure ! » Et
elle rappelle ses compagnes : « Favorite des génies, dit l'Abencerage,
« je te cherchais comme l'Arabe cherche une source dans l'ardeur du
« midi ; j'ai entendu les sons de ta guitare, tu célébrais les héros de
« mon pays ; je t'ai devinée à la beauté de tes accents, et j'apporte à tes
« pieds le cœur d'Aben-Hamet.

— « Et moi, répondit dona Blanca, c'était en pensant à vous que je
« redisais la romance des Abencerages. Depuis que je vous ai vu, je
« me suis figuré que ces chevaliers maures vous ressemblaient. »

Une légère rougeur monta au front de Blanca en prononçant ces
mots. Aben-Hamet se sentit prêt à tomber aux genoux de la jeune
chrétienne, à lui déclarer qu'il était le dernier Abencerage ; mais un
reste de prudence le retint ; il craignit que son nom, trop fameux à
Grenade, ne donnât des inquiétudes au gouverneur. La guerre des Mo-
risques était à peine terminée, et la présence d'un Abencerage dans
ce moment pouvait inspirer aux Espagnols de justes craintes. Ce n'est
pas qu'Aben-Hamet s'effrayât d'aucun péril ; mais il frémissait à la
pensée d'être obligé de s'éloigner pour jamais de la fille de don Rodrigue

Dona Blanca descendait d'une famille qui tirait son origine du Cid de
Bivar et de Chimène, fille du comte Gomez de Gormas. La postérité du
vainqueur de Valence la Belle tomba, par l'ingratitude de la cour de
Castille, dans une extrême pauvreté ; on crut même pendant plusieurs
siècles qu'elle s'était éteinte, tant elle devint obscure. Mais, vers le
temps de la conquête de Grenade, un dernier rejeton de la race des
Bivar, l'aïeul de Blanca, se fit reconnaître moins encore à ses titres
qu'à l'éclat de sa valeur. Après l'expulsion des infidèles, Ferdinand
donna au descendant du Cid les biens de plusieurs familles maures, et
le créa duc de Santa-Fé. Le nouveau duc fixa sa demeure à Grenade,

et mourut jeune encore, laissant un fils unique déjà marié, don Rodrigue, père de Blanca.

Dona Thérésa de Xérès, femme de don Rodrigue, mit au jour un fils qui reçut à sa naissance le nom de Rodrigue, comme tous ses aïeux, mais que l'on appela don Carlos, pour le distinguer de son père. Les grands événements que don Carlos eut sous les yeux dès sa plus tendre jeunesse, les périls auxquels il fut exposé presque au sortir de l'enfance, ne firent que rendre plus grand et plus rigide un caractère naturellement porté à l'austérité. Don Carlos comptait à peine quatorze ans lorsqu'il suivit Cortez au Mexique : il avait supporté tous les dangers, il avait été témoin de toutes les horreurs de cette étonnante aventure ; il avait assisté à la chute du dernier roi d'un monde jusqu'alors inconnu. Trois ans après cette catastrophe, don Carlos s'était trouvé en Europe à la bataille de Pavie, comme pour voir l'honneur et la vaillance couronnés succomber sous les coups de la fortune. L'aspect d'un nouvel univers, de longs voyages sur des mers non encore parcourues, le spectacle des révolutions et des vicissitudes du sort, avaient fortement ébranlé l'imagination religieuse et mélancolique de don Carlos : il était entré dans l'ordre chevaleresque de Calatrava, et, renonçant au mariage malgré les prières de don Rodrigue, il destinait tous ses biens à sa sœur.

Blanca de Bivar, sœur unique de don Carlos, et beaucoup plus jeune que lui, était l'idole de son père : elle avait perdu sa mère, et elle entrait dans sa dix-huitième année lorsque Aben-Hamet parut à Grenade. Tout était séduction dans cette femme enchanteresse ; sa voix était ravissante, sa danse, plus légère que le zéphyr : tantôt elle se plaisait à guider un char comme Armide, tantôt elle volait sur le dos du plus rapide coursier d'Andalousie, comme ces fées charmantes qui apparaissaient à Tristan et à Galaor dans les forêts. Athènes l'eût prise pour Aspasie, et Paris, pour Diane de Poitiers qui commençait à briller à la cour. Mais, avec les charmes d'une Française, elle avait les passions d'une Espagnole, et sa coquetterie naturelle n'ôtait rien à la sûreté, à la constance, à la force, à l'élévation des sentiments de son cœur.

Aux cris qu'avaient poussés les jeunes Espagnoles lorsque Aben-Hamet s'était élancé dans le bocage, don Rodrigue était accouru. « Mon « père, dit Blanca, voilà le seigneur maure dont je vous ai parlé. Il m'a « entendue chanter, il m'a reconnue ; il est entré dans le jardin pour « me remercier de lui avoir enseigné sa route. »

Le duc de Santa-Fé reçut l'Abencerage avec la politesse grave et pourtant naïve des Espagnols. On ne remarque chez cette nation aucun

de ces airs serviles, aucun de ces tours de phrase qui annoncent l'ab-
jection des pensées et la dégradation de l'âme. La langue du grand seigneur et du paysan est la même ; le salut, le même ; les compliments, les
habitudes, les usages, sont les mêmes. Autant la confiance et la générosité de ce peuple envers les étrangers sont sans bornes, autant sa
vengeance est terrible quand on le trahit. D'un courage héroïque, d'une
patience à toute épreuve, incapable de céder à la mauvaise fortune, il
faut qu'il la dompte ou qu'il en soit écrasé. Il a peu de ce qu'on appelle
esprit ; mais les passions exaltées lui tiennent lieu de cette lumière qui
vient de la finesse et de l'abondance des idées. Un Espagnol qui passe le
jour sans parler, qui n'a rien vu, qui ne se soucie de rien voir, qui n'a
rien lu, rien étudié, rien comparé, trouvera dans la grandeur de ses
résolutions les ressources nécessaires au moment de l'adversité.

C'était le jour de la naissance de don Rodrigue, et Blanca donnait à
son père une *tertullia*, ou petite fête, dans cette charmante solitude.
Le duc de Santa-Fé invita Aben-Hamet à s'asseoir au milieu des jeunes
femmes, qui s'amusaient du turban et de la robe de l'étranger. On
apporta des carreaux de velours, et l'Abencerage se reposa sur ces carreaux à la façon des Maures. On lui fit des questions sur son pays et
sur ses aventures : il y répondit avec esprit et gaieté. Il parlait le castillan le plus pur ; on aurait pu le prendre pour un Espagnol, s'il n'eût
presque toujours dit *toi* au lieu de *vous*. Ce mot avait quelque chose de
si doux dans sa bouche, que Blanca ne pouvait se défendre d'un secret
dépit lorsqu'il s'adressait à l'une de ses compagnes.

De nombreux serviteurs parurent : ils portaient le chocolat, les pâtes
de fruits et les petits pains de sucre de Malaga, blancs comme la neige,
poreux et légers comme des éponges. Après le *refresco*, on pria Blanca
d'exécuter une de ces danses de caractère, où elle surpassait les plus
habiles gitanas. Elle fut obligée de céder aux vœux de ses amies.
Aben-Hamet avait gardé le silence ; mais ses regards suppliants parlaient au défaut de sa bouche. Blanca choisit une zambra, danse
expressive que les Espagnols ont empruntée des Maures.

Une des jeunes femmes commence à jouer sur la guitare l'air de la
danse étrangère. La fille de don Rodrigue ôte son voile, et attache
à ses mains blanches des castagnettes de bois d'ébène. Ses cheveux
noirs tombent en boucles sur son cou d'albâtre ; sa bouche et ses yeux
sourient de concert ; son teint est animé par le mouvement de son
cœur. Tout à coup elle fait retentir le bruyant ébène, frappe trois fois
la mesure, entonne le chant de la zambra, et, mêlant sa voix au son
de la guitare, elle part comme un éclair.

Quelle variété dans ses pas ! quelle élégance dans ses attitudes ! Tantôt elle lève ses bras avec vivacité, tantôt elle les laisse retomber avec mollesse. Quelquefois elle s'élance comme enivrée de plaisir, et se retire comme accablée de douleur. Elle tourne la tête, semble appeler quelqu'un d'invisible, tend modestement une joue vermeille au baiser d'un nouvel époux, fuit honteuse, revient brillante et consolée, marche d'un pas noble et presque guerrier, puis voltige de nouveau sur le gazon. L'harmonie de ses pas, de ses chants, et des sons de sa guitare, était parfaite. La voix de Blanca, légèrement voilée, avait cette sorte d'accent qui remue les passions jusqu'au fond de l'âme. La musique espagnole, composée de soupirs et de mouvements vifs, de refrains tristes, de chants subitement arrêtés, offre un singulier mélange de gaieté et de mélancolie. Cette musique et cette danse fixèrent sans retour le destin du dernier Abencerage : elles auraient suffi pour troubler un cœur moins malade que le sien.

On retourna le soir à Grenade par la vallée du Douro. Don Rodrigue, charmé des manières nobles et polies d'Aben-Hamet, ne voulut point se séparer de lui qu'il ne lui eût promis de venir souvent amuser Blanca des merveilleux récits de l'Orient. Le Maure, au comble de ses vœux, accepta l'invitation du duc de Santa-Fé; et dès le lendemain il se rendit au palais où respirait celle qu'il aimait plus que la lumière du jour.

Blanca se trouva bientôt engagée dans une passion profonde par l'impossibilité même où elle crut être d'éprouver jamais cette passion. Aimer un infidèle, un Maure, un inconnu, lui paraissait une chose si étrange, qu'elle ne prit aucune précaution contre le mal qui commençait à se glisser dans ses veines; mais aussitôt qu'elle en reconnut les atteintes, elle accepta ce mal en véritable Espagnole. Les périls et les chagrins qu'elle prévit ne la firent point reculer au bord de l'abîme, ni délibérer longtemps avec son cœur. Elle se dit : « Qu'Aben-Hamet soit « chrétien, qu'il m'aime, et je le suis au bout de la terre. »

L'Abencerage ressentait de son côté toute la puissance d'une passion irrésistible : il ne vivait plus que pour Blanca. Il ne s'occupait plus des projets qui l'avaient amené à Grenade; il lui était facile d'obtenir les éclaircissements qu'il était venu chercher; mais tout autre intérêt que celui de son amour s'était évanoui à ses yeux. Il redoutait même des lumières qui auraient pu apporter des changements dans sa vie. Il ne demandait rien, il ne voulait rien connaître; il se disait : « Que « Blanca soit musulmane, qu'elle m'aime, et je la sers jusqu'à mon « dernier soupir. »

Aben-Hamet et Blanca, ainsi fixés dans leur résolution, n'attendaient que le moment de se découvrir leurs sentiments. On était alors

dans les plus beaux jours de l'année. « Vous n'avez point encore vu
« l'Alhambra, » dit la fille du duc de Santa-Fé à l'Abencerage. « Si j'en
« crois quelques paroles qui vous sont échappées, votre famille est
« originaire de Grenade. Peut-être serez-vous bien aise de visiter le
« palais de vos anciens rois ? Je veux moi-même ce soir vous servir de
« guide. »

Aben-Hamet jura par le prophète que jamais promenade ne pouvait
lui être plus agréable.

L'heure fixée pour le pèlerinage de l'Alhambra étant arrivée, la fille
de don Rodrigue monta sur une haquenée blanche accoutumée à gravir
les rochers comme un chevreuil. Aben-Hamet accompagnait la brillante
Espagnole sur un cheval andalou équipé à la manière des Turcs. Dans
la course rapide du jeune Maure, sa robe de pourpre s'enflait derrière
lui, son sabre recourbé retentissait sur la selle élevée, et le vent agitait
l'aigrette dont son turban était surmonté. Le peuple, charmé de sa
bonne grâce, disait en le regardant passer : « C'est un prince infidèle
« que doña Blanca va convertir. »

Ils suivirent d'abord une longue rue qui portait encore le nom d'une
illustre famille maure ; cette rue aboutissait à l'enceinte extérieure de
l'Alhambra. Ils traversèrent ensuite un bois d'ormeaux, arrivèrent à
une fontaine, et se trouvèrent bientôt devant l'enceinte intérieure du
palais de Boabdil. Dans une muraille flanquée de tours et surmontée
de créneaux, s'ouvrait une porte appelée *la Porte du Jugement*. Ils franchirent cette première porte, et s'avancèrent par un chemin étroit qui
serpentait entre de hauts murs et des masures à demi ruinées. Ce chemin les conduisit à la place des Algibes, près de laquelle Charles-Quint
faisait alors élever un palais. De là, tournant vers le nord, ils s'arrêtèrent dans une cour déserte, au pied d'un mur sans ornements et dé-
gradé par les âges. Aben-Hamet, sautant légèrement à terre, offrit la
main à Blanca pour descendre de sa mule. Les serviteurs frappèrent à
une porte abandonnée, dont l'herbe cachait le seuil : la porte s'ouvrit,
et laissa voir tout à coup les réduits secrets de l'Alhambra.

Tous les charmes, tous les regrets de la patrie, mêlés aux prestiges de
l'amour, saisirent le cœur du dernier Abencerage. Immobile et muet, il
plongeait des regards étonnés dans cette habitation des génies; il croyait
être transporté à l'entrée d'un de ces palais dont on lit la description
dans les contes arabes. De légères galeries, des canaux de marbre blanc
bordés de citronniers et d'orangers en fleur, des fontaines, des cours
solitaires, s'offraient de toutes parts aux yeux d'Aben-Hamet, et, à
travers les voûtes allongées des portiques, il apercevait d'autres laby-
rinthes et de nouveaux enchantements. L'azur du plus beau ciel se

montrait entre des colonnes qui soutenaient une chaîne d'arceaux gothiques. Les murs, chargés d'arabesques, imitaient à la vue ces étoffes
de l'Orient, que brode dans l'ennui du harem le caprice d'une femme
esclave. Quelque chose de voluptueux, de religieux et de guerrier, semblait respirer dans ce magique édifice ; espèce de cloître de l'amour,
retraite mystérieuse où les rois maures goûtaient tous les plaisirs, et
oubliaient tous les devoirs de la vie.

Après quelques instants de surprise et de silence, les deux amants
entrèrent dans ce séjour de la puissance évanouie et des félicités passées. Ils firent d'abord le tour de la salle des Mésucar, au milieu du
parfum des fleurs et de la fraîcheur des eaux. Ils pénétrèrent ensuite
dans la cour des Lions. L'émotion d'Aben-Hamet augmentait à chaque
pas. « Si tu ne remplissais mon âme de délices, dit-il à Blanca, avec
« quel chagrin me verrais-je obligé de te demander, à toi Espagnole,
« l'histoire de ces demeures ! Ah ! ces lieux sont faits pour servir de
« retraite au bonheur, et moi !... »

Aben-Hamet aperçut le nom de Boabdil enchâssé dans des mosaïques.
« O mon roi, s'écria-t-il, qu'es-tu devenu ? Où te trouverai-je dans
« ton Alhambra désert ? » Et les larmes de la fidélité, de la loyauté et
de l'honneur couvraient les yeux du jeune Maure. « Vos anciens maîtres,
« dit Blanca, ou plutôt les rois de vos pères, étaient des ingrats. —
« Qu'importe ? repartit l'Abencerage ; ils ont été malheureux ! »

Comme il prononçait ces mots, Blanca le conduisit dans un cabinet
qui semblait être le sanctuaire même du temple de l'Amour. Rien n'é-
galait l'élégance de cet asile : la voûte entière, peinte d'azur et d'or,
et composée d'arabesques découpées à jour, laissait passer la lumière
comme à travers un tissu de fleurs. Une fontaine jaillissait au milieu de
l'édifice, et ses eaux, retombant en rosée, étaient recueillies dans une
conque d'albâtre. « Aben-Hamet, dit la fille du duc de Santa-Fé, re-
« gardez bien cette fontaine : elle reçut les têtes défigurées des Aben-
« cerages. Vous voyez encore sur le marbre la tache du sang des infor-
« tunés que Boabdil sacrifia à ses soupçons. C'est ainsi qu'on traite dans
« votre pays les hommes qui séduisent les femmes crédules. »

Aben-Hamet n'écoutait plus Blanca ; il s'était prosterné, et baisait
avec respect la trace du sang de ses ancêtres. Il se relève et s'écrie :
« O Blanca ! je jure, par le sang de ces chevaliers, de t'aimer avec la
« constance, la fidélité et l'ardeur d'un Abencerage.

— « Vous m'aimez donc ? » repartit Blanca en joignant ses deux belles
mains et levant ses regards au ciel. « Mais songez-vous que vous êtes
« un infidèle, un Maure, un ennemi, et que je suis chrétienne et
« Espagnole ?

— « O saint prophète, dit Aben-Hamet, soyez témoin de mes ser-
« ments !... » Blanca l'interrompant : « Quelle foi voulez-vous que j'a-
« joute aux serments d'un persécuteur de mon Dieu ? Savez-vous si je
« vous aime ? Qui vous a donné l'assurance de me tenir un pareil lan-
« gage ? »

Aben-Hamet consterné répondit : « Il est vrai, je ne suis que ton es-
« clave ; tu ne m'as pas choisi pour ton chevalier.

— « Maure, dit Blanca, laisse là la ruse ; tu as vu dans mes regards
« que je t'aimais ; ma folie pour toi passe toute mesure ; sois chrétien,
« et rien ne pourra m'empêcher d'être à toi. Mais si la fille du duc de
« Santa-Fé ose te parler avec cette franchise, tu peux juger par cela
« même qu'elle saura se vaincre, et que jamais un ennemi des chré-
« tiens n'aura aucun droit sur elle. »

Aben-Hamet, dans un transport de passion, saisit les mains de
Blanca, les posa sur son turban, et ensuite sur son cœur. « Allah est
« puissant, s'écria-t-il, et Aben-Hamet est heureux ! O Mahomet ! que
« cette chrétienne connaisse ta loi, et rien ne pourra... — Tu blas-
« phèmes, dit Blanca : sortons d'ici. »

Elle s'appuya sur le bras du Maure, et s'approcha de la fontaine des
Douze-Lions, qui donne son nom à l'une des cours de l'Alhambra :
« Étranger, dit la naïve Espagnole, quand je regarde ta robe, ton tur-
« ban, tes armes, et que je songe à nos amours, je crois voir l'ombre
« du bel Abencerage se promenant dans cette retraite abandonnée avec
« l'infortunée Alfaïma. Explique-moi l'inscription arabe gravée sur le
« marbre de cette fontaine. »

Aben-Hamet lut ces mots [1] :

La belle princesse qui se promène couverte de perles dans son jardin,
en augmente si prodigieusement la beauté... Le reste de l'inscription
était effacé.

« C'est pour toi qu'elle a été faite, cette inscription, dit Aben-Ha-
« met. Sultane aimée, ces palais n'ont jamais été aussi beaux dans leur
« jeunesse, qu'ils le sont aujourd'hui dans leurs ruines. Écoute le bruit
« des fontaines dont la mousse a détourné les eaux ; regarde les jardins
« qui se montrent à travers ces arcades à demi tombées ; contemple
« l'astre du jour qui se couche par delà tous ces portiques : qu'il est
« doux d'errer avec toi dans ces lieux ! Tes paroles embaument ces re-
« traites, comme les roses de l'hymen. Avec quel charme je reconnais

---

[1] Cette inscription existe avec quelques autres. Il est inutile de répéter que j'ai fait cette description de l'Alhambra sur les lieux mêmes.

« dans ton langage quelques accents de la langue de mes pères ! le seul
« frémissement de ta robe sur ces marbres me fait tressaillir. L'air n'est
« parfumé que parce qu'il a touché ta chevelure. Tu es belle comme le
« génie de ma patrie au milieu de ces débris. Mais Aben-Hamet peut-il
« espérer de fixer ton cœur ? Qu'est-il auprès de toi ? Il a parcouru les
« montagnes avec son père ; il connaît les plantes du désert... hélas ! il
« n'en est pas une seule qui pût le guérir de la blessure que tu lui as
« faite ! Il porte des armes, mais il n'est point chevalier. Je me disais
« autrefois : l'eau de la mer qui dort à l'abri dans le creux du rocher
« est tranquille et muette, tandis que tout auprès la grande mer est
« agitée et bruyante. Aben-Hamet ! ainsi sera ta vie, silencieuse, pai-
« sible, ignorée dans un coin de terre inconnu, tandis que la cour du
« sultan est bouleversée par les orages. Je me disais cela, jeune chré-
« tienne, et tu m'as prouvé que la tempête peut aussi troubler la goutte
« d'eau dans le creux du rocher. »

Blanca écoutait avec ravissement ce langage nouveau pour elle, et
dont le tour oriental semblait si bien convenir à la demeure des fées,
qu'elle parcourait avec son amant. L'amour pénétrait dans son cœur
de toutes parts ; elle sentait chanceler ses genoux ; elle était obligée de
s'appuyer plus fortement sur le bras de son guide. Aben-Hamet soutenait le doux fardeau, et répétait en marchant : « Ah ! que ne suis-je
« un brillant Abencerage ! »

— « Tu me plairais moins, dit Blanca, car je serais plus tourmen-
« tée ; reste obscur et vis pour moi. Souvent un chevalier célèbre oublie
« l'amour pour la renommée.

— « Tu n'aurais pas ce danger à craindre, » répliqua vivement
Aben-Hamet.

— « Et comment m'aimerais-tu donc, si tu étais un Abencerage ? »
dit la descendante de Chimène.

— « Je t'aimerais, répondit le Maure, plus que la gloire et moins que
« l'honneur. »

Le soleil était descendu sous l'horizon pendant la promenade des
deux amants. Ils avaient parcouru tout l'Alhambra. Quels souvenirs
offerts à la pensée d'Aben-Hamet ! Ici la sultane recevait par des soupiraux la fumée des parfums qu'on brûlait au-dessous d'elle. Là, dans
cet asile écarté, elle se parait de tous les atours de l'Orient. Et c'était
Blanca, c'était une femme adorée qui racontait ces détails au beau jeune
homme qu'elle idolâtrait.

La lune, en se levant, répandit sa clarté douteuse dans les sanctuaires
abandonnés, et dans les parvis déserts de l'Alhambra. Ses blancs
rayons dessinaient sur le gazon des parterres, sur les murs des salles,

la dentelle d'une architecture aérienne, les cintres des cloîtres, l'ombre mobile des eaux jaillissantes, et celle des arbustes balancés par le zéphyr. Le rossignol chantait dans un cyprès qui perçait les dômes d'une mosquée en ruine, et les échos répétaient ses plaintes. Aben-Hamet écrivit, au clair de la lune, le nom de Blanca sur le marbre de la salle des Deux-Sœurs : il traça ce nom en caractères arabes, afin que le voyageur eût un mystère de plus à deviner dans ce palais des mystères.

« Maure, ces lieux sont cruels, dit Blanca ; quittons ces lieux. Le « destin de ma vie est fixé pour jamais. Retiens bien ces mots : Musul- « man, je suis ton amante sans espoir ; chrétien, je suis ton épouse « fortunée. »

Aben-Hamet répondit : « Chrétienne, je suis ton esclave désolé ; mu- « sulmane, je suis ton époux glorieux. »

Et ces nobles amants sortirent de ce dangereux palais.

La passion de Blanca s'augmenta de jour en jour, et celle d'Aben-Hamet s'accrut avec la même violence. Il était si enchanté d'être aimé pour lui seul, de ne devoir à aucune cause étrangère les sentiments qu'il inspirait, qu'il ne révéla point le secret de sa naissance à la fille du duc de Santa-Fé : il se faisait un plaisir délicat de lui apprendre qu'il portait un nom illustre, le jour même où elle consentirait à lui donner sa main. Mais il fut tout à coup rappelé à Tunis : sa mère, atteinte d'un mal sans remède, voulait embrasser son fils et le bénir avant d'abandonner la vie. Aben-Hamet se présente au palais de Blanca. « Sultane, « lui dit-il, ma mère va mourir. Elle me demande pour lui fermer les « yeux. Me conserveras-tu ton amour ?

— « Tu me quittes, répondit Blanca pâlissante. Te reverrai-je ja- « mais ?

— « Viens, dit Aben-Hamet. Je veux exiger de toi un serment, et « t'en faire un que la mort seule pourra briser. Suis-moi. »

Ils sortent ; ils arrivent à un cimetière qui fut jadis celui des Maures. On voyait encore çà et là de petites colonnes funèbres autour desquelles le sculpteur figura jadis un turban ; mais les chrétiens avaient depuis remplacé ce turban par une croix. Aben-Hamet conduisit Blanca au pied de ces colonnes.

« Blanca, dit-il, mes ancêtres reposent ici ; je jure par leurs cendres « de t'aimer jusqu'au jour où l'ange du jugement m'appellera au tri- « bunal d'Allah. Je te promets de ne jamais engager mon cœur à une « autre femme, et de te prendre pour épouse, aussitôt que tu connaî- « tras la sainte lumière du prophète. Chaque année, à cette époque, je « reviendrai à Grenade pour voir si tu m'as gardé ta foi et si tu veux « renoncer à tes erreurs.

A. — ATALA.   14

— « Et moi, dit Blanca en larmes, je t'attendrai tous les ans ; je te
« conserverai jusqu'à mon dernier soupir la foi que je t'ai jurée, et je
« te recevrai pour époux lorsque le Dieu des chrétiens, plus puissant
« que ton amante, aura touché ton cœur infidèle. »

Aben-Hamet part ; les vents l'emportent aux bords africains : sa
mère venait d'expirer. Il la pleure, il embrasse son cercueil. Les mois
s'écoulent : tantôt errant parmi les ruines de Carthage, tantôt assis sur
le tombeau de saint Louis, l'Abencerage exilé appelle le jour qui doit
le ramener à Grenade. Ce jour se lève enfin : Aben-Hamet monte sur un
vaisseau et fait tourner la proue vers Malaga. Avec quel transport,
avec quelle joie mêlée de crainte il aperçut les premiers promontoires
de l'Espagne ! Blanca l'attend-elle sur ces bords ? Se souvient-elle encore d'un pauvre Arabe qui ne cessa de l'adorer sous le palmier du
désert ?

La fille du duc de Santa-Fé n'était point infidèle à ses serments. Elle
avait prié son père de la conduire à Malaga. Du haut des montagnes
qui bordaient la côte inhabitée, elle suivait des yeux les vaisseaux
lointains et les voiles fugitives. Pendant la tempête, elle contemplait
avec effroi la mer soulevée par les vents : elle aimait alors à se perdre
dans les nuages, à s'exposer dans les passages dangereux, à se sentir
baignée par les mêmes vagues, enlevée par le même tourbillon, qui
menaçaient les jours d'Aben-Hamet. Quand elle voyait la mouette
plaintive raser les flots avec ses grandes ailes recourbées, et voler vers
les rivages de l'Afrique, elle la chargeait de toutes ces paroles d'amour,
de tous ces vœux insensés qui sortent d'un cœur que la passion dé-
vore.

Un jour qu'elle errait sur les grèves, elle aperçut une longue
barque dont la proue élevée, le mât penché et la voile latine annonçaient l'élégant génie des Maures. Blanca court au port, et voit bientôt entrer le vaisseau barbaresque qui faisait écumer l'onde sous la
rapidité de sa course. Un Maure, couvert de superbes habits, se tenait
debout sur la proue. Derrière lui deux esclaves noirs arrêtaient par le
frein un cheval arabe, dont les naseaux fumants et les crins épars
annonçaient à la fois son naturel ardent et la frayeur que lui inspirait
le bruit des vagues. La barque arrive, abaisse ses voiles, touche au
môle, présente le flanc : le Maure s'élance sur la rive, qui retentit du
son de ses armes. Les esclaves font sortir le coursier tigré comme un
léopard, qui hennit et bondit de joie en retrouvant la terre. D'autres
esclaves descendent doucement une corbeille où reposait une gazelle
couchée parmi des feuilles de palmier. Ses jambes fines étaient attachées et ployées sous elle, de peur qu'elles ne se fussent brisées dans

les mouvements du vaisseau ; elle portait un collier de grains d'aloès ;
et sur une plaque d'or qui servait à rejoindre les deux bouts du collier,
étaient gravés en arabe un nom et un talisman.

Blanca reconnaît Aben-Hamet : elle n'ose se trahir aux yeux de la
foule ; elle se retire, et envoie Dorothée, une de ses femmes, avertir
l'Abencerage qu'elle l'attend au palais des Maures. Aben-Hamet
présentait dans ce moment au gouverneur son firman écrit en lettres
d'azur, sur un vélin précieux et renfermé dans un fourreau de soie.
Dorothée s'approche et conduit l'heureux Abencerage aux pieds de
Blanca. Quels transports en se retrouvant tous deux fidèles ! quel
bonheur de se revoir, après avoir été si longtemps séparés ! Quels nouveaux serments de s'aimer toujours !

Les deux esclaves noirs amènent le cheval numide, qui, au lieu de
selle, n'avait sur le dos qu'une peau de lion, rattachée par un zone de
pourpre. On apporte ensuite la gazelle. « Sultane, dit Aben-Hamet,
« c'est un chevreuil de mon pays, presque aussi léger que toi. » Blanca
détache elle-même l'animal charmant qui semblait la remercier en jetant
sur elle les regards les plus doux. Pendant l'absence de l'Abencerage,
la fille du duc de Santa-Fé avait étudié l'arabe : elle lut avec des yeux
attendris son propre nom sur le collier de la gazelle. Celle-ci, rendue
à la liberté, se soutenait à peine sur ses pieds si longtemps enchaînés ;
elle se couchait à terre, et appuyait sa tête sur les genoux de sa maîtresse. Blanca lui présentait des dattes nouvelles, et caressait cette
chevrette du désert, dont la peau fine avait retenu l'odeur du bois
d'aloès et de la rose de Tunis.

L'Abencerage, le duc de Santa-Fé et sa fille partirent ensemble pour
Grenade. Les jours du couple heureux s'écoulèrent comme ceux de
l'année précédente : mêmes promenades, même regret à la vue de la
patrie, même amour, ou plutôt amour toujours croissant, toujours partagé ; mais aussi même attachement dans les deux amants à la religion
de leurs pères. « Sois chrétien, » dit Blanca ; « sois musulmane, » disait
Aben-Hamet, et ils se séparèrent encore une fois sans avoir succombé
à la passion qui les entraînait l'un vers l'autre.

Aben-Hamet reparut la troisième année, comme ces oiseaux voyageurs que l'amour ramène au printemps dans nos climats. Il ne trouva
point Blanca au rivage, mais une lettre de cette femme adorée apprit
au fidèle Arabe le départ du duc de Santa-Fé pour Madrid, et l'arrivée
de don Carlos à Grenade. Don Carlos était accompagné d'un prisonnier français, ami du frère de Blanca. Le Maure sentit son cœur se
serrer à la lecture de cette lettre. Il partit de Malaga pour Grenade
avec les plus tristes pressentiments. Les montagnes lui parurent d'une

solitude effrayante, et il tourna plusieurs fois la tête pour regarder la
mer qu'il venait de traverser.

Blanca, pendant l'absence de son père, n'avait pu quitter un frère
qu'elle aimait, un frère qui voulait en sa faveur se dépouiller de tous
ses biens, et qu'elle revoyait après sept années d'absence. Don Carlos
avait tout le courage et toute la fierté de sa nation : terrible comme
les conquérants du Nouveau Monde, parmi lesquels il avait fait ses
premières armes ; religieux comme les chevaliers espagnols vainqueurs
des Maures, il nourrissait dans son cœur contre les infidèles la haine
qu'il avait héritée du sang du Cid.

Thomas de Lautrec, de l'illustre maison de Foix, où la beauté dans
les femmes et la valeur dans les hommes passaient pour un don héréditaire, était frère cadet de la comtesse de Foix, et du brave et malheureux Odet de Foix, seigneur de Lautrec. A l'âge de dix-huit ans,
Thomas avait été armé chevalier par Bayard, dans cette retraite qui
coûta la vie au chevalier sans peur et sans reproche. Quelque temps
après, Thomas fut percé de coups et fait prisonnier à Pavie, en défendant le roi chevalier qui perdit tout alors, *fors l'honneur.*

Don Carlos de Bivar, témoin de la vaillance de Lautrec, avait fait
prendre soin des blessures du jeune Français, et bientôt il s'établit
entre eux une de ces amitiés héroïques, dont l'estime et la vertu sont
les fondements. François Iᵉʳ était retourné en France ; mais Charles-
Quint retint les autres prisonniers. Lautrec avait eu l'honneur de partager la captivité de son roi, et de coucher à ses pieds dans la prison.
Resté en Espagne après le départ du monarque, il avait été remis sur
sa parole à don Carlos, qui venait de l'amener à Grenade.

Lorsque Aben-Hamet se présenta au palais de don Rodrigue, et fut
introduit dans la salle où se trouvait la fille du duc de Santa-Fé, il
sentit des tourments jusqu'alors inconnus pour lui. Aux pieds de dona
Blanca était assis un jeune homme qui la regardait en silence, dans
une espèce de ravissement. Ce jeune homme portait un haut-de-chausses
de buffle, et un pourpoint de même couleur, serré par un ceinturon
d'où pendait une épée aux fleurs de lis. Un manteau de soie était jeté
sur ses épaules, et sa tête était couverte d'un chapeau à petits bords,
ombragé de plumes : une fraise de dentelle, rabattue sur sa poitrine,
laissait voir son cou découvert. Deux moustaches noires comme l'ébène
donnaient à son visage naturellement doux un air mâle et guerrier.
De larges bottes, qui tombaient et se repliaient sur ses pieds, portaient
l'éperon d'or, marque de la chevalerie.

A quelque distance, un autre chevalier se tenait debout appuyé sur
la croix de fer de sa longue épée : il était vêtu comme l'autre chevalier ;

mais il paraissait plus âgé. Son air austère, bien qu'ardent et passionné, inspirait le respect et la crainte. La croix rouge de Calatrava était brodée sur son pourpoint, avec cette devise : *Pour elle et pour mon roi.*

Un cri involontaire s'échappa de la bouche de Blanca lorsqu'elle aperçut Aben-Hamet. « Chevaliers, dit-elle aussitôt, voici l'infidèle « dont je vous ai tant parlé; craignez qu'il ne remporte la victoire. « Les Abencerages étaient faits comme lui, et nul ne les surpassait en « loyauté, courage et galanterie. »

Don Carlos s'avança au-devant d'Aben-Hamet. « Seigneur Maure, « dit-il, mon père et ma sœur m'ont appris votre nom; on vous croit « d'une race noble et brave; vous-même, vous êtes distingué par votre « courtoisie. Bientôt Charles-Quint, mon maître, doit porter la guerre « à Tunis, et nous nous verrons, j'espère, au champ d'honneur. »

Aben-Hamet posa la main sur son sein, s'assit à terre sans répondre, et resta les yeux attachés sur Blanca et sur Lautrec. Celui-ci admirait, avec la curiosité de son pays, la robe superbe, les armes brillantes, la beauté du Maure; Blanca ne paraissait point embarrassée; toute son âme était dans ses yeux : la sincère Espagnole n'essayait point de cacher le secret de son cœur. Après quelques moments de silence, Aben-Hamet se leva, s'inclina devant la fille de don Rodrigue, et se retira. Étonné du maintien du Maure et des regards de Blanca, Lautrec sortit avec un soupçon qui se changea bientôt en certitude.

Don Carlos resta seul avec sa sœur. « Blanca, lui dit-il, expliquez-« vous. D'où naît le trouble que vous a causé la vue de cet étranger?

— « Mon frère, répondit Blanca, j'aime Aben-Hamet! et s'il veut « se faire chrétien, ma main est à lui.

— « Quoi? s'écria don Carlos, vous aimez Aben-Hamet! la fille des « Bivar aime un Maure, un infidèle, un ennemi que nous avons chassé « de ces palais!

— « Don Carlos, répliqua Blanca, j'aime Aben-Hamet : Aben-Hamet « m'aime; depuis trois ans il renonce à moi plutôt que de renoncer à la « religion de ses pères. Noblesse, honneur, chevalerie sont en lui; « jusqu'à mon dernier soupir je l'adorerai. »

Don Carlos était digne de sentir ce que la résolution d'Aben-Hamet avait de généreux, quoiqu'il déplorât l'aveuglement de cet infidèle. « Infortunée Blanca, dit-il, où te conduira cet amour? J'avais espéré « que Lautrec, mon ami, deviendrait mon frère.

— « Tu t'étais trompé, répondit Blanca : je ne puis aimer cet étran-« ger. Quant à mes sentiments pour Aben-Hamet, je n'en dois compte à « personne. Garde tes serments de chevalerie comme je garderai mes

« serments d'amour. Sache seulement, pour te consoler, que jamais
« Blanca ne sera l'épouse d'un Infidèle.

— « Notre famille disparaîtra donc de la terre ! » s'écria don Carlos.

« C'est à toi de la faire revivre, dit Blanca. Qu'importe d'ailleurs des
« fils que tu ne verras point, et qui dégénèreront de ta vertu ? Don
« Carlos, je sens que nous sommes les derniers de notre race ; nous
« sortons trop de l'ordre commun pour que notre sang fleurisse après
« nous : le Cid fut notre aïeul, il sera notre postérité. » Blanca sortit.

Don Carlos vole chez l'Abencerage. « Maure, lui dit-il, renonce à ma
« sœur ou accepte le combat.

— « Es-tu chargé par ta sœur, répondit Aben-Hamet, de me rede-
« mander les serments qu'elle m'a faits ?

— « Non, répliqua don Carlos ; elle t'aime plus que jamais.

— « Ah ! digne frère de Blanca ! » s'écria Aben-Hamet en l'interrompant, « je dois tenir tout mon bonheur de ton sang ! O fortuné Aben-
« Hamet ! O heureux jour ! je croyais Blanca infidèle pour ce chevalier
« français...

— « Et c'est là ton malheur, » s'écria à son tour don Carlos hors de
lui ; « Lautrec est mon ami ; sans toi il serait mon frère. Rends-moi
« raison des larmes que tu fais verser à ma famille.

— « Je le veux bien, répondit Aben-Hamet ; mais né d'une race qui
« peut-être a combattu la tienne, je ne suis pourtant point chevalier.
« Je ne vois ici personne pour me conférer l'ordre qui te permettra de
« te mesurer avec moi sans descendre de ton rang. »

Don Carlos, frappé de la réflexion du Maure, le regarda avec un mélange d'admiration et de fureur. Puis tout à coup : « C'est moi qui t'ar-
« merai chevalier ! tu en es digne. »

Aben-Hamet fléchit le genoux devant don Carlos, qui lui donne l'ac-
colade, en lui frappant trois fois l'épaule du plat de son épée ; ensuite
don Carlos lui ceint cette même épée que l'Abencerage va peut-être
lui plonger dans la poitrine : tel était l'antique honneur.

Tous deux s'élancent sur leurs coursiers, sortent des murs de Grenade, et volent à la fontaine du Pin. Les duels des Maures et des chrétiens avaient depuis longtemps rendu cette source célèbre. C'était là
que Malique Alabès s'était battu contre Ponce de Léon, et que le grand
maître de Calatrava avait donné la mort au valeureux Abayados. On
voyait encore les débris des armes de ce chevalier maure suspendus aux
branches du pin, et l'on apercevait sur l'écorce de l'arbre quelques
lettres d'une inscription funèbre. Don Carlos montra de la main la
tombe d'Abayados à l'Abencerage : « Imite, lui cria-t-il, ce brave Infi-
« dèle ; et reçois le baptême et la mort de ma main.

DU DERNIER ABENCERAGE.

— « La mort peut-être, répondit Aben-Hamet : mais vive Allah et
« le prophète! »

Ils prirent aussitôt du champ, et coururent l'un sur l'autre avec furie.
Ils n'avaient que leurs épées, Aben-Hamet était moins habile dans les
combats que don Carlos, mais la bonté de ses armes, trempées à Da-
mas, et la légèreté de son cheval arabe, lui donnaient encore l'avantage sur son ennemi. Il lança son coursier comme les Maures, et avec
son large étrier tranchant, il coupa la jambe droite du cheval de don
Carlos au-dessous du genou. Le cheval blessé s'abattit, et don Carlos,
démonté par ce coup heureux, marche sur Aben-Hamet l'épée haute.
Aben-Hamet saute à terre et reçoit don Carlos avec intrépidité. Il pare
les premiers coups de l'Espagnol, qui brise son épée sur le fer de Da-
mas. Trompé deux fois par la fortune, don Carlos verse des pleurs de
rage, et crie à son ennemi : « Frappe, Maure, frappe : don Carlos dés-
« armé te défie, toi et toute ta race infidèle.

— « Tu pouvais me tuer, répond l'Abencerage, mais je n'ai jamais
« songé à te faire la moindre blessure : j'ai voulu seulement te prouver
« que j'étais digne d'être ton frère, et t'empêcher de me mépriser. »

Dans cet instant on aperçoit un nuage de poussière : Lautrec et
Blanca pressaient deux cavales de Fez plus légères que les vents. Ils
arrivent à la fontaine du Pin et voient le combat suspendu.

« Je suis vaincu, dit don Carlos ; ce chevalier m'a donné la vie. Lau-
« trec, vous serez peut-être plus heureux que moi.

— « Mes blessures, » dit Lautrec d'une voix noble et gracieuse, « me
« permettent de refuser le combat contre ce chevalier courtois. Je ne
« veux point, ajouta-t-il en rougissant, connaître le sujet de votre
« querelle, et pénétrer un secret qui porterait peut-être la mort dans
« mon sein. Bientôt mon absence fera renaître la paix parmi vous, à
« moins que Blanca ne m'ordonne de rester à ses pieds.

— « Chevalier, dit Blanca, vous demeurerez auprès de mon frère,
« vous me regarderez comme votre sœur. Tous les cœurs qui sont ici
« éprouvent des chagrins ; vous apprendrez de nous à supporter les
« maux de la vie. »

Blanca voulut contraindre les trois chevaliers à se donner la main ;
tous les trois s'y refusèrent : « Je hais Aben-Hamet ! » s'écria don Carlos. « Je l'envie, » dit Lautrec. « Et moi, dit l'Abencerage, j'estime
« don Carlos, et je plains Lautrec ; mais je ne saurais les aimer.

— « Voyons-nous toujours, dit Blanca, et tôt ou tard l'amitié suivra
« l'estime. Que l'événement fatal qui nous rassemble ici soit à jamais
« ignoré de Grenade. »

Aben-Hamet devint, dès ce moment, mille fois plus cher à la fille

du duc de Santa-Fé : l'amour aime la vaillance; il ne manquait plus
rien à l'Abencerage, puisqu'il était brave, et que don Carlos lui devait
la vie. Aben-Hamet, par le conseil de Blanca, s'abstint, pendant
quelques jours, de se présenter au palais, afin de laisser se calmer la
colère de don Carlos. Un mélange de sentiments doux et amers remplissait l'âme de l'Abencerage : si d'un côté l'assurance d'être aimé avec
tant de fidélité et d'ardeur était pour lui une source inépuisable de délices, d'un autre côté la certitude de n'être jamais heureux sans renoncer à la religion de ses pères accablait le courage d'Aben-Hamet.
Déjà plusieurs années s'étaient écoulées sans apporter de remède à ses
maux : verrait-il ainsi s'écouler le reste de sa vie?

Il était plongé dans un abîme de réflexions les plus sérieuses et les
plus tendres, lorsqu'un soir il entendit sonner cette prière chrétienne
qui annonce la fin du jour. Il lui vint en pensée d'entrer dans le temple
du Dieu de Blanca, et de demander des conseils au Maître de la nature.

Il sort, il arrive à la porte d'une ancienne mosquée convertie en
église par les fidèles. Le cœur saisi de tristesse et de religion, il pénètre
dans le temple qui fut autrefois celui de son Dieu et de sa patrie. La
prière venait de finir : il n'y avait plus personne dans l'église. Une sainte
obscurité régnait à travers une multitude de colonnes qui ressemblaient
aux troncs des arbres d'une forêt régulièrement plantée. L'architecture légère des Arabes s'était mariée à l'architecture gothique, et, sans
rien perdre de son élégance, elle avait pris une gravité plus convenable
aux méditations. Quelques lampes éclairaient à peine les enfoncements
des voûtes; mais à la clarté de plusieurs cierges allumés, on voyait
encore briller l'autel du sanctuaire : il étincelait d'or et de pierreries.
Les Espagnols mettent toute leur gloire à se dépouiller de leurs richesses
pour en parer les objets de leur culte, et l'image du Dieu vivant, placée
au milieu des voiles de dentelles, des couronnes de perles et des gerbes de rubis, est adorée par un peuple à demi nu.

On ne remarquait aucun siége au milieu de la vaste enceinte : un
pavé de marbre qui recouvrait des cercueils servait aux grands comme
aux petits, pour se prosterner devant le Seigneur. Aben-Hamet s'a-
vançait lentement dans les nefs désertes qui retentissaient du seul
bruit de ses pas. Son esprit était partagé entre les souvenirs que cet
ancien édifice de la religion des Maures retraçait à sa mémoire, et les
sentiments que la religion des chrétiens faisait naître dans son cœur.
Il entrevit au pied d'une colonne une figure immobile, qu'il prit d'a-
bord pour une statue sur un tombeau; il s'en approche; il distingue
un jeune chevalier à genoux, le front respectueusement incliné et les
deux bras croisés sur sa poitrine. Ce chevalier ne fit aucun mouvement

au bruit des pas d'Aben-Hamet ; aucune distraction, aucun signe extérieur de vie ne troubla sa profonde prière. Son épée était couchée à
terre devant lui, et son chapeau, chargé de plumes, était posé sur le
marbre à ses côtés : il avait l'air d'être fixé dans cette attitude par
l'effet d'un enchantement. C'était Lautrec : « Ah ! dit l'Abencerage en
« lui-même, ce jeune et beau Français demande au ciel quelque faveur
« signalée ; ce guerrier, déjà célèbre par son courage, répand ici son
« cœur devant le souverain du ciel, comme le plus humble et le plus
« obscur des hommes. Prions donc aussi le Dieu des chevaliers et de la
« gloire. »

Aben-Hamet allait se précipiter sur le marbre, lorsqu'il aperçut, à
la lueur d'une lampe, des caractères arabes et un verset du Coran, qui
paraissaient sous un plâtre à demi tombé. Les remords rentrent dans
son cœur, et il se hâte de quitter l'édifice où il a pensé devenir infidèle
à sa religion et à sa patrie.

Le cimetière qui environnait cette ancienne mosquée était une espèce
de jardin planté d'orangers, de cyprès, de palmiers, et arrosé par deux
fontaines ; un cloître régnait à l'entour. Aben-Hamet, en passant sous
un des portiques, aperçut une femme prête à entrer dans l'église. Quoiqu'elle fût enveloppée d'un voile, l'Abencerage reconnut la fille du duc
de Santa-Fé ; il l'arrête, et lui dit : « Viens-tu chercher Lautrec dans
« ce temple ?

— « Laisse-là ces vulgaires jalousies, répondit Blanca, si je ne
« t'aimais plus, je te le dirais ; je dédaignerais de te tromper. Je viens
« ici prier pour toi ; toi seul es maintenant l'objet de mes vœux : j'ou-
« blie mon âme pour la tienne. Il ne fallait pas m'enivrer du poison de
« ton amour, ou il fallait consentir à servir le Dieu que je sers. Tu
« troubles toute ma famille, mon frère te hait ; mon père est accablé
« de chagrin, parce que je refuse de choisir un époux. Ne t'aperçois-tu
« pas que ma santé s'altère ? Vois cet asile de la mort ; il est enchanté !
« Je m'y reposerai bientôt, si tu ne te hâtes de recevoir ma foi au pied
« de l'autel des chrétiens. Les combats que j'éprouve minent peu à peu
« ma vie ; la passion que tu m'inspires ne soutiendra pas toujours ma
« frêle existence : songe, ô Maure, pour te parler ton langage, que le
« feu qui allume le flambeau est aussi le feu qui le consume. »

Blanca entre dans l'église, et laisse Aben-Hamet accablé de ces
dernières paroles.

C'en est fait : l'Abencerage est vaincu ; il va renoncer aux erreurs de
son culte ; assez longtemps il a combattu. La crainte de voir Blanca
mourir l'emporte sur tout autre sentiment dans le cœur d'Aben-Hamet.
Après tout, se disait-il, le Dieu des chrétiens est peut-être le Dieu

véritable? Ce Dieu est toujours le Dieu des nobles âmes, puisqu'il est
celui de Blanca, de don Carlos et de Lautrec.

Dans cette pensée, Aben-Hamet attendit avec impatience le lendemain pour faire connaître sa résolution à Blanca, et changer une vie
de tristesse et de larmes en une vie de joie et de bonheur. Il ne put se
rendre au palais du duc de Santa-Fé que le soir. Il apprit que Blanca
était allée avec son frère au Généralife, où Lautrec donnait une fête.
Aben-Hamet, agité de nouveaux soupçons, vole sur les traces de
Blanca. Lautrec rougit en voyant paraître l'Abencerage; quant à don
Carlos, il reçut le Maure avec une froide politesse, mais à travers
laquelle perçait l'estime.

Lautrec avait fait servir les plus beaux fruits de l'Espagne et de
l'Afrique dans une des salles du Généralife, appelée la salle des Chevaliers. Tout autour de cette salle étaient suspendus les portraits des
princes et des chevaliers vainqueurs des Maures, Pélasge, le Cid, Gon-
zalve de Cordoue. L'épée du dernier roi de Grenade était attachée au-
dessous de ces portraits. Aben-Hamet renferma sa douleur en lui-
même, et dit seulement comme le lion, en regardant ces tableaux :
« Nous ne savons pas peindre. »

Le généreux Lautrec, qui voyait les yeux de l'Abencerage se tourner
malgré lui vers l'épée de Boabdil, lui dit : « Chevalier maure, si j'avais
« prévu que vous m'eussiez fait l'honneur de venir à cette fête, je ne
« vous aurais pas reçu ici. On perd tous les jours une épée, et j'ai vu
« le plus vaillant des rois remettre la sienne à son heureux ennemi.

——« Ah ! » s'écria le Maure en se couvrant le visage d'un pan de sa
robe, « on peut la perdre comme François Iᵉʳ; mais comme Boab-
« dil!... »

La nuit vint; on apporta des flambeaux; la conversation changea de
cours. On pria don Carlos de raconter la découverte du Mexique. Il
parla de ce monde inconnu avec l'éloquence pompeuse naturelle à la
nation espagnole. Il dit les malheurs de Montézume, les mœurs des
Américains, les prodiges de la valeur castillane, et même les cruautés
de ses compatriotes, qui ne lui semblaient mériter ni blâme ni louange.
Ces récits enchantaient Aben-Hamet, dont la passion pour les histoires
merveilleuses trahissait le sang arabe. Il fit à son tour le tableau de
l'empire ottoman, nouvellement assis sur les ruines de Constantinople,
non sans donner au premier empire de Mahomet; temps
heureux où le commandeur des croyants voyait briller autour de lui
Zobéide, Fleur de Beauté, Force des Cœurs, Tourmente, et ce généreux Ganem, esclave par amour. Quant à Lautrec, il peignit la cour
galante de François Iᵉʳ, les arts renaissant du sein de la barbarie,

l'honneur, la loyauté; la chevalerie des anciens temps, unie à la politesse des siècles civilisés; les tourelles gothiques ornées des ordres de la Grèce, et les dames gauloises rehaussant la richesse de leurs atours par l'élégance athénienne.

Après ces discours, Lautrec, qui voulait amuser la divinité de cette fête, prit une guitare, et chanta cette romance qu'il avait composée sur un air des montagnes de son pays :

Combien j'ai douce souvenance [1]
Du joli lieu de ma naissance !
Ma sœur, qu'ils étaient beaux les jours
　　　De France !
O mon pays, sois mes amours
　　　Toujours !

Te souvient-il que notre mère,
Au foyer de notre chaumière,
Nous pressait sur son cœur joyeux,
　　　Ma chère ;
Et nous baisions ses blancs cheveux
　　　Tous deux.

Ma sœur, te souvient-il encore
Du château que baignait la Dore ?
Et de cette tant vieille tour
　　　Du Maure,
Où l'airain sonnait le retour
　　　Du jour ?

Te souvient-il du lac tranquille
Qu'effleurait l'hirondelle agile,
Du vent qui courbait le roseau
　　　Mobile,
Et du soleil couchant sur l'eau,
　　　Si beau ?

Oh ! qui me rendra mon Hélène
Et ma montagne, et le grand chêne ?
Leur souvenir fait tous les jours
　　　Ma peine :
Mon pays sera mes amours
　　　Toujours !

Lautrec, en achevant le dernier couplet, essuya avec son gant une larme que lui arrachait le souvenir du gentil pays de France. Les regrets du beau prisonnier furent vivement sentis par Aben-Hamet, qui déplorait, comme Lautrec, la perte de sa patrie. Sollicité de prendre à son

---

[1] Cette romance est déjà connue du public. J'en avais composé les paroles pour un air des montagnes d'Auvergne, remarquable par sa douceur et sa simplicité.

tour la guitare, il s'en excusa, en disant qu'il ne savait qu'une romance, et qu'elle serait peu agréable à des chrétiens.

« Si ce sont des Infidèles qui gémissent de nos victoires, » repartit dédaigneusement don Carlos. « vous pouvez chanter; les larmes sont « permises aux vaincus.

— « Oui, dit Blanca; et c'est pour cela que nos pères, soumis autre- « fois au joug des Maures, nous ont laissé tant de complaintes. »

Aben-Hamet chanta donc cette ballade, qu'il avait apprise d'un poëte de la tribu des Abencerages [1] :

> Le roi don Juan,
> Un jour chevauchant,
> Vit sur la montagne
> Grenade d'Espagne;
> Il lui dit soudain :
>   Cité mignonne,
>   Mon cœur te donne
>   Avec ma main.
>
> Je t'épouserai,
> Puis apporterai
> En don à ta ville,
> Cordoue et Séville.
> Superbes atours
>   Et perle fine
>   Je te destine
>   Pour nos amours.
>
> Grenade répond :
> Grand roi de Léon,
> Au Maure liée,
> Je suis mariée.
> Garde tes présents :
>   J'ai pour parure
>   Riche ceinture
>   Et beaux enfants.
>
> Ainsi tu disais,
> Ainsi tu mentais;
> O mortelle injure!
> Grenade est parjure!
> Un chrétien maudit
>   D'Abencerage
>   Tient l'héritage :
>   C'était écrit!

[1] En traversant un pays montagneux entre Algésiras et Cadix, je m'arrêtai dans une *venta* située au milieu d'un bois. Je n'y trouvai qu'un petit garçon de quatorze à quinze ans, et une petite fille à peu près du même âge, frère et sœur, qui tressaient auprès du feu des nattes de jonc. Ils chan- taient une romance dont je ne comprenais pas les paroles, mais dont l'air était simple et naïf. Il faisait un temps affreux : je restai deux heures à la *venta*. Mes jeunes hôtes répétèrent si longtemps les couplets de leur romance, qu'il me fut aisé d'en apprendre l'air par cœur. C'est sur cet air que j'ai composé la romance de l'Abencerage. Peut-être était-il question d'Aben-Hamet dans la chanson de mes deux petits Espagnols. Au reste, le dialogue de Grenade et du roi de Léon est imité d'une romance espagnole.

> Jamais le chameau
> N'apporte au tombeau,
> Près de la piscine,
> L'haggi de Médine.
> Un chrétien maudit
> D'Abencerage
> Tient l'héritage :
> C'était écrit !
>
> Ô bel Alhambra!
> Ô palais d'Allah!
> Cité des fontaines!
> Fleuve aux vertes plaines!
> Un chrétien maudit
> D'Abencerage
> Tient l'héritage :
> C'était écrit!

La naïveté de ces plaintes avait touché jusqu'au superbe don Carlos, malgré les imprécations prononcées contre les chrétiens. Il aurait bien désiré qu'on le dispensât de chanter lui-même; mais par courtoisie pour Lautrec il crut devoir céder à ses prières. Aben-Hamet donna la guitare au frère de Blanca, qui célébra les exploits du Cid, son illustre aïeul

> Prêt à partir pour la rive africaine [1],
> Le Cid armé, tout brillant de valeur,
> Sur sa guitare, au pied de sa Chimène,
> Chantait ces vers que lui dictait l'honneur :
>
> Chimène a dit : Va combattre le Maure;
> De ce combat surtout reviens vainqueur.
> Oui, je croirai que Rodrigue m'adore
> S'il fait céder son amour à l'honneur.
>
> Donnez, donnez et mon casque et ma lance !
> Je veux montrer que Rodrigue a du cœur :
> Dans les combats signalant sa vaillance,
> Son cri sera pour sa dame et l'honneur.
>
> Maure vanté par ta galanterie,
> De tes accents mon noble chant vainqueur,
> D'Espagne un jour deviendra la folie,
> Car il peindra l'amour avec l'honneur.

[1] Tout le monde connaît l'air des *Folies d'Espagne*. Cet air était sans paroles, du moins il n'y avait point de paroles qui en rendissent le caractère grave, religieux et chevaleresque. J'ai essayé d'exprimer ce caractère dans la romance du Cid. Cette romance s'étant répandue dans le public sans mon aveu, des maîtres célèbres m'ont fait l'honneur de l'embellir de leur musique. Mais comme je l'avais expressément composée pour l'air des *Folies d'Espagne*, il y a un couplet qui devient un vrai galimatias, s'il ne se rapporte à mon intention primitive :

> ..... Mon noble chant vainqueur,
> D'Espagne un jour deviendra la folie, etc.

Enfin ces trois romances n'ont quelque mérite qu'autant qu'elles sont chantées sur trois airs véritablement nationaux; elles amènent d'ailleurs le dénoûment.

Dans le vallon de notre Andalousie
Les vieux chrétiens conteront ma valeur :
Il préféra, diront-ils, à la vie,
Son Dieu, son roi, sa Chimène et l'honneur.

Don Carlos avait paru si fier en chantant ces paroles d'une voix mâle et sonore, qu'on l'aurait pris pour le Cid lui-même. Lautrec partageait l'enthousiasme guerrier de son ami ; mais l'Abencerage avait pâli au nom du Cid.

« Ce chevalier, dit-il, que les chrétiens appellent la Fleur des ba-
« tailles, porte parmi nous le nom de cruel. Si sa générosité avait égalé
« sa valeur !...

— « Sa générosité, » repartit vivement don Carlos interrompant
Aben-Hamet, « surpassait encore son courage, et il n'y a que des
« Maures qui puissent calomnier le héros à qui ma famille doit le jour.

— « Que dis-tu ? » s'écria Aben-Hamet s'élançant du siége où il était
à demi couché : « tu comptes le Cid parmi tes aïeux ?

— « Son sang coule dans mes veines, » répliqua don Carlos, « et je
« me reconnais de ce noble sang à la haine qui brûle dans mon cœur
« contre les ennemis de mon Dieu.

— « Ainsi, dit Aben-Hamet, regardant Blanca, vous êtes de la
« maison de ces Bivar qui, après la conquête de Grenade, envahirent
« les foyers des malheureux Abencerages et donnèrent la mort à un
« vieux chevalier de ce nom qui voulut défendre le tombeau de ses
« aïeux !

— « Maure ! » s'écria don Carlos enflammé de colère, « sache que je
« ne me laisse point interroger. Si je possède aujourd'hui la dépouille
« des Abencerages, mes ancêtres l'ont acquise au prix de leur sang, et
« ils ne la doivent qu'à leur épée.

— « Encore un mot, » dit Aben-Hamet toujours plus ému : « nous
« avons ignoré dans notre exil que les Bivar eussent porté le titre de
« Santa-Fé ; c'est ce qui a causé mon erreur.

— « Ce fut, répondit don Carlos, à ce même Bivar, vainqueur des
« Abencerages, que ce titre fut conféré par Ferdinand le Catholique. »

La tête d'Aben-Hamet se pencha sur son sein : il resta debout au milieu de don Carlos, de Lautrec et de Blanca étonnés. Deux torrents de larmes coulèrent de ses yeux sur le poignard attaché à sa ceinture.

« Pardonnez, dit-il ; les hommes, je le sais, ne doivent pas répandre
« des larmes : désormais les miennes ne couleront plus au dehors,
« quoiqu'il me reste beaucoup à pleurer ; écoutez-moi :

« Blanca, mon amour pour toi égale l'ardeur des vents brûlants de
« l'Arabie. J'étais vaincu ; je ne pouvais plus vivre sans toi. Hier, la

« vue de ce chevalier français en prières, tes paroles dans le cimetière
« du temple, m'avaient fait prendre la résolution de connaître ton
« Dieu, et de t'offrir ma foi. »

Un mouvement de joie de Blanca, et de surprise de don Carlos, interrompit Aben-Hamet : Lautrec cacha son visage dans ses deux mains.
Le Maure devina sa pensée, et secouant la tête avec un sourire déchirant :
« Chevalier, dit-il, ne perds pas toute espérance; et toi, Blanca, pleure
« à jamais sur le dernier Abencerage! »

Blanca, don Carlos, Lautrec, lèvent tous trois les mains au ciel, et
s'écrient : « Le dernier Abencerage! »

Le silence règne; la crainte, l'espoir, la haine, l'amour, l'étonnement, la jalousie, agitent tous les cœurs; Blanca tombe bientôt à genoux. « Dieu de bonté! dit-elle, tu justifies mon choix, je ne pouvais
« aimer que le descendant des héros.

— « Ma sœur, s'écria don Carlos irrité, songez donc que vous êtes
« ici devant Lautrec!

— « Don Carlos, dit Aben-Hamet, suspends ta colère; c'est à moi
« à vous rendre le repos. » Alors s'adressant à Blanca, qui s'était
assise de nouveau :

« Houri du ciel, génie de l'amour et de la beauté, Aben-Hamet sera
« ton esclave jusqu'à son dernier soupir; mais connais toute l'étendue
« de son malheur. Le vieillard immolé par ton aïeul en défendant ses
« foyers était le père de mon père; apprends encore un secret que je
« t'ai caché, ou plutôt que tu m'avais fait oublier. Lorsque je vins la
« première fois visiter cette triste patrie, j'avais surtout pour dessein
« de chercher quelque fils des Bivar, qui pût me rendre compte du sang
« que ses pères avaient versé.

— « Eh bien! » dit Blanca d'une voix douloureuse, mais soutenue
par l'accent d'une grande âme, « quelle est ta résolution?

— « La seule qui soit digne de toi. » répondit Aben-Hamet : te
« rendre tes serments, satisfaire par mon éternelle absence et par
« ma mort, à ce que nous devons l'un et l'autre à l'inimitié de nos
« dieux, de nos patries et de nos familles. Si jamais mon image s'effa-
« çait de ton cœur, si le temps, qui détruit tout, emportait de ta
« mémoire le souvenir d'Abencerage... ce chevalier français... Tu dois
« ce sacrifice à ton frère. »

Lautrec se lève avec impétuosité, se jette dans les bras du Maure :
« Aben-Hamet! s'écrie-t-il, ne crois pas me vaincre en générosité : je
« suis Français; Bayard m'arma chevalier; j'ai versé mon sang pour mon
« roi; je serai, comme mon parrain et comme mon prince, sans peur
« et sans reproche. Si tu restes parmi nous, je supplie don Carlos de

« t'accorder la main de sa sœur; si tu quittes Grenade, jamais un mot
« de mon amour ne troublera ton amante. Tu n'emporteras point dans
« ton exil la funeste idée que Lautrec, insensible à ta vertu, cherche à
« profiter de ton malheur. »

Et le jeune chevalier pressait le Maure sur son sein avec la chaleur
et la vivacité d'un Français.

« Chevaliers, dit don Carlos à son tour, je n'attendais pas moins de
« vos illustres races. Aben-Hamet, à quelle marque puis-je vous re-
« connaître pour le dernier Abencerage ? »

« A ma conduite, » répondit Aben-Hamet.

« Je l'admire, dit l'Espagnol; mais, avant de m'expliquer, mon-
« trez-moi quelque signe de votre naissance. »

Aben-Hamet tira de son sein l'anneau héréditaire des Abencerages,
qu'il portait suspendu à une chaîne d'or.

A ce signe, don Carlos tendit la main au malheureux Aben-Hamet.
« Sire chevalier, dit-il, je vous tiens pour prud'homme et véritable fils
« de rois. Vous m'honorez par vos projets sur ma famille; j'accepte le
« combat que vous étiez venu secrètement chercher. Si je suis vaincu,
« tous mes biens, autrefois tous les vôtres, vous seront fidèlement
« remis. Si vous renoncez au projet de combattre, acceptez à votre
« tour ce que je vous offre : soyez chrétien et recevez la main de ma
« sœur, que Lautrec a demandée pour vous. »

La tentation était grande; mais elle n'était pas au-dessus des forces
d'Aben-Hamet. Si l'amour, dans toute sa puissance, parlait au cœur
de l'Abencerage, d'une autre part il ne pensait qu'avec épouvante à
l'idée d'unir le sang des persécuteurs au sang des persécutés. Il croyait
voir l'ombre de son aïeul sortir du tombeau, et lui reprocher cette
alliance sacrilége. Transpercé de douleur, Aben-Hamet s'écrie : « Ah!
« faut-il que je rencontre ici tant d'âmes sublimes, tant de caractères
« généreux, pour mieux sentir ce que je perds! Que Blanca prononce;
« qu'elle dise ce qu'il faut que je fasse pour être plus digne de son
« amour! »

Blanca s'écrie : « Retourne au désert! » et elle s'évanouit.

Aben-Hamet se prosterna, adora Blanca encore plus que le ciel, et
sortit sans prononcer une seule parole. Dès la nuit même, il partit pour
Malaga, et s'embarqua sur un vaisseau qui devait toucher à Oran. Il
trouva campée près de cette ville la caravane qui tous les trois ans
sort de Maroc, traverse l'Afrique, se rend en Égypte, et rejoint dans
l'Yémen la caravane de la Mecque. Aben-Hamet se mit au nombre des
pèlerins.

Blanca, dont les jours furent d'abord menacés, revint à la vie. Lau-

trée, fidèle à la parole qu'il avait donnée à l'Abencerage, s'éloigna, et
jamais un mot de son amour ou de sa douleur ne troubla la mélancolie de la fille du duc de Santa-Fé. Chaque année Blanca allait errer
sur les montagnes de Malaga, à l'époque où son amant avait coutume
de revenir d'Afrique ; elle s'asseyait sur les rochers, regardait la mer,
les vaisseaux lointains, et retournait ensuite à Grenade : elle passait le
reste de ses jours parmi les ruines de l'Alhambra. Elle ne se plaignait
point ; elle ne pleurait point ; elle ne parlait jamais d'Aben-Hamet : un
étranger l'aurait crue heureuse. Elle resta seule de sa famille. Son père
mourut de chagrin, et don Carlos fut tué dans un duel où Lautrec lui
servit de second. On n'a jamais su quelle fut la destinée d'Aben-
Hamet.

Lorsqu'on sort de Tunis par la porte qui conduit aux ruines de Carthage, on trouve un cimetière : sous un palmier, dans un coin de ce
cimetière, on m'a montré un tombeau qu'on appelle *le tombeau du
dernier Abencerage*. Il n'a rien de remarquable ; la pierre sépulcrale
en est tout unie. Seulement, d'après une coutume des Maures, on a
creusé au milieu de cette pierre un léger enfoncement avec le ciseau.
L'eau de la pluie se rassemble au fond de cette coupe funèbre, et sert,
dans un climat brûlant, à désaltérer l'oiseau du ciel.

FIN DU DERNIER ABENCERAGE.

VOYAGES

EN ITALIE, A CLERMONT, ETC.

VOYAGE EN ITALIE

A M. JOUBERT[1].

PREMIÈRE LETTRE.

Turin, ce 17 juin 1803.

Je n'ai pu vous écrire de Lyon, mon cher ami, comme je vous l'avais promis. Vous savez combien j'aime cette excellente ville, où j'ai été si bien accueilli l'année dernière, et encore mieux cette année. J'ai revu les vieilles murailles des Romains, défendues par les braves Lyonnais de nos jours, lorsque les bombes des conventionnels obligeaient notre ami Fontanes à changer de place le berceau de sa fille; j'ai revu l'abbaye des Deux-Amants et la fontaine de J.-J. Rousseau. Les coteaux de la Saône sont plus riants et plus pittoresques que jamais; les barques qui traversent cette douce rivière, *mitis Arar*, couvertes d'une toile, éclairées d'une lumière pendant la nuit et conduites par de jeunes femmes, amusent agréablement les yeux. Vous aimez les cloches : venez à Lyon; tous ces couvents épars sur les collines semblent avoir retrouvé leurs solitaires.

---

[1] M. Joubert (frère de l'avocat général à la Cour de Cassation), homme d'un esprit rare, d'une âme supérieure et bienveillante, d'un commerce sûr et charmant, d'un talent qui lui aurait donné une réputation méritée, s'il n'avait voulu cacher sa vie; homme ravi trop tôt à sa famille, à la société choisie dont il était le lien; homme de qui la mort a laissé dans mon existence un de ces vides que font les années et qu'elles ne réparent point.

Voyez, au reste, sur ce *Voyage en Italie*, l'avertissement en tête du *Voyage en Amérique*, ci-après.

Vous savez déjà que l'Académie de Lyon m'a fait l'honneur de m'admettre au nombre de ses membres. Voici un aveu : si le malin esprit y est pour quelque chose, ne cherchez dans mon orgueil que ce qu'il y a de bon, vous savez que vous voulez voir l'enfer du beau côté. Le plaisir le plus vif que j'aie éprouvé dans ma vie, c'est d'avoir été honoré, en France et chez l'étranger, des marques d'un intérêt inattendu. Il m'est arrivé quelquefois, tandis que je me reposais dans une méchante auberge de village, de voir entrer un père et une mère avec leur fils : ils m'amenaient, me disaient-ils, leur enfant pour me remercier. Était-ce l'amour-propre qui me donnait alors ce plaisir vif dont je parle? Qu'importait à ma vanité que ces obscurs et honnêtes gens me témoignassent leur satisfaction sur un grand chemin, dans un lieu où personne ne les entendait? Ce qui me touchait, c'était, du moins j'ose le croire, c'était d'avoir produit un peu de bien, d'avoir consolé quelques cœurs affligés, d'avoir fait renaître au fond des entrailles d'une mère l'espérance d'élever un fils chrétien, c'est-à-dire un fils soumis, respectueux, attaché à ses parents. Je ne sais ce que vaut mon ouvrage [1]; mais aurais-je goûté cette joie pure, si j'eusse écrit avec tout le talent imaginable un livre qui aurait blessé les mœurs et la religion?

Dites à notre petite société, mon cher ami, combien je la regrette : elle a un charme inexprimable, parce qu'on sent que ces personnes qui causent si naturellement de matière commune peuvent traiter les plus hauts sujets, et que cette simplicité des discours ne vient pas d'indigence, mais de choix.

Je quittai Lyon le... à cinq heures du matin. Je ne vous ferai pas l'éloge de cette ville; ses ruines sont là; elles parleront à la postérité : tandis que le courage, la loyauté et la religion seront en honneur parmi les hommes, Lyon ne sera pas oublié [2].

Nos amis m'ont fait promettre de leur écrire de la route. J'ai marché trop vite et le temps m'a manqué pour tenir parole. J'ai seulement barbouillé au crayon, sur un portefeuille, le petit journal que je vous envoie. Vous pourriez trouver dans le livre de postes les noms des pays *inconnus* que j'ai découverts, comme, par exemple, Pont de Beauvoisin et Chambéry; mais vous m'avez tant répété qu'il fallait des notes, et toujours des notes, que nos amis ne pourront se plaindre si je vous prends au mot.

---

[1] Le *Génie du Christianisme*.

[2] Il m'est très-doux de retrouver, à vingt-quatre ans de distance, dans un manuscrit inconnu, l'expression des sentiments que je professe plus que jamais pour les habitants de Lyon; il m'est encore plus doux d'avoir reçu dernièrement de ces habitants les mêmes marques d'estime dont ils m'honorèrent il y a bientôt un quart de siècle.

JOURNAL.

La route est assez triste en sortant de Lyon. Depuis la Tour du Pin jusqu'à Pont de Beauvoisin, le pays est frais et bocager. On découvre, en approchant de la Savoie, trois rangs de montagnes, à peu près parallèles, et s'élevant les unes au-dessus des autres. La plaine, au pied de ces montagnes, est arrosée par la petite rivière le Gué. Cette plaine, vue de loin, paraît unie; quand on y entre on s'aperçoit qu'elle est semée de collines irrégulières : on y trouve quelques futaies, des champs de blé et des vignes. Les montagnes qui forment le fond du paysage sont ou verdoyantes et moussues, ou terminées par des roches en forme de cristaux. Le Gué coule dans un encaissement si profond, qu'on peut appeler son lit une vallée. En effet, les bords intérieurs en sont ombragés d'arbres. Je n'avais remarqué cela que dans certaines rivières de l'Amérique, particulièrement à Niagara.

Dans un endroit on côtoie le Gué d'assez près : le rivage opposé du torrent est formé de pierres qui ressemblent à de hautes murailles romaines, d'une architecture pareille à celle des arènes de Nîmes [1].

Quand vous êtes arrivé aux Échelles, le pays devient plus sauvage. Vous suivez, pour trouver une issue, des gorges tortueuses dans des rochers plus ou moins horizontaux, inclinés ou perpendiculaires. Sur ces rochers fumaient des nuages blancs, comme les brouillards du matin qui sortent de la terre dans les lieux bas. Ces nuages s'élevaient au-dessus ou s'abaissaient au-dessous des masses de granit, de manière à laisser voir la cime des monts ou à remplir l'intervalle qui se trouvait entre cette cime et le ciel. Le tout formait un chaos dont les limites indéfinies semblaient n'appartenir à aucun élément déterminé.

Le plus haut sommet de ces montagnes est occupé par la Grande-Chartreuse, et au pied de ces montagnes se trouve le chemin d'Emmanuel : la religion a placé ses bienfaits près de celui *qui est dans les cieux*; le prince a rapproché les siens de la demeure des hommes.

Il y avait autrefois dans ce lieu une inscription annonçant qu'Emmanuel, pour le bien public, avait fait percer la montagne. Sous le règne révolutionnaire, l'inscription fut effacée; Buonaparte l'a fait rétablir : on y doit seulement ajouter son nom : que n'agit-on toujours avec autant de noblesse !

On passait anciennement dans l'intérieur même du rocher par une

[1] Je n'avais pas encore vu le Colisée.

galerie souterraine. Cette galerie est abandonnée. Je n'ai vu dans ce
lieu que de petits oiseaux de montagne qui voltigeaient en silence à
l'ouverture de la caverne, comme ces songes placés à l'entrée de l'enfer de Virgile :

..... Foliisque sub omnibus hærent.

Chambéry est situé dans un bassin dont les bords rehaussés sont
assez nus; mais on y arrive par un défilé charmant, et on en sort par
une belle vallée. Les montagnes qui resserrent cette vallée étaient en
partie revêtues de neige; elles se cachaient sans cesse sous un ciel mobile, formé de vapeurs et de nuages.

C'est à Chambéry qu'un homme fut accueilli par une femme, et que,
pour prix de l'hospitalité qu'il en reçut, de l'amitié qu'elle lui porta,
il se crut philosophiquement obligé de la déshonorer. Ou Jean-Jacques
Rousseau a pensé que la conduite de madame de Warens était une chose
ordinaire, et alors que deviennent les prétentions du citoyen de Genève à la vertu? ou il a été d'opinion que cette conduite était répré-
hensible, et alors il a sacrifié la mémoire de sa bienfaitrice à la vanité
d'écrire quelques pages éloquentes; ou, enfin, Rousseau s'est persuadé
que ses éloges et le charme de son style feraient passer par-dessus les
torts qu'il impute à madame de Warens, et alors c'est le plus odieux
des amours-propres. Tel est le danger des lettres : le désir de faire du
bruit l'emporte quelquefois sur des sentiments nobles et généreux. Si
Rousseau ne fût jamais devenu un homme célèbre, il aurait enseveli
dans les vallées de la Savoie les faiblesses de la femme qui l'avait
nourri; il se serait sacrifié aux défauts mêmes de son amie; il l'aurait
soulagée dans ses vieux ans, au lieu de se contenter de lui donner une
tabatière d'or et de s'enfuir. Maintenant que tout est fini pour Rousseau, qu'importe à l'auteur des *Confessions* que sa poussière soit ignorée ou fameuse? Ah! que la voix de l'amitié trahie ne s'élève jamais
contre mon tombeau!

Les souvenirs historiques entrent pour beaucoup dans le plaisir ou
dans le déplaisir du voyageur. Les princes de la maison de Savoie,
aventureux et chevaleresques, marient bien leur mémoire aux montagnes qui couvrent leur petit empire.

Après avoir passé Chambéry, le cours de l'Isère mérite d'être remarqué au pont de Montmélian. Les Savoyards sont agiles, assez bien
faits, d'une complexion pâle, d'une figure régulière; ils tiennent de
l'Italien et du Français : ils ont l'air pauvre sans indigence, comme leurs
vallées. On rencontre partout dans leur pays des croix sur les chemins
et des madones dans le tronc des pins et des noyers : annonce du ca-

ractère religieux de ces peuples. Leurs petites églises, environnées d'arbres, font un contraste touchant avec leurs grandes montagnes. Quand les tourbillons de l'hiver descendent de ces sommets chargés de glaces éternelles, le Savoyard vient se mettre à l'abri dans son temple champêtre, et prier sous un toit de chaume celui qui commande aux éléments.

Les vallées où l'on entre au-dessus de Montmélian sont bordées par des monts de diverses formes, tantôt demi-nus, tantôt revêtus de forêts. Le fond de ces vallées représente assez pour la culture les mouvements du terrain et les anfractuosités de Marly, en y mêlant de plus des eaux abondantes et un fleuve. Le chemin a moins l'air d'une route publique que de l'allée d'un parc. Les noyers dont cette allée est ombragée m'ont rappelé ceux que nous admirions dans nos promenades de Savigny. Ces arbres nous rassembleront-ils encore sous leur ombre[1]? Le poëte s'est écrié dans un mouvement de mélancolie :

> Beaux arbres qui m'avez vu naître,
> Bientôt vous me verrez mourir!

Ceux qui meurent à l'ombre des arbres qui les ont vus naître sont-ils donc si à plaindre!

Les vallées dont je vous parle se terminent au village qui porte le joli nom d'Aigue-Belle. Lorsque je passai dans ce village, la hauteur qui le domine était couronnée de neige : cette neige, fondant au soleil, avait descendu en longs rayons tortueux dans les concavités noires et vertes du rocher : vous eussiez dit d'une gerbe de fusées, ou d'un essaim de beaux serpents blancs qui s'élançaient de la cime des monts dans la vallée.

Aigue-Belle semble clore les Alpes; mais bientôt, en tournant un gros rocher isolé tombé dans le chemin, vous apercevez de nouvelles vallées qui s'enfoncent dans la chaîne des monts attachés au cours de l'Arche. Ces vallées prennent un caractère plus sévère et plus sauvage.

Les monts des deux côtés se dressent; leurs flancs deviennent perpendiculaires; leurs sommets stériles commencent à présenter quelques glaciers : des torrents, se précipitant de toute part, vont grossir l'Arche qui court follement. Au milieu de ce tumulte des eaux j'ai remarqué une cascade légère et silencieuse, qui tombe avec une grâce infinie sous un rideau de saules. Cette draperie humide, agitée par le

---

[1] Ils ne nous ont point rassemblés.

vent, aurait pu représenter aux poëtes la robe ondoyante de la Naïade, assise sur une roche élevée. Les anciens n'auraient pas manqué de consacrer un autel aux Nymphes dans ce lieu.

Bientôt le paysage atteint toute sa grandeur : les forêts de pins, jusqu'alors assez jeunes, vieillissent; le chemin s'escarpe, se plie et se replie sur des abîmes; des ponts de bois servent à traverser des gouffres où vous voyez bouillonner l'onde, où vous l'entendez mugir.

Ayant passé Saint-Jean de Maurienne, et étant arrivé vers le coucher du soleil à Saint-André, je ne trouvai pas de chevaux, et fus obligé de m'arrêter. J'allai me promener hors du village. L'air devint transparent à la crête des monts; leurs dentelures se traçaient avec une pureté extraordinaire sur le ciel, tandis qu'une grande nuit sortait peu à peu du pied de ces monts, et s'élevait vers leur cime.

J'entendais la voix du rossignol et le cri de l'aigle; je voyais les aliziers fleuris dans la vallée et les neiges sur la montagne : un château, ouvrage des Carthaginois, selon la tradition populaire, montrait ses débris sur la pointe d'un roc. Tout ce qui vient de l'homme dans ces lieux est chétif et fragile! des parcs de brebis formés de joncs entrelacés, des maisons de terre bâties en deux jours : comme si le chevrier de la Savoie, à l'aspect des masses éternelles qui l'environnent, n'avait pas cru devoir se fatiguer pour les besoins passagers de sa courte vie! comme si la tour d'*Annibal* en ruine l'eût averti du peu de durée et de la vanité des monuments!

Je ne pouvais cependant m'empêcher, en considérant ce désert, d'admirer avec effroi la haine d'un homme, plus puissante que tous les obstacles, d'un homme qui, au détroit de Cadix, s'était frayé une route à travers les Pyrénées et les Alpes, pour venir chercher les Romains. Que les récits de l'antiquité ne nous indiquent pas l'endroit précis du passage d'Annibal, peu importe; il est certain que ce grand capitaine a franchi ces monts alors sans chemins, plus sauvages encore par leurs habitants que par leurs torrents, leurs rochers et leurs forêts. On dit que je comprendrai mieux à Rome cette haine terrible que ne purent assouvir les batailles de la Trébie, de Trasimènes et de Cannes : on m'assure qu'aux bains de Caracalla, les murs, jusqu'à hauteur d'homme, sont percés de coups de pique. Est-ce le Germain, le Gaulois, le Cantabre, le Goth, le Vandale, le Lombard, qui s'est acharné contre ces murs? La vengeance de l'espèce humaine devait peser sur ce peuple libre qui ne pouvait bâtir sa grandeur qu'avec l'esclavage et le sang du reste du monde.

Je partis à la pointe du jour de Saint-André, et j'arrivai vers les deux heures après midi à Lans le Bourg, au pied du mont Cenis. En entrant dans le village, je vis un paysan qui tenait un aiglon par les pieds, tandis qu'une troupe impitoyable frappait le jeune roi, insultait à la faiblesse de l'âge et à la majesté tombée : le père et la mère du noble orphelin avaient été tués. On me proposa de me le vendre, mais il mourut des mauvais traitements qu'on lui avait fait subir avant que je le pusse délivrer. N'est-ce pas là le petit Louis XVII, son père et sa mère ?

Ici on commence à gravir le mont Cénis [1], et l'on quitte la petite rivière d'Arche qui vous a conduit au pied de la montagne : de l'autre côté du mont Cénis, la Doria vous ouvre l'entrée de l'Italie. J'ai eu souvent occasion d'observer cette utilité des fleuves dans mes voyages. Non-seulement ils sont eux-mêmes des *grands chemins qui marchent,* comme les appelle Pascal, mais ils tracent encore le chemin aux hommes et leur facilitent le passage des montagnes. C'est en côtoyant leurs rives que les nations se sont trouvées ; les premiers habitants de la terre pénétrèrent, à l'aide de leurs cours, dans les solitudes du monde. Les Grecs et les Romains offraient des sacrifices aux fleuves ; la Fable faisait les fleuves enfants de Neptune, parce qu'ils sont formés des vapeurs de l'Océan, et qu'ils mènent à la découverte des lacs et des mers ; fils voyageurs, ils retournent au sein et au tombeau paternels.

Le mont Cénis, du côté de la France, n'a rien de remarquable. Le lac du plateau ne m'a paru qu'un petit étang. Je fus désagréablement frappé au commencement de la descente vers la Novalaise ; je m'attendais, je ne sais pourquoi, à découvrir les plaines de l'Italie : je ne vis qu'un gouffre noir et profond, qu'un chaos de torrents et de précipices.

En général, les Alpes, quoique plus élevées que les montagnes de l'Amérique septentrionale, ne m'ont pas paru avoir ce caractère original, cette virginité de site que l'on remarque dans les Apalaches, ou même dans les hautes terres du Canada : la hutte d'un Siminole sous un magnolia, ou d'un Chipowois sous un pin, a tout un autre caractère que la cabane d'un Savoyard sous un noyer.

---

[1] On travaillait à la route ; elle n'était pas achevée, et l'on se faisait encore *ramasser.*

A M. JOUBERT.

LETTRE DEUXIÈME.

Milan, lundi matin, 24 juin 1803.

Je vais toujours commencer ma lettre, mon cher ami, sans savoir quand j'aurai le temps de la finir.

Réparation complète à l'Italie. Vous aurez vu, par mon petit journal daté de Turin, que je n'avais pas été très-frappé de la *première vue*. L'effet des environs de Turin est beau, mais ils sentent encore la Gaule; on peut se croire en Normandie, aux montagnes près. Turin est une ville nouvelle, propre, régulière, fort ornée de palais, mais d'un aspect un peu triste.

Mes jugements se sont rectifiés en traversant la Lombardie : l'effet ne se produit pourtant sur le voyageur qu'à la longue. Vous voyez d'abord un pays fort riche dans l'ensemble, et vous dites : « C'est bien ; » mais quand vous venez à détailler les objets, l'enchantement arrive. Des prairies, dont la verdure surpasse la fraîcheur et la finesse des gazons anglais, se mêlent à des champs de maïs, de riz et de froment; ceux-ci sont surmontés de vignes qui passent d'un échalas à l'autre, formant des guirlandes au-dessus des moissons : le tout est semé de mûriers, de noyers, d'ormeaux, de saules, de peupliers, et arrosé de rivières et de canaux. Dispersés sur ces terrains, des paysans et des paysannes, les pieds nus, un grand chapeau de paille sur la tête, fauchent les prairies, coupent les céréales, chantent, conduisent des attelages de bœufs, ou font remonter et descendre des barques sur les courants d'eau. Cette scène se prolonge pendant quarante lieues, en augmentant toujours de richesses jusqu'à Milan, centre du tableau. A droite on aperçoit l'Apennin, à gauche, les Alpes.

On voyage très-vite : les chemins sont excellents : les auberges, supérieures à celles de France, valent presque celles de l'Angleterre. Je commence à croire que cette France si policée est un peu barbare [1].

---

[1] Il faut se reporter à l'époque où cette lettre a été écrite (1803). S'il était si commode de voyager alors dans l'Italie, qui n'était qu'un camp de la France, combien aujourd'hui, dans la plus profonde paix, lorsqu'une multitude de nouveaux chemins ont été ouverts, n'est-il pas plus facile encore de parcourir ce beau pays! Nous y sommes appelés par tous les vœux. Le Français est un singulier ennemi : on le trouve d'abord un peu insolent, un peu trop gai, un peu trop actif, trop remuant;

Je ne m'étonne plus du dédain que les Italiens ont conservé pour nous autres Transalpins, Visigoths, Gaulois, Germains, Scandinaves, Slaves, Anglo-Normands : notre ciel de plomb, nos villes enfumées, nos villages boueux, doivent leur faire horreur. Les villes et villages ont ici une tout autre apparence : les maisons sont grandes et d'une blancheur éclatante au dehors; les rues sont larges et souvent traversées de ruisseaux d'eau vive où les femmes lavent leur linge et baignent leurs enfants. Turin et Milan ont la régularité, la propreté, les trottoirs de Londres et l'architecture des plus beaux quartiers de Paris : il y a même des raffinements particuliers; au milieu des rues, afin que le mouvement de la voiture soit plus doux, on a placé deux rangs de pierres plates sur lesquelles roulent les deux roues : on évite ainsi les inégalités du pavé.

La température est charmante; encore me dit-on que je ne trouverai le ciel de l'Italie qu'au delà de l'Apennin : la grandeur et l'élévation des appartements empêchent de souffrir de la chaleur.

J'ai vu le général Murat; il m'a reçu avec empressement et obligeance ; je lui ai remis la lettre de l'excellente madame Bacciochi [1]. J'ai passé ma journée avec des aides de camp et de jeunes militaires; on ne peut être plus courtois : l'armée française est toujours la même; l'honneur est là tout entier.

J'ai dîné en grand gala chez M. de Melzi : il s'agissait d'une fête donnée à l'occasion du baptême de l'enfant du général Murat. M. de Melzi a connu mon malheureux frère : nous en avons parlé longtemps. Le vice-président a des manières fort nobles; sa maison est celle d'un prince, et d'un prince qui l'aurait toujours été. Il m'a traité poliment et froidement, et m'a tout juste trouvé dans des dispositions pareilles aux siennes.

Je ne vous parle point, mon cher ami, des monuments de Milan, et surtout de la cathédrale qu'on achève ; le gothique, même de marbre, me semble jurer avec le soleil et les mœurs de l'Italie. Je pars à l'instant; je vous écrirai de Florence [2] et de Rome.

Il n'est pas plutôt parti qu'on le regrette. Le soldat français se mêle aux travaux de l'hôte chez lequel il est logé; sa bonne humeur donne la vie et le mouvement à tout ; on s'accoutume à le regarder comme un conscrit de la famille. Quant aux chemins et aux auberges de France, c'est bien pis aujourd'hui qu'en 1803. Nous sommes sous ce rapport, l'Espagne exceptée, au-dessous de tous les peuples de l'Europe.

[1] Depuis princesse de Lucques, sœur aînée de Buonaparte, qui, à cette époque, n'était encore que premier consul.

[2] Les lettres écrites de Florence ne se sont pas retrouvées.

A M. JOUBERT.

LETTRE TROISIÈME.

Rome, 27 juin au soir, en arrivant, 1803.

M'y voilà enfin ! toute ma froideur s'est évanouie. Je suis accablé, persécuté par ce que j'ai vu ; j'ai vu, je crois, ce que personne n'a vu, ce qu'aucun voyageur n'a point : les sots! les âmes glacées! les barbares! Quand ils viennent ici, n'ont-ils pas traversé la Toscane, jardin anglais au milieu duquel il y a un temple, c'est-à-dire Florence? N'ont-ils pas passé en caravane avec les aigles et les sangliers, les solitudes de cette seconde Italie appelée l'*État Romain?* Pourquoi ces créatures voyagent-elles! Arrivé comme le soleil se couchait, j'ai trouvé toute la population allant se promener dans l'Arabie déserte à la porte de Rome : quelle ville! quels souvenirs!

28 juin, onze heures du soir.

J'ai couru tout ce jour, veille de la fête de saint Pierre. J'ai déjà vu le Colisée, le Panthéon, la colonne Trajane, le château Saint-Ange, Saint-Pierre; que sais-je! j'ai vu l'illumination et le feu d'artifice qui annoncent pour demain la grande cérémonie consacrée au prince des apôtres : tandis qu'on prétendait me faire admirer un feu placé au haut du Vatican, je regardais l'effet de la lune sur le Tibre, sur ces maisons romaines, sur ces ruines qui pendent ici de toute part.

29 juin.

Je sors de l'office à Saint-Pierre. Le pape a une figure admirable : pâle, triste, religieux, toutes les tribulations de l'Église sont sur son front. La cérémonie était superbe; dans quelques moments surtout elle était étonnante; mais chant médiocre, église déserte; point de peuple.

3 juillet 1803.

Je ne sais si tous ces bouts de ligne finiront par faire une lettre. Je serais honteux, mon cher ami, de vous dire si peu de chose, si je ne voulais, avant d'essayer de peindre les objets, y voir un peu plus clair.

Malheureusement j'entrevois déjà que la seconde Rome tombe à son tour : tout finit.

Sa Sainteté m'a reçu hier ; elle m'a fait asseoir auprès d'elle de la manière la plus affectueuse. Elle m'a montré obligeamment qu'elle lisait le *Génie du Christianisme*, dont elle avait un volume ouvert sur sa table. On ne peut voir un meilleur homme, un plus digne prélat, et un prince plus simple : ne me prenez pas pour madame de Sévigné. Le secrétaire d'État, le cardinal Gonsalvi, est un homme d'un esprit fin et d'un caractère modéré. Adieu. Il faut pourtant mettre tous ces petits papiers à la poste.

—◆—

TIVOLI ET LA VILLA ADRIANA.

10 décembre 1803.

Je suis peut-être le premier étranger qui ait fait la course de Tivoli dans une disposition d'âme qu'on ne porte guère en voyage. Me voilà seul arrivé à sept heures du soir, le 10 décembre, à l'auberge du *Temple de la Sibylle*. J'occupe une petite chambre à l'extrémité de l'auberge, en face de la cascade, que j'entends mugir. J'ai essayé d'y jeter un regard ; je n'ai découvert dans la profondeur de l'obscurité que quelques lueurs blanches produites par le mouvement des eaux. Il m'a semblé apercevoir au loin une enceinte formée d'arbres et de maisons, et autour de cette enceinte, un cercle de montagnes. Je ne sais ce que le jour changera demain à ce paysage de nuit.

Le lieu est propre à la réflexion et à la rêverie : je remonte dans ma vie passée ; je sens le poids du présent, et je cherche à pénétrer mon avenir. Où serai-je, que ferai-je, et que serai-je dans vingt ans d'ici ? Toutes les fois que l'on descend en soi-même, à tous les vagues projets que l'on forme, on trouve un obstacle invincible, une incertitude causée par une certitude : cet obstacle, cette certitude, est la mort, cette terrible mort qui arrête tout, qui vous frappe vous ou les autres.

Est-ce un ami que vous avez perdu ? en vain avez-vous mille choses à lui dire : malheureux, isolé, errant sur la terre, ne pouvant confier vos peines ou vos plaisirs à personne, vous appelez votre ami, et il ne viendra plus soulager vos maux, partager vos joies ; il ne vous dira plus : « Vous avez eu tort, vous avez eu raison d'agir ainsi. » Maintenant il vous faut marcher seul. Devenez riche, puissant, célèbre, que ferez-vous de ces prospérités sans votre ami? Une chose a tout détruit, la mort. Flots qui vous précipitez dans cette nuit profonde où je vous entends gronder, disparaissez-vous plus vite que les jours de l'homme, ou pouvez-vous me dire ce que c'est que l'homme, vous qui avez vu passer tant de générations sur ces bords?

Ce 11 décembre.

Aussitôt que le jour a paru, j'ai ouvert mes fenêtres. Ma première vue de Tivoli dans les ténèbres était assez exacte; mais la cascade m'a paru petite, et les arbres que j'avais cru apercevoir n'existaient point. Un amas de vilaines maisons s'élevait de l'autre côté de la rivière; le tout était enclos de montagnes dépouillées. Une vive aurore derrière ces montagnes, le temple de Vesta, à quatre pas de moi, dominant la grotte de Neptune, m'ont consolé. Immédiatement au-dessus de la chute, un troupeau de bœufs, d'ânes et de chevaux, s'est rangé le long d'un banc de sable : toutes ces bêtes se sont avancées d'un pas dans le Teverone, ont baissé le cou et ont bu lentement au courant de l'eau qui passait comme un éclair devant elles, pour se précipiter. Un paysan Sabin, vêtu d'une peau de chèvre, et portant une espèce de chlamyde roulée au bras gauche, s'est appuyé sur un bâton et a regardé boire son troupeau, scène qui contrastait par son immobilité et son silence avec le mouvement et le bruit des flots.

Mon déjeuner fini, on m'a amené un guide, et je suis allé me placer avec lui sur le pont de la cascade : j'avais vu la cataracte du Niagara. Du pont de la cascade nous sommes descendus à la grotte de Neptune, ainsi nommée, je crois, par Vernet. L'Anio, après sa première chute sous le pont, s'engouffre parmi des roches, et reparaît dans cette grotte de Neptune, pour aller faire une seconde chute à la grotte des Sirènes.

Le bassin de la grotte de Neptune a la forme d'une coupe : j'y ai vu boire des colombes. Un colombier creusé dans le roc, et ressemblant à l'aire d'un aigle plutôt qu'à l'abri d'un pigeon présente à ces pauvres oiseaux une hospitalité trompeuse; ils se croient en sûreté dans ce lieu en apparence inaccessible, ils y font leur nid; mais une route secrète y mène : pendant les ténèbres, un ravisseur enlève les petits qui dormaient sans crainte au bruit des eaux sous l'aile de leur mère : *Observans nido, implumes detraxit.*

De la grotte de Neptune remontant à Tivoli, et sortant par la porte Angelo ou de l'Abruzze, mon cicerone m'a conduit dans le pays des Sabins, *pubemque sabellum.* J'ai marché à l'aval de l'Anio jusqu'à un champ d'oliviers où s'ouvre une vue pittoresque sur cette célèbre solitude. On aperçoit à la fois le temple de Vesta, les grottes de Neptune et des Sirènes, et les cascatelles qui sortent d'un des portiques de la *villa* de Mécène. Une vapeur bleuâtre répandue à travers le paysage en adoucissait les plans.

On a une grande idée de l'architecture romaine, lorsqu'on songe que ces masses bâties depuis tant de siècles ont passé du service des hommes à celui des éléments, qu'elles soutiennent aujourd'hui le poids et le mouvement des eaux, et sont devenues les inébranlables rochers de ces tumultueuses cascades.

Ma promenade a duré six heures. Je suis entré, en revenant à mon auberge, dans une cour délabrée, aux murs de laquelle sont appliquées des pierres sépulcrales chargées d'inscriptions mutilées. J'ai copié quelques-unes de ces inscriptions :

DIS. MAN.

ULIÆ PAULIN.

VIXIT ANN. X

MENSIBUS DIE. 3

SEI. DEUS.

SEI. DEA.

D. M.

VICTORIÆ.

FILLE QUÆ

VIXIT. AN. XV

PEREGRINA

MATER. B. M. F.

D. M.

LICINIA

ASELERIO

TENIS.

Que peut-il y avoir de plus vain que tout ceci? Je lis sur une pierre les regrets qu'un vivant donnait à un mort ; ce vivant est mort à son tour, et, après deux mille ans, je viens, moi, barbare des Gaules, parmi les ruines de Rome, étudier ces épitaphes dans une retraite abandonnée, moi, indifférent à celui qui pleura comme à celui qui fut pleuré, moi qui demain m'éloignerai pour jamais de ces lieux, et qui disparaîtrai bientôt de la terre.

Tous ces poëtes de Rome qui passèrent à Tibur se plurent à retracer la rapidité de nos jours : *Carpe diem*, disait Horace ; *Te spectem suprema mihi cum venerit hora*, disait Tibulle ; Virgile peignait cette der-

nière heure : *Invalidasque tibi tendens, heu! non tua, palmas.* Qui n'a
perdu quelque objet de son affection? Qui n'a vu se lever vers lui des
bras défaillants? Un ami mourant a souvent voulu que son ami lui prît
la main pour le retenir dans la vie, tandis qu'il se sentait entraîné par
la mort. *Heu! non tua!* Ce vers de Virgile est admirable de tendresse
et de douleur. Malheur à qui n'aime pas les poëtes! je dirais presque
d'eux ce que dit Shakespeare des hommes insensibles à l'harmonie.

Je retrouvai en rentrant chez moi la solitude que j'avais laissée au
dehors. La petite terrasse de l'auberge conduit au temple de Vesta. Les
peintres connaissent cette couleur de siècles que le temps applique aux
vieux monuments, et qui varie selon les climats : elle se retrouve au
temple de Vesta. On fait le tour du petit édifice entre le péristyle et la
cellà en une soixantaine de pas. Le véritable temple de la Sibylle contraste avec celui-ci par la forme carrée et le style sévère de son ordre
d'architecture. Lorsque la chute de l'Anio était placée un peu plus à
droite, comme on le suppose, le temple devait être immédiatement
suspendu sur la cascade : le lieu était propre à l'inspiration de la prê-
tresse et à l'émotion religieuse de la foule.

J'ai jeté un dernier regard sur les montagnes du nord que les brouillards du soir couvraient d'un rideau blanc, sur la vallée du midi, sur
l'ensemble du paysage; et je suis retourné à ma chambre solitaire. A
une heure du matin, le vent soufflant avec violence, je me suis levé, et
j'ai passé le reste de la nuit sur la terrasse. Le ciel était chargé de
nuages, la tempête mêlait ses gémissements, dans les colonnes du
temple, au bruit de la cascade : on eût cru entendre des voix tristes
sortir des soupiraux de l'antre de la Sibylle. La vapeur de la chute de
l'eau remontait vers moi du fond du gouffre comme une ombre blanche :
c'était une véritable apparition. Je me croyais transporté au bord des
grèves ou dans les bruyères de mon Armorique, au milieu d'une nuit
d'automne; les souvenirs du toit paternel effaçaient pour moi ceux
des foyers de César : chaque homme porte en lui un monde composé
de tout ce qu'il a vu et aimé, et où il rentre sans cesse, alors même
qu'il parcourt et semble habiter un monde étranger.

Dans quelques heures je vais aller visiter la *villa Adriana*.

12 décembre.

La grande entrée de la *villa Adriana* était à l'Hippodrome, sur l'ancienne voie Tiburtine, à très-peu de distance du tombeau des Plau-
tius. Il ne reste aucun vestige d'antiquités dans l'Hippodrome, converti
en champs de vignes.

En sortant d'un chemin de traverse fort étroit, une allée de cyprès, coupée par la cime, m'a conduit à une méchante ferme, dont l'escalier croulant était rempli de morceaux de porphyre, de vert antique, de granit, de rosaces de marbre blanc, et de divers ornements d'architecture. Derrière cette ferme se trouve le théâtre romain, assez bien conservé : c'est un demi-cercle composé de trois rangs de sièges. Ce demi-cercle est fermé par un mur en ligne droite qui lui sert comme de diamètre ; l'orchestre et le théâtre faisaient face à la loge de l'empereur.

Le fils de la fermière, petit garçon presque tout nu, âgé d'environ douze ans, m'a montré la loge et les chambres des acteurs. Sous les gradins destinés aux spectateurs, dans un endroit où l'on dépose les instruments du labourage, j'ai vu le torse d'un Hercule colossal, parmi des socs, des herses et des râteaux : les empires naissent de la charrue et disparaissent sous la charrue.

L'intérieur du théâtre sert de basse-cour et de jardin à la ferme : il est planté de pruniers et de poiriers. Le puits que l'on a creusé au milieu est accompagné de deux piliers qui portent les seaux : un de ces piliers est composé de boue séchée et de pierres entassées au hasard, l'autre est fait d'un beau tronçon de colonne cannelé ; mais pour dérober la magnificence de ce second pilier, et le rapprocher de la rusticité du premier, la nature a jeté dessus un manteau de lierre. Un troupeau de porcs noirs fouillait et bouleversait le gazon qui recouvre les gradins du théâtre : pour ébranler les sièges des maîtres de la terre, la Providence n'avait eu besoin que de faire croître quelques racines de fenouil entre les jointures de ces sièges, et de livrer l'ancienne enceinte de l'élégance romaine aux immondes animaux du fidèle Eumée.

Du théâtre, en montant par l'escalier de la ferme, je suis arrivé à la *Palestrine*, semée de plusieurs débris. La voûte d'une salle conserve des ornements d'un dessin exquis.

Là commence le vallon appelé par Adrien *la vallée de Tempé* :

Est nemus Æmoniæ prærupta, quod undique claudit
Sylva.

J'ai vu à Stowe, en Angleterre, la répétition de cette fantaisie impériale ; mais Adrien avait taillé son jardin *anglais* en homme qui possédait le monde.

Au bout d'un petit bois d'ormes et de chênes-verts, on aperçoit des ruines qui se prolongent le long de la *vallée de Tempé ;* doubles et triples portiques, qui servaient à soutenir les terrasses des *fabriques* d'Adrien. La vallée continue à s'étendre à perte de vue vers le midi ; le fond en est planté de roseaux, d'oliviers et de cyprès. La colline occidentale du vallon, figurant la chaîne de l'Olympe, est décorée par la masse du Palais, de la Bibliothèque, des Hospices, des temples d'Hercule et de Jupiter, et par les longues arcades festonnées de lierre, qui portaient ces édifices. Une colline parallèle, mais moins haute, borde la vallée à l'orient ; derrière cette colline s'élèvent en amphithéâtre les montagnes de Tivoli, qui devaient représenter l'*Ossa*.

Dans un champ d'oliviers, un coin de mur de la *villa* de Brutus fait le pendant des débris de la *villa* de César. La liberté dort en paix avec le despotisme : le poignard de l'une et la hache de l'autre ne sont plus que des fers rouillés ensevelis sous les mêmes décombres.

De l'immense bâtiment qui, selon la tradition, était consacré à recevoir les étrangers, on parvient, en traversant des salles ouvertes de toutes parts, à l'emplacement de la Bibliothèque. Là commence un dédale de ruines entrecoupées de jeunes taillis, de bouquets de pins, de champs d'oliviers, de plantations diverses, qui charment les yeux et attristent le cœur.

Un fragment, détaché tout à coup de la voûte de la Bibliothèque, a roulé à mes pieds, comme je passais : un peu de poussière s'est élevé ; quelques plantes ont été déchirées et entraînées dans sa chute. Les plantes renaîtront demain ; le bruit et la poussière se sont dissipés à l'instant : voilà ce nouveau débris couché pour des siècles auprès de ceux qui paraissaient l'attendre. Les empires se plongent de la sorte dans l'éternité, où ils gisent silencieux. Les hommes ne ressemblent pas mal aussi à ces ruines qui viennent tour à tour joncher la terre : la seule différence qu'il y ait entre eux, comme entre ces ruines, c'est que les uns se précipitent devant quelques spectateurs, et que les autres tombent sans témoins.

J'ai passé de la Bibliothèque au cirque du Lycée : on venait d'y couper des broussailles pour faire du feu. Ce cirque est appuyé contre le temple des Stoïciens. Dans le passage qui mène à ce temple, en jetant les yeux derrière moi, j'ai aperçu les hauts murs lézardés de la Bibliothèque, lesquels dominaient les murs moins élevés du Cirque. Les premiers, à demi cachés dans des cimes d'oliviers sauvages, étaient eux-mêmes dominés d'un énorme pin à parasol, et au-dessus de ce pin s'élevait le dernier pic du mont Calva, coiffé d'un nuage. Jamais le ciel et la terre, les ouvrages de la nature et ceux des hommes, ne se sont mieux mariés dans un tableau.

Le temple des Stoïciens est peu éloigné de la Place d'Armes. Par l'ouverture d'un portique, on découvre, comme dans un optique, au bout d'une avenue d'oliviers et de cyprès, la montagne de Palomba, couronnée du premier village de la Sabine. A gauche du Pœcile, et sous

le Pœcile même, on descend dans les *Cento Cellæ* des gardes prétoriennes : ce sont des loges voûtées de huit pieds à peu près en carré,
à deux, trois et quatre étages, n'ayant aucune communication entre
elles, et recevant le jour par la porte. Un fossé règne le long de ces cel-
lules militaires, où il est probable qu'on entrait au moyen d'un pont
mobile. Lorsque les cent ponts étaient abaissés, que les prétoriens passaient et repassaient sur ces ponts, cela devait offrir un spectacle singulier, au milieu des jardins de l'empereur philosophe qui mit un dieu
de plus dans l'Olympe. Le laboureur du patrimoine de saint Pierre fait
aujourd'hui sécher sa moisson dans la caserne du légionnaire romain.
Quand le peuple-roi et ses maîtres élevaient tant de monuments fastueux, ils ne se doutaient guère qu'ils bâtissaient les caves et les greniers d'un chevrier de la Sabine et d'un fermier d'Albano.

Après avoir parcouru une partie des *Cento-Cellæ*, j'ai mis un assez
long temps à me rendre dans la partie du jardin dépendante des Thermes
des femmes : là, j'ai été surpris par la pluie[1].

Je me suis souvent fait deux questions au milieu des ruines romaines :
les maisons des particuliers étaient composées d'une multitude de portiques, de chambres voûtées, de chapelles, de salles, de galeries souterraines, de passages obscurs et secrets : à quoi pouvait servir tant
de logement pour un seul maître! Les offices des esclaves, des hôtes,
des clients, étaient presque toujours construites à part.

Pour résoudre cette première question, je me figure le citoyen romain dans sa maison comme une espèce de religieux qui s'était bâti des
cloîtres. Cette vie intérieure, indiquée par la seule forme des habitations, ne serait-elle point une des causes de ce calme qu'on remarque
dans les écrits des anciens? Cicéron retrouvait dans les longues galeries
de ses habitations, dans les temples domestiques qui y étaient cachés,
la paix qu'il avait perdue au commerce des hommes. Le jour même que
l'on recevait dans ces demeures semblait porter à la quiétude. Il descendait presque toujours de la voûte ou des fenêtres percées très-
haut; cette lumière perpendiculaire, si égale et si tranquille, avec
laquelle nous éclairons nos salons de peinture, servait, si j'ose
m'exprimer ainsi, servait au Romain à contempler le tableau de sa
vie. Nous, il nous faut des fenêtres sur des rues, sur des marchés
et des carrefours. Tout ce qui s'agite et fait du bruit nous plaît; le
recueillement, la gravité, le silence, nous ennuient.

La seconde question que je me fais est celle-ci : Pourquoi tant de
monuments consacrés aux mêmes usages? on voit incessamment des

---

[1] Voyez ci-après la Lettre sur Rome à M. de Fontanes.

salles pour des bibliothèques, et il y avait peu de livres chez les anciens.
On rencontre à chaque pas des thermes : les Thermes de Néron, de Titus, de Caracalla, de Dioclétien, etc. Quand Rome eût été trois fois plus
peuplée qu'elle ne l'a jamais été, la dixième partie de ces bains aurait
suffi aux besoins publics.

Je me réponds qu'il est probable que ces monuments furent, dès
l'époque de leur érection, de véritables ruines et des lieux délaissés.
Un empereur renversait ou dépouillait les ouvrages de son devancier,
afin d'entreprendre lui-même d'autres édifices, que son successeur se
hâtait à son tour d'abandonner. Le sang et les sueurs des peuples furent employés aux inutiles travaux de la vanité d'un homme jusqu'au
jour où les vengeurs du monde, sortis du fond de leurs forêts, vinrent
planter l'humble étendard de la Croix sur ces monuments de l'orgueil.

La pluie passée, j'ai visité le Stade, pris connaissance du temple de
Diane, en face duquel s'élevait celui de Vénus, et j'ai pénétré dans les
décombres du Palais de l'Empereur. Ce qu'il y a de mieux conservé
dans cette destruction informe, est une espèce de souterrain ou de citerne formant un carré, sous la cour même du palais. Les murs de ce
souterrain étaient doubles : chacun des deux murs a deux pieds et
demi d'épaisseur, et l'intervalle qui les sépare est de deux pouces.

Sorti du palais, je l'ai laissé sur la gauche derrière moi en m'avançant à droite vers la campagne romaine. A travers un champ de blé,
semé sur des caveaux, j'ai abordé les Thermes, connus encore sous le
nom de *Chambres des philosophes* ou de *Salles prétoriennes* : c'est une
des ruines les plus imposantes de toute la *villa*. La beauté, la hauteur,
la hardiesse et la légèreté des voûtes, les divers enlacements des portiques qui se croisent, se coupent ou se suivent parallèlement, le paysage qui joue derrière ce grand morceau d'architecture, produisent un
effet surprenant. La *villa Adriana* a fourni quelques restes précieux de
peintures. Le peu d'arabesques que j'y ai vues est d'une grande sagesse
de composition, et d'un dessin aussi délicat que pur.

La Naumachie se trouve derrière les Thermes, bassin creusé de main
d'homme, où d'énormes tuyaux, qu'on voit encore, amenaient des
fleuves. Ce bassin, maintenant à sec, était rempli d'eau, et l'on y figu-
rait des batailles navales. On sait que, dans ces fêtes, un ou deux milliers d'hommes s'égorgeaient quelquefois pour divertir la populace
romaine.

Autour de la Naumachie s'élevaient des terrasses destinées aux
spectateurs : ces terrasses étaient appuyées par des portiques qui servaient de chantiers ou d'abris aux galères.

Un temple imité de celui de Sérapis en Égypte ornait cette scène. La moitié du grand dôme de ce temple est tombée. A la vue de ces piliers sombres, de ces cintres concentriques, de ces espèces d'entonnoirs où mugissait l'oracle, on sent qu'on n'habite plus l'Italie et la Grèce, que le génie d'un autre peuple a présidé à ce monument. Un vieux sanctuaire offre, sur ses murs verdâtres et humides, quelques traces du pinceau. Je ne sais quelle plainte errait dans l'édifice abandonné.

J'ai gagné de là le temple de Pluton et de Proserpine, vulgairement appelé l'*Entrée de l'Enfer*. Ce temple est maintenant la demeure d'un vigneron; je n'ai pu y pénétrer; le maître comme le dieu n'y était pas. Au-dessous de l'Entrée de l'Enfer s'étend un vallon appelé *le Vallon du Palais* : on pourrait le prendre pour l'Élysée. En avançant vers le midi, et suivant un mur qui soutenait les terrasses attenantes au temple de Plutarque, j'ai aperçu les dernières ruines de la *villa*, situées à plus d'une lieue de distance.

Revenu sur mes pas, j'ai voulu voir l'Académie, formée d'un jardin, d'un temple d'Apollon et de divers bâtiments destinés aux philosophes. Un paysan m'a ouvert une porte pour passer dans le champ d'un autre propriétaire, et je me suis trouvé à l'Odéon et au théâtre grec : celui-ci est assez bien conservé quant à la forme. Quelque génie mélodieux était sans doute resté dans ce lieu consacré à l'harmonie, car j'y ai entendu siffler le merle le 12 décembre : une troupe d'enfants occupée à cueillir les olives faisait retentir de ses chants des échos qui peut-être avaient répété les vers de Sophocle et la musique de Timothée.

Là s'est achevée ma course, beaucoup plus longue qu'on ne la fait ordinairement : je devais cet hommage à un prince voyageur. On trouve plus loin le grand portique, dont il reste peu de chose; plus loin encore les débris de quelques bâtiments inconnus; enfin, les *Colle di San-Stephano*, où se termine la *villa*, portent les ruines du Prytanée.

Depuis l'Hippodrome jusqu'au Prytanée, la *villa Adriana* occupait les sites connus à présent sous le nom de *Rocca Bruna, Palazza, Aqua Fera* et les *Colle di San-Stephano*.

Adrien fut un prince remarquable, mais non un des plus grands empereurs romains; c'est pourtant un de ceux dont on se souvient le plus aujourd'hui. Il a laissé partout ses traces : une muraille célèbre dans la Grande-Bretagne, peut-être l'arène de Nîmes et le pont du Gard dans les Gaules, des temples en Égypte, des aqueducs à Troyes, une nouvelle ville à Jérusalem et à Athènes, un pont où l'on passe encore, et une foule d'autres monuments à Rome, attestent le goût, l'activité et la puissance d'Adrien. Il était lui-même poète, peintre et architecte. Son siècle est celui de la restauration des arts.

La destinée du *Mole Adriani* est singulière : les ornements de ce sépulcre servirent d'armes contre les Goths. La civilisation jeta des colonnes et des statues à la tête de la barbarie, ce qui n'empêcha pas celle-ci d'entrer. Le mausolée est devenu la forteresse des papes ; il s'est aussi converti en une prison ; ce n'est pas mentir à sa destination primitive. Ces vastes édifices élevés sur les cendres des hommes n'agrandissent point les proportions du cercueil : les morts sont dans leur loge sépulcrale comme cette statue assise dans un temple trop petit d'Adrien ; s'ils voulaient se lever, ils se casseraient la tête contre la voûte.

Adrien, en arrivant au trône, dit tout haut à l'un de ses ennemis : « Vous voilà sauvé. » Le mot est magnanime. Mais on ne pardonne pas au génie comme on pardonne à la politique. Le jaloux Adrien, en voyant les chefs-d'œuvre d'Apollodore, se dit tout bas : « Le voilà perdu ; » et l'artiste fut tué.

Je n'ai pas quitté la *villa Adriana* sans remplir d'abord mes poches de petits fragments de porphyre, d'albâtre, de vert antique, de morceaux de stuc peint et de mosaïque ; ensuite j'ai tout jeté.

Elles ne sont déjà plus pour moi, ces ruines, puisqu'il est probable que rien ne m'y ramènera. On meurt à chaque moment pour un temps, une chose, une personne qu'on ne reverra jamais : la vie est une mort successive. Beaucoup de voyageurs, mes devanciers, ont écrit leurs noms sur les marbres de la *villa Adriana* ; ils ont espéré prolonger leur existence en attachant à des lieux célèbres un souvenir de leur passage ; ils se sont trompés. Tandis que je m'efforçais de lire un de ces noms nouvellement crayonné, et que je croyais reconnaître, un oiseau s'est envolé d'une touffe de lierre ; il a fait tomber quelques gouttes de la pluie passée ; le nom a disparu.

A demain la *villa* d'Est [1].

LE VATICAN.

J'ai visité le Vatican à une heure. Beau jour, soleil brillant, air extrêmement doux.

Solitude de ces grands escaliers, ou plutôt de ces rampes où l'on peut monter avec des mulets ; solitude de ces galeries ornées des chefs-

---

[1] Voyez ci-après la Lettre sur Rome.

d'œuvre du génie, où les papes d'autrefois passaient avec toutes leurs pompes; solitude de ces Loges que tant d'artistes célèbres ont étudiées, que tant d'hommes illustres ont admirées : le Tasse, Arioste, Montaigne, Milton, Montesquieu, des reines, des rois ou puissants ou tombés, et tous ces pèlerins de toutes les parties du monde.

Dieu débrouillant le chaos.

J'ai remarqué l'ange qui suit Loth et sa femme.

Belle vue de Frascati par-dessus Rome, au coin ou au coude de la galerie.

Entrée dans les *Chambres*. — Bataille de Constantin : le tyran et son cheval se noyant.

Saint Léon arrêtant Attila. Pourquoi Raphaël a-t-il donné un air fier et non religieux au groupe chrétien? pour exprimer le sentiment de l'assistance divine.

Le Saint-Sacrement, premier ouvrage de Raphaël : froid, nulle piété, mais disposition et figures admirables.

Apollon, les Muses et les Poëtes. — Caractère des poëtes bien exprimé. Singulier mélange.

Héliodore chassé du temple. — Un ange remarquable, une figure de femme céleste, imitée par Girodet dans son Ossian.

L'incendie du bourg. — La femme qui porte un vase : copiée sans cesse. Contraste de l'homme suspendu et de l'homme qui veut atteindre l'enfant : l'art trop visible. Toujours la femme et l'enfant rendus mille fois par Raphaël, et toujours excellemment.

L'Ecole d'Athènes; j'aime autant le carton.

Saint-Pierre délivré. — Effet des trois lumières, cité partout.

Bibliothèque. — Porte de fer, hérissée de pointes; c'est bien la porte de la science. Armes d'un pape : trois abeilles ; symbole heureux.

Magnifique vaisseau : livres invisibles. Si on les communiquait, on pourrait refaire ici l'histoire moderne tout entière.

Musée chrétien. — Instruments de martyre : griffes de fer pour déchirer la peau, grattoir pour l'enlever, martinets de fer, petites tenailles : belles antiquités chrétiennes ! Comment souffrait-on autrefois? comme aujourd'hui, témoin ces instruments. En fait de douleurs, l'espèce humaine est stationnaire.

Lampes trouvées dans les catacombes. — Le christianisme commence à un tombeau ; c'est à la lampe d'un mort qu'on a pris cette lumière qui a éclairé le monde. — Anciens calices, anciennes croix, anciennes cuillers pour administrer la communion. — Tableaux apportés de Grèce pour les sauver des Iconoclastes.

Ancienne figure de Jésus-Christ, reproduite depuis par les peintres ; elle ne peut guère remonter au delà du huitième siècle. Jésus-Christ était-il *le plus beau des hommes*, ou était-il laid ? Les Pères grecs et les Pères latins se sont partagés d'opinion : je tiens pour la beauté.

Donation à l'Église sur papyrus : le monde recommence ici.

Musée antique. — Chevelure d'une femme trouvée dans un tombeau. Est-ce celle de la mère des Gracques ! est-ce celle de Délie, de Cinthie, de Lalagé ou de Lycinie, dont Mécène, si nous en croyons Horace, n'aurait pas voulu changer un seul cheveu contre toute l'opulence d'un roi de Phrygie :

> Aut pinguis Phrygiæ Mygdonias opes
> Permutare velis crine Lyciniæ ?

Si quelque chose emporte l'idée de la fragilité, ce sont les cheveux d'une jeune femme, qui furent peut-être l'objet de l'idolâtrie de la plus volage des passions ; et pourtant ils ont survécu à l'empire romain. La mort, qui brise toutes les chaînes, n'a pu rompre ce léger roseau.

Belle colonne torse d'albâtre. Suaire d'amiante retiré d'un sarcophage : la mort n'en a pas moins consumé sa proie.

Vase étrusque. Qui a bu à cette coupe ? un mort. Toutes les choses, dans ce musée, sont trésor du sépulcre, soit qu'elles aient servi aux rites des funérailles, ou qu'elles aient appartenu aux fonctions de la vie.

MUSÉE CAPITOLIN.

23 décembre 1803.

La Colonne Milliaire. *Dans la cour* les pieds et la tête d'un colosse : l'a-t-on fait exprès ?

Dans le Sénat : noms des sénateurs modernes ; Louve frappée de la foudre ; Oies du Capitole :

> Tous les siècles y sont : on y voit tous les temps ;
> Là sont les devanciers avec leurs descendants.

Mesures antiques de blé, d'huile et de vin, en forme d'autel, avec des têtes de lion.

Peintures représentant les premiers événements de la république romaine.

Statue de Virgile : contenance rustique et mélancolique, front grave, yeux inspirés, rides circulaires partant des narines et venant se terminer au menton, en embrassant la joue.

Cicéron : une certaine régularité avec une expression de légèreté ; moins de force de caractère que de philosophie, autant d'esprit que d'éloquence.

L'Alcibiade ne m'a point frappé par sa beauté ; il a du sot et du niais.

Un jeune Mithridate ressemblant à un Alexandre.

Fastes consulaires antiques et modernes.

Sarcophage d'Alexandre Sévère et de sa mère.

Bas-relief de Jupiter enfant dans l'île de Crète : admirable.

Colonne d'albâtre oriental, la plus belle connue.

Plan antique de Rome sur un marbre : perpétuité de la Ville Éternelle.

Buste d'Aristote : quelque chose d'intelligent et de fort.

Buste de Caracalla : œil contracté ; nez et bouche pointus ; l'air féroce et fou.

Buste de Domitien : lèvres serrées.

Buste de Néron : visage gros et rond, enfoncé vers les yeux, de manière que le front et le menton avancent ; l'air d'un esclave grec débauché.

Bustes d'Agrippine et de Germanicus : la seconde figure longue et maigre ; la première, sérieuse.

Buste de Julien : front petit et étroit.

Buste de Marc-Aurèle : grand front, œil élevé vers le ciel ainsi que le sourcil.

Buste de Vitellius : gros nez, lèvres minces, joues bouffies, petits yeux, tête un peu abaissée comme le porc.

Buste de César : figure maigre, toutes les rides profondes, l'air prodigieusement spirituel, le front proéminent entre les yeux, comme si la peau était amoncelée et coupée d'une ride perpendiculaire ; sourcils surbaissés et touchant l'œil, la bouche grande et singulièrement expressive ; on croit qu'elle va parler, elle sourit presque ; le nez saillant, mais pas aussi aquilin qu'on le trace ordinairement ; les tempes aplaties comme chez Buonaparte ; presque point d'occiput ; le menton rond et double ; les narines un peu fermées : figure d'imagination et de génie.

Un bas-relief : Endymion dormant assis sur un rocher ; sa tête est penchée sur sa poitrine, et un peu appuyée sur le bois de sa lance, qui repose sur son épaule gauche ; la main gauche jetée négligemment sur cette lance, tient à peine la laisse d'un chien qui, planté sur ses pattes de derrière, cherche à regarder au-dessus du rocher. C'est un des plus beaux bas-reliefs connus [1].

Des fenêtres du Capitole on découvre tout le Forum, les temples de la Fortune et de la Concorde, les deux colonnes du temple de Jupiter Stator, les Rostres, le temple de Faustine, le temple du Soleil, le temple de la Paix, les ruines du palais doré de Néron, celles du Colisée, les arcs de triomphe de Titus, de Septime Sévère, de Constantin; vaste cimetière des siècles, avec leurs monuments funèbres, portant la date de leur décès.

GALERIE DORIA.

Gaspard Poussin : grand paysage. Vues de Naples. Frontispiec d'un temple en ruine dans une campagne.

Cascade de Tivoli et temple de la Sibylle.

Paysage de Claude Lorrain. Une fuite en Égypte, du même : la Vierge, arrêtée au bord d'un bois, tient l'Enfant sur ses genoux; un Ange présente des mets à l'Enfant, et saint Joseph ôte le bât de l'âne; un pont dans le lointain, sur lequel passent des chameaux et leurs conducteurs; un horizon où se dessinent à peine les édifices d'une grande ville : le calme de la lumière est merveilleux.

Deux autres petits paysages de Claude Lorrain, dont l'un représente une espèce de mariage patriarcal dans un bois : c'est peut-être l'ouvrage le plus fini de ce grand peintre.

Une fuite en Égypte, de Nicolas Poussin : la Vierge et l'Enfant, portés sur un âne que conduit un Ange, descendent d'une colline dans un bois; saint Joseph suit : le mouvement du vent est marqué sur les vêtements et sur les arbres.

Plusieurs paysages du Dominiquin : couleur vive et brillante; les sujets riants; mais en général un ton de verdure cru et une lumière peu vaporeuse, peu idéale : chose singulière! ce sont des yeux français qui ont mieux vu la lumière de l'Italie.

Paysage d'Annibal Carrache : grande vérité, mais point d'élévation de style.

Diane et Endymion, de Rubens : l'idée est heureuse. Endymion est

---

[1] J'ai fait usage de cette pose dans les *Martyrs*.

à peu près endormi dans la position du beau bas-relief du Capitole ; Diane suspendue dans l'air appuie légèrement une main sur l'épaule du chasseur, pour donner à celui-ci un baiser sans l'éveiller ; la main de la déesse de la nuit est d'une blancheur de lune, et sa tête se distingue à peine de l'azur du firmament. Le tout est bien dessiné ; mais quand Rubens dessine bien, il peint mal : le grand coloriste perdait sa palette quand il retrouvait son crayon.

Deux têtes, par Raphaël. Les quatre Avares, par Albert Durer. Le Temps arrachant les plumes de l'Amour, du Titien ou de l'Albane : maniéré et froid ; une chair toute vivante.

Noces Aldobrandines, copie de Nicolas Poussin : dix figures sur un même plan, formant trois groupes de trois, quatre, et trois figures. Le fond est une espèce de paravent gris à hauteur d'appui ; les poses et le dessin tiennent de la simplicité de la sculpture ; on dirait d'un bas-relief. Point de richesse de fond, point de détails, de draperies, de meubles, d'arbres ; point d'accessoire quelconque ; rien que les personnages naturellement groupés.

∗∗∗

PROMENADE DANS ROME.

AU CLAIR DE LA LUNE.

24 décembre 1803.

Du haut de la Trinité du Mont, les clochers et les édifices lointains paraissent comme les ébauches effacées d'un peintre, ou comme des côtes inégales vues de la mer, du bord d'un vaisseau à l'ancre.

Ombre de l'obélisque : combien d'hommes ont regardé cette ombre en Égypte et à Rome ?

Trinité du Mont déserte : un chien aboyant dans cette retraite des Français. Une petite lumière dans la chambre élevée de la *villa* Médicis.

Le Cours : calme et blancheur des bâtiments, profondeur des ombres transversales. Place Colonne : Colonne Antonine à moitié éclairée.

Panthéon : sa beauté au clair de la lune.

Colisée : sa grandeur et son silence à cette même clarté.

Saint-Pierre : effet de la lune sur son dôme, sur le Vatican, sur l'obélisque, sur les deux fontaines, sur la colonnade circulaire.

Une jeune femme me demande l'aumône ; sa tête est enveloppée dans son jupon relevé ; la *poverina* ressemble à une madone : elle a bien choisi le temps et le lieu. Si j'étais Raphaël, je ferais un tableau. Le Romain demande parce qu'il meurt de faim; il n'importune pas si on le refuse; comme ses ancêtres, il ne fait rien pour vivre : il faut que son sénat ou son prince le nourrisse.

Rome sommeille au milieu de ces ruines. Cet astre de la nuit, ce globe que l'on suppose un monde fini et dépeuplé, promène ses pâles solitudes au-dessus des solitudes de Rome; il éclaire des rues sans habitants, des enclos, des places, des jardins où il ne passe personne, des monastères où l'on n'entend plus la voix des cénobites, des cloîtres qui sont aussi déserts que les portiques du Colysée.

Que se passait-il, il y a dix-huit siècles, à pareille heure et aux mêmes lieux? Non-seulement l'ancienne Italie n'est plus, mais l'Italie du moyen âge a disparu. Toutefois la trace de ces deux Italie est encore bien marquée à Rome : si la Rome moderne montre son Saint-Pierre et tous ses chefs-d'œuvre, la Rome ancienne lui oppose son Panthéon et tous ses débris; si l'une fait descendre du Capitole ses consuls et ses empereurs, l'autre amène du Vatican la longue suite de ses pontifes. Le Tibre sépare les deux gloires : assises dans la même poussière, Rome païenne s'enfonce de plus en plus dans ses tombeaux, et Rome chrétienne redescend peu à peu dans les catacombes d'où elle est sortie.

J'ai dans la tête le sujet d'une vingtaine de lettres sur l'Italie, qui peut-être se feraient lire, si je parvenais à rendre mes idées telles que je les conçois : mais les jours s'en vont, et le repos me manque. Je me sens comme un voyageur qui, forcé de partir demain, a envoyé devant lui ses bagages. Le bagage de l'homme sont ses illusions et ses années; il en remet, à chaque minute, une partie à celui que l'Écriture appelle un *courrier rapide* : le Temps [1].

---

[1] De cette vingtaine de lettres que j'avais dans la tête, je n'en ai écrit qu'une seule, la Lettre sur Rome, à M. de Fontanes. Les divers fragments qu'on vient de lire et qu'on va lire devaient former le texte des autres lettres; mais j'ai achevé de décrire Rome et Naples dans le quatrième et dans le cinquième livre des **Martyrs**. Il ne manque donc à tout ce que je voulais dire sur l'Italie que la partie historique et politique.

VOYAGE DE NAPLES.

Voici les personnages, les équipages, les choses et les objets que l'on rencontre pêle-mêle sur les routes de l'Italie : des Anglais et des Russes qui voyagent à grands frais dans de bonnes berlines, avec tous les usages et les préjugés de leurs pays ; des familles italiennes qui passent dans de vieilles calèches pour se rendre économiquement aux *rendanges :* des moines à pied, tirant par la bride une mule rétive chargée de reliques ; des laboureurs conduisant des charrettes que traînent de grands bœufs, et qui portent une petite image de la Vierge élevée sur le timon au bout d'un bâton ; des paysannes voilées ou les cheveux bizarrement tressés, jupon court de couleur tranchante, corsets ouverts aux mamelles, et entrelacés avec des rubans ; colliers et bracelets de coquillages ; des fourgons attelés de mulets ornés de sonnettes, de plumes et d'étoffe rouge ; des bacs, des ponts et des moulins ; des troupeaux d'ânes, de chèvres, de moutons ; des voiturins, des courriers, la tête enveloppée d'un réseau comme les Espagnols ; des enfants tout nus ; des pèlerins, des mendiants, des pénitents blancs ou noirs ; des militaires cahotés dans de méchantes carrioles ; des escouades de gendarmerie ; des vieillards mêlés à des femmes. L'air de bienveillance est grand, mais grand est aussi l'air de curiosité ; on se suit des yeux tant qu'on peut se voir, comme si on voulait se parler, et l'on ne se dit mot.

J'ai ouvert ma fenêtre : les flots venaient expirer au pied des murs de l'auberge. Je ne revois jamais la mer sans un mouvement de joie et presque de tendresse.

Encore une année écoulée !

En sortant de Fondi j'ai salué le premier verger d'orangers : ces beaux arbres étaient aussi chargés de fruits mûrs que pourraient l'être les pommiers les plus féconds de la Normandie. Je trace ce peu de mots à Gaète, sur un balcon, à quatre heures du soir, par un soleil superbe, ayant en vue la pleine mer. Ici mourut Cicéron, dans cette patrie, comme il le dit lui-même, qu'il avait sauvée : *Moriar in patria sæpe servata*. Cicéron fut tué par un homme qu'il avait jadis défendu ; ingratitude dont l'histoire fourmille. Antoine reçut au *Forum* la tête et les mains de Cicéron ; il donna une couronne d'or et une somme de 200,000 livres à l'assassin ; ce n'était pas le prix de la chose : la tête fut clouée à la tribune publique entre les deux mains de l'orateur. Sous Néron on louait beaucoup Cicéron ; on n'en parla pas sous Auguste. Du temps de Néron le crime s'était perfectionné ; les vieux assassinats du divin Auguste étaient des vétilles, des essais, presque de l'innocence au milieu des forfaits nouveaux. D'ailleurs on était déjà loin de la liberté ; on ne savait plus ce que c'était : les esclaves qui assistaient aux jeux du cirque allaient-ils prendre feu pour les rêveries des Caton et des Brutus ? Les rhéteurs pouvaient donc, en toute sûreté de servitude, louer le paysan d'Arpinum. Néron lui-même aurait été homme à débiter des harangues sur l'excellence de la liberté ; et si le peuple romain se fût endormi pendant ses harangues, comme il est à croire, son maître, selon la coutume, l'eût fait réveiller à coups de bâton pour le forcer d'applaudir.

Naples, 2 janvier.

Le duc d'Anjou, roi de Naples, frère de saint Louis, fit mettre à mort Conradin, légitime héritier de la couronne de Sicile. Conradin sur l'échafaud jeta son gant dans la foule : qui le releva ? Louis XVI, descendant de saint Louis.

Le royaume des Deux-Siciles est quelque chose d'à part en Italie : Grec sous les anciens Romains, il a été Sarrasin, Normand, Allemand, Français, Espagnol, au temps des Romains nouveaux.

L'Italie du moyen âge était l'Italie des deux grandes factions Guelfe et Gibeline, l'Italie des rivalités républicaines et des petites tyrannies ; on n'y entendait parler que de crimes et de liberté ; tout s'y faisait à la pointe du poignard. Les aventures de cette Italie tenaient du roman : qui ne sait Ugolin, Françoise de Rimini, Roméo et Juliette, Othello ? Les doges de Gênes et de Venise, les princes de Vérone, de Ferrare et de Milan, les guerriers, les navigateurs, les écrivains, les artistes, les marchands de cette Italie étaient des hommes de génie : Grimaldi, Fregose, Adorni, Dandolo, Marin Zeno, Morosini, Gradenigo, Scaligieri, Visconti, Doria, Trivulce, Spinola, Zeno, Pisani, Christophe Colomb, Améric Vespuce, Gabato, le Dante, Pétrarque, Boccace, Arioste, Machiavel, Cardan, Pomponace, Achellini, Érasme, Politien, Michel-Ange, Pérugin, Raphaël, Jules Romain, Dominiquin, Titien,

Caragio, les Médicis; mais, dans tout cela, pas un chevalier, rien de l'Europe transalpine.

A Naples, au contraire, la chevalerie se mêle au caractère italien, et les prouesses aux émeutes populaires; Tancrède et le Tasse, Jeanne de Naples et le bon roi René, qui ne régna point, les Vêpres Siciliennes, Mazaniel et le dernier duc de Guise, voilà les Deux-Siciles. Le souffle de la Grèce vient aussi expirer à Naples; Athènes a poussé ses frontières jusqu'à Pæstum; ses temples et ses tombeaux forment une ligne au dernier horizon d'un ciel enchanté.

Je n'ai point été frappé de Naples en arrivant : depuis Capoue et ses délices jusqu'ici le pays est fertile, mais peu pittoresque. On entre dans Naples presque sans la voir, par un chemin assez creux [1].

8 janvier 1804.

Visité le Musée.

Statue d'Hercule dont il y a des copies partout : Hercule en repos appuyé sur un tronc d'arbre; légèreté de la massue. Vénus : beauté des formes; draperies mouillées. Buste de Scipion l'Africain.

Pourquoi la sculpture antique est-elle supérieure [2] à la sculpture moderne, tandis que la peinture moderne est vraisemblablement supérieure, ou du moins égale, à la peinture antique?

Pour la sculpture, je réponds :

Les habitudes et les mœurs des anciens étaient plus graves que les nôtres, les passions moins turbulentes. Or la sculpture, qui se refuse à rendre les petites nuances et les petits mouvements, s'accommodait mieux des poses tranquilles et de la physionomie sérieuse du Grec et du Romain.

De plus, les draperies antiques laissaient voir en partie le nu : ce nu était toujours ainsi sous les yeux des artistes, tandis qu'il n'est exposé qu'accidentellement aux regards du sculpteur moderne : enfin les formes humaines étaient plus belles.

Pour la peinture, je dis :

---

[1] On peut, si l'on veut, ne plus suivre l'ancienne route. Sous la dernière domination française une autre en'rée a été ouverte, et l'on a tracé un beau chemin autour de la colline du Pausilippe.

[2] Cette assertion, généralement vraie, admet pourtant d'assez nombreuses exceptions. La statuaire antique n'a rien qui surpasse les cariatides du Louvre, de Jean Goujon. Nous avons tous les jours sous les yeux ces chefs-d'œuvre, et nous ne les regardons pas. L'Apollon a été beaucoup trop vanté : les métopes du Parthénon offrent seuls la sculpture grecque dans sa perfection. Ce que j'ai dit des arts dans le *Génie du Christianisme* est étriqué et souvent faux. A cette époque je n'avais vu ni l'Italie, ni la Grèce, ni l'Égypte.

La peinture admet beaucoup de mouvement dans les attitudes; conséquemment la *manière*, quand malheureusement elle est sensible, nuit moins aux grands effets du pinceau.

Les règles de la perspective, qui n'existent presque point pour la sculpture, sont mieux entendues des modernes qu'elles ne l'étaient des anciens. On connaît aujourd'hui un plus grand nombre de couleurs; reste seulement à savoir si elles sont plus vives et plus pures.

Dans ma revue du Musée, j'ai admiré la mère de Raphaël, peinte par son fils : belle et simple, elle ressemble un peu à Raphaël lui-même, comme les Vierges de ce génie divin ressemblent à des Anges Michel-Ange peint par lui-même.

Armide et Renaud : scène du miroir magique.

POUZZOLES ET LA SOLFATARE.

4 janvier.

A Pouzzoles, j'ai examiné le temple des Nymphes, la maison de Cicéron, celle qu'il appelait la *Puteolane*, d'où il écrivit souvent à Atticus, et où il composa peut-être sa seconde Philippique. Cette *villa* était bâtie sur le plan de l'Académie d'Athènes : embellie depuis par Vetus, elle devint un palais sous l'empereur Adrien, qui y mourut en disant adieu à son âme.

Animula vagula, blandula,
Hospes comesque corporis, etc.

Il voulut qu'on mît sur sa tombe qu'il avait été tué par les médecins.

Turba medicorum regem interfecit

La science a fait des progrès.

A cette époque, tous les hommes de mérite étaient philosophes, quand ils n'étaient pas chrétiens.

Belle vue dont on jouissait du Portique : un petit verger occupe aujourd'hui la maison de Cicéron.

Temple de Neptune et tombeaux.

La Solfatare, champ de soufre. Bruit des fontaines d'eau bouillante; bruit du Tartare pour les poetes.

Vue du golfe de Naples en revenant : cap dessiné par la lumière du soleil couchant; reflet de cette lumière sur le Vésuve et l'Apennin; accord ou harmonie de ces feux et du ciel. Vapeur diaphane à fleur d'eau et à mi-montagne. Blancheur des voiles des barques rentrantes au port. L'île de Caprée au loin. La montagne des Camaldules avec son couvent et son bouquet d'arbres au-dessus de Naples. Contraste de tout cela avec la Solfatare. Un Français habite sur l'île où se retira Brutus. Grotte d'Esculape. Tombeau de Virgile, d'où l'on découvre le berceau du Tasse.

LE VÉSUVE.

5 janvier 1804.

Aujourd'hui 5 janvier, je suis parti de Naples à sept heures du matin ; me voilà à Portici. Le soleil est dégagé des nuages du levant, mais la tête du Vésuve est toujours dans le brouillard. Je fais marché avec un *cicerone* pour me conduire au cratère du volcan. Il me fournit deux mules, une pour lui, une pour moi : nous partons.

Je commence à monter par un chemin assez large, entre deux champs de vignes appuyées sur des peupliers. Je m'avance droit au levant d'hiver. J'aperçois, un peu au-dessus des vapeurs descendues dans la moyenne région de l'air, la cime de quelques arbres : ce sont les ormeaux de l'ermitage. De pauvres habitations de vignerons se montrent à droite et à gauche, au milieu des riches ceps du *Lacryma-Christi*. Au reste, partout une terre brûlée, des vignes dépouillées entremêlées de pins en forme de parasols, quelques aloès dans les haies, d'innombrables pierres roulantes, pas un oiseau.

J'arrive au premier plateau de la montagne. Une plaine nue s'étend devant moi. J'entrevois les deux têtes du Vésuve ; à gauche la Somma, à droite la bouche actuelle du volcan : ces deux têtes sont enveloppées de nuages pâles. Je m'avance. D'un côté la Somma s'abaisse ; de l'autre je commence à distinguer les ravines tracées dans le cône du volcan, que je vais bientôt gravir. La lave de 1766 et de 1769 couvre la plaine où je marche. C'est un désert enfumé où les laves, jetées comme des scories de forge, présentent sur un fond noir leur écume blanchâtre, tout à fait semblable à des mousses desséchées.

Suivant le chemin à gauche, et laissant à droite le cône du volcan, j'arrive au pied d'un coteau ou plutôt d'un mur formé de la lave qui a recouvert Herculanum. Cette espèce de muraille est plantée de vignes sur la lisière de la plaine, et son revers offre une vallée profonde occupée par un taillis. Le froid devient très-piquant.

Je gravis cette colline pour me rendre à l'ermitage que l'on aperçoit de l'autre côté. Le ciel s'abaisse, les nuages volent sur la terre comme une fumée grisâtre, ou comme des cendres chassées par le vent. Je commence à entendre le murmure des ormeaux de l'ermitage.

L'ermite est sorti pour me recevoir. Il a pris la bride de la mule, et j'ai mis pied à terre. Cet ermite est un grand homme de bonne mine et d'une physionomie ouverte. Il m'a fait entrer dans sa cellule; il a dressé le couvert, et m'a servi un pain, des pommes et des œufs. Il s'est assis devant moi, les deux coudes appuyés sur la table, et a causé tranquillement tandis que je déjeunais. Les nuages s'étaient fermés de toutes parts autour de nous: on ne pouvait distinguer aucun objet par la fenêtre de l'ermitage. On n'oyait dans ce gouffre de vapeurs que le sifflement du vent et le bruit lointain de la mer sur les côtes d'Herculanum; scène paisible de l'hospitalité chrétienne, placée dans une petite cellule au pied d'un volcan et au milieu d'une tempête!

L'ermite m'a présenté le livre où les étrangers ont coutume de noter quelque chose. Dans ce livre, je n'ai pas trouvé une pensée qui méritât d'être retenue; les Français, avec ce bon goût naturel à leur nation, se sont contentés de mettre la date de leur passage, ou de faire l'éloge de l'ermite. Ce volcan n'a donc inspiré rien de remarquable aux voyageurs; cela me confirme dans une idée que j'ai depuis longtemps: les très-grands sujets, comme les très-grands objets, sont peu propres à faire naître les grandes pensées; leur grandeur étant, pour ainsi dire, en évidence, tout ce qu'on ajoute au delà du fait ne sert qu'à le rapetisser. Le *nascitur ridiculus mus* est vrai de toutes les montagnes.

Je pars de l'ermitage à deux heures et demie; je remonte sur le coteau de lave que j'avais déjà franchi: à ma gauche est la vallée qui me sépare de la Somma, à ma droite; la plaine du cône. Je marche en m'élevant sur l'arête du coteau. Je n'ai trouvé dans cet horrible lieu, pour toute créature vivante, qu'une pauvre jeune fille maigre, jaune, demi-nue, et succombant sous un fardeau de bois coupé dans la montagne.

Les nuages ne me laissent plus rien voir; le vent, soufflant de bas en haut, les chasse du plateau noir que je domine, et les fait passer sur la chaussée de lave que je parcours: je n'entends que le bruit des pas de ma mule.

Je quitte le coteau, je tourne à droite et redescends dans cette plaine de lave qui aboutit au cône du volcan et que j'ai traversée plus bas en montant à l'ermitage. Même en présence de ces débris calcinés, l'imagination se représente à peine ces champs de feu et de métaux fondus au moment des éruptions du Vésuve. Le Dante les avait peut-être vus lorsqu'il a peint dans son *Enfer* ces sables brûlants où des flammes éternelles descendent lentement et en silence, *Come di neve in Alpe sanza vento* :

> Arrivammo ad una landa,
> Che dal suo letto ogni pianta rimove.
>
> . . . .
> Lo spazzo er' un' arena arida e spessa
>
> . . . .
> Sovra tutto 'l sabbion d' un cader lento
> Pioven di fuoco dilatata, e falde,
> Come di neve in Alpe sanza vento.

Les nuages s'entr'ouvrent maintenant sur quelques points; je découvre subitement, et par intervalles, Portici, Caprée, Ischia, le Pausilippe, la mer parsemée des voiles blanches des pêcheurs, et la côte du golfe de Naples, bordée d'orangers : c'est le paradis vu de l'enfer.

Je touche au pied du cône; nous quittons nos mules; mon guide me donne un long bâton, et nous commençons à gravir l'énorme monceau de cendres. Les nuages se referment, le brouillard s'épaissit, et l'obscurité redouble.

Me voilà au haut du Vésuve, écrivant assis à la bouche du volcan, et prêt à descendre au fond de son cratère. Le soleil se montre de temps en temps à travers le voile de vapeurs qui enveloppe toute la montagne. Cet accident, qui me cache un des plus beaux paysages de la terre, sert à redoubler l'horreur de ce lieu. Le Vésuve, séparé par les nuages des pays enchantés qui sont à sa base, a l'air d'être ainsi placé dans le plus profond des déserts, et l'espèce de terreur qu'il inspire n'est point affaiblie par le spectacle d'une ville florissante à ses pieds.

Je propose à mon guide de descendre dans le cratère; il fait quelque difficulté, pour obtenir un peu plus d'argent. Nous convenons d'une somme qu'il veut avoir sur-le-champ. Je la lui donne. Il dépouille son habit; nous marchons quelque temps sur les bords de l'abîme, pour trouver une ligne moins perpendiculaire et plus facile à descendre. Le guide s'arrête et m'avertit de me préparer. Nous allons nous précipiter.

Nous voilà au fond du gouffre[1]. Je désespère de pouvoir peindre ce chaos.

---

[1] Il n'y a que de la fatigue et peu de danger à descendre dans le cratère du Vésuve. Il faudrait avoir le malheur d'y être surpris par une éruption. Les dernières éruptions ont changé la forme du cône.

Qu'on se figure un bassin d'un mille de tour et de trois cents pieds d'élévation, qui va s'élargissant en forme d'entonnoir. Ses bords ou ses parois intérieures sont sillonnés par le fluide de feu que ce bassin a contenu, et qu'il a versé au dehors. Les parties saillantes de ces sillons ressemblent aux jambages de briques dont les Romains appuyaient leurs énormes maçonneries. Des rochers sont suspendus dans quelques parties du contour, et leurs débris, mêlés à une pâte de cendres, recouvrent l'abîme.

Ce fond du bassin est labouré de différentes manières. A peu près au milieu sont creusés trois puits ou petites bouches nouvellement ouvertes, qui vomirent des flammes pendant le séjour des Français à Naples, en 1798.

Des fumées transpirent à travers les pores du gouffre, surtout du côté de la *Torre del Greco*. Dans le flanc opposé, vers Caserte, j'aperçois une flamme. Quand vous enfoncez la main dans les cendres, vous les trouvez brûlantes à quelques pouces de profondeur sous la surface.

La couleur générale du gouffre est celle d'un charbon éteint. Mais la nature sait répandre des grâces jusque sur les objets les plus horribles : la lave, en quelques endroits, est peinte d'azur, d'outremer, de jaune et d'orangé. Des blocs de granit, tourmentés et tordus par l'action du feu, se sont recourbés à leurs extrémités, comme des palmes et des feuilles d'acanthe. La matière volcanique, refroidie sur les rocs vifs autour desquels elle a coulé, forme çà et là des rosaces, des girandoles, des rubans ; elle affecte aussi des figures de plantes et d'animaux, et imite les dessins variés que l'on découvre dans les agates. J'ai remarqué sur un rocher bleuâtre un cigne de lave blanche parfaitement modelé ; vous eussiez juré voir ce bel oiseau dormant sur une eau paisible, la tête cachée sous son aile, et son long cou allongé sur son dos comme un rouleau de soie :

Ad vada Meandri concinit albus olor.

Je retrouve ici ce silence absolu que j'ai observé autrefois, à midi, dans les forêts de l'Amérique, lorsque, retenant mon haleine, je n'entendais que le bruit de mes artères dans mes tempes et le battement de mon cœur. Quelquefois seulement des bouffées de vent, tombant du haut du cône au fond du cratère, mugissent dans mes vêtements ou sifflent dans mon bâton ; j'entends aussi rouler quelques pierres que mon guide fait fuir sous ses pas en gravissant les cendres. Un écho confus, semblable au frémissement du métal ou du verre, prolonge le bruit de la chute, et puis tout se tait. Comparez ce silence de mort aux

détonations épouvantables qui ébranlaient ces mêmes lieux lorsque le volcan vomissait le feu de ses entrailles et couvrait la terre de ténèbres.

On peut faire ici des réflexions philosophiques, et prendre en pitié les choses humaines. Qu'est-ce en effet que ces révolutions si fameuses des empires, auprès de ces accidents de la nature, qui changent la face de la terre et des mers? Heureux du moins si les hommes n'employaient pas à se tourmenter mutuellement le peu de jours qu'ils ont à passer ensemble! Le Vésuve n'a pas ouvert une seule fois ses abîmes pour dévorer les cités, que ses fureurs n'aient surpris les peuples au milieu du sang et des larmes. Quels sont les premiers signes de civilisation, les premières marques du passage des hommes que l'on a retrouvés sous les cendres éteintes du volcan? Des instruments de supplice, des squelettes enchaînés[1].

Les temps varient, et les destinées humaines ont la même inconstance. *La vie*, dit la chanson grecque, *fuit comme la roue d'un char* :

$$\text{Τροχὸς ἅρματος γὰρ οἶα}$$
$$\text{Βίοτος τρέχει κυλισθείς.}$$

Pline a perdu la vie pour avoir voulu contempler de loin le volcan dans le cratère duquel je suis tranquillement assis. Je regarde fumer l'abîme autour de moi. Je songe qu'à quelques toises de profondeur j'ai un gouffre de feu sous mes pieds ; je songe que le volcan pourrait s'ouvrir et me lancer en l'air avec des quartiers de marbre fracassés.

Quelle providence m'a conduit dans ce lieu? Par quel hasard les tempêtes de l'océan américain m'ont-elles jeté aux champs de Lavinie : *Lavinaque venit littora?* Je ne puis m'empêcher de faire un retour sur les agitations de cette vie, « où les choses, dit saint Augustin, sont pleines de misères, et l'espérance, vide de bonheur : *Rem plenam miseriæ, spem beatitudinis inanem.* » Né sur les rochers de l'Armorique, le premier bruit qui a frappé mon oreille en venant au monde est celui de la mer ; et sur combien de rivages n'ai-je pas vu depuis se briser ces mêmes flots que je retrouve ici?

Qui m'eût dit, il y a quelques années, que j'entendrais gémir aux tombeaux de Scipion et de Virgile ces vagues qui se déroulaient à mes pieds sur les côtes de l'Angleterre, ou sur les grèves du Maryland? Mon nom est dans la cabane du Sauvage de la Floride ; le voilà sur le

[1] Pompéi.

livre de l'ermite du Vésuve. Quand déposerai-je à la porte de mes pères le bâton et le manteau du voyageur?

O patria! o divum domus ilium!

— •◦• —

PATRIA, OU LITERNE.

6 janvier 1804

Sorti de Naples par la grotte du Pausilippe, j'ai roulé une heure en calèche dans la campagne; après avoir traversé de petits chemins ombragés, je suis descendu de voiture pour chercher à pied *Patria*, l'ancienne Literne. Un bocage de peupliers s'est d'abord présenté à moi, ensuite des vignes et une plaine semée de blé. La nature était belle, mais triste. A Naples, comme dans l'État romain, les cultivateurs ne sont guère aux champs qu'au temps des semailles et des moissons; après quoi ils se retirent dans les faubourgs des villes ou dans de grands villages. Les campagnes manquent ainsi de hameaux, de troupeaux, d'habitants, et n'ont point le mouvement rustique de la Toscane, du Milanais et des contrées transalpines. J'ai pourtant rencontré aux environs de *Patria* quelques fermes agréablement bâties: elles avaient dans leur cour un puits orné de fleurs et accompagné de deux pilastres, que couronnaient des aloès dans des paniers. Il y a dans ce pays un goût naturel d'architecture, qui annonce l'ancienne patrie de la civilisation et des arts.

Des terrains humides semés de fougères, attenant à des fonds boisés, m'ont rappelé les aspects de la Bretagne. Qu'il y a déjà longtemps que j'ai quitté mes bruyères natales! On vient d'abattre un vieux bois de chênes et d'ormes parmi lesquels j'ai été élevé: je serais tenté de pousser des plaintes, comme ces êtres dont la vie était attachée aux arbres de la magique forêt du Tasse.

J'ai aperçu de loin, au bord de la mer, la tour que l'on appelle *Tour de Scipion*. A l'extrémité d'un corps de logis que forment une chapelle et une espèce d'auberge, je suis entré dans un camp de pêcheurs: ils étaient occupés à raccommoder leurs filets au bord d'une pièce d'eau. Deux d'entre eux m'ont amené un bateau et m'ont débarqué près d'un pont, sur le terrain de la tour. J'ai passé des dunes, où croissent des lauriers, des myrtes et des oliviers nains. Monté, non sans peine, au haut de la tour qui sert de point de reconnaissance aux vaisseaux,

mes regards ont erré sur cette mer que Scipion avait contemplée tant
de fois. Quelques débris des voûtes appelées *Grottes de Scipion* se sont
offerts à mes recherches religieuses; je foulais, saisi de respect, la
terre qui couvrait les os de celui dont la gloire cherchait la solitude. Je
n'aurai de commun avec ce grand citoyen que ce dernier exil dont aucun homme n'est rappelé.

BAIES.

9 janvier.

Vue du haut de Monte-Nuovo: culture au fond de l'entonnoir;
myrtes et élégantes bruyères.

Lac Averne: il est de forme circulaire, et enfoncé dans un bassin de
montagnes; ses bords sont parés de vignes à haute tige. L'antre de la Sibylle est placé vers le midi, dans le flanc des falaises, auprès d'un bois.
J'ai entendu chanter les oiseaux, et je les ai vus voler autour de l'antre,
malgré les vers de Virgile :

> Quam super haud ullæ poterant impune volantes
> Tendere iter pennis. . . . .

Quant au *rameau d'or*, toutes les colombes du monde me l'auraient
montré, que je n'aurais su le cueillir.

Le lac Averne communiquait au lac Lucrin : restes de ce dernier lac
dans la mer; restes du pont Julia.

On s'embarque et l'on suit la digue jusqu'aux bains de Néron. J'ai fait
cuire des œufs dans le Phlégéton. Rembarqué en sortant des bains de
Néron; tourne le promontoire : sur une côte abandonnée gisent, battues
par les flots, les ruines d'une multitude de bains et de *villa* romaines.
Temples de Vénus, de Mercure, de Diane; tombeaux d'Agrippine, etc.
Baies fut l'Élysée de Virgile et l'Enfer de Tacite.

HERCULANUM PORTICI POMPEIA.

11 janvier.

La lave a rempli Herculanum, comme le plomb fondu rempli les
concavités d'un moule.

Portici est un magasin d'antiques.

Il y a quatre parties découvertes à Pompeïa : 1° le temple, le quartier des soldats, les théâtres ; 2° une maison nouvellement déblayée par les Français ; 3° un quartier de la ville ; 4° la maison hors de la ville.

La tour de Pompeïa est d'environ quatre milles. Quartier des soldats, espèce de cloître autour duquel régnaient quarante-deux chambres ; quelques mots latins estropiés et mal orthographiés barbouillés sur les murs. Près de là étaient des squelettes enchaînés : « Ceux qui « étaient autrefois enchaînés ensemble, dit Job, ne souffrent plus, et « ils n'entendent plus la voix de l'exacteur. »

Un petit théâtre : vingt et un gradins en demi-cercle, les corridors derrière. Un grand théâtre : trois portes pour sortir de la scène dans le fond, et communiquant aux chambres des acteurs. Trois rangs marqués pour les gradins ; celui du bas plus large et en marbre. Les corridors derrière, larges et voûtés.

On entrait par le corridor au haut du théâtre, et l'on descendait dans la salle par les vomitoires. Six portes s'ouvraient dans ce corridor. Viennent, non loin de là, un portique carré de soixante colonnes, et d'autres colonnes en ligne droite, allant du midi au nord ; dispositions que je n'ai pas bien comprises.

On trouve deux temples : l'un de ces temples offre trois autels et un sanctuaire élevé.

La maison découverte par les Français est curieuse : les chambres à coucher, excessivement exiguës, sont peintes en bleu ou en jaune, et décorées de petits tableaux à fresque. On voit dans ces tableaux un personnage romain, un Apollon jouant de la lyre, des paysages, des perspectives de jardins et de villes. Dans la plus grande chambre de cette maison, une peinture représente Ulysse fuyant les Sirènes : le fils de Laërte, attaché au mât de son vaisseau, écoute trois Sirènes placées sur les rochers ; la première touche la lyre, la seconde sonne une espèce de trompette, la troisième chante.

On entre dans la partie la plus anciennement découverte de Pompeïa par une rue d'environ quinze pieds de large ; des deux côtés sont des trottoirs ; le pavé garde la trace des roues en divers endroits. La rue est bordée de boutiques et de maisons dont le premier étage est tombé. Dans deux de ces maisons se voient les choses suivantes :

Une chambre de chirurgien et une chambre de toilette avec des peintures analogues.

On m'a fait remarquer un moulin à blé et les marques d'un instrument tranchant sur la pierre de la boutique d'un charcutier ou d'un boulanger, je ne sais plus lequel.

La rue conduit à une porte de la cité où l'on a mis à nu une portion des murs d'enceinte. A cette porte commençait la file des sépulcres qui bordaient le chemin public.

Après avoir passé la porte, on rencontre la maison de campagne si connue. Le portique qui entoure le jardin de cette maison est composé de piliers carrés, groupés trois par trois. Sous ce premier portique, il en existe un second : c'est là que fut étouffée la jeune femme dont le sein s'est imprimé dans le morceau de terre que j'ai vu à Portici : la mort, comme un statuaire, a moulé sa victime.

Pour passer d'une partie découverte de la cité à une autre partie découverte, on traverse un riche sol cultivé ou planté de vignes. La chaleur était considérable, la terre, riante de verdure et émaillée de fleurs [1].

En parcourant cette cité des morts, une idée me poursuivait. A mesure que l'on déchausse quelque édifice à Pompeia, on enlève ce que donne la fouille, ustensiles de ménage, instruments de divers métiers, meubles, statues, manuscrits, etc., et l'on entasse le tout au *Musée Portici*. Il y aurait, selon moi, quelque chose de mieux à faire : ce serait de laisser les choses dans l'endroit où on les trouve et comme on les trouve, de remettre des toits, des plafonds, des planchers et des fenêtres, pour empêcher la dégradation des peintures et des murs ; de relever l'ancienne enceinte de la ville ; d'en clore les portes ; enfin d'y établir une garde de soldats avec quelques savants versés dans les arts. Ne serait-ce pas là le plus merveilleux musée de la terre? Une ville romaine conservée tout entière, comme si ses habitants venaient d'en sortir un quart d'heure auparavant !

On apprendrait mieux l'histoire domestique du peuple romain, l'état de la civilisation romaine dans quelques promenades à Pompeia restaurée, que par la lecture de tous les ouvrages de l'antiquité. L'Europe entière accourrait : les frais qu'exigerait la mise en œuvre de ce plan seraient amplement compensés par l'affluence des étrangers à Naples. D'ailleurs rien n'obligerait d'exécuter ce travail à la fois : on continuerait lentement, mais régulièrement, les fouilles ; il ne faudrait qu'un peu de brique, d'ardoise, de plâtre, de pierre, de bois de charpente et de menuiserie pour les employer en proportion du déblai. Un architecte habile suivrait, quant aux restaurations, le style local dont il trouverait des modèles dans les paysages peints sur les murs mêmes des maisons de Pompeia.

[1] Je donne à la fin de ce Voyage des notices curieuses sur Pompeia, et qui complètent ma description.

V — XXIX 21

Ce que l'on fait aujourd'hui me semble funeste : ravies à leurs places naturelles, les curiosités les plus rares s'ensevelissent dans des cabinets où elles ne sont plus en rapport avec les objets environnants. D'une autre part, les édifices découverts à Pompeïa tomberont bientôt : les cendres qui les engloutirent les ont conservés ; ils périront à l'air, si on ne les entretient ou on ne les répare.

En tous pays les monuments publics, élevés à grands frais avec des quartiers de granit et de marbre, ont seuls résisté à l'action du temps ; mais les habitations domestiques, les *villes* proprement dites, se sont écroulées, parce que la fortune des simples particuliers ne leur permet pas de bâtir pour les siècles.

A M. DE FONTANES.

Rome, le 10 janvier 1804.

J'arrive de Naples, mon cher ami, et je vous porte un fruit de mon voyage, sur lequel vous avez des droits : quelques feuilles du laurier du tombeau de Virgile. « *Tenet nunc Parthenope.* » Il y a longtemps que j'aurais dû vous parler de cette terre classique, faite pour intéresser un génie tel que le vôtre : mais diverses raisons m'en ont empêché. Cependant je ne veux pas quitter Rome sans vous dire au moins quelques mots de cette ville fameuse. Nous étions convenus que je vous écrirais au hasard et sans suite tout ce que je penserais de l'Italie, comme je vous disais autrefois l'impression que faisaient sur mon cœur les solitudes du Nouveau Monde. Sans autre préambule, je vais donc essayer de vous peindre les *dehors* de Rome, ses campagnes et ses ruines.

Vous avez lu tout ce qu'on a écrit sur ce sujet ; mais je ne sais si les voyageurs vous ont donné une idée bien juste du tableau que présente la campagne de Rome. Figurez-vous quelque chose de la désolation de Tyr et de Babylone, dont parle l'Écriture ; un silence et une solitude aussi vastes que le bruit et le tumulte des hommes qui se pressaient jadis sur ce sol. On croit y entendre retentir cette malédiction du prophète : *Venient tibi duo hæc subito in die una, sterilitas et viduitas* [1]. Vous apercevez çà et là quelques bouts de voies romaines dans des lieux où il ne passe plus personne, quelques traces desséchées des tor-

---

[1] Deux choses te viendront à la fois dans un seul jour, stérilité et veuvage. (ISAÏE.)

rents de l'hiver : ces traces, vues de loin, ont elles-mêmes l'air de
grands chemins battus et fréquentés, et elles ne sont que le lit désert
d'une onde orageuse qui s'est écoulée comme le peuple romain. A peine
découvrez-vous quelques arbres, mais partout s'élèvent des ruines
d'aqueducs et de tombeaux ; ruines qui semblent être les forêts et les
plantes indigènes d'une terre composée de la poussière des morts et des
débris des empires. Souvent, dans une grande plaine, j'ai cru voir de
riches moissons ; je m'en approchais : des herbes flétries avaient trompé
mon œil. Parfois, sous ces moissons stériles, vous distinguez les traces
d'une ancienne culture. Point d'oiseaux, point de laboureurs, point de
mouvements champêtres, point de mugissements de troupeaux, point
de villages. Un petit nombre de fermes délabrées se montrent sur la
nudité des champs, les fenêtres et les portes en sont fermées ; il n'en
sort ni fumée, ni bruit, ni habitants. Une espèce de Sauvage, presque
nu, pâle et miné par la fièvre, garde ces tristes chaumières, comme
les spectres qui, dans nos histoires gothiques, défendent l'entrée des
châteaux abandonnés. Enfin l'on dirait qu'aucune nation n'a osé suc-
céder aux maîtres du monde dans leur terre natale, et que ces champs
sont tels que les a laissés le soc de Cincinnatus, ou la dernière charrue
romaine.

C'est du milieu de ce terrain inculte, que domine et qu'attriste encore
un monument appelé par la voix populaire le *Tombeau de Néron* [1],
que s'élève la grande ombre de la Ville éternelle. Déchue de sa puissance terrestre, elle semble, dans son orgueil, avoir voulu s'isoler :
elle s'est séparée des autres cités de la terre ; et, comme une reine
tombée du trône, elle a noblement caché ses malheurs dans la solitude.

Il me serait impossible de vous dire ce qu'on éprouve lorsque Rome
vous apparaît tout à coup au milieu de ses royaumes vides, *inania re-
gna*, et qu'elle a l'air de se lever pour vous de la tombe où elle était
couchée. Tâchez de vous figurer ce trouble et cet étonnement qui sai-
sissaient les prophètes, lorsque Dieu leur envoyait la vision de quelque
cité à laquelle il avait attaché les destinées de son peuple : *Quasi as-
pectus splendoris* [2]. La multitude des souvenirs, l'abondance des sentiments, vous oppressent ; votre âme est bouleversée à l'aspect de
cette Rome qui a recueilli deux fois la succession du monde, comme
héritière de Saturne et de Jacob [3].

---

[1] Le véritable tombeau de Néron était à la porte *du peuple*, dans l'endroit même où l'on a bâti
depuis l'église de *Santa Maria del Popolo*.

[2] « C'était comme une vision de splendeur. » (ÉZECH.)

[3] Montaigne décrit ainsi la campagne de Rome, telle qu'elle était il y a environ deux cents ans :
« Nous avions loin, sur nostre main gauche, l'Apennin, le prospect du pays mal plaisant, bossé,

Vous croirez peut-être, mon cher ami, d'après cette description, qu'il n'y a rien de plus affreux que les campagnes romaines? Vous vous tromperiez beaucoup; elles ont une inconcevable grandeur : on est toujours prêt, en les regardant, à s'écrier avec Virgile :

> Salve, magna parens frugum, Saturnia tellus,
> Magna virum ! !

Si vous les voyez en économiste, elles vous désoleront ; si vous les contemplez en artiste, en poëte, et même en philosophe, vous ne voudriez peut-être pas qu'elles fussent autrement. L'aspect d'un champ de blé ou d'un coteau de vignes ne vous donnerait pas d'aussi fortes émotions que la vue de cette terre dont la culture moderne n'a pas rajeuni le sol, et qui est demeurée antique comme les ruines qui la couvent.

Rien n'est comparable pour la beauté aux lignes de l'horizon romain, à la douce inclinaison des plans, aux contours suaves et fuyants des montagnes qui le terminent. Souvent les vallées dans la campagne prennent la forme d'une arène, d'un cirque, d'un hippodrome ; les coteaux sont taillés en terrasses, comme si la main puissante des Romains avait remué toute cette terre. Une vapeur particulière, répandue dans les lointains, arrondit les objets et dissimule ce qu'ils pourraient avoir de dur ou de heurté dans leurs formes. Les ombres ne sont jamais lourdes et noires ; il n'y a pas de masses si obscures de rochers et de feuillages, dans lesquelles il ne s'insinue toujours un peu de lumière. Une teinte singulièrement harmonieuse marie la terre, le ciel et les eaux : toutes les surfaces, au moyen d'une gradation insensible de couleurs, s'unissent par leurs extrémités, sans qu'on puisse déterminer le point où une nuance finit et où l'autre commence. Vous avez sans doute admiré dans les paysages de Claude Lorrain cette lumière qui semble idéale et plus belle que nature ? et bien ! c'est la lumière de Rome !

Je ne me lassais point de voir à la *villa* Borgèse le soleil se coucher sur les cyprès du mont Marius et sur les pins de la *villa* Pamphili, plantés par Le Nostre. J'ai souvent aussi remonté le Tibre à Ponte-Mole, pour jouir de cette grande scène de la fin du jour. Les sommets des montagnes de la Sabine apparaissent alors de lapis-lazuli et d'opale, tandis que leurs bases et leurs flancs sont noyés dans une vapeur d'une

---

« plein de profondes fondaces, incapable d'y recevoir nulle conduite de gens de guerre en ordon-
« nance : le terroir nu, sans arbres, une bonne partie stérile, le pays fort ouvert tout autour, et
« plus de dix milles à la ronde ; et quasi tout de cette sorte, fort peu peuplé de maisons. »
« Salut, terre féconde, terre de Saturne, mère des grands hommes ! »

teinte violette et purpurine. Quelquefois de beaux nuages comme des chars légers, portés sur le vent du soir avec une grâce inimitable, font comprendre l'apparition des habitants de l'Olympe sous ce ciel mythologique; quelquefois l'antique Rome semble avoir étendu dans l'occident toute la pourpre de ses consuls et de ses césars, sous les derniers pas du dieu du jour. Cette riche décoration ne se retire pas aussi vite que dans nos climats : lorsque vous croyez que ses teintes vont s'effacer, elle se ranime sur quelque autre point de l'horizon; un crépuscule succède à un crépuscule, et la magie du couchant se prolonge. Il est vrai qu'à cette heure du repos des campagnes, l'air ne retentit plus de chants bucoliques; les bergers n'y sont plus, *Dulcia linquimus arva!* mais en voit encore les *grandes victimes du Clytumne*, des bœufs blancs ou des troupeaux de cavales demi-sauvages qui descendent au bord du Tibre et viennent s'abreuver dans ses eaux. Vous vous croiriez transporté au temps des vieux Sabins ou au siècle de l'Arcadien Évandre, ποιμένες λαῶν[1], alors que le Tibre s'appelait *Albula*[2], et que le pieux Énée remonta ses ondes inconnues.

Je conviendrai toutefois que les sites de Naples sont peut-être plus éblouissants que ceux de Rome : lorsque le soleil enflammé, ou que la lune large et rougie, s'élève au-dessus du Vésuve, comme un globe lancé par le volcan, la baie de Naples avec ses rivages bordés d'orangers, les montagnes de la Pouille, l'île de Caprée, la côte du Pausilippe, Baïes, Misène, Cumes, l'Averne, les Champs-Élysées, et toute cette terre Virgilienne, présentent un spectacle magique; mais il n'a pas selon moi le *grandiose* de la campagne romaine. Du moins est-il certain que l'on s'attache prodigieusement à ce sol fameux. Il y a deux mille ans que Cicéron se croyait exilé sous le ciel de l'Asie, et qu'il écrivait à ses amis : *Urbem, mi Rufi, cole; in ista luce vive*[3]. Cet attrait de la belle Ausonie est encore le même. On cite plusieurs exemples de voyageurs qui, venus à Rome dans le dessein d'y passer quelques jours, y sont demeurés toute leur vie. Il fallut que le Poussin vint mourir sur cette terre des beaux paysages : au moment même où je vous écris, j'ai le bonheur d'y connaître M. d'Agincourt, qui y vit seul depuis vingt-cinq ans, et qui promet à la France d'avoir aussi son *Winckelman*.

Quiconque s'occupe uniquement de l'étude de l'antiquité et des arts, ou quiconque n'a plus de liens dans la vie, doit venir demeurer à Rome.

---

[1] « Pasteurs des peuples. » (HOMÈRE.)

[2] *Vid.* TIT.-LIV.

[3] « C'est à Rome qu'il faut habiter, mon cher Rufus, c'est à cette lumière qu'il faut vivre. » Je crois que c'est dans le premier ou dans le second livre des *Épîtres familières*. Comme j'ai cité partout de mémoire, on voudra bien me pardonner s'il se trouve quelque inexactitude dans les citations.

Là il trouvera pour société une terre qui nourrira ses réflexions et qui occupera son cœur, des promenades qui lui diront toujours quelque chose. La pierre qu'il foulera aux pieds lui parlera, la poussière que le vent élèvera sous ses pas renfermera quelque grandeur humaine. S'il est malheureux, s'il a mêlé les cendres de ceux qu'il aima à tant de cendres illustres, avec quel charme ne passera-t-il pas du sépulcre des Scipions au dernier asile d'un ami vertueux, du charmant tombeau de *Cecilia Metella* au modeste cercueil d'une femme infortunée! il pourra croire que ces mânes chéris se plaisent à errer autour de ces monuments avec l'ombre de Cicéron, pleurant encore sa chère Tullie, ou d'Agrippine encore occupée de l'urne de Germanicus. S'il est chrétien, ah! comment pourrait-il alors s'arracher de cette terre qui est devenue sa patrie, de cette terre qui a vu naître un second empire, plus saint dans son berceau, plus grand dans sa puissance que celui qui l'a précédé; de cette terre où les amis que nous avons perdus, dormant avec les martyrs aux catacombes, sous l'œil du Père des fidèles, paraissent devoir se réveiller les premiers dans leur poussière, et semblent plus voisins des cieux?

Quoique Rome, vue intérieurement, offre l'aspect de la plupart des villes européennes, toutefois elle conserve encore un caractère particulier : aucune autre cité ne présente un pareil mélange d'architecture et de ruines, depuis le Panthéon d'Agrippa jusqu'aux murailles de Bélisaire, depuis les monuments apportés d'Alexandrie jusqu'au dôme élevé par Michel-Ange. La beauté des femmes est un autre trait distinctif de Rome : elles rappellent par leur port et leur démarche les Clélie et les Cornélie; on croirait voir des statues antiques de Junon ou de Pallas, descendues de leur piédestal et se promenant autour de leurs temples. D'une autre part, on retrouve chez les Romains ce *ton des chairs* auquel les peintres ont donné le nom de *couleur historique*, et qu'ils emploient dans leurs tableaux. Il est naturel que des hommes dont les aïeux ont joué un si grand rôle sur la terre aient servi de modèle ou de type aux Raphaël et aux Dominiquin, pour représenter les personnages de l'histoire.

Une autre singularité de la ville de Rome, ce sont les troupeaux de chèvres, et surtout ces attelages de grands bœufs aux cornes énormes, couchés au pied des obélisques égyptiens, parmi les débris du Forum, et sous les arcs où ils passaient autrefois pour conduire le triomphateur romain à ce Capitole que Cicéron appelle *le Conseil public de l'Univers* :

> Romanos ad templa Deum duxere triumphos.

A tous les bruits ordinaires des grandes cités, se mêle ici le bruit

des eaux que l'on entend de toutes parts, comme si l'on était auprès
des fontaines de Blandusie ou d'Égérie. Du haut des collines renfermées dans l'enceinte de Rome, ou à l'extrémité de plusieurs rues,
vous apercevez la campagne en perspective, ce qui mêle la ville et les
champs d'une manière pittoresque. En hiver les toits des maisons sont
couverts d'herbes, comme les toits de chaume de nos paysans. Ces
diverses circonstances contribuent à donner à Rome je ne sais quoi de
rustique, qui va bien à son histoire : ses premiers dictateurs conduisaient la charrue; elle dut l'empire du monde à des laboureurs, et le
plus grand de ses poètes ne dédaigna pas d'enseigner l'art d'Hésiode
aux enfants de Romulus :

> Ascræumque cano romana per oppida carmen.

Quant au Tibre, qui baigne cette grande cité, et qui en partage la
gloire, sa destinée est tout à fait bizarre. Il passe dans un coin de Rome
comme s'il n'y était pas; on n'y daigne pas jeter les yeux, on n'en
parle jamais; on ne boit point ses eaux, les femmes ne s'en servent
pas pour laver; il se dérobe entre de méchantes maisons qui le
cachent, et court se précipiter dans la mer, honteux de s'appeler *le
Tevere*.

Il faut maintenant, mon cher ami, vous dire quelque chose de ces
ruines dont vous m'avez recommandé de vous parler, et qui font une
si grande partie des *dehors* de Rome : je les ai vues en détail, soit à
Rome, soit à Naples, excepté pourtant les temples de Pæstum, que je
n'ai pas eu le temps de visiter. Vous sentez que ces ruines doivent
prendre différents caractères, selon les souvenirs qui s'y attachent.

Dans une belle soirée du mois de juillet dernier, j'étais allé m'asseoir
au Colisée, sur la marche d'un des autels consacrés aux douleurs de la
Passion. Le soleil qui se couchait versait des fleuves d'or par toutes
ces galeries où roulait jadis le torrent des peuples; de fortes ombres
sortaient en même temps de l'enfoncement des loges et des corridors,
ou tombaient sur la terre en larges bandes noires. Du haut des massifs
de l'architecture j'apercevais, entre les ruines du côté droit de l'édifice, le jardin du palais des Césars, avec un palmier qui semble être
placé tout exprès sur ces débris pour les peintres et les poètes. Au
lieu des cris de joie que des spectateurs féroces poussaient jadis dans
cet amphithéâtre, en voyant déchirer des chrétiens par des lions, on
n'entendait que les aboiements des chiens de l'ermite qui garde ces
ruines. Mais aussitôt que le soleil disparut à l'horizon, la cloche du
dôme de Saint-Pierre retentit sous les portiques du Colisée. Cette correspondance établie par des sons religieux entre les deux plus grands

monuments de Rome païenne et de Rome chrétienne me causa une vive émotion : je songeai que l'édifice moderne tomberait comme l'édifice antique ; je songeai que les monuments se succèdent comme les hommes qui les ont élevés ; je rappelai dans ma mémoire que ces mêmes Juifs qui, dans leur première captivité, travaillèrent aux pyramides de l'Égypte et aux murailles de Babylone, avaient, dans leur dernière dispersion, bâti cet énorme amphithéâtre. Les voûtes qui répétaient les sons de la cloche chrétienne étaient l'ouvrage d'un empereur païen marqué dans les prophéties pour la destruction finale de Jérusalem. Sont-ce là d'assez hauts sujets de méditation, et croyez-vous qu'une ville où de pareils effets se reproduisent à chaque pas soit digne d'être vue ?

Je suis retourné hier, 9 janvier, au Colisée, pour le voir dans une autre saison, et sous un autre aspect : j'ai été étonné, en arrivant, de ne point entendre l'aboiement des chiens qui se montraient ordinairement dans les corridors supérieurs de l'amphithéâtre, parmi les herbes séchées. J'ai frappé à la porte de l'ermitage pratiqué dans le cintre d'une loge ; on ne m'a point répondu : l'ermite est mort. L'inclémence de la saison, l'absence du bon solitaire, des chagrins récents, ont redoublé pour moi la tristesse de ce lieu ; j'ai cru voir les décombres d'un édifice que j'avais admiré quelques jours auparavant dans toute son intégrité et toute sa fraîcheur. C'est ainsi, mon très-cher ami, que nous sommes avertis à chaque pas de notre néant : l'homme cherche au dehors des raisons pour s'en convaincre ; il va méditer sur les ruines des empires, il oublie qu'il est lui-même une ruine encore plus chancelante, et qu'il sera tombé avant ces débris [1]. Ce qui achève de rendre notre vie le *songe d'une ombre* [2], c'est que nous ne pouvons pas même espérer de vivre longtemps dans le souvenir de nos amis, puisque leur cœur, où s'est gravée notre image, est, comme l'objet dont il retient les traits, une argile sujette à se dissoudre. On m'a montré à Portici un morceau de cendres du Vésuve, friable au toucher, et qui conserve l'empreinte, chaque jour plus effacée, du sein et du bras d'une jeune femme ensevelie sous les ruines de Pompeia ; c'est une image assez juste, bien qu'elle ne soit pas encore assez vaine, de la trace que notre mémoire laisse dans le cœur des hommes, *cendre et poussière* [3].

Avant de partir pour Naples, j'étais allé passer quelques jours seul à Tivoli ; je parcourus les ruines des environs, et surtout celles de la

---

[1] L'homme à qui cette lettre est adressée n'est plus !

(*Note de l'édition de 1827*.)

[2] PINDARE.

[3] JOB.

villa Adriana. Surpris par la pluie, au milieu de ma course, je me réfugiai dans les salles des Thermes voisins du Pœcile[1], sous un figuier qui avait renversé le pan d'un mur en croissant. Dans un petit salon octogone, une vigne vierge perçait la voûte de l'édifice, et son gros cep lisse, rouge et tortueux, montait le long du mur comme un serpent. Tout autour de moi, à travers les arcades des ruines, s'ouvraient des points de vue sur la campagne romaine. Des buissons de sureau remplissaient les salles désertes où venaient se réfugier quelques merles. Les fragments de maçonnerie étaient tapissés de feuilles de scolopendre, dont la verdure satinée se dessinait comme un travail en mosaïque sur la blancheur des marbres. Çà et là de hauts cyprès remplaçaient les colonnes tombées dans ce palais de la mort; l'acanthe sauvage rampait à leurs pieds, sur des débris, comme si la nature s'était plu à reproduire sur les chefs-d'œuvre mutilés de l'architecture l'ornement de leur beauté passée. Les salles diverses et les sommités des ruines ressemblaient à des corbeilles et à des bouquets de verdure : le vent agitait les guirlandes humides, et toutes les plantes s'inclinaient sous la pluie du ciel.

Pendant que je contemplais ce tableau, mille idées confuses se pressaient dans mon esprit : tantôt j'admirais, tantôt je détestais la grandeur romaine; tantôt je pensais aux vertus, tantôt aux vices de ce propriétaire du monde, qui avait voulu rassembler une image de son empire dans son jardin. Je rappelais les événements qui avaient renversé cette *villa* superbe ; je la voyais dépouillée de ses plus beaux ornements par le successeur d'Adrien ; je voyais les Barbares y passer comme un tourbillon, s'y cantonner quelquefois, et, pour se défendre dans ces mêmes monuments qu'ils avaient à moitié détruits, couronner l'ordre grec et toscan du créneau gothique ; enfin, des religieux chrétiens, ramenant la civilisation dans ces lieux, plantaient la vigne et conduisaient la charrue dans le *temple des Stoïciens* et les *salles de l'Académie*[2]. Le siècle des arts renaissait, et de nouveaux souverains achevaient de bouleverser ce qui restait encore des ruines de ces palais, pour y trouver quelques chefs-d'œuvre des arts. A ces diverses pensées se mêlait une voix intérieure qui me répétait ce qu'on a cent fois écrit sur la vanité des choses humaines. Il y a même double vanité dans les monuments de la *villa Adriana*; ils n'étaient, comme on sait, que les imitations d'autres monuments répandus dans les provinces de l'empire romain : le véritable

[1] Monuments de la *villa*. Voyez plus haut la description de Tivoli et de la *villa Adriana*, pag. 133 et suivantes.

[2] Monuments de la *villa*. Voyez la description de cette *villa*, pag. 140.

temple de Sérapis à Alexandrie, la véritable Académie à Athènes, n'existent plus ; vous ne voyez donc dans les copies d'Adrien que des ruines de ruines.

Il faudrait maintenant, mon cher ami, vous décrire le temple de la Sibylle, à Tivoli, et l'élégant temple de Vesta, suspendu sur la cascade ; mais le loisir me manque. Je regrette de ne pouvoir vous peindre cette cascade célébrée par Horace : j'étais là dans vos domaines, vous l'héritier de l'ἀφέλεια des Grecs, ou du *simplex munditiis*[1] du chantre de l'*Art poétique ;* mais je l'ai vue dans une saison triste, et je n'étais pas moi-même fort gai[2]. Je vous dirai plus : j'ai été importuné du bruit des eaux, de ce bruit qui m'a tant de fois charmé dans les forêts américaines. Je me souviens encore du plaisir que j'éprouvais lorsque, la nuit, au milieu du désert, mon bûcher à demi éteint, mon guide dormant, mes chevaux paissant à quelque distance, j'écoutais la mélodie des eaux et des vents dans la profondeur des bois. Ces murmures, tantôt plus forts, tantôt plus faibles, croissant et décroissant à chaque instant, me faisaient tressaillir, chaque arbre était pour moi une espèce de lyre harmonieuse dont les vents tiraient d'ineffables accords.

Aujourd'hui je m'aperçois que je suis beaucoup moins sensible à ces charmes de la nature ; je doute que la cataracte de Niagara me causât la même admiration qu'autrefois. Quand on est très-jeune, la nature muette parle beaucoup ; il y a surabondance dans l'homme ; tout son avenir est devant lui (si mon Aristarque veut me passer cette expression) ; il espère communiquer ses sensations au monde, et il se nourrit de mille chimères. Mais dans un âge avancé, lorsque la perspective que nous avions devant nous passe derrière, que nous sommes détrompés sur une foule d'illusions, alors la nature seule devient plus froide et moins parlante, *les jardins parlent peu*[3].

Pour que cette nature nous intéresse encore, il faut qu'il s'y attachent des souvenirs de la société ; nous nous suffisons moins à nous-mêmes : la solitude absolue nous pèse, et nous avons besoin de ces conversations *qui se font le soir à voix basse entre des amis*[4].

Je n'ai point quitté Tivoli sans visiter la maison du poëte que je viens de citer : elle était en face de la *villa* de Mécène ; c'était là qu'il offrait *floribus et vino genium memorem brevis ævi*[5]. L'ermitage ne pouvait pas être grand, car il est situé sur la croupe même du coteau :

[1] « Ego utile simplicitas. » (Hor.)
[2] Voyez la description de Tivoli, page 133.
[3] LA FONTAINE.
[4] HORACE.
[5] « Des fleurs et du vin au génie qui nous rappelle la brièveté de la vie. »

mais on sent qu'on devait être bien à l'abri dans ce lieu, et que tout y était commode quoique petit. Du verger devant la maison l'œil embrassait un pays immense : vraie retraite du poète à qui peu suffit, et qui jouit de tout ce qui n'est pas à lui, *spatio brevi spem longam resseces*[1]. Après tout il est fort aisé d'être philosophe comme Horace. Il avait une maison à Rome, deux *villa* à la campagne, l'une à Utique, l'autre à Tivoli. Il buvait d'un certain vin du consulat de Tullus avec ses amis : son *buffet était couvert d'argenterie;* il disait familièrement au premier ministre du maître de monde : « *Je ne sens point les besoins de la pauvreté, et si je voulais quelque chose de plus, Mécène, tu ne me le refuserais pas.* » Avec cela on peut chanter *Lalagé,* se couronner *de lis, qui vivent peu,* parler de la mort en buvant le falerne, et *livrer au vent les chagrins.*

Je remarque qu'Horace, Virgile, Tibulle, Tite-Live, moururent tous avant Auguste, qui eut en cela le sort de Louis XIV : notre grand prince survécut un peu à son siècle, et se coucha le dernier dans la tombe, comme pour s'assurer qu'il ne restait rien après lui.

Il vous sera sans doute fort indifférent de savoir que la maison de Catulle est placée à Tivoli, au-dessus de la maison d'Horace, et qu'elle sert maintenant de demeure à quelques religieux chrétiens; mais vous trouverez peut-être assez remarquable que l'Arioste soit venu composer ses *fables comiques*[2] au même lieu où Horace s'est joué de toutes les choses de la vie. On se demande avec surprise comment il se fait que le chantre de Roland, retiré chez le cardinal d'Est, à Tivoli, ait consacré ses *divines* folies à la France, et à la France demi-barbare, tandis qu'il avait sous les yeux les sévères monuments et les graves souvenirs du peuple le plus sérieux et le plus civilisé de la terre. Au reste, la *villa* d'Est est la seule *villa* moderne qui m'ait intéressé au milieu des débris des *villa* de tant d'empereurs et de consulaires. Cette maison de Ferrare a eu le bonheur peu commun d'avoir été chantée par les deux plus grands poètes de son temps et les deux plus beaux génies de l'Italie moderne.

> Piacciavi, generose Ercolea prole,
> Ornamento e splendor del secol nostro,
> Ippolito, etc.

C'est ici le cri d'un homme heureux, qui rend grâce à la maison puissante dont il recueille les faveurs, et dont il fait lui-même les dé-

---

[1] « Renferme dans un espace étroit tes longues espérances. » (Hor.)
[2] Boileau.

liées. Le Tasse, plus touchant, fait entendre dans son invocation les accents de la reconnaissance d'un grand homme infortuné :

C'est faire un noble usage du pouvoir que de s'en servir pour protéger les talents exilés et recueillir le mérite fugitif. Arioste et Hippolyte d'Est ont laissé dans les vallons de Tivoli un souvenir qui ne le cède pas en charme à celui d'Horace et de Mécène. Mais que sont devenus les protecteurs et les protégés? Au moment même où j'écris, la maison d'Est vient de s'éteindre; la *villa* du cardinal d'Est tombe en ruine comme celle du ministre d'Auguste : c'est l'histoire de toutes les choses et de tous les hommes.

> Linquenda tellus, et domus, et placens
> Uxor [1].

Je passai presque tout un jour à cette superbe *villa*; je ne pouvais me lasser d'admirer la perspective dont on jouit du haut de ses terrasses : au-dessous de vous s'étendent les jardins avec leurs platanes et leurs cyprès; après les jardins viennent les restes de la maison de Mécène, placée au bord de l'Anio [2]; de l'autre côté de la rivière, sur la colline en face, règne un bois de vieux oliviers, où l'on trouve les débris de la *villa* de Varus [3]; un peu plus loin, à gauche, dans la plaine, s'élèvent les trois monts *Monticelli*, *San-Francesco* et *San-Angelo*, et entre les sommets de ces trois monts voisins apparaît le sommet lointain et azuré de l'antique Soracte; à l'horizon et à l'extrémité des campagnes romaines, en décrivant un cercle par le couchant et le midi, on découvre les hauteurs de Monte-Fiascone, Rome, Civita-Vecchia, Ostie, la mer, Frascati, surmonté des pins de Tusculum; enfin, revenant chercher Tivoli vers le levant, la circonférence entière de cette immense perspective se termine au mont Ripoli, autrefois occupé par les maisons de Brutus et d'Atticus, et au pied duquel se trouve la *villa Adriana* avec toutes ses ruines.

On peut suivre au milieu de ce tableau le cours du Teverone, qui descend vers le Tibre, jusqu'au pont où s'élève le mausolée de la famille *Plautia*, bâti en forme de tour. Le grand chemin de Rome se déroule aussi dans la campagne; c'était l'ancienne voie Tiburtine, autrefois bordée de sépulcres, et le long de laquelle des meules de foin élevées en pyramides imitent encore des tombeaux.

---

[1] « Il faudra quitter la terre, une maison, une épouse chérie. » (Hor.)
[2] Aujourd'hui le *Teverone*.
[3] Le Varus qui fut massacré avec les légions en Germanie. Voyez l'admirable morceau de Tacite.

Il serait difficile de trouver dans le reste du monde une vue plus étonnante et plus propre à faire naître de puissantes réflexions. Je ne parle
pas de Rome, dont on aperçoit les dômes, et qui seule dit tout; je
parle seulement des lieux et des monuments renfermés dans cette vaste
étendue. Voilà la maison où Mécène, rassasié des biens de la terre,
mourut d'une maladie de langueur; Varus quitta ce coteau pour aller
verser son sang dans les marais de la Germanie; Cassius et Brutus
abandonnèrent ces retraites pour bouleverser leur patrie. Sous ces
hauts pins de Frascati, Cicéron dictait ses *Tusculanes*; Adrien fit couler un nouveau Pénée au pied de cette colline, et transporta dans ces
lieux les noms, les charmes et les souvenirs du vallon de Tempé.
Vers cette source de la Solfatare, la reine captive de Palmyre acheva
ses jours dans l'obscurité, et sa ville d'un moment disparut dans le désert. C'est ici que le roi Latinus consulta le dieu Faune dans la forêt
de l'Albunée; c'est ici qu'Hercule avait son temple, et que la sibylle
Tiburtine dictait ses oracles; ce sont là les montagnes des vieux Sabins, les plaines de l'antique Latium; terre de Saturne et de Rhée,
berceau de l'âge d'or, chanté par tous les poëtes; riants coteaux de
Tibur et de Lucrétile, dont le seul génie français a pu retracer les
grâces, et qui attendaient le pinceau du Poussin et de Claude Lorrain.

Je descendis de la *villa* d'Est [1] vers les trois heures après midi; je
passai le Teverone sur le pont de Lupus, pour rentrer à Tivoli par la
porte Sabine. En traversant le bois des vieux oliviers dont je viens de
vous parler, j'aperçus une petite chapelle blanche, dédiée à la madone
Quintilanea, et bâtie sur les ruines de la *villa* de Varus. C'était un
dimanche : la porte de cette chapelle était ouverte, j'y entrai. Je vis
trois petits autels disposés en forme de croix; sur celui du milieu s'é-
levait un grand crucifix d'argent, devant lequel brûlait une lampe suspendue à la voûte. Un seul homme, qui avait l'air très-malheureux,
était prosterné auprès d'un banc; il priait avec tant de ferveur, qu'il
ne leva pas même les yeux sur moi au bruit de mes pas. Je sentis ce
que j'ai mille fois éprouvé en entrant dans une église, c'est-à-dire un
certain *apaisement* des troubles du cœur (pour parler comme nos
vieilles bibles), et je ne sais quel dégoût de la terre. Je me mis à genoux à quelque distance de cet homme, et, inspiré par le lieu, je prononçai cette prière : « Dieu du voyageur, qui avez voulu que le pèlerin
« vous adorât dans cet humble asile bâti sur les ruines du palais d'un

---

[1] On a vu, à la fin de ma description de la *villa Adriana*, que j'annonçais pour le lendemain
une promenade à la *villa* d'Est. Je n'ai point donné le détail particulier de cette promenade, parce
qu'il se trouvait déjà dans ma *Lettre sur Rome*, à M. de Fontanes.

« grand de la terre! Mère de douleur, qui avez établi votre culte de
« miséricorde dans l'héritage de ce Romain infortuné, mort loin de son
« pays dans les forêts de la Germanie! nous ne sommes ici que deux
« fidèles prosternés au pied de votre autel solitaire : accordez à cet in-
« connu, si profondément humilié devant vos grandeurs, tout ce qu'il
« vous demande : faites que les prières de cet homme servent à leur
« tour à guérir mes infirmités, afin que ces deux chrétiens qui sont
« étrangers l'un à l'autre, qui ne se sont rencontrés qu'un instant
« dans la vie, et qui vont se quitter pour ne plus se voir ici-bas, soient
« tout étonnés, en se retrouvant au pied de votre trône, de se devoir
« mutuellement une partie de leur bonheur, par les miracles de leur
« charité. »

Quand je viens à regarder, mon cher ami, toutes les feuilles éparses
sur ma table, je suis épouvanté de mon énorme fatras, et j'hésite à
vous l'envoyer. Je sens pourtant que je ne vous ai rien dit, que j'ai
oublié mille choses que j'aurais dû vous dire. Comment, par exemple,
ne vous ai-je pas parlé de Tusculum, de Cicéron, qui, selon Sénèque,
« fut le seul génie que le peuple romain ait eu d'égal à son empire. »
Illud ingenium quod solum populus romanus par imperio suo habuit.
Mon voyage à Naples, ma descente dans le cratère du Vésuve [1], mes
courses à Pompéia, à Caserte [2], à la Solfatare, au lac Averne, à la
grotte de la Sibylle, auraient pu vous intéresser, etc. Baïes, où se sont
passées tant de scènes mémorables, méritait seule un volume. Il me
semble que je vois encore la tour de Bola, où était placée la maison
d'Agrippine, et où elle dit ce mot sublime aux assassins envoyés par
son fils : *Ventrem feri* [3]. L'île Nisida, qui servit de retraite à Brutus,
après le meurtre de César; le pont de Caligula, la Piscine admirable,
tous ces palais bâtis dans la mer, dont parle Horace, vaudraient bien
la peine qu'on s'y arrêtât un peu. Virgile a placé ou trouvé dans ces
lieux les belles fictions du sixième livre de son *Énéide* : c'est de là
qu'il écrivait à Auguste ces paroles modestes (elles sont, je crois, les
seules lignes de prose que nous connaissions de ce grand homme) :
*Ego vero frequentes a te litteras accipio... De Ænea quidem meo, si
me hercule jam dignum auribus haberem tuis, libenter mitterem ; sed
tanta inchoata res est, ut pene vitio mentis tantum opus ingressus mihi*

---

[1] Il n'y a, comme je l'ai déjà dit dans une autre note, que de la fatigue et aucun danger à descendre dans le cratère du Vésuve. Il faudrait avoir le malheur d'y être surpris par une éruption ;
dans ce cas-là même, si l'on n'était pas emporté par l'explosion, l'expérience a prouvé qu'on peut
encore se sauver sur la lave : comme elle coule avec une extrême lenteur, sa surface se refroidit
assez vite pour qu'on puisse y passer rapidement.

[2] Je n'ai rien retrouvé sur Caserte.

[3] Tacite.

videar ; cum præsertim , ut scis, alia quoque studia ad id opus multo-
que potiora impertiar [1].

Mon pèlerinage au tombeau de Scipion l'Africain est un de ceux qui
ont le plus satisfait mon cœur, bien que j'aie manqué le but de mon
voyage. On m'avait dit que le mausolée existait encore, et qu'on y lisait même le mot *patria*, seul reste de cette inscription qu'on prétend
y avoir été gravée : *Ingrate patrie, tu n'auras pas mes os*. Je me suis
rendu à Patria, l'ancienne Literne : je n'ai point trouvé le tombeau,
mais j'ai erré sur les ruines de la maison que le plus grand et le plus
aimable des hommes habitait dans son exil : il me semblait voir le
vainqueur d'Annibal se promener au bord de la mer sur la côte opposée à celle de Carthage, et se consolant de l'injustice de Rome par les
charmes de l'amitié et le souvenir de ses vertus [2].

[1] Ce fragment se trouve dans Macrobe, mais je ne puis indiquer le livre : je crois pourtant que
c'est le premier des *Saturnales*. Voyez les *Martyrs*, sur le séjour de Baies.

[2] Non-seulement on m'avait dit que ce tombeau existait, mais j'avais lu les circonstances de ce
que je rapporte ici dans je ne sais plus quel voyageur. Cependant les raisons suivantes me font douter de la vérité des faits :

1° Il me paraît que Scipion, malgré les justes raisons de plainte qu'il avait contre Rome, aimait
trop sa patrie pour avoir voulu qu'on gravât cette inscription sur son tombeau : cela semble contraire
à tout ce que nous connaissons du génie des anciens.

2° L'inscription rapportée est conçue presque littéralement dans les termes de l'imprécation que
Tite-Live fait prononcer à Scipion en sortant de Rome : ne serait-ce pas là la source de l'erreur ?

3° Plutarque raconte que l'on trouva près de Gaëte une urne de bronze dans un tombeau de
marbre, où les cendres de Scipion devaient avoir été renfermées, et qui portait une inscription
très-différente de celle dont il s'agit ici.

4° L'ancienne Literne ayant pris le nom de *Patria*, cela a pu donner naissance à ce qu'on a dit du
mot *patria*, resté seul de toute l'inscription du tombeau. Ne serait-ce pas, en effet, un hasard fort
singulier que le lieu se nommât *Patria*, et que le mot *patria* se trouvât aussi sur le monument de
Scipion ? à moins que l'on ne suppose que l'un a pris son nom de l'autre.

Il se peut faire toutefois que des auteurs, que je ne connais pas, aient parlé de cette inscription
de manière à ne laisser aucun doute : il y a même une phrase dans Plutarque qui semble favorable
à l'opinion que je combats. Un homme du plus grand mérite, et qui m'est d'autant plus cher qu'il
est fort malheureux [*], a fait, presque en même temps que moi, le voyage de *Patria*. Nous avons
souvent causé ensemble de ce lieu célèbre ; je ne suis pas bien sûr qu'il m'ait dit avoir vu lui-même
le *tombeau et le mot* (ce qui trancherait la difficulté), ou s'il m'a seulement raconté la tradition
populaire. Quant à moi je n'ai point trouvé le monument, et je n'ai vu que les ruines de la *villa*,
qui sont très peu de chose. (Voyez ci-dessus, pag. 158.)

Plutarque parle de l'opinion de ceux qui plaçaient le tombeau de Scipion auprès de Rome ; mais
ils confondaient évidemment le tombeau *des* Scipions et le tombeau *de* Scipion. Tite-Live affirme
que celui-ci était à Literne, qu'il était surmonté d'une statue, laquelle fut abattue par une tempête, et que lui, Tite-Live, avait vu cette statue. On savait d'ailleurs par Sénèque, Cicéron et
Pline, que l'autre tombeau, c'est-à-dire celui des Scipions, avait existé en effet à une des portes de
Rome. Il a été découvert sous Pie VI ; on en a transporté les inscriptions au musée du Vatican ;
parmi les restes des membres de la famille des Scipions trouvés dans le monument, était-ce de l'Africain lui-même ?

[*] M. de Fontanes, que je puis nommer aujourd'hui, [...] alors exilé, et persécuté par Buonaparte, [...] son
[...] de la maison de Bourbon.

Quant aux Romains modernes, mon cher ami, Duclos me semble avoir de l'humeur lorsqu'il les appelle les *Italiens de Rome*; je crois qu'il y a encore chez eux le fond d'une nation peu commune. On peut découvrir parmi ce peuple, trop sévèrement jugé, un grand sens, du courage, de la patience, du génie, des traces profondes de ses anciennes mœurs, je ne sais quel air de souverain, et quels nobles usages qui sentent encore la royauté. Avant de condamner cette opinion, qui peut vous paraître hasardée, il faudrait entendre mes raisons, et je n'ai pas le temps de vous les donner.

Que de choses me resteraient à vous dire sur la littérature italienne! Savez-vous que je n'ai vu qu'une seule fois le comte Alfieri dans ma vie, et devineriez-vous comment! je l'ai vu mettre dans sa bière! On me dit qu'il n'était presque pas changé. Sa physionomie me parut noble et grave; la mort y ajoutait sans doute une nouvelle sévérité; le cercueil étant un peu trop court, on inclina la tête du défunt sur sa poitrine, ce qui lui fit faire un mouvement formidable. Je tiens de la bonté d'une personne qui lui fut bien chère [1], et de la politesse d'un ami du comte Alfieri, des notes curieuses sur les ouvrages posthumes, les opinions et la vie de cet homme célèbre. La plupart des papiers publics, en France, ne nous ont donné sur tout cela que des renseignements tronqués et incertains. En attendant que je puisse vous communiquer mes notes, je vous envoie l'épitaphe que le comte Alfieri avait faite, en même temps que la sienne, pour sa noble amie :

HIC. SITA. EST.

AL.... E.... ST..

ALB.... COM....

GENERE. FORMA. MORIBUS.

INCOMPARABILI. ANIMI. CANDORE.

PRÆCLARISSIMA.

A. VICTORIO ALFERIO.

JUXTA. QUEM. SARCOPHAGO. UNO [2].

TUMULATA. EST.

---

[1] La personne pour laquelle avait été composée d'avance l'épitaphe que je rapporte ici n'a pas fait mentir longtemps le *hic sita est* : elle est allée rejoindre le comte Alfieri. Rien n'est triste comme de relire, vers la fin de ses jours, ce que l'on a écrit dans sa jeunesse ; tout ce qui était au présent, quand on tenait la plume, se trouve au passé : on parlait de vivants, il n'y a plus que des morts. L'homme qui vieillit en cheminant dans la vie se retourne pour regarder derrière lui ses compagnons de voyage, et ils ont disparu ! Il est resté seul sur une route déserte.

[2] Sic inscribendum, me, ut opinor et opto, prœmoriente ; sed, aliter jubente Deo, aliter inscribendum :

Qui. juxta. eam. sarcophago. uno.

Conditus. erit. quamprimum.

ANNORUM. 26. SPATIO.

ULTRA. RES. OMNES. DILECTA.

ET. QUASI. MORTALE. NUMEN.

AB. IPSO. CONSTANTER. HABITA.

ET. OBSERVATA.

VIXIT. ANNOS.... MENSES.... DIES....

HANNONIÆ. MONTIBUS. NATA.

OBIIT.... DIE.... MENSIS...

ANNO. DOMINI. M. D.CCC. [1].

La simplicité de cette épitaphe, et surtout la note qui l'accompagne, me semble extrêmement touchantes.

Pour cette fois, j'ai fini; je vous envoie ce monceau de ruines, faites-en tout ce qu'il vous plaira. Dans la Description des divers objets dont je vous ai parlé, je crois n'avoir omis rien de remarquable, si ce n'est que le Tibre est toujours le *flavus Tiberinus* de Virgile. On prétend qu'il doit cette couleur limoneuse aux pluies qui tombent dans les montagnes dont il descend. Souvent, par le temps le plus serein, en regardant couler ses flots décolorés, je me suis représenté une vie commencée au milieu des orages : le reste de son cours passe en vain sous un ciel pur; le fleuve demeure teint des eaux de la tempête qui l'ont troublé dans sa course.

AUVERGNE.

VOYAGE A CLERMONT.

2, 3, 4, 5 et 6 août 1805.

Me voici au berceau de Pascal et au tombeau de Massillon. Que de souvenirs! les anciens rois d'Auvergne et l'invasion des Romains, César et ses légions, Vercingétorix, les derniers efforts de la liberté des

---

[1] « Ici repose Héloïse E. St. comtesse d'Al., illustre par ses aïeux, célèbre par les grâces de sa « personne, par les agréments de son esprit, et par la candeur incomparable de son âme. Inhumée « près de Victor Alfieri, dans un même tombeau[*], il la préféra pendant vingt-six ans à toutes « les choses de la terre. Mortelle, elle fut constamment servie et honorée par lui comme si elle « eût été une divinité.

« Née à Mons, elle vécut... et mourut le... »

[*] Ainsi j'ai écrit, espérant, désirant mourir le premier; mais, s'il plaît à Dieu d'en ordonner autrement, il faudra autrement écrire : INHUMÉE PAR LA VOLONTÉ DE VICTOR ALFIERI, QUI SERA BIENTÔT ENSEVELI PRÈS D'ELLE DANS UN MÊME TOMBEAU.

Gaules contre un tyran étranger, puis les Visigoths, puis les Francs, puis les évêques, puis les comtes et les dauphins d'Auvergne, etc.

Gergovia, oppidum Gergovia, n'est pas Clermont : sur cette colline de Gergoye que j'aperçois au sud-est, était la véritable Gergovie. Voilà Mont-Rognon, *Mons Rugosus*, dont César s'empara pour couper les vivres aux Gaulois renfermés dans Gergovie. Je ne sais quel dauphin bâtit sur le *Mons Rugosus* un château dont les ruines subsistent.

Clermont était *Nemosus*, à supposer qu'il n'y ait pas de fausse lecture dans Strabon; il était encore *Nemetum, Augusto-Nemetum, Arverni urbs, civitas Arverna, oppidum Arvernum*, témoin Pline, Ptolémée, la carte de Peutinger, etc.

Mais d'où lui vient ce nom de *Clermont*, et quand a-t-il pris ce nom? dans le neuvième siècle, disent Loup de Ferrières et Guillaume de Tyr : il y a quelque chose qui tranche mieux la question. L'Anonyme, auteur des Gestes de Pipin, ou, comme nous prononçons, Pepin, dit : *Maximam partem Aquitaniæ vastans, usque urbem Arvernam, cum omni exercitu veniens (Pipinus)* CLARE MONTEM *castrum captum, atque succensum bellando cepit.*

Le passage est curieux en ce qu'il distingue la ville, *urbem Arvernam*, du château *Clare Montem castrum*. Ainsi la ville romaine était au bas du monticule, et elle était défendue par un château bâti sur le monticule : ce château s'appelait *Clermont*. Les habitants de la ville basse ou de la ville romaine, *Arverni urbs*, fatigués d'être sans cesse ravagés dans une ville ouverte, se retirèrent peu à peu autour et sous la protection du château. Une nouvelle ville du nom de Clermont s'éleva dans l'endroit où elle est aujourd'hui, vers le milieu du huitième siècle, un siècle avant l'époque fixée par Guillaume de Tyr.

Faut-il croire que les anciens Arvernes, les Auvergnats d'aujourd'hui, avaient fait des incursions en Italie avant l'arrivée du pieux Énée, ou faut-il croire, d'après Lucain, que les Arvernes descendaient tout droit des Troyens? Alors, ils ne se seraient guère mis en peine des imprécations de Didon, puisqu'ils s'étaient faits les alliés d'Annibal et les protégés de Carthage. Selon les druides, si toutefois nous savons ce que disaient les druides, Pluton aurait été le père des Arvernes : cette fable ne pourrait-elle tirer son origine de la tradition des anciens volcans de l'Auvergne?

Faut-il croire, avec Athénée et Strabon, que Luerius, roi des Arvernes, donnait de grands repas à tous ses sujets, et qu'il se promenait sur un char élevé, en jetant des sacs d'or et d'argent à la foule? Cependant les rois gaulois (CÉSAR. *Com.*) vivaient dans des espèces de huttes faites de bois et de terre, comme nos montagnards d'Auvergne.

Faut-il croire que les Arvernes avaient enrégimenté des chiens, lesquels manœuvraient comme des troupes régulières, et que Bituitus avait un assez grand nombre de ces chiens pour manger toute une armée romaine?

Faut-il croire que ce roi Bituitus attaqua avec deux cent mille combattants le consul Fabius qui n'avait que trente mille hommes? Nonobstant ce, les trente mille Romains tuèrent ou noyèrent dans le Rhône cent cinquante mille Auvergnats, ni plus ni moins. Comptons.

Cinquante mille noyés, c'est beaucoup.

Cent mille tués.

Or, comme il n'y avait que trente mille Romains, chaque légionnaire à dû tuer trois Auvergnats, ce qui fait quatre-vingt-dix mille Auvergnats.

Restent dix mille tués à partager entre les plus forts tueurs, ou les machines de l'armée de Fabius.

Bien entendu que les Auvergnats ne se sont pas défendus du tout, que leurs chiens enrégimentés n'ont pas fait meilleure contenance, qu'un seul coup d'épée, de pilum, de flèche ou de fronde, dûment ajusté dans une partie mortelle, a suffi pour tuer son homme; que les Auvergnats n'ont ni fui, ni pu fuir; que les Romains n'ont pas perdu un seul soldat, et qu'enfin quelques heures ont suffi *matériellement* pour tuer avec le glaive cent mille hommes; le géant Robastre était un Myrmidon auprès de cela. A l'époque de la victoire de Fabius, chaque légion ne traînait pas encore après elle dix machines de guerre de la première grandeur, et cinquante plus petites.

Faut-il croire que le royaume d'Auvergne, changé en république, arma, sous Vercingétorix, quatre cent mille soldats.

Faut-il croire que *Nemetum* était une ville immense qui n'avait rien moins que trente portes?

En fait d'histoire, je suis un peu de l'humeur de mon compatriote le père Hardouin, qui avait du bon : il prétendait que l'histoire ancienne avait été refaite par les moines du treizième siècle, d'après les *Odes* d'Horace, les *Géorgiques* de Virgile, les ouvrages de Pline et de Cicéron. Ils se moquaient de ceux qui prétendaient que le soleil était loin de la terre : voilà un homme raisonnable.

La ville des Arvernes, devenue romaine sous le nom d'*Augusto-Nemetum*, eut un capitole, un amphithéâtre, un temple de Wasso-Galates, un colosse qui égalait presque celui de Rhodes : Pline nous parle de ses carrières et de ses sculpteurs. Elle eut aussi une école célèbre, d'où sortit le rhéteur Fronton, maître de Marc-Aurèle. *Augusto-Nemetum*, régie par le droit latin, avait un sénat; ses citoyens, citoyens romains, pouvaient être revêtus des grandes charges de l'État : c'était encore le souvenir de Rome républicaine qui donnait la puissance aux esclaves de l'empire.

Les collines qui entourent Clermont étaient couvertes de bois et marquées par des temples : à Champturgues, un temple de Bacchus, à Monjuset, un temple de Jupiter, desservi par des femmes-fées (*fatuæ, fatidicæ*), au Puy de Montaudon, un temple de Mercure ou de Teutatès (Montaudon, *Mons Teutates*), etc.

Nemetum tomba avec toute l'Auvergne sous la domination des Visigoths, par la cession de l'empereur Népos ; mais Alaric ayant été vaincu à la bataille de Vouillé, l'Auvergne passa aux Francs. Vinrent ensuite les temps féodaux, et le gouvernement souvent indépendant des évêques, des comtes et des dauphins.

Le premier apôtre de l'Auvergne fut saint Austremoine : la *Gallia christiana* compte quatre-vingt-seize évêques depuis ce premier évêque jusqu'à Massillon. Trente et un ou trente-deux de ces évêques ont été reconnus pour saints ; un d'entre eux a été pape, sous le nom d'Innocent VI. Le gouvernement de ces évêques n'a rien eu de remarquable : je parlerai de Caulin.

Chilping disait à Thierry, qui voulait détruire Clermont : « Les murs « de cette cité sont très-forts, et remparés de boulevards inexpugna- « bles ; et, afin que Votre Majesté m'entende mieux, je parle des saints « et de leurs églises qui environnent les murailles de cette ville. »

Ce fut au concile de Clermont que le pape Urbain II prêcha la première croisade. Tout l'auditoire s'écria : « *Diex le volt!* » et Aymar, évêque du Puy, partit avec les croisés. Le Tasse le fait tuer par Clorinde.

> ...... Fu del sangue sacro
> Su l' arme femminili, ampio lavacro.

Les comtes qui régnèrent en Auvergne, ou qui en furent les premiers seigneurs féodaux, produisirent des hommes assez singuliers. Vers le milieu du dixième siècle, Guillaume, septième comte d'Auvergne, qui, du côté maternel, descendait des dauphins Viennois, prit le titre de *dauphin* et le donna à ses terres.

Le fils de Guillaume s'appela *Robert*, nom des aventures et des romans. Ce second dauphin d'Auvergne favorisa les amours d'un pauvre chevalier. Robert avait une sœur, femme de Bertrand Iᵉʳ, sire de Mercœur ; Pérols, troubadour, aimait cette grande dame ; il en fit l'aveu à Robert, qui ne s'en fâcha pas du tout : c'est l'histoire du Tasse retournée. Robert lui-même était poète, et échangeait des *sirventes* avec Richard Cœur de Lion.

Le petit-fils de Robert, commandeur des templiers en Aquitaine, fut brûlé vif à Paris : il expia avec courage dans les tourments un premier moment de faiblesse. Il ne trouva pas dans Philippe le Bel la tolérance qu'un troubadour avait rencontrée dans Robert : pourtant Philippe, qui brûlait les templiers, faisait enlever et souffleter les papes.

Une multitude de souvenirs historiques s'attachent à différents lieux de l'Auvergne. Le village de la Tour rappelle un nom à jamais glorieux pour la France, la Tour d'Auvergne.

Marguerite de Valois se consolait un peu trop gaiement à Usson de la perte de ses grandeurs et des malheurs du royaume ; elle avait séduit le marquis de Canillac, qui la gardait dans ce château. Elle faisait semblant d'aimer la femme de Canillac : « Le bon du jeu, dit d'Aubigné, « fut qu'aussitost que son mari (Canillac) eut le dos tourné pour aller à « Paris, Marguerite la despouilla de ses beaux joyaux, la renvoya « comme une peteuse avec tous ses gardes, et se rendit dame et mais-« tresse de la place. Le marquis se trouva beste, et servit de risée au « roi de Navarre. »

Marguerite aimait beaucoup ses amants tandis qu'ils vivaient : à leur mort elle les pleurait, faisait des vers pour leur mémoire, déclarait qu'elle leur serait toujours fidèle : *Mentem Venus ipsa dedit :*

> Atys, de qui la perte attriste mes années ;
> Atys, digne des vœux de tant d'âmes bien nées
> Que j'avais élevé pour montrer aux humains
> Une œuvre de mes mains.
> . . . .
> Si je cesse d'aimer, qu'on cesse de prétendre :
> Je ne veux désormais être prise ni prendre.

Et, dès le soir même, Marguerite était prise et mentait à son amour et à sa muse.

Elle avait aimé La Mole, décapité avec Coconas : pendant la nuit, elle fit enlever la tête de ce jeune homme, la parfuma, l'enterra de ses pro-pres mains, et soupira ses regrets au bel *Hyacinthe.* « Le pauvre dia-« ble d'Aubiac, en allant à la potence, au lieu de se souvenir de son « âme et de son salut, baisait un manchon de velours raz bleu qui lui « restait des bienfaits de sa dame. » Aubiac, en voyant Marguerite pour la première fois, avait dit : « Je voudrais avoir passé une nuit avec elle « à peine d'être pendu quelques temps après. » Martigues portait aux combats et aux assauts un petit chien que lui avait donné Mar-guerite.

D'Aubigné prétend que Marguerite avait fait faire à Usson les lits de ses dames extrêmement hauts, « afin de ne plus s'escorcher, comme

« elle soulait, les espaules en s'y fourrant à quatre pieds pour y cher-
« cher Pominy, » fils d'un chaudronnier d'Auvergne, et qui, d'enfant
de cœur qu'il était, devint secrétaire de Marguerite.

Le même historien la prostitue dès l'âge de onze ans à d'Antragues
et à Charin; il la livre à ses deux frères, François, duc d'Alençon, et
Henri III; mais il ne faut pas croire entièrement les satires de d'Aubigné, huguenot hargneux, ambitieux mécontent, d'un esprit causti-
que : Pibrac et Brantôme ne parlent pas comme lui.

Marguerite n'aimait point Henri IV, qu'elle trouvait malpropre. Elle
recevait Champvallon « dans un lit éclairé avec des flambeaux, entre
« deux linceuls de taffetas noir. » Elle avait écouté M. de Mayenne, *bon
compagnon gros et gras, et voluptueux comme elle; et ce grand dégoûté de vicomte de Turenne, et ce vieux rufian de Pibrac, dont elle
montrait les lettres pour rire à Henri IV; et ce petit chicon de valet de
Provence, Date, qu'avec six aulnes d'étoffe elle avait anobli dans
Usson; et ce bec jaune de Bajaumont*, le dernier de la longue liste qu'a-
vait commencée d'Antragues, et qu'avaient continuée, avec les favoris
déjà cités, le duc de Guise, Saint-Luc et Bussy.

Selon le père Lacoste, la seule *vue de l'ivoire du bras de Marguerite*
triompha de Canillac.

Pour finir ce *notable commentaire. qui m'est échappé d'un flux de
caquet*, comme parle Montaigne, je dirai que les deux lignées royales
des d'Orléans et des Valois avaient peu de mœurs, mais qu'elles avaient
du génie; elles aimaient les lettres et les arts : le sang français et le
sang italien se mêlaient en elles par Valentine de Milan et Catherine de
Médicis. François Ier était poète, témoin ces vers charmants sur Agnès
Sorel; sa sœur, *royne de Navarre*, contait à la manière de Boccace;
Charles IX rivalisait avec Ronsard; les chants de Marguerite de Valois,
d'ailleurs tolérante et humaine (elle sauva plusieurs victimes à la Saint-
Barthélemy), étaient répétés par toute la cour : ses *Mémoires* sont
pleins de dignité, de grâce et d'intérêt.

Le siècle des arts en France est celui de François Ier en descendant
jusqu'à Louis XIII. nullement le siècle de Louis XIV : le *petit palais* des
Tuileries, le vieux Louvre. une partie de Fontainebleau et d'Anet, le
palais du Luxembourg, sont ou étaient forts supérieurs aux monuments
du grand roi.

C'était tout un autre personnage que Marguerite de Valois, ce chancelier de l'Hospital. né à Aigueperse, à quinze ou seize lieues d'Usson.
« C'estoit un autre censeur Caton, celui-là, dit Brantôme, et qui savoit
« très-bien censurer et corriger le monde corrompu. Il en avoit du
« moins toute l'apparence avec sa grande barbe blanche, son visage

« pasle, sa façon grave, qu'on eust dit à le voir que c'estoit un vrai
« portrait de saint Jérosme.

« Il ne falloit pas se jouer avec ce grand juge et rude magistrat ; si
« estoit-il pourtant doux quelquefois, là où il voyait de la raison...
« Ces belles-lettres humaines lui rabattoient beaucoup de sa rigueur
« de justice. Il estoit grand orateur et fort disert ; grand historien, et
« surtout très-divin poëte latin, comme plusieurs de ses œuvres l'ont
« manifesté tel. »

Le chancelier de L'Hospital, peu aimé de la cour et disgracié, se retira pauvre dans une petite maison de campagne auprès d'Etampes. On
l'accusait de modération en religion et en politique : des assassins furent
envoyés pour le tuer lors du massacre de la Saint-Barthélemy. Ses domestiques voulaient fermer les portes de sa maison : « Non, non, dit-
« il ; si la petite porte n'est bastante pour les faire entrer, ouvrez la
« grande. »

La veuve du duc de Guise sauva la fille du chancelier en la cachant
dans sa maison ; il dut lui-même son salut aux prières de la duchesse
de Savoie. Nous avons son testament en latin ; Brantôme nous le donne
en français : il est curieux, et par les dispositions et par les détails
qu'il renferme.

« Ceux, dit L'Hospital, qui m'avoient chassé, prenoient une cou-
« verture de religion ; et eux-mesmes estoient sans pitié et religion ;
« mais je vous puis assurer qu'il n'y avoit rien qui les esmust davan-
« tage que ce qu'ils pensoient que tant que je serois en charge il ne leur
« seroit permis de rompre les édits du roi, ni de piller ses finances et
« celles de ses sujets.

« Au reste, il y a presque cinq ans que je mène ici la vie de Laërte...
« et ne veux point rafraischir la mémoire des choses que j'ai souffertes
« en ce despartement de la cour. »

Les murs de sa maison tombaient ; il avait de la peine à nourrir ses
vieux serviteurs et sa nombreuse famille ; il se consolait, comme Cicéron, avec les Muses : mais il avait désiré voir les peuples rétablis dans
leur liberté, et il mourut lorsque les cadavres des victimes du fanatisme
n'avaient pas encore été mangés par les vers, ou dévorés par les poissons et les vautours.

Je voudrais bien placer Châteauneuf de Randon en Auvergne ; il en
est si près ! C'est là que Du Gueselin reçut sur son cercueil les clés de
la forteresse ; nargue des deux manuscrits qui ont fait capituler la
place quelques heures avant la mort du connétable. « Vous verrez dans
« l'histoire de ce Breton une ame forte, nourrie dans le fer, pétrie
« sous des palmes, dans laquelle Mars fit eschole longtemps. La Bre-

« tagne en fut l'essai ; l'Anglois, son boute-hors ; la Castille, son chef-
« d'œuvre : dont les actions n'estoient que heraults de sa gloire ; les
« defaveurs, theastres elevés à sa constance ; le cercueil, embasement
« d'un immortel trophée. »

L'Auvergne a subi le joug des Visigoths et des Francs, mais elle n'a
été colonisée que par les Romains ; de sorte que, s'il y a des Gaulois
en France, il faut les chercher en Auvergne, *montes Celtorum*. Tous
ses monuments sont celtiques, et ses anciennes maisons descendent
ou des familles romaines consacrées à l'épiscopat, ou des familles indigènes.

La féodalité poussa néanmoins de vigoureuses racines en Auvergne ;
toutes les montagnes se hérissèrent de châteaux. Dans ces châteaux
s'établirent des seigneurs qui exercèrent ces petites tyrannies, ces
droits bizarres, enfants de l'arbitraire, de la grossièreté des mœurs et
de l'ennui. A Langeac, le jour de la fête de saint Galles, un châtelain
jetait un millier d'œufs à la tête des paysans ; comme en Bretagne, chez
un autre seigneur, on apportait un œuf garrotté dans un grand chariot
traîné par six bœufs.

Un seigneur de Tournemine, assigné dans son manoir d'Auvergne
par un huissier appelé *Loup*, lui fit couper le poing, disant que jamais
loup ne s'était présenté à son château sans qu'il n'eût laissé sa pate
clouée à la porte. Aussi arriva-t-il qu'aux *grands jours* tenus à Clermont en 1665, ces petites fredaines produisirent douze mille plaintes
rendues en justice criminelle. Presque toute la noblesse fut obligée de
fuir, et l'on n'a point oublié l'homme *aux douze apôtres*. Le cardinal de
Richelieu fit raser une partie des châteaux d'Auvergne ; Louis XIV en
acheva la destruction. De tous ces donjons en ruine, un des plus célèbres est celui de Murat ou d'Armagnac. Là fut pris le malheureux
Jacques, duc de Nemours, jadis lié d'amitié avec ce Jean V, comte
d'Armagnac, qui avait épousé publiquement sa propre sœur. En vain
le duc de Nemours adressa-t-il une lettre bien humble à Louis XI,
écrite en la cage de la Bastille et signée *le pauvre Jacques ;* il fut décapité aux halles de Paris, et ses trois jeunes fils, placés sous l'échafa-
faud, furent couverts du sang de leur père.

Charles de Valois, duc d'Angoulème, fils naturel de Charles IX et de
Marie Touchet, frère utérin de la marquise de Verneuil, fut investi du
comté de Clermont et d'Auvergne. Il entra dans les complots de Biron,
dont la mort est justement reprochée à Henri IV. A la mort de Henri III,
Henri IV avait dit à Armand de Gontaud, baron de Biron : *C'est à
ceste heure qu'il faut que vous mettiez la main droite à ma couronne ;
venez-moi servir de père et d'ami contre ces gens qui n'aiment ni*

vous ni moi. Henri aurait dû garder la mémoire de ces paroles; il aurait dû se souvenir que Charles de Gontaud, fils d'Armand, avait été son compagnon d'armes; il aurait dû se souvenir que la tête de celui qui avait mis *la main droite à sa couronne* avait été emportée par un boulet : ce n'était pas au Béarnais à joindre la tête du fils à la tête du père.

Le comte d'Auvergne, pour de nouvelles intrigues, fut arrêté à Clermont ; sa maîtresse, la dame de Châteaugay, menaçait de tuer de cent coups de pistolet et de cent coups d'épée d'Eure et Murat qui avaient saisi le comte : elle ne tua personne. Le comte d'Auvergne fut mis à la Bastille; il en sortit sous Louis XIII, et vécut jusqu'en 1650 : c'était la dernière goutte du sang des Valois.

Le duc d'Angoulême était brave, léger et lettré comme tous les Valois. Ses Mémoires contiennent une relation touchante de la mort de Henri III, et un récit détaillé du combat d'Arques, auquel lui, duc d'Angoulême, s'était trouvé à l'âge de seize ans. Chargeant Sagonne, ligueur décidé, qui lui criait : « Du fouet! du fouet! petit garçon! » il lui cassa la cuisse d'un coup de pistolet, et obtint les prémices de la victoire.

L'Auvergne fut presque toujours en révolte sous la seconde race ; elle dépendait de l'Aquitaine ; et la charte d'Aalon a prouvé que les premiers ducs d'Aquitaine descendaient en ligne directe de la race de Clovis ; ils combattaient donc les Carlovingiens comme des usurpateurs du trône. Sous la troisième race, lorsque la Guyenne, fief de la couronne de France, tomba par alliance et héritage à la couronne d'Angleterre, l'Auvergne se trouva anglaise en partie : elle fut alors ravagée par les grandes compagnies, par les écorcheurs, etc. On chantait partout des complaintes latines sur les malheurs de la France :

> Plange regni respublica,
> Tua gens ut schismatica
> Desolatur, etc.

Pendant les guerres de la Ligue, l'Auvergne eut beaucoup à souffrir. Les siéges d'Issoire sont fameux : le capitaine Merle, partisan protestant, fit écorcher vifs trois religieux de l'abbaye d'Issoire. Ce n'était pas la peine de crier si haut contre les violences des catholiques.

On a beaucoup cité, et avec raison, la réponse du gouverneur de Bayonne à Charles IX qui lui ordonnait de massacrer les protestants. Montmorin, commandant en Auvergne à la même époque, fit éclater la même générosité. La noble famille qui avait montré un si véritable dévouement à son prince, ne l'a point démenti de nos jours;

A. — ATALA. 24

elle a répandu son sang pour un monarque aussi vertueux que Charles IX fut criminel.

Voltaire nous a conservé la lettre de Montmorin.

« SIRE,

« J'ai reçu un ordre, sous le sceau de Votre Majesté, de faire mou-
« rir tous les protestants qui sont dans ma province. Je respecte trop
« Votre Majesté pour ne pas croire que ces lettres sont supposées; et
« si, ce qu'à Dieu ne plaise, l'ordre est véritablement émané d'elle, je
« la respecte aussi trop pour lui obéir. »

C'est de Clermont que nous viennent les deux plus anciens historiens de la France, Sidoine Apollinaire et Grégoire de Tours. Sidoine, natif de Lyon et évêque de Clermont, n'est pas seulement un poète, c'est un écrivain qui nous apprend comment les rois francs célébraient leurs noces dans un fourgon, comment ils s'habillaient et quel était leur langage. Grégoire de Tours nous dit, sans compter le reste, ce qui se passait à Clermont de son temps; il raconte, avec une infinité de détails qui fait frémir, l'épouvantable histoire du prêtre Anastase, enfermé par l'évêque Caulin dans un tombeau avec le cadavre d'un vieillard. L'anecdote des deux amants est aussi fort célèbre : les deux tombeaux d'Injuriosus et Scholastique se rapprochèrent, en signe de l'étroite union de deux chastes époux, qui ne craignaient plus de manquer à leur serment. Quelque chose de semblable a été dit depuis d'Abeilard et d'Héloïse : on n'a pas la même confiance dans le fait. Grégoire de Tours, naïf dans ses pensées, barbare dans son langage, ne laisse pas que d'être fleuri et rhétoricien dans son style.

L'Auvergne a vu naître le chancelier de l'Hospital, Domat, Pascal, le cardinal de Polignac, l'abbé Gérard, le père Sirmond; et de nos jours La Fayette, Desaix, d'Estaing, Chamfort, Thomas, l'abbé Delille, Chabrol, Dulaure, Montlosier et Barante. J'oubliais de compter ce Lizet, ferme dans la prospérité, lâche au malheur, faisant brûler les protestants, requérant la mort pour le connétable de Bourbon, et n'ayant pas le courage de perdre une place.

Maintenant que ma mémoire ne fournit plus rien d'essentiel sur l'histoire d'Auvergne, parlons de la cathédrale de Clermont, de la Limagne et du Puy-de-Dôme.

Le cathédrale de Clermont est un monument gothique qui, comme tant d'autres, n'a jamais été achevé. Hugues de Tours commença à la faire bâtir en partant pour la Terre Sainte, sur un plan donné par Jean de Campis. La plupart de ces grands monuments ne se finissaient qu'à force de siècles, parce qu'ils coûtaient des sommes immenses. La chrétienté entière payait ces sommes du produit des quêtes et des aumônes.

La voûte en ogive de la cathédrale de Clermont est soutenue par des piliers si déliés qu'ils sont effrayants à l'œil : c'est à croire que la voûte va fondre sur votre tête. L'église, sombre et religieuse, est assez bien ornée pour la pauvreté actuelle du culte. On y voyait autrefois le tableau de la *Conversion de saint Paul*, un des meilleurs de Lebrun ; on l'a ratissé avec la lame d'un sabre : *Turba ruit !* Le tombeau de Massillon était aussi dans cette église ; on l'en a fait disparaître dans un temps où rien n'était à sa place, pas même la mort.

Il y a longtemps que la Limagne est célèbre pour sa beauté. On cite toujours le roi Childebert, à qui Grégoire de Tours fait dire : « Je vou- « drais voir quelque jour la Limagne d'Auvergne, que l'on dit être un « pays si agréable. » Salvien appelle la Limagne la *moelle des Gaules.* Sidoine, en peignant la Limagne d'autrefois, semble peindre la Limagne d'aujourd'hui…. *Taceo territorii peculiarem jucunditatem, viatoribus molle, fructuosum aratoribus, venatoribus voluptuosum ; quod montium cingunt dorsa pascuis, latera vinetis, terrena villis, saxosa castellis, opaca lustris, aperta culturis, concava fontibus, abrupta fluminibus : quod denique hujusmodi est, ut semel visum advenis, multis* PATRIÆ OBLIVIONEM SÆPE PERSUADEAT.

On croit que la Limagne a été un grand lac ; que son nom vient du grec λιμήν : Grégoire de Tours écrit alternativement *Limane* et *Limania.* Quoi qu'il en soit, Sidoine, jouant sur le mot, disait dès le quatrième siècle, *æquor agrorum in quo, sine periculo, quæstuosæ fluctuant in segetibus undæ.* C'est en effet une mer de moissons.

La position de Clermont est une des plus belles du monde.

Qu'on se représente des montagnes s'arrondissant en un demi-cercle ; un monticule attaché à la partie concave de ce demi-cercle ; sur ce monticule Clermont ; au pied de Clermont, la Limagne, formant une vallée de vingt lieues de long, de six, huit et dix de large.

La place du [1] . . . . offre un point de vue admirable sur cette vallée. En errant par la ville au hasard, je suis arrivé à cette place vers six heures et demie du soir. Les blés mûrs ressemblaient à une grève immense, d'un sable plus ou moins blond. L'ombre des nuages parsemait cette plage jaune de taches obscures, comme des couches de limon ou des bancs d'algue : vous eussiez cru voir le fond d'une mer dont les flots venaient de se retirer.

---

[1] Je n'ai jamais pu lire le nom à demi effacé dans l'original écrit au crayon ; c'est sans doute la place de Jaude.

Le bassin de la Limagne n'est point d'un niveau égal ; c'est un terrain tourmenté dont les bosses de diverses hauteurs semblent unies quand on les voit de Clermont, mais qui, dans la vérité, offrent des inégalités nombreuses et forment une multitude de petits vallons au sein de la grande vallée. Des villages blancs, des maisons de campagne blanches, de vieux châteaux noirs, des collines rougeâtres, des plants de vignes, des prairies bordées de saules, des noyers isolés qui s'arrondissent comme des orangers, ou portent leurs rameaux comme les branches d'un candélabre, mêlent leurs couleurs variées à la couleur des froments. Ajoutez à cela tous les jeux de la lumière.

A mesure que le soleil descendait à l'occident, l'ombre coulait à l'orient et envahissait la plaine. Bientôt le soleil a disparu ; mais baissant toujours et marchant derrière les montagnes de l'ouest, il a rencontré quelque défilé débouchant sur la Limagne : précipités à travers cette ouverture, ses rayons ont soudain coupé l'uniforme obscurité de la plaine par un fleuve d'or. Les monts qui bordent la Limagne au levant retenaient encore la lumière sur leur cime ; la ligne que ces monts traçaient dans l'air se brisait en arcs dont la partie convexe était tournée vers la terre. Tous ces arcs se liant les uns aux autres par les extrémités, imitaient à l'horizon la sinuosité d'une guirlande, ou les festons de ces draperies que l'on suspend aux murs d'un palais avec des roses de bronze. Les montagnes du levant dessinées de la sorte, et peintes, comme je l'ai dit, des reflets du soleil opposé, ressemblaient à un rideau de moire bleue et pourpre ; lointaine et dernière décoration du pompeux spectacle que la Limagne étalait à mes yeux.

Les deux degrés de différence entre la latitude de Clermont et celle de Paris sont déjà sensibles dans la beauté de la lumière : cette lumière est plus fine et moins pesante que dans la vallée de la Seine ; la verdure s'aperçoit de plus loin et paraît moins noire :

> Adieu donc, *Chanonat!* adieu, frais paysages !
> Il semble qu'un autre air parfume vos rivages ;
> Il semble que leur vue ait ranimé mes sens,
> M'ait redonné la joie, et rendu mon printemps.

Il faut en croire le poëte de l'Auvergne.

J'ai remarqué ici dans le style de l'architecture des souvenirs et des traditions de l'Italie : les toits sont plats, couverts en tuiles à canal ; les lignes des murs, longues ; les fenêtres, étroites et percées haut ; les portiques, multipliés ; les fontaines, fréquentes. Rien ne ressemble plus aux villes et aux villages de l'Apennin que les villes et les villages des montagnes de Thiers, de l'autre côté de la Limagne, au bord de ce Lignon où Céladon ne se noya pas, sauvé qu'il fut par les trois nymphes Sylvie, Galatée et Léonide.

Il ne reste aucune antiquité romaine à Clermont, si ce n'est peut-être un sarcophage, un bout de voie romaine, et des ruines d'aqueduc ; pas un fragment de colosse, pas même de traces des maisons, des bains et des jardins de Sidoine. Nemetum et Clermont ont soutenu au moins sept siéges, ou, si l'on veut, ils ont été pris et détruits une vingtaine de fois.

Un contraste assez frappant existe entre les femmes et les hommes de cette province. Les femmes ont les traits délicats, la taille légère et déliée ; les hommes sont construits fortement, et il est impossible de ne pas reconnaître un véritable Auvergnat à la forme de la mâchoire inférieure. Une province, pour ne parler que des morts, dont le sang a donné Turenne à l'armée, L'Hospital à la magistrature, et Pascal aux sciences et aux lettres, a prouvé qu'elle a une vertu supérieure.

Je suis allé au Puy-de-Dôme par pure affaire de conscience. Il m'est arrivé ce à quoi je m'étais attendu : la vue du haut de cette montagne est beaucoup moins belle que celle dont on jouit de Clermont. La perspective à vol d'oiseau est plate et vague ; l'objet se rapetisse dans la même proportion que l'espace s'étend.

Il y avait autrefois sur le Puy-de-Dôme une chapelle dédiée à saint Barnabé ; on en voit encore les fondements : une pyramide de pierre de dix ou douze pieds marque aujourd'hui l'emplacement de cette chapelle. C'est là que Pascal a fait les premières expériences sur la pesanteur de l'air. Je me représentais ce puissant génie cherchant à découvrir, sur ce sommet solitaire, les secrets de la nature, qui devaient le conduire à la connaissance des mystères du Créateur de cette même nature. Pascal se fraya, au moyen de la science, le chemin à l'ignorance chrétienne ; il commença par être un homme sublime, pour apprendre à devenir un simple enfant.

Le Puy-de-Dôme n'est élevé que de huit cent vingt-cinq toises au-dessus du niveau de la mer ; cependant je sentis à son sommet une difficulté de respirer que je n'ai éprouvée ni dans les Alléghany, en Amérique, ni sur les plus hautes Alpes de la Savoie. J'ai gravi le Puy-de-Dôme avec autant de peine que le Vésuve ; il faut près d'une heure pour monter de sa base au sommet par un chemin raide et glissant ; mais la verdure et les fleurs vous suivent. La petite fille qui me servait de guide m'avait cueilli un bouquet des plus belles pensées ; j'ai moi-même trouvé sous mes pas des œillets rouges d'une élégance parfaite. Au sommet du mont, on voit partout de larges feuilles d'une plante bulbeuse, assez semblable au lis. J'ai rencontré, à ma grande surprise, sur ce lieu élevé, trois femmes qui se tenaient par la main et qui chantaient un cantique. Au-dessous de moi, des troupeaux de vaches paissaient parmi les monticules que domine le Puy de-Dôme. Ces troupeaux montent à la montagne avec le printemps, et en descendent avec la neige. On voit partout les *burons* ou les chalets de l'Auvergne, mauvais abri de pierres sans ciment, ou de bois gazonné. Chantez les chalets, mais ne les habitez pas.

Le patois de la montagne n'est pas exactement celui de la plaine. La *musette*, d'origine celtique, sert à accompagner quelques airs de romances qui ne sont pas sans euphonie, et sur lesquels on a fait des paroles françaises. Les Auvergnats, comme les habitants du Rouergue, vont vendre des mules en Catalogne et en Aragon ; ils rapportent de ce pays quelque chose d'espagnol qui se marie bien avec la solitude de leurs montagnes ; ils font pour leurs longs hivers provision de soleil et d'histoires. Les voyageurs et les vieillards aiment à conter, parce qu'ils ont beaucoup vu : les uns ont cheminé sur la terre, les autres, dans la vie.

Les pays de montagnes sont propres à conserver les mœurs. Une famille d'Auvergne, appelée les *Guittard-Pinon*, cultivait en commun des terres dans les environs de Thiers ; elle était gouvernée par un chef électif, et ressemblait assez à un ancien clan d'Écosse. Cette espèce de république champêtre a survécu à la révolution ; mais elle est au moment de se dissoudre.

Je laisse de côté les curiosités naturelles de l'Auvergne, la grotte de Royat, charmante néanmoins par ses eaux et sa verdure; les diverses fontaines minérales, la fontaine pétrifiante de Saint-Allyre, avec le pont de pierre qu'elle a formé, et que Charles IX voulut voir ; le puits de la poix, les volcans éteints, etc.

Je laisse aussi à l'écart les merveilles des siècles moyens, les orgues, les horloges avec leur carillon et leurs têtes de Maure ou de More, qui ouvraient des bouches effroyables quand l'heure venait à sonner ; les processions bizarres, les jeux mêlés de superstition et d'indécence, mille autres coutumes de ces temps n'appartiennent pas plus à l'Auvergne qu'au reste de l'Europe gothique.

J'ai voulu, avant de mourir, jeter un regard sur l'Auvergne, en souvenance des impressions de ma jeunesse. Lorsque j'étais enfant dans les bruyères de ma Bretagne, et que j'entendais parler de l'Auvergne et des petits Auvergnats, je me figurais que l'Auvergne était un pays bien loin, bien loin, où l'on voyait des choses étranges, où l'on ne pouvait aller qu'avec de grands périls, en cheminant sous la garde de la mère de Dieu. Une chose m'a frappé et charmé à la fois : j'ai retrouvé dans l'habit du paysan auvergnat le vêtement du paysan breton. D'où vient cela ? C'est qu'il y avait autrefois pour ce royaume, et même pour l'Europe entière, un fond d'habillement commun. Les provinces reculées ont gardé les anciens usages, tandis que les départements voisins de Paris ont perdu leurs vieilles mœurs : de là cette ressemblance entre certains villageois placés aux extrémités opposées de la France, et qui ont été défendus contre les nouveautés par leur indigence et leur solitude.

Je ne vois jamais sans une sorte d'attendrissement ces petits Auvergnats qui vont chercher fortune dans ce grand monde, avec une boîte et quelques méchantes paires de ciseaux. Pauvres enfants qui *dévalent* bien tristes de leurs montagnes, et qui préféreront toujours le pain bis et la *bourrée* aux prétendues joies de la plaine. Ils n'avaient guère que l'espérance dans leur boîte en descendant de leurs rochers ; heureux s'ils la rapportent à la chaumière paternelle !

VOYAGE AU MONT-BLANC.

PAYSAGES DE MONTAGNES.

Rien n'est beau que le vrai, le vrai seul est aimable.

Fin d'août 1805.

J'ai vu beaucoup de montagnes en Europe et en Amérique, et il m'a toujours paru que, dans les descriptions de ces grands monuments de la nature, on allait au delà de la vérité. Ma dernière expérience à cet égard ne m'a point fait changer de sentiment. J'ai visité la vallée de Chamouny, devenue célèbre par les travaux de M. de Saussure ; mais je ne sais si le poète y trouverait le *speciosa deserti* comme le minéralogiste. Quoi qu'il en soit, j'exposerai avec simplicité les réflexions que j'ai faites dans mon voyage. Mon opinion, d'ailleurs, a trop peu d'autorité pour qu'elle puisse choquer personne.

Sorti de Genève par un temps assez nébuleux, j'arrivai au Servoz au moment où le ciel commençait à s'éclaircir. La crête du Mont-Blanc ne se découvre pas de cet endroit, mais on a une vue distincte de sa croupe *neigée*, appelée le *Dôme*. On franchit ensuite le passage des Montées, et l'on entre dans la vallée de Chamouny. On passe au-dessous du glacier des Bossons; ses pyramides se montrent à travers les branches des sapins et des mélèzes. M. Bourrit a comparé ce glacier, pour sa blancheur et la coupe allongée de ses cristaux, à une flotte à la voile; j'ajouterais, au milieu d'un golfe bordé de vertes forêts.

Je m'arrêtai au village de Chamouny, et le lendemain je me rendis au Montanvert. J'y montai par le plus beau jour de l'année. Parvenu à son sommet, qui n'est qu'une croupe du Mont-Blanc, je découvris ce qu'on nomme très-improprement *Mer de Glace*.

Qu'on se représente une vallée dont le fond est entièrement couvert par un fleuve. Les montagnes qui forment cette vallée laissent pendre au-dessus de ce fleuve une masse de rochers, les aiguilles du Dru, du Bochard, des Charmoz. Dans l'enfoncement, la vallée et le fleuve se divisent en deux branches, dont l'une va aboutir à une haute montagne, le Col du Géant, et l'autre aux rochers des Jorasses. Au bout opposé de cette vallée se trouve une pente qui regarde la vallée de Chamouny. Cette pente, presque verticale, est occupée par la portion de la Mer de Glace qu'on appelle le *Glacier des Bois*. Supposez donc un rude hiver survenu: le fleuve qui remplit la vallée, ses inflexions et ses pentes, a été glacé jusqu'au fond de son lit; les sommets des monts voisins se sont chargés de neige partout où les plans du granit ont été assez horizontaux pour retenir les eaux congelées: voilà la Mer de Glace et son site. Ce n'est point, comme on le voit, une mer; c'est un fleuve; c'est, si l'on veut, le Rhin glacé; la Mer de Glace sera son cours, et le Glacier des Bois, sa chute à Laufen.

Lorsqu'on est sur la Mer de Glace, la surface, qui vous en paraissait unie du haut du Montanvert, offre une multitude de pointes et d'anfractuosités. Ces pointes imitent les formes et les déchirures de la haute enceinte de rocs qui surplombent de toutes parts: c'est comme le relief en marbre blanc des montagnes en général.

Parlons maintenant des montagnes en général.

Il y a deux manières de les voir: avec les nuages, ou sans les nuages.

Avec les nuages, la scène est plus animée; mais alors elle est obscure, et souvent d'une telle confusion, qu'on peut à peine y distinguer quelques traits.

Les nuages drapent les rochers de mille manières. J'ai vu au-dessus de Servoz un piton chauve et ridé qu'une nue traversait obliquement comme une toge; on l'aurait pris pour la statue colossale d'un vieillard romain. Dans un autre endroit, on apercevait la pente défrichée de la

montagne ; une barrière de nuages arrêtait la vue à la naissance de
cette pente, et au-dessus de cette barrière s'élevaient de noires ramifi-
cations de rochers imitant des gueules de Chimère, des corps de Sphinx,
des têtes d'Anubis, diverses formes des monstres et des dieux de
l'Égypte.

Quand les nues sont chassées par le vent, les monts semblent fuir
derrière ce rideau mobile : ils se cachent et se découvrent tour à tour ;
tantôt un bouquet de verdure se montre subitement à l'ouverture d'un
nuage, comme une île suspendue dans le ciel ; tantôt un rocher se dé-
voile avec lenteur, et perce peu à peu la vapeur profonde comme un
fantôme. Le voyageur attristé n'entend que le bombardement du vent
dans les pins, le bruit des torrents qui tombent dans les glaciers, par
intervalles la chute de l'avalanche, et quelquefois le sifflement de la
marmotte effrayée qui a vu l'épervier dans la nue.

Lorsque le ciel est sans nuages, et que l'amphithéâtre des monts se
déploie tout entier à la vue, un seul accident mérite alors d'être observé : 'les sommets des montagnes, dans la haute région où ils se
dressent, offrent une pureté de lignes, une netteté de plan et de profil
que n'ont point les objets de la plaine. Ces cimes anguleuses, sous le
dôme transparent du ciel, ressemblent à de superbes morceaux d'histoire naturelle, à de beaux arbres de coraux, à des girandoles de sta-
lactite, renfermés sous un globe du cristal le plus pur. Le montagnard
cherche dans ces découpures élégantes l'image des objets qui lui sont
familiers : de là ces roches nommées les *Mulets*, les *Charmoz*, ou les
Chamois ; de là ces appellations empruntées de la religion, les *sommets
des Croix*, le *rocher du Reposoir*, le *glacier des Pèlerins ;* dénomina-
tions naïves qui prouvent que, si l'homme est sans cesse occupé de
l'idée de ses besoins, il aime à placer partout le souvenir de ses consolations.

Quant aux arbres des montagnes, je ne parlerai que du pin, du sapin
et du mélèze, parce qu'ils font, pour ainsi dire, l'unique décoration
des Alpes.

Le pin a quelque chose de monumental ; ses branches ont le port de
la pyramide, et son tronc, celui de la colonne. Il imite aussi la forme
des rochers où il vit : souvent je l'ai confondu sur les redans et les corniches avancées des montagnes, avec des flèches et des aiguilles élan-
cées ou échevelées comme lui. Au revers du col de Balme, à la descente du glacier de Trient, on rencontre un bois de pins, de sapins et
de mélèzes : chaque arbre, dans cette famille de géants, compte plusieurs siècles. Cette tribu alpine a un roi que les guides ont soin de
montrer aux voyageurs. C'est un sapin qui pourrait servir de mât au

A. — ATALA.   25

plus grand vaisseau. Le monarque seul est sans blessure, tandis que
tout son peuple autour de lui est mutilé : un arbre a perdu sa tête, un
autre ses bras; celui-ci a le front sillonné par la foudre, celui-là, le
pied noirci par le feu des pâtres. Je remarquai deux jumeaux sortis du
même tronc, qui s'élançaient ensemble dans le ciel : ils étaient égaux
en hauteur et en âge; mais l'un était plein de vie, et l'autre était
desséché.

> Daucia, Laride Thymberque, simillima proles,
> Indiscreta suis, gratusque parentibus error;
> At nunc dura dedit vobis discrimina Pallas.

« Fils jumeaux de Daucus, rejetons semblables, ô Laris et Thymber!
« vos parents mêmes ne pouvaient vous distinguer, et vous leur cau-
« siez de douces méprises! Mais la *mort* mit entre vous une cruelle
« différence. »

Ajoutons que le pin annonce la solitude et l'indigence de la montagne. Il est le compagnon du pauvre Savoyard, dont il partage la
destinée : comme lui, il croît et meurt inconnu sur des sommets inaccessibles où sa postérité se perpétue également ignorée. C'est sur le
mélèze que l'abeille cueille ce miel ferme et savoureux, qui se marie si
bien avec la crème et les framboises du Montanvert. Les bruits du pin,
quand ils sont légers, ont été loués par les poètes bucoliques; quand
ils sont violents, ils ressemblent au mugissement de la mer : vous
croyez quelquefois entendre gronder l'Océan au milieu des Alpes. Enfin,
l'odeur du pin est aromatique et agréable; elle a surtout pour moi un
charme particulier, parce que je l'ai respirée à plus de vingt lieues en
mer sur les côtes de la Virginie : aussi réveille-t-elle toujours dans mon
esprit l'idée de ce Nouveau-Monde qui me fut annoncé par un souffle
embaumé, de ce beau ciel, de ces mers brillantes où le parfum des forêts
m'était apporté par la brise du matin ; et, comme tout s'enchaîne dans
nos souvenirs, elle rappelle aussi dans ma mémoire les sentiments de
regrets et d'espérance qui m'occupaient, lorsque appuyé sur le bord du
vaisseau je rêvais à cette patrie que j'avais perdue, et à ces déserts que
j'allais trouver.

Mais, pour venir enfin à mon sentiment particulier sur les montagnes,
je dirai que, comme il n'y a pas de beaux paysages sans un horizon de
montagnes, il n'y a point aussi de lieux agréables à habiter ni de satis-
faisants pour les yeux et pour le cœur, là où l'on manque d'air et d'espace; or, c'est ce qui arrive dans l'intérieur des monts. Ces lourdes
masses ne sont point en harmonie avec les facultés de l'homme et la
faiblesse de ses organes.

On attribue aux paysages des montagnes la sublimité : celle-ci tient sans doute à la grandeur des objets. Mais, si l'on prouve que cette grandeur, très-réelle en effet, n'est cependant pas sensible au regard, que devient la sublimité ?

Il en est des monuments de la nature comme de ceux de l'art : pour jouir de leur beauté, il faut être au véritable point de perspective ; autrement les formes, les couleurs, les proportions, tout disparaît. Dans l'intérieur des montagnes, comme on touche à l'objet même et comme le champ de l'optique est trop resserré, les dimensions perdent nécessairement leur grandeur : chose si vraie, que l'on est continuellement trompé sur les hauteurs et sur les distances. J'en appelle aux voyageurs : le Mont-Blanc leur a-t-il paru fort élevé du fond de la vallée de Chamouny ? Souvent un lac immense dans les Alpes a l'air d'un petit étang ; vous croyez arriver en quelques pas au haut d'une pente que vous êtes trois heures à gravir ; une journée entière vous suffit à peine pour sortir de cette gorge, à l'extrémité de laquelle il vous semblait que vous touchiez de la main. Ainsi cette grandeur des montagnes, dont on fait tant de bruit, n'est réelle que par la fatigue qu'elle vous donne. Quant au paysage, il n'est guère plus grand à l'œil qu'un paysage ordinaire.

Mais ces monts qui perdent leur grandeur apparente quand ils sont trop rapprochés du spectateur, sont toutefois si gigantesques qu'ils écrasent ce qui pourrait leur servir d'ornement. Ainsi, par des lois contraires, tout se rapetisse à la fois dans les défilés des Alpes, et l'ensemble et les détails. Si la nature avait fait les arbres cent fois plus grands sur les montagnes que dans les plaines ; si les fleuves et les cascades y versaient des eaux cent fois plus abondantes, ces grands bois, ces grandes eaux pourraient produire des effets pleins de majesté sur les flancs élargis de la terre. Il n'en est pas de la sorte ; le cadre du tableau s'accroît démesurément, et les rivières, les forêts, les villages, les troupeaux gardent les proportions ordinaires : alors il n'y a plus de rapport entre le tout et la partie, entre le théâtre et la décoration. Le plan des montagnes étant vertical devient une échelle toujours dressée où l'œil rapporte et compare les objets qu'il embrasse ; et ces objets accusent tour à tour leur petitesse sur cette énorme mesure. Les pins les plus altiers, par exemple, se distinguent à peine dans l'escarpement des vallons, où ils paraissent collés comme des flocons de suie. La trace des eaux pluviales est marquée dans ces bois grêles et noirs par de petites rayures jaunes et parallèles ; et les torrents les plus larges, les cataractes les plus élevées, ressemblent à de maigres filets d'eau ou à des vapeurs bleuâtres.

Ceux qui ont aperçu des diamants, des topazes, des émeraudes dans les glaciers, sont plus heureux que moi : mon imagination n'a jamais pu découvrir ces trésors. Les neiges du bas du glacier des Bois, mêlées à la poussière de granit, m'ont paru semblables à de la cendre; on pourrait prendre la Mer de Glace, dans plusieurs endroits, pour des carrières de chaux et de plâtre; ses crevasses seules offrent quelques teintes du prisme, et quand les couches de glace sont appuyées sur le roc, elles ressemblent à de gros verres de bouteille.

Ces draperies blanches des Alpes ont d'ailleurs un grand inconvénient; elles noircissent tout ce qui les environne, et jusqu'au ciel dont elles rembrunissent l'azur. Et ne croyez pas que l'on soit dédommagé de cet effet désagréable par les beaux accidents de la lumière sur les neiges. La couleur dont se peignent les montagnes lointaines est nulle pour le spectateur placé à leur pied. La pompe dont le soleil couchant couvre la cime des Alpes de la Savoie n'a lieu que pour l'habitant de Lausanne. Quant au voyageur de la vallée de Chamouny, c'est en vain qu'il attend ce brillant spectacle. Il voit, comme du fond d'un entonnoir, au-dessus de sa tête, une petite portion d'un ciel bleu et dur, sans couchant et sans aurore; triste séjour où le soleil jette à peine un regard à midi par-dessus une barrière glacée.

Qu'on me permette, pour me faire mieux entendre, d'énoncer une vérité triviale. Il faut une toile pour peindre : dans la nature le ciel est la toile des paysages; s'il manque au fond du tableau, tout est confus et sans effet. Or, les monts, quand on en est trop voisin, obstruent la plus grande partie du ciel. Il n'y a pas assez d'air autour de leurs cimes, ils se font ombre l'un à l'autre et se prêtent mutuellement les ténèbres qui résident dans quelque enfoncement de leurs rochers. Pour savoir si les paysages des montagnes avaient une supériorité si marquée, il suffisait de consulter les peintres : ils ont toujours jeté les monts dans les lointains, en ouvrant à l'œil un paysage sur les bois et sur les plaines.

Un seul accident laisse aux sites des montagnes leur majesté naturelle : c'est le clair de lune. Le propre de ce demi-jour sans reflets et d'une seule teinte est d'agrandir les objets en isolant les masses et en faisant disparaître cette gradation de couleurs qui lie ensemble les parties d'un tableau. Alors plus les coupes des monuments sont franches et décidées, plus leur dessin a de longueur et de hardiesse, et mieux la blancheur de la lumière profile les lignes de l'ombre. C'est pourquoi la grande architecture romaine, comme les contours des montagnes, est si belle à la clarté de la lune.

Le *grandiose*, et par conséquent l'espèce de sublime qu'il fait naître, disparaît donc dans l'intérieur des montagnes : voyons si le *gracieux* s'y trouve dans un degré plus éminent.

On s'extasie sur les vallées de la Suisse ; mais il faut bien observer qu'on ne les trouve si agréables que par comparaison. Certes, l'œil fatigué d'errer sur des plateaux stériles ou des promontoires couverts d'un lichen rougeâtre, retombe avec grand plaisir sur un peu de verdure et de végétation. Mais en quoi cette verdure consiste-t-elle ? en quelques saules chétifs, en quelques sillons d'orge et d'avoine qui croissent péniblement et mûrissent tard, en quelques arbres sauvageons qui portent des fruits âpres et amers. Si une vigne végète péniblement dans un petit abri tourné au midi, et garantie avec soin des vents du nord, on vous fait admirer cette fécondité extraordinaire. Vous élevez-vous sur les rochers voisins, les grands traits des monts font disparaître la miniature de la vallée. Les cabanes deviennent à peine visibles, et les compartiments cultivés ressemblent à des échantillons d'étoffes sur la carte d'un drapier.

On parle beaucoup des fleurs des montagnes, des violettes que l'on cueille au bord des glaciers, des fraises qui rougissent dans la neige, etc. Ce sont d'imperceptibles merveilles qui ne produisent aucun effet : l'ornement est trop petit pour des colosses.

Enfin, je suis bien malheureux, car je n'ai pu voir dans ces fameux chalets enchantés par l'imagination de J.-J. Rousseau que de méchantes cabanes remplies du fumier des troupeaux, de l'odeur des fromages et du lait fermenté ; je n'y ai trouvé pour habitants que de misérables montagnards qui se regardent comme en exil et aspirent à descendre dans la vallée.

De petits oiseaux muets, voletant de glaçons en glaçons, des couples assez rares de corbeaux et d'éperviers, animent à peine ces solitudes de neiges et de pierres, où la chute de la pluie est presque toujours le seul monument qui frappe vos yeux. Heureux quand le pivert, annonçant l'orage, fait retentir sa voix cassée au fond d'un vieux bois de sapins ! Et pourtant ce triste signe de vie rend plus sensible la mort qui vous environne. Les chamois, les bouquetins, les lapins blancs sont presque entièrement détruits ; les marmottes même deviennent rares, et le petit Savoyard est menacé de perdre son trésor. Les bêtes sauvages ont été remplacées sur les sommets des Alpes par des troupeaux de vaches qui regrettent la plaine aussi bien que leurs maîtres. Couches dans les herbages du pays de Caux, ces troupeaux offriraient une scène aussi belle, et ils auraient en outre le mérite de rappeler les descriptions des poëtes de l'antiquité.

Il ne reste plus qu'à parler du sentiment qu'on éprouve dans les montagnes. Eh bien ! ce sentiment, selon moi, est fort pénible. Je ne puis être heureux là où je vois partout les fatigues de l'homme et ses travaux inouïs qu'une terre ingrate refuse de payer. Le montagnard, qui sent son mal, est plus sincère que les voyageurs ; il appelle la plaine *le bon pays*, et ne prétend pas que des rochers arrosés de ses sueurs, sans en être plus fertiles, soient ce qu'il y a de meilleur dans les distributions de la Providence. S'il est très-attaché à sa montagne, cela tient aux relations merveilleuses que Dieu a établies entre nos peines, l'objet qui les cause et les lieux où nous les avons éprouvées ; cela tient aux souvenirs de l'enfance, aux premiers sentiments du cœur, aux douceurs, et même aux rigueurs de la maison paternelle. Plus solitaire que les autres hommes, plus sérieux par l'habitude de souffrir, le montagnard appuie davantage sur tous les sentiments de sa vie. Il ne faut pas attribuer aux charmes des lieux qu'il habite l'amour extrême qu'il montre pour son pays ; cet amour vient de la concentration de ses pensées, et du peu d'étendue de ses besoins.

Mais les montagnes sont le séjour de la rêverie ? J'en doute ; je doute que l'on puisse rêver lorsque la promenade est une fatigue, lorsque l'attention que vous êtes obligé de donner à vos pas occupe entièrement votre esprit. L'amateur de la solitude qui *bayeroit aux chimères* [1] en gravissant le Montanvert pourrait bien tomber dans quelque puits, comme l'astrologue qui prétendait lire au-dessus de sa tête et ne *pouvait voir à ses pieds*.

Je sais que les poëtes ont désiré les vallées et les bois pour converser avec les Muses. Mais écoutons Virgile :

> Rura mihi et rigui placeant in vallibus amnes :
> Flumina amem sylvasque inglorius.

D'abord il se plairait aux champs, *rura mihi* : il chercherait les vallées agréables, riantes, gracieuses, *vallibus amnes* : il aimerait les fleuves, *flumina amem* (non pas les torrents), et les forêts où il vivrait sans gloire, *sylvasque inglorius*. Ces forêts sont de belles futaies de chênes, d'ormeaux, de hêtres, et non de tristes bois de sapins ; car il n'eût pas dit :

> Et *ingenti* ramorum protegat *umbra*,
> « Et d'un *feuillage épais* ombragera ma tête. »

Et où veut-il que cette vallée soit placée ? dans un lieu où il y aura de beaux souvenirs, des noms harmonieux, des traditions de la Fable et de l'Histoire :

> . . . . O ubi campi,
> Sperchiusque, et virginibus bacchata lacænis

[1] La Fontaine.

Taygeta! O qui me gelidis in vallibus Hæmi
Sistat....

Dieux! que ne suis-je assis au bord du Sperchius!
Quand pourrai-je fouler les beaux vallons d'Hémus!
Oh! qui me portera sur le riant Taygète !

Il se serait fort peu soucié de la vallée de Chamouny, du glacier de
Taconay, de la petite et de la grande Jorasse, de l'aiguille du Dru et
du rocher de la Tête-Noire.

Enfin, si nous en croyons Rousseau et ceux qui ont recueilli ses erreurs sans hériter de son éloquence, quand on arrive au sommet des
montagnes, on se sent transformé en un autre homme. « Sur les hautes
« montagnes, dit Jean-Jacques, les méditations prennent un caractère
« grand, sublime, proportionné aux objets qui nous frappent; je ne
« sais quelle volupté tranquille qui n'a rien d'âcre et de sensuel. Il sem-
« ble qu'en s'élevant au-dessus du séjour des hommes, on y laisse tous
« les sentiments bas et terrestres... Je doute qu'aucune agitation vio-
« lente pût tenir contre un pareil séjour prolongé, etc. »

Plût à Dieu qu'il en fût ainsi! Qu'il serait doux de pouvoir se délivrer
de ses maux en s'élevant à quelques toises au-dessus de la plaine!
Malheureusement l'âme de l'homme est indépendante de l'air et des
sites; un cœur chargé de sa peine n'est pas moins pesant sur les hauts
lieux que dans les vallées. L'antiquité, qu'il faut toujours citer quand
il s'agit de vérité de sentiments, ne pensait pas comme Rousseau sur les
montagnes; elle les représente au contraire comme le séjour de la désolation et de la douleur : si l'amant de Julie oublie ses chagrins parmi
les rochers du Valais, l'époux d'Eurydice nourrit ses douleurs sur les
monts de la Thrace. Malgré le talent du philosophe genevois, je doute
que la voix de Saint-Preux retentisse aussi longtemps dans l'avenir que
la lyre d'Orphée. OEdipe, ce parfait modèle des calamités royales, cette
image accomplie de tous les maux de l'humanité, cherche aussi les sommets déserts.

Il va,
...... du Cythéron remontant vers les cieux,
Sur le malheur de l'homme interroger les dieux.

Enfin une autre antiquité plus belle encore et plus sacrée nous offre
les mêmes exemples. L'Écriture, qui connaissait mieux la nature de
l'homme que les faux sages du siècle, nous montre toujours les grands
infortunés, les prophètes, et Jésus-Christ même se retirant au jour de
l'affliction sur les hauts lieux. La fille de Jephté, avant de mourir, demande à son père la permission d'aller pleurer sa virginité sur les montagnes de la Judée : *Super montes assumam*, dit Jérémie. *flectum ac la-*

mentum. « Je m'élèverai sur les montagnes pour pleurer et gémir. » Ce fut sur le mont des Oliviers que Jésus-Christ but le calice rempli de toutes les douleurs et de toutes les larmes des hommes.

C'est une chose digne d'être observée que dans les pages les plus raisonnables d'un écrivain qui s'était établi le défenseur de la morale, on distingue encore des traces de l'esprit de son siècle. Ce changement supposé de nos dispositions intérieures selon le séjour que nous habitons, tient secrètement au système de matérialisme que Rousseau prétendait combattre. On faisait de l'âme une espèce de plante soumise aux variations de l'air, et qui, comme un instrument, suivait et marquait le repos ou l'agitation de l'atmosphère. Et comment Jean-Jacques lui-même aurait-il pu croire de bonne foi à cette influence salutaire des hauts lieux? L'infortuné ne traîna-t-il pas sur les montagnes de la Suisse ses passions et ses misères?

Il n'y a qu'une seule circonstance où il soit vrai que les montagnes inspirent l'oubli des troubles de la terre; c'est lorsqu'on se retire loin du monde, pour se consacrer à la religion. Un anachorète qui se dévoue au service de l'humanité, un saint qui veut méditer les grandeurs de Dieu en silence, peuvent trouver la paix et la joie sur des roches désertes; mais ce n'est point alors la tranquillité des lieux qui passe dans l'âme de ces solitaires, c'est au contraire leur âme qui répand sa sérénité dans la région des orages.

L'instinct des hommes a toujours été d'adorer l'Éternel sur les lieux élevés : plus près du ciel, il semble que la prière ait moins d'espace à franchir pour arriver au trône de Dieu. Il était resté dans le christianisme des traditions de ce culte antique; nos montagnes, et à leur défaut nos collines, étaient chargées de monastères et de vieilles abbayes. Du milieu d'une ville corrompue, l'homme qui marchait peut-être à des crimes, ou du moins à des vanités, apercevait, en levant les yeux, des autels sur les coteaux voisins. La croix, déployant au loin l'étendard de la pauvreté aux yeux du luxe, rappelait le riche à des idées de souffrance et de commisération. Nos poëtes connaissaient bien peu leur art lorsqu'ils se moquaient de ces monts de Calvaire, de ces missions, de ces retraites qui retraçaient parmi nous les sites de l'Orient, les mœurs des solitaires de la Thébaïde, les miracles d'une religion divine, et le souvenir d'une antiquité qui n'est point effacé par celui d'Homère.

Mais ceci rentre dans un autre ordre d'idées et de sentiments, et ne tient plus à la question générale que nous venons d'examiner. Après avoir fait la critique des montagnes, il est juste de finir par leur éloge. J'ai déjà observé qu'elles étaient nécessaires à un beau paysage, et qu'elles devaient former la chaîne dans les derniers plans d'un tableau. Leurs têtes chenues, leurs flancs décharnés, leurs membres gigantesques, hideux quand on les contemple de trop près, sont admirables lorsqu'au fond d'un horizon vaporeux ils s'arrondissent et se colorent dans une lumière fluide et dorée. Ajoutons, si l'on veut, que les montagnes sont la source des fleuves, le dernier asile de la liberté dans les temps d'esclavage, une barrière utile contre les invasions et les fléaux de la guerre. Tout ce que je demande, c'est qu'on ne me force pas d'admirer les longues arêtes de rochers, les fondrières, les crevasses, les trous, les entortillements des vallées des Alpes. A cette condition, je dirai qu'il y a des montagnes que je visiterais encore avec un plaisir extrême : ce sont celles de la Grèce et de la Judée. J'aimerais à parcourir les lieux dont mes nouvelles études me forcent de m'occuper chaque jour ; j'irais volontiers chercher sur le Tabor et le Taygète d'autres couleurs et d'autres harmonies, après avoir peint les monts sans renommée, et les vallées inconnues du Nouveau Monde [1].

NOTICE
SUR LES FOUILLES DE POMPÉI

PAGE 161. (*Dans la note.*) « Je donne à la fin de ce volume des notices curieuses sur Pompéi, et qui compléteront ma courte description. »

On découvrit d'abord les deux théâtres, ensuite le temple d'Isis et celui d'Esculape, la maison de campagne d'Arrius Diomédès, et plusieurs tombeaux. Durant le temps que Naples fut gouverné par un roi sorti des rangs de l'armée française, les murailles de la ville, la rue des Tombeaux, plusieurs vues de l'intérieur de la ville, la basilique, l'amphithéâtre et le forum furent découverts. Le roi de Naples a fait continuer les travaux; et comme les fouilles sont conduites avec beaucoup de régularité et se font dans le louable dessein de découvrir la ville plutôt que de chercher des trésors enfouis, chaque jour ajoute aux connaissances déjà acquises sur cet objet si intéressant et presque inépuisable.

La ville de Pompéi, située à peu près à quatorze milles au sud-est de Naples, était bâtie en partie sur une éminence qui dominait une plaine fertile, et qui s'est considérablement accrue par l'immense quantité de matières volcaniques dont le Vésuve l'a recouverte. Les murailles de la ville et les murs de ses édifices ont retenu dans leur enceinte toutes les matières que le volcan y vomissait, et empêché les pluies de les emporter; de sorte que l'étendue de ces constructions est très-distinctement marquée par le monticule qu'ont

---

[1] Cette dernière phrase annonçait mon voyage en Grèce et dans la Terre Sainte; voyage que j'exécutai en effet l'année suivante, 1806. Voyez l'*Itinéraire*

A. — ATALA.   26

formé l'amas des pierres ponces et l'accumulation graduelle de terre végétale qui le couvrent.

L'éminence sur laquelle Pompéi fut bâtie doit avoir été formée à une époque très-reculée; elle est composée de produits volcaniques vomis par le Vésuve.

On a conjecturé que la mer avait autrefois baigné les murs de Pompéi, et qu'elle venait jusqu'à l'endroit où passe aujourd'hui le chemin de Salerne. Strabon dit, en effet, que cette ville servait d'arsenal maritime à plusieurs villes de la Campanie, ajoutant qu'elle est près du Sarno, fleuve sur lequel les marchandises peuvent descendre et remonter.

Plusieurs faits que l'on observe à Pompéi sembleraient incompréhensibles si l'on ne se rappelait pas que la destruction de cette ville a été l'ouvrage de deux catastrophes distinctes : l'une en l'an 63 de J.-C., par un tremblement de terre; l'autre, seize ans plus tard, par une éruption du Vésuve. Ses habitants commençaient à réparer les dommages causés par la première, lorsque les signes précurseurs de la seconde les forcèrent d'abandonner un lieu qui ne tarda pas à être enseveli sous un déluge de cendres et de matières volcaniques.

Cependant des débris d'ouvrages en briques indiquaient sa position. Il se conserva, sans doute pendant longtemps, un reste de population dans son voisinage, puisque Pompéi est indiqué dans l'*Itinéraire* d'Antonin, et sur la carte de Peutinger. Au treizième siècle, les comtes de Sarno firent creuser un canal dérivé du Sarno; il passait sous Pompéi, mais on ignorait sa position; enfin, en 1748, un laboureur ayant trouvé une statue en labourant son champ, cette circonstance engagea le gouvernement napolitain à ordonner des fouilles.

A l'époque des premiers travaux, on versait dans la partie que l'on venait de déblayer les décombres que l'on retirait de celle que l'on s'occupait de découvrir; et, après qu'on en avait enlevé les peintures à fresque, les mosaïques et autres objets curieux, on comblait de nouveau l'espace débarrassé : aujourd'hui l'on suit un système différent.

Quoique les fouilles n'aient pas offert de grandes difficultés par le peu d'efforts que le terrain exige pour être creusé, il n'y a pourtant qu'une septième partie de la ville de déterrée. Quelques rues sont de niveau avec le grand chemin qui passe le long des murs, dont le circuit est d'environ seize cents toises.

En arrivant par Herculanum, le premier objet qui frappe l'attention est la maison de campagne d'Arrius Diomèdes, située dans le faubourg. Elle est d'une très-jolie construction, et si bien conservée, quoiqu'il y manque un étage, qu'elle peut donner une idée exacte de la manière dont les anciens distribuaient l'intérieur de leurs demeures. Il suffirait d'y ajouter des portes et des fenêtres pour la rendre habitable; plusieurs chambres sont très-petites, le propriétaire était cependant un homme opulent. Dans d'autres maisons de gens moins riches, les chambres sont encore plus petites. Le plancher de la maison d'Arrius Diomèdes est en mosaïques : tous les appartements n'ont pas de fenêtres, plusieurs ne reçoivent du jour que par la porte. On ignore quelle est la destination de beaucoup de petits passages et de recoins. Les amphores, qui contenaient le vin, sont encore dans la cave, le pied posé dans le sable, et appuyées contre le mur.

La rue des Tombeaux offre, à droite et à gauche, les sépultures des principales familles de la ville ; la plupart sont de petite dimension, mais construites avec beaucoup de goût.

Les rues de Pompéi ne sont pas larges, n'ayant que quinze pieds d'un côté à l'autre, et les trottoirs les rendant encore plus étroites; elles sont pavées en pierre de lave grise et de formes irrégulières, comme les anciennes voies romaines : on y voit encore distinctement la trace des roues. Il ne reste aux maisons qu'un rez-de-chaussée, mais les débris font voir que quelques-unes avaient plus d'un étage; presque toutes ont une cour intérieure, au milieu de laquelle est un *impluvium* ou réservoir pour l'eau de pluie, qui allait ensuite se rendre dans une citerne contiguë. La plupart des maisons étaient ornées de pavés mosaïques, et de parois généralement peintes en rouge, en bleu et en jaune. Sur ce fond, l'on avait peint de jolies arabesques et des tableaux de diverses grandeurs. Les maisons ont généralement une chambre de bains qui est très-commode; souvent les murs sont doubles, et l'espace intermédiaire est vide : il servait à préserver la chambre de l'humidité.

Les boutiques des marchands de denrées, liquides et solides, offrent des massifs de pierres souvent revêtus de marbre, et dans lesquels les vaisseaux qui contenaient les denrées étaient maçonnés.

On a pensé que le genre de commerce qui se faisait dans quelques maisons était désigné par des figures qui sont sculptées sur le mur extérieur; mais il paraît que ces emblèmes indiquaient plutôt le génie sous la protection duquel la famille était placée.

Les foudres et les machines à moudre le grain font connaître les boutiques des boulangers. Ces machines consistent en une pierre à base ronde; son extrémité supérieure est conique et s'adapte dans le creux d'une autre pierre qui est, de même, creusée en entonnoir dans sa partie supérieure : on faisait tourner la pierre d'en haut par le moyen de deux anses latérales que traversaient des barres de bois. Le grain, versé dans l'entonnoir supérieur, tombait par un trou entre l'entonnoir renversé et la pierre conique. Le mouvement de rotation le réduisait en farine.

Les édifices publics, tels que les temples et les théâtres, sont en général les mieux conservés, et par conséquent ce qu'il y a jusqu'à présent de plus intéressant dans Pompéi.

Le petit théâtre qui, d'après des inscriptions, servait aux représentations comiques, est en bon état; il peut contenir quinze cents spectateurs : il y a, dans le grand, de la place pour plus de six mille personnes.

De tous les amphithéâtres anciens, celui de Pompéi est un des moins dégradés. En enlevant les décombres, on y a trouvé, dans les corridors qui font le tour de l'arène, des peintures qui brillaient des couleurs les plus vives; mais à peine frappées du contact de l'air extérieur, elles se sont altérées. On aperçoit encore des vestiges d'un lion, et un joueur de trompette vêtu d'un costume bizarre. Les inscriptions qui avaient rapport aux différents spectacles sont un monument très-curieux.

On peut suivre sur le plan les murailles de la ville; c'est le meilleur moyen de se faire une idée de sa forme et de son étendue.

« Ces remparts, dit M. Mazois, étaient composés d'un terre-plein terrassé et d'un contremur; ils avaient quatorze pieds de largeur, et l'on y montait par des escaliers assez spacieux pour laisser passage à deux soldats de front. Ils sont soutenus, du côté de la ville, ainsi que du côté de la campagne, par un mur en pierres de taille. Le mur extérieur devait avoir environ vingt-cinq pieds d'élévation; celui de l'intérieur surpassait le rempart en hauteur d'environ huit pieds. L'un et l'autre sont construits de l'espèce de lave qu'on appelle *piperino*, à l'exception de quatre ou cinq premières assises du mur extérieur qui sont en pierres de roche ou travestin grossier. Toutes les pierres en sont parfaitement bien jointes : le mortier est en effet peu nécessaire dans les constructions faites avec des matériaux d'un grand échantillon. Ce mur extérieur est partout plus ou moins incliné vers le rempart; les premières assises sont, au contraire, en retraite l'une sur l'autre.

« Quelques-unes des pierres, surtout celles de ces premières assises, sont entaillées et encastrées l'une dans l'autre de manière à se maintenir mutuellement. Comme cette façon de construire remonte à une haute antiquité, et qu'elle semble avoir suivi les constructions pélasgiques ou cyclopéennes, dont elle conserve quelques traces, on peut conjecturer que la partie des murs de Pompéi, bâtie ainsi, est un ouvrage des Osques, ou du moins des premières colonies grecques qui vinrent s'établir dans la Campanie.

« Les deux murs étaient crénelés de manière que, vus du côté de la campagne, ils présentaient l'apparence d'une double enceinte de remparts.

« Ces murailles sont dans un grand désordre que l'on ne peut pas attribuer uniquement aux tremblements de terre qui précédèrent l'éruption de 79. Je pense, ajoute M. Mazois, que Pompéi a dû être démantelé plusieurs fois, comme le prouvent les brèches et les réparations qu'on y remarque. Il paraît même que ces fortifications n'étaient plus regardées depuis longtemps comme nécessaires, puisque, du côté où était le port, les habitations sont bâties sur les murs, que l'on a en plusieurs endroits abattus à cet effet.

« Ces murs sont surmontés de tours qui ne paraissent pas d'une si haute antiquité ; leur construction indique qu'elles sont du même temps que les réparations faites aux murailles ; elles sont de forme quadrangulaire, servent en même temps de poterne, et sont placées à des distances inégales les unes des autres.

« Il paraît que la ville n'avait pas de fossés, au moins du côté où l'on a fouillé ; car les murs, en cet endroit, étaient assis sur un terrain escarpé. »

On voit que, par leur genre de construction, les remparts sont les monuments qui résisteront le mieux à l'action du temps. Malgré l'attention extrême avec laquelle on a cherché à conserver ceux qui ont été découverts, l'exposition à l'air, dont ils étaient préservés depuis si longtemps, les a endommagés. Les pluies d'hiver, extrêmement abondantes dans l'Europe méridionale, font pénétrer graduellement l'humidité entre les briques et leur revêtement. Il y croît des mousses, puis des plantes qui déjoignent les briques. Pour éviter la dégradation, on a couvert les murs avec des tuiles, et placé des toits au-dessus des édifices.

Le plan indique cinq portes, désignées chacune par un nom qui n'a été donné que depuis la découverte de la ville, et qui n'est fondé sur aucun monument. La porte de Nola, la plus petite de toutes, est la seule dont l'arcade soit conservée. La porte la plus proche du forum, ou quartier des soldats, est celle par laquelle on entre : elle a été construite d'après l'antique.

Quelques personnes avaient pensé qu'au lieu d'enlever de Pompéi les divers objets que l'on y a trouvés, et d'en former un muséum à Portici, l'on aurait mieux fait de les laisser à leur place, ce qui aurait représenté une ville ancienne avec tout ce qu'elle contenait. Cette idée est spécieuse, et ceux qui la proposaient n'ont pas réfléchi que beaucoup de choses se seraient gâtées par le contact de l'air, et qu'indépendamment de cet inconvénient on aurait couru le risque de voir plusieurs objets dérobés par des voyageurs peu délicats ; c'est ce qui n'arrive que trop souvent. Il faudrait, pour songer même à meubler quelques maisons, que l'enceinte de la ville fût entièrement déblayée, de manière à être bien isolée, et à ne pas offrir la facilité d'y descendre de dessus les terrains environnants ; alors on fermerait les portes, et Pompéi ne serait plus exposé à être pillé par des pirates terrestres.

L'on n'a eu dessein, dans cette *Notice*, que de donner une idée succincte de l'état des fouilles de Pompéi en 1817. Pour bien connaître ce lieu remarquable, il faut consulter le bel ouvrage de M. Mazois [1]. L'on trouve aussi des renseignements précieux dans un livre que M. le comte de Clarac, conservateur des antiques, publia étant à Naples. Ce livre, intitulé *Pompéi*, n'a été tiré qu'à un petit nombre d'exemplaires, et n'a pas été mis en vente. M. de Clarac y rend un compte très-instructif de plusieurs fouilles qu'il a dirigées.

Il est d'autant plus nécessaire de ne consulter sur cet objet intéressant que des ouvrages faits avec soin, que trop souvent des voyageurs, ou même des écrivains qui n'ont jamais vu Pompéi, répètent avec confiance les contes absurdes débités par les *ciceroni*. Quelques journaux quotidiens de Paris ont dernièrement transcrit un article du *Courrier* de Londres, dans lequel M. W... abusait étrangement du privilége de raconter des choses extraordinaires. Il était question, dans son récit, d'argent trouvé dans le tiroir d'un comptoir, d'une lance encore appuyée contre un mur, d'épigrammes tracées sur les colonnes du quartier des soldats, de rues toutes bordées d'édifices publics.

Ces niaiseries ont engagé M. M., qui a suivi pendant douze ans les fouilles de Pompéi, à communiquer au *Journal des Débats*, du 18 février 1821, des observations extrêmement sensées.

« Il est sans doute permis, dit M. M..., à ceux qui visitent Pompéi, d'écouter tous les contes que font les *ciceroni* ignorants et intéressés, afin d'obtenir des étrangers qu'ils con-

[1] *Ruines de Pompéi*, in-fol.

duisent quelques pièces de monnaie; il est même très-permis d'y ajouter foi, mais il y a plus que de la simplicité à les rapporter naïvement comme des vérités, et à les insérer dans les journaux les plus répandus.

« La relation de M. W... me rappelle que le chevalier Coghell, ayant vu au Muséum de la reine de Naples des *artoplas*, ou tourtières pour faire cuire le pain, les prit pour des chapeaux, et écrivit à Londres qu'on avait trouvé à Pompéi des chapeaux de bronze extrêmement légers.

« Les fouilles de Pompéi sont d'un intérêt trop général, les découvertes qu'elles procurent sont trop précieuses, sous le rapport de l'histoire de l'art et de la vie privée des anciens, pour qu'on laisse publier des relations niaises et erronées, sans avertir le public du peu de foi qu'elles méritent. »

LETTRE

DE M. TAYLOR A M. CH. NODIER

SUR

LES VILLES DE POMPÉI ET D'HERCULANUM

« Herculanum et Pompéi sont des objets si importants pour l'histoire de l'antiquité, que pour bien les étudier il faut y vivre, y demeurer.

« Pour suivre une fouille très-curieuse, je me suis établi dans la maison de Diomèdès; elle est à la porte de la ville, près de la voie des Tombeaux, et si commode, que je l'ai préférée aux palais qui sont près du forum. Je demeure à côté de la maison de Salluste.

« On a beaucoup écrit sur Pompéi, et l'on s'est souvent égaré. Par exemple, un savant, nommé Matorelli, fut employé pendant deux années à faire un mémoire énorme pour prouver que les anciens n'avaient pas connu le verre de vitre, et quinze jours après la publication de son in-folio, on découvrit une maison où il y avait des vitres à toutes les fenêtres. Il est cependant juste de dire que les anciens n'aimaient pas beaucoup les croisées; le plus communément le jour venait par la porte; mais enfin, chez les patriciens, il y avait de très-belles glaces aux fenêtres, aussi transparentes que notre verre de Bohème, et les carreaux étaient joints avec des listels de bronze de bien meilleur goût que nos traverses en bois.

« Un voyageur de beaucoup d'esprit et de talent, qui a publié des lettres sur la Morée, et un grand nombre d'autres voyageurs, trouvent extraordinaire que les constructions modernes de l'Orient soient absolument semblables à celles de Pompéi. Avec un peu de réflexion, cette ressemblance paraîtrait toute naturelle. Tous les arts nous viennent de l'Orient; c'est ce qu'on ne saurait trop répéter aux hommes qui ont le désir d'étudier et de s'éclairer.

« Les fouilles se continuent avec persévérance et avec beaucoup d'ordre et de soin : on vient de découvrir un nouveau quartier et des thermes superbes. Dans une des salles, j'ai particulièrement remarqué trois siéges en bronze, d'une forme tout à fait inconnue, et de la plus belle conservation. Sur l'un d'eux était placé le squelette d'une femme, dont les bras étaient couverts de bijoux, en outre des bracelets d'or, dont la forme était déjà connue; j'ai détaché un collier qui est vraiment d'un travail miraculeux. Je vous assure

que nos bijoutiers les plus experts ne pourraient rien faire de plus précieux ni d'un meilleur goût.

« Il est difficile de peindre le charme que l'on éprouve à toucher ces objets sur les lieux
mêmes où ils ont reposé tant de siècles, et avant que le prestige ne soit tout à fait détruit.
Une des croisées était couverte de très-belles vitres, que l'on vient de faire remettre au
musée de Naples.

« Tous les bijoux ont été portés chez le roi. Sous peu de jours ils seront l'objet d'une
exposition publique.

« Pompéi a passé vingt siècles dans les entrailles de la terre ; les nations ont passé sur
son sol ; ses monuments sont restés debout, et tous ses ornements intacts. Un contemporain d'Auguste, s'il revenait, pourrait dire : « Salut, ô ma patrie ! ma demeure est la
« seule sur la terre qui ait conservé sa forme, et jusqu'aux moindres objets de mes affec-
« tions. Voici ma couche ; voici mes auteurs favoris. Mes peintures sont encore aussi
« fraîches qu'au jour où un artiste ingénieux en orna ma demeure. Parcourons la ville,
« allons au théâtre : je reconnais la place où, pour la première fois, j'applaudis aux belles
« scènes de *Térence* et d'*Euripide*. »

« Rome n'est qu'un vaste musée ; *Pompéi est une antiquité vivante.* »

VOYAGE EN AMÉRIQUE

AVERTISSEMENT

DE L'ÉDITION DE 1827

Je n'ai rien à dire de particulier sur le *Voyage en Amérique* qu'on va lire ; le
récit en est tiré, comme le sujet des *Natchez*, du manuscrit original des *Natchez*
même : ce Voyage porte en soi son commentaire et son histoire.

Mes différents ouvrages offrent d'assez fréquents souvenirs de ma course en Amérique : j'avais d'abord songé à les recueillir et à les placer sous leur date dans ma
narration ; mais j'ai renoncé à ce parti pour éviter un double emploi ; je me suis
contenté de rappeler ces passages : j'en ai pourtant cité quelques-uns lorsqu'ils m'ont
paru nécessaires à l'intelligence du texte, et qu'ils n'ont pas été trop longs

Je donne, dans l'*Introduction*, un fragment des *Mémoires de ma vie*, afin de
familiariser le lecteur avec le jeune voyageur qu'il doit suivre outre-mer. J'ai cor-
rigé avec soin la partie déjà écrite ; la partie qui relate les faits postérieurs à l'année
1791, et qui nous amène jusqu'à nos jours, est entièrement neuve.

En parlant des républiques espagnoles, j'ai raconté (en tout ce qu'il m'était *permis* de raconter) ce que j'aurais désiré faire dans l'intérêt de ces États naissants,
lorsque ma position politique me donnait quelque influence sur les destinées des
peuples.

Je n'ai point été assez téméraire pour toucher à ce grand sujet avant de m'être
entouré des lumières dont j'avais besoin. Beaucoup de volumes imprimés et de
mémoires inédits m'ont servi à composer une douzaine de pages. J'ai consulté des

hommes qui ont voyagé et résidé dans les républiques espagnoles : je dois à l'obligeance de M. le chevalier d'Esménard des renseignements précieux sur les emprunts américains.

La préface qui précède le *Voyage en Amérique* est une espèce d'histoire des voyages : elle présente au lecteur le tableau général de la science géographique, et, pour ainsi dire, la *feuille de route* de l'homme sur le globe.

Quant à mes *Voyages en Italie*, il n'y a de connu du public que ma lettre adressée de Rome à M. de Fontanes, et quelques pages sur le Vésuve : les lettres et les notes qui sont réunies à ces opuscules n'avaient point encore été publiées.

Les *Cinq jours en Auvergne*, morceau inédit, suivent, dans l'ordre chronologique, les Lettres et les Notes sur l'Italie.

Le *Voyage au Mont-Blanc* parut en 1806, peu de mois avant mon départ pour la Grèce.

PRÉFACE[1].

Les voyages sont une des sources de l'histoire : l'histoire des nations étrangères vient se placer, par la narration des voyageurs, auprès de l'histoire particulière de chaque pays.

Les voyages remontent au berceau de la société : les livres de Moïse nous représentent les premières migrations des hommes. C'est dans ces livres que nous voyons le patriarche conduire ses troupeaux aux plaines de Chanaan, l'Arabe errer dans ses solitudes de sable, et le Phénicien explorer les mers.

Moïse fait sortir la seconde famille des hommes des montagnes de l'Arménie ; ce point est central par rapport aux trois grandes races, jaune, noire et blanche : les Indiens, les Nègres et les Celtes ou autres peuples du Nord.

Les peuples pasteurs se retrouvent dans Sem, les peuples commerçants dans Cham, les peuples militaires dans Japhet. Moïse peupla l'Europe des descendants de Japhet : les Grecs et les Romains donnent Japetus pour père à l'espèce humaine.

Homère, soit qu'il ait existé un poëte de ce nom, soit que les ouvrages qu'on lui attribue n'offrent qu'un recueil des traditions de la Grèce, Homère nous a laissé dans l'*Odyssée* le récit d'un voyage ; il nous transmet aussi les idées que l'on avait, dans cette première antiquité, sur la configuration de la terre : selon ces idées, la terre représentait un disque environné par le fleuve Océan. Hésiode a la même cosmographie.

Hérodote, le père de l'histoire comme Homère est le père de la poésie, était comme Homère un voyageur. Il parcourut le monde connu de son temps. Avec quel charme n'a-t-il pas décrit les mœurs des peuples ? On n'avait encore que quelques cartes côtières des navigateurs phéniciens et la mappemonde d'Anaximandre corrigée par Hécatée : Strabon cite un itinéraire du monde de ce dernier.

Hérodote ne distingue bien que deux parties de la terre, l'Europe et l'Asie ; la Libye ou l'Afrique ne semblerait, d'après ses récits, qu'une vaste péninsule de l'Asie. Il donne les routes de quelques caravanes dans l'intérieur de la Libye, et la relation succincte d'un

---

[1] Obligé de resserrer un tableau immense dans le cadre étroit d'une préface, je crois pourtant n'avoir omis rien d'essentiel. Si cependant des lecteurs, curieux de ces sortes de recherches, désiraient en savoir davantage, ils peuvent consulter les savants ouvrages des d'Anville, des Robertson, des Gosselin, des Malte-Brun, des Walkenaer, des Pinkerton, des Rennell, des Cuvier, des Jomard, etc.

voyage autour de l'Afrique. Un roi d'Égypte, Nécos, fit partir des Phéniciens du golfe
Arabique : ces Phéniciens revinrent en Égypte par les colonnes d'Hercule ; ils mirent trois
ans à accomplir leur navigation, et ils racontèrent qu'ils avaient vu le soleil à leur droite.
Tel est le fait rapporté par Hérodote.

Les anciens eurent donc, comme nous, deux espèces de voyageurs : les uns parcou-
raient la terre, les autres les mers. A peu près à l'époque où Hérodote écrivait, le Carthaginois Hannon accomplissait son *Périple* [1]. Il nous reste quelque chose du recueil fait par
Scylax des excursions maritimes de son temps.

Platon nous a laissé le roman de cette Atlantide, où l'on a voulu retrouver l'Amérique.
Eudoxe, compagnon de voyage du philosophe, composa un itinéraire universel, dans lequel il lia la géographie à des observations astronomiques.

Hippocrate visita les peuples de la Scythie : il appliqua les résultats de son expérience
au soulagement de l'espèce humaine.

Xénophon tient un rang illustre parmi ces voyageurs armés, qui ont contribué à nous
faire connaître la demeure que nous habitons.

Aristote, qui devançait la marche des lumières, tenait la terre pour sphérique ; il en
évaluait la circonférence à quatre cent milles stades ; il croyait, ainsi que Christophe Colomb le crut, que les côtes de l'Hespérie étaient en face de celles de l'Inde. Il avait une
idée vague de l'Angleterre et de l'Irlande, qu'il nomme Albion et Jerne ; les Alpes ne lui
étaient point inconnues, mais il les confondait avec les Pyrénées.

Dicéarque, un de ses disciples, fit une description charmante de la Grèce, dont il nous
reste quelques fragments, tandis qu'un autre disciple d'Aristote, Alexandre le Grand, allait porter le nom de cette Grèce jusque sur les rivages de l'Inde. Les conquêtes d'Alexandre
opérèrent une révolution dans les sciences comme chez les peuples.

Androsthène, Néarque et Onésicritus reconnurent les côtes méridionales de l'Asie.
Après la mort du fils de Philippe, Séleucus Nicanor pénétra jusqu'au Gange ; Patrocle,
un de ses amiraux, navigua sur l'océan Indien. Les rois grecs de l'Égypte ouvrirent un
commerce direct avec l'Inde et la Taprobane ; Ptolémée Philadelphe envoya dans l'Inde
des géographes et des flottes ; Thimosthène publia une description de tous les ports connus, et Eratosthène donna des bases mathématiques un système complet de géographie. Les caravanes pénétraient aussi dans l'Inde par deux routes : l'une se terminait à
Palibothra en descendant le Gange ; l'autre tournait les monts Imaüs.

L'astronome Hipparque annonça une grande terre qui devait joindre l'Inde à l'Afrique :
on y verra si l'on veut l'univers de Colomb.

La rivalité de Rome et de Carthage rendit Polybe voyageur, et lui fit visiter les côtes de
l'Afrique jusqu'au mont Atlas, afin de mieux connaître le peuple dont il voulait écrire
l'histoire. Eudoxe de Cyzique tenta, sous le règne de Ptolémée Physcon et de Ptolémée
Lathure, de faire le tour de l'Afrique par l'ouest ; il chercha aussi une route plus directe
pour passer des ports du golfe Arabique aux ports de l'Inde.

Cependant les Romains, en étendant leurs conquêtes vers le nord, levèrent de nouveaux voiles : Pythéas de Marseille avait déjà touché à ces rivages d'où devaient venir les
destructeurs de l'empire des Césars. Pythéas navigua jusque dans les mers de la Scandinavie, fixa la position du cap Sacré et du cap Calbium (Finistère) en Espagne, reconnut
l'île Uxisama (Ouessant), celle d'Albion, une des Cassitérides des Carthaginois, et surgit à
cette fameuse Thulé dont on a voulu faire l'Islande, mais qui, selon toute apparence, est
la côte du Jutland.

Jules César éclaircit la géographie des Gaules, commença la découverte de la Germanie et des côtes de l'île des Bretons : Germanicus porta les aigles romaines aux rives
de l'Elbe.

Strabon, sous le règne d'Auguste, renferma dans un corps d'ouvrage les connaissances
antérieures des voyageurs, et celles qu'il avait lui-même acquises. Mais si sa géographie

---

[1] Je l'ai donné tout entier dans l'*Essai historique*.

enseigne des choses nouvelles sur quelque partie du globe, elle fait rétrograder la science sur quelques points. Strabon distingue les îles Cassitérides de la Grande-Bretagne, et il a l'air de croire que les premières (qui ne peuvent être dans cette hypothèse que les Sorlingues) produisaient l'étain : or l'étain se tirait des mines de Cornouailles; et lorsque le géographe grec écrivait, il y avait déjà longtemps que l'étain d'Albion arrivait au monde romain à travers les Gaules.

Dans la Gaule ou la Celtique, Strabon supprime à peu près la péninsule armoricaine; il ne connaît point la Baltique, quoiqu'elle passât déjà pour un grand lac salé, le long duquel on trouvait la *côte de l'Ambre jaune*, la Prusse d'aujourd'hui.

A l'époque où florissait Strabon, Hippalus fixa la navigation de l'Inde par le golfe Arabique, en expérimentant les vents réguliers que nous appelons *moussons* : un de ces vents, le vent du sud-ouest, celui qui conduisait dans l'Inde, prit le nom d'*Hippale*. Des flottes romaines partaient régulièrement du port de Bérénice vers le milieu de l'été, arrivaient en trente jours au port d'Océlis ou à celui de Cané dans l'Arabie, et de là en quarante jours à Muziris, premier entrepôt de l'Inde. Le retour, en hiver, s'accomplissait dans le même espace de temps; de sorte que les anciens ne mettaient pas cinq mois pour aller aux Indes et pour en revenir. Pline et le Périple de la mer Erythréenne (dans les Petits Géographes) fournissent ces détails curieux.

Après Strabon, Denis le Périégète, Pomponius Mela, Isidore de Charax, Tacite et Pline ajoutent aux connaissances déjà acquises sur les nations. Pline surtout est précieux par le nombre des voyages et des relations qu'il cite. En le lisant, nous voyons que nous avons perdu une description complète de l'empire romain faite par ordre d'Agrippa, gendre d'Auguste; que nous avons perdu également des Commentaires sur l'Afrique par le roi Juba, commentaires extraits des livres carthaginois; que nous avons perdu une relation des îles Fortunées par Statius Sebosus, des Mémoires sur l'Inde par Sénèque, un Périple de l'historien Polybe, trésors à jamais regrettables. Pline sait quelque chose du Thibet; il fixe le point oriental du monde à l'embouchure du Gange; au nord, il entrevoit les Orcades; il connaît la Scandinavie, et donne le nom de *golfe Codon* à la mer Baltique.

Les anciens avaient à la fois des cartes routières et des espèces de livres de poste : Végèce distingue les premières par le nom de *picta*, et les seconds par celui d'*annotata*. Trois de ces itinéraires nous restent : l'*Itinéraire d'Antonin*, l'*Itinéraire de Bordeaux à Jérusalem*, et la *Table de Peutinger*. Le haut de cette Table, qui commençait à l'ouest, a été déchiré; la péninsule espagnole manque, ainsi que l'Afrique occidentale; mais la Table s'étend à l'est jusqu'à l'embouchure du Gange, et marque des routes dans l'intérieur de l'Inde. Cette carte a vingt et un pieds de long sur un pied de large; c'est une zone ou un grand chemin du monde antique.

Voilà à quoi se réduisaient les travaux et les connaissances des voyageurs et des géographes avant l'apparition de l'ouvrage de Ptolémée. Le monde d'Homère était une île parfaitement ronde, entourée, comme nous l'avons dit, du fleuve Océan. Hérodote fit de ce monde une plaine sans limites précises; Eudoxe de Cnide le transforma en un globe d'à peu près treize mille stades de diamètre; Hipparque et Strabon lui donnèrent deux cent cinquante-deux mille stades de circonférence, de huit cent trente-trois stades au degré. Sur ce globe on traçait un carré, dont le long côté courait d'occident en orient; ce carré était divisé par deux lignes qui se coupaient à angle droit : l'une, appelée le *diaphragme*, marquait de l'ouest à l'est la longueur ou la *longitude* de la terre; elle avait soixante-dix-sept mille huit cents stades; l'autre, d'une moitié plus courte, indiquait du nord au sud la largeur ou la *latitude* de cette terre : les supputations commencent au méridien d'Alexandrie. Par cette géographie, qui faisait la terre beaucoup plus longue que large, on voit d'où nous sont venues ces expressions impropres de *longitude* et de *latitude*.

Dans cette carte du monde habité se plaçaient l'Europe, l'Asie et l'Afrique : l'Afrique et l'Asie se joignaient aux régions australes, ou étaient séparées par une mer qui raccourcissait extrêmement l'Afrique. Au nord les continents se terminaient à l'embouchure de l'Elbe, au sud vers les bords du Niger, à l'ouest au cap Sacré en Espagne, et à l'est aux bouches du Gange; sous l'équateur une zone torride, sous les pôles une zone glacée, étaient réputées inhabitables.

Il est curieux de remarquer que presque tous ces peuples appelés *Barbares*, qui firent la conquête de l'empire romain, et d'où sont sorties les nations modernes, habitaient au delà des limites du monde connu de Pline et de Strabon, dans des pays dont on ne soupçonnait pas même l'existence.

Ptolémée, qui tomba néanmoins dans de graves erreurs, donna des bases mathématiques à la position des lieux. On voit paraître dans son travail un assez grand nombre de nations sarmates. Il indique bien le Volga, et redescend jusqu'à la Vistule.

En Afrique, il confirme l'existence du Niger, et peut-être nomme-t-il Tombouctou dans Tucabath : il cite aussi un grand fleuve qu'il appelle *Gyr*.

En Asie, son pays des Sines n'est point la Chine, mais probablement le royaume de Siam. Ptolémée suppose que la terre d'Asie, se prolongeant vers le midi, se joint à une terre inconnue, laquelle terre se réunit par l'ouest à l'Afrique. Dans la Sérique de ce géographe il faut voir le Thibet, lequel fournit à Rome la première grosse soie.

Avec Ptolémée finit l'histoire des voyages des anciens, et Pausanias nous fait voir le dernier cette Grèce antique, dont le génie s'est noblement réveillé de nos jours à la voix de la civilisation nouvelle. Les nations barbares paraissent; l'empire romain s'écroule; de la race des Goths, des Francs, des Huns, des Slaves, sortent un autre monde et d'autres voyageurs.

Ces peuples étaient eux-mêmes de grandes caravanes armées, qui, des rochers de la Scandinavie et des frontières de la Chine, marchaient à la découverte de l'empire romain. Ils venaient apprendre à ces prétendus maîtres du monde qu'il y avait d'autres hommes que les esclaves soumis au joug des Tibère et des Néron; ils venaient enseigner leur pays aux géographes du Tibre : il fallut bien placer ces nations sur la carte; il fallut bien croire à l'existence des Goths et des Vandales quand Alaric et Genseric eurent écrit leurs noms sur les murs du Capitole. Je ne prétends point raconter ici les migrations et les établissements des Barbares; je chercherai seulement, dans les débris qu'ils entassèrent, les anneaux de la chaîne qui lie les voyageurs anciens aux voyageurs modernes.

Un déplacement notable s'opéra dans les investigations géographiques par le déplacement des peuples. Ce que les anciens nous font le mieux connaître, c'est le pays qu'ils habitaient; au delà des frontières de l'empire romain tout est pour eux déserts et ténèbres. Après l'invasion des Barbares nous ne savons presque plus rien de la Grèce et de l'Italie, mais nous commençons à pénétrer les contrées qui enfantèrent les destructeurs de l'ancienne civilisation.

Trois sources reproduisirent les voyages parmi les peuples établis sur les ruines du monde romain : le zèle de la religion, l'ardeur des conquêtes, l'esprit d'aventures et d'entreprises, mêlé à l'avidité du commerce.

Le zèle de la religion conduisit les premiers comme les derniers missionnaires dans les pays les plus lointains. Avant le quatrième siècle, et, pour ainsi dire, du temps des apôtres, qui furent eux-mêmes des pèlerins, les prêtres du vrai Dieu portaient de toutes parts le flambeau de la foi. Tandis que le sang des martyrs coulait dans les amphithéâtres, des ministres de paix prêchaient la miséricorde aux vengeurs du sang chrétien : les conquérant étaient déjà en partie conquis par l'Évangile lorsqu'ils arrivèrent sous les murs de Rome.

Les ouvrages des Pères de l'Église mentionnent une foule de pieux voyageurs. C'est une mine que l'on n'a pas assez fouillée, et qui, sous le seul rapport de la géographie et de l'histoire des peuples, renferme des trésors.

Un moine égyptien, dès le cinquième siècle de notre ère, parcourut l'Éthiopie et composa une topographie du monde chrétien; un Arménien, du nom de Chorenenzis, écrivit un ouvrage géographique. L'historien des Goths, Jornandès, évêque de Ravennes, dans son Histoire et dans son livre *De Origine mundi*, consigne, au sixième siècle, des faits importants sur les pays du nord et de l'est de l'Europe. Le diacre Varnefrid publia une histoire des Lombards ; un autre Goth, l'Anonyme de Ravennes, donna, un siècle plus tard, la description générale du monde. L'apôtre de l'Allemagne, saint Boniface, envoyait au pape des espèces de mémoires sur les peuples de l'Esclavonie. Les Polonais paraissent pour la première fois sous le règne d'Othon II, dans les huit livres de la précieuse Chronique de Ditmar. Saint Otton, évêque de Bamberg, sur l'invitation d'un ermite espagnol appelé *Bernard*, prêche la foi en parcourant la Prusse. Otton vit la Baltique, et fut étonné de la grandeur de cette mer. Nous avons malheureusement perdu le journal du voyage que fit, sous Louis le Débonnaire, en Suède et en Danemark, Anscaire, moine de Corbie, à moins toutefois que ce journal, qui fut envoyé à Rome en 1260, n'existe dans la bibliothèque du Vatican. Adam de Brême a puisé dans cet ouvrage une partie de sa propre relation des royaumes du Nord ; il mentionne de plus la Russie, dont Kiow était la capitale, bien que, dans les *Sagas*, l'empire russe soit nommé *Gardarike*, et que Holmgard, aujourd'hui Novogorod, soit désigné comme la principale cité de cet empire naissant.

Giraud Barry. Dieudit, retracent, l'un le tableau de la principauté de Galles et de l'Irlande sous le règne de Henri II ; l'autre retourne à l'examen des mesures de l'empire romain sous Théodose.

Nous avons des cartes du moyen âge : un tableau topographique de toutes les provinces du Danemark, vers l'an 1231 ; sept cartes du royaume d'Angleterre et des îles voisines, dans le douzième siècle, et le fameux livre connu sous le nom de *Doomsdaybook*, entrepris par ordre de Guillaume le Conquérant. On trouve dans cette statistique le cadastre des terres cultivées, habitées, ou désertes de l'Angleterre, le nombre des habitants libres ou serfs, et jusqu'à celui des troupeaux et des ruches d'abeilles. Sur ces cartes sont grossièrement dessinées les villes et les abbayes : si d'un côté ces dessins nuisent aux détails géographiques, d'un autre côté ils donnent une idée des arts de ce temps.

Les pèlerinages à la Terre-Sainte forment une partie considérable des monuments géographiques du moyen âge. Ils eurent lieu dès le quatrième siècle, puisque saint Jérôme assure qu'il venait à Jérusalem des pèlerins de l'Inde et de l'Éthiopie, de la Bretagne et de l'Hibernie ; il paraît même que l'*Itinéraire de Bordeaux à Jérusalem* avait été composé, vers l'an 333, pour l'usage des pèlerins des Gaules.

Les premières années du sixième siècle nous fournissent l'*Itinéraire* d'Antonin de Plaisance. Après Antonin vient, dans le septième siècle, saint Arculfe, dont Adamannus écrivit la relation ; au huitième siècle nous avons deux voyages à Jérusalem de saint Guiband, et une relation des Lieux Saints par le vénérable Bède ; au neuvième siècle, Bernard le Moine ; au dixième et onzième siècles, Olderic, évêque d'Orléans, le Grec Eugisippe, et enfin Pierre l'Ermite.

Alors commencent les croisades : Jérusalem demeure entre les mains des princes français pendant quatre-vingt-huit ans. Après la reprise de Jérusalem par Saladin, les fidèles continuèrent à visiter la Palestine, et depuis Focas, dans le treizième siècle, jusqu'à Pococke, dans le dix-huitième, les pèlerinages se succèdent sans interruption [1].

Avec les croisades on vit renaître ces historiens voyageurs dont l'antiquité avait offert les modèles. Raymond d'Agiles, chanoine de la cathédrale du Puy en Velay, accompagna le célèbre évêque Adhémar à la première croisade : devenu chapelain du comte de Toulouse, il écrivit avec Pons de Balazun, brave chevalier, tout ce dont il fut témoin sur la route et à la prise de Jérusalem. Raoul de Caen, loyal serviteur de Tancrède, nous peint la vie de ce chevalier : Robert le Moine se trouva au siège de Jérusalem.

Soixante ans plus tard, Foulcher, de Chartres, et Odon, de Deuil, allèrent aussi en Palestine ; le premier avec Baudouin, roi de Jérusalem ; le second avec Louis VII, roi de France. Jacques de Vitry devint évêque de Saint-Jean d'Acre.

Guillaume de Tyr, qui s'éleva vers la fin du royaume de Jérusalem, passa sa vie sur les chemins de l'Europe et de l'Asie. Plusieurs historiens de nos vieilles chroniques furent ou des moines ou des prélats errants, comme Raoul, Glaber et Flodoard ; ou des guer-

[1] Voyez le second Mémoire de mon Introduction à l'*Itinéraire*.

riers, tels que Nithard, petit-fils de Charlemagne, Guillaume de Poitiers, Ville-Hardouin, Joinville, et tant d'autres qui racontent leurs expéditions lointaines. Pierre de Vaulx Cernay était une espèce d'ermite dans les effroyables camps de Simon de Montfort.

Une fois arrivé aux chroniques en langue vulgaire, on doit surtout remarquer Froissard, qui n'écrivit, à proprement parler, que ses voyages, c'était en chevauchant qu'il traçait son histoire. Il passait de la cour du roi d'Angleterre à celle du roi de France, et de celle-ci à la petite cour chevaleresque des comtes de Foix. « Quand j'eus séjourné en « la cité de Paumiers trois jours, me vint d'adventure un chevalier du comte de Foix qui « revenoit d'Avignon, lequel on appeloit messire Espaing du Lyon, vaillant homme, et « sage et beau chevalier, et pouvoit lors estre en l'aage de cinquante ans. Je me mis en « sa compagnie et fusmes six jours sur le chemin. En chevauchant, le dit chevalier « (puisqu'il avoit dit au matin ses oraisons) se devisoit le plus du jour à moi, en deman- « dant des nouvelles : aussi quand je lui en demandois, il m'en respondoit, etc. » On voit Froissard arriver dans de grands hôtels, dîner à peu près aux heures où nous dinons, aller au bain, etc. L'examen des voyages de cette époque me porte à croire que la civilisation domestique du quatorzième siècle était infiniment plus avancée que nous ne nous l'imaginons.

En retournant sur nos pas, au moment de l'invasion de l'Europe civilisée par les peuples du Nord, nous trouvons les voyageurs et les géographes arabes qui signalent dans les mers des Indes des rivages inconnus des anciens : leurs découvertes furent aussi fort importantes en Afrique. Massudi, Ibn-Haukal, Al-Edrisi, Ibn-Alouardi, Abulféda, El-Bakoui, donnent des descriptions très-étendues de leur propre patrie et des contrées soumises aux armes des Arabes. Ils voyaient au nord de l'Asie un pays affreux, qu'entourait une muraille énorme, et un château de Gog et de Magog. Vers l'an 713, sous le calife Walid, les Arabes connurent la Chine, où ils envoyèrent par terre des marchands et des ambassadeurs : ils y pénétrèrent aussi par mer dans le neuvième siècle : Wahab et Abuzaïd abordèrent à Canton. Dès l'an 850, les Arabes avaient un agent commercial dans la province de ce nom; ils commerçaient avec quelques villes de l'intérieur, et, chose singulière! ils y trouvèrent des communautés chrétiennes.

Les Arabes donnaient à la Chine plusieurs noms : le Cathai comprenait les provinces du nord, le Tchin ou le Sin, les provinces du midi. Introduits dans l'Inde, sous la protection de leurs armes, les disciples de Mahomet parlent dans leurs récits des belles vallées de Cachemire aussi pertinemment que des voluptueuses vallées de Grenade. Ils avaient jeté des colonies dans plusieurs îles de la mer de l'Inde, telles que Madagascar et les Moluques, où les Portugais les trouvèrent, après avoir doublé le cap de Bonne-Espérance.

Tandis que les marchands militaires de l'Asie faisaient, à l'orient et au midi, des découvertes inconnues à l'Europe subjuguée par les Barbares, ceux de ces Barbares restés dans leur première patrie, les Suédois, les Norvégiens, les Danois, commençaient au nord et à l'ouest d'autres découvertes également ignorées de l'Europe franque et germanique. Other le Norvégien s'avançait jusqu'à la mer Blanche, et Wulfstan le Danois décrivait la mer Baltique, qu'Eginard avait déjà décrite, et que les Scandinaves appelaient *le Lac salé de l'Est*. Wulfstan raconte que les Estiens ou peuples qui habitaient à l'orient de la Vistule, buvaient le lait de leurs jumens comme les Tartares, et qu'ils laissaient leur héritage aux meilleurs cavaliers de leur tribu.

Le roi Alfred nous a conservé l'abrégé de ces relations. C'est lui qui le premier a divisé la Scandinavie en provinces ou royaumes tels que nous les connaissons aujourd'hui. Dans les langues gothiques, la Scandinavie portait le nom de *Mannaheim*, ce qui signifie *pays des hommes*, et ce que le latin du sixième siècle a traduit énergiquement par l'équivalent de ces mots : *fabrique du genre humain*.

Les pirates normands établirent en Irlande les colonies de Dublin, d'Ulster et de Connaught; ils explorèrent et soumirent les îles de Shetland, les Orcades et les Hébrides : ils arrivèrent aux îles Feroer, à l'Islande, devenue les archives de l'histoire du Nord; au Groenland, qui fut habité alors et habitable; et enfin peut-être à l'Amérique. Nous parlerons plus tard de cette découverte, ainsi que du voyage et de la carte des deux frères Zeni.

Mais l'empire des califes s'était écroulé ; de ses débris s'étaient formées plusieurs monarchies : le royaume des Aglabites et ensuite des Fatimites en Égypte, les despotats d'Alger, de Fez, de Tripoli, de Maroc, sur les côtes d'Afrique. Les Turcomans, convertis à l'islamisme, soumirent l'Asie occidentale depuis la Syrie jusqu'au mont Casbhar. La puissance ottomane passa en Europe, effaça les dernières traces du nom romain, et poussa ses conquêtes jusqu'au delà du Danube.

Gengis-Kan paraît, l'Asie est bouleversée et subjuguée de nouveau. Oktaï-Kan détruit le royaume des Cumanes et des Nioutchis ; Mangu s'empare du califat de Bagdad ; Kublaï-Kan envahit la Chine et une partie de l'Inde. De cet empire Mongol, qui réunissait sous un même joug l'Asie presque entière, naissent tous les kanats que les Européens rencontrèrent dans l'Inde.

Les princes européens, effrayés de ces Tartares qui avaient étendu leurs ravages jusque dans la Pologne, la Silésie et la Hongrie, cherchèrent à connaître les lieux d'où partait ce prodigieux mouvement : les papes et les rois envoyèrent des ambassadeurs à ces nouveaux fléaux de Dieu. Ascelin, Carpin, Rubruquis, pénétrèrent dans le pays des Mongols. Rubruquis trouva que Caracorum, ville capitale de ce kan maître de l'Asie, avait à peu près l'étendue du village de Saint-Denis : elle était environnée d'un mur de terre ; on y voyait deux mosquées et une église chrétienne.

Il y eut des Itinéraires de la Grande-Tartarie à l'usage des missionnaires : André Lusimel prêcha le christianisme aux Mongols ; Ricold de Monte-Crucis pénétra aussi dans la Tartarie.

Le rabbin Benjamin de Tudèle a laissé une relation de ce qu'il a vu ou de ce qu'il a entendu dire sur les trois parties du monde (1160).

Enfin Marc-Paul, noble vénitien, ne cessa de parcourir l'Asie pendant près de vingt-six années. Il fut le premier Européen qui pénétra dans la Chine, dans l'Inde au delà du Gange, et dans quelques îles de l'océan Indien (1271-95). Son ouvrage devint le manuel de tous les marchands en Asie, et de tous les géographes en Europe.

Marc-Paul cite Pékin et Nankin ; il nomme encore une ville de Quinsaï, la plus grande du monde : on comptait douze mille ponts sur les canaux dont elle était traversée ; on y consommait par jour quatre-vingt-quatorze quintaux de poivre. Le voyageur vénitien fait mention dans ses récits de la porcelaine, mais il ne parle point du thé : c'est lui qui nous a fait connaître le Bengale, le Japon, l'île de Bornéo, et la mer de la Chine, où il compte sept mille quatre cent quarante îles, riches en épiceries.

Ces princes tartares ou mongols, qui dominèrent l'Asie et passèrent dans quelques provinces de l'Europe, ne furent pas des princes sans mérite ; ils ne sacrifiaient ni ne réduisaient leurs prisonniers en esclavage. Leurs camps se remplirent d'ouvriers européens, de missionnaires, de voyageurs qui occupèrent même sous leur domination des emplois considérables. On pénétrait avec plus de facilité dans leur empire que dans ces contrées féodales où un abbé de Clugny tenait les environs de Paris pour une contrée si lointaine et si peu connue, qu'il n'osait s'y rendre.

Après Marc-Paul, vinrent Pegoletti, Oderic, Mandeville, Clavijo, Josaphat, Barbaro : ils achevèrent de décrire l'Asie. Alors on allait souvent par terre à Pékin ; les frais du voyage s'élevaient de 300 à 350 ducats. Il y avait un papier-monnaie en Chine ; on le nommait babisci ou balis.

Les Génois et les Vénitiens firent le commerce de l'Inde et de la Chine en caravanes par deux routes différentes : Pegoletti marque dans le plus grand détail les stations d'une des routes (1353). En 1312, on rencontre à Pékin un évêque appelé Jean de Monte Corvino.

Cependant le temps marchait : la civilisation faisait des progrès rapides : des découvertes dues au hasard ou au génie de l'homme séparaient à jamais les siècles modernes des siècles antiques, et marquaient d'un sceau nouveau les générations nouvelles. La boussole, la poudre à canon, l'imprimerie, étaient trouvées pour guider le navigateur, le défendre, et conserver le souvenir de ses périlleuses expéditions.

Les Grecs et les Romains avaient été nourris aux bords de cette étendue d'eau intérieure qui ressemble plutôt à un grand lac qu'à un océan : l'empire ayant passé aux Barbares, le centre de la puissance politique se trouva placé principalement en Espagne, en France et en Angleterre, dans le voisinage de cette mer Atlantique qui baignait, vers l'occident, des rivages inconnus. Il fallut donc s'habituer à braver les longues nuits et les tempêtes, à compter pour rien les saisons, à sortir du port dans les jours de l'hiver comme dans les jours de l'été, à bâtir des vaisseaux dont la force fût en proportion de celle du nouveau Neptune contre lequel ils avaient à lutter.

Nous avons déjà dit un mot des entreprises hardies de ces pirates du Nord, qui, selon l'expression d'un panégyriste, semblaient avoir vu le fond de l'abîme à découvert : d'une autre part, les républiques formées en Italie des ruines de Rome, du débris des royaumes des Goths, des Vandales et des Lombards, avaient continué et perfectionné l'ancienne navigation de la Méditerranée. Les flottes vénitiennes et génoises avaient porté les croisés en Égypte, en Palestine, à Constantinople, dans la Grèce; elles étaient allées chercher à Alexandrie et dans la mer Noire les riches productions de l'Inde.

Enfin les Portugais poursuivaient en Afrique les Maures déjà chassés des rives du Tage; il fallait des vaisseaux pour suivre et nourrir, le long des côtes, les combattants. Le cap Nunez arrêta longtemps les pilotes; Jilianez le doubla en 1433; l'île de Madère fut découverte ou plutôt retrouvée; les Açores émergèrent du sein des flots; et comme on était toujours persuadé, d'après Ptolémée, que l'Asie s'approchait de l'Afrique, on prit les Açores pour les îles qui, selon Marc-Paul, bordaient l'Asie dans la mer des Indes. On a prétendu qu'une statue équestre, montrant l'occident du doigt, s'élevait sur le rivage de l'île de Corvo; des monnaies phéniciennes ont été aussi rapportées de cette île.

Du cap Nunez, les Portugais surgirent au Sénégal; ils longèrent successivement les îles du Cap-Vert, la côte de Guinée, le cap Mesurado au midi de Sierra-Leone, le Bénin et le Congo. Barthélemy Diaz atteignit en 1486 le fameux cap des Tourmentes, qu'on appela bientôt d'un nom plus propice.

Ainsi fut reconnue cette extrémité méridionale de l'Afrique, qui, d'après les géographes grecs et romains, devait se réunir à l'Asie. Là s'ouvraient les régions mystérieuses où l'on n'était entré jusqu'alors que par cette mer des prodiges qui vit Dieu et s'enfuit : *Mare vidit et fugit.*

« Un spectre immense, épouvantable, s'élève devant nous : son attitude est menaçante;
« son air, farouche; son teint, pâle; sa barbe, épaisse et fangeuse; sa chevelure est char-
« gée de terre et de gravier; ses lèvres sont noires; ses dents, livides; sous d'épais sour-
« cils, ses yeux roulent étincelants. . . . .

« Il parle : sa voix formidable semble sortir des gouffres de Neptune. . . . .

« Je suis le génie des tempêtes, dit-il; j'anime ce vaste promontoire que les Ptolémée,
« les Strabon, les Pline et les Pomponius, qu'aucun de vos savants n'a connu. Je termine
« ici la terre africaine, à cette cime qui regarde le pôle antarctique, et qui, jusqu'à ce
« jour, voilée aux yeux des mortels, s'indigne en ce moment de votre audace. . . . . .

« De ma chair desséchée, de mes os convertis en rochers, les dieux, les inflexibles
« dieux, ont formé le vaste promontoire qui domine ces vastes ondes. . . . .

« A ces mots, il laissa tomber un torrent de larmes et disparut. Avec lui s'évanouit la
« nuit ténébreuse, et la mer sembla pousser un long gémissement[1]. »

Vasco de Gama, achevant une navigation d'éternelle mémoire, aborda, en 1498, à Calicut, sur la côte de Malabar.

Tout change alors sur le globe; le monde des anciens est détruit. La mer des Indes n'est plus une mer intérieure, un bassin entouré par les côtes de l'Asie et de l'Afrique; c'est un océan qui d'un côté se joint à l'Atlantique, de l'autre aux mers de la Chine et à une mer de l'Est, plus vaste encore. Cent royaumes civilisés, arabes ou indiens, mahométans ou idolâtres, des îles embaumées d'aromates précieux, sont révélés aux peuples de l'Oc-

---

[1] *Les Lusiades.*

cident. Une nature toute nouvelle apparaît; le rideau qui, depuis des milliers de siècles, cachait une partie du monde, se lève : on découvre la patrie du soleil, le lieu d'où il sort chaque matin pour dispenser la lumière; on voit à nu ce sage et brillant Orient dont l'histoire se mêlait pour nous aux voyages de Pythagore, aux conquêtes d'Alexandre, aux souvenirs des croisades, et dont les parfums nous arrivaient à travers les champs de l'Arabie et les mers de la Grèce. L'Europe lui envoya un poëte pour le saluer, le chanter et le peindre; noble ambassadeur de qui le génie et la fortune semblaient avoir une sympathie secrète avec les régions et les destinées des peuples de l'Inde! Le poëte du Tage fit entendre sa triste et belle voix sur les rivages du Gange; il leur emprunta leur éclat, leur renommée et leurs malheurs : il ne leur laissa que leurs richesses.

Et c'est un petit peuple, enfermé dans un cercle de montagnes à l'extrémité occidentale de l'Europe, qui se fraya le chemin à la partie la plus pompeuse de la demeure de l'homme.

Et c'est un autre peuple de cette même péninsule, un peuple non encore arrivé à la grandeur dont il est déchu; c'est un pauvre pilote génois, longtemps repoussé de toutes les cours, qui découvrit un nouvel univers aux portes du couchant, au moment où les Portugais abordaient les champs de l'Aurore.

Les anciens ont-ils connu l'Amérique?

Homère plaçait l'Élysée dans la mer occidentale, au delà des ténèbres Cimmériennes : était-ce la terre de Colomb?

La tradition des Hespérides et ensuite des *Iles Fortunées*, succéda à celle de l'Élysée. Les Romains virent les îles Fortunées dans les Canaries, mais ne détruisirent point la croyance populaire de l'existence d'une terre plus reculée à l'occident.

Tout le monde a entendu parler de l'Atlantide de Platon : ce devait être un continent plus grand que l'Asie et l'Afrique réunies, lequel était situé dans l'océan Occidental en face du détroit de Gadès, position juste de l'Amérique. Quant aux villes florissantes, aux dix royaumes gouvernés par des rois fils de Neptune, etc., l'imagination de Platon a pu ajouter ces détails aux traditions égyptiennes. L'Atlantide fut, dit-on, engloutie dans un jour et une nuit au fond des eaux. C'était se débarrasser à la fois du récit des navigateurs phéniciens et des romans du philosophe grec.

Aristote parle d'une île si pleine de charmes, que le sénat de Carthage défendit à ses marins d'en fréquenter les parages sous peine de mort. Diodore nous fait l'histoire d'une île considérable et éloignée, où les Carthaginois étaient résolus de transporter le siége de leur empire, s'ils éprouvaient en Afrique quelque malheur.

Qu'est-ce que cette Panchœa d'Évhémère, niée par Strabon et Plutarque, décrite par Diodore et Pomponius Mela, grande île située dans l'Océan au sud de l'Arabie, île enchantée où le phénix bâtissait son nid sur l'autel du soleil?

Selon Ptolémée, les extrémités de l'Asie se réunissaient à une *terre inconnue* qui joignait l'Afrique par l'occident.

Presque tous les monuments géographiques de l'antiquité indiquent un continent austral : je ne puis être de l'avis des savants qui ne voient dans ce continent qu'un contrepoids systématique imaginé pour balancer les terres boréales : ce continent était sans doute fort propre à remplir sur les cartes des espaces vides; mais il est aussi très-possible qu'il y fût dessiné comme le souvenir d'une tradition confuse : son gisement au sud de la rose des vents, plutôt qu'à l'ouest, ne serait qu'une erreur insignifiante parmi les énormes transpositions des géographies de l'antiquité.

Restent pour derniers indices les statues et les médailles phéniciennes des Açores, si toutefois les statues ne sont pas ces ornements de gravure appliqués aux anciens portulans de cet archipel.

Depuis la chute de l'empire romain et la reconstruction de la société par les Barbares, des vaisseaux ont-ils touché aux côtes de l'Amérique avant ceux de Christophe Colomb?

Il paraît indubitable que les rudes explorateurs des ports de la Norvége et de la Baltique rencontrèrent l'Amérique septentrionale dans la première année du onzième siècle. Ils avaient découvert les îles Feroer vers l'an 861, l'Islande de 860 à 872, le Groenland en 982, et peut-être cinquante ans plus tôt. En 1001, un Islandais appelé *Biorn*, passant au Groenland, fut chassé par une tempête au sud-ouest, et tomba sur une terre basse toute couverte de bois. Revenu au Groenland, il raconte son aventure. Leif, fils d'Éric Rauda, fondateur de la colonie norvégienne du Groenland, s'embarque avec Biorn; ils cherchent et retrouvent la côte vue par celui-ci : ils appellent *Helleland* une île rocailleuse, et *Mareland* un rivage sablonneux. Entraînés sur une seconde côte, ils remontent une rivière et hivernent sur le bord d'un lac. Dans ce lieu, au jour le plus court de l'année, le soleil reste huit heures sur l'horizon. Un marinier allemand, employé par les deux chefs, leur montre quelques vignes sauvages : Biorn et Leif laissent en partant à cette terre le nom de *Vinland*.

Dès lors le Vinland est fréquenté des Groenlandais : ils y font le commerce des pelleteries avec les Sauvages. L'évêque Éric, en 1121, se rend du Groenland au Vinland pour prêcher l'Évangile aux naturels du pays.

Il n'est guère possible de méconnaître à ces détails quelque terre de l'Amérique du nord vers les 49 degrés de latitude, puisque au jour le plus court de l'année, noté par les voyageurs, le soleil resta huit heures sur l'horizon. Au 49° degré de latitude on tomberait à peu près à l'embouchure du Saint-Laurent. Ce 49e degré vous porte aussi sur la partie septentrionale de l'île de Terre-Neuve. Là coulent de petites rivières qui communiquent à des lacs fort multipliés dans l'intérieur de l'île.

On ne sait pas autre chose de Leif, de Biorn et d'Éric. La plus ancienne autorité pour les faits à eux relatifs est le recueil des Annales de l'Islande par Hauk, qui écrivait en 1300, conséquemment trois cents ans après la découverte vraie ou supposée du Vinland.

Les frères Zeni, Vénitiens, entrés au service d'un chef des îles Feroer et Shetland, sont censés avoir visité de nouveau, vers l'an 1380, le Vinland des anciens Groenlandais : il existe une carte et un récit de leur voyage. La carte présente au midi de l'Islande et au nord-est de l'Écosse, entre le 61e et le 65e degré de latitude nord, une île appelée *Frislande*; à l'ouest de cette île et au sud du Groenland, à une distance d'à peu près quatre cents lieues, cette carte indique deux côtes sous le nom d'*Estotiland* et de *Drocco*. Des pêcheurs de Frislande jetés, dit le récit, sur l'Estotiland, y trouvèrent une ville bien bâtie et fort peuplée : il y avait dans cette ville un roi et un interprète qui parlait latin.

Les Frislandais naufragés furent envoyés par le roi d'Estotiland vers un pays situé au midi, lequel pays était nommé *Drocco* : des anthropophages les dévorèrent, un seul excepté. Celui-ci revint à Estotiland après avoir été longtemps esclave dans le Drocco, contrée qu'il représente comme étant d'une immense étendue, comme un *nouveau monde*.

Il faudrait voir dans l'Estotiland l'ancien Vinland des Norvégiens : ce Vinland serait Terre-Neuve; la ville d'Estotiland offrirait le reste de la colonie norvégienne, et la contrée de Drocco ou Drogeo deviendrait la Nouvelle-Angleterre.

Il est certain que le Groenland a été découvert dès le milieu du dixième siècle; il est certain que la pointe méridionale du Groenland est fort rapprochée de la côte du Labrador; il est certain que les Esquimaux, placés entre les peuples de l'Europe et ceux de l'Amérique, paraissent tenir davantage des premiers que des seconds; il est certain qu'ils auraient pu montrer aux premiers Norvégiens établis au Groenland la route du nouveau continent; mais enfin trop de fables et d'incertitudes se mêlent aux aventures des Norvégiens et des frères Zeni, pour qu'on puisse ravir à Colomb la gloire d'avoir abordé le premier aux terres américaines.

La carte de navigation des deux Zeni et la relation de leur voyage, exécuté en 1380, ne furent publiées qu'en 1558 par un descendant de Nicolo Zeno; or, en 1558 les prodiges de Colomb avaient éclaté : des jalousies nationales pouvaient porter quelques hommes à revendiquer un honneur qui, certes, était digne d'envie; les Vénitiens réclamaient Estotiland pour Venise, comme les Norvégiens pour Berghen.

Plusieurs cartes du quatorzième et du quinzième siècles présentent des découvertes faites

ou à faire dans la grande mer, au sud-ouest et à l'ouest de l'Europe. Selon les historiens
génois, Doria et Vivaldi mirent à la voile dans le dessein de se rendre aux Indes par l'occident, et ils ne revinrent plus. L'île de Madère se rencontre sur un portulan espagnol de
1384, sous le nom d'*isola di Leguame*. Les îles Açores paraissent aussi dès l'an 1380. Enfin
une carte tracée en 1436 par André Bianco, Vénitien, dessine à l'occident des îles Canaries une terre d'Antilla, et au nord de ces Antilles une autre île appelée *isola de la Man
Satanaxio*.

On a voulu faire de ces îles les Antilles et Terre-Neuve; mais l'on sait que Marc-Paul
prolongeait l'Asie au sud-est, et plaçait devant elle un archipel qui, s'approchant de
notre continent par l'ouest, devait se trouver pour nous à peu près dans la position de
l'Amérique. C'est en cherchant ces Antilles indiennes, ces Indes occidentales, que Colomb
découvrit l'Amérique : une prodigieuse erreur enfanta une miraculeuse vérité.

Les Arabes ont eu quelque prétention à la découverte de l'Amérique : les frères Alma-
grurins, de Lisbonne, pénétrèrent, dit-on, aux terres les plus reculées de l'occident. Un
manuscrit arabe raconte une tentative infructueuse dans ces régions où tout était ciel
et eau.

Ne disputons point à un grand homme l'œuvre de son génie. Qui pourrait dire ce que
sentit Christophe Colomb, lorsque, ayant franchi l'Atlantique, lorsque, au milieu d'un
équipage révolté, lorsque, prêt à retourner en Europe sans avoir atteint le but de son
voyage, il aperçut une petite lumière sur une terre inconnue que la nuit lui cachait ! Le
vol des oiseaux l'avait guidé vers l'Amérique ; la lueur du foyer d'un Sauvage lui découvrit un nouvel univers. Colomb dut éprouver quelque chose de ce sentiment que l'Écriture donne au Créateur, quand, après avoir tiré la terre du néant, il vit que son ouvrage
était bon : *Vidit Deus quod esset bonum*. Colomb créait un monde. On sait le reste : l'immortel Génois ne donna point son nom à l'Amérique ; il fut le premier Européen qui traversa chargé de chaînes cet océan dont il avait le premier mesuré les flots. Lorsque la
gloire est de cette nature qui sert aux hommes, elle est presque toujours punie.

Tandis que les Portugais côtoient les royaumes du Quitève, de Sédanda, de Mozambique, de Mélinde; qu'ils imposent des tributs à des rois mores: qu'ils pénètrent dans la
mer Rouge; qu'ils achèvent le tour de l'Afrique; qu'ils visitent le golfe Persique et les
deux presqu'îles de l'Inde ; qu'ils sillonnent les mers de la Chine; qu'ils touchent à Canton, reconnaissent le Japon, les îles des Épiceries, et jusqu'aux rivages de la Nouvelle-
Hollande, une foule de navigateurs suivent le chemin tracé par les voiles de Colomb.
Cortez renverse l'empire du Mexique, et Pizarre, celui du Pérou. Ces conquérants marchaient de surprise en surprise, et n'étaient pas eux-mêmes la chose la moins étonnante de leurs aventures. Ils croyaient avoir exploré tous les abîmes en atteignant les derniers flots de l'Atlantique, et du haut des montagnes de Panama, ils aperçurent un second
océan qui couvrait la moitié du globe. Nuguez Balboa descendit sur la grève, entra dans
les vagues jusqu'à la ceinture, et, tirant son épée, prit possession de cette mer au nom
du roi d'Espagne.

Les Portugais exploitaient alors les côtes de l'Inde et de la Chine : les compagnons de
Vasco de Gama et de Christophe Colomb se saluaient des deux bords de la mer inconnue
qui les séparait : les uns avaient retrouvé un ancien monde, les autres découvert un
monde nouveau; des rivages de l'Amérique aux rivages de l'Asie, les chants du Camoëns
répondaient aux chants d'Ercylla, à travers les solitudes de l'océan Pacifique.

Jean et Sébastien Cabot donnèrent à l'Angleterre l'Amérique septentrionale ; Corteréal
releva Terre-Neuve, nomma le Labrador, remarqua l'entrée de la baie d'Hudson, qu'il
appela le *détroit d'Anian*, et par lequel on espéra trouver un passage aux Indes orientales. Jacques Cartier, Vorazani, Ponce de Léon, Walter Raleigh, Ferdinand de Soto,
examinèrent et colonisèrent le Canada, l'Acadie, la Virginie, les Florides. En venant
attérir au Spitzberg, les Hollandais dépassèrent les limites fixées à la problématique
Thulé; Hudson et Baffin s'enfoncèrent dans les baies qui portent leurs noms.

Les îles du golfe Mexicain furent placées dans leurs positions mathématiques. Améric

A. — ATALA.   28

Vespuce avait fait la délinéation des côtes de la Guyane, de la Terre-Ferme et du Brésil; Solis trouva Rio de la Plata; Magellan, entrant dans le détroit nommé de lui, pénètre dans le grand Océan : il est tué aux Philippines. Son vaisseau arrive aux Indes par l'occident, revient en Europe par le cap de Bonne-Espérance, et achève ainsi le premier le tour du monde. Le voyage avait duré onze cent quatre-vingt-quatre jours; on peut l'accomplir aujourd'hui dans l'espace de huit mois.

On croyait encore que le détroit de Magellan était le seul déversoir qui donnât passage à l'océan Pacifique, et qu'au midi de ce détroit la terre américaine rejoignait un continent austral : Francis Drake d'abord, et ensuite Shouten et Lemaire, doublèrent la pointe méridionale de l'Amérique. La géographie du globe fut alors fixée de ce côté : on sut que l'Amérique et l'Afrique, se terminant aux caps de Horn et de Bonne-Espérance, pendaient en pointes vers le pôle antarctique, sur une mer australe parsemée de quelques îles.

Dans le grand Océan, la Californie, son golfe et la mer Vermeille avaient été connus de Cortez; Cabrillo remonta le long des côtes de la Nouvelle-Californie jusqu'au 43° degré de latitude nord : Galli s'éleva au 57° degré. Au milieu de tant de périples réels, Maldonado, Juan de Fuca et l'amiral de Fonte placèrent leurs voyages chimériques. Ce fut Behring qui fixa au nord-ouest les limites de l'Amérique septentrionale, comme Lemaire avait fixé au sud-est les bornes de l'Amérique méridionale. L'Amérique barre le chemin de l'Inde comme une longue digue entre deux mers.

Une cinquième partie du monde vers le pôle austral avait été aperçue par les premiers navigateurs portugais : cette partie du monde est même dessinée assez correctement sur une carte du seizième siècle, conservée dans le Muséum britannique; mais cette terre, longée de nouveau par les Hollandais, successeurs des Portugais aux Moluques, fut nommée par eux terre de *Diemen*. Elle reçut le nom de *Nouvelle-Hollande*, lorsqu'en 1642 Abel Tasman, en eut achevé le tour : Tasman, dans ce voyage, eut connaissance de la Nouvelle-Zélande.

Des intérêts de commerce et des guerres politiques ne laissèrent pas longtemps les Espagnols et les Portugais en jouissance paisible de leurs conquêtes. En vain le pape avait tracé la fameuse ligne qui partageait le monde entre les héritiers du génie de Gama et de Colomb. Le vaisseau de Magellan avait prouvé physiquement, aux plus incrédules, que la terre était ronde, et qu'il existait des antipodes. La ligne droite du souverain pontife ne divisait donc plus rien sur une surface circulaire, et se perdait dans le ciel. Les prétentions et les droits furent bientôt mêlés et confondus.

Les Portugais s'établirent en Amérique et les Espagnols aux Indes; les Anglais, les Français, les Danois, les Hollandais accoururent au partage de la proie. On descendait pêle-mêle sur tous les rivages; on plantait un poteau; on arborait un pavillon; on prenait possession d'une mer, d'une île, d'un continent au nom d'un souverain de l'Europe, sans se demander si des peuples, des rois, des hommes policés ou sauvages n'étaient point les maîtres légitimes de ces lieux. Les missionnaires pensaient que le monde appartenait à la Croix, dans ce sens que le Christ, conquérant pacifique, devait soumettre toutes les nations à l'Évangile; mais les aventuriers du quinzième et du seizième siècle prenaient la chose dans un sens plus matériel; ils croyaient sanctifier leur cupidité en déployant l'étendard du salut sur une terre idolâtre : ce signe d'une puissance de charité et de paix devenait celui de la persécution et de la miséricorde.

Les Européens s'attaquèrent de toutes parts : une poignée d'étrangers répandus sur des continents immenses semblaient manquer d'espace pour se placer. Non-seulement les hommes se disputaient ces terres et ces mers où ils espéraient trouver l'or, les diamants, les perles; ces contrées qui produisent l'ivoire, l'encens, l'aloès, le thé, le café, la soie, les riches étoffes; ces îles où croissent le cannellier, le muscadier, le poivrier, la canne à sucre, le palmier au sagou : mais ils s'égorgeaient encore pour un rocher stérile sous les glaces des deux pôles, ou pour un chétif établissement dans le coin d'un vaste désert. Ces guerres qui n'ensanglantaient jadis que leur berceau, s'étendirent avec les colonies européennes à toute la surface du globe, enveloppèrent des peuples qui ignoraient jusqu'au nom des pays et des rois auxquels on les immolait. Un coup de canon tiré en Espagne, en Portugal, en France, en Hollande, en Angleterre, au fond de la Baltique, faisait massacrer une tribu sauvage au Canada, précipitait dans les fers une famille nègre de la côte de Guinée, ou renversait un royaume dans l'Inde. Selon les divers traités de paix, des Chinois, des Indous, des Africains, des Américains, se trouvaient Français, Anglais, Portugais, Espagnols, Hollandais, Danois : quelques parties de l'Afrique, de l'Asie et de l'Amérique changeaient de maîtres selon la couleur d'un drapeau arrivé d'Europe. Les gouvernements de notre continent ne s'arrogeaient pas seuls cette suprématie ; de simples compagnies de marchands, des bandes de flibustiers faisaient la guerre à leur profit, gouvernaient des royaumes tributaires, des îles fécondes, au moyen d'un comptoir, d'un agent de commerce ou d'un capitaine de forbans.

Les premières relations de tant de découvertes sont pour la plupart d'une naïveté charmante ; il s'y mêle beaucoup de fables, mais ces fables n'obscurcissent point la vérité. Les auteurs de ces relations sont trop crédules, sans doute, mais ils parlent en conscience ; chrétiens peu éclairés, souvent passionnés, mais sincères, s'ils vous trompent, c'est qu'ils se trompent eux-mêmes. Moines, marins, soldats, employés dans ces expéditions, tous vous disent leurs dangers et leurs aventures avec une piété et une chaleur qui se communiquent. Ces espèces de nouveaux croisés qui vont en quête de nouveaux mondes, racontent ce qu'ils ont vu ou appris : sans s'en douter, ils excellent à peindre, parce qu'ils réfléchissent fidèlement l'image de l'objet placé sous leurs yeux. On sent dans leurs récits l'étonnement et l'admiration qu'ils éprouvent à la vue de ces mers virginales, de ces terres primitives qui se déploient devant eux, de cette nature qu'ombragent des arbres gigantesques, qu'arrosent des fleuves immenses, que peuplent des animaux inconnus, nature que Buffon a devinée dans sa description du Kamtchi, qu'il a, pour ainsi dire, chantée en parlant de *ces oiseaux attachés au char du soleil sous la zone brûlante que bornent les tropiques, oiseaux qui volent sans cesse sous ce ciel enflammé, sans s'écarter des deux limites extrêmes de la route du grand astre.*

Parmi les voyageurs qui écrivirent le journal de leurs courses, il faut compter quelques-uns des grands hommes de ces temps de prodiges. Nous avons les quatre *Lettres de Cortez à Charles-Quint*; nous avons une *Lettre de Christophe Colomb à Ferdinand et Isabelle*, datée des Indes occidentales, le 7 juillet 1503 : M. de Navarette en publie une autre adressée au pape, dans laquelle le pilote génois promet au souverain pontife de lui donner le détail de ses découvertes, et de laisser des commentaires comme César. Quel trésor si ces lettres et ces commentaires se retrouvaient dans la bibliothèque du Vatican ! Colomb était poëte aussi comme César ; il nous reste de lui des vers latins. Que cet homme fût inspiré du ciel, rien de plus naturel sans doute. Aussi Giustiniani, publiant un Psautier hébreu, grec, arabe et chaldéen, plaça en note la vie de Colomb sous le psaume *Cæli enarrant gloriam Dei*, comme une récente merveille qui racontait la gloire de Dieu.

Il est probable que les Portugais en Afrique, et les Espagnols en Amérique, recueillirent des faits cachés alors par des gouvernements jaloux. Le nouvel état politique du Portugal et l'émancipation de l'Amérique espagnole favoriseront des recherches intéressantes. Déjà le jeune et infortuné voyageur Bowdich a publié la relation des découvertes des Portugais dans l'intérieur de l'Afrique, entre Angola et Mozambique, tirée des manuscrits originaux. On a maintenant un rapport secret et extrêmement curieux sur l'état du Pérou pendant le voyage de La Condamine. M. de Navarette donne la collection des voyages des Espagnols avec d'autres mémoires inédits concernant l'histoire de la navigation.

Enfin, en descendant vers notre âge, commencent ces voyages modernes où la civilisation laisse briller toutes ses ressources, la science, tous ses moyens. Par terre, les Chardin, les Tavernier, les Bernier, les Tournefort, les Niebuhr, les Pallas, les Norden, les Shaw, les Hornemann, réunissent leurs beaux travaux à ceux des écrivains des *Lettres édifiantes*. La Grèce et l'Egypte voient des explorateurs qui, pour découvrir un monde passé, bravent des périls, comme les marins qui cherchèrent un nouveau monde : Buonaparte et ses quarante mille voyageurs battent des mains aux ruines de Thèbes.

Sur la mer, Drake, Sermiento, Candish, Sebald de Weert, Spilberg, Noort, Woodrogers, Dampier, Gemelli Carreri, La Barbinais, Byron, Wallis, Anson, Bougainville, Cook, Carteret, La Pérouse, Entrecasteaux, Vancouver, Freycinet, Duperré, ne laissent plus un écueil inconnu [1].

L'océan Pacifique cessant d'être une immense solitude, devient un riant archipel, qui rappelle la beauté et les enchantements de la Grèce.

L'Inde si mystérieuse n'a plus de secrets; ses trois langues sacrées sont divulguées, ses livres les plus cachés sont traduits : on s'est initié aux croyances philosophiques qui partagèrent les opinions de cette vieille terre ; la succession des patriarches de Bouddhah est aussi connue que la généalogie de nos familles. La société de Calcutta publie régulièrement les nouvelles scientifiques de l'Inde : on lit le sanscrit, on parle le chinois, le javanais, le tartare, le turc, l'arabe, le persan, à Paris, à Bologne, à Rome, à Vienne, à Berlin, à Pétersbourg, à Copenhague, à Stockholm, à Londres. On a retrouvé jusqu'à la langue des morts, jusqu'à cette langue perdue avec la race qui l'avait inventée; l'obélisque du désert a présenté ses caractères mystérieux, et on les a déchiffrés ; les momies ont déployé leurs passe-ports de la tombe, et on les a lus. La parole a été rendue à la pensée muette, qu'aucun homme vivant ne pouvait plus exprimer.

Les sources du Gange ont été recherchées par Webb, Raper, Hearsay et Hodgson ; Moorcroft a pénétré dans le petit Thibet : les pics d'Hymalaya sont mesurés. Citer avec le major Rennell mille voyageurs à qui la science est à jamais redevable, c'est chose impossible.

En Afrique, le sacrifice de Mungo-Park a été suivi de plusieurs autres sacrifices : Bowdich, Toole, Belzoni, Beaufort, Peddie, Woodney, ont péri : néanmoins ce continent redoutable finira par être traversé.

Dans le cinquième continent, les montagnes Bleues sont passées : on pénètre peu à peu cette singulière partie du monde où les fleuves semblent couler à contre-sens, de la mer à l'intérieur, où les animaux ressemblent peu à ceux qu'on a connus, où les cygnes sont noirs, où le kanguroo s'élance comme une sauterelle, où la nature ébauchée, ainsi que Lucrèce l'a décrite au bord du Nil, nourrit une espèce de monstre, un animal qui tient de l'oiseau, du poisson et du serpent, qui nage sous l'eau, pond un œuf, et frappe d'un aiguillon mortel.

En Amérique, l'illustre Humboldt a tout peint et tout dit.

Le résultat de tant d'efforts, les connaissances positives acquises sur tant de lieux, le mouvement de la politique, le renouvellement des générations, le progrès de la civilisation, ont changé le tableau primitif du globe.

Les villes de l'Inde mêlent à présent à l'architecture des Brames des palais italiens et des monuments gothiques; les élégantes voitures de Londres se croisent avec les palanquins et les caravanes sur les chemins du Tigre et de l'Éléphant. De grands vaisseaux remontent le Gange et l'Indus : Calcutta, Bombay, Bénarès, ont des spectacles, des soirées savantes, des imprimeries. Le pays des *Mille et une Nuits*, le royaume de Cachemire, l'empire du Mogol, les mines de diamants de Golconde, les mers qu'enrichissent les perles orientales, cent vingt millions d'hommes que Bacchus, Sésostris, Darius, Alexandre, Tamerlan, Gengis-Kan, avaient conquis, ou voulu conquérir, ont pour propriétaires et pour maîtres une douzaine de marchands anglais dont on ne sait pas le nom, et qui demeurent à quatre mille lieues de l'Indostan, dans une rue obscure de la cité de Londres. Ces marchands s'embarrassent très-peu de cette vieille Chine, voisine de leurs cent vingt millions de vassaux : lord Hastings leur a proposé d'en faire la conquête avec vingt mille

---

[1] C'est toujours avec un sentiment de plaisir et d'orgueil que j'écris des noms français : n'oublions pas dans les derniers temps les voyages de M. Jomard dans l'Afrique occidentale, de M. Caillaud en Égypte, de M. Gau en Nubie, de M. Drovetti aux Oasis, etc.

PRÉFACE.   221

hommes. Mais quoi ! le thé baisserait de prix sur les bords de la Tamise ! Voilà ce qui
sauve l'empire de Tobi, fondé deux mille six cent trente-sept ans avant l'ère chrétienne [1],
de ce Tobi, contemporain de Rébu, trisaïeul d'Abraham.

En Afrique, un monde européen commence au cap de Bonne-Espérance. Le révérend
John Campbell, parti de ce cap, a pénétré dans l'Afrique australe jusqu'à la distance de
onze mille milles ; il a trouvé des cités très-peuplées (Machéou, Kurréchane), des terres
bien cultivées et des fonderies de fer. Au nord de l'Afrique, le royaume de Bornou et le
Soudan, proprement dit, ont offert à MM. Clapperton et Denham trente-six villes plus ou
moins considérables, une civilisation avancée, une cavalerie nègre, armée comme les
anciens chevaliers.

L'ancienne capitale d'un royaume nègre-mahométan présentait des ruines de palais,
retraite des éléphants, des lions, des serpents et des autruches. On peut apprendre à tout
moment que le major Laing est entré dans ce Tombouctou si connu et si ignoré. D'autres
Anglais, attaquant l'Afrique par la côte de Bénin, vont rejoindre ou ont rejoint, en remontant les fleuves, leurs courageux compatriotes arrivés par la Méditerranée. Le Nil et
le Niger nous auront bientôt découvert leurs sources et leurs cours. Dans ces régions brûlantes, le lac Stad rafraîchit l'air ; dans ces déserts de sable, sous cette zone torride, l'eau
gèle au fond des outres, et un voyageur célèbre, le docteur Oudney, est mort de la
rigueur du froid.

Au pôle antarctique, le capitaine Smith a découvert la Nouvelle-Shetland : c'est tout
ce qui reste de la fameuse terre australe de Ptolémée. Les baleines sont innombrables et
d'une énorme grosseur dans ces parages ; une d'entre elles attaqua le navire américain
l'Essex en 1820, et le coula à fond.

La grande Océanique n'est plus un morne désert ; des malfaiteurs anglais, mêlés à des
colons volontaires, ont bâti des villes dans ce monde ouvert le dernier aux hommes. La
terre a été creusée ; on y a trouvé le fer, la houille, le sel, l'ardoise, la chaux, la plom-
bagine, l'argile à potier, l'alun, tout ce qui est utile à l'établissement d'une société. La
Nouvelle-Galles du sud a pour capitale Sidney, dans le port Jackson. Paramatta est situé
au fond du havre ; la ville de Windsor prospère au confluent du South-Creek et du
Hawkesbury. Le gros village de Liverpool a rendu féconds les bords de la Georges-River
qui se décharge dans la baie Botanique (Botany-Bay), située à quatorze milles au sud du
port Jackson.

L'île Van-Diémen est aussi peuplée ; elle a des ports superbes, des montagnes entières
de fer ; sa capitale se nomme Hobart.

Selon la nature de leurs crimes, les déportés à la Nouvelle-Hollande sont ou détenus
en prison, ou occupés à des travaux publics, ou fixés sur des concessions de terre. Ceux
dont les mœurs se réforment deviennent libres ou restent dans la colonie avec des billets
de permission.

La colonie a déjà des revenus : les taxes montaient, en 1819, à 21,179 liv. sterl., et
servaient à diminuer d'un quart les dépenses du gouvernement.

La Nouvelle-Hollande a des imprimeries, des journaux politiques et littéraires, des
écoles publiques, des théâtres, des courses de chevaux, des grands chemins, des ponts
de pierre, des édifices religieux et civils, des machines à vapeur, des manufactures de
draps, de chapeaux et de faïence : on y construit des vaisseaux. Les fruits de tous les
climats, depuis l'ananas jusqu'à la pomme, depuis l'olive jusqu'au raisin, prospèrent
dans cette terre qui fut de malédiction. Les moutons, croisés de moutons anglais et de
moutons du cap de Bonne-Espérance, les purs mérinos surtout, y sont devenus d'une
rare beauté.

L'Océanie porte ses blés au marché du Cap, ses cuirs aux Indes, ses viandes salées à
l'île de France. Ce pays, qui n'envoyait en Europe, il y a une vingtaine d'années, que
des kanguroos et quelques plantes, expose aujourd'hui ses laines de mérinos aux marchés

[1] Je suis la chronologie chinoise ; il faut en rabattre une couple de mille ans.

de Liverpool, en Angleterre; elles s'y sont vendues jusqu'à onze sous six deniers la livre,
ce qui surpassait de quatre sous le prix donné pour les plus fines laines d'Espagne aux
mêmes marchés.

Dans la mer Pacifique, même révolution. Les îles Sandwich forment un royaume civilisé par Tam-éama. Ce royaume a une marine composée d'une vingtaine de goëlettes et
de quelques frégates. Des matelots anglais déserteurs sont devenus des princes : ils ont
élevé des citadelles que défend une bonne artillerie; ils entretiennent un commerce
actif, d'un côté avec l'Amérique, de l'autre avec l'Asie. La mort de Taméama a rendu la
puissance aux petits seigneurs féodaux des îles Sandwich, mais n'a point détruit les
germes de la civilisation. On a vu dernièrement, à l'Opéra de Londres, un roi et une
reine de ces insulaires qui avaient mangé le capitaine Cook, tout en adorant ses os dans
le temple consacré au dieu Rono. Ce roi et cette reine ont succombé à l'influence du climat humide de l'Angleterre; et c'est lord Byron, héritier de la pairie du grand poëte,
mort à Missolonghi, qui a été chargé de transporter aux îles Sandwich les cercueils de
la reine et du roi décédés : voilà, je pense, assez de contrastes et de souvenirs.

Otaïti a perdu ses danses, ses chœurs, ses mœurs voluptueuses. Les belles habitantes
de la nouvelle Cythère, trop vantées peut-être par Bougainville, sont aujourd'hui, sous
leurs arbres à pain et leurs élégants palmiers, des puritaines qui vont au prêche, lisent
l'Écriture avec des missionnaires méthodistes, controversent du matin au soir, et expient
dans un grand ennui la trop grande gaieté de leurs mères. On imprime à Otaïti des Bibles
et des ouvrages ascétiques.

Un roi de l'île, le roi Pomario, s'est fait législateur : il a publié un code de lois criminelles en dix-neuf titres, et nommé quatre cents juges pour faire exécuter ces lois : le
meurtre seul est puni de mort. La calomnie au *premier degré* porte sa peine : le calomniateur
est obligé de construire de ses propres mains une grande route de deux à quatre milles
de long et de douze pieds de large. « La route doit être bombée, dit l'ordonnance royale,
« afin que les eaux de pluie s'écoulent des deux côtés. » Si une pareille loi existait en
France, nous aurions les plus beaux chemins de l'Europe.

Les Sauvages de ces îles enchantées, qu'admirèrent Juan Fernandès, Anson, Dampier,
et tant d'autres navigateurs, se sont transformés en matelots anglais. Un avis de *la Gazette
de Sidney*, dans la Nouvelle-Galles, annonce que les insulaires d'Otaïti et de la Nouvelle-
Zélande, Roni, Paoutou, Popoti, Tiapoa, Moaï, Topa, Ficou, Aiyong et Haouho, vont
partir du port Jackson dans des navires de la colonie.

Enfin, parmi ces glaces de notre pôle, d'où sortirent avec tant de peine et de dangers
Gmelin, Ellis, Frédéric Martens, Philipp, Davis, Gilbert, Hudson, Thomas Button, Baffin, Fox, James, Munk, Jacob May, Owin, Koscheley; parmi ces glaces où d'infortunés
Hollandais, demi-morts de froid et de faim, passèrent l'hiver au fond d'une caverne
qu'assiégeaient les ours : dans ces mêmes régions polaires, au milieu d'une nuit de plusieurs mois, le capitaine Parry, ses officiers et son équipage, pleins de santé, chaudement
enfermés dans leur vaisseau, ayant des vivres en abondance, jouaient la comédie, exé-
cutaient des danses et représentaient des mascarades : tant la civilisation perfectionnée a
rendu la navigation sûre, a diminué les périls de toute espèce, a donné à l'homme les
moyens de braver l'intempérie des climats !

Dans le voyage même qui vient à la suite de cette préface, je parlerai des changements
arrivés en Amérique. Je remarquerai seulement ici les résultats différents qu'ont eus pour
le monde les découvertes de Colomb et celles de Gama.

L'espèce humaine n'a retiré que peu de bonheur des travaux du navigateur portugais.
Les sciences, sans doute, ont gagné à ces travaux : des erreurs de géographie et de physique ont été détruites; les pensées de l'homme se sont agrandies à mesure que la terre
s'est étendue devant lui ; il a pu comparer davantage en visitant plus de peuples ; il a pris
plus de considération pour lui-même en voyant ce qu'il pouvait faire ; il a senti que l'espèce humaine croissait; que les générations passées étaient mortes enfants : ces connaissances, ces pensées, cette expérience, cette estime de soi sont entrées comme éléments

généraux dans la civilisation ; mais aucune amélioration politique ne s'est opérée dans les vastes régions où Gama vint plier ses voiles ; les Indiens n'ont fait que changer de maîtres. La consommation des denrées de leur pays, diminuée en Europe par l'inconstance des goûts et des modes, n'est plus même un objet de lucre ; on ne courrait pas maintenant au bout du monde pour chercher ou pour s'emparer d'une île qui porterait le muscadier : les productions de l'Inde ont été d'ailleurs ou imitées ou naturalisées dans d'autres parties du globe. En tout, les découvertes de Gama sont une magnifique aventure, mais elles ne sont que cela ; elles ont eu peut-être l'inconvénient d'augmenter la prépondérance d'un peuple, de manière à devenir dangereuse à l'indépendance des autres peuples.

Les découvertes de Colomb, par leurs conséquences qui se développent aujourd'hui, ont été une véritable révolution autant pour le monde moral que pour le monde physique : c'est ce que j'aurai occasion de développer dans la conclusion de mon *Voyage*. N'oublions pas toutefois que le continent retrouvé par Gama n'a pas demandé l'esclavage d'une autre partie de la terre, et que l'Afrique doit ses chaînes à cette Amérique si libre aujourd'hui. Nous pouvons admirer la route que traça Colomb sur le gouffre de l'Océan ; mais, pour les pauvres nègres, c'est le chemin qu'au dire de Milton la Mort et le Mal construisirent sur l'abîme.

Il ne me reste plus qu'à mentionner les recherches au moyen desquelles a été complétée dernièrement l'histoire géographique de l'Amérique septentrionale.

On ignorait encore si ce continent s'étendait sous le pôle en rejoignant le Groenland ou des terres arctiques, ou s'il se terminait à quelque terre contiguë à la baie d'Hudson et au détroit de Behring.

En 1772, Hearn avait découvert la mer à l'embouchure de la rivière de la Mine de cuivre ; Mackenzie l'avait vue, en 1789, à l'embouchure du fleuve qui porte son nom. Le capitaine Ross, et ensuite le capitaine Parry, furent envoyés, l'un en 1818, l'autre en 1819, explorer de nouveau ces régions glacées. Le capitaine Parry pénétra dans le détroit de Lancastre, passa vraisemblablement sur le pôle magnétique, et hiverna au mouillage de l'île Melville.

En 1821, il fit la reconnaissance de la baie d'Hudson, et retrouva Repulsebay. Guidé par le récit des Esquimaux, il se présenta au goulet d'un détroit qu'obstruaient les glaces, et qu'il appela le *détroit de la Fury et de l'Hecla*, du nom des vaisseaux qu'il montait : là, il aperçut le dernier cap au nord-est de l'Amérique.

Le capitaine Francklin, dépêché en Amérique pour seconder par terre les efforts du capitaine Parry, descendit la rivière de la Mine de cuivre, entra dans la mer Polaire, et s'avança à l'est jusqu'au golfe du *Couronnement de Georges IV*, à peu près dans la direction et à la hauteur de Repulsebay.

En 1825, dans une seconde expédition, le capitaine Francklin descendit le Mackenzie, vit la mer Arctique, revint hiverner sur le lac de l'Ours, et redescendit le Mackenzie en 1826. À l'embouchure de ce fleuve l'expédition anglaise se partagea : une moitié, pourvue de deux canots, alla retrouver à l'est la rivière de la Mine de cuivre ; l'autre, sous les ordres de Francklin lui-même, et pareillement munie de deux canots, se dirigea vers l'ouest.

Le 9 juillet, le capitaine fut arrêté par les glaces : le 4 août il recommença à naviguer. Il ne pouvait guère avancer plus d'un mille par jour ; la côte était si plate, l'eau si peu profonde, qu'on put rarement descendre à terre. Des brumes épaisses et des coups de vent mettaient de nouveaux obstacles aux progrès de l'expédition.

Elle arriva cependant le 18 août au 150e méridien et au 70e degré 30 minutes nord. Le capitaine Francklin avait ainsi parcouru plus de la moitié de la distance qui sépare l'embouchure du Mackenzie du cap de Glace, au-dessus du détroit de Behring : l'intrépide voyageur ne manquait point de vivres, ses canaux n'avaient souffert aucune avarie ; les matelots jouissaient d'une bonne santé : la mer était ouverte : mais les instructions de l'amirauté étaient précises ; elles défendaient au capitaine de prolonger ses recherches s'il ne pouvait atteindre la baie de Kotzebue avant le commencement de la mauvaise saison. Il fut donc obligé de revenir à la rivière de Mackenzie, et, le 21 septembre, il rentra dans le lac de l'Ours, où il retrouva l'autre partie de l'expédition.

Celle-ci avait achevé son exploration des rivages, depuis l'embouchure du Mackenzie jusqu'à celle de la rivière de la Mine de cuivre; elle avait même prolongé sa navigation jusqu'au golfe du *Couronnement de Georges IV*, et remonté vers l'est jusqu'au 118e méridien : partout s'étaient présentés de bons ports et une côte plus abordable que la côte relevée par le capitaine Francklin.

Le capitaine russe Otto de Kotzebue découvrit, en 1816, au nord-est du détroit de Behring, une passe ou entrée qui porte aujourd'hui son nom; c'est dans cette passe que le capitaine anglais Beechey était allé sur une frégate attendre, au nord-est de l'Amérique, le capitaine Francklin, qui venait vers lui du nord-ouest. La navigation du capitaine Beechey s'était heureusement accomplie : arrivé en 1827 au lieu et au temps du rendez-vous, les glaces n'avaient arrêté son grand vaisseau qu'au 72e degré 30 minutes de latitude nord. Obligé alors d'ancrer sous une côte, il remarquait tous les jours des baïdars (nom russe des embarcations indiennes dans ces parages) qui passaient et repassaient par des ouvertures entre la glace et la terre; il croyait voir à chaque instant arriver ainsi le capitaine Francklin.

Nous avons dit que celui-ci avait atteint, dès le 18 août 1826, le 150e méridien de Greenwich et le 70e degré 30 minutes de latitude nord; il n'était donc éloigné du cap de Glace que de 10 degrés en longitude, degrés qui, dans cette latitude élevée, ne donnent guère plus de quatre-vingt et une lieues. Le cap de Glace est éloigné d'une soixantaine de lieues de la passe de Kotzebue; il est probable que le capitaine Francklin n'aurait pas même été obligé de doubler ce cap, et qu'il eût trouvé quelque chenal en communication immédiate avec les eaux de l'entrée de Kotzebue; dans tous les cas, il n'avait plus que cent vingt-cinq lieues à faire pour rencontrer la frégate du capitaine Beechey !

C'est à la fin du mois d'août, et pendant le mois de septembre, que les mers polaires sont le moins encombrées de glaces. Le capitaine Beechey ne quitta la passe de Kotzebue que le 14 octobre; ainsi le capitaine Francklin aurait eu près de deux mois, du 18 août au 14 octobre, pour faire cent vingt-cinq lieues dans la meilleure saison de l'année. On ne saurait trop déplorer l'obstacle que des instructions, d'ailleurs fort humaines, ont mis à la marche du capitaine Francklin. Quels transports de joie mêlée d'un juste orgueil n'auraient point fait éclater les marins anglais en achevant la découverte du passage du nord-ouest, en se rencontrant au milieu des glaces, en s'embrassant dans des mers non encore sillonnées par des vaisseaux, à cette extrémité jusqu'alors inconnue du Nouveau Monde! Quoi qu'il en soit, on peut regarder le problème géographique comme résolu; le passage du nord-ouest existe, la configuration extérieure de l'Amérique est tracée.

Le continent de l'Amérique se termine au nord-ouest dans la baie d'Hudson, par une péninsule appelée *Melville*, dont la dernière pointe, ou le dernier cap, se place au 69e degré 48 minutes de latitude nord, et au 82e degré 30 minutes de longitude ouest de Greenwich. Là se creuse un détroit entre ce cap et la terre de Cockburn, lequel détroit, nommé le *détroit de la Fury et de l'Hecla*, ne présenta au capitaine Parry qu'une masse solide de glace.

La péninsule nord-ouest s'attache au continent vers la baie de Repulse; elle ne peut pas être très-large à sa racine, puisque le golfe du *Couronnement de Georges IV*, découvert par le capitaine Francklin dans son premier voyage, descend au sud jusqu'au 66e degré et demi, et que son extrémité méridionale n'est éloignée que de soixante-sept lieues de la partie la plus occidentale de la baie Wager. Le capitaine Lyon fut envoyé à la baie de Repulse, afin de passer par terre du fond de cette baie au golfe du *Couronnement de Georges IV*. Les glaces, les courants et les tempêtes arrêtèrent le vaisseau de cet aventureux marin.

Maintenant, poursuivant notre investigation, et nous plaçant de l'autre côté de la péninsule *Melville*, dans ce golfe du *Couronnement de Georges IV*, nous trouvons l'embouchure de la rivière de la Mine de cuivre à 67 degrés 42 minutes 35 secondes de latitude nord, et à 115 degrés 49 minutes 33 secondes de longitude ouest de Greenwich. Hearn avait indiqué cette embouchure quatre degrés et un quart plus au nord en latitude, et quatre degrés et un quart plus à l'ouest en longitude.

De l'embouchure de la rivière de la Mine de cuivre, naviguant vers l'embouchure du Mackenzie, on remonte le long de la côte jusqu'au 70ᵉ degré 37 minutes de latitude nord, on double un cap, et l'on redescend à l'embouchure orientale du Mackenzie par les 69 degrés 29 minutes. De là, la côte se porte à l'ouest vers le détroit de Behring, en s'élevant jusqu'au 70ᵉ degré 30 minutes de latitude nord, sous le 150ᵉ méridien de Greenwich, point où le capitaine Francklin s'est arrêté le 18 août 1826. Il n'était plus alors, comme je l'ai dit, qu'à 10 degrés de longitude ouest du cap de Glace : ce cap est à peu près par les 71 degrés de latitude.

En relevant maintenant les divers points, nous trouvons :

Le dernier cap nord-ouest du continent de l'Amérique septentrionale, au 69ᵉ degré 48 minutes de latitude nord, et au 82ᵉ degré 30 minutes de longitude ouest de Greenwich ; le cap *Turnagain*, dans le golfe du *Couronnement de Georges IV*, au 68ᵉ degré 30 minutes de latitude nord ; l'embouchure de la rivière de la Mine de cuivre, au 60ᵉ degré 49 minutes 35 secondes de latitude nord, et au 115ᵉ degré 49 minutes 33 secondes de longitude ouest de Greenwich ; un cap sur la côte entre la rivière de la Mine de cuivre et le Mackenzie, au 70ᵉ degré 37 minutes de latitude nord, et au 126ᵉ degré 52 minutes de longitude ouest de Greenwich ; l'embouchure du Mackenzie, au 69ᵉ degré 29 minutes de latitude, et au 133ᵉ degré 24 minutes de longitude : le point où s'est arrêté le capitaine Francklin, au 70ᵉ degré 30 minutes de latitude nord et au 15ᵉ méridien à l'ouest de Greenwich ; enfin le cap de Glace, 10 degrés de longitude plus à l'ouest, au 71ᵉ degré de latitude nord.

Ainsi, depuis le dernier cap nord-ouest de l'Amérique septentrionale, dans le *détroit de l'Hécla et de la Fury*, jusqu'au cap de Glace, au-dessus du détroit de Behring, la mer forme un golfe large, mais assez peu profond, qui se termine à la côte nord-ouest de l'Amérique. Cette côte court est et nord-ouest, offrant dans le golfe général trois ou quatre baies principales dont les pointes ou promontoires approchent de la latitude où sont placés le dernier cap nord-ouest de l'Amérique, au *détroit de la Fury et de l'Hécla*, et le cap de Glace, au-dessus du détroit de Behring.

Devant ce golfe gisent, entre le 70ᵉ et le 75ᵉ degrés de latitude, toutes les découvertes résultantes des trois voyages du capitaine Parry, l'île présumée de *Cockburn*, les délinéations du *détroit du Prince régent*, les îles du *Prince Léopold*, de *Bathurst*, de *Melville*, la terre de *Banks*. Il ne s'agit plus que de trouver, entre ces sols disjoints, un passage libre à la mer qui baigne la côte nord-ouest de l'Amérique, et qui serait peut-être navigable, dans la saison opportune, pour des vaisseaux baleiniers.

M. Macleod a raconté à M. Douglas, aux grandes chutes de la Colombia, qu'il existe un fleuve coulant parallèlement au fleuve Mackenzie, et se jetant dans la mer près le cap de Glace. Au nord de ce cap est une île où des vaisseaux russes viennent faire des échanges avec les naturels du pays. M. Macleod a visité lui-même la mer polaire, et passé, dans l'espace de onze mois, de l'océan Pacifique à la baie d'Hudson. Il déclare que la mer est libre dans la mer polaire après le mois de juillet.

Tel est l'état actuel des choses à l'extérieur de l'Amérique septentrionale, relativement à ce fameux passage que je m'étais mis en tête de chercher, et qui fut la première cause de mon excursion d'outre-mer. Voyons ce qu'ont fait les derniers voyageurs dans l'intérieur de cette même Amérique,

Au nord-ouest, tout est découvert dans ces déserts glacés et sans arbres qui enveloppent le lac de l'Esclave et celui de l'Ours [1]. Mackenzie partit, le 3 juin 1789, du fort

---

[1] On peut voir, dans l'analyse que j'ai donnée des *Voyages de Mackenzie*, l'histoire des découvertes qui ont précédé celles de Mackenzie dans l'Amérique septentrionale.

Chipiouyan sur le lac des Montagnes, qui communique à celui de l'Esclave par un courant d'eau : le lac de l'Esclave voit naître le fleuve qui se jette dans la mer du Pôle, et qu'on appelle maintenant le *fleuve Mackenzie*.

Le 10 octobre 1792, Mackenzie partit une seconde fois du fort Chipiouyan : dirigeant sa course à l'ouest, il traversa le lac des Montagnes, et remonta la rivière Oungigah ou rivière de la Paix, qui prend sa source dans les montagnes Rocheuses. Les missionnaires français avaient déjà connu ces montagnes sous le nom de montagnes des *Pierres brillantes*. Mackenzie franchit ces montagnes, rencontra un grand fleuve, le Tacoutché-Tessé, qu'il prit mal à propos pour la Colombia : il n'en suivit point le cours, et se rendit à l'océan Pacifique par une autre rivière qu'il nomma la *rivière du Saumon*.

Il trouva des traces multipliées du capitaine Vancouver; il observa la latitude à 52 degrés 21 minutes 33 secondes, et il écrivit avec du vermillon sur un rocher : « Alexandre « Mackenzie est venu du Canada ici par terre, le 22 juillet 1793. » A cette époque que faisions-nous en Europe?

Par un petit mouvement de jalousie nationale dont ils ne se rendent pas compte, les voyageurs américains parlent peu du second itinéraire de Mackenzie; itinéraire qui prouve que cet Anglais a eu l'honneur de traverser le premier le continent de l'Amérique septentrionale depuis la mer Atlantique jusqu'au Grand Océan.

Le 7 mai 1792, le capitaine américain Robert Gray aperçut à la côte nord-ouest de l'Amérique septentrionale l'embouchure d'un fleuve sous le 46ᵉ degré 19 minutes de latitude nord, et le 126ᵉ degré 14 minutes 15 secondes de longitude ouest, méridien de Paris. Robert Gray entra dans ce fleuve le 11 du même mois, et il l'appela *la Colombia* : c'était le nom du vaisseau qu'il commandait.

Vancouver arriva au même lieu le 19 octobre de la même année : Broughton, avec la conserve de Vancouver, passa la barre de la Colombia et remonta le fleuve quatre-vingt-quatre milles au-dessus de cette barre.

Les capitaines Lewis et Ciarke, arrivés par le Missouri, descendirent des montagnes Rocheuses, et bâtirent en 1805, à l'entrée de la Colombia, un fort qui fut abandonné à leur départ.

En 1811, les Américains élevèrent un autre fort sur la rive gauche du même fleuve : ce fort prit le nom d'*Astora*, du nom de M. J.-J. Astor, négociant de New-York, et directeur de la compagnie des pelleteries à l'océan Pacifique.

En 1810, une troupe d'associés de la compagnie se réunit à Saint-Louis du Mississipi, et fit une nouvelle course à la Colombia, à travers les montagnes Rocheuses : plus tard, en 1812, quelques-uns de ces associés, conduits par M. R. Stuart, revinrent de la Colombia à Saint-Louis. Tout est donc connu de ce côté. Les grands affluents du Missouri, la rivière des Osages, la rivière de la Roche-Jaune, aussi puissante que l'Ohio, ont été remontées : les établissements américains communiquent par ces fleuves au nord-ouest, avec les tribus indiennes les plus reculées, au sud-est avec les habitants du Nouveau-Mexique.

En 1820, M. Cass, gouverneur du territoire du Michigan, partit de la ville du Détroit, bâtie sur le canal qui joint le lac Erié au lac Saint-Clair, suivit la grande chaîne des lacs, et rechercha les sources du Mississipi; M. Schoolcraft rédigea le journal de ce voyage plein de faits et d'instruction. L'expédition entra dans le Mississipi par la rivière du Lac de Sable : le fleuve en cet endroit était large de deux cents pieds. Les voyageurs le remontèrent, et franchirent quarante-trois rapides : le Mississipi allait toujours se rétrécissant, et au saut de Peckagoma il n'avait plus que quatre-vingts pieds de largeur. « L'as- « pect du pays change, dit M. Schoolcraft : la forêt qui ombrageait les bords du fleuve « disparaît; il décrit de nombreuses sinuosités dans une prairie large de trois milles, où « s'élèvent des herbes très-hautes, de la folle avoine et des joncs, et bordée de collines de « hauteur médiocre et sablonneuses, où croissent quelques pins jaunes. Nous avons na- « vigué longtemps sans avancer beaucoup; il semblait que nous fussions arrivés au ni- « veau supérieur des eaux : le courant du fleuve n'était que d'un mille par heure. Nous

« n'apercevions que le ciel et les herbes au milieu desquelles nos canots se frayaient un
« passage; elles cachaient tous les objets éloignés. Les oiseaux aquatiques étaient extrê-
« ment nombreux; mais il n'y avait pas de pluviers. »

L'expédition traversa le petit et le grand lac Ouinnipec : cinquante milles plus haut,
elle s'arrêta dans le lac supérieur du Cèdre-Rouge, auquel elle imposa le nom de *Cassina*,
en l'honneur de M. Cass.

C'est là que se trouve la principale source du Mississipi : le lac a dix-huit milles de long
sur six de large. Son eau est transparente et ses bords sont ombragés d'ormes, d'érables
et de pins. M. Pike, autre voyageur qui place une des principales sources du Mississipi
au lac de la Sangsue, met le lac Cassina au 47° degré 42 minutes 40 secondes de latitude nord.

La rivière la Biche sort du lac du même nom et entre dans le lac Cassina. « En esti-
« mant à soixante milles, dit M. Schoolcraft, la distance du lac Cassina au lac la Biche,
« source du Mississipi la plus éloignée, on aura pour la longueur totale du cours de ce
« fleuve trois mille trente-huit milles. L'année précédente je l'avais descendu (le Missis-
« sipi) depuis Saint-Louis dans un bateau à vapeur, et le 10 juillet j'avais passé son em-
« bouchure pour aller à New-York. Ainsi, un peu plus d'un an après, je me trouvais près
« de sa source, assis dans un canot indien. »

M. Schoolcraft fait observer qu'à peu de distance du lac la Biche les eaux coulent au
nord dans la rivière Rouge, qui descend dans la baie d'Hudson.

Trois ans plus tard, en 1823, M. Beltrami a parcouru les mêmes régions. Il porte les
sources septentrionales du Mississipi à cent milles au-dessus du lac Cassina ou du Cèdre-
Rouge. M. Beltrami affirme qu'avant lui aucun voyageur n'a passé au delà du lac du
Cèdre-Rouge. Il décrit ainsi sa découverte des sources du Mississipi.

« Nous nous trouvons sur les plus hautes terres de l'Amérique septentrionale. . . . . .
« Cependant tout y est plaine, et la colline où je suis n'est pour ainsi dire qu'une émi-
« nence formée au milieu pour servir d'observatoire.

« En promenant ses regards autour de soi, on voit les eaux couler au sud vers le golfe
« du Mexique; au nord, vers la mer Glaciale; à l'est, vers l'Atlantique; et à l'ouest, se
« diriger vers la mer Pacifique.

« Un grand plateau couronne cette suprême élévation; et, ce qui étonne davantage, un
« lac jaillit au milieu.

« Comment s'est-il formé, ce lac? d'où viennent ses eaux? C'est au grand Architecte
« de l'univers qu'il faut le demander. . . . . . Ce lac n'a aucune issue, et mon œil, qui
« est assez perçant, n'a pu découvrir, dans aucun lointain de l'horizon le plus clair, au-
« cune terre qui s'élève au-dessus de son niveau; toutes sont au contraire beaucoup infé-
« rieures. . . .

« Vous avez vu les sources de la rivière que j'ai remontée jusqu'ici (la rivière Rouge) :
« elles sont précisément au pied de la colline, et filtrent en ligne directe du bord septen-
« trional du lac; elles sont les sources de la rivière Rouge ou Sanglante. De l'autre côté
« vers le sud, d'autres sources forment un joli petit bassin d'environ quatre-vingts pas de
« circonférence; ces eaux filtrent aussi du lac, et ces sources... ce sont les sources du
« Mississipi.

« Ce lac a trois milles de tour environ; il est fait en forme de cœur, et il parle à l'âme;
« la mienne en a été émue : il était juste de le tirer du silence où la géographie, après
« tant d'expéditions, le laissait encore, et de le faire connaître au monde d'une manière
« distinguée. Je lui ai donné le nom de cette dame respectable dont la vie, comme il a
« été dit par son illustre amie, madame la comtesse d'Albani, *a été un cours de morale en
« action*, La mort, une calamité pour tous ceux qui avaient le bonheur de la con-
« naître. . . . . . J'ai appelé ce lac le *lac Julie*; et les sources des deux fleuves, les
« *sources Juliennes de la rivière Sanglante*, les *sources Juliennes du Mississipi*.

« J'ai cru voir l'ombre de Colombo, d'Americo Vespucci, des Cabotto, de Verazani, etc.,
« assister avec joie à cette grande cérémonie, et se féliciter qu'un de leurs compatriotes

« vint réveiller par de nouvelles découvertes le souvenir des services qu'ils ont rendus au
« monde entier par leurs talents, leurs exploits et leurs vertus. »

C'est un étranger qui écrit en français : on reconnaîtra facilement le goût, les traits,
le caractère et le juste orgueil du génie italien.

La vérité est que le plateau où le Mississipi prend sa source est une terre unie mais cul-
minante, dont les versants envoient les eaux au nord, à l'est, au midi et à l'ouest; que
sur ce plateau sont creusés une multitude de lacs; que ces lacs répandent des rivières
qui coulent à tous les rumbs de vent. Le sol de ce plateau supérieur est mouvant comme
s'il flottait sur des abîmes. Dans la saison des pluies, les rivières et les lacs débordent :
on dirait d'une mer, si cette mer ne portait des forêts de folle avoine de vingt et trente
pieds de hauteur. Les canots, perdus dans ce double océan d'eau et d'herbes, ne se peuvent diriger qu'à l'aide des étoiles ou de la boussole. Quand des tempêtes surviennent, les
moissons fluviales plient, se renversent sur les embarcations, et des millions de canards,
de sarcelles, de morelles, de hérons, de bécassines s'envolent en formant un nuage au-
dessus de la tête des voyageurs.

Les eaux débordées restent pendant quelques jours incertaines de leur penchant; peu à
peu elles se partagent. Une pirogue est doucement entraînée vers les mers polaires, les
mers du midi, les grands lacs du Canada, les affluents du Missouri, selon le point de la
circonférence sur lequel elle se trouve lorsqu'elle a dépassé le milieu de l'inondation.
Rien n'est étonnant et majestueux comme ce mouvement et cette distribution des eaux
centrales de l'Amérique du nord.

Sur le Mississipi inférieur, le major Pike, en 1806, M. Nuttal, en 1819, ont parcouru
le territoire d'Arkansa, visité les Osages, et fourni des renseignements aussi utiles à l'histoire naturelle qu'à la topographie.

Tel est ce Mississipi, dont je parlerai dans mon *Voyage*; fleuve que les Français descendirent les premiers en venant du Canada; fleuve qui coula sous leur puissance, et
dont la riche vallée regrette encore leur génie.

Colomb découvrit l'Amérique dans la nuit du 11 au 12 octobre 1492 : le capitaine
Franklin a complété la découverte de ce monde nouveau le 18 août 1826. Que de générations écoulées, que de révolutions accomplies, que de changements arrivés chez les
peuples dans cet espace de trois cent trente-trois ans neuf mois et vingt-quatre jours!

Le monde ne ressemble plus au monde de Colomb. Sur ces mers ignorées au-dessus
desquelles on voyait s'élever une *main noire*, la *main de Satan*[1], qui saisissait les vaisseaux pendant la nuit et les entraînait au fond de l'abîme; dans ces régions antarctiques,
séjour de la nuit, de l'épouvante et des fables; dans ces eaux furieuses du cap Horn et du
cap des Tempêtes, où pâlissaient les pilotes; dans ce double océan qui bat ses doubles rivages; dans ces parages jadis si redoutés, des bateaux de postes font régulièrement des
trajets pour le service des lettres et des voyageurs. On s'invite à dîner d'une ville florissante en Amérique à une ville florissante en Europe, et l'on arrive à l'heure marquée. Au
lieu de ces vaisseaux grossiers, malpropres, infects, humides, où l'on ne vivait que de
viandes salées, où le scorbut vous dévorait, d'élégants navires offrent aux passagers des
chambres lambrissées d'acajou, ornées de tapis, de glaces, de fleurs, de bibliothèques,
d'instruments de musique, et toutes les délicatesses de la bonne chère. Un voyage qui
demandera plusieurs années de perquisitions sous les latitudes les plus diverses n'amènera
pas la mort d'un seul matelot.

Les tempêtes? on en rit. Les distances? elles ont disparu. Un simple baleinier fait voile
au pôle austral : si la pêche n'est pas bonne, il revient au pôle boréal : pour prendre un
poisson, il traverse deux fois les tropiques, parcourt deux fois un diamètre de la terre,
et touche en quelques mois aux deux bouts de l'univers. Aux portes des tavernes de
Londres on voit affichée l'annonce du départ du *paquebot de la terre de Diémen* avec toutes
les commodités possibles pour les passagers aux Antipodes, et cela auprès de l'annonce du

---

[1] Voyez les vieilles cartes et les navigateurs arabes.

départ du *paquebot de Douvres à Calais*. On a des *Itinéraires de poche*, des *Guides*, des *Manuels* à l'usage des personnes qui se proposent de faire un *voyage d'agrément autour du Monde*. Ce voyage dure neuf ou dix mois, quelquefois moins : on part l'hiver en sortant de l'opéra ; on touche aux îles Canaries, à Rio-Janeiro, aux Philippines, à la Chine, aux Indes, au cap de Bonne-Espérance, et l'on est revenu chez soi pour l'ouverture de la chasse.

Les bateaux à vapeur ne connaissent plus de vents contraires sur l'Océan, de courants opposés dans les fleuves : kiosques ou palais flottants à deux ou trois étages, du haut de leurs galeries on admire les plus beaux tableaux de la nature dans les forêts du Nouveau Monde. Des routes commodes franchissent le sommet des montagnes, ouvrent des déserts naguère inaccessibles : quarante mille voyageurs viennent de se rassembler en partie de plaisir à la cataracte de Niagara. Sur des chemins de fer glissent rapidement les lourds chariots du commerce ; et s'il plaisait à la France, à l'Allemagne et à la Russie d'établir une ligne télégraphique jusqu'à la muraille de la Chine, nous pourrions écrire à quelques Chinois de nos amis, et recevoir la réponse dans l'espace de neuf ou dix heures. Un homme qui commencerait son pèlerinage à dix-huit ans, et le finirait à soixante, en marchant seulement quatre lieues par jour, aurait achevé dans sa vie près de sept fois le tour de notre chétive planète. Le génie de l'homme est véritablement trop grand pour sa petite habitation : il faut en conclure qu'il est destiné à une plus haute demeure.

Est-il bon que les communications entre les hommes soient devenues aussi faciles? Les nations ne conserveraient-elles pas mieux leur caractère en s'ignorant les unes les autres, en gardant une fidélité religieuse aux habitudes et aux traditions de leurs pères? J'ai vu dans ma jeunesse de vieux Bretons murmurer contre les chemins que l'on voulait ouvrir dans leurs bois, alors même que ces chemins devaient élever la valeur des propriétés riveraines.

Je sais qu'on peut employer ce système de déclamations fort touchantes ; le bon vieux temps a sans doute son mérite ; mais il faut se souvenir qu'un état politique n'en est pas meilleur parce qu'il est caduc et routinier ; autrement il faudrait convenir que le despotisme de la Chine et de l'Inde, où rien n'a changé depuis trois mille ans, est ce qu'il y a de plus parfait dans ce monde. Je ne vois pourtant pas ce qu'il peut y avoir de si heureux à s'enfermer pendant une quarantaine de siècles avec des peuples en enfance et des tyrans en décrépitude.

Le goût et l'admiration du stationnaire viennent des jugements faux que l'on porte sur la vérité des faits et sur la nature de l'homme : sur la vérité des faits, parce qu'on suppose que les anciennes mœurs étaient plus pures que les mœurs modernes, complète erreur ; sur la nature de l'homme, parce qu'on ne veut pas voir que l'esprit humain est perfectible.

Les gouvernements qui arrêtent l'essor du génie ressemblent à ces oiseleurs qui brisent les ailes de l'aigle pour l'empêcher de prendre son vol.

Enfin on ne s'élève contre les progrès de la civilisation que par l'obsession des préjugés : on continue à voir les peuples comme on les voyait autrefois, isolés, n'ayant rien de commun dans leurs destinées. Mais si l'on considère l'espèce humaine comme une grande famille qui s'avance vers le même but ; si l'on ne s'imagine pas que tout est fait ici-bas pour qu'une petite province, un petit royaume, restent éternellement dans leur ignorance, leur pauvreté, leurs institutions politiques, telles que la barbarie, le temps et le hasard les ont produites, alors ce développement de l'industrie, des sciences et des arts semblera ce qu'il est en effet, une chose légitime et naturelle. Dans ce mouvement universel on reconnaîtra celui de la société, qui, finissant son histoire particulière, commence son histoire générale.

Autrefois, quand on avait quitté ses foyers comme Ulysse, on était un objet de curiosité : aujourd'hui, excepté une demi-douzaine de personnages hors de ligne par leur mérite individuel, qui peut intéresser au récit de ses courses? Je viens me ranger dans la foule des voyageurs obscurs qui n'ont vu que ce que tout le monde a vu, qui n'ont fait faire aucun progrès aux sciences, qui n'ont rien ajouté au trésor des connaissances humaines; mais je me présente comme le dernier historien des peuples de la terre de Colomb, de ces peuples dont la race ne tardera pas à disparaître; je viens dire quelques mots sur les destinées futures de l'Amérique, sur ces autres peuples héritiers des infortunés Indiens : je n'ai d'autre prétention que d'exprimer des regrets et des espérances.

— ◈ —

INTRODUCTION.

Dans une note de l'*Essai historique*[1], écrite en 1794, j'ai raconté, avec des détails assez étendus, quel avait été mon dessein en passant en Amérique; j'ai plusieurs fois parlé d ce même dessein dans mes autres ouvrages, et particulièrement dans la préface d'*Atala*. Je ne prétendais à rien moins qu'à découvrir le passage au nord-ouest de l'Amérique, en retrouvant la mer polaire, vue par Hearn en 1772, aperçue plus à l'ouest en 1789, par Mackenzie, reconnue par le capitaine Parry, qui s'en approcha en 1819, à travers le détroit de Lancastre, et en 1821 à l'extrémité du détroit de *l'Hécla et de la Fury*[2] : enfin le capitaine Franklin, après avoir descendu successivement la rivière de Hearn en 1821, et celle de Mackenzie en 1826, vient d'explorer les bords de cet océan, qu'environne une ceinture de glaces, et qui jusqu'à présent a repoussé tous les vaisseaux.

Il faut remarquer une chose particulière à la France : la plupart de ses voyageurs ont été des hommes isolés, abandonnés à leurs propres forces et à leur propre génie : rarement le gouvernement ou des compagnies particulières les ont employés ou secourus. Il est arrivé de là que des peuples étrangers, mieux avisés, ont fait, par un concours de volontés nationales, ce que les individus français n'ont pu achever. En France on a le courage; le courage mérite le succès, mais il ne suffit pas toujours pour l'obtenir.

Aujourd'hui, que j'approche de la fin de ma carrière, je ne puis m'empêcher, en jetant un regard sur le passé, de songer combien cette carrière eût été changée pour moi, si j'avais rempli le but de mon voyage. Perdu dans ces mers sauvages, sur ces grèves hyperboréennes où aucun homme n'a imprimé ses pas, les années de discorde qui ont écrasé tant de générations avec tant de bruit seraient tombées sur ma tête en silence : le monde aurait changé, moi absent. Il est probable que je n'aurais jamais eu le malheur d'écrire; mon nom serait demeuré inconnu, ou il s'y fût attaché une de ces renommées paisibles qui ne soulèvent point l'envie, et qui annoncent moins de gloire que de bonheur. Qui sait même si j'aurais repassé l'Atlantique, si je ne me serais pas fixé dans les solitudes par moi découvertes, comme un conquérant au milieu de ses conquêtes? Il est vrai que je n'aurais pas

---

[1] *Essai historique sur les Révolutions*, IIᵉ part., chap. XXIII.

[2] Cet intrépide marin était reparti pour le Spitzberg avec l'intention d'aller jusqu'au pôle en traîneau. Il est resté soixante et un jours sur la glace sans pouvoir dépasser le 82ᵉ degré 45 minutes de latitude nord.

figuré au congrès de Vérone, et qu'on ne m'eût pas appelé *Monseigneur* dans l'hô-
tellerie des affaires étrangères, rue des Capucines, à Paris.

Tout cela est fort indifférent au terme de la route : quelle que soit la diversité des
chemins, les voyageurs arrivent au commun rendez-vous ; ils y parviennent tous
également fatigués ; car ici-bas, depuis le commencement jusqu'à la fin de la
course, on ne s'assied pas une seule fois pour se reposer : comme les Juifs au festin
de la Pâque, on assiste au banquet de la vie à la hâte, debout, les reins ceints
d'une corde, les souliers aux pieds, et le bâton à la main.

Il est donc inutile de redire quel était le but de mon entreprise, puisque je l'ai
dit cent fois dans mes autres écrits. Il me suffira de faire observer au lecteur que
ce premier voyage pouvait devenir le dernier, si je parvenais à me procurer tout
d'abord les ressources nécessaires à ma grande découverte ; mais dans le cas où je
serais arrêté par des obstacles imprévus, ce premier voyage ne devant être que le
prélude d'un second, qu'une sorte de reconnaissance dans le désert.

Pour s'expliquer la route qu'on me verra prendre, il faut aussi se souvenir du
plan que je m'étais tracé : ce plan est rapidement esquissé dans la note de l'*Essai
historique* ci-dessus indiquée. Le lecteur y verra qu'au lieu de remonter au septentrion, je voulais marcher à l'ouest, de manière à attaquer la rive occidentale de
l'Amérique, un peu au-dessus du golfe de Californie. De là, suivant le profil du
continent, et toujours en vue de la mer, mon dessein était de me diriger vers le
nord jusqu'au détroit de Behring, de doubler le dernier cap de l'Amérique, de
descendre à l'est le long des rivages de la mer Polaire, et de rentrer dans les États-
Unis par la baie d'Hudson, le Labrador et le Canada.

Ce qui me déterminait à parcourir une si longue côte de l'océan Pacifique était le
peu de connaissance que l'on avait de cette côte. Il restait des doutes, même après
les travaux de Vancouver, sur l'existence d'un passage entre le 40° et le 60° degré
de latitude septentrionale : la rivière de la Colombie, les gisements du nouveau
Cornouailles, le détroit de Chleckhoff, les régions Aleutiennes, le golfe de Bristol
ou de Cook, les terres des Indiens Tchoukotches, rien de tout cela n'avait encore
été exploré par Kotzebüe et les autres navigateurs russes ou américains. Aujour-
d'hui le capitaine Francklin, évitant plusieurs mille lieues de circuit, s'est épargné
la peine de chercher à l'occident ce qui ne se pouvait trouver qu'au septentrion.

Maintenant je prierai encore le lecteur de rappeler dans sa mémoire divers passages de la préface générale de mes *OEuvres complètes*, et de la préface de l'*Essai
historique*, où j'ai raconté quelques particularités de ma vie. Destiné par mon père
à la marine, et par ma mère à l'état ecclésiastique, ayant choisi moi-même le service
de terre, j'avais été présenté à Louis XVI : afin de jouir des honneurs de la cour
et de *monter dans les carrosses*, pour parler le langage du temps, il fallait avoir
au moins le rang de capitaine de cavalerie ; j'étais ainsi capitaine de cavalerie
de droit, et sous-lieutenant d'infanterie de fait, dans le régiment de Navarre. Les
soldats de ce régiment, dont le marquis de Mortemart était colonel, s'étant insur-
gés comme les autres, je me trouvai dégagé de tout lien vers la fin de 1790. Quand
je quittai la France au commencement de 1791, la révolution marchait à grands
pas : les principes sur lesquels elle se fondait étaient les miens, mais je détestais
les violences qui l'avaient déjà déshonorée : c'était avec joie que j'allais chercher
une indépendance plus conforme à mes goûts, plus sympathique à mon caractère.

A cette même époque le mouvement de l'émigration s'accroissait ; mais comme
on ne se battait pas, aucun sentiment d'honneur ne me forçait, contre le penchant

de ma raison, à me jeter dans la folie de Coblentz. Une émigration plus raisonnable se dirigeait vers les rives de l'Ohio; une terre de liberté offrait son asile à ceux qui fuyaient la liberté de leur patrie. Rien ne prouve mieux le haut prix des institutions généreuses que cet exil volontaire des partisans du pouvoir absolu dans un monde républicain.

Au printemps de 1791, je dis adieu à ma respectable et digne mère, et je m'embarquai à Saint-Malo; je portais au général Washington une lettre de recommandation du marquis de La Rouairie. Celui-ci avait fait la guerre de l'indépendance en Amérique; il ne tarda pas à devenir célèbre en France par la conspiration royaliste à laquelle il donna son nom. J'avais pour compagnons de voyage de jeunes séminaristes de Saint-Sulpice, que leur supérieur, homme de mérite, conduisait à Baltimore. Nous mîmes à la voile : au bout de quarante-huit heures nous perdîmes la terre de vue, et nous entrâmes dans l'Atlantique.

Il est difficile aux personnes qui n'ont jamais navigué de se faire une idée des sentiments qu'on éprouve lorsque du bord d'un vaisseau on n'aperçoit plus que la mer et le ciel. J'ai essayé de retracer ces sentiments dans le chapitre du *Génie du Christianisme* intitulé *Deux perspectives de la nature*, et dans *les Natchez*, en prêtant mes propres émotions à *Chactas*. L'*Essai historique* et l'*Itinéraire* sont également remplis des souvenirs et des images de ce qu'on peut appeler le désert de l'Océan. Me trouver au milieu de la mer, c'était n'avoir pas quitté ma patrie; c'était, pour ainsi dire, être porté dans mon premier voyage par ma nourrice, par la confidente de mes premiers plaisirs. Qu'il me soit permis, afin de mieux faire entrer le lecteur dans l'esprit de la relation qu'il va lire, de citer quelques pages de mes mémoires inédits : presque toujours notre manière de voir et de sentir tient aux réminiscences de notre jeunesse.

C'est à moi que s'appliquent les vers de Lucrèce :

> Tum porro puer ut sævis projectus ab undis
> Navita...............................

Le ciel voulut placer dans mon berceau une image de mes destinées.

« Élevé comme le compagnon des vents et des flots, ces flots, ces vents, cette soli-
« tude, qui furent mes premiers maîtres, convenaient peut-être mieux à la nature
« de mon esprit et à l'indépendance de mon caractère. Peut-être dois-je à cette édu-
« cation sauvage quelque vertu que j'aurais ignorée : la vérité est qu'aucun sys-
« tème d'éducation n'est en soi préférable à un autre. Dieu fait bien ce qu'il fait;
« c'est sa providence qui nous dirige, lorsqu'elle nous appelle à jouer un rôle sur
« la scène du monde. »

Après les détails de l'enfance viennent ceux de mes études. Bientôt échappé du toit paternel, je dis l'impression que fit sur moi Paris, la cour, le monde; je peins la société d'alors, les hommes que je rencontrai, les premiers mouvements de la révolution : la suite des dates m'amène à l'époque de mon départ pour les États-Unis. En me rendant au port je visitai la terre où s'était écoulée une partie de mon enfance : je laisse parler les *Mémoires*.

« Je n'ai revu Combourg que trois fois : à la mort de mon père, toute la famille
« se trouva réunie au château pour se dire adieu. Deux ans plus tard j'accompagnai
« ma mère à Combourg; elle voulait meubler le vieux manoir; mon frère y devait
« amener ma belle-sœur : mon frère ne vint point en Bretagne; et bientôt il monta
« sur l'échafaud avec la jeune femme pour qui ma mère avait préparé le lit nup-

« tial [1]. Enfin, je pris le chemin de Combourg en me rendant au port, lorsque je me
« décidai à passer en Amérique.

« Après seize années d'absence, prêt à quitter de nouveau le sol natal pour les
« ruines de la Grèce, j'allai embrasser au milieu des landes de ma pauvre Bre-
« tagne ce qui me restait de ma famille; mais je n'eus pas le courage d'entre-
« prendre le pèlerinage des champs paternels. C'est dans les bruyères de Combourg
« que je suis devenu le peu que je suis; c'est là que j'ai vu se réunir et se disper-
« ser ma famille. De dix enfants que nous avons été, nous ne restons plus que trois.
« Ma mère est morte de douleur; les cendres de mon père ont été jetées au vent.

« Si mes ouvrages me survivaient, si je devais laisser un nom, peut-être un
« jour, guidé par ces Mémoires, le voyageur s'arrêterait un moment aux lieux que
« j'ai décrits. Il pourrait reconnaître le château; mais il chercherait en vain le
« grand mail ou le grand bois; il a été abattu : le berceau de mes songes a disparu
« comme ces songes. Demeuré seul debout sur son rocher, l'antique donjon semble
« regretter les chênes qui l'environnaient et le protégeaient contre les tempêtes.
« Isolé comme lui, j'ai vu comme lui tomber autour de moi ma famille qui embel-
« lissait mes jours et me prêtait son abri : grâce au ciel, ma vie n'est pas bâtie sur
« terre aussi solidement que les tours où j'ai passé ma jeunesse. »

Les lecteurs connaissent à présent le voyageur auquel ils vont avoir affaire dans
le récit de ses premières courses.

***

Je m'embarquai donc à Saint-Malo, comme je l'ai dit : nous prîmes
la haute mer, et le 6 mai 1791, vers les huit heures du matin, nous
découvrîmes le pic de l'île de Pico, l'une des Açores : quelques heures
après, nous jettâmes l'ancre dans une mauvaise rade, sur un fond de
roches, devant l'île Graciosa. On en peut lire la description dans
l'*Essai historique*. On ignore la date précise de la découverte de cette île.

C'était la première terre étrangère à laquelle j'abordais; par cette
raison même il m'en est resté un souvenir qui conserve chez moi l'empreinte et la vivacité de la jeunesse. Je n'ai pas manqué de conduire
Chactas aux Açores, et de lui faire voir la fameuse statue que les premiers navigateurs prétendirent avoir trouvée sur ces rivages.

Des Açores, poussés par les vents sur le banc de Terre-Neuve, nous
fûmes obligés de faire une seconde relâche à l'île Saint-Pierre. « T. et
« moi, dis-je encore dans l'*Essai historique*, nous allions courir dans
« les montagnes de cette île affreuse; nous nous perdions au milieu des
« brouillards dont elle est sans cesse couverte, errant au milieu des
« nuages et des bouffées de vent, entendant les mugissements d'une mer
« que nous ne pouvions découvrir, égarés sur une bruyère laineuse et
« morte, et au bord d'un torrent rougeâtre qui coulait entre des rochers. »

---

[1] Mademoiselle de Rosambo, petite-fille de M. de Malesherbes, exécutée avec son mari et sa
mère le même jour que son illustre aïeul.

Les vallées sont semées, dans différentes parties, de cette espèce de pin dont les jeunes pousses servent à faire une bière amère. L'île est environnée de plusieurs écueils, entre lesquels on remarque celui du *Colombier*, ainsi nommé parce que les oiseaux de mer y font leur nid au printemps. J'en ai donné la description dans le *Génie du Christianisme*.

L'île Saint-Pierre n'est séparée de celle de Terre-Neuve que par un détroit assez dangereux : de ses côtes désolées on découvre les rivages encore plus désolés de Terre-Neuve. En été, les grèves de ces îles sont couvertes de poissons qui sèchent au soleil, et en hiver, d'ours blancs qui se nourrissent des débris oubliés par les pêcheurs.

Lorsque j'abordai à Saint-Pierre, la capitale de l'île consistait, autant qu'il m'en souvient, dans une assez longue rue, bâtie le long de la mer. Les habitants, fort hospitaliers, s'empressèrent de nous offrir leur table et leur maison. Le gouverneur logeait à l'extrémité de la ville. Je dînai deux ou trois fois chez lui. Il cultivait dans un des fossés du fort quelques légumes d'Europe. Je me souviens qu'après le dîner il me montrait son *jardin;* nous allions ensuite nous asseoir au pied du mât du pavillon planté sur la forteresse. Le drapeau français flottait sur notre tête, tandis que nous regardions une mer sauvage et les côtes sombres de l'île de Terre-Neuve, en parlant de la patrie.

Après une relâche de quinze jours, nous quittâmes l'île Saint-Pierre, et le bâtiment, faisant route au midi, atteignit la latitude des côtes du Maryland et de la Virginie : les calmes nous arrêtèrent. Nous jouissions du plus beau ciel; les nuits, les couchers et les levers du soleil étaient admirables. Dans le chapitre du *Génie du Christianisme* déjà cité, intitulé *Deux perspectives de la nature,* j'ai rappelé une de ces pompes nocturnes et une de ces magnificences du couchant. « Le globe du soleil, « prêt à se plonger dans les flots, apparaissait entre les cordages du « navire, au milieu des espaces sans bornes.

Il ne s'en fallut guère qu'un accident ne mît un terme à tous mes projets.

La chaleur nous accablait; le vaisseau, dans un calme plat, sans voile et trop chargé de ses mâts, était tourmenté par le roulis. Brûlé sur le pont et fatigué du mouvement, je voulus me baigner, et quoique nous n'eussions point de chaloupe dehors, je me jetai du mât de beaupré à la mer. Tout alla d'abord à merveille, et plusieurs passagers m'imitèrent. Je nageais sans regarder le vaisseau; mais quand je vins à tourner la tête, je m'aperçus que le courant l'avait déjà entraîné bien loin. L'équipage était accouru sur le pont; on avait filé un grelin aux autres nageurs. Des requins se montraient dans les eaux du

navire, et on leur tirait du bord des coups de fusil pour les écarter.
La houle était si grosse qu'elle retardait mon retour et épuisait mes
forces. J'avais un abîme au-dessous de moi, et les requins pouvaient
à tout moment m'emporter un bras ou une jambe. Sur le bâtiment,
on s'efforçait de mettre un canot à la mer; mais il fallait établir un
palan, et cela prenait un temps considérable.

Par le plus grand bonheur, une brise presque insensible se leva : le
vaisseau, gouvernant un peu, se rapprocha de moi; je pus m'emparer
du bout de la corde; mais les compagnons de ma témérité s'étaient
accrochés à cette corde, et quand on nous attira au flanc du bâtiment,
me trouvant à l'extrémité de la file, ils pesaient sur moi de tout leur
poids. On nous repêcha ainsi un à un, ce qui fut long. Les roulis conti-
nuaient; à chacun d'eux nous plongions de dix à douze pieds dans la
vague, ou nous étions suspendus en l'air à un même nombre de pieds,
comme des poissons au bout d'une ligne. A la dernière immersion, je
me sentis prêt à m'évanouir; un roulis de plus, et c'en était fait. Enfin
on me hissa sur le pont à demi mort : si je m'étais noyé, le bon dé-
barras pour moi et pour les autres !

Quelques jours après cet accident, nous aperçûmes la terre : elle
était dessinée par la cime de quelques arbres qui semblaient sortir du
sein de l'eau : les palmiers de l'embouchure du Nil me découvrirent
depuis le rivage de l'Égypte de la même manière. Un pilote vint à notre
bord. Nous entrâmes dans la baie de Chesapeake, et le soir même on
envoya une chaloupe chercher de l'eau et des vivres frais. Je me joignis
au parti qui allait à terre, et, une demi-heure après avoir quitté le
vaisseau, je foulai le sol américain.

Je restai quelque temps les bras croisés, promenant mes regards autour de moi dans un mélange de sentiments et d'idées que je ne pouvais débrouiller alors, et que je ne pourrais peindre aujourd'hui. Ce
continent ignoré du reste du monde pendant toute la durée des temps
anciens et pendant un grand nombre de siècles modernes; les premières
destinées sauvages de ce continent, et ses secondes destinées depuis
l'arrivée de Christophe Colomb; la domination des monarchies de l'Europe ébranlée dans ce Nouveau Monde; la vieille société finissant dans
la jeune Amérique; une république d'un genre inconnu jusqu'alors, annonçant un changement dans l'esprit humain et dans l'ordre politique;
la part que ma patrie avait eue à ces événements; ces mers et ces rivages devant en partie leur indépendance au pavillon et au sang français; un grand homme sortant à la fois du milieu des discordes et des
déserts, Washington habitant une ville florissante dans le même lieu
où, un siècle auparavant, Guillaume Penn avait acheté un morceau de

terre de quelques Indiens; les États-Unis renvoyant à la France, à travers l'Océan, la révolution et la liberté que la France avait soutenues
de ses armes; enfin, mes propres desseins; les découvertes que je voulais tenter dans ces solitudes natives, qui étendaient encore leur vaste
royaume derrière l'étroit empire d'une civilisation étrangère : voilà les
choses qui occupaient confusément mon esprit.

Nous nous avançâmes vers une habitation assez éloignée, pour y
acheter ce qu'on voudrait nous vendre. Nous traversâmes quelques petits bois de baumiers et de cèdres de la Virginie qui parfumaient l'air.
Je vis voltiger des oiseaux moqueurs et des cardinaux, dont les chants
et les couleurs m'annoncèrent un nouveau climat. Une négresse de
quatorze ou quinze ans, d'une beauté extraordinaire, vint nous ouvrir
la barrière d'une maison qui tenait à la fois de la ferme d'un Anglais et
de l'habitation d'un colon. Des troupeaux de vaches paissaient dans des
prairies artificielles entourées de palissades dans lesquelles se jouaient
des écureuils gris, noirs et rayés : des nègres sciaient des pièces de
bois, et d'autres cultivaient des plantations de tabac. Nous achetâmes
des gâteaux de maïs, des poules, des œufs, du lait, et nous retournâmes au bâtiment mouillé dans la baie.

On leva l'ancre pour gagner la rade, et ensuite le port de Baltimore.
Le trajet fut lent; le vent manquait. En approchant de Baltimore, les
eaux se rétrécirent : elles étaient d'un calme parfait; nous avions l'air
de remonter un fleuve bordé de longues avenues. Baltimore s'offrit à
nous comme au fond d'un lac. En face de la ville s'élevait une colline
ombragée d'arbres, au pied de laquelle on commençait à bâtir quelques
maisons. Nous amarrâmes au quai du port. Je couchai à bord, et ne
descendis à terre que le lendemain. J'allai loger à l'auberge où l'on
porta mes bagages. Les séminaristes se retirèrent avec leur supérieur à
l'établissement préparé pour eux, d'où ils se sont dispersés en Amérique.

Baltimore, comme toutes les autres métropoles des États-Unis, n'a-
vait pas l'étendue qu'elle a aujourd'hui : c'était une jolie ville fort
propre et fort animée. Je payai mon passage au capitaine et lui donnai
un dîner d'adieu dans une très-bonne taverne auprès du port. J'arrêtai
ma place au stage, qui faisait trois fois la semaine le voyage de Philadelphie. A quatre heures du matin je montai dans ce stage, et me voilà
roulant sur les grands chemins du Nouveau Monde, où je ne connaissais
personne, où je n'étais connu de qui que ce soit : mes compagnons de
voyage ne m'avaient jamais vu, et je ne devais jamais les revoir après
notre arrivée à la capitale de la Pensylvanie.

La route que nous parcourûmes était plutôt tracée que faite. Le pays
était assez nu et assez plat : peu d'oiseaux, peu d'arbres, quelques

maisons éparses, point de villages; voilà ce que présentait la campagne et ce qui me frappa désagréablement.

En approchant de Philadelphie nous rencontrâmes des paysans allant au marché, des voitures publiques et d'autres voitures fort élégantes. Philadelphie me parut une belle ville : les rues larges; quelques-unes, plantées d'arbres, se coupent à angle droit dans un ordre régulier du nord au sud et de l'est à l'ouest. La Delaware coule parallèlement à la rue, qui suit son bord occidental : c'est une rivière qui serait considérable en Europe, mais dont on ne parle pas en Amérique. Ses rives sont basses et peu pittoresques.

Philadelphie, à l'époque de mon voyage (1791), ne s'étendait point encore jusqu'au Schuylkill; seulement le terrain, en avançant vers cet affluent, était divisé par lots, sur lesquels on construisait quelques maisons isolées.

L'aspect de Philadelphie est froid et monotone. En général, ce qui manque aux cités des États-Unis, ce sont les monuments et surtout les vieux monuments. Le protestantisme, qui ne sacrifie point à l'imagination, et qui est lui-même nouveau, n'a point élevé ces tours et ces dômes dont l'antique religion catholique a couronné l'Europe. Presque rien à Philadelphie, à New-York, à Boston, ne s'élève au-dessus de la masse des murs et des toits. L'œil est attristé de ce niveau.

Les États-Unis donnent plutôt l'idée d'une colonie que d'une nation mère; on y trouve des usages plutôt que des mœurs. On sent que les habitants ne sont point nés du sol : cette société, si belle dans le présent, n'a point de passé; les villes sont neuves, les tombeaux sont d'hier. C'est ce qui m'a fait dire dans *les Natchez* : « Les Européens « n'avaient point encore de tombeaux en Amérique, qu'ils y avaient « déjà des cachots. C'étaient les seuls monuments du passé pour cette « société sans aïeux et sans souvenirs. »

Il n'y a de vieux en Amérique que les bois, enfants de la terre, et la liberté, mère de toute société humaine : cela vaut bien des monuments et des aïeux.

Un homme débarqué, comme moi, aux États-Unis, plein d'enthousiasme pour les anciens, un Caton qui cherchait partout la rigidité des premières mœurs romaines, dut être fort scandalisé de trouver partout l'élégance des vêtements, le luxe des équipages, la frivolité des conversations, l'inégalité des fortunes, l'immoralité des maisons de banque et de jeu, le bruit des salles de bal et de spectacle. A Philadelphie, j'aurais pu me croire dans une ville anglaise : rien n'annonçait que j'eusse passé d'une monarchie à la république.

On a pu voir dans l'*Essai historique* qu'à cette époque de ma vie

j'admirais beaucoup les républiques : seulement je ne les croyais pas possibles à l'âge du monde où nous étions parvenus, parce que je ne connaissais que la liberté à la manière des anciens, la liberté fille des mœurs dans une société naissante; j'ignorais qu'il y eût une autre liberté fille des lumières et d'une vieille civilisation; liberté dont la république représentative a prouvé la réalité. On n'est plus aujourd'hui obligé de labourer soi-même son petit champ, de repousser les arts et les sciences, d'avoir les ongles crochus et la barbe sale pour être libre.

Mon *désappointement* politique me donna sans doute l'humeur qui me fit écrire la note satirique contre les quakers, et même un peu contre tous les Américains, note que l'on trouve dans l'*Essai histo-rique*. Au reste, l'apparence du peuple dans les rues de la capitale de la Pensylvanie était agréable; les hommes se montraient proprement vêtus; les femmes, surtout les quakeresses, avec leur chapeau uniforme, paraissaient extrêmement jolies.

Je rencontrai plusieurs colons de Saint-Domingue et quelques Français émigrés. J'étais impatient de commencer mon voyage au désert : tout le monde fut d'avis que je me rendisse à Albany, où, plus rapproché des défrichements et des nations indiennes, je serais à même de trouver des guides et d'obtenir des renseignements.

Lorsque j'arrivai à Philadelphie, le grand Washington n'y était pas. Je fus obligé de l'attendre une quinzaine de jours; il revint. Je le vis passer dans une voiture qu'emportaient avec rapidité quatre chevaux fringants, conduits à grandes guides. Washington, d'après mes idées d'alors, était nécessairement Cincinnatus ; Cincinnatus en carrosse dérangeait un peu ma république de l'an de Rome 296. Le dictateur Washington pouvait-il être autre chose qu'un rustre piquant ses bœufs de l'aiguillon et tenant le manche de sa charrue? Mais quand j'allai porter ma lettre de recommandation à ce grand homme, je retrouvai la simplicité du vieux Romain.

Une petite maison dans le genre anglais, ressemblant aux maisons voisines, était le palais du président des États-Unis : point de garde, pas même de valets. Je frappai: une jeune servante ouvrit. Je lui demandai si le général était chez lui; elle me répondit qu'il y était. Je répliquai que j'avais une lettre à lui remettre. La servante me demanda mon nom, difficile à prononcer en anglais, et qu'elle ne put retenir. Elle me dit alors doucement : *Walk in, sir,* « Entrez, monsieur; » et elle marcha devant moi dans un de ces étroits corridors qui servent de vestibule aux maisons anglaises : elle m'introduisit dans un parloir, où elle me pria d'attendre le général.

Je n'étais pas ému. La grandeur de l'âme ou celle de la fortune ne m'imposent point : j'admire la première sans en être écrasé; la seconde m'inspire plus de pitié que de respect. Visage d'homme ne me troublera jamais.

Au bout de quelques minutes le général entra. C'était un homme d'une grande taille, d'un air calme et froid plutôt que noble : il est ressemblant dans ses gravures. Je lui présentai ma lettre en silence; il l'ouvrit, courut à la signature, qu'il lut tout haut avec exclamation : « Le colonel Armand! » c'était ainsi qu'il appelait et qu'avait signé le marquis de la Rouairie.

Nous nous assîmes; je lui expliquai, tant bien que mal, le motif de mon voyage. Il me répondait par des monosyllabes français ou anglais, et m'écoutait avec une sorte d'étonnement. Je m'en aperçus, et je lui dis avec un peu de vivacité : « Mais il est moins difficile de découvrir « le passage du nord-ouest que de créer un peuple comme vous l'avez « fait. » *Well, well, young man!* s'écria-t-il en me tendant la main. Il m'invita à dîner pour le jour suivant, et nous nous quittâmes.

Je fus exact au rendez-vous : nous n'étions que cinq ou six convives. La conversation roula presque entièrement sur la révolution française. Le général nous montra une clé de la Bastille : ces clés de la Bastille étaient des jouets assez niais qu'on se distribuait alors dans les deux mondes. Si Washington avait vu, comme moi, dans les ruisseaux de Paris, les *vainqueurs de la Bastille*, il aurait eu moins de foi dans sa relique. Le sérieux et la force de la révolution n'étaient pas dans ces orgies sanglantes. Lors de la révocation de l'édit de Nantes, en 1685, la même populace du faubourg Saint-Antoine démolit le temple protestant à Charenton avec autant de zèle qu'elle dévasta l'église de Saint-Denis en 1793.

Je quittai mon hôte à dix heures du soir, et je ne l'ai jamais revu; il partit le lendemain pour la campagne, et je continuai mon voyage.

Telle fut ma rencontre avec cet homme qui a affranchi tout un monde. Washington est descendu dans la tombe avant qu'un peu de bruit se fût attaché à mes pas; j'ai passé devant lui comme l'être le plus inconnu; il était dans tout son éclat, et moi dans toute mon obscurité. Mon nom n'est peut-être pas demeuré un jour entier dans sa mémoire. Heureux pourtant que ses regards soient tombés sur moi! je m'en suis senti échauffé le reste de ma vie : il y a une vertu dans les regards d'un grand homme.

J'ai vu depuis Buonaparte : ainsi la Providence m'a montré les deux personnages qu'elle s'était plu à mettre à la tête des destinées de leurs siècles.

Si l'on compare Washington et Buonaparte homme à homme, le

génie du premier semble d'un vol moins élevé que celui du second.
Washington n'appartient pas, comme Buonaparte, à cette race des
Alexandre et des César, qui dépasse la stature de l'espèce humaine.
Rien d'étonnant ne s'attache à sa personne; il n'est point placé sur un
vaste théâtre; il n'est point aux prises avec les capitaines les plus habiles et les plus puissants monarques du temps; il ne traverse point les
mers; il ne court point de Memphis à Vienne et de Cadix à Moscou : il
se défend avec une poignée de citoyens sur une terre sans souvenirs
et sans célébrité, dans le cercle étroit des foyers domestiques. Il ne
livre point de ces combats qui renouvellent les triomphes sanglants
d'Arbelles et de Pharsale; il ne renverse point les trônes pour en re-
composer d'autres avec leurs débris; *il ne met point le pied sur le cou
des rois;* il ne leur fait point dire, sous les vestibules de son palais,

> Qu'ils se font trop attendre, et qu'Attila s'ennuie.

Quelque chose de silencieux enveloppe les actions de Washington; il
agit avec lenteur : on dirait qu'il se sent le mandataire de la liberté de
l'avenir, et qu'il craint de la compromettre. Ce ne sont pas ses destinées que porte ce héros d'une nouvelle espèce, ce sont celles de son
pays; il ne se permet pas de jouer ce qui ne lui appartient pas. Mais de
cette profonde obscurité quelle lumière va jaillir! Cherchez les bois inconnus où brilla l'épée de Washington, qu'y trouverez-vous? des tombeaux? non, un monde! Washington a laissé les États-Unis pour trophée sur son champ de bataille.

Buonaparte n'a aucun trait de ce brave Américain : il combat sur une
vieille terre, environné d'éclat et de bruit; il ne peut créer que sa renommée; il ne se charge que de son propre sort. Il semble savoir que
sa mission sera courte, que le torrent qui descend de si haut s'écou-
lera promptement : il se hâte de jouir et d'abuser de sa gloire comme
d'une jeunesse fugitive. A l'instar des dieux d'Homère il veut arriver
en quatre pas au bout du monde; il paraît sur tous les rivages, il inscrit
précipitamment son nom dans les fastes de tous les peuples, et jette en
courant des couronnes à sa famille et à ses soldats; il se dépêche dans
ses monuments, dans ses lois, dans ses victoires. Penché sur le monde,
d'une main il terrasse les rois, de l'autre il abat le géant révolutionnaire; mais en écrasant l'anarchie il étouffe la liberté, et finit par perdre
la sienne sur son dernier champ de bataille.

Chacun est récompensé selon ses œuvres : Washington élève une nation à l'indépendance : magistrat retiré il s'endort paisiblement sous son
toit paternel, au milieu des regrets de ses compatriotes et de la vénération de tous les peuples.

Buonaparte ravit à une nation son indépendance : empereur déchu, il est précipité dans l'exil, où la frayeur de la terre ne le croit pas encore assez emprisonné sous la garde de l'Océan. Tant qu'il se débat contre la mort, faible et enchaîné sur un rocher, l'Europe n'ose déposer les armes. Il expire : cette nouvelle, publiée à la porte du palais devant laquelle le conquérant avait fait proclamer tant de funérailles, n'arrête ni n'étonne le passant : qu'avaient à pleurer les citoyens?

La république de Washington subsiste, l'empire de Buonaparte est détruit : il s'est écoulé entre le premier et le second voyage d'un Français qui a trouvé une nation reconnaissante là où il avait combattu pour quelques colons opprimés.

Washington et Buonaparte sortirent du sein d'une république : nés tous deux de la liberté, le premier lui a été fidèle, le second l'a trahie. Leur sort, d'après leur choix, sera différent dans l'avenir.

Le nom de Washington se répandra avec la liberté d'âge en âge; il marquera le commencement d'une nouvelle ère pour le genre humain.

Le nom de Buonaparte sera redit aussi par les générations futures; mais il ne se rattachera à aucune bénédiction, et servira souvent d'autorité aux oppresseurs, grands ou petits.

Washington a été tout entier le représentant des besoins, des idées, des lumières, des opinions de son époque; il a secondé, au lieu de contrarier, le mouvement des esprits; il a voulu ce qu'il devait vouloir, la chose même à laquelle il était appelé : de là la cohérence et la perpétuité de son ouvrage. Cet homme, qui frappe peu, parce qu'il est naturel et dans des proportions justes, a confondu son existence avec celle de son pays; sa gloire est le patrimoine commun de la civilisation croissante; sa renommée s'élève comme un de ces sanctuaires où coule une source intarissable pour le peuple.

Buonaparte pouvait enrichir également le domaine public : il agissait sur la nation la plus civilisée, la plus intelligente, la plus brave, la plus brillante de la terre. Quel serait aujourd'hui le rang occupé par lui dans l'univers, s'il eût joint la magnanimité à ce qu'il avait d'héroïque, si, Washington et Buonaparte à la fois, il eût nommé la liberté héritière de sa gloire!

Mais ce géant démesuré ne liait point complétement ses destinées à celles de ses contemporains : son génie appartenait à l'âge moderne, son ambition était des vieux jours; il ne s'aperçut pas que les miracles de sa vie dépassaient de beaucoup la valeur d'un diadème, et que cet ornement gothique lui siérait mal. Tantôt il faisait un pas avec le siècle, tantôt il reculait vers le passé; et, soit qu'il remontât ou suivît le cours du temps, par sa force prodigieuse il entraînait ou repoussait les flots.

Les hommes ne furent à ses yeux qu'un moyen de puissance; aucune sympathie ne s'établit entre leur bonheur et le sien. Il avait promis de les délivrer, et il les enchaîna; il s'isola d'eux, ils s'éloignèrent de lui. Les rois d'Égypte plaçaient leurs pyramides funèbres non parmi les campagnes florissantes, mais au milieu des sables stériles; ces grands tombeaux s'élèvent comme l'éternité dans la solitude : Buonaparte a bâti, à leur image, le monument de sa renommée.

Ceux qui, ainsi que moi, ont vu le conquérant de l'Europe et le législateur de l'Amérique, détournent aujourd'hui les yeux de la scène du monde : quelques histrions, qui font pleurer ou rire, ne valent pas la peine d'être regardés.

Un stage, semblable à celui qui m'avait amené de Baltimore à Philadelphie, me conduisit de Philadelphie à New-York, ville gaie, peuplée et commerçante, qui pourtant était bien loin d'être ce qu'elle est aujourd'hui. J'allai en pèlerinage à Boston pour saluer le premier champ de bataille de la liberté américaine. « J'ai vu les champs de Lexington, « je m'y suis arrêté en silence, comme le voyageur aux Thermopyles, « à contempler la tombe de ces guerriers des deux mondes, qui mou- « rurent les premiers pour obéir aux lois de la patrie. En foulant cette « terre philosophique qui me disait, dans sa muette éloquence, comment « les empires se perdent et s'élèvent, j'ai confessé mon néant devant « les voies de la Providence, et baissé mon front dans la poussière[1]. »

Revenu à New-York, je m'embarquai sur le paquebot qui faisait voile pour Albany, en remontant la rivière d'Hudson, autrement appelée *la rivière du Nord*.

Dans une note de l'*Essai historique*, j'ai décrit une partie de ma navigation sur cette rivière, au bord de laquelle disparaît aujourd'hui, parmi les républicains de Washington, un des rois de Buonaparte, et quelque chose de plus, un de ses frères. Dans cette même note, j'ai parlé du major André, de cet infortuné jeune homme sur le sort duquel un ami, dont je ne cesse de déplorer la perte, a laissé tomber de touchantes et courageuses paroles lorsque Buonaparte était près de monter au trône où s'était assise Marie-Antoinette[2].

Arrivé à Albany, j'allai chercher un M. Swift pour lequel on m'avait donné une lettre à Philadelphie. Cet Américain faisait la traite des pelleteries avec les tribus indiennes enclavées dans le territoire cédé par l'Angleterre aux États-Unis; car les puissances civilisées se partagent sans façon, en Amérique, des terres qui ne leur appartiennent pas

---

[1] *Essai historique*, 1re partie, chap. XXXIII.
[2] M. DE FONTANES, *Éloge de Washington*

Après m'avoir entendu, M. Swift me fit des objections très-raisonnables : il me dit que je ne pouvais pas entreprendre de prime abord, seul, sans secours, sans appui, sans recommandation pour les postes anglais, américains, espagnols, où je serais forcé de passer, un voyage de cette importance ; que, quand j'aurais le bonheur de traverser sans accident tant de solitudes, j'arriverais à des régions glacées où je périrais de froid ou de faim. Il me conseilla de commencer à m'acclimater en faisant une première course dans l'intérieur de l'Amérique, d'apprendre le sioux, l'iroquois et l'esquimau ; de vivre quelque temps parmi les coureurs de bois canadiens et les agents de la compagnie de la baie d'Hudson. Ces expériences préliminaires faites, je pourrais alors, avec l'assistance du gouvernement français, poursuivre ma hasardeuse entreprise.

Ces conseils, dont je ne pouvais m'empêcher de reconnaître la justesse, me contrariaient ; si je m'en étais cru, je serais parti pour aller tout droit au pôle, comme on va de Paris à Saint-Cloud. Je cachai cependant à M. Swift mon déplaisir. Je le priai de me procurer un guide et des chevaux, afin que je me rendisse à la cataracte de Niagara, et de là à Pittsbourg, d'où je pourrais descendre l'Ohio. J'avais toujours dans la tête le premier plan de route que je m'étais tracé.

M. Swift engagea à mon service un Hollandais qui parlait plusieurs dialectes indiens. J'achetai deux chevaux, et je me hâtai de quitter Albany.

Tout le pays qui s'étend aujourd'hui entre le territoire de cette ville et celui de Niagara est habité, cultivé, et traversé par le fameux canal de New-York ; mais alors une grande partie de ce pays était déserte.

Lorsque, après avoir passé le Mohawk, je me trouvai dans des bois qui n'avaient jamais été abattus, je tombai dans une sorte d'ivresse que j'ai encore rappelée dans l'*Essai historique* : « J'allais d'arbre en « arbre, à droite et à gauche indifféremment, me disant en moi-même : « Ici plus de chemin à suivre, plus de villes, plus d'étroites maisons, « plus de présidents, de républiques, de rois. . . . . . . Et, pour « essayer si j'étais enfin rétabli dans mes droits originels, je me livrais « à mille actes de volonté qui faisaient enrager le grand Hollandais qui « me servait de guide, et qui dans son âme me croyait fou[1]. »

Nous entrions dans les anciens cantons des six nations iroquoises. Le premier Sauvage que nous rencontrâmes était un jeune homme qui marchait devant un cheval sur lequel était assise une Indienne parée

---

[1] *Essai historique*, IIᵉ partie, chap. LVII.

à la manière de sa tribu. Mon guide leur souhaita le bonjour en passant.

On sait déjà que j'eus le bonheur d'être reçu par un de mes compatriotes sur la frontière de la solitude, par ce M. Violet, maître de danse chez les Sauvages. On lui payait ses leçons en peaux de castor et en jambons d'ours. « Au milieu d'une forêt, on voyait une espèce de « grange; je trouvai dans cette grange une vingtaine de Sauvages, « hommes et femmes, barbouillés comme des sorciers, le corps demi-« nu, les oreilles découpées, des plumes de corbeau sur la tête, et « des anneaux passés dans les narines. Un petit Français, poudré et « frisé comme autrefois, habit vert pomme, veste de droguet, jabot « et manchettes de mousseline, raclait un violon de poche, et faisait « danser Madelon Friquet à ces Iroquois. M. Violet, en me parlant « des Indiens, me disait toujours : *Ces messieurs Sauvages et ces dames* « *Sauvagesses.* Il se louait beaucoup de la légèreté de ses écoliers : en « effet, je n'ai jamais vu faire de telles gambades. M. Violet, tenant « son petit violon entre son menton et sa poitrine, accordait l'instru-« ment fatal; il criait en iroquois : *A vos places!* et toute la troupe « sautait comme une bande de démons [1]. »

C'était une chose assez étrange pour un disciple de Rousseau, que cette introduction à la vie sauvage par un bal que donnait à des Iroquois un ancien marmiton du général Rochambeau. Nous continuâmes notre route. Je laisse maintenant parler le manuscrit : je le donne tel que je le trouve, tantôt sous la forme d'un *récit*, tantôt sous celle d'un *journal*, quelquefois en *lettres* ou en simples *annotations*.

LES ONONDAGAS.

Nous étions arrivés au bord du lac auquel les Onondagas, peuplade iroquoise, ont donné leur nom. Nos chevaux avaient besoin de repos. Je choisis avec mon Hollandais un lieu propre à établir notre camp. Nous en trouvâmes un dans une gorge de vallée, à l'endroit où une rivière sort en bouillonnant du lac. Cette rivière n'a pas couru cent toises au nord en directe ligne qu'elle se replie à l'est, et court parallèlement au rivage du lac, en dehors des rochers qui servent de ceinture à ce dernier.

Ce fut dans la courbe de la rivière que nous dressâmes notre appareil de nuit : nous fichâmes deux hauts piquets en terre; nous plaçâmes

---

[1] *Itinéraire.*

horizontalement dans la fourche de ces piquets une longue perche ;
appuyant des écorces de bouleau, un bout sur le sol, l'autre bout sur
la gaule transversale, nous eûmes un toit digne de notre palais. Le
bûcher de voyage fut allumé pour faire cuire notre souper et chasser les
maringouins. Nos selles nous servaient d'oreiller sous l'*ajoupa*, et nos
manteaux, de couverture.

Nous attachâmes une sonnette au cou de nos chevaux, et nous les
lâchâmes dans les bois. Par un instinct admirable, ces animaux ne
s'écartent jamais assez loin pour perdre de vue le feu que leurs maîtres
allument la nuit, afin de chasser les insectes et de se défendre des serpents.

Du fond de notre hutte nous jouissions d'une vue pittoresque. Devant nous s'étendait le lac assez étroit et bordé de forêts et de
rochers ; autour de nous la rivière, enveloppant notre presqu'île de ses
ondes vertes et limpides, balayait ses rivages avec impétuosité.

Il n'était guère que quatre heures après midi lorsque notre établissement fut achevé. Je pris mon fusil et j'allai errer dans les environs.
Je suivis d'abord le cours de la rivière ; mes recherches botaniques ne
furent pas heureuses : les plantes étaient peu variées. Je remarquai des
familles nombreuses de *plantago-virginica*, et de quelques autres
beautés de prairies toutes assez communes ; je quittai les bords de la
rivière pour les côtes du lac, et je ne fus pas plus chanceux. A l'exception d'une espèce de rhododendrum, je ne trouvai rien qui valût la
peine de m'arrêter : les fleurs de cet arbuste, d'un rose vif, faisaient
un effet charmant avec l'eau bleue du lac où elles se miraient, et le
flanc brun du rocher dans lequel elles enfonçaient leurs racines.

Il y avait peu d'oiseaux ; je n'aperçus qu'un couple solitaire qui
voltigeait devant moi, et qui semblait se plaire à répandre le mouvement et l'amour sur l'immobilité et la froideur de ces sites. La couleur
du mâle me fit reconnaître l'oiseau blanc, ou le *passer nivalis* des orni-
thologistes. J'entendis aussi la voix de cette espèce d'orfraie que l'on
a fort bien caractérisée par cette définition, *strix exclamator*. Cet
oiseau est inquiet comme tous les tyrans : je me fatiguai vainement à
sa poursuite.

Le vol de cette orfraie m'avait conduit à travers les bois jusqu'à
un vallon resserré par des collines nues et pierreuses. Dans ce lieu
extrêmement retiré on voyait une méchante cabane de Sauvage bâtie
à mi-côte entre les rochers : une vache maigre paissait dans un pré
au-dessous.

J'ai toujours aimé ces petits abris : l'animal blessé se tapit dans un
coin ; l'infortuné craint d'étendre au dehors avec sa vue des sentiments

que les hommes repoussent. Fatigué de ma course, je m'assis au haut
du coteau que je parcourais, ayant en face la hutte indienne sur le
coteau opposé. Je couchai mon fusil auprès de moi, et je m'abandonnai à ces rêveries dont j'ai souvent goûté le charme.

J'avais à peine passé ainsi quelques minutes, que j'entendis des voix
au fond du vallon. J'aperçus trois hommes qui conduisaient cinq ou six
vaches grasses. Après les avoir mis paître dans les prairies, ils marchè-
rent vers la vache maigre qu'ils éloignèrent à coups de bâton.

L'apparition de ces Européens dans un lieu si désert me fut extrêmement désagréable; leur violence me les rendit encore plus importuns.
Ils chassaient la pauvre bête parmi les roches en riant aux éclats,
et en l'exposant à se rompre les jambes. Une femme sauvage, en
apparence aussi misérable que sa vache, sortit de la hutte isolée,
s'avança vers l'animal effrayé, l'appela doucement et lui offrit quelque
chose à manger. La vache courut à elle en allongeant le cou avec un
petit mugissement de joie. Les colons menacèrent de loin l'Indienne,
qui revint à sa cabane. La vache la suivit. Elle s'arrêta à la porte, où
son amie la flattait de la main, tandis que l'animal reconnaissant léchait
cette main secourable. Les colons s'étaient retirés.

Je me levai, je descendis la colline, je traversai le vallon; et,
remontant la colline opposée, j'arrivai à la hutte, résolu de réparer
autant qu'il était en moi la brutalité des hommes blancs. La vache
m'aperçut et fit un mouvement pour fuir; je m'avançai avec précaution,
et je parvins, sans qu'elle s'en allât, jusqu'à l'habitation de sa maîtresse.

L'Indienne était rentrée chez elle. Je prononçai le salut qu'on m'a-
vait appris : Siègoh! *Je suis venu!* L'Indienne, au lieu de me rendre
mon salut par la répétition d'usage : *Vous êtes venu!* ne répondit rien.
Je jugeai que la visite d'un de ses tyrans lui était importune. Je me mis
alors à mon tour à caresser la vache. L'Indienne parut étonnée : je vis
sur son visage jaune et attristé des signes d'attendrissement et presque
de gratitude. Ces mystérieuses relations de l'infortune remplirent mes
yeux de larmes : il y a de la douceur à pleurer sur des maux qui n'ont
été pleurés de personne.

Mon hôtesse me regarda encore quelque temps avec un reste de
doute, comme si elle craignait que je ne cherchasse à la tromper; elle
fit ensuite quelques pas, et vint elle-même passer sa main sur le front
de sa compagne de misère et de solitude.

Encouragé par cette marque de confiance, je dis en anglais, car j'a-
vais épuisé mon indien : « Elle est bien maigre! » L'indienne repartit
aussitôt en mauvais anglais : « Elle mange fort peu. » *She eats very
little.* « On l'a chassée rudement, » repris-je. Et la femme me répondit :

« Nous sommes accoutumées à cela toutes deux, *both.* » Je repris :
« Cette prairie n'est donc pas à vous? » Elle répondit : « Cette prairie
« était à mon mari, qui est mort. Je n'ai point d'enfants, et les blancs
« mènent leurs vaches dans ma prairie. »

Je n'avais rien à offrir à cette indigente créature : mon dessein eût
été de réclamer la justice en sa faveur; mais à qui m'adresser dans un
pays où le mélange des Européens et des Indiens rendaient les autorités
confuses, où le droit de la force enlevait l'indépendance au Sauvage,
et où l'homme policé, devenu à demi sauvage, avait secoué le joug de
l'autorité civile?

Nous nous quittâmes, moi et l'Indienne, après nous être serré la
main. Mon hôtesse me dit beaucoup de choses que je ne compris point,
et qui étaient sans doute des souhaits de prospérité pour l'étranger.
S'ils n'ont pas été entendus du ciel, ce n'est pas la faute de celle qui
priait, mais la faute de celui pour qui la prière était offerte : toutes les
âmes n'ont pas une égale aptitude au bonheur, comme toutes les terres
ne portent pas également des moissons.

Je retournai à mon *ajoupa*, où je fis un assez triste souper. La soirée fut
magnifique; le lac, dans un repos profond, n'avait pas une ride sur ses
flots; la rivière baignait en murmurant notre presqu'île, que décoraient
de faux ébéniers non encore défleuris; l'oiseau nommé *coucou des Carolines* répétait son chant monotone; nous l'entendions tantôt plus près,
tantôt plus loin, suivant que l'oiseau changeait le lieu de ses appels
amoureux.

Le lendemain j'allai avec mon guide rendre visite au premier sachem
des Onondagas, dont le village n'était pas éloigné. Nous arrivâmes à
ce village à dix heures du matin. Je fus environné aussitôt d'une foule
de jeunes Sauvages qui me parlaient dans leur langue, en y mêlant
des phrases anglaises et quelques mots français : ils faisaient grand
bruit et avaient l'air fort joyeux. Ces tribus indiennes, enclavées dans
les défrichements des blancs, ont pris quelque chose de nos mœurs :
elles ont des chevaux et des troupeaux; leurs cabanes sont remplies
de meubles et d'ustensiles achetés d'un côté à Québec, à Montréal, à
Niagara, au Détroit; de l'autre dans les villes des États-Unis.

Le sachem des Onondagas était un vieil Iroquois dans toute la rigueur du mot : sa personne gardait le souvenir des anciens usages et
des anciens temps du désert : grandes oreilles découpées, perle pendante au nez, visage bariolé de diverses couleurs, petite touffe de cheveux sur le sommet de la tête, tunique bleue, manteau de peau, ceinture de cuir, avec le couteau de scalpe et le casse-tête, bras tatoués,
mocassines aux pieds, chapelet ou collier de porcelaine à la main.

Il me reçut bien et me fit asseoir sur sa natte. Les jeunes gens s'emparèrent de mon fusil; ils en démontèrent la batterie avec une adresse surprenante, et replacèrent les pièces avec la même dextérité : c'était un simple fusil de chasse à deux coups.

Le sachem parlait anglais et entendait le français : mon interprète savait l'iroquois, de sorte que la conversation fut facile. Entre autres choses le vieillard me dit que, quoique sa nation eût toujours été en guerre avec la mienne, elle l'avait toujours estimée. Il m'assura que les Sauvages ne cessaient de regretter les Français ; il se plaignit des Américains, qui bientôt ne laisseraient pas aux peuples dont les ancêtres les avaient reçus, assez de terre pour couvrir leurs os.

Je parlai au sachem de la détresse de la veuve indienne : il me dit qu'en effet cette femme était persécutée, qu'il avait plusieurs fois sollicité à son sujet les commissaires américains, mais qu'il n'en avait pu obtenir justice ; il ajouta qu'autrefois les Iroquois se la seraient faite.

Les femmes indiennes nous servirent un repas. L'hospitalité est la dernière vertu sauvage qui soit restée aux Indiens au milieu des vices de la civilisation européenne. On sait quelle était autrefois cette hospitalité : une fois reçu dans une cabane on devenait inviolable : le foyer avait la puissance de l'autel ; il vous rendait sacré. Le maître de ce foyer se fût fait tuer avant qu'on touchât à un seul cheveu de votre tête.

Lorsqu'une tribu chassée de ses bois, ou lorsqu'un homme venait demander l'hospitalité, l'étranger commençait ce qu'on appelait la danse du suppliant. Cette danse s'exécutait ainsi :

Le suppliant avançait quelques pas, puis s'arrêtait en regardant le supplié, et reculait ensuite jusqu'à sa première position. Alors les hôtes entonnaient le chant de l'étranger : « Voici l'étranger, voici l'envoyé « du Grand-Esprit. » Après le chant, un enfant allait prendre la main de l'étranger pour le conduire à la cabane. Lorsque l'enfant touchait le seuil de la porte, il disait : « Voici l'étranger! » et le chef de la cabane répondait : « Enfant, introduis l'homme dans ma cabane. » L'étranger entrant alors sous la protection de l'enfant, allait, comme chez les Grecs, s'asseoir sur la cendre du foyer. On lui présentait le calumet de paix; il fumait trois fois, et les femmes disaient le chant de la consolation : « L'étranger a retrouvé une mère et une femme : le soleil se lè- « vera et se couchera pour lui comme auparavant. »

On remplissait d'eau d'érable une coupe consacrée : c'était une calebasse ou un vase de pierre qui reposait ordinairement dans le coin de la cheminée, et sur lequel on mettait une couronne de fleurs. L'étranger buvait la moitié de l'eau, et passait la coupe à son hôte qui achevait de la vider.

Le lendemain de ma visite au chef des Onondagas, je continuai mon voyage. Ce vieux chef s'était trouvé à la prise de Québec : il avait assisté à la mort du général Wolf. Et moi, qui sortais de la hutte d'un Sauvage, j'étais nouvellement échappé du palais de Versailles, et je venais de m'asseoir à la table de Washington.

A mesure que nous avancions vers Niagara, la route, plus pénible, était à peine tracée par des abattis d'arbres : les troncs de ces arbres servaient de ponts sur les ruisseaux ou de fascines dans les fondrières. La population américaine se portait alors vers les concessions de Généséc. Les gouvernements des États-Unis vendaient ces concessions plus ou moins cher, selon la bonté du sol, la qualité des arbres, le cours et la multitude des eaux.

Les défrichements offraient un curieux mélange de l'état de nature et de l'état civilisé. Dans le coin d'un bois qui n'avait jamais retenti que des cris du Sauvage et des bruits de la bête fauve, on rencontrait une terre labourée; on apercevait du même point de vue la cabane d'un Indien et l'habitation d'un planteur. Quelques-unes de ces habitations, déjà achevées, rappelaient la propreté des fermes anglaises et hollandaises; d'autres n'étaient qu'à demi terminées, et n'avaient pour toit que le dôme d'une futaie.

J'étais reçu dans ces demeures d'un jour; j'y trouvais souvent une famille charmante, avec tous les agréments et toutes les élégances de l'Europe : des meubles d'acajou, un piano, des tapis, des glaces; tout cela à quatre pas de la hutte d'un Iroquois. Le soir, lorsque les serviteurs étaient revenus des bois ou des champs, avec la cognée ou la charrue, on ouvrait les fenêtres; les jeunes filles de mon hôte chantaient, en s'accompagnant sur le piano, la musique de Paësiello et de Cimarosa, à la vue du désert, et quelquefois au murmure lointain d'une cataracte.

Dans les terrains les meilleurs s'établissaient les bourgades. On ne peut se faire une idée du sentiment et du plaisir qu'on éprouve en voyant s'élancer la flèche d'un nouveau clocher du sein d'une vieille forêt américaine. Comme les mœurs anglaises suivent partout les Anglais, après avoir traversé des pays où il n'y avait pas trace d'habitants, j'apercevais l'enseigne d'une auberge qui pendait à une branche d'arbre sur le bord du chemin, et que balançait le vent de la solitude. Des chasseurs, des planteurs, des Indiens se rencontraient à ces caravansérails; mais la première fois que je m'y reposai je jurai bien que ce serait la dernière.

Un soir, en entrant dans ces singulières hôtelleries, je restai stupéfait à l'aspect d'un lit immense bâti en rond autour d'un poteau : chaque voyageur venait prendre sa place dans ce lit, les pieds au poteau

A. — ATALA. 32

du centre, la tête à la circonférence du cercle, de manière que les dormeurs étaient rangés symétriquement comme les rayons d'une roue ou les bâtons d'un éventail. Après quelque hésitation, je m'introduisis pourtant dans cette machine, parce que je n'y voyais personne. Je commençais à m'assoupir, lorsque je sentis la jambe d'un homme qui se glissait le long de la mienne : c'était celle de mon grand diable de Hollandais qui s'étendait auprès de moi. Je n'ai jamais éprouvé une plus grande horreur de ma vie. Je sautai dehors de ce cabas hospitalier, maudissant cordialement les bons usages de nos bons aïeux. J'allai dormir dans mon manteau au clair de la lune : cette compagne de la couche du voyageur n'avait rien du moins que d'agréable, de frais et de pur.

Le manuscrit manque ici, ou plutôt ce qu'il contenait a été inséré dans mes autres ouvrages. Après plusieurs jours de marche, j'arrive à la rivière Génésée ; je vois de l'autre côté de cette rivière la merveille du serpent à sonnettes attiré par le son d'une flûte[1] ; plus loin je rencontre une famille sauvage, et je passe la nuit avec cette famille à quelque distance de la chute du Niagara. On retrouve l'histoire de cette rencontre et la description de cette nuit, dans l'*Essai historique* et dans le *Génie du Christianisme*.

Les Sauvages du saut du Niagara, dans la dépendance des Anglais, étaient chargés de la garde de la frontière du Haut-Canada de ce côté. Ils vinrent au-devant de nous armés d'arcs et de flèches, et nous empêchèrent de passer.

Je fus obligé d'envoyer le Hollandais au fort Niagara chercher une permission du commandant pour entrer sur les terres de la domination britannique : cela me serrait un peu le cœur, car je songeais que la France avait jadis commandé dans ces contrées. Mon guide revint avec la permission : je la conserve encore ; elle est signée : Le capitaine *Gordon*. N'est-il pas singulier que j'aie retrouvé le même nom anglais sur la porte de ma cellule à Jérusalem[2] ?

Je restai deux jours dans le village des Sauvages. Le manuscrit offre en cet endroit la minute d'une lettre que j'écrivais à l'un de mes amis en France. Voici cette lettre :

Lettre écrite de chez les Sauvages de Niagara.

Il faut que je vous raconte ce qui s'est passé hier matin chez mes hôtes. L'herbe était encore couverte de rosée ; le vent sortait des forêts

---

[1] *Génie du Christianisme.*
[2] *Itinéraire.*

tout parfumé, les feuilles du mûrier sauvage étaient chargées des cocons d'une espèce de ver à soie, et les plantes à coton du pays, renversant leurs capsules épanouies, ressemblaient à des rosiers blancs.

Les Indiennes s'occupaient de divers ouvrages, réunies ensemble au pied d'un gros hêtre pourpre. Leurs plus petits enfants étaient suspendus dans des réseaux aux branches de l'arbre : la brise des bois berçait ces couches aériennes d'un mouvement presque insensible. Les mères se levaient de temps en temps pour voir si leurs enfants dormaient, et s'ils n'avaient point été réveillés par une multitude d'oiseaux qui chantaient et voltigeaient à l'entour. Cette scène était charmante.

Nous étions assis à part, l'interprète et moi, avec les guerriers, au nombre de sept ; nous avions tous une grande pipe à la bouche ; deux ou trois de ces Indiens parlaient anglais.

A quelque distance, de jeunes garçons s'ébattaient : mais au milieu de leurs jeux, en sautant, en courant, en lançant des balles, ils ne prononçaient pas un mot. On entendait point l'étourdissante criaillerie des enfants européens ; ces jeunes Sauvages bondissaient comme des chevreuils, et ils étaient muets comme eux. Un grand garçon de sept ou huit ans, se détachant quelquefois de la troupe, venait téter sa mère, et retournait jouer avec ses camarades.

L'enfant n'est jamais sevré de force ; après s'être nourri d'autres aliments, il épuise le sein de sa mère comme la coupe que l'on vide à la fin d'un banquet. Quand la nation entière meurt de faim, l'enfant trouve encore au sein maternel une source de vie. Cette coutume est peut-être une des causes qui empêchent les tribus américaines de s'accroître autant que les familles européennes.

Les pères ont parlé aux enfants et les enfants ont répondu aux pères. Je me suis fais rendre compte du colloque par mon Hollandais. Voici ce qui s'est passé :

Un Sauvage d'une trentaine d'années a appelé son fils, et l'a invité à sauter moins fort ; l'enfant a répondu : *C'est raisonnable*. Et, sans faire ce que le père lui disait, il est retourné au jeu.

Le grand-père de l'enfant l'a appelé à son tour, et lui a dit : *Fais cela* ; et le petit garçon s'est soumis. Ainsi l'enfant a désobéi à son père qui le *priait*, et a obéi à son aïeul qui lui *commandait*. Le père n'est presque rien pour l'enfant.

On n'inflige jamais une punition à celui-ci ; il ne reconnaît que l'autorité de l'âge et celle de sa mère. Un crime réputé affreux, et sans exemple parmi les Indiens, est celui d'un fils rebelle à sa mère. Lorsqu'elle est devenue vieille il la nourrit.

A l'égard du père, tant qu'il est jeune, l'enfant le compte pour rien, mais lorsqu'il avance dans la vie, son fils l'honore non comme père, mais comme vieillard, c'est-à-dire comme un homme de bons conseils et d'expérience.

Cette manière d'élever les enfants dans toute leur indépendance devrait les rendre sujets à l'humeur et aux caprices; cependant les enfants des Sauvages n'ont ni caprices ni humeur, parce qu'ils ne désirent que ce qu'ils savent pouvoir obtenir. S'il arrive à un enfant de pleurer pour quelque chose que sa mère n'a pas, on lui dit d'aller prendre cette chose où il l'a vue : or, comme il n'est pas le plus fort, et qu'il sent sa faiblesse, il oublie l'objet de sa convoitise. Si l'enfant sauvage n'obéit à personne, personne ne lui obéit: tout le secret de sa gaieté ou de sa raison est là.

Les enfants indiens ne se querellent point, ne se battent point: ils ne sont ni bruyants, ni tracassiers, ni hargneux; ils ont dans l'air je ne sais quoi de sérieux comme le bonheur, de noble comme l'indépendance.

Nous ne pourrions pas élever ainsi notre jeunesse; il nous faudrait commencer par nous défaire de nos vices ; or, nous trouvons plus aisé de les ensevelir dans le cœur de nos enfants, prenant soin seulement d'empêcher ces vices de paraître au dehors.

Quand le jeune Indien sent naître en lui le goût de la pêche, de la chasse, de la guerre, de la politique, il étudie et imite les arts qu'il voit pratiquer à son père : il apprend alors à coudre un canot, à tresser un filet, à manier l'arc, le fusil, le casse-tête, la hache; à couper un arbre, à bâtir une hutte, à expliquer les *colliers*. Ce qui est un amusement pour le fils devient une autorité pour le père : le droit de la force et de l'intelligence de celui-ci est reconnu, et ce droit le conduit peu à peu au pouvoir du sachem.

Les filles jouissent de la même liberté que les garçons : elles font à peu près ce qu'elles veulent, mais elles restent davantage avec leurs mères, qui leur enseignent les travaux du ménage. Lorsqu'une jeune Indienne a mal agi, sa mère se contente de lui jeter des gouttes d'eau au visage, et de lui dire : *Tu me déshonores.* Ce reproche manque rarement son effet.

Nous sommes restés jusqu'à midi à la porte de la cabane; le soleil était devenu brûlant. Un de nos hôtes s'est avancé vers les petits garçons et leur a dit : *Enfants, le soleil vous mangera la tête; allez dormir.* Ils se sont tous écriés : *C'est juste.* Et pour toute marque d'obéissance ils ont continué de jouer, après être convenus que le soleil leur *mangerait* la tête.

Mais les femmes se sont levées, l'une montrant de la sagamité dans un vase de bois, l'autre un fruit favori, une troisième déroulant une natte pour se coucher : elles ont appelé la troupe obstinée en joignant à chaque nom un mot de tendresse. A l'instant les enfants ont volé vers leurs mères comme une couvée d'oiseaux. Les femmes les ont saisis en riant, et chacune d'elles a emporté avec assez de peine son fils, qui mangeait dans les bras maternels ce qu'on venait de lui donner.

Adieu, je ne sais si cette lettre, écrite du milieu des bois, vous arrivera jamais.

Je me rendis du village des Indiens à la cataracte de Niagara. La description de cette cataracte, placée à la fin d'*Atala*, est trop connue pour la reproduire; d'ailleurs elle fait encore partie d'une note sur l'*Essai historique;* mais il y a dans cette même note quelques détails si intimement liés à l'histoire de mon voyage, que je crois devoir les répéter ici.

A la cataracte de Niagara, l'échelle indienne qui s'y trouvait jadis était rompue; je voulus, en dépit des représentations de mon guide, me rendre au bas de la chute par un rocher à pic d'environ deux cents pieds de hauteur. Je m'aventurai dans la descente. Malgré les rugissements de la cataracte et l'abîme effrayant qui bouillonnait au-dessous de moi, je conservai ma tête, et parvins à une quarantaine de pieds du fond. Mais ici le rocher lisse et vertical n'offrait plus ni racines ni fentes où pouvoir reposer mes pieds. Je demeurai suspendu par la main à toute ma longueur, ne pouvant ni remonter ni descendre, sentant mes doigts s'ouvrir peu à peu de lassitude sous le poids de mon corps, et voyant la mort inévitable. Il y a peu d'hommes qui aient passé dans 'eur vie deux minutes comme je les comptai alors, suspendu sur le gouffre de Niagara. Enfin mes mains s'ouvrirent et je tombai. Par le bonheur le plus inouï je me trouvai sur le roc vif, où j'aurais dû me briser cent fois, et cependant je ne me sentais pas grand mal; j'étais à un demi-pouce de l'abîme, et je n'y avais pas roulé; mais lorsque le froid de l'eau commença à me pénétrer, je m'aperçus que je n'en étais pas quitte à aussi bon marché que je l'avais cru d'abord. Je sentis une douleur insupportable au bras gauche; je l'avais cassé au-dessous du coude. Mon guide, qui me regardait d'en haut, et auquel je fis signe, courut chercher quelques Sauvages, qui, avec beaucoup de peine, me remontèrent avec des cordes de bouleau et me transportèrent chez eux.

Ce ne fut pas le seul risque que je courus à Niagara. En arrivant je m'étais rendu à la chute, tenant la bride de mon cheval entortillée à mon bras. Tandis que je me penchais pour regarder en bas, un serpent à sonnettes remua dans les buissons voisins; le cheval s'effraye, recule

en se cabrant et en approchant du gouffre. Je ne puis dégager mon bras
des rênes, et le cheval, toujours plus effarouché, m'entraîne après lui.
Déjà ses pieds de devant quittaient la terre, et, accroupi sur le bord
de l'abîme, il ne s'y tenait plus que par la force des reins. C'en était fait
de moi, lorsque l'animal, étonné lui-même du nouveau péril, fait un
nouvel effort, s'abat en dedans par une pirouette, et s'élance à dix
pieds loin du bord [1].

Je n'avais qu'une fracture simple au bras : deux lattes, un bandage
et une écharpe suffirent à ma guérison. Mon Hollandais ne voulut pas
aller plus loin. Je le payai, et il retourna chez lui. Je fis un nouveau
marché avec des Canadiens de Niagara, qui avaient une partie de leur
famille à Saint-Louis des Illinois, sur le Mississipi.

Le manuscrit présente maintenant un aperçu général des lacs du
Canada.

LACS DU CANADA.

Le trop plein des eaux du lac Érié se décharge dans le lac Ontario,
après avoir formé la cataracte de Niagara. Les Indiens trouvaient
autour du lac Ontario le baume blanc dans le baumier ; le sucre dans
l'érable, le noyer et le merisier ; la teinture rouge dans l'écorce de la
perousse ; le toit de leurs chaumières dans l'écorce du bois blanc : ils
trouvaient le vinaigre dans les grappes rouges du vinaigrier ; le miel et
le coton dans les fleurs de l'asperge sauvage ; l'huile pour les cheveux
dans le tournesol, et une panacée pour les blessures dans la *plante.
universelle*. Les Européens ont remplacé ces bienfaits de la nature par
les productions de l'art : les Sauvages ont disparu.

Le lac Érié a plus de cent lieues de circonférence. Les nations qui
peuplaient ses bords furent exterminées par les Iroquois il y a deux
siècles ; quelques hordes errantes infestèrent ensuite des lieux où l'on
n'osait s'arrêter.

C'est une chose effrayante que de voir les Indiens s'aventurer dans
des nacelles d'écorce sur ce lac où les tempêtes sont terribles. Ils suspendent leurs manitous à la poupe des canots, et s'élancent au milieu
des tourbillons de neige, entre les vagues soulevées. Ces vagues, de
niveau avec l'orifice des canots, ou les surmontant, semblent les aller
engloutir. Les chiens des chasseurs, les pattes appuyées sur le bord,
poussent des cris lamentables, tandis que leurs maîtres, gardant un
profond silence, frappent les flots en mesure avec leurs pagaies. Les

---

[1] *Essai historique.*

canots s'avancent à la file : à la proue du premier se tient debout un chef qui répète le monosyllabe oah, la première voyelle sur une note élevée et courte, la seconde sur une note sourde et longue; dans le dernier canot est encore un chef debout, manœuvrant une grande rame en forme de gouvernail. Les autres guerriers sont assis, les jambes croisées, au fond des canots : à travers le brouillard, la neige et les vagues, on n'aperçoit que les plumes dont la tête de ces Indiens est ornée, le cou allongé des dogues hurlant, et les épaules des deux sachems, pilote et augure : on dirait des dieux de ces eaux.

Le lac Érié est encore fameux par ses serpents. A l'ouest de ce lac, depuis les îles Couleuvres jusqu'aux rivages du continent, dans un espace de plus de vingt milles, s'étendent de larges nénufars : en été les feuilles de ces plantes sont couvertes de serpents entrelacés les uns aux autres. Lorsque les reptiles viennent à se mouvoir au rayon du soleil, on voit rouler leurs anneaux d'azur, de pourpre, d'or et d'ébène; on ne distingue dans ces horribles nœuds, doublement, triplement formés, que des yeux étincelants, des langues à triples dard, des gueules de feu, des queues armées d'aiguillons ou de sonnettes, qui s'agitent en l'air comme des fouets. Un sifflement continuel, un bruit semblable au froissement des feuilles mortes dans une forêt, sortent de cet impur Cocyte.

Le détroit qui ouvre le passage du lac Huron au lac Érié tire sa renommée de ses ombrages et de ses prairies. Le lac Huron abonde en poisson; on y pêche l'artikamègue et des truites qui pèsent deux cents livres. L'île de Matimoulin était fameuse; elle renfermait le reste de la nation des Ontawais, que les Indiens faisaient descendre du grand Castor. On a remarqué que l'eau du lac Huron, ainsi que celle du lac Michigan, croît pendant sept mois, et diminue dans la même propor-tion pendant sept autres. Tous ces lacs ont un flux et un reflux plus ou moins sensibles.

Le lac Supérieur occupe un espace de plus de 4 degrés entre le 46° et le 50° de latitude nord, et non moins de 8 degrés entre le 87° et le 95° de longitude ouest, méridien de Paris; c'est-à-dire que cette mer intérieure a cent lieues de large et environ deux cents de long, donnant une circonférence d'à peu près six cents lieues.

Quarante rivières réunissent leurs eaux dans cet immense bassin; deux d'entre elles, l'Allinipigon et le Michipicroton, sont deux fleuves considérables; le dernier prend sa source dans les environs de la baie d'Hudson.

Des îles ornent le lac, entre autres l'île Maurepas, sur la côte sep-

tentrionale; l'île Ponchartrain, sur la rive orientale; l'île Minong, vers
la partie méridionale; et l'île du Grand-Esprit ou des Ames, à l'occident : celle-ci pourrait former le territoire d'un État en Europe; elle
mesure trente-cinq lieues de long et vingt de large.

Les caps remarquables du lac sont : la pointe Kioucounan, espèce
d'isthme s'allongeant de deux lieues dans les flots; le cap Minabeaujou,
semblable à un phare; le cap de Tonnerre, près de l'anse du même
nom, et le cap Rochedebout, qui s'élève perpendiculairement sur les
grèves comme un obélisque brisé.

Le rivage méridional du lac Supérieur est bas, sablonneux, sans
abri; les côtes septentrionales et orientales sont au contraire monta-
gneuses, et présentent une succession de rochers taillés à pic. Le lac
lui-même est creusé dans le roc. A travers son onde verte et transparente, l'œil découvre à plus de trente et quarante pieds de profondeur
des masses de granit de différentes formes, et dont quelques-unes
paraissent comme nouvellement sciées par la main de l'ouvrier.
Lorsque le voyageur, laissant dériver son canot, regarde, penché
sur le bord, la crête de ces montagnes sous-marines, il ne peut jouir
longtemps de ce spectacle; ses yeux se troublent, et il éprouve des
vertiges.

Frappée de l'étendue de ce réservoir des eaux, l'imagination s'accroît
avec l'espace : selon l'instinct commun de tous les hommes, les Indiens ont attribué la formation de cette immense bassin à la même
puissance qui arrondit la voûte du firmament; ils ont ajouté à l'admiration qu'inspire la vue du lac Supérieur la solennité des idées religieuses.

Ces Sauvages ont été entraînés à faire de ce lac l'objet principal de
leur culte, par l'air de mystère que la nature s'est plu à attacher à l'un
de ses plus grands ouvrages. Le lac Supérieur a un flux et un reflux
irréguliers : ses eaux, dans les plus grandes chaleurs de l'été, sont
froides comme la neige à un demi-pied au-dessous de leur surface; ces
mêmes eaux gèlent rarement dans les hivers rigoureux de ces climats,
alors même que la mer est gelée.

Les productions de la terre autour du lac varient selon les différents
sols : sur la côte orientale on ne voit que des forêts d'érables rachitiques
et déjetés qui croissent presque horizontalement dans du sable; au
nord, partout où le roc vif laisse à la végétation quelque gorge, quelques revers de vallée, on aperçoit des buissons de groseillers sans
épines, et des guirlandes d'une espèce de vigne qui porte un fruit
semblable à la framboise, mais d'un rose plus pâle. Çà et là s'élèvent
des pins isolés.

Parmi le grand nombre de sites que présentent ces solitudes, deux se font particulièrement remarquer.

En entrant dans le lac Supérieur par le détroit de Sainte-Marie, on voit à gauche des îles qui se courbent en demi-cercle, et qui, toutes plantées d'arbres à fleurs, ressemblent à des bouquets dont le pied trempe dans l'eau; à droite, les caps du continent s'avancent dans les vagues : les uns sont enveloppés d'une pelouse qui marie sa verdure au double azur du ciel et de l'onde; les autres, composés d'un sable rouge et blanc, ressemblent, sur le fond du lac bleuâtre, à des rayons d'ouvrages de marqueterie. Entre ces caps longs et nus s'entremêlent de gros promontoires revêtus de bois qui se répètent invertis dans le cristal au-dessous. Quelquefois aussi les arbres serrés forment un épais rideau sur la côte, et, quelquefois clair-semés, ils bordent la terre comme des avenues; alors leurs troncs écartés ouvrent des points d'optique miraculeux. Les plantes, les rochers, les couleurs, diminuent de proportion ou changent de teinte à mesure que le paysage s'éloigne ou se rapproche de la vue.

Ces îles au midi et ces promontoires à l'orient, s'inclinant par l'occident les uns sur les autres, forment et embrassent une vaste rade, tranquille quand l'orage bouleverse les autres régions du lac. Là se jouent des milliers de poissons et d'oiseaux aquatiques; le canard noir du Labrador se perche sur la pointe d'un brisant; les vagues environnent ce solitaire en deuil des festons de leur blanche écume; des plongeons disparaissent, se montrent de nouveau, disparaissent encore; l'oiseau des lacs plane à la surface des flots, et le martin-pêcheur agite rapidement ses ailes d'azur pour fasciner sa proie.

Par delà les îles et les promontoires enfermant cette rade au débouché du détroit de Sainte-Marie, l'œil découvre les plaines fluides et sans bornes du lac. Les surfaces mobiles de ces plaines s'élèvent et se perdent graduellement dans l'étendue; du vert d'émeraude elles passent au bleu pâle, puis à l'outremer, puis à l'indigo. Chaque teinte se fondant l'une dans l'autre, la dernière se termine à l'horizon, où elle se joint au ciel par une barre d'un sombre azur.

Ce site, sur le lac même, est proprement un site d'été; il faut en jouir lorsque la nature est calme et riante : le second paysage est au contraire un paysage d'hiver; il demande une saison orageuse et dépouillée.

Près de la rivière Allinipigon s'élève une roche énorme et isolée qui domine le lac. A l'occident se déploie une chaîne de rochers, les uns couchés, les autres plantés dans le sol, ceux-ci perçant l'air de leurs pics arides, ceux-là, de leurs sommets arrondis; leurs flancs verts, rouges et noirs, retiennent la neige dans leurs crevasses, et mêlent ainsi l'albâtre à la couleur des granits et des porphyres.

Là croissent quelques-uns de ces arbres de forme pyramidale que la nature entremêle à ses grandes architectures et à ses grandes ruines, comme les colonnes de ses édifices debout ou tombés : le pin se dresse sur les plinthes des rochers, et des herbes hérissées de glaçons pendent tristement de leurs corniches ; on croirait voir les débris d'une cité dans les déserts de l'Asie, pompeux monuments qui, avant leur chute, dominaient les bois, et qui portent maintenant des forêts sur leurs combles écroulés.

Derrière la chaîne de rochers que je viens de décrire se creuse comme un sillon une étroite vallée : la rivière du tombeau passe au milieu. Cette vallée n'offre en été qu'une mousse flasque et jaune ; des rayons de fongus, au chapeau de diverses couleurs, dessinent les interstices des rochers. En hiver, dans cette solitude remplie de neige, le chasseur ne peut découvrir les oiseaux et les quadrupèdes peints de la blancheur des frimas que par les becs colorés des premiers, les museaux noirs et les yeux sanglants des seconds. Au bout de la vallée, et loin par delà, on aperçoit la cime des montagnes hyperboréennes où Dieu a placé la source des quatre plus grands fleuves de l'Amérique septentrionale. Nés dans le même berceau, ils vont, après un cours de douze cents lieues, se mêler, aux quatre points de l'horizon, à quatre océans : le Mississipi se perd, au midi, dans le golfe Mexicain ; le Saint-Laurent se jette, au levant, dans l'Atlantique ; l'Ontawais se précipite, au nord, dans les mers du Pôle, et le fleuve de l'Ouest porte au couchant le tribut de ses ondes à l'océan de Nontouka[1].

Après cet aperçu des lacs vient un commencement de journal qui ne porte que l'indication des heures.

JOURNAL SANS DATE.

Le ciel est pur sur ma tête, l'onde, limpide sous mon canot, qui fuit devant une légère brise. A ma gauche sont des collines taillées à pic et flanquées de rochers d'où pendent des convolvulus à fleurs blanches et bleues, des festons de bignonias, de longues graminées, des plantes saxatiles de toutes les couleurs ; à ma droite règnent de vastes prairies. A mesure que le canot avance, s'ouvrent de nouvelles scènes et de nouveaux points de vue : tantôt ce sont des vallées solitaires et riantes,

---

[1] C'était la géographie erronée du temps ; elle n'est plus la même aujourd'hui.

tantôt des collines nues; ici c'est une forêt de cyprès dont on aperçoit les portiques sombres; là c'est un bois léger d'érables, où le soleil se joue comme à travers une dentelle.

Liberté primitive, je te retrouve enfin! Je passe comme cet oiseau qui vole devant moi, qui se dirige au hasard, et n'est embarrassé que du choix des ombrages. Me voilà tel que le Tout-Puissant m'a créé, souverain de la nature, porté triomphant sur les eaux, tandis que les habitants des fleuves accompagnent ma course, que les peuples de l'air me chantent leurs hymnes, que les bêtes de la terre me saluent, que les forêts courbent leur cime sur mon passage. Est-ce sur le front de l'homme de la société, ou sur le mien, qu'est gravé le sceau immortel de notre origine? Courez vous enfermer dans vos cités, allez vous soumettre à vos petites lois; gagnez votre pain à la sueur de votre front, ou dévorez le pain du pauvre; égorgez-vous pour un mot, pour un maître; doutez de l'existence de Dieu, ou adorez-le sous des formes superstitieuses : moi j'irai errant dans mes solitudes; pas un seul battement de mon cœur ne sera comprimé, pas une seule de mes pensées ne sera enchaînée; je serai libre comme la nature; je ne reconnaîtrai de Souverain que celui qui alluma la flamme des soleils, et qui d'un seul coup de sa main fit rouler tous les mondes [1].

Sept heures du soir.

Nous avons traversé la fourche de la rivière et suivi la branche sud-est. Nous cherchions le long du canal une anse où nous pussions débarquer. Nous sommes entrés dans une crique qui s'enfonce sous un promontoire chargé d'un bocage de tulipiers. Ayant tiré notre canot à terre, les uns ont amassé des branches sèches pour notre feu, les autres ont préparé l'ajoupa. J'ai pris mon fusil, et je me suis enfoncé dans le bois voisin.

Je n'y avais pas fait cent pas que j'ai aperçu un troupeau de dindes occupées à manger des baies de fougères et des fruits d'aliziers. Ces oiseaux diffèrent assez de ceux de leur race naturalisés en Europe : ils sont plus gros; leur plumage est couleur d'ardoise, glacé sur le cou, sur le dos, et à l'extrémité des ailes d'un rouge de cuivre; selon les reflets de la lumière, ce plumage brille comme l'or bruni. Ces dindes sauvages s'assemblent souvent en grandes troupes. Le soir elles se perchent sur les cimes des arbres les plus élevés. Le matin elles font entendre du haut de ces arbres leur cri répété; un peu après le lever du soleil leurs clameurs cessent, et elles descendent dans les forêts.

---

[1] Je laisse toutes ces choses de la jeunesse : on voudra bien les pardonner.

Nous nous sommes levés de grand matin pour partir à la fraîcheur,
les bagages ont été embarqués; nous avons déroulé notre voile. Des
deux côtés nous avions de hautes terres chargées de forêts : le feuillage
offrait toutes les nuances imaginables : l'écarlate fuyant sur le rouge,
le jaune foncé sur l'or brillant, le brun ardent sur le brun léger, le vert,
le blanc, l'azur, lavés en mille teintes plus ou moins faibles, plus ou
moins éclatantes. Près de nous c'était toute la variété du prisme; loin
de nous, dans les détours de la vallée, les couleurs se mêlaient et se
perdaient dans des fonds veloutés. Les arbres harmoniaient ensemble
leurs formes; les uns se déployaient en éventail, d'autres s'élevaient
en cône, d'autres s'arrondissaient en boule, d'autres étaient taillés en
pyramide : mais il faut se contenter de jouir de ce spectacle sans chercher à le décrire.

Dix heures du matin.

Nous avançons lentement. La brise a cessé, et le canal commence à
devenir étroit : le temps se couvre de nuages.

Midi.

Il est impossible de remonter plus haut un canot, il faut maintenant
changer notre manière de voyager; nous allons tirer notre canot à
terre, prendre nos provisions, nos armes, nos fourrures pour la nuit,
et pénétrer dans les bois.

Trois heures.

Qui dira le sentiment qu'on éprouve en entrant dans ces forêts aussi
vieilles que le monde, et qui seules donnent une idée de la création telle
qu'elle sortit des mains de Dieu? Le jour, tombant d'en haut à travers
un voile de feuillage, répand dans la profondeur du bois une demi-
lumière changeante et mobile, qui donne aux objets une grandeur fan-
tastique. Partout il faut franchir des arbres abattus, sur lesquels s'élèvent d'autres générations d'arbres. Je cherche en vain une issue dans
ces solitudes; trompé par un jour plus vif, j'avance à travers les
herbes, les orties, les mousses, les lianes, et l'épais humus composé
des débris des végétaux; mais je n'arrive qu'à une clairière formée par
quelques pins tombés. Bientôt la forêt redevient plus sombre; l'œil
n'aperçoit que des troncs de chênes et de noyers qui se succèdent les
uns aux autres, et qui semblent se serrer en s'éloignant : l'idée de l'infini se présente à moi.

Six heures.

J'avais entrevu de nouveau une clarté, et j'avais marché vers elle. Me voilà au point de lumière : triste champ plus mélancolique que les forêts qui l'environnent! Ce champ est un ancien cimetière indien. Que je me repose un instant dans cette double solitude de la mort et de la nature : est-il un asile où j'aimasse mieux dormir pour toujours?

Sept heures.

Ne pouvant sortir de ces bois, nous y avons campé. La réverbération de notre bûcher s'étend au loin : éclairé en dessous par la lueur scarlatine, le feuillage paraît ensanglanté, les troncs des arbres les plus proches s'élèvent comme des colonnes de granit rouge, mais les plus distants, atteints à peine de la lumière, ressemblent, dans l'enfoncement du bois, à de pâles fantômes rangés en cercle au bord d'une nuit profonde.

Minuit.

Le feu commence à s'éteindre, le cercle de sa lumière se rétrécit. J'écoute : un calme formidable pèse sur ces forêts; on dirait que des silences succèdent à des silences. Je cherche vainement à entendre dans un tombeau universel quelque bruit qui décèle la vie. D'où vient ce soupir? d'un de mes compagnons : il se plaint, bien qu'il sommeille. Tu vis, donc tu souffres : voilà l'homme.

Minuit et demi.

Le repos continue; mais l'arbre décrépit se rompt : il tombe. Les forêts mugissent; mille voix s'élèvent. Bientôt les bruits s'affaiblissent; ils meurent dans des lointains presque imaginaires : le silence envahit de nouveau le désert.

Une heure du matin.

Voici le vent; il court sur la cime des arbres; il les secoue en passant sur ma tête. Maintenant c'est comme le flot de la mer qui se brise tristement sur le rivage.

Les bruits ont réveillé les bruits. La forêt est toute harmonie. Est-ce les sons graves de l'orgue que j'entends, tandis que des sons plus légers errent dans les voûtes de verdure? Un court silence succède; la musique aérienne recommence, partout de douces plaintes, des murmures qui renferment en eux-mêmes d'autres murmures; chaque feuille

parle un différent langage, chaque brin d'herbe rend une note particulière.

Une voix extraordinaire retentit : c'est celle de cette grenouille qui
imite les mugissements du taureau. De toutes les parties de la forêt les
chauves-souris accrochées aux feuilles élèvent leurs chants monotones :
on croit ouïr des glas continus, ou le tintement funèbre d'une cloche.
Tout nous ramène à quelque idée de la mort, parce que cette idée est
au fond de la vie.

Dix heures du matin.

Nous avons repris notre course : descendus dans un vallon inondé,
des branches de chêne-saule étendues d'une racine de jonc à une autre
racine nous ont servi de pont pour traverser le marais. Nous préparons
notre dîner au pied d'une colline couverte de bois, que nous escalade-
rons bientôt pour découvrir la rivière que nous cherchons.

Une heure.

Nous nous sommes remis en marche; les gelinottes nous promettent
pour ce soir un bon souper.

Le chemin s'escarpe, les arbres deviennent rares; un bruyère glis-
sante couvre le flanc de la montagne.

Six heures.

Nous voilà au sommet : au-dessous de nous on n'aperçoit que la
cime des arbres. Quelques rochers isolés sortent de cette mer de verdure, comme des écueils élevés au-dessus de la surface de l'eau. La
carcasse d'un chien, suspendue à une branche de sapin, annonce le
sacrifice indien offert au génie de ce désert. Un torrent se précipite à
nos pieds, et va se perdre dans une petite rivière.

Quatre heures du matin.

La nuit a été paisible. Nous nous sommes décidés à retourner à notre
bateau, parce que nous étions sans espérance de trouver un chemin
dans ces bois.

Neuf heures.

Nous avons déjeuné sous un vieux saule tout couvert de convolvulus, et rongé par de larges potirons. Sans les maringouins, ce lieu se-

rait agréable : il a fallu faire une grande fumée de bois vert pour chasser
nos ennemis. Les guides ont annoncé la visite de quelques voyageurs
qui pouvaient être encore à deux heures de marche de l'endroit où nous
étions. Cette finesse de l'ouïe tient du prodige : il y a tel Indien qui
entend les pas d'un autre Indien à quatre et cinq heures de distance,
en mettant l'oreille à terre. Nous avons vu arriver en effet au bout de
deux heures une famille sauvage; elle a poussé le cri de bienvenue :
nous y avons répondu joyeusement.

Midi.

Nos hôtes nous ont appris qu'ils nous entendaient depuis deux jours;
qu'ils savaient que nous étions des *chairs blanches*, le bruit que nous
faisions en marchant étant plus considérable que le bruit fait par les
chairs rouges. J'ai demandé la cause de cette différence; on m'a répondu que cela tenait à la manière de rompre les branches et de se
frayer un chemin. Le blanc révèle aussi sa race à la pesanteur de son
pas; le bruit qu'il produit n'augmente pas progressivement : l'Européen
tourne dans les bois; l'Indien marche en ligne droite.

La famille indienne est composée de deux femmes, d'un enfant et
de trois hommes. Revenus ensemble au bateau, nous avons fait un
grand feu au bord de la rivière. Une bienveillance mutuelle règne parmi
nous : les femmes ont apprêté notre souper, composé de truites sau-
monées et d'une grosse dinde. Nous autres *guerriers*, nous fumons et
devisons ensemble. Demain nos hôtes nous aideront à porter notre
canot à un fleuve qui n'est qu'à cinq milles du lieu où nous sommes.

Le journal finit ici. Une page détachée qui se trouve à la suite nous
transporte au milieu des Apalaches. Voici cette page :

Ces montagnes ne sont pas, comme les Alpes et les Pyrénées, des
monts entassés régulièrement les uns sur les autres, élevant au-dessus
des nuages leurs sommets couverts de neige. A l'ouest et au nord,
elles ressemblent à des murs perpendiculaires de quelques mille pieds,
du haut desquels se précipitent les fleuves qui tombent dans l'Ohio et
le Mississipi. Dans cette espèce de grande fracture, on aperçoit des
sentiers qui serpentent au milieu des précipices avec les torrents. Ces
sentiers et ces torrents sont bordés d'une espèce de pin dont la couleur est de vert mer, et dont le tronc presque lilas est marqué de taches obscures produites par une mousse rase et noire.

Mais du côté du sud et de l'est, les Apalaches ne peuvent presque
plus porter le nom de montagnes : leurs sommets s'abaissent graduel-

lement jusqu'au sol qui borde l'Atlantique; elles versent sur ce sol
d'autres fleuves qui fécondent des forêts de chêne vert, d'érables, de
noyers, de mûriers, de maronniers, de pins, de sapins, de copalmes,
de magnolias, et de mille espèces d'arbustes à fleurs.

Après ce court fragment vient un morceau assez étendu sur le cours
de l'Ohio et du Mississipi, depuis Pittsbourg jusqu'aux Natchez. Le récit
s'ouvre par la description des monuments de l'Ohio. Le *Génie du Christianisme* a un passage et une note sur ces monuments; mais ce que
j'ai écrit dans ce passage et dans cette note diffère en beaucoup de
points de ce que je dis ici [1].

Représentez-vous des restes de fortifications ou de monuments,
occupant une étendue immense. Quatres espèces d'ouvrage s'y font
remarquer : des bastions carrés, des lunes, des demi-lunes et des *tumuli*. Les bastions, les lunes et demi-lunes sont réguliers; les fossés,
larges et profonds; les retranchements faits de terre avec des parapets
à plan incliné : mais les angles des glacis correspondent à ceux des
fossés, et ne s'inscrivent pas comme le parallélogramme dans le po-
lygone.

Les *tumuli* sont des tombeaux de forme circulaire. On a ouvert
quelques-uns de ces tombeaux; on a trouvé au fond un cercueil formé
de quatre pierres, dans lequel il y avait des ossements humains. Ce
cercueil était surmonté d'un autre cercueil contenant un autre squelette, et ainsi de suite jusqu'au haut de la pyramide, qui peut avoir de
vingt à trente pieds d'élévation.

Ces constructions ne peuvent être l'ouvrage des nations actuelles de
l'Amérique; les peuples qui les ont élevées devaient avoir une connaissance des arts, supérieure même à celle des Mexicains et des Péruviens.

Faut-il attribuer ces ouvrages aux Européens modernes? Je ne trouve
que Ferdinand de Soto qui ait pénétré anciennement dans les Florides,

---

[1] Depuis l'époque où j'écrivais cette Dissertation, des hommes savants et des Sociétés archéolo-
giques américaines ont publié des *Mémoires sur les ruines de l'Ohio*. Ils sont curieux sous deux
rapports :

1° Ils rappellent les traditions des tribus indiennes; ces tribus indiennes disent toutes qu'elles
sont venues de l'ouest aux rivages de l'Atlantique, un siècle ou deux (autant qu'on en peut juger)
avant la découverte de l'Amérique par les Européens; qu'elles eurent dans leurs longues marches
beaucoup de peuples à combattre, particulièrement sur les rives de l'Ohio, etc.

2° Les *Mémoires* des savants américains mentionnent la découverte de quelques idoles trouvées
dans des tombeaux, lesquelles idoles ont un caractère purement asiatique. Il est très-certain qu'un
peuple beaucoup plus civilisé que les Sauvages actuels de l'Amérique a fleuri dans la vallée de
l'Ohio et du Mississipi. Quand et comment a-t-il péri? C'est ce qu'on ne saura peut-être jamais. Ces
Mémoires dont je parle sont peu connus, et méritent de l'être. On les trouve dans le journal intitulé : *Nouvelles Annales des Voyages*.

et il ne s'est jamais avancé au delà d'un village de Chicassas, sur une des branches de la Mobile : d'ailleurs, avec une poignée d'Espagnols, comment aurait-il remué toute cette terre et à quel dessein?

Sont-ce les Carthaginois ou les Phéniciens qui jadis, dans leur commerce autour de l'Afrique et aux îles Cassitérides, ont été poussés aux régions américaines? Mais avant de pénétrer plus avant dans l'ouest, ils ont dû s'établir sur les côtes de l'Atlantique : pourquoi alors ne trouve-t-on pas la moindre trace de leur passage dans la Virginie, les Géorgies et les Florides? Ni les Phéniciens ni les Carthaginois n'enterraient leurs morts comme sont enterrés les morts des fortifications de l'Ohio. Les Égyptiens faisaient quelque chose de semblable; mais les momies étaient embaumées; et celles des tombes américaines ne le sont pas; on ne saurait dire que les ingrédients manquaient : les gommes, les résines, les camphres, les sels, sont ici de toutes parts.

L'Atlantide de Platon aurait-elle existé? l'Afrique, dans les siècles inconnus, tenait-elle à l'Amérique? Quoi qu'il en soit, une nation ignorée, une nation supérieure aux générations indiennes de ce moment, a passé dans ces déserts. Quelle était cette nation? Quelle révolution l'a détruite? Quand cet événement est-il arrivé? Questions qui nous jettent dans cette immensité du passé, où les siècles s'abîment comme des songes.

Les ouvrages dont je parle se trouvent à l'embouchure du grand Miamis, à celle du Muskingum, à la *Crique du Tombeau*, et sur une des branches du Scioto : ceux qui bordent cette rivière occupent un espace de plus de deux heures de marche en descendant vers l'Ohio. Dans le Kentucky, le long du Tennessé, chez les Siminoles, vous ne pouvez faire un pas sans apercevoir quelques vestiges de ces monuments.

Les Indiens s'accordent à dire que quand leurs pères vinrent de l'ouest, ils trouvèrent les ouvrages de l'Ohio tels qu'on les voit aujourd'hui. Mais la date de cette migration des Indiens d'occident en orient varie selon les nations. Les Chicassas, par exemple, arrivèrent dans les forts qui couvrent les fortifications il n'y a guère plus de deux siècles : ils mirent sept ans à accomplir leur voyage, ne marchant qu'une fois chaque année, et emmenant des chevaux dérobés aux Espagnols, devant lesquels ils se retiraient.

Une autre tradition veut que les ouvrages de l'Ohio aient été élevés par les Indiens *blancs*. Ces Indiens *blancs*, selon les Indiens *rouges*, devaient être venus de l'orient; et lorsqu'ils quittèrent le lac sans rivages (la mer), ils étaient vêtus comme les chairs blanches d'aujourd'hui.

Sur cette faible tradition, on a raconté que vers l'an 1170, Ogan, prince du pays de Galles, ou son fils Madoc, s'embarqua avec un grand nombre de ses sujets [1], et qu'il aborda à des pays inconnus, vers l'occident. Mais est-il possible d'imaginer que les descendants de ce Gallois aient pu construire les ouvrages de l'Ohio, et qu'en même temps, ayant perdu tous les arts, ils se soient trouvés réduits à une poignée de guerriers errants dans les bois comme les autres Indiens?

On a aussi prétendu qu'aux sources du Missouri, des peuples nombreux et civilisés vivent dans des enceintes militaires pareilles à celles des bords de l'Ohio : que ces peuples se servent de chevaux et d'autres animaux domestiques; qu'ils ont des villes, des chemins publics; qu'ils sont gouvernés par des rois [2].

La tradition religieuse des Indiens sur les monuments de leurs déserts n'est pas conforme à leur tradition historique. Il y a, disent-ils, au milieu de ces ouvrages une caverne; cette caverne est celle du Grand-Esprit. Le Grand-Esprit créa les Chicassas dans cette caverne. Le pays était alors couvert d'eau; ce que voyant le Grand-Esprit, il bâtit des murs de terre pour mettre sécher dessus les Chicassas.

Passons à la description du cours de l'Ohio. L'Ohio est formé par la réunion de la Monongahela et de l'Alleghany : la première rivière prenant sa source au sud, dans les montagnes Bleues ou les Apalaches; la seconde, dans une autre chaîne de ces montagnes au nord, entre le lac Érié et le lac Ontario : au moyen d'un court portage, l'Alleghany communique avec le premier lac. Les deux rivières se joignent au-dessous du fort, jadis appelé le fort Duquesne, aujourd'hui le fort Pitt, ou Pittsbourg : leur confluent est au pied d'une haute colline de charbon de terre; en mêlant leurs ondes, elles perdent leurs noms, et ne sont plus connues que sous celui de l'Ohio, qui signifie, et à bon droit, *belle rivière*.

Plus de soixante rivières apportent leurs richesses à ce fleuve; celles dont le cours vient de l'est et du midi sortent des hauteurs qui divisent les eaux tributaires de l'Atlantique, des eaux descendantes à l'Ohio et au Mississipi; celles qui naissent à l'ouest et au nord, découlent des collines dont le double versant nourrit les lacs du Canada et alimente le Mississipi et l'Ohio.

L'espace où roule ce dernier fleuve offre dans son ensemble un large

---

[1] C'est une altération des traditions islandaises et des poétiques histoires des Sagas.

[2] Aujourd'hui les sources du Missouri sont connues : on n'a rencontré dans ces régions que des Sauvages. Il faut pareillement reléguer parmi les fables cette histoire d'un temple où on aurait trouvé une Bible, laquelle Bible ne pouvait être lue par des Indiens *blancs*, possesseurs du temple, et qui avaient perdu l'usage de l'écriture. Au reste, la colonisation des Russes au nord-ouest de l'Amérique aurait bien pu donner naissance à ces bruits d'un peuple blanc établi vers les sources du Missouri.

vallon bordé de collines d'égales hauteurs ; mais, dans les détails, à mesure que l'on voyage avec les eaux, ce n'est plus cela.

Rien d'aussi fécond que les terres arrosées par l'Ohio : elles produisent sur les coteaux des forêts de pins rouges, des bois de lauriers, de myrtes, d'érables à sucre, de chênes de quatre espèces : les vallées donnent le noyer, l'alizier, le frêne, le tupelo ; les marais portent le bouleau, le tremble, le peuplier et le cyprès chauve. Les Indiens font des étoffes avec l'écorce du peuplier ; ils mangent la seconde écorce du bouleau ; ils emploient la séve de la bourgène pour guérir la fièvre et pour chasser les serpents ; le chêne leur fournit des flèches ; le frêne, des canots.

Les herbes et les plantes sont très-variées ; mais celles qui couvrent toutes les campagnes sont : l'herbe à buffle, de sept à huit pieds de haut ; l'herbe à trois feuilles, la folle avoine ou le riz sauvage, et l'indigo.

Sous un sol partout fertile, à cinq ou six pieds de profondeur, on rencontre généralement un lit de pierre blanche, base d'un excellent humus ; cependant, en approchant du Mississipi, on trouve d'abord à la surface du sol une terre forte et noire, ensuite une couche de craie de diverses couleurs, et puis des bois entiers de cyprès chauves, engloutis dans la vase.

Sur le bord du Chanon, à deux cents pieds au-dessous de l'eau, on prétend avoir vu des caractères tracés aux parois d'un précipice : on en a conclu que l'eau coulait jadis à ce niveau, et que des nations inconnues écrivirent ces lettres mystérieuses en passant sur le fleuve.

Une transition subite de température et de climat se fait remarquer sur l'Ohio : aux environs du Canaway, le cyprès chauve cesse de croître, et les sassafras disparaissent ; les forêts de chênes et d'ormeaux se multiplient. Tout prend une couleur différente : les verts sont plus foncés, leurs nuances, plus sombres.

Il n'y a, pour ainsi dire, que deux saisons sur le fleuve : les feuilles tombent tout à coup en novembre ; les neiges les suivent de près ; le vent du nord-ouest commence, et l'hiver règne. Un froid sec continue avec un ciel pur jusqu'au mois de mars ; alors le vent tourne au nord-est, et en moins de quinze jours, les arbres chargés de givre apparaissent couverts de fleurs. L'été se confond avec le printemps.

La chasse est abondante. Les canards branchus, les linottes bleues, les cardinaux, les chardonnerets pourpres, brillent dans la verdure des arbres ; l'oiseau *whet-shaw* imite le bruit de la scie ; l'oiseau-chat niaule, et les perroquets, qui apprennent quelques mots autour des habitations, les répètent dans les bois. Un grand nombre de ces oiseaux vivent d'insectes : la chenille verte à tabac, le ver d'une espèce de mûrier blanc, les mouches luisantes, l'araignée d'eau, leur servent principalement de nourriture; mais les perroquets se réunissent en grandes troupes et dévastent les champs ensemencés. On accorde une prime pour chaque tête de ces oiseaux : on donne la même prime pour les têtes d'écureuil.

L'Ohio offre à peu près les mêmes poissons que le Mississipi. Il est assez commun d'y prendre des truites de trente à trente-cinq livres, et une espèce d'esturgeon dont la tête est faite comme la pelle d'une pagaie.

En descendant le cours de l'Ohio on passe une petite rivière appelée le Lic des Grands Os. On appelle *lic* en Amérique des bancs d'une terre blanche un peu glaiseuse, que les buffles se plaisent à lécher; ils y creusent avec leur langue des sillons. Les excréments de ces animaux sont si imprégnés de la terre du lic, qu'ils ressemblent à des morceaux de chaux. Les buffles recherchent les lics à cause des sels qu'ils contiennent : ces sels guérissent les animaux ruminants des tranchées que leur cause la crudité des herbes. Cependant les terres de la vallée de l'Ohio ne sont point salées au goût; elles sont au contraire extrêmement insipides.

Le lic de la rivière du Lic est un des plus grands que l'on connaisse; les vastes chemins que les buffles ont tracés à travers les herbes pour y aborder seraient effrayants si l'on ne savait que ces taureaux sauvages sont les plus paisibles de toutes les créatures. On a découvert dans ce lic une partie du squelette d'un mamouth : l'os de la cuisse pesait soixante-dix livres, les côtes comptaient dans leur courbure sept pieds, et la tête trois pieds de long; les dents mâchelières portaient cinq pouces de largeur et huit de hauteur; les défenses, quatorze pouces de la racine à la pointe.

De pareilles dépouilles ont été rencontrées au Chili et en Russie. Les Tartares prétendent que le mamouth existe encore dans leur pays à l'embouchure des rivières : on assure aussi que des chasseurs l'ont poursuivi à l'ouest du Mississipi. Si la race de ces animaux a péri, comme il est à croire, quand cette destruction dans des pays si divers et dans des climats si différents est-elle arrivée? Nous ne savons rien, et pourtant nous demandons tous les jours à Dieu compte de ses ouvrages!

Le Lic des Grands Os est à environ trente milles de la rivière Kentucky, et à cent huit milles à peu près des Rapides de l'Ohio. Les bords de la rivière Kentucky sont taillés à pic, comme des murs. On remarque dans ce lieu un chemin fait par les buffles, qui descend du haut d'une colline, des sources de bitume qu'on peut brûler en guise d'huile, des grottes qu'embellissent des colonnes naturelles. et un lac souterrain qui s'étend à des distances inconnues.

Au confluent du Kentucky et de l'Ohio le paysage déploie une pompe extraordinaire : là, ce sont des troupeaux de chevreuils qui, de la pointe du rocher, vous regardent passer sur les fleuves; ici des bouquets de vieux pins se projettent horizontalement sur les flots; des plaines riantes se déroulent à perte de vue, tandis que des rideaux de forêts voilent la base de quelques montagnes dont la cime apparaît dans le lointain.

Ce pays si magnifique s'appelle pourtant le Kentucky, du nom de sa rivière, qui signifie *rivière de sang* : il doit ce nom funeste à sa beauté même : pendant plus de deux siècles les nations du parti des Chéroquois et du parti des nations iroquoises s'en disputèrent les chasses. Sur ce champ de bataille, aucune tribu indienne n'osait se fixer : les Sawanoes, les Miamis, les Piankiciawoes, les Wayoes, les Kaskasias, les Delawares, les Illinois, venaient tour à tour y combattre. Ce ne fut que vers l'an 1752 que les Européens commencèrent à savoir quelque chose de positif sur les vallées situées à l'ouest des monts Alleghany, appelées d'abord les *montagnes Endles* (sans fin) ou *Kittaniny*, ou *montagnes Bleues*. Cependant Charlevoix, en 1720, avait parlé du cours de l'Ohio; et le fort Duquesne, aujourd'hui fort Pitt (Pitt's-Burgh), avait été tracé par les Français à la jonction des deux rivières, mères de l'Ohio. En 1752, Louis Evant publia une carte du pays situé sur l'Ohio et le Kentucky; Jacques Macbrive fit une course dans ce désert en 1754; Jones Finley y pénétra en 1757; le colonel Boone le découvrit entièrement en 1769, et s'y établit avec sa famille en 1775. On prétend que le docteur Wood et Simon Kenton furent les premiers Européens qui descendirent l'Ohio en 1773, depuis le fort Pitt jusqu'au Mississipi. L'orgueil national des Américains les porte à s'attribuer le mérite de la plupart des découvertes à l'occident des États-Unis; mais il ne faut pas oublier que les Français du Canada et de la Louisiane, arrivant par le nord et par le midi, avaient parcouru ces régions longtemps avant les Américains qui venaient du côté de l'orient, et que gênaient dans leur route la confédération des Creeks et les Espagnols des Florides.

Cette terre commence (1791) à se peupler par les colonies de la Pensylvanie, de la Virginie et de la Caroline, et par quelques-uns de mes malheureux compatriotes fuyant devant les premiers orages de la révolution.

Les générations européennes seront-elles plus vertueuses et plus libres sur ces bords que les générations américaines qu'elles auront exterminées? des esclaves ne laboureront-ils point la terre sous le fouet de leur maître, dans ces déserts où l'homme promenait son indépendance? des prisons et des gibets ne remplaceront-ils point la cabane ouverte, et le haut chêne qui ne porte que le nid des oiseaux? la richesse du sol ne fera-t-elle pas naître de nouvelles guerres? le Kentucky cessera-t-il d'être la *terre du sang*, et les édifices des hommes embelliront-ils mieux les bords de l'Ohio que les monuments de la nature!

Du Kentucky aux Rapides de l'Ohio on compte à peu près quatre-vingts milles. Ces Rapides sont formés par une roche qui s'étend sous l'eau dans le lit de la rivière; la descente de ces Rapides n'est ni dangereuse, ni difficile, la chute moyenne n'étant guère que de quatre à cinq pieds dans l'espace d'un tiers de lieue. La rivière se divise en deux canaux par des îles groupées au milieu des Rapides. Lorsqu'on s'abandonne au courant, on peut passer sans alléger les bateaux; mais il est impossible de les remonter sans diminuer leur charge.

Le fleuve, à l'endroit des Rapides, a un mille de large. Glissant sur le magnifique canal, la vue est arrêtée à quelque distance au-dessous de sa chute par une île couverte de bois d'ormes enguirlandés de lianes et de vigne vierge.

Au nord, se dessinent les collines de la *Crique d'Argent* : la première de ces collines trempe perpendiculairement dans l'Ohio; sa falaise taillée à grandes facettes rouges est décorée de plantes; d'autres collines parallèles, couronnées de forêts, s'élèvent derrière la première colline, fuient en montant de plus en plus dans le ciel, jusqu'à ce que leur sommet, frappé de lumière, devienne de la couleur du ciel, et s'évanouisse.

Au midi sont des savanes parsemées de bocages et couvertes de buffles, les uns couchés, les autres errants, ceux-ci paissant l'herbe, ceux-là arrêtés en groupe, et opposant les uns aux autres leurs têtes baissées. Au milieu de ce tableau les Rapides, selon qu'ils sont frappés des rayons du soleil, rebroussés par le vent, ou ombrés par les nuages, s'élèvent en bouillons d'or, blanchissent en écume, ou roulent à flots brunis.

Au bas des Rapides est un îlot où les corps se pétrifient. Cet îlot est couvert d'eau au temps des débordements; on prétend que la vertu pétrifiante confinée à ce petit coin de terre ne s'étend pas au rivage voisin.

Des Rapides à l'embouchure du Wabash on compte trois cent seize milles. Cette rivière communique, au moyen d'un partage de neuf milles, avec le Miamis du lac qui se décharge dans l'Érié. Les rivages du Wabash sont élevés; on y a découvert une mine d'argent.

A quatre-vingt-quatorze milles au-dessous de l'embouchure du Wabash commence une cyprière. De cette cyprière aux bancs Jaunes, toujours en descendant l'Ohio, il y a cinquante-six milles : on laisse à gauche les embouchures de deux rivières qui ne sont qu'à dix-huit milles de distance l'une de l'autre.

La première rivière s'appelle le Chéroquois ou le Tennessé; elle sort des monts qui séparent les Carolines et les Géorgies de ce qu'on appelle les terres de l'Ouest; elle roule d'abord d'orient en occident au pied des monts : dans cette première partie de son cours, elle est rapide et tumultueuse ; ensuite elle tourne subitement au nord, grossie de plusieurs affluents; elle épand et retient ses ondes, comme pour se délasser, après une fuite précipitée de quatre cents lieues. À son embouchure, elle a six cents toises de large, et dans un endroit nommé le Grand-Détour, elle présente une nappe d'eau d'une lieue d'étendue.

La seconde rivière, le Shanawon ou le Cumberland, est la compagne du Chéroquois ou du Tennessé. Elle passe avec lui son enfance dans les mêmes montagnes, et descend avec lui dans les plaines. Vers le milieu de sa carrière, obligée de quitter le Tennessé, elle se hâte de parcourir des lieux déserts, et les deux jumeaux, se rapprochant vers la fin de leur vie, expirent à quelque distance l'un de l'autre dans l'Ohio, qui les réunit.

Le pays que ces rivières arrosent est généralement entrecoupé de collines et de vallées rafraîchies par une multitude de ruisseaux; cependant il y a des plaines de cannes sur le Cumberland, et plusieurs grandes cyprières. Le buffle et le chevreuil abondent dans ce pays qu'habitent encore des nations sauvages, particulièrement les Chéroquois. Les cimetières indiens sont fréquents, triste preuve de l'ancienne population de ces déserts.

De la grande cyprière sur l'Ohio, aux bancs Jaunes, j'ai dit que la route estimée est d'environ cinquante-six milles. Les bancs Jaunes sont ainsi nommés de leur couleur : placés sur la rive septentrionale de l'Ohio, on les rase de près, parce que l'eau est profonde de ce côté. L'Ohio a presque partout un double rivage, l'un pour la saison des débordements, l'autre pour les temps de sécheresse.

Des bancs Jaunes à l'embouchure de l'Ohio dans le Mississipi, par les 36° 51' de latitude, on compte à peu près trente-cinq milles.

Pour bien juger du confluent des deux fleuves, il faut supposer que l'on part d'une petite île sous la rive orientale du Mississipi, et que l'on vient entrer dans l'Ohio : à gauche vous apercevez le Mississipi, qui coule dans cet endroit presque est et ouest, et qui présente une grande eau troublée et tumultueuse ; à droite, l'Ohio, plus transparent que le cristal, plus paisible que l'air, vient lentement du nord au sud, décrivant une courbe gracieuse : l'un et l'autre, dans les saisons moyennes, ont à peu près deux milles de largeur au moment de leur rencontre. Le volume de leur fluide est presque le même; les deux fleuves s'opposant une résistance égale, ralentissent leurs cours, et paraissent dormir ensemble pendant quelques lieues dans leur lit commun.

La pointe où ils marient leurs flots est élevée d'une vingtaine de pieds au-dessus d'eux : composé de limon et de sable, ce cap marécageux se couvre de chanvre sauvage, de vigne qui rampe sur le sol ou qui grimpe le long des tuyaux de l'herbe à buffle; des chênes-saules croissent aussi sur cette langue de terre, qui disparaît dans les grandes inondations. Les fleuves débordés et réunis ressemblent alors à un vaste lac.

Le confluent du Missouri et du Mississipi présente peut-être encore quelque chose de plus extraordinaire. Le Missouri est un fleuve fougueux, aux eaux blanches et limoneuses, qui se précipite dans le pur et tranquille Mississipi avec violence. Au printemps, il détache de ses rives de vastes morceaux de terre : ces îles flottantes, descendant le cours du Missouri avec leurs arbres couverts de feuilles ou de fleurs, les uns encore debout, les autres à moitié tombés, offrent un spectacle merveilleux.

De l'embouchure de l'Ohio aux mines de fer sur la côte orientale du Mississipi, il n'y a guère plus de quinze milles; des mines de fer à l'embouchure de la rivière de Chicassas, on marque soixante-sept milles. Il faut faire cent quatre milles pour arriver aux collines de Margette qu'arrose la petite rivière de ce nom ; c'est un lieu rempli de gibier.

Pourquoi trouve-t-on tant de charme à la vie sauvage ? pourquoi l'homme le plus accoutumé à exercer sa pensée s'oublie-t-il joyeusement dans le tumulte d'une chasse? Courir dans les bois, poursuivre des bêtes sauvages, bâtir sa hutte, allumer son feu, apprêter soi-même son repas auprès d'une source, est certainement un très-grand plaisir. Mille Européens ont connu ce plaisir, et n'en ont plus voulu d'autre, tandis que l'Indien meurt de regret si on l'enferme dans nos cités. Cela prouve que l'homme est plutôt un être actif qu'un être contemplatif; que dans sa condition naturelle il lui faut peu de chose, et que la simplicité de l'âme est une source inépuisable de bonheur.

De la rivière Margette à celle de Saint-François on parcourt soixante-dix milles. La rivière de Saint-François a reçu son nom des Français, et elle est encore pour eux un rendez-vous de chasse.

On compte cent huit milles de la rivière Saint-François aux Akansas ou Arkansas. Les Akansas nous sont encore fort attachés. De tous les Européens, mes compatriotes sont les plus aimés des Indiens. Cela tient à la gaieté des Français, à leur valeur brillante, à leur goût de la chasse, et même de la vie sauvage; comme si la plus grande civilisation se rapprochait de l'état de nature.

La rivière d'Akansas est navigable en canot pendant plus de quatre cent cinquante milles : elle coule à travers une belle contrée; sa source paraît être cachée dans les montagnes du Nouveau-Mexique.

De la rivière des Akansas à celle des Yasous, cent cinquante-huit milles. Cette dernière rivière a cent toises de largeur à son embouchure. Dans la saison des pluies, les grands bateaux peuvent remonter le Yasou à plus de quatre-vingts milles; une petite cataracte oblige seulement à un portage. Les Yasous, les Chactas et les Chicassas habitaient autrefois les diverses branches de cette rivière. Les Yasous ne faisaient qu'un peuple avec les Natchez.

La distance des Yasous aux Natchez par le fleuve se divise ainsi : des côtes des Yasous au Bayouk-Noir, trente-neuf milles; du Bayouk-Noir à la rivière des Pierres, trente milles; de la rivière des Pierres aux Natchez, dix milles.

Depuis les côtes des Yasous jusqu'au Bayouk-Noir, le Mississipi est rempli d'îles et fait de longs détours; sa largeur est d'environ deux milles, sa profondeur, de huit à dix brasses. Il serait facile de diminuer les distances en coupant des pointes. La distance de la Nouvelle-Orléans à l'embouchure de l'Ohio, qui n'est que de quatre cent soixante milles en ligne droite, est de huit cent cinquante-six sur le fleuve. On pourrait raccourcir ce trajet de deux cent cinquante milles au moins.

Du Bayouk-Noir à la rivière des Pierres, on remarque des carrières de pierres. Ce sont les premières que l'on rencontre à partir de l'embouchure du Mississipi jusqu'à la petite rivière qui a pris le nom de ces carrières.

Le Mississipi est sujet à deux inondations périodiques, l'une au printemps, l'autre en automne : la première est la plus considérable; elle commence en mai et finit en juin. Le courant du fleuve file alors cinq milles à l'heure, et l'ascension des contre-courants est à peu près de la même vitesse : admirable prévoyance de la nature ! car, sans ces contre-courants, les embarcations pourraient à peine remonter le fleuve[1]. A cette époque, l'eau s'élève à une grande hauteur, noie ses rivages, et ne retourne point au fleuve dont elle est sortie, comme l'eau du Nil; elle reste sur la terre, ou filtre à travers le sol, sur lequel elle dépose un sédiment fertile.

La seconde crue a lieu aux pluies d'octobre; elle n'est pas aussi

[1] Les bateaux à vapeur ont fait disparaître la difficulté de la navigation d'amont.

considérable que celle du printemps. Pendant ces inondations, le Mississipi charrie des trains de bois énormes, et pousse des mugissements. La vitesse ordinaire du cours du fleuve est d'environ deux milles à l'heure.

Les terres un peu élevées qui bordent le Mississipi, depuis la Nouvelle-Orléans jusqu'à l'Ohio, sont presque toutes sur la rive gauche ; mais ces terres s'éloignent ou se rapprochent plus ou moins du canal, laissant quelquefois entre elles et le fleuve des savanes de plusieurs milles de largeur. Les collines ne courent pas toujours parallèlement au rivage : tantôt elles divergent en rayons à de grandes distances et présentent, dans les perspectives qu'elles ouvrent, des vallées plantées de mille sortes d'arbres ; tantôt elles viennent converger au fleuve, et forment une multitude de caps qui se mirent dans l'onde. La rive droite du Mississipi est rase, marécageuse, uniforme, à quelques exceptions près : au milieu des hautes cannes vertes ou dorées qui la décorent, on voit bondir des buffles, ou étinceler les eaux d'une multitude d'étangs remplis d'oiseaux aquatiques.

Les poissons du Mississipi sont la perche, le brochet, l'esturgeon et les colles ; on y pêche aussi des crabes énormes.

Le sol autour du fleuve fournit la rhubarbe, le coton, l'indigo, le safran, l'arbre ciré, le sassafras, le lin sauvage : un ver du pays file une assez forte soie ; la dragne, dans quelques ruisseaux, amène de grandes huîtres à perles, mais dont l'eau n'est pas belle. On connaît une mine de vif-argent, une autre de lapis-lazuli, et quelques mines de fer.

La suite du manuscrit contient la description du pays des Natchez et celle du cours du Mississipi jusqu'à la Nouvelle-Orléans. Ces descriptions sont complétement transportées dans *Atala* et dans les *Natchez*.

Immédiatement après la description de la Louisiane, viennent dans le manuscrit quelques extraits des voyages de Bartram, que j'avais traduits avec assez de soin. A ces extraits sont entremêlées mes rectifications, mes observations, mes réflexions, mes additions, mes propres descriptions, à peu près comme les notes de M. Ramond à sa traduction du *Voyage de Coxe en Suisse*. Mais, dans mon travail, le tout est beaucoup plus enchevêtré, de sorte qu'il est presque impossible de séparer ce qui est de moi de ce qui est de Bartram, ni souvent même de le reconnaître. Je laisse donc le morceau tel qu'il est sous ce titre :

Description de quelques sites dans l'intérieur des Florides.

Nous étions poussés par un vent frais. La rivière allait se perdre dans un lac qui s'ouvrait devant nous, et qui formait un bassin d'en-

viron neuf lieues de circonférence. Trois îles s'élevaient du milieu de ce
lac ; nous fîmes voile vers la plus grande, où nous arrivâmes à huit
heures du matin.

Nous débarquâmes à l'orée d'une plaine de forme circulaire ; nous
mîmes notre canot à l'abri sous un groupe de marronniers qui croissaient presque dans l'eau. Nous bâtîmes notre hutte sur une petite
éminence. La brise de l'est soufflait, et rafraîchissait le lac et les forêts.
Nous déjeunâmes avec nos galettes de maïs, et nous nous dispersâmes
dans l'île, les uns pour chasser, les autres pour pêcher ou pour cueillir
des plantes.

Nous remarquâmes une espèce d'hibiscus. Cette herbe énorme, qui
croît dans les lieux bas et humides, monte à plus de dix ou douze pieds,
et se termine en un cône extrêmement aigu : les feuilles lisses, légèrement sillonnées, sont ravivées par de belles fleurs cramoisies, que l'on
aperçoit à une grande distance.

L'agavé vivipare s'élevait encore plus haut dans les criques salées,
et présentait une forêt d'herbes de trente pieds perpendiculaires. La
graine mûre de cette herbe germe quelquefois sur la plante même, de
sorte que le jeune plant tombe à terre tout formé. Comme l'agavé vivipare croît souvent au bord des eaux courantes, ses graines nues em-
portées du flot étaient exposées à périr : la nature les a développées
pour ces cas particuliers sur la vieille plante, afin qu'elles pussent se
fixer par leurs petites racines en s'échappant du sein maternel.

Le souchet d'Amérique était commun dans l'île. Le tuyau de ce souchet ressemble à celui d'un jonc noueux, et sa feuille, à celle du poireau.
Les Sauvages l'appellent *apoya matsi*. Les filles indiennes de mauvaise
vie broient cette plante entre deux pierres, et s'en frottent le sein et
les bras.

Nous traversâmes une prairie semée de jacobée à fleurs jaunes, d'alcée à panaches roses, et d'obelia, dont l'aigrette est pourpre. Des vents
légers se jouant sur la cime de ces plantes, brisaient leurs flots d'or,
de rose et de pourpre, ou creusaient dans la verdure de longs
sillons.

La sénéka, abondante dans les terrains marécageux, ressemblait,
par la forme et par la couleur, à des scions d'osier rouge ; quelques
branches rampaient à terre, d'autres s'élevaient dans l'air : la sénéka
a un petit goût amer et aromatique. Auprès d'elle croissait le convolvulus des Carolines, dont la feuille imite la pointe d'une flèche. Ces
deux plantes se trouvent partout où il y a des serpents à sonnettes :
la première guérit de leur morsure ; la seconde est si puissante, que les
Sauvages, après s'en être frotté les mains, manient impunément ces

redoutables reptiles. Les Indiens racontent que le Grand-Esprit a eu pitié des guerriers de la chair rouge *aux jambes nues,* et qu'il a semé lui-même ces herbes salutaires, malgré la réclamation des âmes des serpents.

Nous reconnûmes la serpentaire sur les racines des grands arbres; l'arbre pour le mal de dents, dont le tronc et les branches épineuses sont chargés de protubérances grosses comme des œufs de pigeon; l'arctosta ou canneberge, dont la cerise rouge croît parmi les mousses, et guérit du flux hépatique. La bourgène, qui a la propriété de chasser les couleuvres, poussait vigoureusement dans des eaux stagnantes couvertes de rouille.

Un spectacle inattendu frappa nos regards : nous découvrîmes une ruine indienne : elle était située sur un monticule au bord du lac; on remarquait sur la gauche un cône de terre de quarante à quarante-cinq pieds de haut; de ce cône partait un ancien chemin tracé à travers un magnifique bocage de magnolias et de chênes verts, et qui venait aboutir à une savane. Des fragments de vases et d'ustensiles divers étaient dispersés çà et là, agglomérés avec des fossiles, des coquillages, des pétrifications de plantes et des ossements d'animaux.

Le contraste de ces ruines et de la jeunesse de la nature, ces monuments des hommes dans un désert où nous croyions avoir pénétré les premiers, causaient un grand saisissement de cœur et d'esprit. Quel peuple avait habité cette île? Son nom, sa race, le temps de son existence, tout est inconnu; il vivait peut-être lorsque le monde qui le cachait dans son sein était encore ignoré des trois autres parties de la terre. Le silence de ce peuple est peut-être contemporain du bruit que faisaient de grandes nations européennes tombées tour à tour dans le silence, et qui n'ont laissé elles-mêmes que des débris.

Nous examinâmes les ruines : des anfractuosités sablonneuses du tumulus sortait une espèce de pavot à fleur rose, pesant au bout d'une tige inclinée d'un vert pâle. Les Indiens tirent de la racine de ce pavot une boisson soporifique; la tige et la fleur ont une odeur agréable qui reste attachée à la main lorsqu'on y touche. Cette plante était faite pour orner le tombeau d'un Sauvage : ses racines procurent le sommeil, et le parfum de sa fleur, qui survit à cette fleur même, est une assez douce image du souvenir qu'une vie innocente laisse dans la solitude.

Continuant notre route et observant les mousses, les graminées pendantes, les arbustes échevelés, et tout ce train de plantes au port mélancolique qui se plaisent à décorer les ruines, nous observâmes une espèce d'œnothère pyramidale, haute de sept à huit pieds, à feuilles oblongues, dentelées, et d'un vert noir; sa fleur est jaune. Le soir, cette fleur commence à s'entr'ouvrir; elle s'épanouit pendant la nuit; l'aurore la trouve dans tout son éclat; vers la moitié du matin elle se fane; elle tombe à midi : elle ne vit que quelques heures, mais elle passe ces heures sous un ciel serein. Qu'importe alors la brièveté de sa vie?

A quelques pas de là s'étendait une lisière de mimosa ou de sensitive : dans les chansons des Sauvages, l'âme d'une jeune fille est souvent comparée à cette plante [1].

En retournant à notre camp, nous traversâmes un ruisseau tout bordé de dionées; une multitude d'éphémères bourdonnaient à l'entour. Il y avait aussi sur ce parterre trois espèces de papillons : l'un blanc comme l'albâtre, l'autre noir comme le jais avec des ailes traversées de bandes jaunes, le troisième portant une queue fourchue, quatre ailes d'or barrées de bleu et semées d'yeux de pourpre. Attirés par les dionées, ces insectes se posaient sur elles; mais ils n'en avaient pas plutôt touché les feuilles qu'elles se refermaient et enveloppaient leur proie.

De retour à notre ajoupa, nous allâmes à la pêche pour nous consoler du peu de succès de la chasse. Embarqués dans le canot, avec les filets et les lignes, nous côtoyâmes la partie orientale de l'île, au bord des algues et le long des caps ombragés : la truite était si vorace que nous la prenions avec des hameçons sans amorce; le poisson appelé le poisson d'or était en abondance. Il est impossible de voir rien de plus beau que ce petit roi des ondes : il a environ cinq pouces de long; sa tête est couleur d'outremer; ses côtés et son ventre étincellent comme le feu; une barre brune longitudinale traverse ses flancs; l'iris de ses larges yeux brille comme de l'or bruni. Ce poisson est carnivore.

A quelque distance du rivage, à l'ombre d'un cyprès chauve, nous remarquâmes de petites pyramides limoneuses qui s'élevaient sous l'eau et montaient jusqu'à sa surface. Une légion de poissons d'or faisait en silence les approches de ces citadelles. Tout à coup l'eau bouillonnait; les poissons d'or fuyaient. Des écrevisses armées de ciseaux, sortant de la place insultée, culbutaient leurs brillants ennemis. Mais bientôt les bandes éparses revenaient à la charge, faisaient plier à leur tour les assiégés, et la brave, mais lente garnison, rentrait à reculons pour se réparer dans la forteresse.

Le crocodile, flottant comme le tronc d'un arbre, la truite, le brochet, la perche, le cannelet, la basse, la brème, le poisson tambour, le pois-

---

[1] Tous ces divers passages sont de moi ; mais je dois à la vérité historique de dire que si je voyais aujourd'hui ces ruines indiennes de l'Alabama, je rabattrais de leur antiquité.

son d'or, tous ennemis mortels les uns des autres, nageaient pêle-
mêle dans le lac, et semblaient avoir fait une trêve afin de jouir en
commun de la beauté de la soirée : le fluide azuré se peignait de leurs
couleurs changeantes. L'onde était si pure, que l'on eût cru pouvoir
toucher du doigt les acteurs de cette scène, qui se jouaient à vingt pieds
de profondeur dans leur grotte de cristal.

Pour regagner l'anse où nous avions notre établissement, nous
n'eûmes qu'à nous laisser dériver au gré de l'eau et des brises. Le soleil approchait de son couchant : sur le premier plan de l'île paraissaient
des chênes verts, dont les branches horizontales formaient le parasol,
et des azaléas qui brillaient comme des réseaux de corail.

Derrière ce premier plan s'élevaient les plus charmants de tous les
arbres, les papayas : leur tronc droit, grisâtre et guilloché, de la hauteur de vingt à vingt-cinq pieds, soutient une touffe de longues feuilles
à côtes, qui se dessinent comme l'S gracieuse d'un vase antique. Les
fruits, en forme de poire, sont rangés autour de la tige ; on les prendrait
pour des cristaux de verre ; l'arbre entier ressemble à une colonne
d'argent ciselé, surmontée d'une urne corinthienne.

Enfin, au troisième plan, montaient graduellement dans l'air les
magnolias et les liquidambars.

Le soleil tomba derrière le rideau d'arbres de la plaine ; à mesure
qu'il descendait, les mouvements de l'ombre et de la lumière répandaient quelque chose de magnifique sur le tableau : là, un rayon se
glissait à travers le dôme d'une futaie, et brillait comme une escar-
boucle enchâssée dans le feuillage sombre ; ici, la lumière divergeait
entre les troncs et les branches, et projetait sur les gazons des colonnes
croissantes et des treillages mobiles. Dans les cieux, c'étaient des
nuages de toutes couleurs, les uns fixes, imitant de gros promontoires
ou de vieilles tours près d'un torrent ; les autres flottant en fumée de
rose ou en flocons de soie blanche. Un moment suffisait pour changer
la scène aérienne : on voyait alors des gueules de four enflammées, de
grands tas de braise, des rivières de lave, des paysages ardents. Les
mêmes teintes se répétaient sans se confondre ; le feu se détachait du
feu, le jaune pâle du jaune pâle, le violet du violet : tout était éclai-
tant, tout était enveloppé, pénétré, saturé de lumière.

Mais la nature se joue du pinceau des hommes : lorsqu'on croit
qu'elle a atteint sa plus grande beauté, elle sourit et s'embellit encore.

A notre droite étaient les ruines indiennes ; à notre gauche, notre
camp de chasseurs : l'île déroulait devant nous ses paysages gravés ou
modelés dans les ondes. A l'orient, la lune, touchant l'horizon, sem-

blait reposer immobile sur les côtes lointaines; à l'occident, la voûte du ciel paraissait fondue en une mer de diamants et de saphirs, dans laquelle le soleil, à demi plongé, avait l'air de se dissoudre.

Les animaux de la création étaient, comme nous, attentifs à ce grand spectacle : le crocodile, tourné vers l'astre du jour, lançait par sa gueule béante l'eau du lac en gerbes colorées; perché sur un rameau desséché, le pélican louait à sa manière le Maître de la nature, tandis que la cigogne s'envolait pour le bénir au-dessus des nuages!

Nous te chanterons aussi, Dieu de l'univers, toi qui prodigues tant de merveilles! la voix d'un homme s'élèvera avec la voix du désert : tu distingueras les accents du faible fils de la femme, au milieu du bruit des sphères que ta main fait rouler, du mugissement de l'abîme dont tu as scellé les portes.

A notre retour dans l'île, j'ai fait un repas excellent; des truites fraîches, assaisonnées avec des cimes de canneberges, étaient un mets digne de la table d'un roi : aussi étais-je bien plus qu'un roi. Si le sort m'avait placé sur le trône, et qu'une révolution m'en eût précipité, au lieu de traîner ma misère dans l'Europe comme Charles et Jacques, j'aurais dit aux amateurs : « Ma place vous fait envie? hé bien! essayez « du métier; vous verrez qu'il n'est pas si bon. Égorgez-vous pour « mon vieux manteau; je vais jouir dans les forêts de l'Amérique de « la liberté que vous m'avez rendue. »

Nous avions un voisin à notre souper : un trou semblable à la tanière d'un blaireau était la demeure d'une tortue; la solitaire sortit de sa grotte et se mit à marcher gravement au bord de l'eau. Ces tortues diffèrent peu des tortues de mer; elles ont le cou plus long. On ne tua point la paisible reine de l'île.

Après le souper, je me suis assis à l'écart sur la rive : on n'entendait que le bruit du flux et du reflux du lac, prolongé le long des grèves; des mouches luisantes brillaient dans l'ombre et s'éclipsaient lorsqu'elles passaient sous les rayons de la lune. Je suis tombé dans cette espèce de rêverie connue de tous les voyageurs : nul souvenir distinct de moi ne me restait : je me sentais vivre comme partie du grand tout, et végéter avec les arbres et les fleurs. C'est peut-être la disposition la plus douce pour l'homme, car, alors même qu'il est heureux, il y a dans ses plaisirs un certain fond d'amertume, un je ne sais quoi qu'on pourrait appeler la tristesse du bonheur. La rêverie du voyageur est une sorte de plénitude de cœur et de vide de tête, qui vous laisse jouir en repos de votre existence : c'est par la pensée que nous troublons la félicité que Dieu nous donne : l'âme est paisible; l'esprit est inquiet.

Les Sauvages de la Floride racontent qu'il y a au milieu d'un lac une île où vivent les plus belles femmes du monde. Les Muscogulges ont voulu plusieurs fois tenter la conquête de l'île magique ; mais les retraites élyséennes, fuyant devant leurs canots, finissaient par disparaître : naturelle image du temps que nous perdons à la poursuite de nos chimères. Dans ce pays était aussi une fontaine de Jouvence : qui voudrait rajeunir ?

Le lendemain, avant le lever du soleil, nous avons quitté l'île, traversé le lac, et rentré dans la rivière par laquelle nous y étions descendus. Cette rivière était remplie de caïmans. Ces animaux ne sont dangereux que dans l'eau, surtout au moment d'un débarquement. À terre, un enfant peut aisément les devancer en marchant d'un pas ordinaire. Pour éviter leurs embûches, on met le feu aux gerbes et aux roseaux : c'est alors un spectacle curieux que de voir de grands espaces d'eau surmontés d'une chevelure de flamme.

Lorsque le crocodile de ces régions a pris toute sa croissance, il mesure environ vingt à vingt-quatre pieds de la tête à la queue. Son corps est gros comme celui d'un cheval : ce reptile aurait exactement la forme du lézard commun, si sa queue n'était comprimée des deux côtés comme celle d'un poisson. Il est couvert d'écailles à l'épreuve de la balle, excepté auprès de la tête et entre les pattes. Sa tête a environ trois pieds de long ; les naseaux sont larges ; la mâchoire supérieure de l'animal est la seule qui soit mobile ; elle s'ouvre à angle droit sur la mâchoire inférieure : au-dessous de la première sont placées deux grosses dents comme les défenses d'un sanglier, ce qui donne au monstre un air terrible.

La femelle du caïman pond à terre des œufs blanchâtres qu'elle recouvre d'herbes et de vase. Ces œufs, quelquefois au nombre de cent, forment, avec un limon dont ils sont recouverts, de petites meules de quatre pieds de haut et de cinq pieds de diamètre à leur base : le soleil et la fermentation de l'argile font éclore ces œufs. Une femelle ne distingue point ses propres œufs des œufs d'une autre femelle ; elle prend sous sa garde toutes les couvées du soleil. N'est-il pas singulier de trouver chez des crocodiles les enfants communs de la république de Platon ?

La chaleur était accablante ; nous naviguions au milieu des marais ; nos canots prenaient l'eau : le soleil avait fait fondre la poix du bordage. Il nous venait souvent des bouffées brûlantes du nord ; nos coureurs de bois prédisaient un orage, parce que le rat des savanes montait et descendait incessamment le long des branches du chêne vert ; les maringouins nous tourmentaient affreusement. On apercevait des feux errants sur les lieux bas.

Nous avons passé la nuit fort mal à l'aise, sans ajoupa, sur une presqu'île formée par des marais; la lune et tous les objets étaient noyés dans un brouillard rouge. Ce matin la brise a manqué, et nous nous sommes rembarqués pour tâcher de gagner un village indien à quelques milles de distance; mais il nous a été impossible de remonter longtemps la rivière, et nous avons été obligés de débarquer sur la pointe d'un cap couvert d'arbres, d'où nous commandons une vue immense. Des nuages sortent tour à tour de dessous l'horizon du nord-ouest, et montent lentement dans le ciel. Nous nous faisons, du mieux que nous pouvons, un abri avec des branches.

Le soleil se couvre, les premiers roulements du tonnerre se font entendre; les crocodiles y répondent par un sourd rugissement, comme un tonnerre répond à un autre tonnerre. Une immense colonne de nuages s'étend au nord-est et au sud-est; le reste du ciel est d'un cuivre sale, demi-transparent et teint de la foudre. Le désert éclairé d'un jour faux, l'orage suspendu sur nos têtes et prêt d'éclater, offrent un tableau plein de grandeur.

Voilà l'orage! qu'on se figure un déluge de feu sans vent et sans eau; l'odeur de soufre remplit l'air; la nature est éclairée comme à la lueur d'un embrasement.

A présent les cataractes de l'abîme s'ouvrent; les grains de pluie ne sont point séparés : un voile d'eau unit les nuages à la terre.

Les Indiens disent que le bruit du tonnerre est causé par des oiseaux immenses qui se battent dans l'air, et par les efforts que fait un vieillard pour vomir une couleuvre de feu. En preuve de cette assertion, ils montrent des arbres où la foudre a tracé l'image d'un serpent. Souvent les orages mettent le feu aux forêts; elles continuent de brûler jusqu'à ce que l'incendie soit arrêté par le cours de quelque fleuve : ces forêts brûlées se changent en lacs et en marais.

Le courlis, dont nous entendons la voix dans le ciel au milieu de la pluie et du tonnerre, nous annonce la fin de l'ouragan. Le vent déchire les nuages qui volent brisés à travers le ciel; le tonnerre et les éclairs attachés à leurs flancs les suivent; l'air devient froid et sonore : il ne reste plus de ce déluge que des gouttes d'eau qui tombent en perles du feuillage des arbres. Nos filets et nos provisions de voyage flottent dans les canots, remplis d'eau jusqu'à l'échancrure des avirons.

Le pays habité par les Creeks (la confédération des Muscogulges, des Siminoles et des Chéroquois) est enchanteur. De distance en distance, la terre est percée par une multitude de bassins qu'on appelle des *puits*, et qui sont plus ou moins larges, plus ou moins profonds : ils communiquent par des routes souterraines aux lacs, aux marais et aux rivières. Tous ces puits sont placés au centre d'un monticule planté des plus beaux arbres, et dont les flancs creusés ressemblent aux parois d'un vase rempli d'une eau pure. De brillants poissons nagent au fond de cette eau.

Dans la saison des pluies, les savanes deviennent des espèces de lacs au-dessus desquels s'élèvent, comme des îles, les monticules dont nous venons de parler.

Cuscowilla, village siminole, est situé sur une chaîne de collines graveleuses, à quatre cents toises d'un lac; des sapins écartés les uns des autres, et se touchant seulement par la cime, séparent la ville et le lac : entre leurs troncs, comme entre des colonnes, on aperçoit des cabanes, le lac et ses rivages attachés d'un côté à des forêts, de l'autre à des prairies : c'est à peu près ainsi que la mer, la plaine et les ruines d'Athènes se montrent, dit-on [1], à travers les colonnes isolées du temple de Jupiter Olympien.

Il serait difficile d'imaginer rien de plus beau que les environs d'Apalachucla, la ville de la paix. A partir du fleuve Chata-Uche, le terrain s'élève en se retirant à l'horizon du couchant; ce n'est pas par une pente uniforme, mais par des espèces de terrasses posées les unes sur les autres.

A mesure que vous gravissez de terrasse en terrasse, les arbres changent selon l'élévation du sol : au bord de la rivière ce sont des chênes-saules, des lauriers et des magnolias; plus haut, des sassafras et des platanes; plus haut encore, des ormes et des noyers; enfin la dernière terrasse est plantée d'une forêt de chênes, parmi lesquels on remarque l'espèce qui traîne de longues mousses blanches. Des rochers nus et brisés surmontent cette forêt.

Des ruisseaux descendent en serpentant de ces rochers, coulent parmi les fleurs et la verdure, ou tombent en nappes de cristal. Lorsque, placé de l'autre côté de la rivière Chata-Uche, on découvre ces vastes degrés couronnés par l'architecture des montagnes, on croirait voir le temple de la nature et le magnifique perron qui conduit à ce monument.

Au pied de cet amphithéâtre est une plaine où paissent des troupeaux de taureaux européens, des escadrons de chevaux de race espagnole, des hordes de daims et de cerfs, des bataillons de grues et de dindes, qui marbrent de blanc et de noir le fond vert de la savane. Cette asso-

---

[1] Je les ai vues depuis.

ciation d'animaux domestiques et sauvages, les huttes siminoles où l'on remarque les progrès de la civilisation à travers l'ignorance indienne, achèvent de donner à ce tableau un caractère que l'on ne retrouve nulle part.

Ici finit, à proprement parler, l'*Itinéraire* ou le mémoire des lieux parcourus; mais il reste dans les diverses parties du manuscrit une multitude de détails sur les mœurs et les usages des Indiens. J'ai réuni ces détails dans des chapitres communs, après les avoir soigneusement revus et amené ma narration jusqu'à l'époque actuelle. Trente-six ans écoulés depuis mon voyage ont apporté bien des lumières et changé bien des choses dans l'Ancien et dans le Nouveau-Monde; ils ont dû modifier les idées et rectifier les jugements de l'écrivain. Avant de passer aux *mœurs des Sauvages*, je mettrai sous les yeux des lecteurs quelques esquisses de l'*histoire naturelle* de l'Amérique septentrionale.

HISTOIRE NATURELLE.

CASTORS.

Quand on voit pour la première fois les ouvrages des castors, on ne peut s'empêcher d'admirer celui qui enseigna à une pauvre petite bête l'art des architectes de Babylone, et qui souvent envoie l'homme, si fier de son génie, à l'école d'un insecte.

Ces étonnantes créatures ont-elles rencontré un vallon où coule un ruisseau, elles barrent ce ruisseau par une chaussée; l'eau monte et remplit bientôt l'intervalle qui se trouve entre les deux collines : c'est dans ce réservoir que les castors bâtissent leurs habitations. Détaillons la construction de la chaussée.

Des deux flancs opposés des collines qui forment la vallée, commence un rang de palissades entrelacées de branches et revêtues de mortier. Ce premier rang est fortifié d'un second rang placé à quinze pieds en arrière du premier. L'espace entre les deux palissades est comblé avec de la terre.

La levée continue de venir ainsi des deux côtés de la vallée, jusqu'à ce qu'il ne reste plus qu'une ouverture d'une vingtaine de pieds au centre; mais à ce centre l'action du courant, opérant dans toute son énergie, les ingénieurs changent de matériaux : ils renforcent le milieu de leurs substructions hydrauliques de troncs d'arbres entassés les uns sur les autres, et liés ensemble par un ciment semblable à celui des palissades. Souvent la digue entière a cent pieds de long, quinze de haut et douze de large à la base ; diminuant d'épaisseur dans une proportion mathématique à mesure qu'elle s'élève, elle n'a plus que trois pieds de surface au plan horizontal qui la termine.

Le côté de la chaussée opposé à l'eau se retire graduellement en talus ; le côté extérieur garde un parfait aplomb.

Tout est prévu : le castor sait par la hauteur de la levée combien il doit bâtir d'étages à sa maison future ; il sait qu'au delà d'un certain nombre de pieds il n'a plus d'inondation à craindre, parce que l'eau passerait alors par-dessus la digue. En conséquence, une chambre qui surmonte cette digue lui fournit une retraite dans les grandes crues ; quelquefois il pratique une écluse de sûreté dans la chaussée, écluse qu'il ouvre et ferme à son gré.

La manière dont les castors abattent les arbres est très-curieuse : il les choisissent toujours au bord d'une rivière. Un nombre de travailleurs, proportionné à l'importance de la besogne, ronge incessamment les racines : on n'incise point l'arbre du côté de la terre, mais du côté de l'eau, pour qu'il tombe sur le courant. Un castor, placé à quelque distance, avertit les bûcherons par un sifflement, quand il voit pencher la cime de l'arbre attaqué, afin qu'ils se mettent à l'abri de la chute. Les ouvriers traînent le tronc abattu, à l'aide du flottage, jusqu'à leurs villes, comme les Égyptiens, pour embellir leurs métropoles, faisaient descendre sur le Nil les obélisques taillés dans les carrières d'Éléphantine.

Les palais de la Venise de la solitude, construits dans le lac artificiel, ont deux, trois, quatre et cinq étages, selon la profondeur du lac. L'édifice, bâti sur pilotis, sort des deux tiers de sa hauteur hors de l'eau : les pilotis sont au nombre de six ; ils supportent le premier plancher, fait de brins de bouleau croisés. Sur ce plancher s'élève le vestibule du monument : les murs de ce vestibule se courbent et s'arrondissent en voûte recouverte d'une glaise polie comme un stuc. Dans le plancher du portique est ménagée une trappe par laquelle les castors descendent au bain ou vont chercher les branches de tremble pour leur nourriture : ces branches sont entassées sous l'eau dans un magasin commun, entre les pilotis des diverses habitations. Le premier étage du palais est surmonté de trois autres, construits de la même manière, mais divisés en autant d'appartements qu'il y a de castors. Ceux-ci sont ordinairement au nombre de dix ou douze, partagés en trois familles : ces familles s'assemblent dans le vestibule déjà décrit, et y prennent leur repas en commun : la plus grande propreté règne de toute part. Outre le passage du bain, il y a des issues pour les divers besoins des habitants ; chaque chambre est tapissée de jeunes branches de sapin, et l'on n'y souffre pas la plus petite ordure. Lorsque les propriétaires vont à leur maison des champs, bâtie au bord du lac et construite comme celle de la ville, personne ne prend leur place, leur appartement demeure vide jusqu'à leur retour. A la fonte des neiges, les citoyens se retirent dans les bois.

Comme il y a une écluse pour le trop plein des eaux, il y a une route secrète pour l'évacuation de la cité : dans les châteaux gothiques un souterrain creusé sous les tours aboutissait dans la campagne.

Il y a des infirmeries pour les malades. Et c'est un animal faible et informe qui achève tous ces travaux, qui fait tous ces calculs !

Vers le mois de juillet, les castors tiennent un conseil général : ils examinent s'il est expédient de réparer l'ancienne ville et l'ancienne chaussée, ou s'il est bon de construire une cité nouvelle et une nouvelle digue. Les vivres manquent-ils dans cet endroit, les eaux et les chasseurs ont-il trop endommagé les ouvrages, on se décide à former un autre établissement. Juge-t-on au contraire que le premier peut subsister, on remet à neuf les vieilles demeures, et l'on s'occupe des provisions d'hiver.

Les castors ont un gouvernement régulier : des édiles sont choisis pour veiller à la police de la république. Pendant le travail commun, des sentinelles préviennent toute surprise. Si quelque citoyen refuse de porter sa part des charges publiques, on l'exile ; il est obligé de vivre honteusement seul dans un trou. Les Indiens disent que ce paresseux puni est maigre, et qu'il a le dos pelé en signe d'infamie. Que sert à ces sages animaux tant d'intelligence ? L'homme laisse vivre les bêtes féroces et extermine les castors, comme il souffre les tyrans et persécute l'innocence et le génie.

La guerre n'est malheureusement point inconnue aux castors : il s'élève quelquefois entre eux des discordes civiles, indépendamment des contestations étrangères qu'ils ont avec les rats musqués. Les Indiens racontent que si un castor est surpris en maraude sur le territoire d'une tribu qui n'est pas la sienne, il est conduit devant le chef de cette tribu, et puni correctionnellement ; à la récidive, on lui coupe cette utile queue qui est à la fois sa charrette et sa truelle : il retourne ainsi mutilé chez ses amis, qui s'assemblent pour venger son injure. Quelquefois le différend est vidé par un duel entre les deux chefs des deux troupes, ou par un combat singulier de trois contre trois, de trente contre trente, comme le combat des Curiaces et des Horaces, ou des trente Bretons contre les trente Anglais. Les batailles générales sont sanglantes : les Sauvages qui surviennent pour dépouiller les morts en ont souvent trouvé plus de quinze couchés au lit d'honneur. Les castors vainqueurs s'emparent de la ville des castors vaincus, et, selon les circonstances, ils y établissent une colonie ou y entretiennent une garnison.

La femelle du castor porte deux, trois, et jusqu'à quatre petits; elle les nourrit et les instruit pendant une année. Quand la population devient trop nombreuse, les jeunes castors vont former un nouvel établissement, comme un essaim d'abeilles échappé de la ruche. Le castor vit chastement avec une seule femelle; il est jaloux, et tue quelquefois sa femme pour cause ou soupçon d'infidélité.

La longueur moyenne du castor est de deux pieds et demi à trois pieds; sa largeur d'un flanc à l'autre, d'environ quatorze pouces; il peut peser quarante-cinq livres; sa tête ressemble à celle du rat; ses yeux sont petits, ses oreilles, courtes, nues en dedans, velues en dehors; ses pattes de devant n'ont guère que trois pouces de long, et sont armées d'ongles creux et aigus; ses pattes de derrière, palmées comme celles du cygne, lui servent à nager; la queue est plate, épaisse d'un pouce, recouverte d'écailles hexagones, disposées en tuiles comme celles des poissons; il use de cette queue en guise de truelle et de traîneau. Ses mâchoires, extrêmement fortes, se croisent ainsi que les branches des ciseaux; chaque mâchoire est garnie de dix dents, dont deux incisives de deux pouces de longueur : c'est l'instrument avec lequel le castor coupe les arbres, équarrit leurs troncs, arrache leur écorce, et broie les bois tendres dont il se nourrit.

L'animal est noir, rarement blanc ou brun; il a deux poils, le premier long, creux et luisant; le second, espèce de duvet qui pousse sous le premier, est le seul employé dans le feutre. Le castor vit vingt ans. La femelle est plus grosse que le mâle, et son poil est plus grisâtre sous le ventre. Il n'est pas vrai que le castor se mutile lorsqu'il tombe vivant entre les mains des chasseurs, afin de soustraire sa postérité à l'esclavage. Il faut chercher une autre étymologie à son nom.

La chair des castors ne vaut rien, de quelque manière qu'on l'apprête. Les Sauvages la conservent cependant après l'avoir fait boucaner à la fumée; ils la mangent lorsque les vivres viennent à leur manquer.

La peau du castor est fine sans être chaude; aussi la chasse du castor n'avait autrefois aucun renom chez les Indiens : celle de l'ours, où ils trouvaient avantage et péril, était la plus honorable. On se contentait de tuer quelques castors pour en porter la dépouille comme parure; mais on n'immolait pas des peuplades entières. Le prix que les Euro-

péens ont mis à cette dépouille a seul amené dans le Canada l'extermination de ces quadrupèdes, qui tenaient par leur instinct le premier
rang chez les animaux. Il faut cheminer très-loin vers la baie d'Hudson
pour trouver maintenant des castors; encore ne montrent-ils plus la
même industrie, parce que le climat est trop froid : diminués en nombre, ils ont baissé en intelligence, et ne développent plus les facultés
qui naissent de l'association [1].

Ces républiques comptaient autrefois cent et cent cinquante citoyens;
quelques-unes étaient encore plus populeuses. On voyait auprès de
Québec un étang formé par des castors, qui suffisait à l'usage d'un
moulin à scie. Les réservoirs de ces amphibies étaient souvent utiles,
en fournissant de l'eau aux pirogues qui remontaient les rivières pendant l'été. Des castors faisaient ainsi pour des Sauvages, dans la Nouvelle-France, ce qu'un esprit ingénieux, un grand roi et un grand
ministre ont fait dans l'ancienne pour des hommes policés.

OURS.

Les ours sont de trois espèces en Amérique : l'ours brun ou jaune,
l'ours noir, et l'ours blanc. L'ours brun est petit et frugivore; il grimpe
aux arbres.

L'ours noir est le plus grand; il se nourrit de chair, de poisson et de
fruits; il pêche avec une singulière adresse. Assis au bord d'une rivière, de sa patte droite il saisit dans l'eau le poisson qu'il voit passer,
et le jette sur le bord. Si, après avoir assouvi sa faim, il lui reste
quelque chose de son repas, il le cache. Il dort une partie de l'hiver
dans les tanières ou dans les arbres creux où il se retire. Lorsqu'aux
premiers jours de mars il sort de son engourdissement, son premier
soin est de se purger avec des simples.

Il vivait de régime et mangeait à ses heures.

L'ours blanc ou l'ours marin fréquente les côtes de l'Amérique septentrionale, depuis les parages de Terre-Neuve jusqu'au fond de la
baie de Baffin, gardien féroce de ces déserts glacés.

CERF.

Le cerf du Canada est une espèce de renne que l'on peut apprivoiser.

---

[1] On a retrouvé des castors entre le Missouri et le Mississipi; ils sont surtout extrêmement nombreux au delà des montagnes Rocheuses, sur les branches de la Colombie; mais les Européens
ayant pénétré dans ces régions, les castors seront bientôt exterminés. Déjà l'année dernière (1826)
on a vendu à Saint-Louis, sur le Mississipi, cent paquets de peaux de castor, chaque paquet pesant
cent livres, et chaque livre de cette précieuse marchandise vendue au prix de cinq gourdes.

Sa femelle, qui n'a point de bois, est charmante; et si elle avait les oreilles plus courtes, elle ressemblerait assez bien à une légère jument anglaise.

ORIGNAL.

L'orignal a le mufle du chameau, le bois plat du daim, les jambes du cerf. Son poil est mêlé de gris, de blanc, de rouge et de noir; sa course est rapide.

Selon les Sauvages, les orignaux ont un roi surnommé *le grand orignal*: ses sujets lui rendent toutes sortes de devoirs. Ce grand orignal a les jambes si hautes, que huit pieds de neige ne l'embarrassent point du tout. Sa peau est invulnérable; il a un bras qui lui sort de l'épaule, et dont il use de la même manière que les hommes se servent de leurs bras.

Les jongleurs prétendent que l'orignal a dans le cœur un petit os qui, réduit en poudre, apaise les douleurs de l'enfantement; ils disent aussi que la corne du pied gauche de ce quadrupède, appliquée sur le cœur des épileptiques, les guérit radicalement. L'orignal, ajoutent-ils, est lui-même sujet à l'épilepsie: lorsqu'il sent approcher l'attaque, il se tire du sang de l'oreille gauche avec la corne de son pied gauche, et se trouve soulagé.

BISON.

Le bison porte basses ses cornes noires et courtes; il a une longue barbe de crin; un toupet pareil pend échevelé entre ses deux cornes jusque sur ses yeux. Son poitrail est large; sa croupe, effilée; sa queue, épaisse et courte: ses jambes sont grosses et tournées en dehors; une bosse d'un poil roussâtre et long s'élève sur ses épaules comme la première bosse du dromadaire. Le reste de son corps est couvert d'une laine noire que les Indiennes filent pour en faire des sacs à blé et des couvertures. Cet animal a l'air féroce et il est fort doux.

Il y a des variétés dans les bisons, ou, si l'on veut, dans les *buffaloes*, mot espagnol *anglicisé*. Les plus grands sont ceux que l'on rencontre entre le Missouri et le Mississipi; ils approchent de la taille d'un moyen éléphant. Ils tiennent du lion par la crinière, du chameau par la bosse, de l'hippopotame ou du rhinocéros par la queue et la peau de l'arrière-train, du taureau par les cornes et par les jambes.

Dans cette espèce, le nombre des femelles surpasse de beaucoup celui des mâles. Le taureau fait sa cour à la génisse en galopant en rond autour d'elle. Immobile au milieu du cercle elle mugit doucement. Les Sauvages imitent dans leurs jeux propitiatoires ce manége, qu'ils appellent *la danse du bison*.

Le bison a des temps irréguliers de migration : on ne sait trop où il va; mais il paraît qu'il remonte beaucoup au nord en été, puisqu'on le retrouve au bord du lac de l'Esclave, et qu'on l'a rencontré jusque dans les îles de la mer Polaire. Peut-être aussi gagne-t-il les vallées des montagnes Rocheuses à l'ouest, et les plaines du Nouveau-Mexique au midi. Les bisons sont si nombreux dans les steppes verdoyants du Missouri, que quand ils émigrent leur troupe met quelquefois plusieurs jours à défiler comme une immense armée : on entend leur marche à plusieurs milles de distance, et l'on sent trembler la terre.

Les Indiens tannent supérieurement la peau du bison avec l'écorce du bouleau : l'os de l'épaule de la bête tuée leur sert de grattoir.

La viande du bison, coupée en tranches larges et minces, séchée au soleil ou à la fumée, est très-savoureuse; elle se conserve plusieurs années, comme du jambon : les bosses et les langues des vaches sont les parties les plus friandes à manger fraîches. La fiente du bison brûlée donne une braise ardente; elle est d'une grande ressource dans les savanes, où l'on manque de bois. Cet utile animal fournit à la fois les aliments et le feu du festin. Les Sioux trouvent dans sa dépouille la couche et le vêtement. Le bison et le Sauvage, placés sur le même sol, sont le taureau et l'homme dans l'état de nature : ils ont l'air de n'attendre tous les deux qu'un sillon, l'un pour devenir domestique, l'autre pour se civiliser.

FOUINE.

La fouine américaine porte auprès de la vessie un petit sac rempli d'une liqueur roussâtre : lorsque la bête est poursuivie, elle lâche cette eau en s'enfuyant; l'odeur en est telle que les chasseurs et les chiens même abandonnent la proie : elle s'attache aux vêtements et fait perdre la vue. Cette odeur est une sorte de musc pénétrant qui donne des vertiges : les Sauvages prétendent qu'elle est souveraine pour les maux de tête.

RENARDS.

Les renards du Canada sont de l'espèce commune; ils ont seulement l'extrémité du poil d'un noir lustré. On sait la manière dont ils prennent les oiseaux aquatiques : La Fontaine, le premier des naturalistes, ne l'a pas oublié dans ses immortels tableaux.

Le renard canadien fait donc au bord d'un lac ou d'un fleuve mille sauts et gambades. Les oies et les canards, charmés qu'ils sont, s'approchent pour le mieux considérer. Il s'assied alors sur son derrière, et remue doucement la queue. Les oiseaux, de plus en plus satisfaits,

A. — ATALA. 37

abordent au rivage, s'avancent en dandinant vers le fûté quadrupède, qui affecte autant de bêtise qu'ils en montrent. Bientôt la sotte volatile s'enhardit au point de venir becqueter la queue du *maître-passé*, qui s'élance sur sa proie.

LOUPS.

Il y a en Amérique diverses sortes de loups : celui qu'on appelle *cervier* vient pendant la nuit aboyer autour des habitations. Il ne hurle jamais qu'une fois au même lieu ; sa rapidité est si grande, qu'en moins de quelques minutes on entend sa voix à une distance prodigieuse de l'endroit où il a poussé son premier cri.

RAT MUSQUÉ.

Le rat musqué vit au printemps de jeunes pousses d'arbrisseaux, et en été de fraises et de framboises ; il mange des baies de bruyère en automne, et se nourrit en hiver de racines d'ortie. Il bâtit et travaille comme le castor. Quand les sauvages ont tué un rat musqué, ils paraissent fort tristes : ils fument autour de son corps et l'environnent de manitous, en déplorant leur parricide : on sait que la femelle du rat musqué est la mère du genre humain.

CARCAJOU.

Le carcajou est une espèce de tigre ou de grand chat. La manière dont il chasse l'orignal avec ses alliés les renards est célèbre. Il monte sur un arbre, se couche à plat sur une branche abaissée, et s'enveloppe d'une queue touffue qui fait trois fois le tour de son corps. Bientôt on entend des glapissements lointains, et l'on voit paraître un orignal rabattu par trois renards, qui manœuvrent de manière à le diriger vers l'embuscade du carcajou. Au moment où la bête lancée passe sous l'arbre fatal, le carcajou tombe sur elle, lui serre le cou avec sa queue, et cherche à lui couper avec les dents la veine jugulaire. L'orignal bondit, frappe l'air de son bois, brise la neige sous ses pieds : il se traîne sur ses genoux, fuit en ligne directe, recule, s'accroupit, marche par sauts, secoue sa tête. Ses forces s'épuisent, ses flancs battent, son sang ruisselle le long de son cou, ses jarrets tremblent, plient. Les trois renards arrivent à la curée : tyran équitable, le carcajou divise également la proie entre lui et ses satellites. Les Sauvages n'attaquent jamais le carcajou et les renards dans ce moment : ils disent qu'il serait injuste d'enlever à ces autres chasseurs le fruit de leurs travaux.

OISEAUX.

Les oiseaux sont plus variés et plus nombreux en Amérique qu'on ne l'avait cru d'abord : il en a été ainsi pour l'Afrique et pour l'Asie. Les premiers voyageurs n'avaient été frappés en arrivant que de ces grands et brillants volatiles qui sont comme des fleurs sur les arbres ; mais on a découvert depuis une foule de petits oiseaux chanteurs, dont le ramage est aussi doux que celui de nos fauvettes.

POISSONS.

Les poissons dans les lacs du Canada, et surtout dans les lacs de la Floride, sont d'une beauté et d'un éclat admirables.

SERPENTS.

L'Amérique est comme la patrie des serpents. Le serpent d'eau ressemble au serpent à sonnettes ; mais il n'en a ni la sonnette ni le venin. On le trouve partout.

J'ai parlé plusieurs fois dans mes ouvrages du serpent à sonnettes : on sait que les dents dont il se sert pour répandre son poison ne sont point celles avec lesquelles il mange. On peut lui arracher les premières, et il ne reste plus alors qu'un assez beau serpent plein d'intelligence et qui aime passionnément la musique. Aux ardeurs du midi, dans le plus profond silence des forêts, il fait entendre sa sonnette pour appeler sa femelle : ce signal d'amour est le seul bruit qui frappe alors l'oreille du voyageur.

La femelle porte quelquefois vingt petits ; quand ceux-ci sont poursuivis, ils se retirent dans la gueule de leur mère, comme s'ils rentraient dans le sein maternel.

Les serpents en général, et surtout le serpent à sonnettes, sont en grande vénération chez les indigènes de l'Amérique, qui leur attribuent un esprit divin : ils les apprivoisent au point de les faire venir coucher l'hiver dans des boîtes au foyer d'une cabane. Ces singuliers pénates sortent de leurs habitacles au printemps, pour retourner dans les bois.

Un serpent noir qui porte un anneau jaune au cou est assez malfaisant ; un autre serpent tout noir, sans poison, monte sur les arbres et donne la chasse aux oiseaux et aux écureuils. Il charme l'oiseau par ses regards, c'est-à-dire qu'il l'effraye. Cet effet de la peur, qu'on a voulu nier, est aujourd'hui mis hors de doute : la peur casse les jambes à l'homme ; pourquoi ne briserait-elle pas les ailes à l'oiseau ?

Le serpent ruban, le serpent vert, le serpent piqué, prennent leurs noms de leurs couleurs et des dessins de leur peau ; ils sont parfaitement innocents et d'une beauté remarquable.

Le plus admirable de tous est le serpent appelé de *verre*, à cause de la fragilité de son corps, qui se brise au moindre contact. Ce reptile est presque transparent, et reflète les couleurs comme un prisme. Il vit d'insectes et ne fait aucun mal : sa longueur est celle d'une petite couleuvre.

Le serpent à épines est court et gros. Il porte à la queue un dard dont la blessure est mortelle.

Le serpent à deux têtes est peu commun : il ressemble assez à la vipère ; toutefois ses têtes ne sont pas comprimées.

Le serpent siffleur est fort multiplié dans la Géorgie et dans les Florides. Il a dix-huit pouces de long ; sa peau est sablée de noir sur un fond vert. Lorsqu'on approche de lui, il s'aplatit, devient de différentes couleurs, et ouvre la gueule en sifflant. Il se faut bien garder d'entrer dans l'atmosphère qui l'environne ; il a le pouvoir de décomposer l'air autour de lui. Cet air imprudemment respiré fait tomber en langueur. L'homme attaqué dépérit, ses poumons se vicient, et, au bout de quelques mois, il meurt de consomption : c'est le dire des habitants du pays.

ARBRES ET PLANTES

Les arbres, les arbrisseaux, les plantes, les fleurs, transportés dans nos bois, dans nos champs, dans nos jardins, annoncent la variété et la richesse du règne végétal en Amérique. Qui ne connaît aujourd'hui le laurier couronné de roses appelé *magnolia*, le marronnier qui porte une véritable hyacinthe, le catalpa qui reproduit la fleur de l'oranger, le tulipier qui prend le nom de sa fleur, l'érable à sucre, le hêtre pourpre, le sassafras, et parmi les arbres verts et résineux, le pin du lord Weymouth, le cèdre de la Virginie, le baumier de Giléad, et ce cyprès de la Louisiane, aux racines noueuses, au tronc énorme, dont la feuille ressemble à une dentelle de mousse ? Les lilas, les azaléas, les pompadouras ont enrichi nos printemps ; les aristoloches, les ustérias, les bignonias, les décumarias, les célastris, ont mêlé leurs fleurs, leurs fruits et leurs parfums à la verdure de nos lierres.

Les plantes à fleurs sont sans nombre : l'éphémère de Virginie, l'hélonias, le lis du Canada, le lis appelé *superbe*, la tigridie panachée, l'achillée rose, le dahlia, l'hellénie d'automne, les phlox de toutes les espèces se confondent aujourd'hui avec nos fleurs natives.

Enfin, nous avons exterminé presque partout la population sauvage ;

et l'Amérique nous a donné la pomme de terre, qui prévient à jamais la disette parmi les peuples destructeurs des Américains.

ABEILLES

Tous ces végétaux nourrissent de brillants insectes. Ceux-ci ont reçu dans leurs tribus notre mouche à miel, qui est venue à la découverte de ces savanes et de ces forêts embaumées dont on racontait tant de merveilles. On a remarqué que les colons sont souvent précédés dans les bois du Kentucky et du Tennessé par des abeilles : avant-garde des laboureurs, elles sont le symbole de l'industrie et de la civilisation, qu'elles annoncent. Étrangères à l'Amérique, arrivées à la suite des voiles de Colomb, ces conquérantes pacifiques n'ont ravi à un nouveau monde de fleurs que des trésors dont les indigènes ignoraient l'usage ; elles ne se sont servies de ces trésors que pour enrichir le sol dont elles les avaient tirés. Qu'il faudrait se féliciter, si toutes les invasions et toutes les conquêtes ressemblaient à celles de ces filles du ciel !

Les abeilles ont pourtant eu à repousser des myriades de moustiques et de maringouins, qui attaquaient leurs essaims dans le tronc des arbres ; leur génie a triomphé de ces envieux, méchants et laids ennemis. Les abeilles ont été reconnues reines du désert, et leur monarchie administrative s'est établie dans les bois auprès de la république de Washington.

MŒURS DES SAUVAGES.

Il y a deux manières également fidèles et infidèles de peindre les Sauvages de l'Amérique septentrionale : l'une est de ne parler que de leurs lois et de leurs mœurs, sans entrer dans le détail de leurs coutumes bizarres, de leurs habitudes souvent dégoûtantes pour les hommes civilisés. Alors on ne verra que des Grecs et des Romains; car les lois des Indiens sont graves et les mœurs souvent charmantes.

L'autre manière consiste à ne représenter que les habitudes et les coutumes des Sauvages, sans mentionner leurs lois et leurs mœurs; alors on n'aperçoit plus que des cabanes enfumées et infectes dans lesquelles se retirent des espèces de singes à parole humaine. Sidoine Apollinaire se plaignait d'être obligé *d'entendre le rauque langage du*

*Germain et de fréquenter le Bourguignon qui se frottait les cheveux
avec du beurre.*

Je ne sais si la chaumine du vieux Caton, dans le pays des Sabins,
était beaucoup plus propre que la hutte d'un Iroquois. Le malin Horace
pourrait sur ce point nous laisser des doutes.

Si l'on donne aussi les mêmes traits à tous les Sauvages de l'Amérique septentrionale, on altérera la ressemblance ; les Sauvages de la
Louisiane et de la Floride différaient en beaucoup de points des Sauvages du Canada. Sans faire l'histoire particulière de chaque tribu, j'ai
rassemblé tout ce que j'ai su des Indiens sous ces titres :

*Mariages, enfants, funérailles; Moissons, fêtes, danses et jeux;
Année, division et règlement du temps, calendrier naturel; Médecine;
Langues indiennes; Chasses; Guerre; Religion; Gouvernement.* Une
conclusion générale fait voir l'Amérique telle qu'elle s'offre aujourd'hui.

MARIAGES, ENFANTS, FUNÉRAILLES.

Il y a deux espèces de mariages parmi les Sauvages : le premier se
fait par le simple accord de la femme et de l'homme; l'engagement est
pour un temps plus ou moins long, et tel qu'il a plu au couple qui se
marie de le fixer. Le terme de l'engagement expiré, les deux époux se
séparent : tel était à peu près le concubinage légal en Europe, dans le
huitième et le neuvième siècles.

Le second mariage se fait pareillement en vertu du consentement de
l'homme et de la femme; mais les parents interviennent. Quoique ce
mariage ne soit point limité, comme le premier, à un certain nombre
d'années, il peut toujours se rompre. On a remarqué que, chez les
Indiens, le second mariage, le mariage légitime, était préféré par les
jeunes filles et les vieillards, et le premier par les vieilles femmes et les
jeunes gens.

Lorsqu'un Sauvage s'est résolu au mariage légal, il va avec son père
faire la demande aux parents de la femme. Le père revêt des habits qui
n'ont point encore été portés; il orne sa tête de plumes nouvelles,
lave l'ancienne peinture de son visage, met un nouveau fard, et change
l'anneau pendant à son nez ou à ses oreilles; il prend dans sa main
droite un calumet dont le fourneau est blanc, le tuyau bleu, et em-
penné avec des queues d'oiseaux; dans sa main gauche il tient son arc
détendu en guise de bâton. Son fils le suit chargé de peaux d'ours, de
castors et d'orignaux; il porte en outre deux colliers de porcelaine à
quatre branches, et une tourterelle vivante dans une cage.

Les prétendants vont d'abord chez le plus vieux parent de la jeune

fille; ils entrent dans sa cabane, s'asseyent devant lui sur une natte,
et le père du jeune guerrier, prenant la parole, dit : « Voilà des peaux.
« Les deux colliers, le calumet bleu et la tourterelle demandent ta fille
« en mariage. »

Si les présents sont acceptés, le mariage est conclu, car le consentement de l'aïeul ou du plus ancien sachem de la famille l'emporte sur
le consentement paternel. L'âge est la source de l'autorité chez les Sauvages : plus un homme est vieux, plus il a d'empire. Ces peuples font
dériver la puissance divine de l'éternité du Grand-Esprit.

Quelquefois le vieux parent, tout en acceptant les présents, met à son
consentement quelque restriction. On est averti de cette restriction si,
après avoir aspiré trois fois la vapeur du calumet, le fumeur laisse
échapper la première bouffée au lieu de l'avaler, comme dans un consentement absolu.

De la cabane du vieux parent on se rend au foyer de la mère et de la
jeune fille. Quand les songes de celle-ci ont été néfastes, sa frayeur est
grande. Il faut que les songes, pour être favorables, n'aient représenté
ni les esprits ni les aïeux, ni la patrie, mais qu'ils aient montré des ber-
ceaux, des oiseaux et des biches blanches. Il y a pourtant un moyen
infaillible de conjurer les rêves funestes, c'est de suspendre un collier
rouge au cou d'un marmouset de bois de chêne : chez les hommes civilisés l'espérance a aussi ses colliers rouges et ses marmousets.

Après cette première demande, tout a l'air d'être oublié; un temps
considérable s'écoule avant la conclusion du mariage : la vertu de prédilection du Sauvage est la patience. Dans les périls les plus imminents,
tout se doit passer comme à l'ordinaire : lorsque l'ennemi est aux portes,
un guerrier qui négligerait de fumer tranquillement sa pipe, assis les
jambes croisées au soleil, passerait pour une *vieille femme*.

Quelle que soit donc la passion du jeune homme, il est obligé d'affec-
ter un air d'indifférence, et d'attendre les ordres de la famille. Selon la
coutume ordinaire, les deux époux doivent demeurer d'abord dans la
cabane de leur plus vieux parent; mais souvent des arrangements particuliers s'opposent à l'observation de cette coutume. Le futur mari
bâtit alors sa cabane : il en choisit presque toujours l'emplacement dans
quelque vallon solitaire, auprès d'un ruisseau ou d'une fontaine, et sous
les bois qui la peuvent cacher.

Les Sauvages sont tous, comme les héros d'Homère, des médecins,
des cuisiniers et des charpentiers. Pour construire la hutte du mariage,
on enfonce dans la terre quatre poteaux, ayant un pied de circonférence
et douze pieds de haut : ils sont destinés à marquer les quatre angles
d'un parallélogramme de vingt pieds de long sur dix-huit de large. Des

mortaises creusées dans ces poteaux reçoivent des traverses, lesquelles forment, quand leurs intervalles sont remplis avec de la terre, les quatre murailles de la cabane.

Dans les deux murailles longitudinales, on pratique deux ouvertures : l'une sert d'entrée à tout l'édifice, l'autre conduit dans une seconde chambre semblable à la première, mais plus petite.

On laisse le prétendu poser seul les fondements de sa demeure; mais il est aidé dans la suite du travail par ses compagnons. Ceux-ci arrivent chantant et dansant; ils apportent des instruments de maçonnerie faits de bois; l'omoplate de quelque grand quadrupède leur sert de truelle. Ils frappent dans la main de leur ami, sautent sur ses épaules, font des railleries sur son mariage, et achèvent la cabane. Montés sur les poteaux et les murs commencés, ils élèvent le toit d'écorce de bouleau ou de chaume de maïs; mêlant du poil de bête fauve et de la paille de folle avoine hachée dans de l'argile rouge, ils enduisent de ce mastic les murailles à l'extérieur et à l'intérieur. Au centre ou à l'une des extrémités de la grande salle, les ouvriers plantent cinq longues perches, qu'ils entourent d'herbe sèche et de mortier : cette espèce de cône devient la cheminée, et laisse échapper la fumée par une ouverture ménagée dans le toit. Tout ce travail se fait au milieu des brocards et des chants satiriques : la plupart de ces chants sont grossiers; quelques-uns ne manquent pas d'une certaine grâce :

« La lune cache son front sous un nuage; elle est honteuse, elle « rougit; c'est qu'elle sort du lit du soleil. Ainsi se cachera et rou-« gira... le lendemain de ses noces, et nous lui dirons : Laisse-nous « donc voir tes yeux. »

Les coups de marteau, le bruit des truelles, le craquement des branches rompues, les ris, les cris, les chansons, se font entendre au loin, et les familles sortent de leurs villages pour prendre part à ces ébattements.

La cabane étant terminée en dehors, on la lambrisse en dedans avec du plâtre quand le pays en fournit, avec de la terre glaise au défaut de plâtre. On pèle le gazon resté dans l'intérieur de l'édifice : les ouvriers, dansant sur le sol humide, l'ont bientôt pétri et égalisé. Des nattes de roseaux tapissent ensuite cette aire ainsi que les parois du logis. Dans quelques heures est achevée une hutte qui cache souvent sous un toit d'écorce plus de bonheur que n'en recouvrent les voûtes d'un palais.

Le lendemain on remplit la nouvelle habitation de tous les meubles et comestibles du propriétaire : nattes, escabelles, vases de terre et de bois, chaudières, seaux, jambons d'ours et d'orignaux, gâteaux secs, gerbes de maïs, plantes pour nourriture ou pour remèdes : ces divers objets s'accrochent aux murs ou s'étalent sur des planches; dans un trou garni de cannes éclatées, on jette le maïs et la folle avoine. Les instruments de pêche, de chasse, de guerre et d'agriculture, la crosse du labourage, les piéges, les filets faits avec la moelle intérieure du faux palmier, les hameçons de dents de castor, les arcs, les flèches, les casse-têtes, les haches, les couteaux, les armes à feu, les cornes pour porter la poudre, les chichikoués, les tambourins, les fifres, les calumets, le fil de nerfs de chevreuil, la toile de mûrier ou de bouleau, les plumes, les perles, les colliers, le noir, l'azur et le vermillon pour la parure, une multitude de peaux, les unes tannées, les autres avec leurs poils; tels sont les trésors dont on enrichit la cabane.

Huit jours avant la célébration du mariage, la jeune femme se retire à la cabane des purifications, lieu séparé où les femmes entrent et restent trois ou quatre jours par mois, et où elles vont faire leurs couches. Pendant les huit jours de retraite, le guerrier engagé chasse : il laisse le gibier dans l'endroit où il le tue; les femmes le ramassent et le portent à la cabane des parents pour le festin des noces. Si la chasse a été bonne, on en tire un augure favorable.

Enfin le grand jour arrive. Les jongleurs et les principaux sachems sont invités à la cérémonie. Une troupe de jeunes guerriers va chercher le marié chez lui; une troupe de jeunes filles va pareillement chercher la mariée à sa cabane. Le couple promis est orné de ce qu'il a de plus beau en plumes, en colliers, en fourrures, et de plus éclatant en couleurs.

Les deux troupes, par des chemins opposés, surviennent en même temps à la hutte du plus vieux parent. On pratique une seconde porte à cette hutte, en face de la porte ordinaire : environné de ses compagnons, l'époux se présente à l'une des portes; l'épouse, entourée de ses compagnes, se présente à l'autre. Tous les sachems de la fête sont assis dans la cabane, le calumet à la bouche. La bru et le gendre vont se placer sur des rouleaux de peaux à l'une des extrémités de la cabane.

Alors commence en dehors la danse nuptiale entre les deux chœurs restés à la porte. Les jeunes filles, armées d'une crosse recourbée, imitent les divers ouvrages du labour; les jeunes guerriers font la garde autour d'elles, l'arc à la main. Tout à coup un parti ennemi sortant de la forêt s'efforce d'enlever les femmes, celles-ci jettent leur hoyau et s'enfuient; leurs frères volent à leur secours. Un combat simulé s'engage; les ravisseurs sont repoussés.

A cette pantomime succèdent d'autres tableaux tracés avec une vivacité naturelle : c'est la peinture de la vie domestique, le soin du ménage, l'entretien de la cabane, les plaisirs et les travaux du foyer; touchantes occupations d'une mère de famille. Ce spectacle se termine par une ronde où les jeunes filles tournent à rebours du cours du soleil, et les jeunes guerriers, selon le mouvement apparent de cet astre.

Le repas suit : il est composé de soupes, de gibier, de gâteaux de maïs, de canneberges, espèce de légumes ; de pommes de mai, sorte de fruit porté par une herbe; de poissons, de viandes grillées et d'oiseaux rôtis. On boit dans les grandes calebasses le suc de l'érable ou du sumac, et dans de petites tasses de hêtre une préparation de cassine, boisson chaude que l'on sert comme du café. La beauté du repas consiste dans la profusion des mets.

Après le festin, la foule se retire. Il ne reste dans la cabane du plus vieux parent que douze personnes, six sachems de la famille du mari, six matrones de la famille de la femme. Ces douze personnes, assises à terre, forment deux cercles concentriques; les hommes décrivent le cercle extérieur. Les conjoints se placent au centre des deux cercles : ils tiennent horizontalement, chacun par un bout, un roseau de six pieds de long. L'époux porte dans la main droite un pied de chevreuil; l'épouse élève de la main gauche une gerbe de maïs. Le roseau est peint de différents hiéroglyphes qui marquent l'âge du couple uni et la lune où se fait le mariage. On dépose aux pieds de la femme les présents du mari et de sa famille, savoir : une parure complète, le jupon d'écorce de mûrier, le corset pareil, la mante de plumes d'oiseau ou de peaux de martre, les mocassines brodées en poil de porc-épic, les bracelets de coquillages, les anneaux ou les perles pour le nez et pour les oreilles.

À ces vêtements sont mêlés un berceau de jonc, un morceau d'agaric, des pierres à fusil pour allumer le feu, la chaudière pour faire bouillir les viandes, le collier de cuir pour porter les fardeaux, et la bûche du foyer. Le berceau fait palpiter le cœur de l'épouse, la chaudière et le collier ne l'effrayent point : elle regarde avec soumission ces marques de l'esclavage domestique.

Le mari ne demeure pas sans leçons : un casse-tête, un arc, une pagaie, lui annoncent ses devoirs : combattre, chasser et naviguer. Chez quelques tribus, un lézard vert, de cette espèce dont les mouvements sont si rapides que l'œil peut à peine les saisir, des feuilles mortes entassées dans une corbeille, font entendre au nouvel époux que le temps fuit et que l'homme tombe. Ces peuples enseignent par des emblèmes la morale de la vie, et rappellent la part des soins que la nature a distribués à chacun de ses enfants.

Les deux époux enfermés dans le double cercle des douze parents, ayant déclaré qu'ils veulent s'unir, le plus vieux parent prend le roseau de six pieds; il le sépare en douze morceaux, lesquels il distribue aux douze témoins : chaque témoin est obligé de représenter sa portion de roseau pour être réduite en cendre si les époux demandent un jour le divorce.

Les jeunes filles qui ont amené l'épouse à la cabane du plus vieux parent l'accompagnent avec des chants à la hutte nuptiale : les jeunes guerriers y conduisent de leur côté le nouvel époux. Les conviés à la fête retournent à leurs villages : ils jettent, en sacrifice aux manitous, des morceaux de leurs habits dans les fleuves, et brûlent une part de leur nourriture.

En Europe, afin d'échapper aux lois militaires, on se marie : parmi les Sauvages de l'Amérique septentrionale, nul ne se pouvait marier qu'après avoir combattu pour la patrie. Un homme n'était jugé digne d'être père que quand il avait prouvé qu'il saurait défendre ses enfants. Par une conséquence de cette mâle coutume, un guerrier ne commençait à jouir de la considération publique que du jour de son mariage.

La pluralité des femmes est permise; un abus contraire livre quelquefois une femme à plusieurs maris : des hordes plus grossières offrent leurs femmes et leurs filles aux étrangers. Ce n'est pas une dépravation, mais le sentiment profond de leur misère, qui pousse ces Indiens à cette sorte d'infamie; ils pensent rendre leur famille plus heureuse, en changeant le sang paternel.

Les Sauvages du nord-ouest voulurent avoir de la race du premier Nègre qu'ils aperçurent : ils le prirent pour un mauvais esprit; ils espérèrent qu'en le naturalisant chez eux, ils se ménageraient des intelligences et des protecteurs parmi les génies noirs.

L'adultère dans la femme était autrefois puni chez les Hurons par la mutilation du nez : on voulait que la faute restât gravée sur le visage.

En cas de divorce, les enfants sont adjugés à la femme : chez les animaux, disent les Sauvages, c'est la femelle qui nourrit les petits.

On taxe d'incontinence une femme qui devient grosse la première année de son mariage; elle prend quelquefois le suc d'une espèce de rue pour détruire son fruit trop hâtif : cependant (inconséquences naturelles aux hommes), une femme n'est estimée qu'au moment où elle devient mère. Comme mère, elle est appelée aux délibérations publiques; plus elle a d'enfants, et surtout de fils, plus on la respecte.

Un mari qui perd sa femme épouse la sœur de sa femme quand elle a une sœur; de même qu'une femme qui perd son mari épouse le frère de ce mari s'il a un frère : c'était à peu près la loi athénienne. Une veuve chargée de beaucoup d'enfants est fort recherchée.

Aussitôt que les premiers symptômes de la grossesse se déclarent,

tous rapports cessent entre les époux. Vers la fin du neuvième mois,
la femme se retire à la hutte des purifications, où elle est assistée par
les matrones. Les hommes, sans en excepter le mari, ne peuvent entrer
dans cette hutte. La femme y demeure trente ou quarante jours après
ses couches, selon qu'elle a mis au monde une fille ou un garçon.

Lorsque le père a reçu la nouvelle de la naissance de son enfant, il
prend un calumet de paix dont il entoure le tuyau avec des pampres
de vigne vierge, et court annoncer l'heureuse nouvelle aux divers membres de la famille. Il se rend d'abord chez les parents maternels, parce
que l'enfant appartient exclusivement à la mère. S'approchant du sachem le plus âgé, après avoir fumé vers les quatre points cardinaux, il
lui présente sa pipe, en disant : « Ma femme est mère. » Le sachem
prend la pipe, fume à son tour, et dit en ôtant le calumet de sa bouche :
« Est-ce un guerrier ? »

Si la réponse est affirmative, le sachem fume trois fois vers le soleil ;
si la réponse est négative, le sachem ne fume qu'une fois. Le père est
reconduit en cérémonie plus ou moins loin, selon le sexe de l'enfant.
Un Sauvage devenu père prend une toute autre autorité dans la nation ;
sa dignité d'homme commence avec sa paternité.

Après les trente ou quarante jours de purification, l'accouchée se
dispose à revenir à sa cabane : les parents s'y rassemblent pour imposer un nom à l'enfant : on éteint le feu, on jette au vent les anciennes
cendres du foyer ; on prépare un bûcher composé de bois odorants : le
prêtre ou jongleur, une mèche à la main, se tient prêt à allumer le feu
nouveau : on purifie les lieux d'alentour en les aspergeant avec de l'eau
de fontaine.

Bientôt s'avance la jeune mère : elle vient seule, vêtue d'une robe
nouvelle ; elle ne doit rien porter de ce qui lui a servi autrefois. Sa mamelle gauche est découverte ; elle y suspend son enfant complétement
nu ; elle pose un pied sur le seuil de la porte.

Le prêtre met le feu au bûcher : le mari s'avance et reçoit son enfant
des mains de sa femme. Il le reconnaît d'abord et l'avoue à haute voix.
Chez quelques tribus les parents du même sexe que l'enfant assistent
seuls aux relevailles. Après avoir baisé les lèvres de son enfant, le père
le remet au plus vieux sachem ; le nouveau-né passe ainsi entre les
bras de toute sa famille : il reçoit la bénédiction du prêtre et les vœux
des matrones.

On procède ensuite au choix d'un nom : la mère reste toujours sur le
seuil de la cabane. Chaque famille a ordinairement trois ou quatre noms
qui reviennent tour à tour ; mais il n'est jamais question que de ceux
du côté maternel. Selon l'opinion des Sauvages, c'est le père qui crée

l'âme de l'enfant, la mère n'en engendre que le corps[1] : on trouve juste
que le corps ait un nom qui vienne de la mère.

Quand on veut faire un grand honneur à l'enfant, on lui confère le
nom le plus ancien dans sa famille : celui de son aïeule, par exemple.
Dès ce moment l'enfant occupe la place de la femme dont il a recueilli le
nom ; on lui donne en lui parlant le degré de parenté que son nom fait
revivre : ainsi un oncle peut saluer un neveu du titre de *grand'mère ;*
coutume qui prêterait au rire, si elle n'était infiniment touchante. Elle
rend, pour ainsi dire, la vie aux aïeux ; elle reproduit dans la faiblesse
des premiers ans la faiblesse du vieil âge ; elle lie et rapproche les deux
extrémités de la vie, le commencement et la fin de la famille ; elle communique une espèce d'immortalité aux ancêtres, en les supposant présents au milieu de leur postérité ; elle augmente les soins que la mère
a pour l'enfance par le souvenir des soins qu'on prit de la sienne : la
tendresse filiale redouble l'amour maternel.

Après l'imposition du nom, la mère entre dans la cabane ; on lui rend
son enfant qui n'appartient plus qu'à elle. Elle le met dans un berceau.
Ce berceau est une petite planche du bois le plus léger, qui porte un
lit de mousse ou de coton sauvage : l'enfant est déposé tout nu sur cette
couche ; deux bandes d'une peau moelleuse l'y retiennent et préviennent sa chute, sans lui ôter le mouvement. Au-dessus de la tête
du nouveau-né est un cerceau sur lequel on étend un voile pour éloigner
les insectes, et pour donner de la fraîcheur et de l'ombre à la petite
créature.

J'ai parlé ailleurs[2] de la mère indienne ; j'ai raconté comment elle
porte ses enfants ; comment elle les suspend aux branches des arbres ;
comment elle leur chante ; comment elle les pare, les endort, et les réveille ; comment, après leur mort, elle les pleure ; comment elle va répandre son lait sur le gazon de leur tombe, ou recueillir leur âme sur
les fleurs[3].

Après le mariage et la naissance, il conviendrait de parler de la
mort, qui termine les scènes de la vie ; mais j'ai si souvent décrit les
funérailles des Sauvages, que la matière est presque épuisée.

Je ne répéterai donc point ce que j'ai dit dans *Atala* et dans *les Natchez* relativement à la manière dont on habille le décédé, dont on le
peint, dont on s'entretient avec lui, etc. J'ajouterai seulement que,
parmi toutes les tribus, il est d'usage de se ruiner pour les morts : la
famille distribue ce qu'elle possède aux convives du repas funèbre ; il

[1] Voyez *les Natchez.*
[2] *Atala*, le *Génie du Christianisme*, *les Natchez*, etc.
[3] Voyez, pour l'éducation des enfants, la lettre ci-dessus, pag. 250.

faut manger et boire tout ce qui se trouve dans la cabane. Au lever du
soleil, on pousse de grands hurlements sur le cercueil où gît le cadavre;
au coucher du soleil, les hurlements recommencent : cela dure trois
jours, au bout desquels le défunt est enterré. On le recouvre du mont
du tombeau : s'il fut guerrier renommé , un poteau peint en rouge
marque sa sépulture.

Chez plusieurs tribus les parents du mort se font des blessures aux
jambes et aux bras. Un mois de suite, on continue les cris de douleur
au coucher et au lever du soleil, et pendant plusieurs années on ac-
cueille par des mêmes cris l'anniversaire de la perte qu'on a faite.

Quand un Sauvage meurt l'hiver à la chasse, son corps est conservé
sur les branches des arbres; on ne lui rend les derniers honneurs qu'a-
près le retour des guerriers au village de sa tribu. Cela se pratiquait
jadis ainsi chez les Moscovites.

Non-seulement les Indiens ont des prières, des cérémonies différentes, selon le degré de parenté, la dignité, l'âge et le sexe de la
personne décédée, mais ils ont encore des temps d'exhumation publique [1], de commémoration générale.

Pourquoi les Sauvages de l'Amérique sont-ils de tous les peuples
ceux qui ont le plus de vénération pour les morts? Dans les calamités
nationales, la première chose à laquelle on pense, c'est à sauver les
trésors de la tombe : on ne reconnaît la propriété légale que là où sont
ensevelis les ancêtres. Quand les Indiens on plaidé leurs droits de possession, ils se sont toujours servis de cet argument qui leur paraissait
sans réplique : « Dirons-nous aux os de nos pères : Levez-vous et
« suivez-nous dans une terre étrangère? » Cet argument n'étant point
écouté, qu'ont-ils fait? ils ont emporté les ossements qui ne les pouvaient suivre.

Les motifs de cet attachement extraordinaire à de saintes reliques
se trouvent facilement. Les peuples civilisés ont, pour conserver les
souvenirs de leur patrie, les monuments des lettres et des arts; ils ont
des cités, des palais, des tours, des colonnes, des obélisques; ils ont
la trace de la charrue dans les champs par eux cultivés; leurs noms
sont gravés sur l'airain et le marbre; leurs actions conservées dans les
chroniques.

Les Sauvages n'ont rien de tout cela : leur nom n'est point écrit sur
les arbres de leurs forêts; leur hutte, bâtie dans quelques heures, périt
dans quelques instants; la simple crosse de leur labour, qui n'a fait
qu'effleurer la terre : n'a pu même élever un sillon, leurs chansons tra-

---

[1] *Atala.*

ditionnelles s'évanouissent avec la dernière mémoire qui les retient,
avec la dernière voix qui les répète. Il n'y a donc pour les tribus du
Nouveau-Monde qu'un seul monument : la tombe. Enlevez à des
Sauvages les os de leurs pères, vous leur enlevez leur histoire, leur
loi et jusqu'à leurs dieux ; vous ravissez à ces hommes, dans la postérité,
la preuve de leur existence comme celle de leur néant.

MOISSONS, FÊTES, RÉCOLTES DE SUCRE D'ÉRABLE, PÊCHES, DANSES ET JEUX.

MOISSONS.

On a cru et on a dit que les Sauvages ne tiraient pas parti de la terre :
c'est une erreur. Il sont principalement chasseurs, à la vérité, mais tous
s'adonnent à quelque genre de culture, tous savent employer les plantes
et les arbres aux besoins de la vie. Ceux qui occupaient le beau pays qui
forme aujourd'hui les États de la Géorgie, du Tennessé, de l'Alabama,
du Mississipi, étaient sous ce rapport plus civilisés que les naturels du
Canada.

Chez les Sauvages, tous les travaux publics sont des fêtes : lorsque
les derniers froids étaient passés, les femmes siminoles, chicassoises,
natchez, s'armaient d'une crosse de noyer, mettaient sur leur tête des
corbeilles à compartiments remplies de semailles de maïs, de graine de
melon d'eau, de féveroles et de tournesols. Elles se rendaient au champ
commun, ordinairement placé dans une position facile à défendre,
comme sur une langue de terre entre deux fleuves ou dans un cercle
de collines.

A l'une des extrémités du champ, les femmes se rangeaient en ligne,
et commençaient à remuer la terre avec leur crosse, en marchant à reculons.

Tandis qu'elles rafraîchissaient ainsi l'ancien labourage sans former
de sillon, d'autres Indiennes les suivaient ensemençant l'espace préparé par leurs compagnes. Les féveroles et le grain de maïs étaient jetés ensemble sur le guéret ; les quenouilles du maïs étant destinées à
servir de tuteurs ou de rames au légume grimpant.

Des jeunes filles s'occupaient à faire des couches d'une terre noire et lavée : elles répandaient sur ces couches des graines de courge et de tournesol; on allumait autour de ces lits de terre des feux de bois vert, pour hâter la germination au moyen de la fumée.

Les sachems et les jongleurs présidaient au travail; le jeunes hommes rôdaient autour du champ commun et chassaient les oiseaux par leurs cris.

FÊTES.

La fête du blé vert arrivait au mois de juin : on cueillait une certaine quantité de maïs tandis que le grain était encore en lait. De ce grain, alors excellent, on pétrissait le tassomanony, espèce de gâteau qui sert de provisions de guerre ou de chasse.

Les quenouilles de maïs, mises bouillir dans de l'eau de fontaine, sont retirées à moitié cuites et présentées à un feu sans flamme. Lorsqu'elles ont acquis une couleur roussâtre, on les égrène dans un *poutagan* ou mortier de bois. On pile le grain en l'humectant. Cette pâte, coupée en tranches et séchée au soleil, se conserve un temps infini. Lorsqu'on veut en user, il suffit de la plonger dans de l'eau, du lait de noix ou du jus d'érable ; ainsi détrempée, elle offre une nourriture saine et agréable.

La plus grande fête des Natchez était la fête du feu nouveau, espèce de jubilé en l'honneur du soleil, à l'époque de la grande moisson : le soleil était la divinité principale de tous les peuples voisins de l'empire mexicain.

Un crieur public parcourait les villages, annonçant la cérémonie au son d'une conque. Il faisait entendre ces paroles :

« Que chaque famille prépare des vases vierges, des vêtements qui « n'ont point été portés; qu'on lave les cabanes ; que les vieux grains, « les vieux habits, les vieux ustensiles, soient jetés et brûlés dans un « feu commun au milieu de chaque village ; que les malfaiteurs re- « viennent : les sachems oublient leurs crimes. »

Cette amnistie des hommes, accordée aux hommes au moment où la terre leur prodigue ses trésors, cet appel général des heureux et des infortunés, des innocents et des coupables au grand banquet de la nature, étaient un reste touchant de la simplicité primitive de la race humaine.

Le crieur reparaissait le second jour, prescrivait un jeûne de soixante-douze heures, une abstinence rigoureuse de tout plaisir, et ordonnait en même temps la *médecine des purifications*. Tous les Natchez prenaient aussitôt quelques gouttes d'une racine qu'ils appelaient *la racine de sang*. Cette racine appartient à une espèce de plantin ; elle distille une liqueur rouge, violent émétique. Pendant les trois jours d'abstinence et de prières, on gardait un profond silence ; on s'efforçait de se détacher des choses terrestres pour s'occuper uniquement de CELUI qui mûrit le fruit sur l'arbre et le blé dans l'épi.

A la fin du troisième jour, le crieur proclamait l'ouverture de la fête, fixée au lendemain.

A peine l'aube avait-elle blanchi le ciel, qu'on voyait s'avancer, par les chemins brillants de rosée, les jeunes filles, les jeunes guerriers, les matrones et les sachems. Le temple du soleil, grande cabane qui ne recevait le jour que par deux portes, l'une du côté de l'occident et l'autre du côté de l'orient, était le lieu du rendez-vous ; on ouvrait la porte orientale ; le plancher et les parois intérieures du temple étaient couverts de nattes fines, peintes et ornées de différents hiéroglyphes. Des paniers rangés en ordre dans le sanctuaire renfermaient les ossements des plus anciens chefs de la nation, comme les tombeaux dans nos églises gothiques.

Sur un autel, placé en face de la porte orientale de manière à recevoir les premiers rayons du soleil levant, s'élevait une idole représentant un chouchouacha. Cet animal, de la grosseur d'un cochon de lait, a le poil du blaireau, la queue du rat, les pattes du singe ; la femelle porte sous le ventre une poche où elle nourrit ses petits. A droite de l'image du chouchouacha était la figure d'un serpent à sonnettes, à gauche un marmouset grossièrement sculpté. On entretenait dans un vase de pierre, devant les symboles, un feu d'écorce de chêne qu'on ne laissait jamais éteindre, excepté la veille de la fête du feu nouveau ou de la moisson : les prémices des fruits étaient suspendues autour de l'autel, les assistants ordonnés ainsi dans le temple :

Le Grand-Chef ou le *Soleil*, à droite de l'autel ; à gauche, la Femme-Chef, qui, seule de toutes les femmes, avait le droit de pénétrer dans le sanctuaire ; auprès du *Soleil* se rangeaient successivement les deux chefs de guerre, les deux officiers pour les traités, et les principaux sachems ; à côté de la Femme-Chef s'asseyaient l'édile ou l'inspecteur des travaux publics, les quatre hérauts des festins, et ensuite les jeunes guerriers. A terre, devant l'autel, des tronçons de cannes séchées, couchés obliquement les uns sur les autres jusqu'à la hauteur de dix-huit pouces, traçaient des cercles concentriques dont les différentes révolutions embrassaient, en s'éloignant du centre, un diamètre de douze à treize pieds.

Le grand prêtre debout, au seuil du temple, tenait les yeux attachés sur l'orient. Avant de présider la fête, il s'était plongé trois fois dans le Mississipi. Une robe blanche d'écorce de bouleau l'enveloppait et se rattachait autour de ses reins par une peau de serpent. L'ancien hibou empaillé, qu'il portait sur sa tête, avait fait place à la dépouille d'un jeune oiseau de cette espèce. Ce prêtre frottait lentement, l'un contre l'autre, deux morceaux de bois sec, et prononçait à voix basse des paroles magiques. A ses côtés, deux acolytes soulevaient par les anses deux coupes remplies d'une espèce de sorbet noir. Toutes les femmes, le dos tourné à l'orient, appuyées d'une main sur leur crosse de labour, de l'autre tenant leurs petits enfants, décrivaient en dehors un grand cercle à la porte du temple.

Cette cérémonie avait quelque chose d'auguste : le vrai Dieu se fait sentir jusque dans les fausses religions ; l'homme qui prie est respectable ; la prière qui s'adresse à la Divinité est si sainte de sa nature, qu'elle donne quelque chose de sacré à celui-là même qui la prononce, innocent, coupable ou malheureux. C'était un touchant spectacle que celui d'une nation assemblée dans un désert à l'époque de la moisson, pour remercier le Tout-Puissant de ses bienfaits, pour chanter ce Créateur qui perpétue le souvenir de la création, en ordonnant chaque matin au soleil de se lever sur le monde.

Cependant un profond silence régnait dans la foule. Le grand prêtre observait attentivement les variations du ciel. Lorsque les couleurs de l'aurore, muées du rose au pourpre, commençaient à être traversées des rayons d'un feu pur, et devenaient de plus en plus vives, le prêtre accélérait la collision des deux morceaux de bois sec. Une mèche soufrée de moelle de sureau était préparée afin de recevoir l'étincelle. Les deux maîtres de cérémonies s'avançaient à pas mesurés, l'un vers le Grand-Chef, l'autre vers la Femme-Chef. De temps en temps ils s'inclinaient ; et s'arrêtant enfin devant le Grand-Chef et devant la Femme-Chef, ils demeuraient complétement immobiles.

Des torrents de flamme s'échappaient de l'orient, et la portion supérieure du disque du soleil se montrait au-dessus de l'horizon. A l'instant le grand prêtre pousse l'oah sacré, le feu jaillit du bois échauffé par le frottement, la mèche soufrée s'allume, les femmes, en dehors du temple, se retournent subitement et élèvent toutes à la fois vers l'astre du jour leurs enfants nouveau-nés et la crosse du labourage.

Le Grand-Chef et la Femme-Chef boivent le sorbet noir que leur présentent les maîtres de cérémonies ; le jongleur communique le feu aux cercles de roseau : la flamme serpente en suivant leur spirale. Les écorces de chêne sont allumées sur l'autel, et ce feu nouveau donne ensuite une nouvelle semence aux foyers éteints du village. Le Grand-Chef entonne l'hymne au soleil.

Les cercles de roseau étant consumés et le cantique achevé, la Femme-Chef sortait du temple, se mettait à la tête des femmes, qui, toutes rangées à la file, se rendaient au champ commun de la moisson. Il n'était pas permis aux hommes de les suivre. Elles allaient cueillir les premières gerbes de maïs pour les offrir au temple, et pétrir avec le surplus les pains azymes du banquet de la nuit.

Arrivées aux cultures, les femmes arrachaient dans le carré attribué à leur famille un certain nombre des plus belles gerbes de maïs, plante superbe, dont les roseaux de sept pieds de hauteur, environnés de feuilles vertes et surmontés d'un rouleau de grains dorés, ressemblent à ces quenouilles entourées de rubans que nos paysannes consacrent dans les églises de village. Des milliers de grives bleues, de petites colombes de la grosseur d'un merle, des oiseaux de rizière, dont le plumage gris est mêlé de brun, se posent sur la tige des gerbes, et s'envolent à l'approche des moissonneuses américaines, entièrement cachées dans les avenues des grands épis. Les renards noirs font quelquefois des ravages considérables dans ces champs.

Les femmes revenaient au temple, portant les prémices en faisceau sur leur tête; le grand prêtre recevait l'offrande, et la déposait sur l'autel. On fermait la porte orientale du sanctuaire, et l'on ouvrait la porte occidentale.

Rassemblée à cette dernière porte lorsque le jour allait clore, la foule dessinait un croissant dont les deux pointes étaient tournées vers le soleil; les assistants, le bras droit levé, présentaient les pains azymes à l'astre de la lumière. Le jongleur chantait l'hymne du soir; c'était l'éloge du soleil à son coucher : ses rayons naissants avaient fait croître le maïs, ses rayons mourants avaient sanctifié les gâteaux formés du grain de la gerbe moissonnée.

La nuit venue, on allumait des feux; on faisait rôtir des oursons, lesquels, engraissés de raisins sauvages, offraient à cette époque de l'année un mets excellent. On mettait griller sur des charbons des dindes de savanes, des perdrix noires, des espèces de faisans plus gros que ceux d'Europe. Ces oiseaux ainsi préparés s'appelaient la *nourriture des hommes blancs*. Les boissons et les fruits servis à ces repas étaient l'eau de smilax, d'érable, de platane, de noyer blanc, les pommes de mai, les plaquemines, les noix. La plaine resplendissait de la flamme des bûchers; on entendait de toutes parts les sons du chichikoué, du tambourin et du fifre, mêlé aux voix des danseurs et aux applaudissements de la foule.

Dans ces fêtes, si quelque infortuné retiré à l'écart promenait ses regards sur les jeux de la plaine, un sachem l'allait chercher, et s'informait de la cause de sa tristesse; il guérissait ses maux, s'ils n'étaient pas sans remède, ou les soulageait du moins, s'ils étaient de nature à ne pouvoir finir.

La moisson du maïs se fait en arrachant les gerbes, ou en les coupant à deux pieds de hauteur sur leur tige. Le grain se conserve dans des outres ou dans des fosses garnies de roseaux. On garde aussi les gerbes entières; on les égrène à mesure que l'on en a besoin. Pour réduire le maïs en farine, on le pile dans un mortier ou on l'écrase entre deux pierres. Les Sauvages usent aussi de moulins à bras achetés des Européens.

La moisson de la folle avoine ou du riz sauvage suit immédiatement celle du maïs. J'ai parlé ailleurs de cette moisson [1].

RÉCOLTE DU SUCRE D'ÉRABLE.

La récolte du suc d'érable se faisait et se fait encore parmi les Sauvages deux fois l'année. La première récolte a lieu vers la fin de février, de mars ou d'avril, selon la latitude du pays où croît l'érable à sucre. L'eau recueillie après les légères gelées de la nuit se convertit en sucre, en la faisant bouillir sur un grand feu. La quantité de sucre obtenue par ce procédé varie selon les qualités de l'arbre. Ce sucre, léger de digestion, est d'une couleur verdâtre, d'un goût agréable et un peu acide.

La seconde récolte a lieu quand la séve de l'arbre n'a pas assez de consistance pour se changer en suc. Cette séve se condense en une espèce de mélasse, qui, étendue dans de l'eau de fontaine, offre une liqueur fraîche pendant les chaleurs de l'été.

On entretient avec grand soin le bois d'érable de l'espèce rouge et blanche. Les érables les plus productifs sont ceux dont l'écorce paraît noire et galeuse. Les Sauvages ont cru observer que ces accidents sont causés par le pivert noir à tête rouge, qui perce l'érable dont la séve est la plus abondante. Ils respectent ce pivert comme un oiseau intelligent et un bon génie.

A quatre pieds de terre environ, on ouvre dans le tronc de l'érable deux trous de trois quarts de pouce de profondeur, et perforés du haut en bas pour faciliter l'écoulement de la séve.

Ces deux premières incisions sont tournées au midi; on en pratique deux autres semblables du côté du nord. Ces quatre taillades sont ensuite creusées, à mesure que l'arbre donne sa séve, jusqu'à la profondeur de deux pouces et demi.

[1] Dans les Natchez.

Deux auges de bois sont placées aux deux faces de l'arbre au nord et au midi, et des tuyaux de sureau introduits dans les fentes servent à diriger la séve dans ces auges.

Toutes les vingt-quatre heures on enlève le suc écoulé; on le porte sous des hangars couverts d'écorce; on le fait bouillir dans un bassin de pierre en l'écumant. Lorsqu'il est réduit à moitié par l'action d'un feu clair, on le transvase dans un autre bassin, où l'on continue à le faire bouillir jusqu'à ce qu'il ait pris la consistance d'un sirop. Alors, retiré du feu, il repose pendant douze heures. Au bout de ce temps on le précipite dans un troisième bassin, prenant soin de ne pas remuer le sédiment tombé au fond de la liqueur.

Ce troisième bassin est à son tour remis sur des charbons demi-brûlés et sans flamme. Un peu de graisse est jetée dans le sirop pour l'empêcher de surmonter les bords du vase. Lorsqu'il commence à filer, il faut se hâter de le verser dans un quatrième et dernier bassin de bois, appelé le *refroidisseur*. Une femme vigoureuse le remue en rond, sans discontinuer, avec un bâton de cèdre, jusqu'à ce qu'il ait pris le grain du sucre. Alors elle le coule dans des moules d'écorce qui donnent au fluide coagulé la forme de petits pains coniques : l'opération est terminée.

Quand il ne s'agit que des mélasses, le procédé finit au second feu.

L'écoulement des érables dure quinze jours, et ces quinze jours sont une fête continuelle. Chaque matin on se rend au bois d'érables, ordinairement arrosé par un courant d'eau. Des groupes d'Indiens et d'Indiennes sont dispersés aux pieds des arbres; des jeunes gens dansent et jouent à différents jeux; des enfants se baignent sous les yeux des sachems. A la gaieté de ces Sauvages, à leur demi-nudité, à la vivacité des danses, aux luttes non moins bruyantes des baigneurs, à la mobilité et à la fraîcheur des eaux, à la vieillesse des ombrages, on croirait assister à l'une de ces scènes de Faunes et de Dryades décrites par les poètes.

Tum vero in numerum Faunosque ferasque videres
Ludere.

PÊCHES.

Les Sauvages sont aussi habiles à la pêche qu'adroits à la chasse : ils prennent le poisson avec des hameçons et des filets; ils savent aussi épuiser les viviers. Mais ils ont de grandes pêches publiques. La plus célèbre de toutes ces pêches était celle de l'esturgeon, qui avait lieu sur le Mississipi et sur ses affluents.

Elle s'ouvrait par le mariage du filet. Six guerriers et six matrones

portant ce filet s'avançaient au milieu des spectateurs sur la place publique, et demandaient en mariage pour leur fils, le filet, deux jeunes filles qu'ils désignaient.

Les parents des jeunes filles donnaient leur consentement, et les jeunes filles et le filet étaient mariés par le jongleur avec les cérémonies d'usage : le doge de Venise épousait la mer !

Des danses de caractère suivaient le mariage. Après les noces du filet on se rendait au fleuve au bord duquel étaient assemblés les canots et les pirogues. Les nouvelles épouses enveloppées dans le filet étaient portées à la tête du cortége : on s'embarquait après s'être muni de flambeaux de pin, et de pierres pour battre le feu. Le filet, ses femmes, le jongleur, le Grand Chef, quatre sachems, huit guerriers pour manier les rames, montaient une grande pirogue qui prenait le devant de la flotte.

La flotte cherchait quelque baie fréquentée par l'esturgeon. Chemin faisant, on pêchait toutes les autres sortes de poissons : la truite, avec la seine, le poisson-armé, avec l'hameçon. On frappe l'esturgeon d'un dard attaché à une corde, laquelle est nouée à la barre intérieure du canot. Le poisson frappé fuit en entraînant le canot; mais peu à peu sa fuite se ralentit et il vient expirer à la surface de l'eau. Les différentes attitudes des pêcheurs, le jeu des rames, le mouvement des voiles, la position des pirogues groupées ou dispersées montrant le flanc, la poupe ou la proue, tout cela compose un spectacle très-pittoresque : les paysages de la terre forment le fond immobile de ce mobile tableau.

À l'entrée de la nuit, on allumait dans les pirogues des flambeaux dont la lueur se répétait à la surface de l'onde. Les canots pressés jetaient des masses d'ombres sur les flots rougis; on eût pris les pêcheurs indiens qui s'agitaient dans ces embarcations, pour leurs manitous, pour ces êtres fantastiques, création de la superstition et des rêves du Sauvage.

À minuit, le jongleur donnait le signal de la retraite, déclarant que le filet voulait se retirer avec ses deux épouses. Les pirogues se rangeaient sur deux lignes. Un flambeau était symétriquement et horizontalement placé entre chaque rameur sur le bord des pirogues : ces flambeaux, parallèles à la surface du fleuve, paraissaient, disparaissaient à la vue par le balancement des vagues, et ressemblaient à des rames enflammées plongeant dans l'onde pour faire voguer les canots.

On chantait alors l'épithalame du filet : le filet, dans toute la gloire d'un nouvel époux, était déclaré vainqueur de l'esturgeon qui porte une couronne et qui a douze pieds de long. On peignait la déroute de l'armée entière des poissons : le lencornet, dont les barbes servent à entortiller son ennemi ; le chaousaron, pourvu d'une lance dentelée, creuse et percée par le bout ; l'artimègue, qui déploie un pavillon blanc ; les écrevisses, qui précèdent les guerriers-poissons pour leur frayer le chemin ; tout cela était vaincu par le filet.

Venaient des strophes qui disaient la douleur des veuves des poissons. « En vain ces veuves apprennent à nager, elles ne reverront plus ceux avec qui elles aimaient à errer dans les forêts sous les eaux, elles ne se reposeront plus avec eux sur des couches de mousse que recouvrait une voûte transparente. » Le filet est invité, après tant d'exploits, à dormir dans les bras de ses deux épouses.

DANSES.

La danse, chez les Sauvages comme chez les anciens Grecs et chez la plupart des peuples enfants, se mêle à toutes les actions de la vie. On danse pour les mariages, et les femmes font partie de cette danse ; on danse pour recevoir un hôte, pour fumer un calumet ; on danse pour les moissons ; on danse pour la naissance d'un enfant ; on danse surtout pour les morts. Chaque chasse a sa danse, laquelle consiste dans l'imitation des mouvements, des mœurs et des cris de l'animal dont la poursuite est décidée : on grimpe comme un ours, on bâtit comme un castor, on galope en rond comme un bison, on bondit comme un chevreuil, on hurle comme un loup, et l'on glapit comme un renard.

Dans la danse des braves ou de la guerre, les guerriers, complétement armés, se rangent sur deux lignes ; un enfant marche devant eux un chichikoué à la main ; c'est l'*enfant des songes*, l'enfant qui a *rêvé* sous l'inspiration des bons ou des mauvais manitous. Derrière les guerriers vient le jongleur, le prophète ou l'augure interprète des songes de l'enfant.

Les danseurs forment bientôt un double cercle en mugissant sourdement, tandis que l'enfant, demeuré au centre de ce cercle, prononce, les yeux baissés, quelques mots inintelligibles. Quand l'enfant lève la tête, les guerriers sautent et mugissent plus fort : ils se vouent à Athaënsic, manitou de la haine et de la vengeance. Une espèce de coryphée marque la mesure en frappant sur un tambourin. Quelquefois les danseurs attachent à leurs pieds de petites sonnettes achetées des Européens.

Si on est au moment de partir pour une expédition, un chef prend la place de l'enfant, harangue les guerriers, frappe à coup de massue l'image d'un homme ou celle du manitou de l'ennemi, dessinées grossièrement sur la terre. Les guerriers recommençant à danser, assaillent également l'image, imitent les attitudes de l'homme qui combat, brandissent leurs massues ou leurs haches, manient leurs mousquets ou leurs arcs, agitent leurs couteaux avec des convulsions et des hurlements.

Au retour de l'expédition, la danse de la guerre est encore plus affreuse : des têtes, des cœurs, des membres mutilés, des crânes avec leurs chevelures sanglantes sont suspendus à des piquets plantés en terre. On danse autour de ces trophées, et les prisonniers qui doivent être brûlés assistent au spectacle de ces horribles joies. Je parlerai de quelques autres danses de cette nature à l'article de la guerre.

JEUX.

Le jeu est une action commune à l'homme; il a trois sources : la nature, la société, les passions. De là trois espèces de jeux : les jeux de l'enfance, les jeux de la virilité, les jeux de l'oisiveté ou des passions.

Les jeux de l'enfance, inventés par les enfants eux-mêmes, se retrouvent sur toute la terre. J'ai vu le petit Sauvage, le petit Bédouin, le petit Nègre, le petit Français, le petit Anglais, le petit Allemand, le petit Italien, le petit Espagnol, le petit Grec opprimé, le petit Turc oppresseur, lancer la balle et rouler le cerceau. Qui a montré à ces enfants si divers par leurs langues, si différents par leurs races, leurs mœurs et leurs pays, qui leur a montré ces mêmes jeux? Le maître des hommes, le Père de la grande et même famille : il enseigna à l'innocence ces amusements, développement des forces, besoin de la nature.

Le seconde espèce de jeux est celle qui, servant à apprendre un art, est un besoin de la société. Il faut ranger dans cette espèce les jeux gymnastiques, les courses de char, la naumachie chez les anciens; les joutes, les castilles, les pas d'armes, les tournois dans le moyen âge; la paume, l'escrime, les courses de chevaux, et les jeux d'adresse chez les modernes. Le théâtre avec ses pompes est une chose à part, et le génie le réclame comme une de ses récréations : il en est de même de quelques combinaisons de l'esprit, comme le jeu de dames et des échecs.

La troisième espèce de jeux, les jeux de hasard, est celle où l'homme expose sa fortune, son honneur, quelquefois sa liberté et sa vie avec une fureur qui tient du délire; c'est un besoin des passions. Les dés chez les anciens, les cartes chez les modernes, les osselets chez les Sauvages de l'Amérique septentrionale, sont au nombre de ces récréations funestes.

On retrouve les trois espèces de jeux dont je viens de parler chez les Indiens.

Les jeux de leurs enfants sont ceux de nos enfants; ils ont la balle et la paume [1], la course, le tir de l'arc pour la jeunesse, et de plus le *jeu des plumes*, qui rappelle un ancien jeu de chevalerie.

Les guerriers et les jeunes filles dansent autour de quatre poteaux, sur lesquels sont attachées des plumes de différentes couleurs : de temps en temps un jeune homme sort des quadrilles et enlève une plume de la couleur que porte sa maîtresse : il attache cette plume dans ses cheveux, et rentre dans les chœurs de danse. Par la disposition de la plume et la forme des pas, l'Indienne devine le lieu que son amant lui indique pour rendez-vous. Il y a des guerriers qui prennent des plumes d'une couleur dont aucune danseuse n'est parée : cela veut dire que ce guerrier n'aime point ou n'est point aimé. Les femmes mariées ne sont admises que comme spectatrices à ce jeu.

Parmi les jeux de la troisième espèce, les jeux de l'oisiveté ou des passions, je ne décrirai que celui des osselets.

A ce jeu, les Sauvages pleigent leurs femmes, leurs enfants, leur liberté; et lorsqu'ils ont joué sur promesse et qu'ils ont perdu, ils tiennent leur promesse. Chose étrange! l'homme, qui manque souvent aux serments les plus sacrés, qui se rit des lois, qui trompe sans scrupule son voisin et quelquefois son ami, qui se fait un mérite de la ruse et de la duplicité, met son honneur à remplir les engagements de ses passions, à tenir sa parole au crime, à être sincère envers les auteurs, souvent coupables, de sa ruine et les complices de sa dépravation.

Au jeu des osselets, appelé aussi le *jeu du plat*, deux joueurs seuls tiennent la main; le reste des joueurs parie pour ou contre : les deux adversaires ont chacun leur marqueur. La partie se joue sur une table ou simplement sur le gazon.

Les deux joueurs qui tiennent la main sont pourvus de six ou huit dés ou osselets, ressemblant à des noyaux d'abricot taillés à six faces inégales : les deux plus larges faces sont peintes, l'une en blanc, l'autre en noir.

Les osselets se mêlent dans un plat de bois un peu concave; le joueur fait pirouetter ce plat; puis, frappant sur la table ou sur le gazon, il fait sauter en l'air les osselets.

Si tous les osselets, en tombant, présentent la même couleur, celui qui a joué gagne cinq points : si cinq osselets, sur six ou sur huit, amènent

la même couleur, le joueur ne gagne qu'un point pour la première fois;
mais si le même joueur répète le coup, il fait rafle de tout et gagne la
partie, qui est en quarante.

À mesure que l'on prend des points, on en défalque autant sur la
partie de l'adversaire.

Le gagnant continue de tenir la main; le perdant cède sa place à
l'un des parieurs de son côté, appelé à volonté par le marqueur de sa
partie : les marqueurs sont les personnages principaux de ce jeu : on
les choisit avec de grandes précautions, et l'on préfère surtout ceux à
qui l'on croit le manitou le plus fort et le plus habile.

La désignation des marqueurs amène de violents débats : si un parti
a nommé un marqueur dont le manitou, c'est-à-dire la fortune, passe
pour redoutable, l'autre parti s'oppose à cette nomination : on a quelquefois une très grande idée de la puissance du manitou d'un homme
qu'on déteste ; dans ce cas l'intérêt l'emporte sur la passion, et
l'on adopte cet homme pour marqueur, malgré la haine qu'on lui
porte.

Le marqueur tient à la main une petite planche sur laquelle il note
les coups en craie rouge : les Sauvages se pressent en foule autour des
joueurs ; tous les yeux sont attachés sur le plat et sur les osselets ;
chacun offre des vœux et fait des promesses aux bons génies. Quelquefois les valeurs engagées sur le coup de dés sont immenses pour des
Indiens : les uns y ont mis leur cabane ; les autres se sont dépouillés
de leurs vêtements, et les jouent contre les vêtements des parieurs du
parti opposé ; d'autres enfin, qui ont déjà perdu tout ce qu'ils possé-
dent, proposent contre un faible enjeu leur liberté ; ils offrent de servir
pendant un certain nombre de mois ou d'années celui qui gagnerait le
coup contre eux.

Les joueurs se préparent à leur ruine par des observances religieuses:
ils jeûnent, ils veillent, ils prient : les garçons s'éloignent de leurs maîtresses, les hommes mariés, de leurs femmes : les songes sont observés
avec soin. Les intéressés se munissent d'un sachet où ils mettent toutes
les choses auxquelles ils ont rêvé, de petits morceaux de bois, des
feuilles d'arbres, des dents de poissons, et cent autres manitous sup-
posés propices. L'anxiété est peinte sur les visages pendant la partie;
l'assemblée ne serait pas plus émue s'il s'agissait du sort de la nation.
On se presse autour du marqueur : on cherche à le toucher, à se mettre
sous son influence ; c'est une véritable frénésie ; chaque coup est précédé d'un profond silence et suivi d'une vive acclamation. Les applaudissements de ceux qui gagnent, les imprécations de ceux qui perdent,
sont prodigués aux marqueurs, et des hommes, ordinairement chastes

et modérés dans leurs propos, vomissent des outrages d'une grossièreté et d'une atrocité incroyables.

Quand le coup doit être décisif, il est souvent arrêté avant d'être
joué : des parieurs de l'un ou de l'autre parti déclarent que le moment
est fatal, qu'il ne faut pas encore faire sauter les osselets. Un joueur, apos-
trophant ces osselets, leur reproche leur méchanceté et les menace de
les brûler : un autre ne veut pas que l'affaire soit décidée avant qu'il
ait jeté un morceau de pétun dans le fleuve; plusieurs demandent à
grands cris le saut des osselets; mais il suffit qu'une seule voix s'y oppose pour que le coup soit de droit suspendu. Lorsqu'on se croit au
moment d'en finir, un assistant s'écrie : « Arrêtez! arrêtez! ce sont les
« meubles de ma cabane qui me portent malheur! » Il court à sa cabane, brise et jette tous les meubles à la porte, et revient en disant :
« Jouez! jouez! »

Souvent un parieur se figure que tel homme lui porte malheur; il
faut que cet homme s'éloigne du jeu s'il n'y est pas mêlé, ou que l'on
trouve un autre homme dont le manitou, au jugement du parieur,
puisse vaincre celui de l'homme qui porte malheur. Il est arrivé que des
commandants français au Canada, témoins de ces déplorables scènes,
se sont vus forcés de se retirer pour satisfaire aux caprices d'un Indien.
Et il ne s'agit pas de traiter légèrement ces caprices; toute la nation
prendrait fait et cause pour le joueur; la religion se mêlerait de l'affaire, et le sang coulerait.

Enfin, quand le coup décisif se joue, peu d'Indiens ont le courage
d'en supporter la vue; la plupart se précipitent à terre, ferment les
yeux, se bouchent les oreilles, et attendent l'arrêt de la fortune comme
on attendrait une sentence de vie ou de mort.

ANNÉE. DIVISION ET RÈGLEMENT DU TEMPS.
CALENDRIER NATUREL.

ANNÉE.

Les Sauvages divisent l'année en douze lunes, division qui frappe
tous les hommes; car la lune disparaissant et reparaissant douze fois,
coupe visiblement l'année en douze parties, tandis que l'année solaire,
véritable année, n'est point indiquée par des variations dans le disque
du soleil.

DIVISION DU TEMPS.

Les douze lunes tirent leurs noms des labeurs, des biens et des maux des Sauvages, des dons et des accidents de la nature; conséquemment ces noms varient selon le pays et les usages des diverses peuplades. Charlevoix en cite un grand nombre. Un voyageur moderne [1] donne ainsi les mois des Sioux et les mois des Chipawois.

MOIS DES SIOUX.　　　　　　　　　　　　　　　　　　LANGUE SIOUSE.

Mars,	la lune du mal des yeux	Wisthociasia-oni.
Avril,	la lune du gibier	Mograhoandi-oni.
Mai,	la lune des nids	Mograhochanda-oni.
Juin,	la lune des fraises.	Wojusticiaseia-oni.
Juillet,	la lune des cerises.	Champaseia-oni.
Août,	la lune des buffaloes.	Tantankakiocu-oni.
Septembre,	la lune de la folle avoine.	Wasipi-oni.
Octobre,	la lune de la fin de la folle avoine	Sciwostapi-oni.
Novembre,	la lune du chevreuil.	Takiouka-oni.
Décembre,	la lune du chevreuil qui perd ses cornes. .	Ah esciakiouska-oni.
Janvier,	la lune de valeur	Ouwikari-oni.
Février,	la lune des chats sauvages.	Owieata-oni.

MOIS DES CHIPAWOIS.　　　　　　　　　　　　　　　　LANGUE ALGONQUINE.

Juin,	la lune des fraises.	Hode i min-quisis.
Juillet,	la lune des fruits brûlés	Mikin-quisis.
Août,	la lune des feuilles jaunes.	Wathebaqui-quisis.
Septembre,	la lune des feuilles tombantes	Inaqui-quisis.
Octobre,	la lune du gibier qui passe.	Bina-hamo-quisis.
Novembre,	la lune de la neige.	Kiskadino-quisis.
Décembre,	la lune du Petit-Esprit.	Manito-quisis.
Janvier,	la lune du Grand-Esprit	Kitci-manito-quisis.
Février,	la lune des aigles qui arrivent.	Wamebinni-quisis.
Mars,	la lune de la neige durcie.	Ouabanni-quisis.
Avril,	la lune des raquettes aux pieds	Pokaodaquimi-quisis.
Mai.	la lune des fleurs	Wabigon-quisis.

Les années se comptent par neiges ou par fleurs : le vieillard et la jeune fille trouvent ainsi le symbole de leurs âges dans le nom de leurs années.

CALENDRIER NATUREL.

En astronomie, les Indiens ne connaissent guère que l'étoile polaire; ils l'appellent l'*étoile immobile* : elle leur sert pour se guider pendant la nuit. Les Osages ont observé et nommé quelques constellations. Le jour, les Sauvages n'ont pas besoin de boussole ; dans les savanes, la pointe de l'herbe qui penche du côté du sud ; dans les forêts, la mousse

[1] Peltrami.

qui s'attache au tronc des arbres du côté du nord, leur indiquent le septentrion et le midi. Ils savent dessiner sur des écorces des cartes géographiques où les distances sont désignées par les nuits de marche.

Les diverses limites de leur territoire sont des fleuves, des montagnes, un rocher où l'on aura conclu un traité, un tombeau au bord d'une forêt, une grotte du Grand-Esprit dans une vallée.

Les oiseaux, les quadrupèdes, les poissons, servent de baromètre, de thermomètre, de calendrier aux Sauvages : ils disent que le castor leur a appris à bâtir et à se gouverner, le carcajou à chasser avec des chiens, parce qu'il chasse avec des loups, l'épervier d'eau à pêcher avec une huile qui attire le poisson.

Les pigeons, dont les volées sont innombrables, les bécasses américaines, dont le bec est d'ivoire, annoncent l'automne aux Indiens; les perroquets et les piverts leur prédisent la pluie par des sifflements tremblotants.

Quand le maukawis, espèce de caille, fait entendre son chant au mois d'avril depuis le lever jusqu'au coucher du soleil, le Siminole se tient assuré que les froids sont passés; les femmes sèment les grains d'été; mais quand le maukawis se perche la nuit sur une cabane, l'habitant de cette cabane se prépare à mourir.

Si l'oiseau blanc se joue au haut des airs, il annonce un orage; s'il vole le soir au-devant du voyageur, en se jetant d'une aile sur l'autre, comme effrayé, il prédit des dangers.

Dans les grands événements de la patrie, les jongleurs affirment que Kitchi-Manitou se montre au-dessus des nuages porté par son oiseau favori, le walkon, espèce d'oiseau de paradis aux ailes brunes, et dont la queue est ornée de quatre longues plumes vertes et rouges.

Les moissons, les chasses, les jeux, les danses, les assemblées des sachems, les cérémonies du mariage, de la naissance et de la mort, tout se règle par quelques observations tirées de l'histoire de la nature. On sent combien ces usages doivent répandre de grâce et de poésie dans le langage ordinaire de ces peuples. Les nôtres se réjouissent à la Grenouillère, grimpent au mât de cocagne, moissonnent à la mi-août, plantent des oignons à la Saint-Fiacre, et se marient à la Saint-Nicolas.

MÉDECINE.

La science du médecin est une espèce d'initiation chez les Sauvages : elle s'appelle la *grande médecine*; on y est affilié comme à une franc-maçonnerie; elle a ses secrets, ses dogmes, ses rites.

Si les Indiens pouvaient bannir du traitement des maladies les coutumes superstitieuses et les jongleries des prêtres, ils connaîtraient tout ce qu'il y a d'essentiel dans l'art de guérir : on pourrait même dire que cet art est presque aussi avancé chez eux que chez les peuples civilisés.

Ils connaissent une multitude de simples propres à fermer les blessures ; ils ont l'usage du *garentoguen*, qu'ils appellent encore *abasoutchenza*, à cause de sa forme : c'est le *ginseng* des Chinois. Avec la seconde écorce du sassafras, ils coupent les fièvres intermittentes ; les racines du lyenis à feuilles de lierre leur servent pour faire passer les colères du ... tre ; ils emploient le *bellis* du Canada, haut de six pieds, dont les feuilles sont grasses et cannelées, contre la gangrène ; il nettoie complètement les ulcères, soit qu'on le réduise en poudre, soit qu'on l'applique cru et broyé.

L'hédisaron à trois feuilles, dont les fleurs rouges sont disposées en épi, a la même vertu que le bellis.

Selon les Indiens, la forme des plantes a des analogies et des ressemblances avec les différentes parties du corps humain que ces plantes sont destinées à guérir, ou avec les animaux malfaisants dont elles neutralisent le venin. Cette observation mériterait d'être suivie : les peuples simples, qui dédaignent moins que nous les indications de la Providence, sont moins sujets que nous à s'y tromper.

Un des grands moyens employés par les Sauvages dans beaucoup de maladies, ce sont les bains de vapeur. Ils bâtissent à cet effet une cabane qu'ils appellent la *cabane des sueurs*. Elle est construite avec des branches d'arbres plantées en rond et attachées ensemble par la cime, de manière à former un cône ; on les garnit en dehors de peaux de différents animaux ; on y ménage une très-petite ouverture pratiquée contre terre, et par là ... on entre en se traînant sur les genoux et sur les mains. Au milieu de cette étuve est un bassin plein d'eau que l'on fait bouillir en y jetant des cailloux rougis au feu ; la vapeur qui s'élève de ce bassin est brûlante, et en moins de quelques minutes le malade se couvre de sueur.

La chirurgie n'est pas à beaucoup près aussi avancée que la médecine parmi les Indiens. Cependant ils sont parvenus à suppléer à nos instruments par des inventions ingénieuses. Ils entendent très-bien les bandages applicables aux fractures simples ; ils ont des os aussi pointus que des lancettes pour saigner et pour scarifier les membres rhumatisés ; ils sucent le sang à l'aide d'une corne, et en tirent la quantité prescrite. Des courges pleines de matières combustibles auxquelles ils mettent le feu leur tiennent lieu de ventouses. Ils ouvrent des ustions avec des nerfs de chevreuil : ils font des syphons avec les vessies des divers animaux.

Les principes de la boîte fumigatoire employée quelque temps en Europe, dans le traitement des noyés, sont connus des Indiens. Ils se servent, à cet effet, d'un large boyau fermé à l'une des extrémités, ouvert à l'autre par un petit tube de bois : on enfle ce boyau avec de la fumée, et l'on fait entrer cette fumée dans les intestins du noyé.

Dans chaque famille on conserve ce qu'on appelle *le sac de médecine*; c'est un sac rempli de manitous et de différents simples d'une grande puissance. On porte ce sac à la guerre : dans les camps c'est un palladium, dans les cabanes un dieu Lare.

Les femmes pendant leurs couches se retirent à la cabane des purifications; elles y sont assistées par des matrones. Celles-ci, dans les accouchements ordinaires, ont les connaissances suffisantes; mais dans les accouchements difficiles, elles manquent d'instruments. Lorsque l'enfant se présente mal et qu'elles ne le peuvent retourner, elles suffoquent la mère, qui, se débattant contre la mort, délivre son fruit par l'effort d'une dernière convulsion. On avertit toujours la femme en travail avant de recourir à ce moyen; elle n'hésite jamais à se sacrifier. Quelquefois la suffocation n'est pas complète; on sauve à la fois l'enfant et son héroïque mère.

La pratique est encore, dans ces cas désespérés, de causer une grande frayeur à la femme en couches; une troupe de jeunes gens s'approchent en silence de la cabane des purifications, et poussent tout à coup un cri de guerre : ces clameurs échouent auprès des femmes courageuses, et il y en a beaucoup.

Quand un Sauvage tombe malade, tous ses parents se rendent à sa hutte. On ne prononce jamais le mot de mort devant un ami du malade : l'outrage le plus sanglant qu'on puisse faire à un homme, c'est de lui dire : « Ton père est mort. »

Nous avons vu le côté sérieux de la médecine des Sauvages, nous allons en voir le côté plaisant, le côté qu'aurait peint un Molière indien si ce qui rappelle les infirmités morales et physiques de notre nature n'avait quelque chose de triste.

Le malade a-t-il des évanouissements, dans les intervalles où on peut le supposer mort, les parents, assis selon les degrés de parenté autour de la natte du moribond, poussent des hurlements qu'on entendrait d'une demi-lieue. Quand le malade reprend ses sens les hurlements cessent pour recommencer à la première crise.

Cependant le jongleur arrive; le malade lui demande s'il reviendra à la vie : le jongleur ne manque pas de répondre qu'il n'y a que lui, jon-

gleur, qui puisse lui rendre la santé. Alors le malade, qui se croit près
d'expirer, harangue ses parents, les console, les invite à bannir la tristesse et à bien manger.

On couvre le patient d'herbes, de racines et de morceaux d'écorce;
on souffle avec un tuyau de pipe sur les parties de son corps où le mal
est censé résider ; le jongleur lui parle dans la bouche pour conjurer,
s'il en est temps encore, l'esprit infernal.

Le malade ordonne lui-même le repas funèbre : tout ce qui reste de
vivres dans la cabane se doit consommer. On commence à égorger les
chiens, afin qu'ils aillent avertir le Grand-Esprit de la prochaine arrivée de leur maître. A travers ces puérilités, la simplicité avec laquelle
un Sauvage accomplit le dernier acte de la vie a pourtant quelque
chose de grand.

En déclarant que le malade va mourir, le jongleur met sa science à
l'abri des événements, et fait admirer son art si le malade recouvre la
santé.

Quand il s'aperçoit que le danger est passé, il n'en dit rien, et commence ses adjurations.

Il prononce d'abord des mots que personne ne comprend; puis il
s'écrie : « Je découvrirai le maléfice; je forcerai Kitchi-Manitou à fuir
« devant moi. »

Il sort de la hutte ; les parents le suivent; il court s'enfoncer dans la
cabane des sueurs pour recevoir l'inspiration divine. Rangés dans une
muette terreur autour de l'étuve, les parents entendent le prêtre qui
hurle, chante, crie en s'accompagnant d'un chichikoué. Bientôt il sort
tout nu par le soupirail de la hutte, l'écume aux lèvres, et les yeux tors:
il se plonge, dégouttant de sueurs, dans une eau glacée, se roule par
terre, fait le mort, ressuscite, vole à la hutte en ordonnant aux parents
d'aller l'attendre à celle du malade.

Bientôt on le voit revenir, tenant un charbon à moitié allumé dans
sa bouche, et un serpent dans sa main.

Après de nouvelles contorsions autour du malade, il laisse tomber le
charbon et s'écrie : « Réveille-toi, je te promets la vie, le Grand-Esprit
« m'a fait connaître le sort qui te faisait mourir. » Le forcené se jette
sur le bras de sa dupe, le déchire avec les dents, et ôtant de sa bouche
un petit os qu'il y tenait caché : « Voilà, s'écrie-t-il, le maléfice que
« j'ai arraché de ta chair. » Alors le prêtre demande un chevreuil et
des truites pour en faire un repas, sans quoi le malade ne pourrait
guérir : les parents sont obligés d'aller sur-le-champ à la chasse et à la
pêche.

Le médecin mange le dîner; cela ne suffit pas. Le malade est menacé d'une rechute, si l'on n'obtient, dans une heure, le manteau d'un chef qui réside à deux ou trois journées de marche du lieu de la scène. Le jongleur le sait; mais comme il prescrit à la fois les règles et donne les dispenses, moyennant quatre ou cinq manteaux profanes fournis par les parents, il les tient quittes du manteau sacré réclamé par le ciel.

Les fantaisies du malade, qui revient tout naturellement à la vie, augmentent la bizarrerie de cette cure : le malade s'échappe de son lit, se traîne sur les pieds et sur les mains derrière les meubles de la cabane. Vainement on l'interroge; il continue sa ronde et pousse des cris étranges. On le saisit : on le remet sur sa natte; on le croit en proie à une attaque de son mal : il reste tranquille un moment, puis il se relève à l'improviste, et va se plonger dans un vivier; on l'en retire avec peine; on lui présente un breuvage : « Donne-le à cet orignal, » dit-il en désignant un de ses parents.

Le médecin cherche à pénétrer la cause du nouveau délire du malade. « Je me suis endormi, répond gravement celui-ci, et j'ai rêvé que « j'avais un bison dans l'estomac. » La famille semble consternée : mais soudain les assistants s'écrient qu'ils sont aussi possédés d'un animal : l'un imite le cri d'un carribou, l'autre, l'aboiement d'un chien, un troisième, le hurlement d'un loup; le malade contrefait à son tour le mugissement de son bison : c'est un charivari épouvantable. On fait transpirer le songeur sur une infusion de sauge et de branches de sapin; son imagination est guérie par la complaisance de ses amis, et il déclare que le bison lui est sorti du corps. Ces folies, mentionnées par Charlevoix, se renouvellent tous les jours chez les Indiens.

Comment le même homme, qui s'élevait si haut lorsqu'il se croyait au moment de mourir, tombe-t-il si bas lorsqu'il est sûr de vivre? Comment de sages vieillards, des jeunes gens raisonnables, des femmes sensées, se soumettent-ils aux caprices d'un esprit déréglé? Ce sont là les mystères de l'homme, la double preuve de sa grandeur et de sa misère.

LANGUES INDIENNES.

Quatre langues principales paraissent se partager l'Amérique septentrionale : l'algonquin et le huron au nord et à l'est, le sioux à l'ouest, et le chicassais au midi : mais les dialectes diffèrent pour ainsi dire de tribu à tribu. Les Creeks actuels parlent le chicassais mêlé d'algonquin. L'ancien natchez n'était qu'un dialecte plus doux du chicassais.

Le natchez, comme le huron et l'algonquin, ne connaissait que deux

genres, le masculin et le féminin; il rejetait le neutre. Cela est naturel
chez des peuples qui prêtent des sens à tout, qui entendent des voix
dans tous les murmures, qui donnent des haines et des amours aux
plantes, des désirs à l'onde, des esprits immortels aux animaux, des
âmes aux rochers. Les noms en natchez ne se déclinaient point; ils
prenaient seulement au pluriel la lettre *k* ou le monosyllabe *ki*, si le
nom finissait par une consonne.

Les verbes se distinguaient par la caractéristique, la terminaison et
l'augment. Ainsi les Natchez disaient, *Tija*, je marche; *ni Tija-ban*,
je marchais; *ni-ga Tija*, je marcherai; *ni-ki Tija*, je marchai ou j'ai
marché.

Il y avait autant de verbes qu'il y avait de substantifs exposés à la
même action; ainsi *manger* du maïs était un autre verbe que *manger*
du chevreuil; se *promener* dans une forêt, se disait d'une autre manière que se promener sur une colline; *aimer son ami* se rendait par le
verbe *napitilima*, qui signifie j'estime; *aimer sa maîtresse* s'exprimait
par le verbe *nisikia*, qu'on peut traduire par *je suis heureux*. Dans les
langues des peuples près de la nature, les verbes sont ou très-multi-
pliés, ou peu nombreux, mais surchargés d'une multitude de lettres
qui en varient les significations : le père, la mère, le fils, la femme, le
mari, pour exprimer leurs divers sentiments, ont cherché des expressions diverses; ils ont modifié d'après les passions humaines la parole
primitive que Dieu a donnée à l'homme avec l'existence. Le verbe était
un et renfermait tout : l'homme en a tiré les langues avec leurs variations et leurs richesses, langues où l'on trouve pourtant quelques
mots radicalement les mêmes, restés comme type ou preuve d'une
commune origine.

Le chicassais, racine du natchez, est privé de la lettre *r*, excepté
dans les mots dérivés de l'algonquin, comme *arrego*, *je fais la guerre*,
qui se prononce avec une sorte de déchirement de son. Le chicassais a
des aspirations fréquentes pour le langage des passions violentes, telles
que la haine, la colère, la jalousie; dans les sentiments tendres, dans
les descriptions de la nature, ses expressions sont pleines de charme et
de pompe.

Les Sioux, que leur tradition fait venir du Mexique sur le haut Mississipi, ont étendu l'empire de leur langue depuis ce fleuve jusqu'aux
montagnes Rocheuses, à l'ouest, et jusqu'à la rivière Rouge, au nord;
là se trouvent les Chipawois, qui parlent un dialecte de l'algonquin, et
qui sont ennemis des Sioux.

La langue siouse siffle d'une manière assez désagréable à l'oreille :
c'est elle qui a nommé presque tous les fleuves et tous les lieux à l'ouest

du Canada, le Mississipi, le Missouri, l'Osage, etc. On ne sait rien encore, ou presque rien de sa grammaire.

L'algonquin et le huron sont des langues mères de tous les peuples de la partie de l'Amérique septentrionale comprise entre les sources du Mississipi, la baie d'Hudson et l'Atlantique, jusqu'à la côte de la Caroline. Un voyageur qui saurait ces deux langues pourrait parcourir plus de dix-huit cents lieues de pays sans interprète, et se faire entendre de plus de cent peuples.

La langue algonquine commençait à l'Acadie et au golfe Saint-Laurent; tournant du sud-est par le nord jusqu'au sud-ouest, elle embrassait une étendue de douze cents lieues. Les indigènes de la Virginie la parlaient; au delà, dans les Carolines, au midi, dominait la langue chicassaise. L'idiome algonquin, au nord, venait finir chez les Chipawois. Plus loin encore, au septentrion, paraît la langue des Esquimaux; à l'ouest, la langue algonquine touchait la rive gauche du Mississipi : sur la rive droite règne la langue siouse.

L'algonquin a moins d'énergie que le huron; mais il est plus doux, plus élégant et plus clair : on l'emploie ordinairement dans les traités; il passe pour la langue polie ou la langue classique du désert.

Le huron était parlé par le peuple qui lui a donné son nom, et par les Iroquois, colonie de ce peuple.

Le huron est une langue complète, ayant ses verbes, ses noms, ses pronoms et ses adverbes. Les verbes simples ont une double conjugaison, l'une absolue, l'autre réciproque; les troisièmes personnes ont les deux genres, et les nombres et les temps suivent le mécanisme de la langue grecque. Les verbes actifs se multiplient à l'infini, comme dans la langue chicassaise.

Le huron est sans labiales; on le parle du gosier, et presque toutes les syllabes sont aspirées. La diphthongue *ou* forme un son extraordinaire qui s'exprime sans faire aucun mouvement des lèvres. Les missionnaires ne sachant comment l'indiquer, l'ont écrit par le chiffre 8.

Le génie de cette noble langue consiste surtout à personnifier l'action, c'est-à-dire à tourner le passif par l'actif. Ainsi l'exemple est cité par le père Rasle : « Si vous demandiez à un Européen pourquoi Dieu l'a « créé, il vous dirait : C'est pour le connaître, l'aimer, le servir, et « par ce moyen mériter la gloire éternelle. »

Un Sauvage vous répondrait dans la langue huronne : « Le Grand-« Esprit a pensé de nous : qu'ils me connaissent, qu'ils m'aiment, « qu'ils me servent, alors je les ferai entrer dans mon illustre félicité. »

Le langue huronne ou iroquoise a cinq principaux dialectes.

Cette langue n'a que quatre voyelles *a, e, i, o*, et la diphthongue 8,
qui tient un peu de la consonne et de la valeur du *w* anglais : elle a six
consonnes, *h, k, n, r, s, t.*

Dans le huron, presque tous les noms sont verbes. Il n'y a point d'in-
finitif : la racine du verbe est la première personne du présent de l'indicatif.

Il y a trois temps primitifs dont se forment tous les autres : le présent de l'indicatif, le prétérit indéfini, et le futur simple affirmatif.

Il n'y a presque pas de substantifs abstraits; si on en trouve quelques-uns, ils ont été évidemment formés après coup du verbe concret,
en modifiant une de ses personnes.

Le huron a un duel comme le grec, et deux premières personnes plurielles et duelles. Point d'auxiliaire pour conjuguer les verbes; point de
participes; point de verbes passifs; on tourne par l'actif : *Je suis aimé*,
dites : *On m'aime, etc.* Point de pronoms pour exprimer les relations
dans les verbes : elles se connaissent seulement par l'initiale du verbe,
que l'on modifie autant de différentes fois et d'autant de différentes
manières qu'il y a de relations possibles entre les différentes personnes
des trois nombres, ce qui est énorme. Aussi ces relations sont-elles la
clé de la langue. Lorsqu'on les comprend (elles ont des règles fixes),
on n'est plus arrêté.

Une singularité, c'est que, dans les verbes, les impératifs ont une
première personne.

Tous les mots de la langue huronne peuvent se composer entre eux.
Il est général, à quelques exceptions près, que l'objet du verbe, lorsqu'il n'est pas un nom propre, s'inclut dans le verbe même, et ne fait
plus qu'un seul mot; mais alors le verbe prend la conjugaison du nom ;
car tous les noms appartiennent à une conjugaison. Il y en a cinq.

Cette langue a un grand nombre de particules explétives qui seules
ne signifient rien, mais qui, répandues dans le discours, lui donnent
une grande force et une grande clarté. Les particules ne sont pas toujours les mêmes pour les hommes et pour les femmes. Chaque genre a
les siennes propres.

Il y a deux genres, le genre noble, pour les hommes, et le genre non
noble, pour les femmes et les animaux mâles ou femelles. En disant
d'un lâche qu'il est une femme, on masculinise le mot *femme ;* en
disant d'une femme qu'elle est un homme, on féminise le mot *homme.*

La marque du genre noble et du genre non noble, du singulier, du
duel et du pluriel, est la même dans les noms que dans les verbes, lesquels ont tous, à chaque temps et à chaque nombre, deux troisièmes
personnes noble et non noble.

Chaque conjugaison est absolue, réfléchie, réciproque et relative. J'en mettrai ici un exemple.

Conjugaison absolue.

SING. PRÉS. DE L'INDICATIF.

Iks8ens. — Je hais, etc.

DUEL.

Tenis8ens. — Toi et moi, etc.

PLUR.

Te8as8ens. — Vous et nous, etc.

Conjugaison réfléchie.

SING.

Katats8ens. — Je me hais, etc.

DUEL.

Tiatats8ens. — Nous nous, etc.

PLUR.

Te8atats8ens. — Vous et nous, etc.

Pour la conjugaison réciproque on ajoute *te* à la conjugaison réfléchie, en changeant *r* en *h* dans les troisièmes personnes du singulier et du pluriel.

On aura donc :

Tekatats8ens. — Je me hais, *mutuo*, avec quelqu'un.

Conjugaison relative du même verbe, du même temps.

SINGULIER.

Relation de la première personne aux autres.

Kons8ens. — *Ego te odi*, etc.

Relation de la seconde personne aux autres.

Taks8ens. — *Tu me.*

Relation de la troisième personne masculine aux autres.

Raks8ens. — *Ille me.*

Relation de la troisième personne féminine aux autres.

Saks8ens. — *Illa me*, etc.

Relation de la troisième personne indéfinie on.

Iouks8ens. — On me hait.

DUEL.

La relation du duel au duel et au pluriel devient plurielle. On ne mettra donc que la relation du duel au singulier.

Relation du duel aux autres personnes.

Ken's8ens. — *Nos 2 te*, etc.

Les troisièmes personnes duelles aux autres sont les mêmes que les plurielles.

PLURIEL.

Relation de la première plurielle aux autres.

K8as8ens. — *Nos te, etc.*

Relation de la seconde plurielle aux autres.

Tak8as8ens. — *Vos me.*

Relation de la troisième plur. masc. aux autres.

Ronks8ens. — *Illi me.*

Relation de la troisième fém. plur. aux autres.

Ionsks8ens. — *Illæ me.*

Conjugaison d'un nom.

SINGULIER.

Hieronke. — Mon corps.
Tsieronke. — Ton corps.
Raieronke. — Son — à lui.
Raieronke. — Son — à elle.
Ieronke. — Le corps de quelqu'un.

DUEL.

Teniieronke. — Notre (*meum et tuum*).
Iaken'ieronke. — Notre (*meum et illum*).
Seniieronke. — Votre 2.
Nii-renke. — Leur 2 à eux.
Kaniieronke. — Leur 2 à elles.

PLURIEL.

Te8aieronke. — Notre (*nost. et vest.*).
Iak8aieronke. — Notre (*nost. et illor.*).

Et ainsi de tous les noms. En comparant la conjugaison de ce nom avec la conjugaison absolue du verbe *iks8ens*, je hais, on voit que ce sont absolument les mêmes modifications aux trois nombres : *k* pour la première personne ; *s* pour la seconde ; *r* pour la troisième noble, *ka* pour la troisième non noble ; *ni* pour le duel. Pour le pluriel, on redouble *te8a, se8a, rati, konti,* changeant *k* en *te8a, s* en *se8a, ra* en *rati, ka* en *konti,* etc.

La relation dans la parenté est toujours du plus grand au plus petit. Exemple.

Mon père, *rakenika*, celui qui m'a pour fils. (Relation de la troisième personne à la première.)
Mon fils, *rienha*, celui que j'ai pour fils. (Relation de la première à la troisième personne.)
Mon oncle, *rakenchaa, rak...* (Relation de la troisième personne à la première).
Mon neveu, *rion8atenha, ri...* (Relation de la première à la troisième personne, comme dans le verbe précédent.)

Le verbe *vouloir* ne se peut traduire en iroquois. On se sert de *ikire, penser;* ainsi :

Je veux aller là.
Ikere etho iake.
Je pense aller là.

Les verbes qui expriment une chose qui n'existe plus au moment où l'on parle n'ont point de parfait, mais seulement un imparfait, comme *ronnhek8e*, imparfait, il a vécu, il ne vit plus. Par analogie à cette règle : si *j'ai aimé* quelqu'un et si je *l'aime encore*, je me servirai du parfait *kenon8ehon*. Si je ne l'aime plus, je me servirai de l'imparfait *kenon8esk8e*, je *l'aimais*, mais je *ne l'aime plus* : voilà pour les temps.

Quant aux personnes, les verbes qui expriment une chose que l'on ne fait pas volontairement n'ont pas de premières personnes, mais seulement une troisième relative aux autres. Ainsi, j'éternue, *te8akit-sionh8a*, relation de la troisième à la première : cela m'*éternue* ou me fait éternuer.

Je bâille, *te8akskara8ata*, même relation de la troisième non noble à la première *8ak*, cela m'*ouvre la bouche*. La seconde personne, *tu bâilles, tu éternues*, sera la relation de la même troisième personne non noble à la seconde *tesatsionk8a, tesaskara8ata*, etc.

Pour les termes des verbes, ou régimes indirects, il y a une variété suffisante de modifications aux finales qui les expriment intelligiblement ; et ces modifications sont soumises à des règles fixes.

Kninons, j'achète. *Kehninonse*, j'achète pour quelqu'un. *Kehninon*, j'achète de quelqu'un. — *Katennictha*, j'envoie. *Kehnieta*, j'envoie par quelqu'un. *Keiatennietennis*, j'envoie à quelqu'un.

Du seul examen de ces langues, il résulte que des peuples, par nous surnommés *Sauvages*, étaient fort avancés dans cette civilisation qui tient à la combinaison des idées. Les détails de leur gouvernement confirmeront de plus en plus cette vérité[1].

CHASSE.

Quand les vieillards ont décidé la chasse du castor ou de l'ours, un guerrier va de porte en porte dans les villages, disant : « Les chefs vont « partir ; que ceux qui veulent les suivre se peignent de noir et jeû-

---

[1] J'ai puisé la plupart des renseignements curieux que je viens de donner sur la langue huronne, dans une petite grammaire iroquoise manuscrite qu'a bien voulu m'envoyer M. Marcoux, missionnaire au Saut Saint-Louis, district de Montréal, dans le Bas-Canada. Au reste, les Jésuites ont laissé des travaux considérables sur les langues sauvages du Canada. Le père Chaumont, qui avait passé cinquante ans parmi les Hurons, a composé une grammaire de leur langue. Nous devons au père Rasle, enfermé dix ans dans un village d'Abénakis, de précieux documents. Un dictionnaire français-iroquois est achevé ; nouveau trésor pour les philologues. On a aussi le manuscrit d'un dictionnaire iroquois et anglais ; malheureusement le premier volume, depuis la lettre A jusqu'à la lettre L, a été perdu.

« nent, pour apprendre de l'Esprit des songes où les ours et les castors
« se tiennent cette année. »

À cet avertissement, tous les guerriers se barbouillent de noir de
fumée détrempé avec de l'huile d'ours; le jeûne de huit nuits commence : il est si rigoureux qu'on ne doit pas même avaler une goutte
d'eau, et il faut chanter incessamment, afin d'avoir d'heureux songes.

Le jeûne accompli, les guerriers se baignent : on sert un grand festin. Chaque Indien fait le récit de ses songes : si le plus grand nombre
de ces songes désigne un même lieu pour la chasse, c'est là qu'on se
résout d'aller.

On offre un sacrifice expiatoire aux âmes des ours tués dans les
chasses précédentes, et on les conjure d'être favorables aux nouveaux
chasseurs, c'est-à-dire qu'on prie les ours défunts de laisser assommer
les ours vivants. Chaque guerrier chante ses anciens exploits contre les
bêtes fauves.

Les chansons finies, on part complétement armé. Arrivés au bord
d'un fleuve, les guerriers, tenant une pagaie à la main, s'asseyent deux
à deux dans le fond des canots. Au signal donné par le chef, les canots se rangent à la file : celui qui tient la tête sert à rompre l'effort de
l'eau lorsqu'on navigue contre le cours du fleuve. À ces expéditions,
on mène des meutes, et l'on porte des lacets, des piéges, des raquettes
à neige.

Lorsqu'on est parvenu au rendez-vous, les canots sont tirés à terre
et environnés d'une palissade revêtue de gazon. Le chef divise les
Indiens en compagnies composées d'un même nombre d'individus.
Après le partage des chasseurs, on procède au partage du pays de
chasse. Chaque compagnie bâtit une hutte au centre du lot qui lui est
échu.

La neige est déblayée, des piquets sont enfoncés en terre, et des
écorces de bouleau appuyées contre ces piquets : sur ces écorces, qui
forment les murs de la hutte, s'élèvent d'autres écorces inclinées l'une
vers l'autre; c'est le toit de l'édifice : un trou ménagé dans ce toit
laisse échapper la fumée du foyer. La neige bouche en dehors les vides
de la bâtisse, et lui sert de ravalement ou de crépi. Un brasier est
allumé au milieu de la cabane; des fourrures couvrent le sol; les chiens
dorment sur les pieds de leurs maîtres; loin de souffrir du froid, on
étouffe. La fumée remplit tout : les chasseurs, assis ou couchés, tâchent
de se placer au-dessous de cette fumée.

On attend que les neiges soient tombées, que le vent du nord-est,
en rassérénant le ciel, ait amené un froid sec, pour commencer la chasse
du castor. Mais, pendant les jours qui précèdent cette nuaison, on

s'occupe de quelques chasses intermédiaires, telles que celles des loutres, des renards et des rats musqués.

Les trappes employées contre ces animaux sont des planches plus ou moins épaisses, plus ou moins larges. On fait un trou dans la neige : une des extrémités des planches est posée à terre, l'autre extrémité est élevée sur trois morceaux de bois agencés dans la forme du chiffre 4. L'amorce s'attache à l'un des jambages de ce chiffre; l'animal qui la veut saisir s'introduit sous la planche, tire à soi l'appât, abat la trappe, est écrasé.

Les amorces diffèrent selon les animaux auxquels elles sont destinées : au castor on présente un morceau de bois de tremble, au renard et au loup un lambeau de chair, au rat musqué des noix et divers fruits secs.

On tend les trappes pour les loups à l'entrée des passes, au débouché d'un fourré; pour les renards, au penchant des collines, à quelque distance des garennes; pour le rat musqué, dans les taillis de frênes; pour les loutres, dans les fossés des prairies et dans les joncs des étangs.

On visite les trappes le matin : on part de la hutte deux heures avant le jour.

Les chasseurs marchent sur la neige avec des raquettes : ces raquettes ont dix-huit pouces de long sur huit de large; de forme ovale par devant, elles se terminent en pointe par derrière; la courbe de l'ellipse est de bois de bouleau, plié et durci au feu. Les cordes transversales et longitudinales sont faites de lanières de cuir; elles ont six lignes en tous sens; on les renforce avec des scions d'osier. La raquette est assujettie aux pieds au moyen de trois bandelettes. Sans ces machines ingénieuses, il serait impossible de faire un pas l'hiver dans ces climats; mais elles blessent et fatiguent d'abord, parce qu'elles obligent à tourner les genoux en dedans et à écarter les jambes.

Lorsqu'on procède à la visite et à la levée des piéges, dans les mois de novembre et de décembre, c'est ordinairement au milieu des tourbillons de neige, de grêle et de vent : on voit à peine à un demi-pied devant soi. Les chasseurs marchent en silence; mais les chiens, qui sentent la proie, poussent des hurlements. Il faut toute la sagacité du Sauvage pour retrouver les trappes ensevelies, avec les sentiers, sous les frimas.

À un jet de pierre des piéges, le chasseur s'arrête, afin d'attendre le lever du jour; il demeure debout, immobile au milieu de la tempête, le dos tourné au vent, les doigts enfoncés dans la bouche : à chaque poil des peaux dont il est enveloppé se forme une aiguille de givre, et la

A. — ATALA.   42

touffe de cheveux qui couronne sa tête devient un panache de glace.

À la première lueur du jour, lorsqu'on aperçoit les trappes tombées, on court aux fins de la bête. Un loup ou un renard, les reins à moitié cassés, montre aux chasseurs ses dents blanches et sa gueule noire : les chiens font raison du blessé.

On balaye la nouvelle neige, on relève la machine; on y met une pâture fraîche, observant de dresser l'embûche sous le vent. Quelquefois les piéges sont détendus sans que le gibier y soit resté : cet accident est l'effet de la matoiserie des renards; ils attaquent l'amorce en avançant la patte par le côté de la planche, au lieu de s'engager sous la trappe; ils emportent sains et saufs la picorée.

Si la première levée des piéges a été bonne, les chasseurs retournent triomphants à la hutte; le bruit qu'ils font alors est incroyable : ils racontent les captures de la matinée; ils invoquent les manitous; ils crient sans s'entendre; ils déraisonnent de joie, et les chiens ne sont pas muets. De ce premier succès on tire les présages les plus heureux pour l'avenir.

Lorsque les neiges ont cessé de tomber, et que le soleil brille sur leur surface durcie, la chasse du castor est proclamée. On fait d'abord au Grand-Castor une prière solennelle, et on lui présente une offrande de petun. Chaque Indien s'arme d'une massue pour briser la glace, d'un filet pour envelopper la proie. Mais quelle que soit la rigueur de l'hiver, certains petits étangs ne gèlent jamais dans le Haut-Canada : ce phénomène tient à l'abondance de quelques sources chaudes, ou à l'exposition particulière du sol.

Ces réservoirs d'eau non congéables sont souvent formés par les castors eux-mêmes, comme je l'ai dit à l'article de l'histoire naturelle. Voici comment on détruit les paisibles créatures de Dieu :

On pratique, à la chaussée de l'étang où vivent les castors, un trou assez large pour que l'eau se perde et pour que la ville merveilleuse demeure à sec. Debout sur la chaussée, un assommoir à la main, les chiens derrière eux, les chasseurs sont attentifs : ils voient les habitations se découvrir à mesure que l'eau baisse. Alarmé de cet écoulement rapide, le peuple amphibie, jugeant, sans en connaître la cause, qu'une brèche s'est faite à la chaussée, s'occupe aussitôt à la fermer. Tous nagent à l'envi : les uns s'avancent pour examiner la nature du dommage; les autres abordent au rivage pour chercher des matériaux; d'autres se rendent aux maisons de campagne pour avertir les citoyens. Les infortunés sont environnés de toutes parts : à la chaussée, la massue étend raide mort l'ouvrier qui s'efforçait de réparer l'avarie; l'habitant réfugié dans sa maison champêtre n'est pas plus en sûreté : le chasseur lui jette

une poudre qui l'aveugle, et les dogues l'étranglent. Les cris des vainqueurs font retentir les bois, l'eau s'épuise, et l'on marche à l'assaut
de la cité.

La manière de prendre les castors dans les viviers gelés est différente :
des percées sont ménagées dans la glace; emprisonnés sous leur voûte
de cristal, les castors s'empressent de venir respirer à ces ouvertures.
Les chasseurs ont soin de recouvrir l'endroit brisé avec de la bourre
de roseau; sans cette précaution, les castors découvriraient l'embuscade que leur cache la moelle de jonc répandue sur l'eau. Ils approchent
donc du soupirail; le remole qu'ils font en nageant les trahit : le chasseur plonge son bras dans l'issue, saisit l'animal par une patte, le jette
sur la glace, où il est entouré d'un cercle d'assassins, dogues et hommes.
Bientôt attaché à un arbre, un Sauvage l'écorche à moitié vivant, afin
que son poil aille envelopper au delà des mers la tête d'un habitant de
Londres ou de Paris.

L'expédition contre les castors terminée, on revient à la hutte des
chasses, en chantant des hymnes au Grand-Castor, au bruit du tambour et du chichikoué.

L'écorchement se fait en commun. On plante des poteaux : **deux chasseurs** se placent à chaque poteau, qui porte deux castors suspendus par
les jambes de derrière. Au commandement du chef, on ouvre le ventre
des animaux tués, et on les dépouille. S'il se trouve une femelle parmi
les victimes, la consternation est grande : non-seulement c'est un crime
religieux de tuer les femelles du castor, mais c'est encore un délit politique, une cause de guerre entre les tribus. Cependant l'amour du
gain, la passion des liqueurs fortes, le besoin d'armes à feu, l'ont emporté sur la force de la superstition et sur le droit établi; des femelles
en grande quantité ont été traquées, ce qui produira tôt ou tard l'extinc-
tion de leur race.

La chasse finit par un repas composé de la chair des castors. Un orateur prononce l'éloge des défunts comme s'il n'avait pas contribué à
leur mort : il raconte tout ce que j'ai rapporté de leurs mœurs, il loue
leur esprit et leur sagesse : « Vous n'entendrez plus, dit-il, la voix des
« chefs qui vous commandaient et que vous aviez choisis entre tous
« les guerriers castors pour vous donner des lois. Votre langage, que
« les jongleurs savent parfaitement, ne sera plus parlé au fond du lac;
« vous ne livrerez plus de batailles aux loutres, vos cruels ennemis.
« Non, castors! mais vos peaux serviront à acheter des armes, nous
« porterons vos jambons fumés à nos enfants, nous empêcherons nos
« chiens de briser vos os, qui sont si durs. »

Tous les discours, toutes les chansons des Indiens, prouvent qu'ils

s'associent aux animaux, qu'ils leurs prêtent un caractère et un langage, qu'ils les regardent comme des instituteurs, comme des êtres doués d'une âme intelligente. L'Écriture offre souvent l'instinct des animaux en exemple à l'homme.

La chasse de l'ours est la chasse la plus renommée chez les Sauvages. Elle commence par de longs jeûnes, des purgations sacrées et des festins; elle a lieu en hiver. Les chasseurs suivent des chemins affreux, le long des lacs, entre des montagnes dont les précipices sont cachés dans la neige. Dans les défilés dangereux, ils offrent le sacrifice réputé le plus puissant auprès du génie du désert : ils suspendent un chien vivant aux branches d'un arbre et l'y laissent mourir enragé. Des huttes élevées chaque soir à la hâte ne donnent qu'un mauvais abri : on y est glacé d'un côté et brûlé de l'autre; pour se défendre contre la fumée, on n'a d'autre ressource que de se coucher sur le ventre, le visage enseveli dans des peaux. Les chiens affamés hurlent, passent et repassent sur le corps de leurs maîtres : lorsque ceux-ci croient aller prendre un chétif repas, le dogue, plus alerte, l'engloutit.

Après des fatigues inouïes, on arrive à des plaines couvertes de forêts de pins, retraite des ours. Les fatigues et les périls sont oubliés, l'action commence.

Les chasseurs se divisent et embrassent, en se plaçant à quelque distance les uns des autres, un grand espace circulaire. Rendus aux différents points du cercle, ils marchent à l'heure fixée sur un rayon qui tend au centre, examinant avec soin sur ce rayon les vieux arbres qui recèlent les ours : l'animal se trahit par la marque que son haleine laisse dans la neige.

Aussitôt que l'Indien a découvert les traces qu'il cherche, il appelle ses compagnons, grimpe sur le pin, et, à dix ou douze pieds de terre, trouve l'ouverture par laquelle le solitaire s'est retiré dans sa cellule : si l'ours est endormi, on lui fend la tête; deux autres chasseurs, montant à leur tour sur l'arbre, aident le premier à retirer le mort de sa niche et à le précipiter.

Le guerrier explorateur et vainqueur se hâte alors de descendre : il allume sa pipe, la met dans la gueule de l'ours, et soufflant dans le fourneau du calumet, remplit de fumée le gosier du quadrupède. Il adresse ensuite des paroles à l'âme du trépassé; il le prie de lui pardonner sa mort, et de ne point lui être contraire dans les chasses qu'il pourrait entreprendre. Après cette harangue, il coupe le filet de la langue de l'ours pour le brûler au village, afin de découvrir, par la manière dont il pétillera dans la flamme, si l'esprit de l'ours n'est pas apaisé.

L'ours n'est pas toujours renfermé dans le tronc d'un pin; il habite

souvent une tanière dont il a bouché l'entrée. Cet ermite est quelquefois
si replet, qu'il peut à peine marcher, quoiqu'il ait vécu une partie de
l'hiver sans nourriture.

Les guerriers partis des différents points du cercle, et dirigés vers le
centre, s'y rencontrent enfin, apportant, traînant ou chassant leur
proie : on voit quelquefois arriver ainsi de jeunes Sauvages qui poussent
devant eux, avec une baguette, un gros ours trottant pesamment sur
la neige. Quand ils sont las de ce jeu, ils enfoncent un couteau dans le
cœur du pauvre animal.

La chasse de l'ours, comme toutes les autres chasses, finit par un
repas sacré. L'usage est de faire rôtir un ours tout entier, et de le servir aux convives, assis en rond sur la neige, à l'abri des pins, dont les
branches étagées sont aussi couvertes de neige. La tête de la victime,
peinte de rouge et de bleu, est exposée au haut d'un poteau. Des orateurs lui adressent la parole; ils prodiguent les louanges au mort, tandis
qu'ils dévorent ses membres. « Comme tu montais au haut des arbres!
« quelle force dans tes étreintes! quelle constance dans tes entreprises!
« quelle sobriété dans tes jeûnes! Guerrier à l'épaisse fourrure, au prin-
« temps les jeunes ourses brûlaient d'amour pour toi. Maintenant tu n'es
« plus; mais ta dépouille fait encore les délices de ceux qui la pos-
« sèdent. »

On voit souvent assis pêle-mêle avec les Sauvages à ces festins, des
dogues, des ours et des loutres apprivoisés.

Les Indiens prennent, pendant cette chasse, des engagements qu'ils
ont de la peine à remplir. Ils jurent, par exemple, de ne point manger
avant d'avoir porté la patte du premier ours qu'ils tueront à leur mère
ou à leur femme, et quelquefois leur mère et leur femme sont à trois ou
quatre cents milles de la forêt où ils ont assommé la bête. Dans ces cas
on consulte le jongleur, lequel, au moyen d'un présent, accommode
l'affaire. Les imprudents faiseurs de vœux en sont quittes pour brûler
en l'honneur du Grand-Lièvre la partie de l'animal qu'ils avaient dé-
vouée à leurs parents.

La chasse de l'ours finit vers la fin de février, et c'est à cette époque
que commence celle de l'orignal. On trouve de grandes troupes de ces
animaux dans les jeunes semis de sapins.

Pour les prendre, on enferme un terrain considérable dans deux
triangles de grandeur inégale, et formé de pieux hauts et serrés. Ces
deux triangles se communiquent par un de leurs angles, à l'issue duquel on tend des lacets. La base du plus grand triangle reste ouverte,
et les guerriers s'y rangent sur une seule ligne. Bientôt ils s'avancent
poussant de grands cris, frappant sur une espèce de tambour. Les ori-

gnaux prennent la fuite dans l'enclos cerné par les pieux. Ils cherchent en vain un passage, arrivent au détroit fatal, et demeurent
embarrassés dans les filets. Ceux qui les franchissent se précipitent
dans le petit triangle, où ils sont aisément percés de flèches.

La chasse du bison a lieu pendant l'été dans les savanes qui bordent
le Missouri ou ses affluents. Les Indiens, battant la plaine, poussent
les troupeaux vers le courant d'eau. Quand ils refusent de fuir, on em-
brase les herbes, et les bisons se trouvent resserrés entre l'incendie et
le fleuve. Quelques milliers de ces pesants animaux, mugissant à la
fois, traversant la flamme ou l'onde, tombant atteints par la balle ou
percés par l'épieu, offrent un spectacle étonnant.

Les Sauvages emploient encore d'autres moyens d'attaque contre
les bisons : tantôt ils se déguisent en loups, afin de les approcher ;
tantôt ils attirent les vaches, en imitant le mugissement du taureau.
Aux derniers jours de l'automne, lorsque les rivières sont à peine
gelées, deux ou trois tribus réunies dirigent les troupeaux vers ces
rivières. Un Sioux, revêtu de la peau d'un bison, franchit le fleuve
sur la glace mince ; les bisons trompés le suivent, le pont fragile se
rompt sous le lourd bétail, que l'on massacre au milieu des débris flottants. Dans ces occasions les chasseurs emploient la flèche : le coup
muet de cette arme n'épouvante point le gibier, et le trait est repris
par l'archer quand l'animal est abattu. Le mousquet n'a pas cet avantage : il y a perte et bruit dans l'usage du plomb et de la poudre.

On a soin de prendre les bisons sous le vent, parce qu'ils flairent
l'homme à une grande distance. Le taureau blessé revient sur le coup ;
il défend la génisse, et meurt souvent pour elle.

Les Sioux errant dans les savanes, sur la rive droite du Mississipi,
depuis les sources de ce fleuve jusqu'au Saut Saint-Antoine, élèvent
des chevaux de race espagnole, avec lesquels ils lancent les bisons.

Ils ont quelquefois de singuliers compagnons dans cette chasse : ce
sont les loups. Ceux-ci se mettent à la suite des Indiens afin de profiter
de leurs restes, et dans la mêlée ils emportent les veaux égarés.

Souvent aussi ces loups chassent pour leur propre compte. Trois
d'entre eux amusent une vache par leurs folâtreries : tandis que, naïvement attentive, elle regarde les jeux de ces traîtres, un loup tapi
dans l'herbe la saisit aux mamelles ; elle tourne la tête pour s'en débarrasser, et les trois complices du brigand lui sautent à la gorge.

Sur le théâtre de cette chasse s'exécute, quelques mois après, une
chasse non moins cruelle, mais plus paisible, celle des colombes ; on
les prend la nuit au flambeau, sur les arbres isolés où elles se reposent
pendant leur migration du nord au midi.

Le retour des guerriers au printemps, quand la chasse a été bonne, est une grande fête. On revient chercher les canots, on les radoube avec de la graisse d'ours et de la résine de térébinthe : les pelleteries, les viandes fumées, les bagages sont embarqués, et l'on s'abandonne au cours des rivières, dont les rapides et les cataractes ont disparu sous la crue des eaux.

En approchant des villages, un Indien, mis à terre, court avertir la nation. Les femmes, les enfants, les vieillards, les guerriers restés aux cabanes se rendent au fleuve. Ils saluent la flotte par un cri, auquel la flotte répond par un autre cri. Les pirogues rompent leur file, se rangent bord à bord et présentent la proue. Les chasseurs sautent sur la rive, et rentrent aux villages dans l'ordre observé au départ. Chaque Indien chante sa propre louange : « Il faut être homme pour attaquer « les ours comme je l'ai fait; il faut être homme pour apporter de « telles fourrures et des vivres en si grande abondance. » Les tribus applaudissent. Les femmes suivent portant le produit de la chasse.

On partage les peaux et les viandes sur la place publique; on allume le feu du retour; on y jette les filets de langues d'ours : s'ils sont charnus et pétillent bien, c'est l'augure le plus favorable; s'ils sont secs et brûlent sans bruit, la nation est menacée de quelque malheur.

Après la danse du calumet, on sert le dernier repas de chasse : il consiste en un ours amené vivant de la forêt : on le met cuire tout entier avec la peau et les entrailles dans une énorme chaudière. Il ne faut rien laisser de l'animal, ne point briser ses os, coutume judaïque; il faut boire jusqu'à la dernière goutte de l'eau dans laquelle il a bouilli : le Sauvage dont l'estomac repousse l'aliment appelle à son secours ses compagnons. Ce repas dure huit ou dix heures : les festoyants en sortent dans un état affreux; quelques-uns payent de leur vie l'horrible plaisir que la superstition impose. Un sachem clôt la cérémonie:

« Guerriers, le Grand-Lièvre a regardé nos flèches; vous avez montré « la sagesse du castor, la prudence de l'ours, la force du bison, la « vitesse de l'orignal. Retirez-vous, et passez la lune de feu à la pêche « et aux jeux. » Ce discours se termine par un oah! cri religieux trois fois répété.

Les bêtes qui fournissent la pelleterie aux Sauvages sont : le blaireau, le renard gris, jaune et rouge, le pécan, le gopher, le racoon, le lièvre gris et blanc, le castor, l'hermine, la martre, le rat musqué, le chat tigre ou carcajou, la loutre, le loup-cervier, la bête puante, l'écureuil noir, gris et rayé, l'ours, et le loup de plusieurs espèces.

Les peaux à tanner se tirent de l'orignal, de l'élan, de la brebis de montagne, du chevreuil, du daim, du cerf et du bison.

LA GUERRE.

Chez les Sauvages tout porte les armes, hommes, femmes et enfants; mais le corps des combattants se compose en général du cinquième de la tribu.

Quinze ans est l'âge légal du service militaire. La guerre est la grande affaire des Sauvages et tout le fond de leur politique; elle a quelque chose de plus légitime que la guerre chez les peuples civilisés, parce qu'elle est presque toujours déclarée pour l'existence même du peuple qui l'entreprend : il s'agit de conserver des pays de chasse ou des terrains propres à la culture. Mais, par la raison même que l'Indien ne s'applique que pour vivre à l'art qui lui donne la mort, il en résulte des fureurs implacables entre les tribus : c'est la nourriture de la famille qu'on se dispute. Les haines deviennent individuelles : comme les armées sont peu nombreuses, comme chaque ennemi connaît le nom et le visage de son ennemi, on se bat encore avec acharnement par des antipathies de caractère, et par des ressentiments particuliers; ces enfants du même désert portent dans leurs querelles étrangères quelque chose de l'animosité des troubles civils.

À cette première et générale cause de guerre parmi les Sauvages, viennent se mêler d'autres raisons de prises d'armes, tirées de quelque motif superstitieux, de quelques dissensions domestiques, de quelque intérêt du commerce des Européens. Ainsi, tuer des femelles de castors était devenu chez les hordes du nord de l'Amérique un sujet légitime de guerre.

La guerre se dénonce d'une manière extraordinaire et terrible. Quatre guerriers, peints en noir de la tête aux pieds, se glissent dans les plus profondes ténèbres chez le peuple menacé : parvenus aux portes des cabanes, ils jettent au foyer de ces cabanes un casse-tête peint en rouge, sur le pied duquel sont marqués, par des signes connus des sachems, les motifs des hostilités : les premiers Romains lançaient une javeline sur le territoire ennemi. Ces hérauts d'armes indiens disparaissent aussitôt dans la nuit comme des fantômes, en poussant le fameux cri ou *woop* de guerre. On le forme en appuyant une main sur la bouche et en frappant les lèvres, de manière à ce que le son échappé en tremblotant, tantôt plus sourd, tantôt plus aigu, se termine par une espèce de rugissement dont il est impossible de se faire une idée.

La guerre dénoncée, si l'ennemi est trop faible pour la soutenir, il

fuit; s'il se sent fort, il l'accepte : commencent aussitôt les préparatifs
et les cérémonies d'usage.

Un grand feu est allumé sur la place publique, et la chaudière de la
guerre placée sur le bûcher : c'est la marmite du janissaire. Chaque
combattant y jette quelque chose de ce qui lui appartient. On plante
aussi deux poteaux où l'on suspend des flèches, des casse-têtes et des
plumes, le tout peint en rouge. Les poteaux sont placés au septentrion,
à l'orient, au midi ou à l'occident de la place publique, selon le point
géographique d'où la bataille doit venir.

Cela fait, on présente aux guerriers la *médecine* de la guerre, vo-
mitif violent, délayé dans deux pintes d'eau qu'il faut avaler d'un
trait. Les jeunes gens se dispersent aux environs, mais sans trop
s'écarter. Le chef qui doit les commander, après s'être frotté le cou et
le visage de graisse d'ours et de charbon pilé, se retire à l'étuve, où il
passe deux jours entiers à suer, à jeûner et à observer ses songes.
Pendant ces deux jours, il est défendu aux femmes d'approcher des
guerriers; mais elles peuvent parler au chef de l'expédition, qu'elles
visitent, afin d'obtenir de lui une part du butin fait sur l'ennemi, car
les Sauvages ne doutent jamais du succès de leurs entreprises.

Ces femmes portent différents présents qu'elles déposent aux pieds
du chef. Celui-ci note avec des graines ou des coquillages les prières
particulières : une sœur réclame un prisonnier pour lui tenir lieu d'un
frère mort dans les combats ; une matrone exige des chevelures pour
se consoler de la perte de ses parents; une veuve requiert un captif
pour mari, ou une veuve étrangère pour esclave; une mère demande
un orphelin pour remplacer l'enfant qu'elle a perdu.

Les deux jours de retraite écoulés, les jeunes guerriers se rendent à
leur tour auprès du chef de guerre : ils lui déclarent le dessein de
prendre part à l'expédition; car, bien que le conseil ait résolu la guerre,
cette résolution ne lie personne; l'engagement est purement volontaire.

Tous les guerriers se barbouillent de noir et de rouge de la manière
la plus capable, selon eux, d'épouvanter l'ennemi. Ceux-ci se font des
barres longitudinales ou transversales sur les joues : ceux-là, des
marques rondes ou triangulaires; d'autres y tracent des figures de
serpents. La poitrine découverte et les bras nus d'un guerrier offrent
l'histoire de ses exploits; des chiffres particuliers expriment le nombre
des chevelures qu'il a enlevées, les combats où il s'est trouvé, les
dangers qu'il a courus. Ces hiéroglyphes, imprimés dans la peau en
points bleus, restent ineffaçables : ce sont des piqûres fines, brûlées
avec de la gomme de pin.

Les combattants, entièrement nus ou vêtus d'une tunique sans manches, ornent de plumes la seule touffe de cheveux qu'ils conservent sur le sommet de la tête. A leur ceinture de cuir est passé le couteau pour découper le crâne; le casse-tête pend à la même ceinture; dans la main droite ils tiennent l'arc ou la carabine; sur l'épaule gauche ils portent le carquois garni de flèches, ou la corne remplie de poudre et de balles. Les Cimbres, les Teutons et les Francs essayaient ainsi de se rendre formidables aux yeux des Romains.

Le chef de guerre sort de l'étuve, un collier de porcelaine rouge à la main, et adresse un discours à ses frères d'armes : « Le Grand-Esprit « ouvre ma bouche. Le sang de nos proches tués dans la dernière « guerre n'a point été essuyé; leurs corps n'ont point été recouverts; « il faut aller les garantir des mouches. Je suis résolu de marcher par « le sentier de la guerre; j'ai vu des ours dans mes songes; les bons « manitous m'ont promis de m'assister, et les mauvais ne me seront « pas contraires : j'irai donc manger les ennemis, boire leur sang, « faire des prisonniers. Si je péris, ou si quelques-uns de ceux qui « consentent à me suivre perdent la vie, nos âmes seront reçues dans « la contrée des esprits; nos corps ne resteront pas couchés dans la « poussière ou dans la boue, car ce collier rouge appartiendra à celui « qui couvrira les morts. »

Le chef jette le collier à terre; les guerriers les plus renommés se précipitent pour le ramasser : ceux qui n'ont point encore combattu, ou qui n'ont qu'une gloire commune, n'osent disputer le collier. Le guerrier qui le relève devient le lieutenant-général du chef; il le remplace dans le commandement si ce chef périt dans l'expédition.

Le guerrier possesseur du collier fait un discours. On apporte de l'eau chaude dans un vase. Les jeunes gens lavent le chef de guerre et lui enlèvent la couleur noire dont il est couvert; ensuite ils lui peignent les joues, le front, la poitrine, avec des craies et des argiles de différentes teintes, et le revêtent de sa plus belle robe.

Pendant cette ovation, le chef chante à demi voix cette fameuse chanson de mort que l'on entonne lorsqu'on va subir le supplice du feu :

« Je suis brave, je suis intrépide, je ne crains point la mort; je me « ris des tourments; qu'ils sont lâches ceux qui les redoutent! des « femmes, moins que des femmes! Que la rage suffoque mes ennemis! « puissé-je les dévorer et boire leur sang jusqu'à la dernière goutte! »

Quand le chef a achevé la chanson de mort, son lieutenant-général commence la chanson de guerre :

« Je combattrai pour la patrie; j'enlèverai des chevelures; je boirai « dans le crâne de mes ennemis, etc. »

Chaque guerrier, selon son caractère, ajoute à sa chanson des détails plus ou moins atroces. Les uns disent : « Je couperai les doigts « de mes ennemis avec les dents; je leur brûlerai les pieds et ensuite « les jambes. » Les autres disent : « Je laisserai les vers se mettre « dans leurs plaies; je leur enlèverai la peau du crâne : je leur arra- « cherai leur cœur, et je le leur enfoncerai dans la bouche. »

Ces infernales chansons n'étaient guère hurlées que par les hordes septentrionales. Les tribus du midi se contentaient d'étouffer les prisonniers dans la fumée.

Le guerrier ayant répété sa chanson de guerre, redit sa chanson de famille : elle consiste dans l'éloge des aïeux. Les jeunes gens qui vont au combat pour la première fois gardent le silence.

Ces premières cérémonies achevées, le chef se rend au conseil des sachems, qui sont assis en rond, une pipe rouge à la bouche : il leur demande s'ils persistent à vouloir lever la hache. La délibération recommence, et presque toujours la première résolution est confirmée. Le chef de guerre revient sur la place publique, annonce aux jeunes gens la décision des vieillards, et les jeunes gens y répondent par un cri.

On délie le chien sacré qui était attaché à un poteau; on l'offre à Areskoui, dieu de la guerre. Chez les nations canadiennes, on égorge ce chien, et, après l'avoir fait bouillir dans une chaudière, on le sert aux hommes rassemblés. Aucune femme ne peut assister à ce festin mystérieux. A la fin du repas, le chef déclare qu'il se mettra en marche tel jour, au lever ou au coucher du soleil.

L'indolence naturelle des Sauvages est tout à coup remplacée par une activité extraordinaire : la gaieté et l'ardeur martiale des jeunes gens se communiquent à la nation. Il s'établit des espèces d'ateliers pour la fabrique des traîneaux et des canots.

Les traîneaux employés au transport des bagages, des malades et des blessés, sont faits de deux planches fort minces, d'un pied et demi de long sur sept pouces de large, relevés sur le devant. Ils ont des rebords où s'attachent des courroies pour fixer les fardeaux. Les Sauvages tirent ce char sans roues à l'aide d'une double bande de cuir, appelée *metump*, qu'ils se passent sur la poitrine, et dont les bouts sont liés à l'avant-train du traîneau.

Les canots sont de deux espèces : les uns plus grands, les autres plus petits. On les construit de la manière suivante :

Des pièces courbés s'unissent par leur extrémité, de façon à former une ellipse d'environ huit pieds et demi dans le court diamètre, de vingt dans le diamètre long. Sur ces maîtresses pièces on attache des côtes

minces de bois de cèdre rouge; ces côtes sont renforcées par un treil-
lage d'osier. On recouvre ce squelette du canot de l'écorce enlevée,
pendant l'hiver, aux ormes et aux bouleaux, en jetant de l'eau bouillante sur le tronc de ces arbres. On assemble ces écorces avec des
racines de sapin extrêmement souples, et qui sèchent difficilement. La
couture est enduite en dedans et en dehors d'une résine dont les Sauvages gardent le secret. Lorsque le canot est fini, et qu'il est garni de
ses pagaies d'érable, il ressemble assez à une araignée d'eau, élégant
et léger insecte qui marche avec rapidité sur la surface des lacs et des
fleuves.

Un combattant doit porter avec lui dix livres de maïs ou d'autres
grains, sa natte, son manitou et son *sac de médecine*.

Le jour qui précède celui du départ, et qu'on appelle le jour des
adieux, est consacré à une cérémonie touchante, chez les nations des
langues huronne et algonquine. Les guerriers, qui jusqu'alors ont
campé sur la place publique ou sur une espèce de Champ de Mars, se
dispersent dans les villages et vont faire leurs adieux de cabane en
cabane. On les reçoit avec des marques du plus tendre intérêt; on veut
avoir quelque chose qui leur ait appartenu; on leur ôte leur manteau
pour leur en donner un meilleur; on échange avec eux un calumet :
ils sont obligés de manger, ou de vider une coupe. Chaque hutte a pour
eux un vœu particulier, et il faut qu'ils répondent par un souhait semblable à leurs hôtes.

Lorsque le guerrier fait ses adieux à sa propre cabane, il s'arrête,
debout, sur le seuil de la porte. S'il a une mère, cette mère s'avance
la première : il lui baise les yeux, la bouche et les mamelles. Ses sœurs
viennent ensuite, et il leur touche le front : sa femme se prosterne
devant lui : il la recommande aux bons génies. De tous les enfants, on
ne lui présente que ses fils; il étend sur eux sa hache ou son casse-tête
sans prononcer un mot. Enfin, son père paraît le dernier. Le sachem,
après lui avoir frappé sur l'épaule, lui fait un discours pour l'inviter à
honorer ses aïeux; il lui dit : « Je suis derrière toi comme tu es der-
« rière ton fils : si on vient à moi, on fera du bouillon de ma chair en
« insultant ta mémoire. »

Le lendemain du jour des adieux est le jour même du départ. A la
première blancheur de l'aube, le chef de guerre sort de sa hutte et
pousse le cri de mort. Si le moindre nuage a obscurci le ciel, si un
songe funeste est survenu, si quelque oiseau ou quelque animal de mauvais augure a été vu, le jour du départ est différé. Le camp, réveillé
par le cri de mort, se lève et s'arme.

Les chefs des tribus haussent les étendards formés de morceaux d'écorce ronds, attachés au bout d'un long dard, sur lesquels se voient, grossièrement dessinés, des manitous, un tortue, une ours, un castor, etc. Les chefs des tribus sont des espèces de maréchaux de camp, sous le commandement du général et de son lieutenant. Il y a, de plus, des capitaines non reconnus par le gros de l'armée : ce sont des partisans que suivent les aventuriers.

Le recensement ou le dénombrement de l'armée s'opère : chaque guerrier donne au chef, en passant devant lui, un petit morceau de bois marqué d'un sceau particulier. Jusqu'au moment de la remise de leur symbole, les guerriers se peuvent retirer de l'expédition; mais, après cet engagement, quiconque recule est déclaré infâme.

Bientôt arrive le prêtre suprême, suivi du collége des jongleurs ou médecins. Ils apportent des corbeilles de jonc en forme d'entonnoirs, des sacs de peau remplis de racines et de plantes. Les guerriers s'asseyent à terre, les jambes croisées, formant un cercle ; les prêtres se tiennent debout au milieu.

Le grand jongleur appelle les combattants par leurs noms : le guerrier appelé se lève, et donne son manitou au jongleur, qui le met dans une des corbeilles de jonc, en chantant ces mots algonquins : *Ajouh-oyah-alluya!*

Les manitous varient à l'infini, parce qu'ils représentent les caprices et les songes des Sauvages : ce sont des peaux de souris rembourrées avec du foin et du coton, de petits cailloux blancs, des oiseaux empaillés, des dents de quadrupèdes ou de poissons, des morceaux d'étoffe rouge, des branches d'arbre, des verroteries, ou quelques parures européennes, enfin toutes les formes que les bons génies sont censés avoir prises pour se manifester aux possesseurs de ces manitous : heureux du moins de se rassurer à si peu de frais, et de se croire, sous un fétu, à l'abri des coups de la fortune! Sous le régime féodal on prenait acte d'un droit acquis par le don d'une baguette, d'une paille, d'un anneau, d'un couteau, etc.

Les manitous, distribués en trois corbeilles, sont confiés à la garde du chef de guerre et des chefs de tribus.

De la collection des manitous, on passe à la bénédiction des plantes médicinales et des instruments de la chirurgie. Le grand jongleur les tire tour à tour du fond d'un sac de cuir ou de poil de buffle ; il les dépose à terre, danse à l'entour avec les autres jongleurs, se frappe les cuisses, se démonte le visage, hurle et prononce des mots inconnus. Il finit par déclarer qu'il a communiqué aux simples une vertu surnaturelle, et qu'il a la puissance de rendre à la vie les guerriers expirés. Il s'ouvre les lèvres avec les dents, applique une poudre sur la blessure dont il a sucé le sang avec adresse, et paraît subitement guéri. Quelquefois on lui présente un chien réputé mort; mais, à l'application d'un instrument, le chien se relève sur ses pattes, et l'on crie au miracle. Ce sont pourtant des hommes intrépides qui se laissent enchanter par des prestiges aussi grossiers. Le Sauvage n'aperçoit dans les jongleries de ses prêtres que l'intervention du Grand-Esprit; il ne rougit point d'invoquer à son aide celui qui a fait la plaie, et qui peut la guérir.

Cependant les femmes ont préparé le festin du départ; ce dernier repas est composé de chair de chien comme le premier. Avant de toucher au mets sacré, le chef s'adresse à l'assemblée :

« MES FRÈRES,

« Je ne suis pas encore un homme, je le sais; cependant on n'ignore
« pas que j'ai vu quelquefois l'ennemi. Nous avons été tués dans la der-
« nière guerre; les os de nos compagnons n'ont point été garantis des
« mouches : il les faut aller couvrir. Comment avons-nous pu rester si
« longtemps sur nos nattes? Le manitou de mon courage m'ordonne de
« venger l'homme. Jeunesse, ayez du cœur. »

Le chef entonne la chanson du manitou des combats [1]; les jeunes gens en répètent le refrain. Après le cantique, le chef se retire au sommet d'une éminence, se couche sur une peau, tenant à la main un calumet rouge dont le fourneau est tourné du côté du pays ennemi. On exécute les danses et les pantomimes de la guerre. La première s'appelle la *danse de la découverte*.

Un Indien s'avance seul à pas lents au milieu des spectateurs; il représente le départ des guerriers : on le voit marcher, et puis camper au déclin du jour. L'ennemi est découvert; on se traîne sur les mains pour arriver jusqu'à lui : attaque, mêlée, prise de l'un, mort de l'autre, retraite précipitée ou tranquille, retour douloureux ou triomphant.

Le guerrier qui exécute cette pantomime y met fin par un chant en son honneur et à la gloire de sa famille.

« Il y a vingt neiges que je fis douze prisonniers : il y a dix neiges
« que je sauvai le chef. Mes ancêtres étaient braves et fameux. Mon
« grand-père était la sagesse de la tribu et le rugissement de la ba-
« taille; mon père était un pin dans sa force. Ma trisaïeule fut mère de
« cinq guerriers; ma grand'mère valait seule un conseil de sachems;
« ma mère fait de la sagamité excellente. Moi je suis plus fort, plus
« sage que mes aïeux. » C'est la chanson de Sparte : *Nous avons été jadis jeunes, vaillants et hardis.*

[1] Voyez les *Natchez*.

Après ce guerrier, les autres se lèvent et chantent pareillement leurs hauts faits; plus ils se vantent, plus on les félicite : rien n'est noble, rien n'est beau comme eux; ils ont toutes les qualités et toutes les vertus. Celui qui se disait au-dessus de tout le monde applaudit à celui qui déclare le surpasser en mérite. Les Spartiates avaient encore cette coutume : ils pensaient que l'homme qui se donne en public des louanges prend un engagement de les mériter.

Peu à peu tous les guerriers quittent leur place pour se mêler aux danses; on exécute des marches au bruit du tambourin, du fifre et du chichikoué. Le mouvement augmente; on imite les travaux d'un siége, l'attaque d'une palissade : les uns sautent comme pour franchir un fossé, les autres semblent se jeter à la nage; d'autres présentent la main à leurs compagnons pour les aider à monter à l'assaut. Les casse-têtes retentissent contre les casse-têtes; le chichikoué précipite la marche; les guerriers tirent leurs poignards : ils commencent à tourner sur eux-mêmes, d'abord lentement, ensuite plus vite, et bientôt avec une telle rapidité, qu'ils disparaissent dans le cercle qu'ils décrivent : d'horribles cris percent la voûte du ciel. Le poignard que ces hommes féroces se portent à la gorge avec une adresse qui fait frémir, leur visage noir ou bariolé, leurs habits fantastiques, leurs longs hurlements, tout ce tableau d'une guerre sauvage inspire la terreur.

Épuisés, haletants, couverts de sueur, les acteurs terminent la danse, et l'on passe à l'épreuve des jeunes gens. On les insulte, on leur fait des reproches outrageants, on répand des cendres brûlantes sur leurs cheveux, on les frappe avec des fouets, on leur jette des tisons à la tête; il leur faut supporter ces traitements avec la plus parfaite insensibilité. Celui qui laisserait échapper le moindre signe d'impatience serait déclaré indigne de lever la hache.

Le troisième et dernier banquet du chien sacré couronne ces diverses cérémonies : il ne doit durer qu'une demi-heure. Les guerriers mangent en silence; le chef les préside; bientôt il quitte le festin. A ce signal les convives courent aux bagages, et prennent les armes. Les parents et les amis les environnent sans prononcer une parole; la mère suit des regards son fils occupé à charger les paquets sur les traîneaux; on voit couler des larmes muettes. Des familles sont assises à terre; quelques-unes se tiennent debout; toutes sont attentives aux occupations du départ; on lit, écrite sur tous les fronts, cette même question faite intérieurement par diverses tendresses : « Si je n'allais plus le revoir? »

Enfin le chef de guerre sort, complétement armé, de sa cabane. La troupe se forme dans l'ordre militaire : le grand jongleur, portant les manitous, paraît à la tête; le chef de guerre marche derrière lui; vient

ensuite le porte-étendard de la première tribu, levant en l'air son enseigne; les hommes de cette tribu suivent leur symbole. Les autres tribus défilent après la première, et tirent les traîneaux chargés des chaudières, des nattes et des sacs de maïs; des guerriers portent sur leurs
épaules, quatre à quatre ou huit à huit, les petits et les grands canots :
les filles peintes ou les courtisanes, avec leurs enfants, accompagnent
l'armée. Elles sont aussi attelées aux traîneaux; mais au lieu d'avoir
le *metump* passé par la poitrine, elles l'ont appliqué sur le front. Le
lieutenant-général marche seul sur le flanc de la colonne.

Le chef de guerre, après quelques pas faits sur la route, arrête les
guerriers et leur dit :

« Bannissons la tristesse : quand on va mourir on doit être content.
« Soyez dociles à mes ordres. Celui qui se distinguera recevra beaucoup
« de petun. Je donne ma natte à porter à..., puissant guerrier. Si moi
« et mon lieutenant nous sommes mis dans la chaudière, ce sera.... qui
« vous conduira. Allons, frappez-vous les cuisses, et hurlez trois fois. »

Le chef remet alors son sac de maïs et sa natte au guerrier qu'il a
désigné, ce qui donne à celui-ci le droit de commander la troupe si le
chef et son lieutenant périssent.

La marche recommence : l'armée est ordinairement accompagnée de
tous les habitants des villages jusqu'au fleuve ou au lac où l'on doit
lancer les canots. Alors se renouvelle la scène des adieux : les guerriers
se dépouillent et partagent leurs vêtements entre les membres de leur
famille. Il est permis, dans ce dernier moment, d'exprimer tout haut
sa douleur : chaque combattant est entouré de ses parents qui lui prodiguent des caresses, le pressent dans leurs bras, l'appellent par les plus
doux noms qui soient entre les hommes. Avant de se quitter, peut-être
pour jamais, on se pardonne les torts qu'on a pu avoir réciproquement.
Ceux qui restent prient les manitous d'abréger la longueur de l'absence,
ceux qui partent invitent la rosée à descendre sur la hutte natale; ils
n'oublient pas même, dans leurs souhaits de bonheur, les animaux domestiques, hôtes du foyer paternel. Les canots sont lancés sur le
fleuve; on s'y embarque, et la flotte s'éloigne. Les femmes, demeurées
au rivage, font de loin les derniers signes de l'amitié à leurs époux, à
leurs pères et à leurs fils.

Pour se rendre au pays ennemi, on ne suit pas toujours la route
directe; on prend quelquefois le chemin le plus long comme le plus sûr.
La marche est réglée par le jongleur, d'après les bons ou les mauvais
présages : s'il a observé un chat-huant, on s'arrête. La flotte entre dans
une crique; on descend à terre, on dresse une palissade; après quoi,
les feux étant allumés, on fait bouillir les chaudières. Le souper fini,

le camp est mis sous la garde des esprits. Le chef recommande aux
guerriers de tenir auprès d'eux leur casse-tête, et de ne pas ronfler trop
fort. On suspend aux palissades les manitous, c'est-à-dire les souris
empaillées, les petits cailloux blancs, les brins de paille, les morceaux
d'étoffe rouge, et le jongleur commence la prière :

« Manitous, soyez vigilants : ouvrez les yeux et les oreilles. Si les
« guerriers étaient surpris, cela tournerait à votre déshonneur. Com-
« ment! diraient les sachems, les manitous de notre nation se sont
« laissé battre par les manitous de l'ennemi! Vous sentez combien cela
« serait honteux : personne ne vous donnerait à manger; les guerriers
« rêveraient pour obtenir d'autres esprits plus puissants que vous. Il
« est de votre intérêt de faire bonne garde; si on enlevait notre che-
« velure pendant notre sommeil, ce ne serait pas nous qui serions
« blâmables, mais vous qui auriez tort. »

Après cette admonition aux manitous, chacun se retire dans la plus
parfaite sécurité, convaincu qu'il n'a pas la moindre chose à craindre.

Des Européens qui ont fait la guerre avec les Sauvages, étonnés de
cette étrange confiance, demandaient à leurs compagnons de natte s'ils
n'étaient jamais surpris dans leurs campements : « Très-souvent, »
répondaient ceux-ci. « Ne feriez-vous pas mieux, dans ce cas, disaient les
« étrangers, de poser des sentinelles? — Cela serait fort bien, » répondait le Sauvage en se tournant pour dormir. L'Indien se fait une
vertu de son imprévoyance et de sa paresse, en se mettant sous la
seule protection du ciel.

Il n'y a point d'heure fixe pour le repos ou pour le mouvement : que le
jongleur s'écrie à minuit qu'il a vu une araignée sur une feuille de saule,
il faut partir.

Quand on se trouve dans un pays abondant en gibier, la troupe se
disperse; les bagages et ceux qui les portent restent à la merci du premier parti hostile; mais deux heures avant le coucher du soleil, tous
les chasseurs reviennent au camp avec une justesse et une précision
dont les Indiens sont seuls capables.

Si l'on tombe dans le *sentier blazed*, ou le *sentier du commerce*, la
dispersion des guerriers est encore plus grande : ce sentier est marqué,
dans les forêts, sur le tronc des arbres entaillés à la même hauteur. C'est
le chemin que suivent les diverses nations rouges pour trafiquer les unes
avec les autres, ou avec les nations blanches. Il est de droit public que
ce chemin demeure neutre; on ne trouble point ceux qui s'y trouvent
engagés.

La même neutralité est observée dans le *sentier du sang*: ce sentier
est tracé par le feu que l'on a mis aux buissons. Aucune cabane ne

se trouve sur ce chemin consacré au passage des tribus dans leurs expéditions lointaines. Les partis même ennemis s'y rencontrent, mais
ne s'y attaquent jamais. Violer le *sentier du commerce*, ou celui *du
sang*, est une cause immédiate de guerre contre la nation coupable du
sacrilège.

Si une troupe trouve endormie une autre troupe avec laquelle elle a
des alliances, elle reste debout, en dehors des palissades du camp,
jusqu'au réveil des guerriers. Ceux-ci étant sortis de leur sommeil, leur
chef s'approche de la troupe voyageuse, lui présente quelques chevelures destinées pour ces occasions, et lui dit : « *Vous avez coup ici;* »
ce qui signifie : « Vous pouvez passer, vous êtes nos frères, votre
« honneur est à couvert. » Les alliés répondent : « Nous avons coup ici; »
et ils poursuivent leur chemin. Quiconque prendrait pour ennemie une
tribu amie, et la réveillerait, s'exposerait à un reproche d'ignorance
et de lâcheté.

Si l'on doit traverser le territoire d'une nation neutre, il faut
demander le passage. Une députation se rend, avec le calumet, au
principal village de cette nation. L'orateur déclare que l'arbre de paix
a été planté par les aïeux; que son ombrage s'étend sur les deux
peuples; que la hache est enterrée au pied de l'arbre; qu'il faut éclaircir
la chaîne d'amitié et fumer la pipe sacrée. Si le chef de la nation neutre
reçoit le calumet et fume, le passage est accordé. L'ambassadeur s'en
retourne, toujours dansant, vers les siens.

Ainsi l'on avance vers la contrée où l'on porte la guerre, sans plan,
sans précaution, comme sans crainte. C'est le hasard qui donne ordinairement les premières nouvelles de l'ennemi : un chasseur reviendra
en hâte déclarer qu'il a rencontré des traces d'homme. On ordonne
aussitôt de cesser toute espèce de travaux, afin qu'aucun bruit ne se
fasse entendre. Le chef part avec les guerriers les plus expérimentés
pour examiner les traces. Les Sauvages, qui entendent les sons à des
distances infinies, reconnaissent des empreintes sur d'arides bruyères,
sur des rochers nus, où tout autre œil que le leur ne verrait rien. Non-
seulement ils découvrent ces vestiges, mais ils peuvent dire quelle tribu
indienne les a laissés, et de quelle date ils sont. Si la disjonction des
deux pieds est considérable, ce sont des Illinois qui ont passé là; si la
marque du talon est profonde et l'impression de l'orteil large, on reconnaît les Outchipouois; si le pied a porté de côté, on est sûr que les
Pontonétamis sont en course; si l'herbe est à peine foulée, si son pli
est à la cime de la plante et non près de la terre, ce sont les traces
fugitives des Hurons; si les pas sont tournés en dehors, s'ils tombent
à trente-six pouces l'un de l'autre, des Européens ont marqué leur

route; les Indiens marchent la pointe du pied en dedans, les deux pieds sur la même ligne. On juge de l'âge des guerriers par la pesanteur ou la légèreté, le raccourci ou l'allongement du pas.

Quand la mousse ou l'herbe n'est plus humide, les traces sont de la veille; ces traces comptent quatre ou cinq jours quand les insectes courent déjà dans l'herbe ou dans la mousse foulée; elles ont huit ou douze jours lorsque la force végétale du sol a reparu, et que des feuilles nouvelles ont poussé : ainsi quelques insectes, quelques brins d'herbe et quelques jours effacent les pas de l'homme et de sa gloire.

Les traces ayant été bien reconnues, on met l'oreille à terre, et l'on juge, par des murmures que l'ouïe européenne ne peut saisir, à quelle distance est l'ennemi.

Rentré au camp, le chef fait éteindre les feux : il défend la parole, il interdit la chasse; les canots sont tirés à terre et cachés dans les buissons. On fait un grand repas en silence, après quoi on se couche.

La nuit qui suit la première découverte de l'ennemi s'appelle *la nuit des songes*. Tous les guerriers sont obligés de rêver et de raconter le lendemain ce qu'ils ont rêvé, afin que l'on puisse juger du succès de l'entreprise.

Le camp offre alors un singulier spectacle : des Sauvages se lèvent et marchent dans les ténèbres, en murmurant leur chanson de mort, à laquelle ils ajoutent quelques paroles nouvelles, comme celles-ci : « J'avalerai quatre serpents blancs, et j'arracherai les ailes à un aigle « roux. » C'est le rêve que le guerrier vient de faire et qu'il entremêle à sa chanson. Ses compagnons sont tenus de deviner ce songe, ou le songeur est dégagé du service. Ici les quatre serpents blancs peuvent être pris pour quatre Européens que le songeur doit tuer, et l'aigle roux, pour un Indien auquel il enlèvera la chevelure.

Un guerrier, dans la *nuit des songes*, augmenta sa chanson de mort de l'histoire d'un chien qui avait des oreilles de feu; il ne put jamais obtenir l'explication de son rêve, et il partit pour sa cabane. Ces usages, qui tiennent du caractère de l'enfance, pourraient favoriser la lâcheté chez l'Européen; mais chez le Sauvage du nord de l'Amérique ils n'avaient point cet inconvénient : on n'y reconnaissait qu'un acte de cette volonté libre et bizarre dont l'Indien ne se départ jamais, quel que soit l'homme auquel il se soumet un moment par raison ou par caprice.

Dans la *nuit des songes*, les jeunes gens craignent beaucoup que le jongleur n'ait mal rêvé, c'est-à-dire qu'il n'ait eu peur; car le jongleur, par un seul songe, peut faire rebrousser chemin à l'armée, eût-elle marché deux cents lieues. Si quelque guerrier a cru voir les esprits de ses pères, ou s'il s'est figuré entendre leur voix, il oblige aussi le camp à la retraite. L'indépendance absolue et la religion sans lumières gouvernent les actions des Sauvages.

Aucun rêve n'ayant dérangé l'expédition, elle se remet en route. Les *femmes peintes* sont laissées derrière avec les canots; on envoie en avant une vingtaine de guerriers choisis entre ceux qui ont fait le serment des amis [1]. Le plus grand ordre et le plus profond silence règnent dans la troupe : les guerriers cheminent à la file, de manière que celui qui suit pose le pied dans l'endroit quitté par le pied de celui qui précède : on évite ainsi la multiplicité des traces. Pour plus de précaution, le guerrier qui ferme la marche répand des feuilles mortes et de la poussière derrière lui. Le chef est à la tête de la colonne. Guidé par les vestiges de l'ennemi, il parcourt leurs sinuosités à travers les buissons comme un limier sagace. De temps en temps on fait halte et l'on prête une oreille attentive. Si la chasse est l'image de la guerre parmi les Européens, chez les Sauvages la guerre est l'image de la chasse : l'Indien apprend, en poursuivant les hommes, à découvrir les ours. Le plus grand général dans l'état de nature, est le plus fort et le plus vigoureux chasseur; les qualités intellectuelles, les combinaisons savantes, l'usage perfectionné du jugement, font, dans l'état social, les grands capitaines.

Les coureurs envoyés à la découverte rapportent quelquefois des paquets de roseaux nouvellement coupés ; ce sont des défis ou des cartels. On compte les roseaux : leur nombre indique celui des ennemis. Si les tribus qui portaient autrefois ces défis étaient connues, comme celle des Hurons, pour leur franchise militaire, les paquets de jonc disaient exactement la vérité: si, au contraire, elles étaient renommées, comme celle des Iroquois, pour leur génie politique, les roseaux augmentaient ou diminuaient la force numérique des combattants.

L'emplacement d'un camp que l'ennemi a occupé la veille vient-il à s'offrir, on l'examine avec soin : selon la construction des huttes, les chefs reconnaissent les différentes tribus de la même nation et leurs différents alliés. Les huttes qui n'ont qu'un seul poteau à l'entrée sont celles des Illinois. L'addition d'une seule perche, son inclinaison plus ou moins forte, devient un indice. Les ajoupas ronds sont ceux des Outouois. Une hutte dont le toit est plat et exhaussé annonce des *Chairs blanches*. Il arrive quelquefois que les ennemis, avant d'être rencontrés par la nation qui les cherche, ont battu un parti allié de cette nation : pour intimider ceux qui sont à leur poursuite, ils laissent derrière eux un monument de leur victoire. On trouva un jour un large bouleau dépouillé de

<hr/>

[1] Voyez les *Natchez*.

son écorce. Sur l'aubier nu et blanc était tracé un ovale où se détachaient, en noir et en rouge, les figures suivantes : un ours, une feuille
de bouleau rongée par un papillon, dix cercles et quatre nattes, un
oiseau volant, une lune sur des gerbes de maïs. un canot et trois
ajoupas, un pied d'homme et vingt huttes, un hibou et un soleil à son
couchant, un hibou, trois cercles et un homme couché, un casse-tête
et trente têtes rangées sur une ligne droite, deux hommes debout sur
un petit cercle, trois têtes dans un arc avec trois lignes.

L'ovale avec des hiéroglyphes désignait un chef illinois appelé Ata-
bou ; on le reconnaissait par les marques particulières qui étaient celles
qu'il avait au visage ; l'ours était le manitou de ce chef ; la feuille de
bouleau rongée par un papillon représentait le symbole national des
Illinois ; les dix cercles nombraient mille guerriers, chaque cercle étant
posé pour cent ; les quatre nattes proclamaient quatre avantages obtenus ; l'oiseau volant marquait le départ des Illinois ; la lune sur des
gerbes de maïs signifiait que ce départ avait eu lieu dans la lune du
blé vert ; le canot et les trois ajoupas racontaient que les mille guerriers
avaient voyagé trois jours par eau ; le pied d'homme et les vingt huttes
dénotaient vingt jours de marche par terre ; le hibou était le symbole
des Chicassas ; le soleil à son couchant montrait que les Illinois étaient
arrivés à l'ouest du camp des Chicassas ; le hibou, les trois cercles et
l'homme couché, disaient que trois cents Chicassas avaient été surpris
pendant la nuit ; le casse-tête et les trente têtes rangées sur une ligne
droite déclaraient que les Illinois avaient tué trente Chicassas. Les deux
hommes debout sur un petit cercle annonçaient qu'ils emmenaient
vingt prisonniers ; les trois têtes dans l'arc comptaient trois morts du
côté des Illinois, et les trois lignes indiquaient trois blessés.

Un chef de guerre doit savoir expliquer avec rapidité et précision ces
emblèmes ; et par les connaissances qu'il a de la force et des alliances
de l'ennemi, il doit juger du plus ou moins d'exactitude historique de
ces trophées. S'il prend le parti d'avancer, malgré les victoires vraies
ou prétendues de l'ennemi, il se prépare au combat.

De nouveaux investigateurs sont dépêchés. Ils s'avancent en se cour-
bant le long des buissons, et quelquefois en se traînant sur les mains.
Ils montent sur les plus hauts arbres ; quand ils ont découvert les huttes
hostiles, ils se hâtent de revenir au camp, et de rendre compte au chef
de la position de l'ennemi ; si cette position est forte, on examine par
quel stratagème on pourra la lui faire abandonner.

Un des stratagèmes les plus communs est de contrefaire le cri des
bêtes fauves. Des jeunes gens se dispersent dans les taillis, imitant le
bramement des cerfs. le mugissement des buffles, le glapissement des

renards. Les Sauvages sont accoutumés à cette ruse; mais telle est leur passion pour la chasse, et telle est la parfaite imitation de la voix des animaux, qu'ils sont continuellement pris à ce leurre. Ils sortent de leur camp, et tombent dans des embuscades. Ils se rallient, s'ils le peuvent, sur un terrain défendu par des obstacles naturels, tels qu'une chaussée dans un marais, une langue de terre entre deux lacs.

Cernés dans ce poste, on les voit alors, au lieu de chercher à se faire jour, s'occuper paisiblement de différents jeux comme s'ils étaient dans leurs villages. Ce n'est jamais qu'à la dernière extrémité que deux troupes d'Indiens se déterminent à une attaque de vive force; elles aiment mieux lutter de patience et de ruse, et comme ni l'une ni l'autre n'a de provisions, ou ceux qui bloquent un défilé sont contraints à la retraite, ou ceux qui y sont enfermés sont obligés de s'ouvrir un passage.

La mêlée est épouvantable; c'est un grand duel comme dans les combats antiques : l'homme voit l'homme. Il y a dans le regard humain animé par la colère quelque chose de contagieux, de terrible qui se communique. Les cris de mort, les chansons de guerre, les outrages mutuels font retentir le champ de bataille; les guerriers s'insultent comme les héros d'Homère; ils se connaissent tous par leur nom : « Ne « te souvient-il plus, se disent-ils, du jour où tu désirais que tes « pieds eussent la vitesse du vent pour fuir devant ma flèche? Vieille « femme! te ferai-je apporter de la sagamité nouvelle, et de la cassine « brûlante dans le nœud du roseau? — Chef babillard, à la large « bouche! répondent les autres, on voit bien que tu es accoutumé à « porter le jupon; ta langue est comme la feuille du tremble; elle « remue sans cesse. »

Les combattants se reprochent aussi leurs imperfections naturelles; ils se donnent le nom de boiteux, de louche, de petit; ces blessures faites à l'amour-propre augmentent leur rage. L'affreuse coutume de scalper l'ennemi augmente la férocité du combat. On met le pied sur le cou du vaincu : de la main gauche on saisit le toupet de cheveux que les Indiens gardent sur le sommet de la tête; de la main droite on trace, à l'aide d'un étroit couteau, un cercle dans le crâne, autour de la chevelure : ce trophée est souvent enlevé avec tant d'adresse, que la cervelle reste à découvert sans avoir été entamée par la pointe de l'instrument.

Lorsque deux partis ennemis se présentent en rase campagne, et que l'un est plus faible que l'autre, le plus faible creuse des trous dans la terre, il y descend et s'y bat, ainsi que dans ces villes de guerre dont les ouvrages, presque de niveau avec le sol, présentent peu de surface au boulet. Les assiégeants lancent leurs flèches comme des bombes, avec tant de justesse, qu'elles retombent sur la tête des assiégés.

Des honneurs militaires sont décernés à ceux qui ont abattu le plus d'ennemis : on leur permet de porter des plumes de killiou. Pour éviter les injustices, les flèches de chaque guerrier portent une marque particulière : en les retirant du corps de la victime, on connaît la main qui les a lancées.

L'arme à feu ne peut rendre témoignage de la gloire de son maître. Lorsque l'on tue avec la balle, le casse-tête ou la hache, c'est par le nombre des chevelures enlevées que les exploits sont comptés.

Pendant le combat, il est rare que l'on obéisse au chef de guerre, qui lui-même ne cherche qu'à se distinguer personnellement. Il est rare que les vainqueurs poursuivent les vaincus : ils restent sur le champ de bataille à dépouiller les morts, à lier les prisonniers, à célébrer le triomphe par des danses et des chants : on pleure les amis que l'on a perdus; leurs corps sont exposés avec de grandes lamentations sur les branches des arbres : les corps des ennemis demeurent étendus dans la poussière.

Un guerrier détaché du camp porte à la nation la nouvelle de la victoire et du retour de l'armée [1] : les vieillards s'assemblent; le chef de guerre fait au conseil le rapport de l'expédition : d'après ce rapport on se détermine à continuer la guerre ou à négocier la paix.

Si l'on se décide à la paix, les prisonniers sont conservés comme moyen de la conclure; si l'on s'obstine à la guerre, les prisonniers sont livrés au supplice. Qu'il me soit permis de renvoyer les lecteurs à l'épisode d'*Atala* et aux *Natchez* pour le détail. Les femmes se montrent ordinairement cruelles dans ces vengeances : elles déchirent les prisonniers avec leurs ongles, les percent avec les instruments des travaux domestiques, et apprêtent le repas de leur chair. Ces chairs se mangent grillées ou bouillies, et les cannibales connaissent les parties les plus succulentes de la victime. Ceux qui ne dévorent pas leurs ennemis, du moins boivent leur sang, et s'en barbouillent la poitrine et le visage.

Mais les femmes ont aussi un beau privilége : elles peuvent sauver les prisonniers en les adoptant pour frères ou pour maris, surtout si elles ont perdu des frères ou des maris dans le combat. L'adoption confère les droits de la nature : il n'y a point d'exemple qu'un prisonnier adopté ait trahi la famille dont il est devenu membre, et il ne montre pas moins d'ardeur que ses nouveaux compatriotes en portant

[1] Ce retour est décrit dans le XI° livre des *Natchez*.

les armes contre son ancienne nation; de là les aventures les plus
pathétiques. Un père se trouve assez souvent en face d'un fils : si le
fils terrasse le père, il le laisse aller une première fois; mais il lui
dit : « Tu m'as donné la vie, je te la rends : nous voilà quittes. Ne te
« présente plus devant moi, car je t'enlèverais la chevelure. »

Toutefois les prisonniers adoptés ne jouissent pas d'une sûreté complète. S'il arrive que la tribu où ils servent fasse quelque perte, on les
massacre : telle femme qui avait pris soin d'un enfant, le coupe en deux
d'un coup de hache.

Les Iroquois, renommés d'ailleurs pour leur cruauté envers les prisonniers de guerre, avaient un usage qu'on aurait dit emprunté des
Romains, et qui annonçait le génie d'un grand peuple : ils incorporaient
la nation vaincue dans leur nation sans la rendre esclave; ils ne la
forçaient même pas d'adopter leurs lois; ils ne la soumettaient qu'à
leurs mœurs.

Toutes les tribus ne brûlaient pas leurs prisonniers; quelques-unes
se contentaient de les réduire en servitude. Les sachems, rigides partisans des vieilles coutumes, déploraient cette humanité, dégénération,
selon eux, de l'ancienne vertu. Le christianisme, en se répandant
chez les Indiens, avait contribué à adoucir des caractères féroces.
C'était au nom d'un Dieu sacrifié par les hommes que les missionnaires
obtenaient l'abolition des sacrifices humains : ils plantaient la croix à
la place du poteau du supplice, et le sang de Jésus-Christ rachetait le
sang du prisonnier.

RELIGION.

Lorsque les Européens abordèrent en Amérique, ils trouvèrent parmi
les Sauvages des croyances religieuses presque effacées aujourd'hui.
Les peuples de la Floride et de la Louisiane adoraient presque tous le
soleil, comme les Péruviens et les Mexicains. Ils avaient des temples,
des prêtres ou jongleurs, des sacrifices. Ils mêlaient seulement à ce
culte du Midi le culte et les traditions de quelque divinité du Nord.

Les sacrifices publics avaient lieu au bord des fleuves : ils se faisaient
aux changements de saison, ou à l'occasion de la paix ou de la guerre.
Les sacrifices particuliers s'accomplissaient dans les huttes. On jetait
au vent les cendres profanes, et l'on allumait un feu nouveau. L'offrande aux bons et aux mauvais génies consistait en peaux de bêtes,
ustensiles de ménage, armes, colliers, le tout de peu de valeur.

Mais une superstition commune à tous les Indiens, et pour ainsi dire la seule qu'ils aient conservée, c'est celle des *manitous*. Chaque Sauvage a son manitou, comme chaque Nègre a son fétiche : c'est un oiseau, un poisson, un quadrupède, un reptile, une pierre, un morceau de bois, un lambeau d'étoffe, un objet coloré, un ornement américain ou européen. Le chasseur prend soin de ne tuer ni blesser l'animal qu'il a choisi pour manitou : quand ce malheur lui arrive, il cherche par tous les moyens possibles à apaiser les mânes du dieu mort; mais il n'est parfaitement rassuré que quand il a *rêvé* un autre manitou.

Les songes jouent un grand rôle dans la religion du Sauvage; leur interprétation est une science, et leurs illusions sont tenues pour des réalités. Chez les peuples civilisés, c'est souvent le contraire : les réalités sont des illusions.

Parmi les nations indigènes du Nouveau Monde le dogme de l'immortalité de l'âme n'est pas distinctement exprimé, mais elles en ont toutes une idée confuse, comme le témoignent leurs usages, leurs fables, leurs cérémonies funèbres, leur piété envers les morts. Loin de nier l'immortalité de l'âme, les Sauvages la multiplient : ils semblent l'accorder aux âmes des bêtes, depuis l'insecte, le reptile, le poisson et l'oiseau, jusqu'au plus grand quadrupède. En effet, des peuples qui voient et qui entendent partout des *esprits* doivent naturellement supposer qu'ils en portent un en eux-mêmes, et que les êtres animés, compagnons de leur solitude, ont aussi leurs intelligences.

Chez les nations du Canada, il existait un système complet de fables religieuses, et l'on remarquait, non sans étonnement, dans ces fables, des traces des fictions grecques et des vérités bibliques.

Le Grand-Lièvre assembla un jour sur les eaux sa cour composée de l'orignal, du chevreuil, de l'ours et des autres quadrupèdes. Il tira un grain de sable du fond du grand lac, et il en forma la terre. Il créa ensuite les hommes des corps morts des divers animaux.

Une autre tradition fait d'Areskoui ou d'Agresgoué, dieu de la guerre, l'Être suprême ou le Grand-Esprit.

Le Grand-Lièvre fut traversé dans ses desseins; le dieu des eaux, Michabou, surnommé le Grand-Chat-Tigre, s'opposa à l'entreprise du Grand-Lièvre; celui-ci, ayant à combattre Michabou, ne put créer que six hommes : un de ces hommes monta au ciel; il eut commerce avec la belle Athaënsic, divinité des vengeances. Le Grand-Lièvre s'apercevant qu'elle était enceinte, la précipita d'un coup de pied sur la terre : elle tomba sur le dos d'une tortue.

Quelques jongleurs prétendent qu'Athaënsic eut deux fils, dont l'un tua l'autre; mais on croit généralement qu'elle ne mit au monde qu'une fille, laquelle devint mère de Tahouet-Saron et de Jouskeka. Jouskeka tua Tahouet-Saron.

Athaënsic est quelquefois prise pour la lune, et Jouskeka pour le soleil. Areskoui, dieu de la guerre, devient aussi le soleil. Parmi les Natchez, Athaënsic, déesse de la vengeance, était la *femme-chef* des mauvais manitous, comme Jouskeka était la *femme-chef* des bons.

A la troisième génération, la race de Jouskeka s'éteignit presque tout entière : le Grand-Esprit envoya un déluge. Messou, autrement Saket-chak, voyant ce débordement, députa un corbeau pour s'enquérir de l'état des choses, mais le corbeau s'acquitta mal de sa commission; alors Messou fit partir le rat musqué, qui lui apporta un peu de limon. Messou rétablit la terre dans son premier état; il lança des flèches contre le tronc des arbres qui restaient encore debout, et ces flèches devinrent des branches. Il épousa ensuite, par reconnaissance, une femelle du rat musqué; de ce mariage naquirent tous les hommes qui peuplent aujourd'hui le monde.

Il y a des variantes à ces fables : selon quelques autorités, ce ne fut pas Messou qui fit cesser l'inondation, mais la tortue sur laquelle Athaënsic tomba du ciel : cette tortue, en nageant, écarta les eaux avec ses pattes, et découvrit la terre. Ainsi c'est la vengeance qui est la mère de la nouvelle race des hommes.

Le Grand-Castor est, après le Grand-Lièvre, le plus puissant des manitous : c'est lui qui a formé le lac Nipissingue : les cataractes que l'on trouve dans la rivière des Outaouois, qui sort du Nipissingue, sont les restes des chaussées que le Grand-Castor avait construites pour former ce lac; mais il mourut au milieu de son entreprise. Il est enterré au haut d'une montagne à laquelle il a donné sa forme. Aucune nation ne passe au pied de son tombeau sans fumer en son honneur.

Michabou, dieu des eaux, est né à Méchillinakinac, sur le détroit qui joint le lac Huron au lac Michigan. De là il se transporta au détroit, jeta une digue au saut Sainte-Marie, et, arrêtant les eaux du lac Ali-nipigon, il fit le lac Supérieur pour prendre des castors. Michabou apprit de l'araignée à tisser des filets, et il enseigna ensuite le même art aux hommes.

Il y a des lieux où les génies se plaisent particulièrement. A deux journées au-dessous du saut Saint-Antoine, on voit la grande Wakon-Teebe (la caverne du Grand-Esprit); elle renferme un lac souterrain d'une profondeur inconnue; lorsqu'on jette une pierre dans ce lac, le Grand-Lièvre fait entendre une voix redoutable. Des caractères sont gravés par les esprits sur la pierre de la voûte.

Au soleil couchant du lac Supérieur sont des montagnes formées de pierres qui brillent comme la glace des cataractes en hiver. Derrière ces montagnes s'étend un lac bien plus grand que le lac Supérieur. Michabou aime particulièrement ce lac et ces montagnes [1]. Mais c'est au lac Supérieur que le Grand-Esprit a fixé sa résidence; on l'y voit se promener au clair de la lune : il se plaît aussi à cueillir le fruit d'un groseillier qui couvre la rive méridionale du lac. Souvent, assis sur la pointe d'un rocher, il déchaîne les tempêtes. Il habite dans le lac une île qui porte son nom : c'est là que les âmes des guerriers tombés sur le champ de bataille se rendent pour jouir du plaisir de la chasse.

Autrefois, du milieu du lac Sacré émergeait une montagne de cuivre que le Grand-Esprit a enlevée et transportée ailleurs depuis longtemps; mais il a semé sur le rivage des pierres du même métal qui ont une vertu singulière : elles rendent invisibles ceux qui les portent. Le Grand-Esprit ne veut pas qu'on touche à ces pierres. Un jour, des Algonquins furent assez téméraires pour en enlever une; à peine étaient-ils rentrés dans leurs canots, qu'un manitou de plus de soixante coudées de hauteur, sortant du fond d'une forêt, les poursuivit : les vagues lui allaient à peine à la ceinture; il obligea les Algonquins de jeter dans les flots le trésor qu'ils avaient ravi.

Sur les bords du lac Huron, le Grand-Esprit a fait chanter le lièvre blanc comme un oiseau, et donné la voix d'un chat à l'oiseau bleu.

Athaënsic a planté dans les îles du lac Érié l'*herbe à la puce* : si un guerrier regarde cette herbe, il est saisi de la fièvre; s'il la touche, un feu subtil court sur sa peau. Athaënsic planta encore au bord du lac Érié le cèdre blanc pour détruire la race des hommes : la vapeur de l'arbre fait mourir l'enfant dans le sein de la jeune mère, comme la pluie fait couler la grappe sur la vigne.

Le Grand-Lièvre a donné la sagesse au chat-huant du lac Érié. Cet oiseau fait la chasse aux souris pendant l'été; il les mutile et les emporte toutes vivantes dans sa demeure, où il prend soin de les engraisser pour l'hiver. Cela ne ressemble pas trop mal aux maîtres des peuples.

A la cataracte du Niagara habite le Génie redoutable des Iroquois.

Auprès du lac Ontario, des ramiers mâles se précipitent le matin dans la rivière Gennessé; le soir ils sont suivis d'un pareil nombre de femelles; ils vont chercher la belle Endaé, qui fut retirée de la contrée des âmes par le chant de son époux.

---

[1] Cette ancienne tradition d'une chaîne de montagnes et d'un lac immense situés au nord-ouest du lac Supérieur indique assez les montagnes Rocheuses et l'océan Pacifique.

Le petit oiseau du lac Ontario fait la guerre au serpent noir. Voici ce qui a donné lieu à cette guerre.

Hondioun était un fameux chef des Iroquois constructeurs de cabanes. Il vit la jeune Almilao, et il fut étonné. Il dansa trois fois de colère, car Almilao était fille de la nation des Hurons, ennemis des Iroquois. Hondioun retourna à sa hutte en disant : « C'est égal; » mais l'âme du guerrier ne parlait pas ainsi.

Il demeura couché sur la natte pendant deux soleils, et il ne put dormir : au troisième soleil il ferma les yeux, et vit un ours dans ses songes. Il se prépara à la mort.

Il se lève et prend ses armes, traverse les forêts, et arrive à la hutte d'Almilao, dans le pays des ennemis. Il faisait nuit.

Almilao entend marcher dans sa cabane; elle dit : « Akouessan, assieds-toi sur ma natte. » Hondioun s'assit sans parler sur la natte. Athaënsic et sa rage étaient dans son cœur. Almilao jette un bras autour du guerrier iroquois sans le connaître, et cherche ses lèvres. Hondioun l'aima comme la lune.

Akouessan l'Abénaquis, allié des Hurons, arrive; il s'approche dans les ténèbres : les amants dormaient. Il se glisse auprès d'Almilao, sans apercevoir Hondioun roulé dans les peaux de la couche. Akouessan enchanta le sommeil de sa maîtresse.

Hondioun s'éveille, étend la main, touche la chevelure d'un guerrier. Le cri de guerre ébranle la cabane. Les sachems des Hurons accourent. Akouessan l'Abénaquis n'était plus.

Hondioun, le chef iroquois, est attaché au poteau des prisonniers, et chante sa chanson de mort; il appelle Almilao au milieu du feu, et invite la fille huronne à lui dévorer le cœur. Celle-ci pleurait et souriait : la vie et la mort étaient sur ses lèvres.

Le Grand-Lièvre fit entrer l'âme d'Hondioun dans le serpent noir, et celle d'Almilao dans le petit oiseau du lac Ontario. Le petit oiseau attaque le serpent noir, et l'étend mort d'un coup de bec. Akouessan fut changé en homme marin.

Le Grand-Lièvre fit une grotte de marbre noir et vert dans le pays des Abénaquis; il planta un arbre dans le lac salé (la mer) à l'entrée de la grotte. Tous les efforts des Chairs blanches n'ont jamais pu arracher cet arbre. Lorsque la tempête souffle sur le lac sans rivages, le Grand-Lièvre descend du rocher bleu, et vient pleurer sous l'arbre Hondioun, Almilao et Akouessan.

C'est ainsi que les fables des Sauvages amènent le voyageur du fond des lacs du Canada aux rivages de l'Atlantique. Moïse, Lucrèce et Ovide semblaient avoir légué à ces peuples, le premier sa tradition, le second sa mauvaise physique, le troisième ses métamorphoses. Il y avait dans tout cela assez de religion, de mensonge et de poésie pour s'instruire, s'égarer et se consoler.

---◦◦---

GOUVERNEMENT.

LES NATCHEZ.

Despotisme dans l'état de nature.

Presque toujours on a confondu l'état de nature avec l'état sauvage : de cette méprise il est arrivé qu'on s'est figuré que les Sauvages n'avaient point de gouvernement; que chaque famille était simplement conduite par son chef ou par son père; qu'une chasse ou une guerre réunissait occasionnellement les familles dans un intérêt commun; mais que cet intérêt satisfait, les familles retournaient à leur isolement et à leur indépendance.

Ce sont là de notables erreurs. On retrouve parmi les Sauvages le type de tous les gouvernements connus des peuples civilisés, depuis le despotisme jusqu'à la république, en passant par la monarchie limitée ou absolue, élective ou héréditaire.

Les Indiens de l'Amérique septentrionale connaissent les monarchies et les républiques représentatives; le fédéralisme était une des formes politiques les plus communes employées par eux : l'étendue de leur désert avait fait pour la science de leurs gouvernements ce que l'excès de de la population a produit pour les nôtres.

L'erreur où l'on est tombé relativement à l'existence politique du gouvernement sauvage est d'autant plus singulière, que l'on aurait dû être éclairé par l'histoire des Grecs et des Romains : à la naissance de leur empire ils avaient des institutions très-compliquées.

Les lois politiques naissent chez les hommes avant les lois civiles, qui sembleraient néanmoins devoir précéder les premières; mais il est de fait que le *pouvoir* s'est réglé avant le *droit*, parce que les hommes ont besoin de se défendre contre l'arbitraire avant de fixer les rapports qu'ils ont entre eux.

Les lois politiques naissent spontanément avec l'homme, et s'établissent sans antécédent; on les rencontre chez les hordes les plus barbares.

Les lois civiles, au contraire, se forment par les usages : ce qui était une coutume religieuse pour le mariage d'une fille et d'un garçon, pour la naissance d'un enfant, pour la mort d'un chef de famille, se transforme en loi par le laps de temps. La propriété particulière, inconnue des peuples chasseurs, est encore une source des lois civiles qui manquent à l'état de nature. Aussi n'existait-il point chez les Indiens de l'Amérique septentrionale de code de délits et de peines. Les crimes contre les choses et les personnes étaient punis par la famille, non par la loi. La vengeance était la justice : le droit naturel poursuivait, chez l'homme sauvage, ce que le droit public atteint chez l'homme policé.

Rassemblons d'abord les traits communs à tous les gouvernements des Sauvages, puis nous entrerons dans le détail de chacun de ces gouvernements.

Les nations indiennes sont divisées en tribus; chaque tribu a un chef héréditaire différent du chef militaire, qui tire son droit de l'élection, comme chez les anciens Germains.

Les tribus portent un nom particulier : la tribu de l'Aigle, de l'Ours, du Castor, etc. Les emblèmes qui servent à distinguer les tribus deviennent des enseignes à la guerre, des sceaux au bas des traités.

Les chefs des tribus et des divisions de tribus tirent leurs noms de quelques qualités, de quelque défaut de leur esprit ou de leur personne, de quelque circonstance de leur vie. Ainsi l'un s'appelle *le bison blanc*, l'autre *la jambe cassée, la bouche plate, le jour sombre, le dardeur, la belle voix, le tueur de castors, le cœur de feu*, etc.

Il en fut ainsi dans la Grèce : à Rome, Coclès tira son nom de ses yeux rapprochés, ou de la perte de son œil, et Cicéron, de la verrue ou de l'industrie de son aieul. L'histoire moderne compte ses rois et ses guerriers, *Chauve, Bègue, Roux, Boiteux, Martel* ou *marteau, Capet* ou *grosse-tête*, etc.

Les conseils des nations indiennes se composent des chefs des tribus, des chefs militaires, des matrones, des orateurs, des prophètes ou jongleurs, des médecins; mais ces conseils varient selon la constitution des peuples.

Le spectacle d'un conseil de Sauvages est très-pittoresque. Quand la cérémonie du calumet est achevée, un orateur prend la parole. Les membres du conseil sont assis ou couchés à terre dans diverses attitudes : les uns, tout nus, n'ont pour s'envelopper qu'une peau de buffle; les autres, tatoués de la tête aux pieds, ressemblent à des statues égyptiennes; d'autres entremêlent à des ornements sauvages, à des plumes, à des becs d'oiseau, à des griffes d'ours, à des cornes de buffle, à des os de castor, à des dents de poisson, entremêlent, dis-je, des ornements européens. Les visages sont bariolés de diverses couleurs, ou peinturés de blanc ou de noir. On écoute attentivement l'orateur; chacune de ses pauses est accueillie par le cri d'applaudissement, *oah! oah!*

Des nations aussi simples ne devraient avoir rien à débattre en politique; cependant il est vrai qu'aucun peuple civilisé ne traite plus de choses à la fois. C'est une ambassade à envoyer à une tribu pour la féliciter de ses victoires, un pacte d'alliance à conclure ou à renouveler, une explication à demander sur la violation d'un territoire, une députation à faire partir pour aller pleurer sur la mort d'un chef, un suffrage à donner dans une diète, un chef à élire, un compétiteur à écarter, une médiation à offrir ou à accepter pour faire poser les armes à deux peuples, une balance à maintenir, afin que telle nation ne devienne pas trop forte et ne menace pas la liberté des autres. Toutes ces affaires sont discutées avec ordre; les raisons pour et contre son déduites avec clarté. On a connu des sachems qui possédaient à fond toutes ces matières, et qui parlaient avec une profondeur de vue et de jugement dont peu d'hommes d'État en Europe seraient capables.

Les délibérations du conseil sont marquées dans des colliers de diverses couleurs, archives de l'État qui renferment les traités de guerre, de paix et d'alliance, avec toutes les conditions et clauses de ces traités. D'autres colliers contiennent les harangues prononcées dans les divers conseils. J'ai mentionné ailleurs la mémoire artificielle dont usaient les Iroquois pour retenir un long discours. Le travail se partageait entre des guerriers qui, au moyen de quelques osselets, apprenaient par cœur, ou plutôt écrivaient dans leur mémoire la partie du discours qu'ils étaient chargés de reproduire [1].

Les arrêtés des sachems sont quelquefois gravés sur des arbres en signes énigmatiques. Le temps, qui ronge nos vieilles chroniques, détruit également celles des Sauvages, mais d'une autre manière; il étend une nouvelle écorce sur le papyrus qui garde l'histoire de l'Indien : au bout d'un petit nombre d'années, l'Indien et son histoire ont disparu à l'ombre du même arbre.

Passons maintenant à l'histoire des institutions particulières des gouvernements indiens, en commençant par le despotisme.

Il faut remarquer d'abord que partout où le despotisme est établi, règne une espèce de civilisation *physique*, telle qu'on la trouve chez la plupart des peuples de l'Asie, et telle qu'elle existait au Pérou et au

---

[1] On peut voir dans les *Natchez* la description d'un conseil de Sauvages, tenu sur le rocher du Lac : les détails en sont rigoureusement historiques.

Mexique. L'homme qui ne peut plus se mêler des affaires publiques, et qui livre sa vie à un maître comme une brute ou comme un enfant, a tout le temps de s'occuper de son bien-être matériel. Le système de l'esclavage soumettant à cet homme d'autres bras que les siens, ces machines labourent son champ, embellissent sa demeure, fabriquent ses vêtements et préparent son repas. Mais, parvenue à un certain degré, cette civilisation du despotisme reste stationnaire; car le tyran supérieur, qui veut bien permettre quelques tyrannies particulières, conserve toujours le droit de vie et de mort sur ses sujets, et ceux-ci ont soin de se renfermer dans une médiocrité qui n'excite ni la cupidité ni la jalousie du pouvoir.

Sous l'empire du despotisme, il y a donc commencement de luxe et d'administration, mais dans une mesure qui ne permet pas à l'industrie de se développer, ni au génie de l'homme d'arriver à la liberté par les lumières.

Ferdinand de Soto trouva des peuples de cette nature dans les Florides, et vint mourir au bord du Mississipi. Sur ce grand fleuve s'étendait la domination des Natchez. Ceux-ci étaient originaires du Mexique, qu'ils ne quittèrent qu'après la chute du trône de Montezume. L'époque de l'émigration des Natchez concorde avec celle des Chicassais, qui venaient du Pérou, également chassés de leur terre natale par l'invasion des Espagnols.

Un chef surnommé *le Soleil* gouvernait les Natchez : ce chef prétendait descendre de l'astre du jour. La succession au trône avait lieu par les femmes : ce n'était pas le fils même du soleil qui lui succédait, mais le fils de sa sœur ou de sa plus proche parente. Cette *Femme-Chef*, tel était son nom, avait avec le Soleil une garde de jeunes gens appelés *Allouez*.

Les dignitaires au-dessous du Soleil étaient les deux chefs de guerre, les deux prêtres, les deux officiers pour les traités, l'inspecteur des ouvrages et des greniers publics, homme puissant, appelé le *Chef de la farine*, et les quatre maîtres des cérémonies.

La récolte, faite en commun et mise sous la garde du Soleil, fut dans l'origine la cause principale de l'établissement de la tyrannie. Seul dépositaire de la fortune publique, le monarque en profita pour se faire des créatures : il donnait aux uns aux dépens des autres; il inventa cette hiérarchie de places qui intéressent une foule d'hommes au pouvoir, par la complicité dans l'oppression. Le Soleil s'entoura de satellites prêts à exécuter ses ordres. Au bout de quelques générations, des classes se formèrent dans l'État : ceux qui descendaient des généraux ou des officiers des Allouez se prétendirent nobles; on les crut.

Alors furent inventées une multitude de lois : chaque individu se vit obligé de porter au Soleil une partie de sa chasse ou de sa pêche. Si celui-ci commandait tel ou tel travail, on était tenu de l'exécuter sans en recevoir de salaire. En imposant la corvée, le Soleil s'empara du droit de juger. « Qu'on me défasse de ce chien, » disait-il ; et ses gardes obéissaient.

Le despotisme du Soleil enfanta celui de la Femme-Chef, et ensuite celui des nobles. Quand une nation devient esclave, il se forme une chaîne de tyrans depuis la première classe jusqu'à la dernière. L'arbitraire du pouvoir de la Femme-Chef prit le caractère du sexe de cette souveraine; il se porta du côté des mœurs. La Femme-Chef se crut maîtresse de prendre autant de maris et d'amants qu'elle le voulut; elle faisait ensuite étrangler les objets de ses caprices. En peu de temps il fut admis que le jeune Soleil, en parvenant au trône, pouvait faire étrangler son père, lorsque celui-ci n'était pas noble.

Cette corruption de la mère de l'héritier du trône descendit aux autres femmes. Les nobles pouvaient abuser des vierges, et même des jeunes épouses, dans toute la nation. Le Soleil avait été jusqu'à ordonner une prostitution générale des femmes, comme cela se pratiquait à certaines initiations babyloniennes.

A tous ces maux il n'en manquait plus qu'un, la superstition : les Natchez en furent accablés. Les prêtres s'étudièrent à fortifier la tyrannie par la dégradation de la raison du peuple. Ce devint un honneur insigne, une action méritoire pour le ciel, que de se tuer sur le tombeau d'un noble; il y avait des chefs dont les funérailles entraînaient le massacre de plus de cent victimes. Ces oppresseurs semblaient n'abandonner le pouvoir absolu dans la vie que pour hériter de la tyrannie de la mort : on obéissait encore à un cadavre, tant on était façonné à l'esclavage! Bien plus, on sollicitait quelquefois, dix ans d'avance, l'honneur d'accompagner le Soleil au pays des âmes. Le ciel permettait une justice : ces mêmes Allouez, par qui la servitude avait été fondée, recueillaient le fruit de leurs œuvres; l'opinion les obligeait de se percer de leur poignard aux obsèques de leur maître; le suicide devenait le digne ornement de la pompe funèbre du despotisme. Mais que servait au souverain des Natchez d'emmener sa garde au delà de la vie? pouvait-elle le défendre contre l'éternel vengeur des opprimés?

Une Femme-Chef étant morte, son mari, qui n'était pas noble, fut étouffé. La fille aînée de la Femme-Chef, qui lui succédait en dignité, ordonna l'étranglement de douze enfants : ces douze corps furent rangés autour de ceux de l'ancienne Femme-Chef et de son mari. Ces quatorze cadavres étaient déposés sur un brancard pompeusement décoré.

Quatorze Allouez enlevèrent le lit funèbre. Le convoi se mit en
marche : les pères et mères des enfants étranglés ouvraient la marche,
marchant lentement deux à deux, et portant leurs enfants morts dans
leurs bras. Quatorze victimes qui s'étaient dévouées à la mort suivaient le lit funèbre, tenant dans leurs mains le cordon fatal qu'elles
avaient filé elles-mêmes. Les plus proches parents de ces victimes les
environnaient. La famille de la Femme-Chef fermait le cortége.   .

De dix pas en dix pas, les pères et les mères qui précédaient la
Théorie laissaient tomber les corps de leurs enfants ; les hommes qui
portaient le brancard marchaient sur ces corps ; de sorte que quand
on arriva au temple les chairs de ces tendres hosties tombaient en
lambeaux.

Le convoi s'arrêta au lieu de la sépulture. On déshabilla les quatorze personnes dévouées ; elles s'assirent à terre ; un Allouez s'assit
sur les genoux de chacune d'elles, un autre leur tint les mains par derrière ; on leur fit avaler trois morceaux de tabac et boire un peu d'eau ;
on leur passa le lacet au cou, et les parents de la Femme-Chef tirèrent,
en chantant, sur les deux bouts du lacet.

On a peine à comprendre comment un peuple chez lequel la propriété
individuelle était inconnue, et qui ignorait la plupart des besoins de la
société, avait pu tomber sous un pareil joug. D'un côté des hommes
nus, la liberté de la nature ; de l'autre des exactions sans exemple, un
despotisme qui passe ce qu'on a vu de plus formidable au milieu des
peuples civilisés ; l'innocence et les vertus primitives de l'état politique
à son berceau, la corruption et les crimes d'un gouvernement décrépit : quel monstrueux assemblage !

Une révolution simple, naturelle, presque sans effort, délivra en
partie les Natchez de leurs chaînes. Accablés du joug des nobles et du
Soleil, ils se contentèrent de se retirer dans les bois ; la solitude leur
rendit la liberté. Le Soleil demeuré au *grand village,* n'ayant plus rien
à donner aux Allouez, puisqu'on ne cultivait plus le champ commun,
fut abandonné de ces mercenaires. Ce Soleil eut pour successeur un
prince raisonnable. Celui-ci ne rétablit point les gardes ; il abolit les
usages tyranniques, rappela ses sujets et leur fit aimer son gouvernement. Un conseil de vieillards formé par lui détruisit le principe de la
tyrannie, en réglant d'une manière nouvelle la propriété commune.

Les nations sauvages, sous l'empire des idées primitives, ont un
invincible éloignement pour la propriété particulière, fondement de
l'ordre social. De là, chez quelques Indiens, cette propriété commune,
ce champ public des moissons, ces récoltes déposées dans des greniers
où chacun vient puiser selon ses besoins ; mais de là aussi la puissance

des chefs qui veillent à ces trésors, et qui finissent par les distribuer au profit de leur ambition.

Les Natchez régénérés trouvèrent un moyen de se mettre à l'abri de la propriété particulière, sans tomber dans l'inconvénient de la propriété commune. Le champ public fut divisé en autant de lots qu'il y avait de familles. Chaque famille emportait chez elle la moisson contenue dans un de ces lots. Ainsi le grenier public fut détruit, en même temps que le champ commun resta; et comme chaque famille ne recueillait pas précisément le produit du carré qu'elle avait labouré et semé, elle ne pouvait pas dire qu'elle avait un droit particulier à la jouissance de ce qu'elle avait reçu. Ce ne fut plus la communauté de la terre, mais la communauté du travail qui fit la propriété commune.

Les Natchez conservèrent l'extérieur et les formes de leurs anciennes institutions: ils ne cessèrent point d'avoir une monarchie absolue, un Soleil, une Femme-Chef, et différents ordres ou différentes classes d'hommes; mais ce n'était plus que des souvenirs du passé, souvenirs utiles aux peuples, chez lesquels il n'est jamais bon de détruire l'autorité des aïeux. On entretint toujours le feu perpétuel dans le temple; on ne toucha pas même aux cendres des anciens chefs déposées dans cet édifice, parce qu'il y a crime à violer l'asile des morts, et qu'après tout la poussière des tyrans donne d'aussi grandes leçons que celle des autres hommes.

LES MUSCOGULGES.

Monarchie limitée dans l'état de nature.

A l'orient du pays des Natchez accablés par le despotisme, les Muscogulges présentaient, dans l'échelle des gouvernements des Sauvages, la monarchie constitutionnelle ou limitée.

Les Muscogulges forment avec les Siminoles, dans l'ancienne Floride, la confédération des Creeks. Ils ont un chef appelé Mico, roi ou magistrat.

Le Mico, reconnu pour le premier homme de la nation, reçoit toutes sortes de marques de respect. Lorsqu'il préside le conseil, on lui rend des hommages presque abjects; lorsqu'il est absent, son siège reste vide.

Le Mico convoque le conseil pour délibérer sur la paix et sur la guerre; à lui s'adressent les ambassadeurs et les étrangers qui arrivent chez la nation.

La royauté du Mico est élective et inamovible. Les vieillards nom-

ment le Mico; le corps des guerriers confirme la nomination. Il faut
avoir versé son sang dans les combats, ou s'être distingué par sa raison, son génie, son éloquence, pour aspirer à la place de Mico. Ce
souverain, qui ne doit sa puissance qu'à son mérite, s'élève sur la confédération des Creeks, comme le soleil pour animer et féconder la
terre.

Le Mico ne porte aucune marque de distinction : hors du conseil,
c'est un simple sachem qui se mêle à la foule, cause, fume, boit la
coupe avec tous les guerriers : un étranger ne pourrait le reconnaître.
Dans le conseil même, où il reçoit tant d'honneurs, il n'a que sa voix:
toute son influence est dans sa sagesse : son avis est généralement
suivi, parce que son avis est presque toujours le meilleur.

La vénération des Muscogulges pour le Mico est extrême. Si un
jeune homme est tenté de faire une chose déshonnête, son compagnon
lui dit : « Prends garde, le Mico te voit; » le jeune homme s'arrête :
c'est l'action du despotisme invisible de la vertu.

Le Mico jouit cependant d'une prérogative dangereuse. Les moissons, chez les Muscogulges, se font en commun. Chaque famille, après
avoir reçu son lot, est obligée d'en porter une partie dans un grenier
public, où le Mico puise à volonté. L'abus d'un pareil privilége produisit la tyrannie des Soleils des Natchez, comme nous venons de le
voir.

Après le Mico, la plus grande autorité de l'État réside dans le conseil des vieillards. Ce conseil décide de la paix et de la guerre, et applique les ordres du Mico : institution politique singulière. Dans la
monarchie des peuples civilisés, le roi est le pouvoir exécutif, et le
conseil ou l'assemblée nationale, le pouvoir législatif; ici, c'est l'opposé : le monarque fait les lois et le conseil les exécute. Ces Sauvages
ont peut-être pensé qu'il y avait moins de péril à investir un conseil de
vieillards du pouvoir exécutif, qu'à remettre ce pouvoir aux mains d'un
seul homme. D'un autre côté, l'expérience ayant prouvé qu'un seul
homme d'un âge mûr, d'un esprit réfléchi, élabore mieux des lois qu'un
corps délibérant, les Muscogulges on placé le pouvoir législatif dans
le roi.

Mais le conseil des Muscogulges a un vice capital : il est sous la direction immédiate du grand jongleur, qui le conduit par la crainte des
sortiléges et par la divination des songes. Les prêtres forment chez
cette nation un collége redoutable qui menace de s'emparer de divers
pouvoirs.

Le chef de guerre, indépendant du Mico, exerce une puissance absolue sur la jeunesse armée. Néanmoins, si la nation est dans un péril

imminent, le Mico devient, pour un temps limité, général au dehors, comme il est magistrat au dedans.

Tel est, ou plutôt tel était le gouvernement muscogulge, considéré en lui-même et à part. Il a d'autres rapports comme gouvernement fédératif.

Les Muscogulges, nation fière et ambitieuse, vinrent de l'ouest et s'emparèrent de la Floride après avoir extirpé les Yamases, ses premiers habitants[1]. Bientôt après, les Siminoles, arrivant de l'est, firent alliance avec les Muscogulges. Ceux-ci étant les plus forts, forcèrent ceux-là d'entrer dans une confédération, en vertu de laquelle les Siminoles envoient des députés au grand village des Muscogulges, et se trouvent ainsi gouvernés en partie par le Mico de ces derniers.

Les deux nations réunies furent appelées par les Européens la nation des Creeks, et divisées par eux en Creeks supérieurs, les Muscogulges, et en Creeks inférieurs, les Siminoles. L'ambition des Muscogulges n'étant pas satisfaite, ils portèrent la guerre chez les Chéroquois et chez les Chicassais, et les obligèrent d'entrer dans l'alliance commune; confédération aussi célèbre dans le midi de l'Amérique septentrionale que celle des Iroquois dans le nord. N'est-il pas singulier de voir des Sauvages tenter la réunion des Indiens dans une république fédérative, au même lieu où les Européens devaient établir un gouvernement de cette nature?

Les Muscogulges, en faisant des traités avec les blancs, ont stipulé que ceux-ci ne vendraient point d'eau-de-vie aux nations alliées. Dans les villages des Creeks on ne souffrait qu'un seul marchand européen : il y résidait sous la sauvegarde publique. On ne violait jamais à son égard les lois de la plus exacte probité; il allait et venait, en sûreté de sa fortune comme de sa vie.

Les Muscogulges sont enclins à l'oisiveté et aux fêtes; ils cultivent la terre; ils ont des troupeaux et des chevaux de race espagnole; ils ont aussi des esclaves. Le serf travaille aux champs, cultive dans le jardin les fruits et les fleurs, tient la cabane propre et prépare les repas. Il est logé, vêtu et nourri comme ses maîtres. S'il se marie, ses enfants sont libres; ils rentrent dans leur droit naturel par la naissance. Le malheur du père et de la mère ne passe point à leur postérité; les Muscogulges n'ont point voulu que la servitude fût hérédi-

[1] Ces traditions des migrations indiennes sont obscures et contradictoires. Quelques hommes instruits regardent les tribus des Florides comme un débris de la grande nation des Alléghewis, qui habitaient les vallées du Mississipi et de l'Ohio, et que chassèrent, vers les douzième et treizième siècles, les Lennilénaps (les Iroquois et les Sauvages Dalawares), horde nomade et belliqueuse venue du nord et de l'ouest, c'est-à-dire des côtes voisines du détroit de Behring.

taire : belle leçon que les Sauvages ont donnée aux hommes civilisés !

Tel est néanmoins l'esclavage : quelle que soit sa douceur, il dégrade les vertus. Le Muscogulge, hardi, bruyant, impétueux, supportant à peine la moindre contradiction, est servi par le Yamase, timide, silencieux, patient, abject. Ce Yamase, ancien maître des Florides, est cependant de race indienne : il combattit en héros pour sauver son pays de l'invasion des Muscogulges; mais la fortune le trahit. Qui a mis entre le Yamase d'autrefois et le Yamase d'aujourd'hui, entre ce Yamase vaincu et ce Muscogulge vainqueur, une si grande différence ? deux mots : liberté et servitude.

Les villages muscogulges sont bâtis d'une manière particulière : chaque famille a presque toujours quatre maisons ou quatre cabanes pareilles. Ces quatre cabanes se font face les unes aux autres, et forment entre elles une cour carrée d'environ un demi-arpent : on entre dans cette cour par les quatre angles. Les cabanes, construites en planches, sont enduites en dehors et en dedans d'un mortier rouge qui ressemble à de la terre de brique. Des morceaux d'écorce de cyprès, disposés comme des écailles de tortue, servent de toiture aux bâtiments.

Au centre du principal village, et dans l'endroit le plus élevé, est une place publique environnée de quatre longues galeries. L'une de ces galeries est la salle du conseil, qui se tient tous les jours pour l'expédition des affaires. Cette salle se divise en deux chambres par une cloison longitudinale : l'appartement du fond est ainsi privé de lumière; on n'y entre que par une ouverture surbaissée, pratiquée au bas de la cloison. Dans ce sanctuaire sont déposés les trésors de la religion et de la politique : les chapelets de corne de cerf, la coupe à médecine, les chichikoués, le calumet de paix, l'étendard national, fait d'une queue d'aigle. Il n'y a que le Mico, le chef de guerre et le grand prêtre, qui puissent entrer dans ce lieu redoutable.

La chambre extérieure de la salle du conseil est coupée en trois parties par trois petites cloisons transversales, à hauteur d'appui. Dans ces trois balcons s'élèvent trois rangs de gradins appuyés contre les parois du sanctuaire. C'est sur ces bancs couverts de nattes que s'asseyent les sachems et les guerriers.

Les trois autres galeries, qui forment, avec la galerie du conseil, l'enceinte de la place publique, sont pareillement divisées chacune en trois parties ; mais elles n'ont point de cloison longitudinale. Ces galeries se nomment *galeries du banquet* : on y trouve toujours une foule bruyante occupée de divers jeux.

Les murs, les cloisons, les colonnes de bois de ces galeries, sont

chargés d'ornements hiéroglyphiques qui renferment les secrets sacer-
dotaux et politiques de la nation. Ces peintures représentent des
hommes dans diverses attitudes, des oiseaux et des quadrupèdes à
tête d'hommes, des hommes à tête d'animaux. Le dessin de ces monuments est tracé avec hardiesse et dans les proportions naturelles; la
couleur en est vive, mais appliquée sans art. L'ordre d'architecture des
colonnes varie dans les villages selon la tribu qui habite ces villages :
à Otasses, les colonnes sont tournées en spirale, parce que les Muscogulges d'Otasses sont de la tribu du Serpent.

Il y a chez cette nation une ville de paix et une ville de sang. La
ville de paix est la capitale même de la confédération des Creeks, et
se nomme *Apalachucla*. Dans cette ville on ne verse jamais le sang;
et quand il s'agit d'une paix générale, les députés des Creeks y sont
convoqués.

La ville de sang est appelée *Coweta;* elle est située à douze milles
d'Apalachucla : c'est là que l'on délibère de la guerre.

On remarque, dans la confédération des Creeks, les Sauvages qui
habitent le beau village d'Uche, composé de deux mille habitants, et
qui peut armer cinq cents guerriers. Ces sauvages parlent la langue
savanna ou *savantica*, langue radicalement différente de la langue muscogulge. Les alliés du village d'Uche sont ordinairement, dans le conseil, d'un avis différent des autres alliés, qui les voient avec jalousie;
mais on est assez sage de part et d'autre pour n'en pas venir à une
rupture.

Les Siminoles, moins nombreux que les Muscogulges, n'ont guère
que neuf villages, tous situés sur la rivière Flint. Vous ne pouvez faire
un pas dans leur pays sans découvrir des savanes, des lacs, des fontaines, des rivières de la plus belle eau.

Le Siminole respire la gaieté, le contentement, l'amour; sa démarche
est légère; son abord, ouvert et serein; ses gestes décèlent l'activité
de la vie : il parle beaucoup et avec volubilité; son langage est harmonieux et facile. Ce caractère aimable et volage est si prononcé chez
ce peuple, qu'il peut à peine prendre un maintien digne dans les assemblées politiques de la confédération.

Les Siminoles et les Muscogulges sont d'une assez grande taille, et,
par un contraste extraordinaire, leurs femmes sont la plus petite race
de femmes connue en Amérique : elles atteignent rarement la hauteur
de quatre pieds deux ou trois pouces; leurs mains et leurs pieds ressemblent à ceux d'une Européenne de neuf ou dix ans. Mais la nature
les a dédommagées de cette espèce d'injustice : leur taille est élégante
et gracieuse; leurs yeux sont noirs, extrêmement longs, pleins de lan-

gueur et de modestie. Elles baissent leurs paupières avec une sorte de pudeur voluptueuse : si on ne les voyait pas lorsqu'elles parlent, on croirait entendre des enfants qui ne prononcent que des mots à moitié ormés.

Les femmes creeks travaillent moins que les autres femmes indiennes : elles s'occupent de broderies, de teinture et d'autres petits ouvrages. Les esclaves leur épargnent le soin de cultiver la terre ; mais elles aident pourtant, ainsi que les guerriers, à recueillir la moisson.

Les Muscogulges sont renommés pour la poésie et pour la musique. La troisième nuit de la fête du maïs nouveau, on s'assemble dans la galerie du conseil; on se dispute le prix du chant. Ce prix est décerné, à la pluralité des voix, par le Mico; c'est une branche de chêne vert : les Hellènes briguaient une branche d'olivier. Les femmes concourent, et souvent obtiennent la couronne; une de leurs odes est restée célèbre :

Chanson de la Chair blanche.

« La Chair blanche vint de la Virginie. Elle était riche; elle avait des étoffes bleues, de la poudre, des armes et du poison français [1]. La Chair blanche vit Tibeïma l'ikouessen [2].

« Je t'aime, dit-elle à la fille peinte : quand je m'approche de toi, je sens fondre la moelle de mes os; mes yeux se troublent; je me sens mourir.

« La fille peinte, qui voulait les richesses de la Chair blanche, lui répondit : Laisse-moi graver mon nom sur tes lèvres; presse mon sein contre ton sein.

« Tibeïma et la Chair blanche bâtirent une cabane. L'ikouessen dissipa les grandes richesses de l'étranger, et fut infidèle. La Chair blanche le sut; mais elle ne put cesser d'aimer. Elle allait de porte en porte mendier des grains de maïs pour faire vivre Tibeïma. Lorsque la Chair blanche pouvait obtenir un peu de feu liquide [3], elle buvait pour oublier sa douleur.

« Toujours aimant Tibeïma, toujours trompé par elle, l'homme blanc perdit l'esprit et se mit à courir dans les bois. Le père de la fille peinte, illustre sachem, lui fit des réprimandes : le cœur d'une femme qui a cessé d'aimer est plus dur que le fruit du papaya.

« La Chair blanche revint à sa cabane. Elle était nue; elle portait une longue barbe hérissée : ses yeux étaient creux, ses lèvres pâles :

---

[1] Eau-de-vie. — [2] Courtisane. — [3] Eau-de-vie.

elle s'assit sur une natte pour demander l'hospitalité dans sa propre cabane. L'homme blanc avait faim : comme il était devenu insensé, il se croyait un enfant, et prenait Tibeïma pour sa mère.

« Tibeïma, qui avait retrouvé des richesses avec un autre guerrier dans l'ancienne cabane de la Chair blanche, eut horreur de celui qu'elle avait aimé. Elle le chassa. La Chair blanche s'assit sur un tas de feuilles à la porte, et mourut. Tibeïma mourut aussi. Quand le Siminole demande quelles sont les ruines de cette cabane recouverte de grandes herbes, on ne lui répond point. »

Les Espagnols avaient placé, dans les beaux déserts de la Floride, une fontaine de Jouvence. N'étais-je donc pas autorisé à choisir ces déserts pour le pays de quelques autres illusions?

On verra bientôt ce que sont devenus les Creeks, et quel sort menace ce peuple qui marchait à grands pas vers la civilisation.

LES HURONS ET LES IROQUOIS.

République dans l'état de nature.

Si les Natchez offrent le type du despotisme dans l'état de nature, les Creeks, le premier trait de la monarchie limitée, les Hurons et les Iroquois présentaient, dans le même état de nature, la forme du gouvernement républicain. Ils avaient, comme les Creeks, outre la constitution de la nation proprement dite, une assemblée générale représentative et un pacte fédératif.

Le gouvernement des Hurons différait un peu de celui des Iroquois. Auprès du conseil des tribus s'élevait un chef héréditaire dont la succession se continuait par les femmes, ainsi que chez les Natchez. Si la ligne de ce chef venait à manquer, c'était la plus noble matrone de la tribu qui choisissait un chef nouveau. L'influence des femmes devait être considérable chez une nation dont la politique et la nature leur donnaient tant de droits. Les historiens attribuent à cette influence une partie des bonnes et des mauvaises qualités du Huron.

Chez les nations de l'Asie, les femmes sont esclaves, et n'ont aucune part au gouvernement; mais, chargées des soins domestiques, elles sont soustraites, en général, aux plus rudes travaux de la terre.

Chez les nations d'origine germanique, les femmes étaient libres, mais elles restaient étrangères aux actes de la politique, sinon à ceux du courage et de l'honneur.

Chez les tribus du nord de l'Amérique, les femmes participaient aux affaires de l'État, mais elles étaient employées à ces pénibles ouvrages qui sont dévolus aux hommes dans l'Europe civilisée. Esclaves et bêtes de somme dans les champs et à la chasse, elles devenaient libres et reines dans les assemblées de la famille et dans les conseils de la nation. Il faut remonter aux Gaulois pour retrouver quelque chose de cette condition des femmes chez un peuple.

Les Iroquois ou les Cinq nations [1], appelés, dans la langue algonquine, les *Agannonsioni*, étaient une colonie des Hurons. Ils se séparèrent de ces derniers à une époque ignorée; ils abandonnèrent les bords du lac Huron, et se fixèrent sur la rive méridionale du fleuve Hochelaga (le Saint-Laurent), non loin du lac Champlain. Dans la suite, ils remontèrent jusqu'au lac Ontario, et occupèrent le pays situé entre le lac Érié et les sources de la rivière d'Albany.

Les Iroquois offrent un grand exemple du changement que l'oppression et l'indépendance peuvent opérer dans le caractère des hommes. Après avoir quitté les Hurons, ils se livrèrent à la culture des terres, devinrent une nation agricole et paisible, d'où ils tirèrent leur nom d'*Agannonsioni*.

Leurs voisins, les *Adirondacs*, dont nous avons fait les *Algonquins*, peuple guerrier et chasseur qui étendait sa domination sur un pays immense, méprisèrent les Hurons émigrants, dont ils achetaient les récoltes. Il arriva que les Algonquins invitèrent quelques jeunes Iroquois à une chasse; ceux-ci s'y distinguèrent de telle sorte que les Algonquins jaloux les massacrèrent.

Les Iroquois coururent aux armes pour la première fois : battus d'abord, ils résolurent de périr jusqu'au dernier, ou d'être libres. Un génie guerrier, dont ils ne s'étaient point doutés, se déploya tout à coup en eux. Ils défirent à leur tour les Algonquins, qui s'allièrent avec les Hurons, dont les Iroquois tiraient leur origine. Ce fut au moment le plus chaud de cette querelle que Jacques Cartier et ensuite Champlain abordèrent au Canada. Les Algonquins s'unirent aux étrangers, et les Iroquois eurent à lutter contre les Français, les Algonquins et les Hurons.

Bientôt les Hollandais arrivèrent à Manhatte (New-York). Les Iroquois recherchèrent l'amitié de ces nouveaux Européens, se procurèrent des armes à feu, et devinrent, en peu de temps, plus habiles au maniement de ces armes que les blancs eux-mêmes. Il n'y a point chez les peuples civilisés d'exemple d'une guerre aussi longue et aussi implacable que celle que firent les Iroquois aux Algonquins et aux Hurons. Elle dura plus de trois siècles. Les Algonquins furent exterminés, et les

[1] Six, selon la division des Anglais.

Hurons réduits à une tribu réfugiée sous la protection du canon de Québec. La colonie française du Canada, au moment de succomber elle-même aux attaques des Iroquois, ne fut sauvée que par un calcul de la politique de ces Sauvages extraordinaires [1].

Il est probable que les Indiens du nord de l'Amérique furent gouvernés d'abord par des rois, comme les habitants de Rome et d'Athènes, et que ces monarchies se changèrent ensuite en républiques aristocratiques : on retrouvait, dans les principales bourgades huronnes et iroquoises, des familles nobles, ordinairement au nombre de trois. Ces familles étaient la souche des trois tribus principales : l'une de ces tribus jouissait d'une sorte de prééminence; les membres de cette première tribu se traitaient de *frères*, et les membres des deux autres tribus de *cousins*.

Ces trois tribus portaient le nom des tribus huronnes : la tribu du Chevreuil, celle du Loup, celle de la Tortue. La dernière se partageait en deux branches, la grande et la petite Tortue.

Le gouvernement, extrêmement compliqué, se composait de trois conseils : le conseil des assistants, le conseil des vieillards, le conseil des guerriers en état de porter les armes, c'est-à-dire du corps de la nation.

Chaque famille fournissait un député au conseil des assistants; ce député était nommé par les femmes, qui choisissaient souvent une femme pour les représenter. Le conseil des assistants était le conseil suprême : ainsi la première puissance appartenait aux femmes, dont les hommes ne se disaient que les lieutenants; mais le conseil des vieillards prononçait en dernier ressort; et devant lui étaient portées en appel les délibérations du conseil des assistants.

Les Iroquois avaient pensé qu'on ne se devait pas priver de l'assistance d'un sexe dont l'esprit délié et ingénieux est fécond en ressources, et sait agir sur le cœur humain; mais ils avaient aussi pensé que les arrêts d'un conseil de femmes pourraient être passionnés; ils avaient voulu que ces arrêts fussent tempérés et comme refroidis par le jugement des vieillards. On retrouvait ce conseil des femmes chez nos pères les Gaulois.

Le second conseil, ou le conseil des vieillards, était le modérateur entre le conseil des assistants et le conseil composé du corps des jeunes guerriers.

---

[1] D'autres traditions, comme on l'a vu, font des Iroquois une colonne de cette grande migration des Lennilénaps, venus des bords de l'océan Pacifique. Cette colonne des Iroquois et des Hurons aurait chassé les peuplades du nord du Canada, parmi lesquelles se trouvaient les Algonquins, tandis que les Indiens Delawares, plus au midi, auraient descendu jusqu'à l'Atlantique, en dispersant les peuples primitifs établis à l'est et à l'ouest des Alleghanys.

Tous les membres de ces trois conseils n'avaient pas le droit de prendre la parole : des orateurs choisis par chaque tribu traitaient devant les conseils des affaires de l'État : ces orateurs faisaient une étude particulière de la politique et de l'éloquence.

Cette coutume, qui serait un obstacle à la liberté chez les peuples civilisés de l'Europe, n'était qu'une mesure d'ordre chez les Iroquois. Parmi ces peuples, on ne sacrifiait rien de la liberté particulière à la liberté générale. Aucun membre des trois conseils ne se regardait lié individuellement par la délibération des conseils. Toutefois il était sans exemple qu'un guerrier eût refusé de s'y soumettre.

La nation iroquoise se divisait en cinq cantons : ces cantons n'étaient point dépendants les uns des autres ; ils pouvaient faire la paix et la guerre séparément. Les cantons neutres leur offraient dans ces cas leurs bons offices.

Les cinq cantons nommaient de temps en temps des députés qui renouvelaient l'alliance générale. Dans cette diète, tenue au milieu des bois, on traitait de quelques grandes entreprises pour l'honneur et la sûreté de toute la nation. Chaque député faisait un rapport relatif au canton qu'il représentait, et l'on délibérait sur des moyens de prospérité commune.

Les Iroquois étaient aussi fameux par leur politique que par leurs armes. Placés entre les Anglais et les Français, ils s'aperçurent bientôt de la rivalité de ces deux peuples. Ils comprirent qu'ils seraient recherchés par l'un et par l'autre : ils firent alliance avec les Anglais qu'ils n'aimaient pas, contre les Français qu'ils estimaient, mais qui s'étaient unis aux Algonquins et aux Hurons. Cependant ils ne voulaient pas le triomphe complet d'un des deux partis étrangers : ainsi les Iroquois étaient prêts à disperser la colonie française du Canada, lorsqu'un ordre du conseil des sachems arrêta l'armée et la força de revenir ; ainsi les Français se voyaient au moment de conquérir la Nouvelle-Jersey, et d'en chasser les Anglais, lorsque les Iroquois firent marcher leurs cinq nations au secours des Anglais, et les sauvèrent.

L'Iroquois ne conservait de commun avec le Huron que le langage : le Huron, gai, spirituel, volage, d'une valeur brillante et téméraire, d'une taille haute et élégante, avait l'air d'être né pour être l'allié des Français.

L'Iroquois était au contraire d'une forte stature : poitrine large, jambes musculaires, bras nerveux. Les grands yeux ronds de l'Iroquois étincellent d'indépendance ; tout son air était celui d'un héros ; on voyait reluire sur son front les hautes combinaisons de la pensée et les sentiments élevés de l'âme. Cet homme intrépide ne fut point étonné

des armes à feu, lorsque, pour la première fois, on en usa contre lui ;
il tint ferme au sifflement des balles et au bruit du canon, comme s'il
les eût entendus toute sa vie ; il n'eut pas l'air d'y faire plus d'attention qu'à un orage. Aussitôt qu'il se put procurer un mousquet, il s'en
servit mieux qu'un Européen. Il n'abandonna pas pour cela le casse-
tête, le couteau, l'arc et la flèche ; mais il y ajouta la carabine, le pistolet, le poignard et la hache ; il semblait n'avoir jamais assez d'armes
pour sa valeur. Doublement paré des instruments meurtriers de l'Europe et de l'Amérique, avec sa tête ornée de panaches, ses oreilles
découpées, son visage barbouillé de noir, ses bras teints de sang, ce
noble champion du Nouveau Monde devint aussi redoutable à voir qu'à
combattre sur le rivage qu'il défendit pied à pied contre l'étranger.

C'était dans l'éducation que les Iroquois plaçaient la source de leur
vertu. Un jeune homme ne s'asseyait jamais devant un vieillard : le
respect pour l'âge était pareil à celui que Licurgue avait fait naître à
Lacédémone. On accoutumait la jeunesse à supporter les plus grandes
privations, ainsi qu'à braver les plus grands périls. De longs jeûnes
commandés par la politique au nom de la religion, des chasses dange-
reuses, l'exercice continuel des armes, des jeux mâles et virils, avaient
donné au caractère de l'Iroquois quelque chose d'indomptable. Souvent de petits garçons s'attachaient les bras ensemble, mettaient un
charbon ardent sur leurs bras liés, et luttaient à qui soutiendrait plus
longtemps la douleur. Si une jeune fille commettait une faute, et que
sa mère lui jetât de l'eau au visage, cette seule réprimande portait
quelquefois la jeune fille à s'étrangler.

L'Iroquois méprisait la douleur comme la vie : un sachem de cent
années affrontait les flammes du bûcher ; il excitait les ennemis à
redoubler de cruauté ; il les défiait de lui arracher un soupir. Cette
magnanimité de la vieillesse n'avait pour but que de donner un exemple
aux jeunes guerriers, et de leur apprendre à devenir dignes de leurs
pères.

Tout se ressentait de cette grandeur chez ce peuple : sa langue,
presque toute aspirée, étonnait l'oreille. Quand un Iroquois parlait, on
eût cru ouïr un homme qui, s'exprimant avec effort, passait successivement des intonations les plus sourdes aux intonations les plus
élevées.

Tel était l'Iroquois avant que l'ombre et la destruction de la civilisation européenne se fussent étendues sur lui.

Bien que j'aie dit que le droit civil et le droit criminel sont à peu près
inconnus des Indiens, l'usage en quelques lieux a suppléé à la loi.

Le meurtre, qui chez les Francs se rachetait par une composition pécuniaire en rapport avec l'état des personnes, ne se compense chez les Sauvages que par la mort du meurtrier. Dans l'Italie du moyen âge, les familles respectives prenaient fait et cause pour tout ce qui concernait leurs membres : de là ces vengeances héréditaires qui divisaient la nation lorsque les familles ennemies étaient puissantes.

Chez les peuplades du nord de l'Amérique, la famille de l'homicide ne vient pas à son secours, mais les parents de l'homicidé se font un devoir de le venger. Le criminel que la loi ne menace pas, que ne défend pas la nature, ne rencontrant d'asile, ni dans les bois où les alliés du mort le poursuivent, ni chez les tribus étrangères qui le livreraient, ni à son foyer domestique qui ne le sauverait pas, devient si misérable, qu'un tribunal vengeur lui serait un bien. Là au moins il y aurait une forme, une manière de le condamner ou de l'acquitter : car si la loi frappe, elle conserve, comme le temps qui sème et moissonne. Le meurtrier indien, las d'une vie errante, ne trouvant pas de famille publique pour le punir, se remet entre les mains d'une famille particulière qui l'immole : au défaut de la force armée, le crime conduit le criminel aux pieds du juge et du bourreau.

Le meurtre involontaire s'expiait quelquefois par des présents. Chez les Abénaquis la loi prononçait : on exposait le corps de l'homme assassiné sur une espèce de claie en l'air ; l'assassin, attaché à un poteau, était condamné à prendre sa nourriture, et à passer plusieurs jours à ce pilori de la mort.

ÉTAT ACTUEL

DES

SAUVAGES DE L'AMÉRIQUE SEPTENTRIONALE.

Si je présentais au lecteur ce tableau de l'Amérique sauvage comme l'image fidèle de ce qui existe aujourd'hui, je tromperais le lecteur : j'ai peint ce qui fut beaucoup plus que ce qui est. On retrouve sans doute encore plusieurs traits du caractère indien dans les tribus errantes du Nouveau Monde ; mais l'ensemble des mœurs, l'originalité des coutumes, la forme primitive des gouvernements, enfin le génie américain a disparu. Après avoir raconté le passé, il me reste à compléter mon travail en retraçant le présent.

Quand on aura retranché du récit des premiers navigateurs et des premiers colons qui reconnurent et défrichèrent la Louisianne, la Floride, la Géorgie, les deux Carolines, la Virginie, le Maryland, la Delaware, la Pensylvanie, le New-Jersey, le New-York, et tout ce qu'on appela la Nouvelle-Angleterre, l'Acadie et le Canada, on ne pourra guère évaluer la population sauvage comprise entre le Mississipi et le fleuve Saint-Laurent, au moment de la découverte de ces contrées, au-dessous de trois millions d'hommes.

Aujourd'hui la population indienne de toute l'Amérique septentrionale, en n'y comprenant ni les Mexicains ni les Esquimaux, s'élève à peine à quatre cent mille âmes. Le recensement des peuples indigènes de cette partie du Nouveau Monde n'a pas été fait; je vais le faire. Beaucoup d'hommes, beaucoup de tribus manqueront à l'appel : dernier historien de ces peuples, c'est leur registre mortuaire que je vais ouvrir.

En 1534, à l'arrivée de Jacques Cartier au Canada, et à l'époque de la fondation de Québec par Champlain, en 1608, les Algonquins, les Iroquois, les Hurons, avec leurs tribus alliées ou sujettes, savoir : les Etchemins, les Souriquois, les Bersiamites, les Papinaclets, les Montagnès, les Atikamègues, les Nipissings, les Temiscamins, les Amikouès, les Cristinaux, les Assiniboïls, les Poutéouatamis, les Nokais, les Otchagras, les Miamis, armaient à peu près cinquante mille guerriers; ce qui suppose chez les Sauvages une population d'à peu près deux cent cinquante mille âmes. Au dire de Laboutan, chacun des cinq grands villages iroquois renfermait quatorze mille habitants. Aujourd'hui on ne rencontre, dans le bas Canada, que six hameaux de Sauvages devenus chrétiens : les Hurons de Corette, les Abénaquis de Saint-François, les Algonquins, les Nipissings, les Iroquois du lac des Deux-Montagnes, et les Osouékatchies; faibles échantillons de plusieurs races qui ne sont plus, et qui, recueillis par la religion, offrent la double preuve de sa puissance à conserver et de celle des hommes à détruire.

Le reste des cinq nations iroquoises est enclavé dans les possessions anglaises et américaines, et le nombre de tous les Sauvages que je viens de nommer est tout au plus de deux mille cinq cents à trois mille âmes.

Les Abénaquis, qui, en 1587, occupaient l'Acadie (aujourd'hui le Nouveau-Brunswick et la Nouvelle-Ecosse); les Sauvages du Maine, qui détruisirent tous les établissements des blancs en 1675, et qui continuèrent leurs ravages jusqu'en 1747; les mêmes hordes qui firent subir le même sort au New-Hampshire, les Wampanoags, les Nipmucks, qui livrèrent des espèces de batailles rangées aux Anglais, assiégèrent Hadley, et donnèrent l'assaut à Brookfield, dans le Massachusetts; les Indiens qui, dans les mêmes années 1673 et 1675, combattirent les Européens; les Pequots du Connecticut; les Indiens qui négocièrent la cession d'une partie de leurs terres avec les États de New-York, de New-Jersey, de la Pensylvanie, de la Delaware; les Pyscataways du Maryland; les tribus qui obéissaient à Powhatan, dans la Virginie; les Paraoustis, dans les Carolines, tous ces peuples ont disparu [1].

Des nations nombreuses que Ferdinand de Soto rencontra dans les Florides (et il faut comprendre sous ce nom tout ce qui forme aujourd'hui les États de la Géorgie, de l'Alabama, du Mississipi et du Tennessée), il ne reste plus que les Creeks, les Chéroquois et les Chicassais [2].

Les Creeks, dont j'ai peint les anciennes mœurs, ne pourraient mettre sur pied, dans ce moment, deux mille guerriers. Des vastes pays qui leur appartenaient, ils ne possèdent plus qu'environ huit mille milles carrés dans l'État de Géorgie, et un territoire à peu près égal dans l'Alabama. Les Chéroquois et les Chicassais, réduits à une poignée d'hommes, vivent dans un coin des États de Géorgie et de Tennessee; les derniers, sur les deux rives du fleuve Hiwassee.

Tout faibles qu'ils sont, les Creeks ont combattu vaillamment les Américains dans les années 1813 et 1814. Les généraux Jackson, White, Clayborne, Floyd, leur firent éprouver de grandes pertes à Talladéga, Hillabes, Autossee, Bacanachaca, et surtout à Entonopeka. Ces Sauvages avaient fait des progrès sensibles dans la civilisation, et surtout dans l'art de la guerre, employant et dirigeant très-bien l'artillerie. Il y a quelques années qu'ils jugèrent et mirent à mort un de leurs Mico ou rois, pour avoir vendu des terres aux blancs sans la participation du conseil national.

Les Américains, qui convoitent le riche territoire où vivent encore les Muscogulges et les Siminoles, ont voulu les forcer à le leur céder pour une somme d'argent, leur proposant de les transporter ensuite à l'occident du Missouri. L'État de Géorgie a prétendu qu'il avait acheté ce territoire; le congrès américain a mis quelque obstacle à cette prétention; mais tôt ou tard les Creeks, les Chéroquois et les Chicassais, serrés entre la population blanche du Mississipi, du Tennessee, de

[1] La plupart de ces peuples appartenaient à la grande nation des Lennilénaps, dont les branches principales étaient les Iroquois et les Hurons au nord, et les Indiens Delawares au midi.
[2] On peut consulter avec fruit, pour la Floride, un ouvrage intitulé : *Vue de la Floride occidentale, contenant sa géographie, sa topographie*, etc., *suivie d'un Appendice sur ses antiquités, les titres de concession des terres et des canaux, et accompagnée d'une Carte de la côte, des Plans de Pensacola et de l'entrée du port*; Philadelphie, 1817.

l'Alabama et de la Géorgie, seront obligés de subir l'exil ou l'extermination.

En remontant le Mississipi, depuis son embouchure jusqu'au confluent de l'Ohio, tous les Sauvages qui habitaient ces deux bords, les Biloxis, les Torimas, les Kappas, les Sotouis, les Bayagoulas, les Colapissas, les Tansas, les Natchez et les Yazous ne sont plus.

Dans la vallée de l'Ohio, les nations qui erraient encore le long de cette rivière et de ses affluents se soulevèrent en 1810 contre les Américains. Elles mirent à leur tête un jongleur ou prophète qui annonçait la victoire, tandis que son frère, le fameux Thécumseh, combattait : trois mille Sauvages se trouvèrent réunis pour recouvrer leur indépendance. Le général américain Harrison marcha contre eux avec un corps de troupes; il les rencontra, le 6 novembre 1811, au confluent du Tippacanoé et du Wabash. Les Indiens montrèrent le plus grand courage, et leur chef Thécumseh déploya une habileté extraordinaire : il fut pourtant vaincu.

La guerre de 1812, entre les Américains et les Anglais, renouvela les hostilités sur les frontières du désert; les Sauvages se rangèrent presque tous du parti des Anglais; Thécumseh était passé à leur service : le colonel Proctor, Anglais, dirigeait les opérations. Des scènes de barbarie eurent lieu à Cikago et aux forts Meigs et Milden : le cœur du capitaine Wells fut dévoré dans un repas de chair humaine. Le général Harrison accourut encore, et battit les Sauvages à l'affaire du Thames. Thécumseh y fut tué : le colonel Proctor dut son salut à la vitesse de son cheval.

La paix ayant été conclue entre les États-Unis et l'Angleterre en 1814, les limites des deux empires furent définitivement réglées. Les Américains ont assuré par une chaîne de postes militaires leur domination sur les Sauvages.

Depuis l'embouchure de l'Ohio jusqu'au saut Saint-Antoine, sur le Mississipi, on trouve sur la rive occidentale de ce dernier fleuve les Saukis, dont la population s'élève à quatre mille huit cents âmes; les Renards, à mille six cents âmes; les Winebegos, à mille six cents, et les Ménomènes, à mille deux cents. Les Illinois sont la souche de ces tribus.

Viennent ensuite les Sioux, de race mexicaine, divisés en six nations : la première habite en partie le haut Mississipi; la seconde, la troisième, la quatrième et la cinquième tiennent les rivages de la rivière Saint-Pierre; la sixième s'étend vers le Missouri. On évalue ces six nations siouses à environ quarante-cinq mille âmes.

Derrière les Sioux, en s'approchant du Nouveau-Mexique, se trouvent quelques débris des Osages, des Cansas, des Octotatas, des Mactotatas, des Ajouès et des Panis.

Les Assiboins errent, sous divers noms, depuis les sources septentrionales du Missouri jusqu'à la grande rivière Rouge, qui se jette dans la baie d'Hudson : leur population est de vingt-cinq mille âmes.

Les Chipawois, de race algonquine, et ennemis des Sioux, chassent, au nombre de trois ou quatre mille guerriers, dans les déserts qui séparent les grands lacs du Canada du lac Winnepic.

Voilà tout ce que l'on sait de plus positif sur la population des Sauvages de l'Amérique septentrionale. Si l'on joint à ces tribus connues les tribus moins fréquentées qui vivent au delà des montagnes Rocheuses, on aura bien de la peine à trouver les quatre-cent mille individus mentionnés au commencement de ce dénombrement. Il y a des voyageurs qui ne portent pas à plus de cent mille âmes la population indienne en deçà des montagnes Rocheuses, et à plus de cinquante mille au delà de ces montagnes, y compris les Sauvages de la Californie.

Poussées par les populations européennes vers le nord-ouest de l'Amérique septentrionale, les populations sauvages viennent, par une singulière destinée, expirer au rivage même sur lequel elles débarquèrent, dans des siècles inconnus, pour prendre possession de l'Amérique. Dans la langue iroquoise, les Indiens se donnaient le nom d'*hommes de toujours*. ONGUE-ONOUE. Ces *hommes de toujours* ont passé, et l'étranger ne laissera bientôt aux héritiers légitimes de tout un monde que la terre de leur tombeau.

Les raisons de cette dépopulation sont connues : l'usage des liqueurs fortes, les vices, les maladies, les guerres, que nous avons multipliés chez les Indiens, ont précipité la destruction de ces peuples; mais il n'est pas tout à fait vrai que l'état social, en venant se placer dans les forêts, ait été une cause efficiente de cette destruction.

L'Indien n'était pas *sauvage* : la civilisation européenne n'a point agi sur *le pur état de la nature* : elle a agi sur *la civilisation américaine commençante* : si elle n'eût rien rencontré, elle eût créé quelque chose; mais elle a trouvé des mœurs et les a détruites, parce qu'elle était plus forte, et qu'elle n'a pas cru se mêler à ces mœurs.

Demander ce que seraient devenus les habitants de l'Amérique, si l'Amérique eût échappé aux voiles de nos navigateurs, serait sans doute une question inutile, mais pourtant curieuse à examiner. Auraient-ils péri en silence, comme ces nations plus avancées dans les arts, qui, selon toutes les probabilités, fleurirent autrefois dans les contrées qu'arrosent l'Ohio, le Muskingum, le Tennessee, le Mississipi inférieur et le Tumbec-bée?

Écartant un moment les grands principes du christianisme, mettant à part les intérêts de l'Europe, un esprit philosophique aurait pu désirer que les peuples du Nouveau Monde eussent eu le temps de se développer hors du cercle de nos institutions.

Nous en sommes réduits partout aux formes usées d'une civilisation vieillie (je ne parle pas des populations de l'Asie, arrêtées depuis quatre mille ans dans un despotisme qui tient de l'enfance). On a trouvé chez les Sauvages du Canada, de la Nouvelle-Angleterre et des Florides, des commencements de toutes les coutumes et de toutes les lois des Grecs, des Romains et des Hébreux. Une civilisation d'une nature différente de la nôtre aurait pu reproduire les hommes de l'antiquité, ou faire jaillir des lumières inconnues d'une source encore ignorée. Qui sait si nous n'eussions pas vu aborder un jour à nos rivages quelque Colomb américain venant découvrir l'Ancien Monde?

La dégradation des mœurs indiennes a marché de pair avec la dépopulation des tribus. Les traditions religieuses sont devenues beaucoup plus confuses; l'instruction, répandue d'abord par les missionnaires du Canada, a mêlé des idées étrangères aux idées natives des indigènes. On aperçoit aujourd'hui, au travers des fables grossières, les croyances chrétiennes défigurées. La plupart des Sauvages portent des croix pour ornements, et les traiteurs protestants leur vendent ce que leur donnaient les missionnaires catholiques. Disons, à l'honneur de notre patrie et à la gloire de notre religion, que les Indiens s'étaient fortement attachés aux Français, qu'ils ne cessent de les regretter, et qu'*une robe noire* (un missionnaire) est encore en vénération dans les forêts américaines. Si les Anglais, dans leurs guerres avec les États-Unis, ont vu presque tous les Sauvages s'enrôler sous la bannière britannique, c'est que les Anglais de Québec ont encore parmi eux des descendants des Français, et qu'ils occupent le pays qu'*Ononthio*[1] a gouverné. Le Sauvage continue de nous aimer dans le sol que nous avons foulé, dans la terre où nous fûmes ses premiers hôtes, et où nous avons laissé des tombeaux : en servant les nouveaux possesseurs du Canada, il reste fidèle à la France dans les ennemis des Français.

Voici ce qu'on lit dans un *Voyage* récent fait aux sources du Mississipi. L'autorité de ce passage est d'autant plus grande, que l'auteur, dans un autre endroit de son Voyage, s'arrête pour argumenter contre les jésuites de nos jours.

« Pour rendre justice à la vérité, les missionnaires français, en gé-« néral, se sont toujours distingués partout par une vie exemplaire et

---

[1] *La Grande-Montagne*. Nom sauvage des gouverneurs français du Canada.

« conforme à leur état. Leur bonne foi religieuse, leur charité aposto-
« lique, leur douceur insinuante, leur patience héroïque, et leur éloi-
« gnement du fanatisme et du rigorisme, fixent dans ces contrées des
« époques édifiantes dans les fastes du christianisme; et pendant que
« la mémoire des del Vilde, des Vodilla, etc., sera toujours en exé-
« cration dans tous les cœurs vraiment chrétiens, celle des Daniel,
« des Brébeuf, etc., ne perdra jamais de la vénération que l'histoire
« des découvertes et des missions leur consacre à juste titre. De là
« cette prédilection que les Sauvages témoignent pour les Français,
« prédilection qu'ils trouvent naturellement dans le fond de leur âme,
« nourrie par les traditions que leurs pères ont laissées en faveur des
« premiers apôtres du Canada, alors la Nouvelle-France [1]. »

Cela confirme ce que j'ai écrit autrefois sur les missions du Canada.
Le caractère brillant de la valeur française, notre désintéressement,
notre gaieté, notre esprit aventureux, sympathisaient avec le génie
des Indiens; mais il faut convenir aussi que la religion catholique est
plus propre à l'éducation du Sauvage que le culte protestant.

Quand le christianisme commença au milieu d'un monde civilisé et
des spectacles du paganisme, il fut simple dans son extérieur, sévère
dans sa morale, métaphysique dans ses arguments, parce qu'il s'agissait d'arracher à l'erreur des peuples séduits par les sens, ou égarés
par des systèmes de philosophie. Quand le christianisme passa des délices de Rome et des écoles d'Athènes aux forêts de la Germanie, il
s'environna de pompes et d'images, afin d'enchanter la simplicité du
Barbare. Les gouvernements protestants de l'Amérique se sont peu
occupés de la civilisation des Sauvages : ils n'ont songé qu'à trafiquer
avec eux : or, le commerce, qui accroît la civilisation parmi les peuples
déjà civilisés, et chez lesquels l'intelligence a prévalu sur les mœurs,
ne produit que la corruption chez les peuples où les mœurs sont supérieures à l'intelligence. La religion est évidemment la loi primitive : les
pères Jogues, Lallemant et Brébeuf étaient des législateurs d'une tout
autre espèce que les traiteurs anglais et américains.

De même que les notions religieuses des Sauvages se sont brouillées,
les institutions politiques de ces peuples ont été altérées par l'irruption
des Européens. Les ressorts du gouvernement indien étaient subtils et
délicats; le temps ne les avait point consolidés; la politique étrangère,
en les touchant, les a facilement brisés. Ces divers conseils balançant
leurs autorités respectives, ces contre-poids formés par les assistants,
les sachems, les matrones, les jeunes guerriers, toute cette machine

---

[1] *Voyage de Beltrami*: 1823.

a été dérangée : nos présents, nos vices, nos armes, ont acheté, corrompu ou tué les personnages dont se composaient ces pouvoirs divers.

Aujourd'hui les tribus indiennes sont conduites tout simplement par un chef : celles qui se sont confédérées se réunissent quelquefois dans des diètes générales ; mais aucune loi ne réglant ces assemblées, elles se séparent presque toujours sans avoir rien arrêté : elles ont le sentiment de leur nullité et le découragement qui accompagne la faiblesse.

Une autre cause a contribué à dégrader le gouvernement des Sauvages : l'établissement des postes militaires américains et anglais au milieu des bois. Là, un commandant se constitue le protecteur des Indiens dans le désert ; à l'aide de quelques présents, il fait comparaître les tribus devant lui ; il se déclare leur père et l'envoyé d'un des *trois mondes blancs;* les Sauvages désignent ainsi les Espagnols, les Français et les Anglais. Le commandant apprend à ses *enfants rouges* qu'il va fixer telles limites, défricher tel terrain, etc. Le Sauvage finit par croire qu'il n'est pas le véritable possesseur de la terre dont on dispose sans son aveu ; il s'accoutume à se regarder comme d'une espèce inférieure au blanc ; il consent à recevoir des ordres, à chasser, à combattre pour des maîtres. Qu'a-t-on besoin de se gouverner quand on n'a plus qu'à obéir? Il est naturel que les mœurs et les coutumes se soient détériorées avec la religion et la politique, que tout ait été emporté à la fois.

Lorsque les Européens pénétrèrent en Amérique, les Sauvages vivaient et se vêtissaient du produit de leurs chasses, et n'en faisaient entre eux aucun négoce. Bientôt les étrangers leur apprirent à le troquer pour des armes, des liqueurs fortes, divers ustensiles de ménage, des draps grossiers et des parures. Quelques Français, qu'on appela *coureurs de bois,* accompagnèrent d'abord les Indiens dans leurs excursions. Peu à peu il se forma des compagnies de commerçants qui poussèrent des postes avancés et placèrent des factoreries au milieu des déserts. Poursuivis par l'avidité européenne et par la corruption des peuples civilisés jusqu'au fond de leurs bois, les Indiens échangent, dans ces magasins, de riches pelleteries contre des objets de peu de valeur, mais qui sont devenus pour eux des objets de première nécessité. Non-seulement ils trafiquent de la chasse faite, mais ils disposent de la chasse à venir, comme on vend une récolte sur pied.

Ces avances accordées par les traiteurs plongent les Indiens dans un abîme de dettes : ils ont alors toutes les calamités de l'homme du peuple de nos cités, et toutes les détresses du Sauvage. Leurs chasses, dont ils cherchent à exagérer les résultats, se transforment en une effroyable fatigue ; ils y mènent leurs femmes ; ces malheureuses, em-

ployées à tous les services du camp, tirent les traîneaux, vont chercher les bêtes tuées, tannent les peaux, font dessécher les viandes. On
les voit, chargées des fardeaux les plus lourds, porter encore leurs petits enfants à leurs mamelles ou sur leurs épaules. Sont-elles enceintes
et près d'accoucher, pour hâter leur délivrance et retourner plus vite
à l'ouvrage, elles s'appliquent le ventre sur une barre de bois élevée à
quelques pieds de terre, laissant pendre en bas leurs jambes et leur
tête; elles donnent ainsi le jour à une misérable créature, dans toute
la rigueur de la malédiction : *In dolore paries filios!*

Ainsi la civilisation, en entrant par le commerce chez les tribus
américaines, au lieu de développer leur intelligence, les a abruties.
L'Indien est devenu perfide, intéressé, menteur, dissolu : sa cabane
est un réceptable d'immondices et d'ordure. Quand il était nu ou couvert de peaux de bêtes, il avait quelque chose de fier et de grand;
aujourd'hui, des haillons européens, sans couvrir sa nudité, attestent
seulement sa misère : c'est un mendiant à la porte d'un comptoir; ce
n'est plus un Sauvage dans ses forêts.

Enfin il s'est formé une espèce de peuple métis, né du commerce des
aventuriers européens et des femmes sauvages. Ces hommes, que l'on
appelle *Bois brûlés*, à cause de la couleur de leur peau, sont les gens
d'affaires ou les courtiers de change entre les peuples dont ils tirent
leur double origine : parlant à la fois la langue de leurs pères et de leurs
mères, interprètes des traiteurs auprès des Indiens, et des Indiens auprès des traiteurs, ils ont les vices des deux races. Ces bâtards de la
nature civilisée et de la nature sauvage se vendent tantôt aux Américains, tantôt aux Anglais, pour leur livrer le monopole des pelleteries;
ils entretiennent les rivalités des compagnies anglaises de la baie
d'Hudson, du Nord-Ouest, et des compagnies américaines; *fur Co-
lombian American Company, Missouri's fur Company*, et autres : ils
font eux-mêmes des chasses au compte des traiteurs et avec des chasseurs soldés par les compagnies.

Le spectacle est alors tout différent des chasses indiennes : les
hommes sont à cheval; il y a des fourgons qui transportent les viandes
sèches et les fourrures : les femmes et les enfants sont traînés sur des
petits chariots par des chiens. Ces chiens, si utiles dans les contrées
septentrionales, sont encore une charge pour leurs maîtres, car ceux-
ci, ne pouvant les nourrir pendant l'été, les mettent en pension à
crédit chez les gardiens, et contractent ainsi de nouvelles dettes. Les
dogues affamés sortent quelquefois de leur chenil; ne pouvant aller à
la chasse, ils vont à la pêche : on les voit se plonger dans les rivières
et saisir le poisson jusqu'au fond de l'eau.

On ne connaît en Europe que cette grande guerre de l'Amérique qui a donné au monde un peuple libre. On ignore que le sang à coulé pour les chétifs intérêts de quelques marchands fourreurs. La Compagnie de la baie d'Hudson vendit, en 1811, à lord Selkirk, un grand terrain sur le bord de la rivière Rouge ; l'établissement se fit en 1812. La Compagnie du Nord-Ouest ou du Canada en prit ombrage : les deux compagnies, alliées à diverses tribus indiennes et secondées des Bois brûlés, en vinrent aux mains. Cette petite guerre domestique, qui fut horrible, avait lieu dans les déserts glacés de la baie d'Hudson : la colonie de lord Selkirk fut détruite au mois de juin 1815, précisément au moment où se donnait la bataille de Waterloo. Sur ces deux théâtres, si différents par l'éclat et par l'obscurité, les malheurs de l'espèce humaine étaient les mêmes. Les deux compagnies épuisées ont senti qu'il valait mieux s'unir que de se déchirer : elles poussent aujourd'hui de concert leurs opérations à l'ouest, jusqu'à Colombia ; au nord, jusque sur les fleuves qui se jettent dans la mer Polaire.

En résumé, les plus fières nations de l'Amérique septentrionale n'ont conservé de leur race que la langue et le vêtement ; encore celui-ci est-il altéré : elles ont un peu appris à cultiver la terre et à élever des troupeaux. De guerrier fameux qu'il était, le Sauvage du Canada est devenu berger obscur ; espèce de pâtre extraordinaire, conduisant ses cavales avec un casse-tête, et ses moutons avec des flèches. Philippe, successeur d'Alexandre, mourut greffier à Rome ; un Iroquois chante et danse pour quelques pièces de monnaie à Paris : il ne faut pas voir le lendemain de la gloire.

En traçant ce tableau d'un monde sauvage, en parlant sans cesse du Canada et de la Louisiane, en regardant sur les vieilles cartes l'étendue des anciennes colonies françaises dans l'Amérique, j'étais poursuivi d'une idée pénible : je me demandais comment le gouvernement de mon pays avait pu laisser périr ces colonies, qui seraient aujourd'hui pour nous une source inépuisable de prospérité.

De l'Acadie et du Canada à la Louisiane, de l'embouchure du Saint-Laurent à celle du Mississipi, le territoire de la Nouvelle-France entourait ce qui forma, dans l'origine, la confédération des treize premiers États-Unis. Les onze autres États, le district de la Colombie, les territoires du Michigan, du Nord-Ouest, du Missouri, de l'Orégon et d'Arkansas, nous appartenaient ou nous appartiendraient comme ils appartiennent aujourd'hui aux États-Unis, par la cession des Anglais et des Espagnols, nos premiers héritiers dans le Canada et dans la Louisiane.

Prenez votre point de départ entre le quarante-troisième et le quarante-quatrième degré de latitude nord, sur l'Atlantique, au cap Sable

de la Nouvelle-Écosse, autrefois l'Acadie ; de ce point, conduisez une
ligne qui passe derrière les premiers États-Unis, le Maine, Vernon,
New-York, la Pensylvanie, la Virginie, la Caroline et la Géorgie; que
cette ligne vienne par le Tennessee chercher le Mississipi et la Nouvelle-
Orléans; qu'elle remonte ensuite du vingt-neuvième degré (latitude des
bouches du Mississipi) ; qu'elle remonte par le territoire d'Arkansas à
celui de l'Orégon; qu'elle traverse les montagnes Rocheuses, et se
termine à la pointe Saint-Georges, sur la côte de l'océan Pacifique,
vers le quarante-deuxième degré de latitude nord : l'immense pays compris entre cette ligne, la mer Atlantique au nord-est, la mer Polaire
au nord, l'océan Pacifique et les possessions russes au nord-ouest, le
golfe Mexicain au midi, c'est-à-dire plus des deux tiers de l'Amérique
septentrionale, reconnaîtraient les lois de la France.

Que serait-il arrivé si de telles colonies eussent été encore entre nos
mains au moment de l'émancipation des États-Unis? Cette émancipation aurait-elle eu lieu? notre présence sur le sol américain l'aurait-
elle hâtée ou retardée? La Nouvelle-France elle-même serait-elle devenue
libre? Pourquoi non? Quel malheur y aurait-il pour la mère patrie à
voir fleurir un immense empire sorti de son sein, un empire qui répan-
drait la gloire de notre nom et de notre langue dans un autre hémis-
phère?

Nous possédions au delà des mers de vastes contrées qui pouvaient
offrir un asile à l'excédant de notre population, un marché considérable
à notre commerce, un aliment à notre marine; aujourd'hui nous nous
trouvons forcés d'ensevelir dans nos prisons des coupables condamnés
par les tribunaux, faute d'un coin de terre pour y déposer ces malheureux. Nous sommes exclus du nouvel univers, où le genre humain recommence. Les langues anglaise et espagnole servent en Afrique, en
Asie, dans les îles de la mer du Sud, sur le continent des deux Amériques à l'interprétation de la pensée de plusieurs millions d'hommes;
et nous, déshérités des conquêtes de notre courage et de notre génie,
à peine entendons-nous parler dans quelques bourgades de la Louisiane
et du Canada, sous une domination étrangère, la langue de Racine,
de Colbert et de Louis XIV; elle n'y reste que comme un témoin des
revers de notre fortune et des fautes de notre politique.

Ainsi donc la France a disparu de l'Amérique septentrionale, comme
ces tribus indiennes avec lesquelles elle sympathisait, et dont j'ai
aperçu quelques débris. Qu'est-il arrivé dans cette Amérique du nord
depuis l'époque où j'y voyageais? C'est maintenant ce qu'il faut dire.
Pour consoler les lecteurs, je vais, dans la conclusion de cet ouvrage,
arrêter leurs regards sur un tableau miraculeux : ils apprendront ce

que peut la liberté pour le bonheur et la dignité de l'homme, lorsqu'elle ne se sépare point des idées religieuses, qu'elle est à la fois intelligente et sainte.

CONCLUSION.

ÉTATS-UNIS.

Si je revoyais aujourd'hui les Etats-Unis, je ne les reconnaîtrais plus : là où j'ai laissé des forêts, je trouverais des champs cultivés ; là où je me suis frayé un chemin à travers les halliers, je voyagerais sur de grandes routes. Le Mississipi, le Missouri, l'Ohio, ne coulent plus dans la sollitude ; de gros vaisseaux à trois mâts les remontent, plus de deux cents bateaux à vapeur en vivifient les rivages. Aux Natchez, au lieu de la hutte de Céluta, s'élève une ville charmante d'environ cinq mille habitants. Chactas pourrait être aujourd'hui député au congrès et se rendre chez Atala par deux routes, dont l'une mène à Saint-Étienne, sur le Tumbec-bee, et l'autre aux Natchitochès : un livre de poste lui indiquerait les relais au nombre de onze : Washington, Franklin, Homochitt, etc.

L'Alabama et le Tennessee sont divisés, le premier en trente-trois comtés, et il contient vingt et une villes ; le second en cinquante et un comtés, et il renferme quarante-huit villes. Quelques-unes de ces villes, telles que Cahawba, capitale de l'Alabama, conservent leur dénomination sauvage, mais elles sont environnées d'autres villes différemment désignées : il y a chez les Muscogulges, les Siminoles, les Chéroquois et les Chicassais, une cité d'Athènes, une autre de Marathon, une autre de Carthage, une autre de Memphis, une autre de Sparte, une autre de Florence, une autre d'Hampden, des comtés de Colombie et de Marengo : la gloire de tous les pays a placé un nom dans ces mêmes déserts où j'ai rencontré le père Aubry et l'obscure Atala.

Le Kentucky montre un Versailles ; un comté appelé *Bourbon* a pour capitale Paris. Tous les exilés, tous les opprimés qui se sont retirés en Amérique, y ont porté la mémoire de leur patrie.

> . . . . Falsi Simoentis ad undam,
> Libabat cineri Andromache.

Les États-Unis offrent donc dans leur sein, sous la protection de la liberté, une image et un souvenir de la plupart des lieux célèbres de l'ancienne et de la moderne Europe, semblables à ce jardin de la campagne de Rome où Adrien avait fait répéter les divers monuments de son empire.

Remarquons qu'il n'y a presque point de comtés qui ne renferment une ville, un village, ou un hameau de Washington, touchante unanimité de la reconnaissance d'un peuple.

L'Ohio arrose maintenant quatre États : le Kentucky, l'Ohio proprement dit, l'Indiana et l'Illinois. Trente députés et huit sénateurs sont envoyés au congrès par ces quatre États : la Virginie et le Tennessee touchent l'Ohio sur deux points; il compte sur ses bords cent quatre-vingt-onze comtés et deux cent huit villes. Un canal que l'on creuse au portage de ses rapides, et qui sera fini dans trois ans, rendra le fleuve navigable pour de gros vaisseaux, jusqu'à Pittsbourg.

Trente-trois grandes routes sortent de Washington, comme autrefois les voies romaines partaient de Rome, et aboutissent, en se partageant, à la circonférence des États-Unis. Ainsi on va de Washington à Dover, dans la Delaware; de Washington à la Providence, dans le Rhode-Island; de Washington à Robbinstown, dans le district du Maine, frontière des États britanniques au nord; de Washington à Concorde; de Washington à Montpellier, dans le Connecticut; de Washington à Albany, et de là à Montréal et à Québec; de Washington au Havre de Sackets, sur le lac Ontario; de Washington à la chute et au fort de Niagara; de Washington, par Pittsbourg, au détroit et à Michillimachinac, sur le lac Érié; de Washington, par Saint-Louis sur le Mississipi, à Councile-Bluffs du Missouri; de Washington à la Nouvelle-Orléans et à l'embouchure du Mississipi; de Washington aux Natchez; de Washington à Charlestown, à Savannah et à Saint-Augustin; le tout formant une circulation intérieure de routes de vingt-cinq mille sept cent quarante-sept milles.

On voit, par les points où se lient ces routes, qu'elles parcourent des lieux naguère sauvages, aujourd'hui cultivés et habités. Sur un grand nombre de ces routes, les postes sont montées : des voitures publiques vous conduisent d'un lieu à l'autre à des prix modérés. On prend la diligence pour l'Ohio ou pour la chute de Niagara, comme, de mon temps, on prenait un guide ou un interprète indien. Des chemins de communication s'embranchent aux voies principales, et sont également pourvus de moyens de transport. Ces moyens sont presque toujours doubles; car des lacs et des rivières se trouvant partout, on peut voyager en bateaux à rames et à voiles, ou sur des bateaux à vapeur.

Des embarcations de cette dernière espèce font des passages régu-

liers de Boston et de New-York à la Nouvelle-Orléans; elles sont pareillement établies sur les lacs du Canada, l'Ontario, l'Érié, le Michigan,
le Champlain, sur ces lacs où l'on voyait à peine, il y a trente ans,
quelques pirogues de Sauvages, et où des vaisseaux de ligne se livrent
maintenant des combats.

Les bateaux à vapeur aux États-Unis servent non-seulement au
besoin du commerce et des voyageurs, mais on les emploie encore à
la défense du pays : quelques-uns d'entre eux, d'une immense dimension, placés à l'embouchure des fleuves, armés de canons et d'eau
bouillante, ressemblent à la fois à des citadelles modernes et à des
forteresses du moyen âge.

Aux vingt-cinq mille sept cent quarante-sept milles de routes générales, il faut ajouter l'étendue de quatre cent dix-neuf routes canto-
nales, et celle de cinquante-huit mille cent trente-sept milles de routes
d'eau. Les canaux augmentent le nombre de ces dernières routes : le
canal de Middlesex joint le port de Boston avec la rivière Merrimack;
le canal Champlain fait communiquer ce lac avec les mers canadiennes;
le fameux canal Érié, ou de New-York, unit maintenant le lac Érié à
l'Atlantique; les canaux Sautee, Chesapeake et Albemarne sont dus
aux États de la Caroline et de la Virginie; et comme de larges rivières,
coulant en diverses directions, se rapprochent par leurs sources, rien
de plus facile que de les lier entre elles. Cinq chemins sont déjà connus
pour aller à l'océan Pacifique; un seul de ces chemins passe à travers
le territoire espagnol.

Une loi du congrès de la session de 1824 à 1825 ordonne l'établissement d'un poste militaire à l'Orégon. Les Américains, qui ont un
établissement sur la Colombia, pénètrent ainsi jusqu'au Grand océan,
entre les Amériques anglaise, russe et espagnole, par une zone de terre
d'à peu près six degrés de large.

Il y a cependant une borne naturelle à la colonisation. La frontière
des bois s'arrête, à l'ouest et au nord du Missouri, à des steppes immenses qui n'offrent pas un seul arbre, et qui semblent se refuser à la
culture, bien que l'herbe y croisse abondamment. Cette Arabie verte
sert de passage aux colons qui se rendent en caravanes aux montagnes
Rocheuses et au Nouveau-Mexique; elle sépare les États-Unis de l'Atlantique des États-Unis de la mer du Sud, comme ces déserts qui,
dans l'Ancien Monde, disjoignent des régions fertiles. Un Américain a
proposé d'ouvrir à ses frais un grand chemin ferré, depuis Saint-Louis
sur le Mississipi jusqu'à l'embouchure de la Colombia, pour une concession de dix milles en profondeur qui lui serait faite par le congrès,
des deux côtés du chemin : ce gigantesque marché n'a pas été accepté.

Dans l'année 1789, il y avait seulement soixante-quinze bureaux de poste aux États-Unis : il y en a maintenant plus de cinq mille.

De 1790 à 1795, ces bureaux furent portés de soixante-quinze à quatre cent cinquante-trois; en 1800, ils étaient au nombre de neuf cent trois; en 1805, ils s'élevaient à quinze cent cinquante-huit; en 1810, à deux mille trois cents; en 1815, à trois mille; en 1817, à trois mille quatre cent cinquante-neuf; en 1820, à quatre mille trente; en 1825, à près de cinq mille cinq cents.

Les lettres et dépêches sont transportées par des malles-postes, qui font environ cent cinquante milles par jour, et par des courriers à cheval et à pied.

Une grande ligne de malles-postes s'étend depuis Anson, dans l'État du Maine, par Washington, à Nashville, dans l'État de Tennessee; distance, quatorze cent quarante-huit milles. Une autre ligne joint Highgate, dans l'État de Vermont, à Sainte-Marie en Géorgie; distance, treize cent soixante-neuf milles. Des relais de malles-postes sont montés depuis Washington à Pittsbourg; distance, deux cent vingt-six milles : ils seront bientôt établis jusqu'à Saint-Louis du Mississipi, par Vincennes; et jusqu'à Nashville, par Lexington, Kentucky. Les auberges sont bonnes et propres, et quelquefois excellentes.

Des bureaux pour la vente des terres publiques sont ouverts dans les États de l'Ohio et d'Indiana, dans le territoire du Michigan, du Missouri et des Arkansas, dans les États de la Louisiane, du Mississipi et de l'Alabama. On croit qu'il reste plus de cent cinquante millions d'acres de terre propre à la culture, sans compter le sol des grandes forêts. On évalue ces cent cinquante millions d'acres à environ un milliard cinq cents millions de dollars, estimant les acres l'une dans l'autre à 10 dollars, et n'évaluant le dollar qu'à 3 fr.; calcul extrêmement faible sous tous les rapports.

On trouve dans les États du nord vingt-cinq postes militaires, et vingt-deux dans les États du midi.

En 1790, la population des États-Unis était de trois millions neuf cent vingt-neuf mille trois cent vingt-six habitants; en 1800, elle était de cinq millions trois cent cinq mille six cent soixante-six; en 1810, de sept millions deux cent trente-neuf mille neuf cent trois; en 1820, de neuf millions six cent neuf mille huit cent vingt-sept. Sur cette population, il faut compter un million cinq cent trente et un mille quatre cent trente-six esclaves.

En 1790, l'Ohio, l'Indiana, l'Illinois, l'Alabama, le Mississipi, le Missouri, n'avaient pas assez de colons pour qu'on les pût recenser. Le Kentucky seul, en 1800, en présentait soixante-treize mille six cent soixante-dix-sept, et le Tennessee, trente-cinq mille six cent quatre-vingt-onze. L'Ohio, sans habitants en 1790, en comptait quarante-cinq mille trois cent soixante-cinq en 1800; deux cent trente mille sept cent soixante en 1810, et cinq cent quatre-vingt-un mille quatre cent trente-quatre en 1820; l'Alabama, de 1810 à 1820, est monté de dix mille habitants à cent vingt-sept mille neuf cent un.

Ainsi, la population des États-Unis s'est accrue de dix ans en dix ans, depuis 1790 jusqu'à 1820, dans la proportion de trente-cinq individus sur cent. Six années sont déjà écoulées des dix années qui se compléteront en 1830, époque à laquelle on présume que la population des États-Unis sera à peu près de douze millions huit cent soixante-quinze mille âmes; la part de l'Ohio sera de huit cent cinquante mille habitants, et celle du Kentucky, de sept cent cinquante mille.

Si la population continuait à doubler tous les vingt-cinq ans, en 1855 les États-Unis auraient une population de vingt-cinq millions sept cent cinquante mille âmes; et vingt-cinq ans plus tard, c'est-à-dire en 1880, cette population s'élèverait au-dessus de cinquante millions.

En 1821, le produit des exportations des productions indigènes et étrangères des États-Unis a monté à la somme de 64,974,382 dollars; le revenu public, dans la même année, s'est élevé à 14,264,000 dollars; l'excédant de la recette sur la dépense a été de 3,334,826 dollars. Dans la même année encore, la dette nationale était réduite à 89,204,236 dollars.

L'armée a été quelquefois portée à cent mille hommes: onze vaisseaux de ligne, neuf frégates, cinquante bâtiments de guerre de différentes grandeurs, composent la marine des États-Unis.

Il est inutile de parler des constitutions des divers États; il suffit de savoir qu'elles sont toutes libres.

Il n'y a point de religion dominante; mais chaque citoyen est tenu de pratiquer un culte chrétien: la religion catholique fait des progrès considérables dans les États de l'ouest.

En supposant, ce que je crois la vérité, que les résumés statistiques publiés aux États-Unis soient exagérés par l'orgueil national, ce qui resterait de prospérité dans l'ensemble des choses serait encore digne de toute notre admiration.

Pour achever ce tableau surprenant, il faut se représenter les villes, comme Boston, New-York, Philadelphie, Baltimore, Savannah, la Nouvelle-Orléans, éclairées la nuit, remplies de chevaux et de voitures, offrant toutes les jouissances du luxe qu'introduisent dans leurs ports des milliers de vaisseaux; il faut se représenter ces lacs du Ca-

nada, naguère si solitaires, maintenant couverts de frégates, de cor-
vettes, de cutters, de barques, de bateaux à vapeurs qui se croisent
avec les pirogues et les canots des Indiens, comme les gros navires et
les galères avec les pinques, les chaloupes et les caïques dans les eaux
du Bosphore. Des temples et des maisons embellis de colonnes d'architecture grecque s'élèvent au milieu de ces bois, sur le bord de ces
fleuves, antiques ornements du désert. Ajoutez à cela de vastes collé-
ges, des observatoires élevés pour la science dans le séjour de l'ignorance sauvage, toutes les religions, toutes les opinions vivant en paix,
travaillant de concert à rendre meilleure l'espèce humaine et à développer son intelligence : tels sont les prodiges de la liberté.

L'abbé Raynal avait proposé un prix pour la solution de cette question : « Quelle sera l'influence de la découverte du Nouveau Monde sur
« l'Ancien Monde? »

Les écrivains se perdirent dans des calculs relatifs à l'exportation et
l'importation des métaux, à la dépopulation de l'Espagne, à l'accrois-
sement du commerce, au perfectionnement de la marine : personne,
que je sache, ne chercha l'influence de la découverte de l'Amérique sur
l'Europe dans l'établissement des républiques américaines. On ne voyait
toujours que les anciennes monarchies à peu près telles qu'elles étaient,
la société stationnaire, l'esprit humain n'avançant ni ne reculant ; on
n'avait pas la moindre idée de la révolution qui dans l'espace de quarante années s'est opérée dans les esprits.

Le plus précieux des trésors que l'Amérique renfermait dans son
sein c'était la liberté ; chaque peuple est appelé à puiser dans cette
mine inépuisable. La découverte de la république représentative aux
États-Unis est un des plus grands événements politiques du monde.
Cet événement a prouvé, comme je l'ai dit ailleurs, qu'il y a deux
espèces de liberté praticables : l'une appartient à l'enfance des peuples ;
elle est fille des mœurs et de la vertu : c'était celle des premiers Grecs
et des premiers Romains, c'était celle des Sauvages de l'Amérique :
l'autre naît de la vieillesse des peuples ; elle est fille des lumières et
de la raison : c'est cette liberté des États-Unis qui remplace la liberté
de l'Indien. Terre heureuse, qui, dans l'espace de moins de trois siècles,
a passé de l'une à l'autre liberté presque sans effort, et par une lutte
qui n'a pas duré plus de huit années !

L'Amérique conservera-t-elle sa dernière espèce de liberté? Les
États-Unis ne se diviseront-ils pas? N'aperçoit-on pas déjà les germes
de ces divisions? Un représentant de la Virginie n'a-t-il pas déjà soutenu la thèse de l'ancienne liberté grecque et romaine avec le système
d'esclavage, contre un député du Massachusetts qui défendait la cause

de la liberté moderne sans esclaves, telle que le christianisme l'a faite?

Les États de l'ouest, en s'étendant de plus en plus, trop éloignés des États de l'Atlantique, ne voudront-ils pas avoir un gouvernement à part?

Enfin, les Américains sont-ils des hommes parfaits? n'ont-ils pas leurs vices comme les autres hommes? sont-ils moralement supérieurs aux Anglais, dont ils tirent leur origine? Cette émigration étrangère, qui coule sans cesse dans leur population de toutes les parties de l'Europe, ne détruira-t-elle pas à la longue l'homogénéité de leur race? L'esprit mercantile ne les dominera-t-il pas? L'intérêt ne commence-t-il pas à devenir chez eux le défaut national dominant?

Il faut encore le dire avec douleur : l'établissement des républiques du Mexique, de la Colombie, du Pérou, du Chili, de Buenos-Ayres, est un danger pour les États-Unis. Lorsque ceux-ci n'avaient auprès d'eux que les colonies d'un royaume transatlantique, aucune guerre n'était probable. Maintenant des rivalités ne naîtront-elles point entre les anciennes républiques de l'Amérique septentrionale et les nouvelles républiques de l'Amérique espagnole? Celles-ci ne s'interdiront-elles pas des alliances avec des puissances européennes? Si de part et d'autre on courait aux armes; si l'esprit militaire s'emparait des États-Unis, un grand capitaine pourrait s'élever : la gloire aime les couronnes; les soldats ne sont que de brillants fabricants de chaînes, et la liberté n'est pas sûre de conserver son patrimoine sous la tutelle de la victoire.

Quoi qu'il en soit de l'avenir, la liberté ne disparaîtra jamais tout entière de l'Amérique; et c'est ici qu'il faut signaler un des grands avantages de la liberté fille des lumières, sur la liberté fille des mœurs.

La liberté fille des mœurs périt quand son principe s'altère, et il est de la nature des mœurs de se détériorer avec le temps.

La liberté fille des mœurs commence avant le despotisme aux jours d'obscurité et de pauvreté; elle vient se perdre dans le despotisme et dans les siècles d'éclat et de luxe.

La liberté fille des lumières brille après les âges d'oppression et de corruption; elle marche avec le principe qui la conserve et la renouvelle; les lumières dont elle est l'effet, loin de s'affaiblir avec le temps, comme les mœurs qui enfantent la première liberté, les lumières, dis-je, se fortifient au contraire avec le temps : ainsi elles n'abandonnent point la liberté qu'elles ont produite; toujours auprès de cette liberté, elles en sont à la fois la vertu générative et la source intarissable.

Enfin les États-Unis ont une sauvegarde de plus : leur population n'occupe pas un dix-huitième de leur territoire. L'Amérique habite

encore la solitude ; longtemps encore ses déserts seront ses mœurs,
et ses lumières, sa liberté.

Je voudrais pouvoir en dire autant des républiques espagnoles de
l'Amérique. Elles jouissent de l'indépendance ; elles sont séparées de
l'Europe : c'est un fait accompli, un fait immense sans doute dans ses
résultats, mais d'où ne dérive pas immédiatement et nécessairement
la liberté.

RÉPUBLIQUES ESPAGNOLES.

Lorsque l'Amérique anglaise se souleva contre la Grande-Bretagne,
sa position était bien différente de la position où se trouve l'Amérique
espagnole. Les colonies qui ont formé les États-Unis avaient été peu-
plées à différentes époques par des Anglais mécontents de leur pays
natal, et qui s'en éloignaient afin de jouir de la liberté civile et religieuse. Ceux qui s'établirent principalement dans la Nouvelle-Angleterre appartenaient à cette secte républicaine fameuse sous le second
des Stuarts.

La haine de la monarchie se conserva dans le climat rigoureux du
Massachusetts, du New-Hampshire, et du Maine. Quand la révolution
éclata à Boston, on peut dire que ce n'était pas une révolution nouvelle, mais la révolution de 1649 qui reparaissait après un ajournement
d'un peu plus d'un siècle, et qu'allaient exécuter les descendants des
puritains de Cromwell. Si Cromwell lui-même, qui s'était embarqué
pour la Nouvelle-Angleterre, et qu'un ordre de Charles Ier contraignit
de débarquer ; si Cromwell avait passé en Amérique, il fût demeuré
obscur ; mais ses fils auraient joui de cette liberté républicaine qu'il
chercha dans un crime, et qui ne lui donna qu'un trône.

Des soldats royalistes faits prisonniers sur le champ de bataille,
vendus comme esclaves par la faction parlementaire, et que ne rappela
point Charles II, laissèrent aussi dans l'Amérique septentrionale des
enfants indifférents à la cause des rois.

Comme Anglais, les colons des États-Unis étaient déjà accoutumés
à une discussion publique des intérêts du peuple, aux droits du citoyen,
au langage et à la forme du gouvernement constitutionnel. Ils étaient
instruits dans les arts, les lettres et les sciences ; ils partageaient toutes
les lumières de leur mère patrie. Ils jouissaient de l'institution du jury ;

ils avaient de plus, dans chacun de leurs établissements, des chartes en vertu desquelles ils s'administraient et se gouvernaient. Ces chartes étaient fondées sur des principes si généreux, qu'elles servent encore aujourd'hui de constitutions particulières aux différents États-Unis. Il résulte de ces faits que les États-Unis ne changèrent, pour ainsi dire, pas d'existence au moment de leur révolution; un congrès américain fut substitué à un parlement anglais; un président à un roi; la chaîne du feudataire fut remplacée par le lien du fédéraliste, et il se trouva par hasard un grand homme pour serrer ce lien.

Les héritiers de Pizarre et de Fernand Cortez ressemblent-ils aux enfants des *frères* de Penn et aux fils des *indépendants?* Ont-ils été, dans les vieilles Espagnes, élevés à l'école de la liberté? Ont-ils trouvé dans leur ancien pays les institutions, les enseignements, les exemples, les lumières qui forment un peuple au gouvernement constitutionnel? Avaient-ils des chartes dans ces colonies soumises à l'autorité militaire, où la misère en haillons était assise sur des mines d'or? L'Espagne n'a-t-elle pas porté dans le Nouveau Monde sa religion, ses mœurs, ses coutumes, ses idées, ses principes, et jusqu'à ses préjugés? Une population catholique, soumise à un clergé nombreux, riche et puissant; une population mêlée de deux millions neuf cent trente-sept mille blancs, de cinq millions cinq cent dix-huit mille nègres et mulâtres libres ou esclaves, de sept millions cinq cent trente mille Indiens; une population divisée en classe noble et roturière; une population disséminée dans d'immenses forêts, dans une variété infinie de climats, sur deux Amériques et le long des côtes de deux océans; une population presque sans rapports nationaux, et sans intérêts communs, est-elle aussi propre aux institutions démocratiques que la population homogène, sans distinction de rangs et aux trois quarts et demi protestante, des dix millions de citoyens des États-Unis? Aux États-Unis l'instruction est générale; dans les républiques espagnoles la presque totalité de la population ne sait pas même lire; le curé est le savant des villages; ces villages sont rares, et, pour aller de telle ville à telle autre, on ne met pas moins de trois ou quatre mois. Villes et villages ont été dévastés par la guerre; point de chemins, point de canaux; les fleuves immenses qui porteront un jour la civilisation dans les parties les plus secrètes de ces contrées n'arrosent encore que des déserts.

De ces Nègres, de ces Indiens, de ces Européens, est sortie une population mixte, engourdie dans cet esclavage fort doux que les mœurs espagnoles établissent partout où elles règnent. Dans la Colombie il existe une race née de l'Africain et de l'Indien, qui n'a d'autre instinct que de vivre et de servir. On a proclamé le principe de la liberté des esclaves, et tous les esclaves ont voulu rester chez leurs maîtres.

Dans quelques-unes de ces colonies, oubliées même de l'Espagne, et qu'opprimaient de petits despotes appelés gouverneurs, une grande corruption de mœurs s'était introduite; rien n'était plus commun que de rencontrer des ecclésiastiques entourés d'une famille dont ils ne cachaient pas l'origine. On a connu un habitant qui faisait une spéculation de son commerce avec des négresses, et qui s'enrichissait en vendant les enfants qu'il avait de ces esclaves.

Les formes démocratiques étaient si ignorées, le nom même d'une république était si étranger dans ces pays, que, sans un volume de l'histoire de Rollin, on n'aurait pas su au Paraguay ce que c'était qu'un dictateur, des consuls et un sénat. A Guatimala, ce sont deux ou trois jeunes étrangers qui ont fait la constitution. Des nations chez lesquelles l'éducation politique est si peu avancée laissent toujours des craintes pour la liberté.

Les classes supérieures, au Mexique, sont instruites et distinguées, mais, comme le Mexique manque de ports, la population générale n'a pas été en contact avec les lumières de l'Europe.

La Colombie au contraire a, par l'excellente disposition de ses rivages, plus de communication avec l'étranger, et un homme remarquable s'est élevé dans son sein. Mais est-il certain qu'un soldat généreux puisse parvenir à imposer la liberté aussi facilement que l'esclavage? La force ne remplace point le temps : quand la première éducation politique manque à un peuple, cette éducation ne peut être que l'ouvrage des années. Ainsi la liberté s'élèverait mal à l'abri de la dictature, et il serait toujours à craindre qu'une dictature prolongée ne donnât à celui qui en serait revêtu le goût de l'arbitraire perpétuel. On tourne ici dans un cercle vicieux. Une guerre civile existe dans la république de l'Amérique centrale.

La république Bolivienne et celle du Chili ont été tourmentées de révolutions : placées sur l'océan Pacifique, elles semblent exclues de la partie du monde la plus civilisée [1].

Buenos-Ayres a les inconvénients de sa latitude : il est trop vrai que la température de telle ou telle région peut être un obstacle au jeu et à la marche du gouvernement populaire. Un pays où les forces physiques de l'homme sont abattues par l'ardeur du soleil, où il faut se cacher pendant le jour, et rester étendu presque sans mouvement

---

[1] Au moment où j'écris, les papiers publics de toutes les opinions annoncent les troubles, les divisions, les banqueroutes de ces diverses républiques.

sur une natte; un pays de cette nature ne favorise pas les délibérations du forum. Il ne faut sans doute exagérer en rien l'influence des climats; on a vu tour à tour, au même lieu, dans les zones tempérées, des peuples libres et des peuples esclaves; mais sous le cercle polaire et sous la ligne, il y a des exigences de climat incontestables, et qui doivent produire des effets permanents. Les Nègres, par cette nécessité seule, seront toujours puissants, s'ils ne deviennent pas maîtres dans l'Amérique méridionale.

Les États-Unis se soulevèrent d'eux-mêmes, par lassitude du joug et amour de l'indépendance; quand ils eurent brisé leurs entraves, ils trouvèrent en eux les lumières suffisantes pour se conduire. Une civilisation très-avancée, une éducation politique de vieille date, une industrie développée, les portèrent à ce degré de prospérité où nous les voyons aujourd'hui, sans qu'ils fussent obligés de recourir à l'argent et à l'intelligence de l'étranger.

Dans les républiques espagnoles les faits sont d'une tout autre nature.

Quoique misérablement administrées par la mère patrie, le premier mouvement de ces colonies fut plutôt l'effet d'une impulsion étrangère que l'instinct de la liberté. La guerre de la révolution française le produisit. Les Anglais, qui, depuis le règne de la reine Élisabeth, n'avaient cessé de tourner leurs regards vers les Amériques espagnoles, dirigèrent, en 1804, une expédition sur Buenos-Ayres; expédition que fit échouer la bravoure d'un seul Français, le capitaine Liniers.

La question, pour les colonies espagnoles, était de savoir si elles suivraient la politique du cabinet espagnol, alors allié à Buônaparte, ou si, regardant cette alliance comme forcée et contre nature, elles se détacheraient du *gouvernement espagnol* pour se conserver *au roi d'Espagne*.

Dès l'année 1790, Miranda avait commencé à négocier avec l'Angleterre l'affaire de l'émancipation. Cette négociation fut reprise en 1797, 1801, 1804 et 1807, époque à laquelle une grande expédition se préparait à Corck pour la Terre-Ferme. Enfin Miranda fut jeté, en 1809, dans les colonies espagnoles; l'expédition ne fut pas heureuse pour lui; mais l'insurrection de Venezuela prit de la consistance, Bolivar l'étendit.

La question avait changé pour les colonies et pour l'Angleterre; l'Espagne s'était soulevée contre Buônaparte; le régime constitutionnel avait commencé à Cadix, sous la direction des cortès; ces idées de liberté étaient nécessairement reportées en Amérique par l'autorité des cortès mêmes.

L'Angleterre, de son côté, ne pouvait plus attaquer ostensiblement les colonies espagnoles, puisque le roi d'Espagne, prisonnier en France, était devenu son allié : aussi publia-t-elle des bills afin de défendre aux sujets de S. M. B. de porter des secours aux Américains; mais en même temps six ou sept mille hommes, enrôlés malgré ces bills diplomatiques, allaient soutenir l'insurrection de la Colombie.

Revenue à l'ancien gouvernement après la restauration de Ferdinand, l'Espagne fit de grandes fautes : le gouvernement constitutionnel, rétabli par l'insurrection des troupes de l'île de Léon, ne se montra pas plus habile : les cortès furent encore moins favorables à l'émancipation des colonies espagnoles que ne l'avait été le gouvernement absolu. Bolivar, par son activité et ses victoires, acheva de briser des liens qu'on n'avait pas cherché d'abord à rompre. Les Anglais, qui étaient partout, au Mexique, à la Colombie, au Pérou, au Chili avec lord Cochrane, finirent par reconnaître publiquement ce qui était en grande partie leur ouvrage secret.

On voit donc que les colonies espagnoles n'ont point été, comme les États-Unis, poussées à l'émancipation par un principe puissant de liberté; que ce principe n'a pas eu, à l'origine des troubles, cette vitalité, cette force qui annonce la ferme volonté des nations. Une impulsion venue du dehors, des intérêts politiques et des événements extrêmement compliqués, voilà ce qu'on aperçoit au premier coup d'œil. Les colonies se détachaient de l'Espagne, parce que l'Espagne était envahie; ensuite elles se donnaient des constitutions, comme les cortès en donnaient à la mère patrie; enfin on ne leur proposait rien de raisonnable, et elles ne voulurent pas reprendre le joug. Ce n'est pas tout : l'argent et les spéculations de l'étranger tendaient encore à leur enlever ce qui pouvait rester de natif et de national à leur liberté.

De 1822 à 1826 dix emprunts ont été faits en Angleterre pour les colonies espagnoles, montant à la somme de 20,978,000 liv. sterl. Ces emprunts, l'un portant l'autre, ont été contractés à 75 c. Puis on a défalqué, sur ces emprunts, deux années d'intérêt à 6 pour 100; ensuite on a retenu pour 7,000,000 de liv. sterl. de fournitures. De compte fait, l'Angleterre a déboursé une somme réelle de 7,000,000 de liv. sterl., ou 175,000,000 de francs; mais les républiques espagnoles n'en restent pas moins grevées d'une dette de 20,978,000 liv. sterl.

A ces emprunts, déjà excessifs, vinrent se joindre cette multitude d'associations ou de compagnies destinées à exploiter les mines, pêcher des perles, creuser les canaux, ouvrir les chemins, défricher les terres de ce nouveau monde qui semblait découvert pour la première fois.

Ces compagnies s'élevèrent au nombre de vingt-neuf, et le capital nominal des sommes employées par elles fut de 14,767,500 liv. sterl. Les souscripteurs ne fournirent qu'environ un quart de cette somme ; c'est donc 3,000,000 sterl. (ou 75,000,000 de francs) qu'il faut ajouter aux 7,000,000 sterl. (ou 175,000,000 de francs) des emprunts : en tout 250,000,000 de fr. avancés par l'Angleterre aux colonies espagnoles, et pour lesquelles elle répète une somme nominale de 35,745,500 liv. sterl., tant sur les gouvernements que sur les particuliers.

L'Angleterre a des vice-consuls dans les plus petites baies, des consuls dans les ports de quelque importance, des consuls généraux, des ministres plénipotentiaires à la Colombie et au Mexique. Tout le pays est couvert de maisons de commerce anglaises, de commis-voyageurs anglais, agents de compagnies anglaises pour l'exploitation des mines, de minéralogistes anglais, de militaires anglais, de fournisseurs anglais, de colons anglais à qui l'on a vendu 3 schellings l'acre de terre qui revenait à douze sous et demi à l'actionnaire. Le pavillon anglais flotte sur toutes les côtes de l'Atlantique et de la mer du Sud; des barques remontent et descendent toutes les rivières navigables, chargées des produits des manufactures anglaises ou de l'échange de ces produits; des paquebots, fournis par l'amirauté, partent régulièrement chaque mois de la Grande-Bretagne pour les différents points des colonies espagnoles.

De nombreuses faillites ont été la suite de ces entreprises immodérées; le peuple, en plusieurs endroits, a brisé les machines pour l'exploitation des mines; les mines vendues ne se sont point trouvées; des procès ont commencé entre les négociants américains-espagnols et les négociants anglais; et des discussions se sont élevées entre les gouvernements relativement aux emprunts.

Il résulte de ces faits que les anciennes colonies de l'Espagne, au moment de leur émancipation, sont devenues des espèces de colonies anglaises. Les nouveaux maîtres ne sont point aimés, car on n'aime point les maîtres; en général l'orgueil britannique humilie ceux même qu'il protége; mais il n'en est pas moins vrai que cette espèce de suprématie étrangère comprime dans les républiques espagnoles l'élan du génie national.

L'indépendance des États-Unis ne se combina point avec tant d'intérêts divers : l'Angleterre n'avait point éprouvé, comme l'Espagne, une invasion et une révolution politiques tandis que ses colonies se détachaient d'elle. Les États-Unis furent secourus militairement par la France, qui les traita en alliés; ils ne devinrent pas, par une foule d'emprunts, de spéculations et d'intrigues, les débiteurs et le marché de l'étranger.

Enfin l'indépendance des colonies espagnoles n'est pas encore reconnue par la mère patrie. Cette résistance passive du cabinet de Madrid a beaucoup plus de force et d'inconvénient qu'on ne se l'imagine; le droit est une puissance qui balance longtemps le fait, alors même que les événements ne sont pas en faveur du droit : notre restauration l'a prouvé. Si l'Angleterre, sans faire la guerre aux États-Unis, s'était contentée de ne pas reconnaître leur indépendance, les États-Unis seraient-ils ce qu'ils sont aujourd'hui?

Plus les républiques espagnoles ont rencontré et rencontreront encore d'obstacles dans la nouvelle carrière où elles s'avancent, plus elles auront de mérite à les surmonter. Elles renferment dans leurs vastes limites tous les éléments de prospérité : variété de climat et de sol, forêts pour la marine, pour les vaisseaux, double océan qui leur ouvre le commerce du monde. La nature a tout prodigué à ces républiques; tout est riche en dehors et en dedans de la terre qui les porte; les fleuves fécondent la surface de cette terre et l'or en fertilise le sein. L'Amérique espagnole a donc devant elle un propice avenir; mais lui dire qu'elle peut y atteindre sans efforts, ce serait la décevoir, l'endormir dans une sécurité trompeuse : les flatteurs des peuples sont aussi dangereux que les flatteurs des rois. Quand on se crée une utopie, on ne tient compte ni du passé, ni de l'histoire, ni des faits, ni des mœurs, ni du caractère, ni des préjugés, ni des passions : enchanté de ses propres rêves, on ne se prémunit point contre les événements, et l'on gâte les plus belles destinées.

J'ai exposé avec franchise les difficultés qui peuvent entraver la liberté des républiques espagnoles; je dois indiquer également les garanties de leur indépendance.

D'abord l'influence du climat, le défaut de chemins et de culture rendraient infructueux les efforts que l'on tenterait pour conquérir ces républiques. On pourrait occuper un moment le littoral; mais il serait impossible de s'avancer dans l'intérieur.

La Colombie n'a plus sur son territoire d'Espagnols proprement dits; on les appelait *les Goths*; ils ont péri ou ils ont été expulsés. Au Mexique, on vient de prendre des mesures contre les natifs de l'ancienne mère patrie.

Tout le clergé dans la Colombie est américain; beaucoup de prêtres, par une infraction coupable à la discipline de l'Église, sont pères de famille comme les autres citoyens; ils ne portent même pas l'habit de leur ordre. Les mœurs souffrent sans doute de cet état de choses;

mais il en résulte aussi que le clergé, tout catholique qu'il est, craignant des relations plus intimes avec la cour de Rome, est favorable à l'émancipation. Les moines ont été dans les troubles plutôt des soldats que des religieux. Vingt années de révolution ont créé des droits, des propriétés, des places qu'on ne détruirait pas facilement ; et la génération nouvelle, née dans le cours de la révolution des colonies, est pleine d'ardeur pour l'indépendance. L'Espagne se vantait jadis que le soleil ne se couchait pas sur ses États : espérons que la liberté ne cessera plus d'éclairer les hommes.

Mais pouvait-on établir cette liberté dans l'Amérique espagnole par un moyen plus facile et plus sûr que celui dont on s'est servi : moyen qui, appliqué en temps utile lorsque les événements n'avaient encore rien décidé, aurait fait disparaître une foule d'obstacles? je le pense.

Selon moi, les colonies espagnoles auraient beaucoup gagné à se former en monarchies constitutionnelles. La monarchie représentative est, à mon avis, un gouvernement fort supérieur au gouvernement républicain, parce qu'il détruit les prétentions individuelles au pouvoir exécutif, et qu'il réunit l'ordre et la liberté.

Il me semble encore que la monarchie représentative eût été mieux appropriée au génie espagnol, à l'état des personnes et des choses, dans un pays où la grande propriété territoriale domine, où le nombre des Européens est petit, celui des Nègres et des Indiens, considérable; où l'esclavage est d'usage public, où la religion de l'État est la catholique, où l'instruction surtout manque totalement dans les classes populaires.

Les colonies espagnoles indépendantes de la mère patrie, formées en grandes monarchies représentatives, auraient achevé leur éducation politique à l'abri des orages qui peuvent encore bouleverser les républiques naissantes. Un peuple qui sort tout à coup de l'esclavage, en se précipitant dans la liberté, peut tomber dans l'anarchie, et l'anarchie enfante presque toujours le despotisme.

Mais s'il existait un système propre à prévenir ces divisions, on me dira sans doute : « Vous avez passé au pouvoir : vous êtes-vous « contenté de désirer la paix, le bonheur, la liberté de l'Amérique « espagnole? Vous êtes-vous borné à de stériles vœux? »

Ici j'anticiperai sur mes *Mémoires*, et je ferai une confession.

Lorsque Ferdinand fut délivré à Cadix, et que Louis XVIII eut écrit au monarque espagnol pour l'engager à donner un gouvernement libre à ses peuples, ma mission me sembla finie. J'eus l'idée de remettre au roi le portefeuille des affaires étrangères, en suppliant Sa Majesté de le rendre au vertueux duc de Montmorency. Que de soucis je me serais épargnés! que de divisions j'aurais peut-être épargnées à l'opinion publique! l'amitié et le pouvoir n'auraient pas donné un triste exemple. Couronné de succès, je serais sorti de la manière la plus brillante du ministère, pour livrer au repos le reste de ma vie.

Ce sont les intérêts de ces colonies espagnoles, desquelles mon sujet m'a conduit à parler, qui ont produit le dernier bond de ma quinteuse fortune. Je puis dire que je me suis sacrifié à l'espoir d'assurer le repos et l'indépendance d'un grand peuple.

Quand je songeai à la retraite, des négociations importantes avaient été poussées très-loin; j'en avais établi et j'en tenais les fils, je m'étais formé un plan que je croyais utile aux deux Mondes; je me flattais d'avoir posé une base où trouveraient place à la fois et les droits des nations, l'intérêt de ma patrie et celui des autres pays. Je ne puis expliquer les détails de ce plan, on sent assez pourquoi.

En diplomatie, un projet conçu n'est pas un projet exécuté : les gouvernements ont leur routine et leur allure; il faut de la patience : on n'emporte pas d'assaut des cabinets étrangers comme M. le Dauphin prenait des villes; la politique ne marche pas aussi vite que la gloire à la tête de nos soldats. Résistant par malheur à ma première inspiration, je restai afin d'accomplir mon ouvrage. Je me figurai que l'ayant préparé je le connaîtrais mieux que mon successeur; je craignis aussi que le portefeuille ne fût pas rendu à M. de Montmorency, et qu'un autre ministre n'adoptât quelque système suranné pour les possessions espagnoles. Je me laissai séduire à l'idée d'attacher mon nom à la liberté de la seconde Amérique, sans compromettre cette liberté dans les colonies émancipées, et sans exposer le principe monarchique des États européens.

Assuré de la bienveillance des divers cabinets du continent, un seul excepté, je ne désespérais pas de vaincre la résistance que m'opposait en Angleterre l'homme d'État qui vient de mourir; résistance qui tenait moins à lui qu'à la mercantile fort mal entendue de sa nation. L'avenir connaîtra peut-être la correspondance particulière qui eut lieu sur ce grand sujet entre moi et mon illustre ami. Comme tout s'enchaîne dans les destinées d'un homme, il est possible que M. Canning, en s'associant à des projets d'ailleurs peu différents des siens, eût trouvé plus de repos, et qu'il eût évité les inquiétudes politiques qui ont fatigué ses derniers jours. Les talents se hâtent de disparaître; il s'arrange une toute petite Europe à la guise de la médiocrité; pour arriver aux générations nouvelles, il faudra traverser un désert.

Quoi qu'il en soit, je pensais que l'administration dont j'étais mem-

bre me laisserait achever un édifice qui ne pouvait que lui faire honneur; j'avais la naïveté de croire que les affaires de mon ministère, en
me portant au dehors, ne me jetaient sur le chemin de personne;
comme l'astrologue, je regardais le ciel, et je tombai dans un puits.
L'Angleterre applaudit à ma chute : il est vrai que nous avions garnison dans Cadix sous le drapeau blanc, et que l'émancipation monarchique des colonies espagnoles, par la généreuse influence du fils aîné
des Bourbons, aurait élevé la France au plus haut degré de prospérité
et de gloire.

Tel a été le dernier songe de mon âge mûr : je me croyais en Amérique, et je me réveillai en Europe. Il me reste à dire comment je
revins autrefois de cette même Amérique, après avoir vu s'évanouir
également le premier songe de ma jeunesse.

FIN DU VOYAGE.

En errant de forêts en forêts, je m'étais rapproché des défrichements américains. Un soir j'avisai au bord d'un ruisseau une ferme
bâtie de troncs d'arbres. Je demandai l'hospitalité; elle me fut accordée.

La nuit vint : l'habitation n'était éclairée que par la flamme du
foyer : je m'assis dans un coin de la cheminée. Tandis que mon hôtesse préparait le souper, je m'amusai à lire à la lueur du feu, en baissant la tête, un journal anglais tombé à terre. J'aperçus, écrits en
grosses lettres, ces mots : FLIGHT OF THE KING, *fuite du roi.* C'était le
récit de l'évasion de Louis XVI, et de l'arrestation de l'infortuné monarque à Varennes. Le journal racontait aussi les progrès de l'émigration, et la réunion de presque tous les officiers de l'armée sous le
drapeau des princes français. Je crus entendre la voix de l'honneur, et
j'abandonnai mes projets.

Revenu à Philadelphie, je m'y embarquai. Une tempête me poussa
en dix-huit jours sur la côte de France, où je fis un demi-naufrage
entre les îles de Guernesey et d'Origny. Je pris terre au Havre. Au
mois de juillet 1792, j'émigrai avec mon frère. L'armée des princes
était déjà en campagne, et, sans l'intercession de mon malheureux
cousin, Armand de Chateaubriand, je n'aurais pas été reçu. J'avais

beau dire que j'arrivais tout exprès de la cataracte de Niagara, on ne voulait rien entendre, et je fus au moment de me battre pour obtenir l'honneur de porter un havresac. Mes camarades, les officiers du régiment de Navarre, formaient une compagnie au camp des princes; mais j'entrai dans une des compagnies bretonnes. On peut voir ce que je devins, dans la nouvelle préface de mon *Essai historique*.

Ainsi ce qui me sembla un devoir renversa les premiers desseins que j'avais conçus, et amena la première de ces péripéties qui ont marqué ma carrière. Les Bourbons n'avaient pas besoin sans doute qu'un cadet de Bretagne revînt d'outre-mer pour leur offrir son obscur dévouement, pas plus qu'ils n'ont eu besoin de ses services lorsqu'il est sorti de son obscurité : si, continuant mon voyage, j'eusse allumé la lampe de mon hôtesse avec le journal qui a changé ma vie, personne ne se fût aperçu de mon absence, car personne ne savait que j'existais. Un simple démêlé entre moi et ma conscience me ramena sur le théâtre du monde : j'aurais pu faire ce que j'aurais voulu, puisque j'étais le seul témoin du débat; mais, de tous les témoins, c'est celui aux yeux duquel je craindrais le plus de rougir.

Pourquoi les solitudes de l'Érié et de l'Ontario se présentent-elles aujourd'hui avec plus de charme à ma pensée que le brillant spectacle du Bosphore?

C'est qu'à l'époque de mon voyage aux États-Unis j'étais plein d'illusions : les troubles de la France commençaient en même temps que commençait ma vie; rien n'était achevé en moi ni dans mon pays. Ces jours me sont doux à rappeler, parce qu'ils ne reproduisent dans ma mémoire que l'innocence des sentiments inspirés par la famille, et par les plaisirs de la jeunesse.

Quinze ou seize ans plus tard, après mon second voyage, la révolution s'était déjà écoulée : je ne me berçais plus de chimères ; mes souvenirs, qui prenaient alors leur source dans la société, avaient perdu leur candeur. Trompé dans mes deux pèlerinages, je n'avais point enlevé la gloire du milieu des bois où j'étais allé la chercher, et je l'avais laissée assise sur les ruines d'Athènes.

Parti pour être voyageur en Amérique, revenu pour être soldat en Europe, je ne fournis jusqu'au bout ni l'une ni l'autre de ces carrières : un mauvais génie m'arracha le bâton et l'épée, et me mit la plume à la main. A Sparte, en contemplant le ciel pendant la nuit, je me souvenais des pays qui avaient déjà vu mon sommeil paisible ou troublé : j'avais salué sur les chemins de l'Allemagne, dans les bruyères de l'Angleterre, dans les champs de l'Italie, au milieu des mers, dans les forêts canadiennes, les mêmes étoiles que je voyais briller sur la patrie d'Hélène et de Ménélas. Mais que me servait de me plaindre aux astres, immobiles témoins de mes destinées vagabondes? Un jour leur regard ne se fatiguera plus à me poursuivre; il se fixera sur mon tombeau. Maintenant, indifférent moi-même à mon sort, je ne demanderai pas à ces astres malins de l'incliner par une plus douce influence, ni de me rendre ce que le voyageur laisse de sa vie dans les lieux où il passe.

FIN DU VOYAGE EN AMÉRIQUE.

TABLE DES MATIÈRES

LAGNY. — Typographie VIALAT.

EN VENTE CHEZ LES MÊMES ÉDITEURS

Œuvres de M. de Chateaubriand, ancienne édition, 16 vol. grand in-8°, illustrés de 64 gravures sur acier.

Œuvres littéraires de M. A. de Lamartine, 5 vol. grand in-8°, 30 gravures.

Œuvres de Buffon, 10 demi-vol. in-8°, 100 gravures sur acier coloriées à la main, et le portrait de l'auteur.

Histoire de France, 6 beaux vol., 34 gravures.

Histoire de Paris depuis les premiers temps historiques, par J.-A. Dulaure, continuée jusqu'à nos jours par C. Leynadier, 8 vol., 150 gravures dont 50 coloriées à la main.

Histoire maritime de France, par M. Léon Guérin, historien titulaire de la marine, 7 vol. grand in-8°, 50 gravures sur acier ou plans.
Les trois derniers volumes, qui comprennent les événements maritimes depuis 1789 jusqu'en 1857, se vendent à part.

Histoire de Napoléon III et de la Dynastie napoléonienne, par Paul Lacroix (Bibliophile Jacob), 4 vol. illustrés de 40 gravures inédites sur acier.

La Collection de l'Écho des Feuilletons, 17 vol., 480 gravures sur acier, et 540 gravures sur bois.

Louis XIV et son siècle, par A. Dumas, 60 gravures, 240 vignettes, 2 vol. grand in-8°.

Histoire de Louis XVI et de Marie-Antoinette, par A. Dumas, 3 vol., 40 gravures.

Monte-Cristo, par A. Dumas, 2 vol. grand in-8°, 30 gravures sur acier.

Les Mousquetaires, par A. Dumas, 1 vol. grand in-8°, 33 gravures.

Vingt ans après, par le même, 1 vol., 37 gravures.

Le Vicomte de Bragelonne, par A. Dumas, 2 très-beaux vol. grand in-8°, 60 gravures.

Mémoires d'un Médecin, par A. Dumas, comprenant : *Joseph Balsamo, le Collier de la Reine, Ange Pitou* et *la Comtesse de Charny,* 6 volumes divisés en 12 tomes ornés de 200 gravures inédites sur papier teinté chine.

EN COURS DE PUBLICATION

Œuvres de Chateaubriand, nouvelle et riche édition, 20 vol. grand in-8° jésus, ornés de 100 gravures inédites sur acier.

Géographie universelle de Malte-Brun, revue, rectifiée et complétement mise au niveau de l'état actuel des connaissances géographiques, par M. CORTAMBERT, membre et ancien secrétaire général de la Société de Géographie, 8 forts tomes divisés en 16 vol., illustrés de 80 gravures et types coloriés; plus, de 8 cartes inédites.

Les Héros du Christianisme à travers les Ages, magnifique ouvrage illustré de 48 splendides gravures sur acier. 4 parties de 2 vol. chaque.

Histoire de France, nouvelle et riche édition, comprenant la guerre d'Orient, illustrée de 60 gravures sur acier, 6 vol. grand in-8°.

Nouvelles Œuvres illustrées de A. Dumas, comprenant : *El Salteador, Maître Adam le Calabrais, Aventures de John Davys, un Page du duc de Savoie, les Mohicans de Paris,* etc., etc., etc.